[illegible] Tausendundein Tagen, das Gegenstück zu [illegible] Erzählungen aus den Tausendundein Nächten, [illegible] wurden von Pétis de la Croix [illegible] für Europa entdeckt: 1675 brachte er aus Persien das Manuskript dieser Geschichtensammlung eines Derwischs nach Paris. [illegible] von Lesage überarbeiten, so daß in den Jahren 1710 bis [illegible] die französische Ausgabe [illegible] konnte. Bald darauf wurden [illegible] seines Tausendundeine [illegible] Tausendundein Tage andere orientalische Erzählungen [illegible] des Grafen Caylus [illegible] der Sammlung [illegible] Erzählungen des Engländers [illegible] Reihe [illegible] der Armenier [illegible] Weitere kleinere [illegible] kommen.

Auch [illegible] Tausendundeinem Tage gibt [illegible] Erzählungen aus den [illegible] vergessen [illegible] zu lesen.

Die »Erzählungen aus Tausendundein Tag«, das Gegenstück zu den Erzählungen aus den »Tausendundein Nächten« (it 224), wurden von Pétis de la Croix im 17. Jahrhundert für Europa entdeckt. 1675 brachte er aus Persien das Manuskript dieser Geschichtensammlung eines Derwischs nach Paris. Das fertige Werk ließ er von Lesage überarbeiten, so daß in den Jahren 1710 bis 1712 die französische Ausgabe unter dem Titel »Les mille et un jours« erscheinen konnte. Bald darauf wurden die Erzählungen von Gozzi und Lesage als Vorlage für Theaterstücke übernommen. Im Laufe eines Jahrhunderts fügte man dann den echten Geschichten aus »Tausendundein Tag« andere orientalische Erzählungen bei: aus dem Buch von den vierzig Wesiren, aus den »Nouveaux contes orientaux« des Grafen Caylus (1716), aus der Sammlung Cardonnes »Mélanges de littérature orientale« (1770), hinzu kamen einige Erzählungen des Engländers William Bedloe (1795) und eine Reihe persischer Geschichten, die der Armenier Christopherus 1557 in Venedig veröffentlicht hatte. Weitere kleinere Erzählungen wurden dem Hammerschen Buch »Rosenöl« (1813) entnommen.

Auch für die Geschichten aus »Tausendundein Tag« gilt, was Hofmannsthal über die Erzählungen aus den »Tausendundein Nächten« sagte: »Sie sollte man immer wieder völlig vergessen können, um sie mit erneuter Lust immer wieder zu lesen.«

insel taschenbuch 1001

Erzählungen aus Tausendundein Tag

Zweiter Band

ERZÄHLUNGEN AUS TAUSENDUNDEIN TAG

VERMEHRT UM ANDERE
MORGENLÄNDISCHE GESCHICHTEN

HERAUSGEGEBEN
VON PAUL ERNST

ÜBERSETZT
VON PAUL HANSMANN

ZWEITER BAND

INSEL VERLAG

insel taschenbuch 1001
Erste Auflage 1987

Hinweise zu dieser Ausgabe am Schluß des Bandes
Vertrieb durch den Suhrkamp Taschenbuch Verlag
Umschlag nach Entwürfen von Willy Fleckhaus
Druck: Nomos Verlagsgesellschaft, Baden-Baden
Printed in Germany

1 2 3 4 5 6 – 92 91 90 89 88 87

ES BEGINNT
DER ZWEITE BAND
DES BUCHES GENANNT:
TAUSENDUNDEIN
TAG

DIE GESCHICHTE DES PRINZEN MALIK AL NASIR

Der Sultan Kalaun von Ägypten hatte zwei Söhne; und als er eines Tages so über den Wankelmut des Schicksals nachsann, das mit den Fürsten wie mit den andern Menschen spielt, beschloß er, den Prinzen Malik al Nasir – das ist ›der erobernde König‹ –, seinen zweiten Sohn, ein Gewerbe erlernen zu lassen, das ihn im Falle der Not zu ernähren vermöchte. Er gab ihn also bei einem berühmten Schneider der Stadt Kairo in die Lehre, der ihn in kurzer Zeit lehrte, mit der größten Vollkommenheit Kleider zuzuschneiden und zu nähen.

Erst staunten alle in höchstem Staunen ob dieses Entschlusses, den der Sultan gefaßt hatte, denn sie sahen in seiner Vorsorge lächerliche Furcht; niemand glaubte, der Sohn eines Sultans von Ägypten könne eines Tages in solche Not geraten, daß er um seinen Lebensunterhalt arbeiten müßte. Aber in Bälde vollzog sich im Lande eine Umwälzung, die all jenen, bei denen Kalauns Verhalten keinen Beifall gefunden hatte, zeigte, wie sehr sie im Unrecht gewesen waren. Denn der Sultan starb, und der Prinz Malik Aschraf, sein ältester Sohn, bestieg den Thron.

Das erste nämlich, was der neue Sultan tat, bestand darin, daß er seinen Hauptleuten Befehl gab, seinen Bruder, der noch bei dem Schneider war, aufzusuchen und ihm vorzuführen, damit er durch seine Hinrichtung allen Aufständen und Kriegen zuvorkäme, die er im Lande Ägypten erregen könnte. Zu seinem Glück nun erfuhr Malik al Nasir von dem grausamen Vorhaben seines königlichen Bruders. Er verkleidete sich also und verließ heimlich die Stadt, indem er sich unter die Pilger mischte; mit ihnen besuchte er die Kaaba, das heißt den Tempel zu Mekka.

Während nun die Pilger und er den Umzug vollzogen, fühlte er plötzlich etwas Hartes unter den Füßen, und als er nachsah, was es sein mochte, erblickte er einen vollen Geldbeutel; er hob ihn auf und schob ihn in seine Tasche, ohne daß ein andrer es bemerkte, und setzte den Marsch im Umzug fort. Er war sehr neugierig, was der Beutel enthalten mochte, doch wagte er seine Neugier nicht vor aller Augen zu befriedigen und harrte voll Ungeduld des Augenblicks, in dem der Umzug sein Ende erreichen würde, um sich an einen entlegenen Ort zurückzuziehen. Da aber hörte er einen Khwadschah, das heißt einen Gelehrten, der zwei große Steine in den Händen hielt und sich unbarmherzig damit auf die Brust schlug, indem er mit lauter Stimme rief: »Weh mir! Ich Unglücklicher! Ich habe meinen Geldbeutel verloren! Alles, was ich durch meine Arbeit verdient hatte, die ganze Frucht meiner Mühen und mein ganzer Besitz stecken darin! O ihr Moslems, meine teuren Brüder, erbarmt euch meiner! Wenn einer von euch ihn gefunden hat, so gebe er ihn mir um Gottes willen und aus Ehrfurcht vor dem heiligen Tempel in Mekka. Die Hälfte soll ihm gehören, und ich erkläre, daß er an sie einen ebenso gerechten Anspruch haben soll wie an die Milch seiner Mutter.«

Der unglückliche Gelehrte sprach diese Worte unter so lebhaften Zeichen des Schmerzes und der Verzweiflung, daß alle Pilger gerührt waren. Und mehr als alle andern spürte Malik al Nasir das Mitleid in seiner Brust, also daß er bei sich selber sprach: ›Ich richte diesen Khwadschah mit den Seinen zugrunde, wenn ich diesen Beutel behalte. Es ist nicht recht, daß ich, um selber glücklich zu werden, andre elend mache. Und wenn ich auch kein Königssohn, sondern statt dessen der letzte der Menschen wäre, so möchte ich darum doch nicht die Habe andrer nehmen.‹

Und als er diese Überlegungen angestellt hatte, rief er den Khwadschah, zeigte ihm den Beutel und sprach zu ihm: »O Gelehrter, ist es dies, was du verloren hast?« Der Khwadschah, den bei diesem Anblick ein Übermaß der Freude packte, griff auf der Stelle nach dem Beutel, erfaßte ihn und schob ihn in seine Tasche. »Und weshalb«, fragte ihn der Prinz, »entreißest du ihn mir so gewaltsam? Fürchtest du, daß er dir entgehen könnte, oder hast du nicht die Absicht, mir die Hälfte von dem zu geben, was er enthält, wie du es versprachst?« »Vergib mir,« erwiderte der Khwadschah, »vergib einem Überschwang, den ich nicht zu beherrschen vermochte. Du brauchst mir nur zu folgen, so werde ich mein Versprechen erfüllen.« Mit diesen Worten führte er ihn unter sein Zelt, wo er den Beutel hervorzog, ihn küßte, das Siegel brach und ihn auf einen Tisch entleerte.

Malik al Nasir, der erwartete hatte, daß er Goldstücke sehen würde, erstaunte in höchstem Staunen, als er erkannte, daß der Beutel Diamanten, Rubinen und Smaragden enthielt. »O Khwadschah,« rief er aus, »nicht zu Unrecht erhobst du so laute Klagen. Was du verloren hattest, war der Mühe wert.« Der Khwadschah aber schob all die Edelsteine zu einem Haufen zusammen und teilte ihn in zwei Hälften. Doch auch den einen kleineren Haufen teilte er nochmals in zwei gleiche Teile, die er dem Prinzen anbot, indem er zu ihm sprach: »O Jüngling, wenn du diese beiden Teile nehmen willst, so gehören sie gemäß meinem Versprechen dir; wenn ich dir aber offen sagen soll, was ich denke, so höre: nicht ohne Schmerzen werde ich zusehen, wie du sie fortträgst. Wenn du dagegen großherzig genug bist, um dich mit einem dieser beiden Teile zu begnügen, so schwöre ich dir, daß es mich nicht kränken soll, wenn du ihn besitzest.«

Malik al Nasir, der ganz die Gesinnung eines großen Fürsten hatte, erwiderte ihm: »Da dem so ist, o Gelehrter, verlange ich nur den kleinen Teil.« Der Khwadschah, der sich ob dieser Selbstlosigkeit in höchster Freude freute, teilte den Teil, den der Prinz ihm zurückgegeben hatte, nochmals in zwei Hälften und sprach zu Malik al Nasir: »Wähle dir abermals eines dieser Achtel aus. Ich versichere dir, daß ich es ohne Bedauern gebe.« »Nein,« versetzte der Prinz, »ich bin mit dem zufrieden, was ich schon habe.« »O Jüngling,« rief der Gelehrte, »du zeigst zu große Mäßigung. Du mußt dieses Achtel nehmen oder mit mir unter die goldene Traufe kommen; denn dort will ich für dich ein Gebet verrichten, das dir viel Nutzen bringen soll.« Da gab der Prinz wie in einer Eingebung des Himmels dem Khawadscha auch das zurück, was er schon angenommen hatte, und sprach zu ihm: »O Gelehrter, wenn du für mich im heiligen Tempel von Mekka ein Gebet verrichten willst, so ist mir das lieber als all deine Edelsteine. Ich gebe sie dir zurück, wenn du das Gebet mit der ganzen Glut eines guten moslemitischen Gelehrten verrichten willst.«

Als nun der Khwadschah diese Worte vernahm, erstaunte er ob des Übermaßes der Großmut des Prinzen und führte ihn unter die goldene Traufe, wo er die Hände wortlos gen Himmel hob; dann aber sprach er zu dem Prinzen: »Sage amen!« Und der Prinz tat es; worauf der Gelehrte eine

Weile die Lippen bewegte, sich zwei- oder dreimal mit den Händen über das Gesicht strich und sich schließlich zu dem Prinzen umwandte und zu ihm sprach: »O Jüngling, ich habe soeben ein Gebet für dich verrichtet; du kannst dahinziehen, denn du stehst in Gottes Hut.«

Der Prinz Malik al Nasir nahm von dem Gelehrten Abschied; kaum aber hatte er ihn verlassen, so sprach er bei sich selber: ›Was soll jetzt aus mir werden? Wohin soll ich meine Schritte wenden? Wenn ich nach Kairo zurückkehre, so wird mein grausamer Bruder Malik Aschraf mich töten lassen; also ist es besser, ich kehre mit diesem Khwadschah in seine Heimat zurück. Doch ich darf niemandem offenbaren, wes Standes ich bin, auf daß nicht irgendein Verräter mich ermorde, weil er hofft, für seine Tat einen guten Lohn zu erhalten; denn ich darf nicht daran zweifeln, daß der neue Sultan von Ägypten einen Preis auf meinen Kopf gesetzt hat.‹ Und als er über den Stand seiner Angelegenheiten diese und andre Überlegungen angestellt hatte, kehrte er zu dem Gelehrten zurück. »O Khwadschah,« sprach er zu ihm, »ich komme, um dich zu fragen, aus welchem Lande du bist.« »Ich bin aus Bagdad,« versetzte der Gelehrte, »und ich heiße Abu Nowas.« »Gern würde ich diese berühmte Stadt einmal sehen«, fuhr Malik al Nasir fort; »willst du mich mit dir nehmen? Ich werde während der Reise für deine Kamele sorgen.« Der Gelehrte willigte ein; und da sie nichts mehr in Mekka fesselte, so machten sie sich beide auf den Weg nach Bagdad.

Sowie sie dort anlangten, sprach der Prinz zu dem Khwadschah: »O Gelehrter, ich will dir nicht zur Last fallen; ich verstehe herrliche Kleider zu machen; empfiehl mich, bitte, einem Schneider, der mit dir befreundet ist.« Der Khwadschah also brachte ihn zu dem berühmtesten Schneider der Stadt, der seinem neuen Gehilfen, um ihn auf die Probe zu stellen, ein Kleid zuzuschneiden und zu nähen gab. Malik al Nasir, der schon in Kairo die Bewunderung der Schneider geweckt hatte, konnte auch in Bagdad des Erfolges nicht entbehren. Das Kleid, das er herstellte, fand seines Meisters entzückten Beifall, also daß er es allen Schneidern der Stadt zeigte, die es aufs höchste priesen und zugaben, daß es nach Schnitt und Arbeit ein hervorragendes Meisterwerk wäre. Der Schneider aber freute sich in höchster Freude, dieweil er einen so geschickten Gehilfen hatte, und er gab ihm zwölf Nusfs täglichen Lohns. So hatte denn der Prinz genug, um in Bagdad ein angenehmes Leben zu führen.

So nun stand es um ihn, als eines Tages der Gelehrte Abu Nowas, der von Natur heftigen Gemütes war, mit seinem Weibe einen Streit bekam und in seinem Zorne zu ihr sprach: »Geh, einmal, zweimal, dreimal, ich scheide mich von dir!« Kaum aber hatte er diese Worte ausgesprochen, so bereute er sie auch schon, denn er liebte sein Weib von ganzem Herzen. Er wollte sie in seinem Hause behalten und auch fernerhin wie bisher mit ihr zusammenleben; aber der Kadi widersetzte sich dem und sagte, zuvor müßte ein Hulla oder Zwischengatte den Beischlaf mit ihr ausüben, um sich dann von ihr zu scheiden; das heißt, es müßte zuvor ein andrer Gatte sich ihr vermählen und von ihr scheiden; dann dürfe der Gelehrte sich ihr von neuem vermählen, wenn er wollte. Da nun der Khwadschah sich gezwungen sah, sich den Gesetzen zu beugen, beschloß er, den Prinzen Malik al Nasir zum Hulla zu nehmen. ›Ich muß‹, sprach er bei sich selber, ›den Jüngling als Zwischengatten wählen, den ich aus Mekka nach Bagdad mitgebracht habe; er ist ein Fremdling und ein gutmütiger Mann, und von ihm werde ich alles erlangen, was ich wünsche. Er soll sich heute abend meinem Weibe vermählen, und morgen früh muß er sich von ihr scheiden.‹ Und als er zu diesem Entschluß gekommen war, ließ er den Prinzen zu sich rufen, schloß ihn mit seinem Weibe in einer Kammer ein und ging davon.

Kaum aber hatte das Weib Malik al Nasir gesehen, so verliebte es sich auch schon in ihn. Und auch der Prinz fand es schön und lieblich, also daß sie sich ihre Empfindungen offenbarten und nicht versäumten, sich all die gegenseitigen Zeichen der Neigung zu erweisen, die ihre Lage und der Ort ihnen nur erlauben mochten. Nach vielerlei Liebkosungen zeigte das Weib dem Prinzen ganze Kisten voller Gold und Silber und Edelsteine, indem es zu ihm sprach: »Weißt du auch, o Jüngling, daß all diese Reichtümer mir gehören? Dies ist die Mitgift, die ich dem Khwadschah eingebracht habe und die er mir zurückerstatten mußte, als er sich von mir schied. Wenn du morgen erklären willst, daß du mich als dein rechtmäßiges Weib zu behalten gedenkst, so wirst du über all diese Habe ebensosehr Herr sein wie über mich selber.« »O meine Herrin,« versetzte der Prinz, »kann mich der Gelehrte nicht zwingen, dich ihm zurückzugeben?« »Nein, wahrlich nicht,« erwiderte sie, »es steht ganz bei dir, ob du dich von mir scheiden willst oder nicht.« »Wenn es so steht,« sprach Malik al Nasir, »so verspreche ich dir, dich zu behalten; du bist jung, schön und reich; ich könnte leicht eine schlechtere Wahl treffen. Laß den Gelehrten nur kommen, du wirst schon sehen, welchen Empfang ich ihm bereite.«

Am folgenden Tage kam der Khwadschah in aller Frühe und öffnete die Tür. Und als er ins Zimmer trat, ging ihm der Prinz lachenden Antlitzes entgegen und sprach zu ihm: »O Gelehrter, wieviel Dank bin ich dir schuldig, dieweil du mir ein so liebliches Weib gegeben hast!« »O Jüngling,« versetzte der Khwadschah, »sieh sie an und sprich: ›Geh, einmal, zweimal, dreimal, ich scheide mich von dir!‹« «Das sollte mir leid tun«, sprach Malik al Nasir; »in meiner Heimat ist es ein großes Verbrechen, wenn man sich von seinem Weibe scheidet; es ist eine schmähliche Handlung, die man den Gatten unablässig zum Vorwurf macht, wenn sie feige genug sind, sie zu begehen. Da ich mich einmal dieser Dame vermählt habe, will ich sie auch behalten.« »Wie, o Jüngling?« rief der Gelehrte aus, »was bedeutet diese Rede? Machst du dich über mich lustig?« »O nein, du Gelehrter,« versetzte der Prinz, »ich spreche in vollem Ernst; das Weib gefällt mir, und offen gestanden, auch ich gefalle ihr besser als du, der du unter der Jahre Last gebeugt bist. Glaube mir, denke nicht mehr an sie; denn all deine Gedanken wären zwecklos.« »O Himmel!« rief der Gelehrte aus, »was für einen Hulla habe ich mir da in einem törichten Einfall gewählt! Wie leicht die Menschen doch andre falsch beurteilen! Ich hätte darauf geschworen, daß dieser junge Bursche tun würde, was ich wollte. Ach, lieber wollte ich noch, er hätte damals meinen Beutel behalten, als daß er mir mein Weib nimmt!«

Und der Gelehrte fuhr fort, ihn zu beschwören, damit er sie ihm zurückgäbe; und er warf sich ihm zu Füßen; aber wie sehr er auch bat und was er auch sagen mochte, der Prinz blieb unerbittlich. Der Khwadschah glaubte, vielleicht würde das Weib mehr Macht über Malik al Nasirs Gedanken haben als er und sie werde sich nichts Besseres wünschen, als daß der Prinz sich von ihr schiede; und also wandte er sich an sie und sprach zu ihr: »O innerstes Wesen meines Lebens, da dieser Jüngling hier meiner Bitten nicht achtet, benutze du selber die ganze Macht deines Mondgesichts, um von ihm zu erlangen, daß er dich meiner Liebe zurückgebe.« »O du mein teurer Gelehrter, mein einstiger Gatte,« versetzte das Weib, indem es tat, als wäre es aufs höchste bekümmert, »es ist sinnlos, eine solche Gnadentat von ihm zu erwarten; er ist hartnäckig und wird seinen Fang nicht wieder freigeben. Ach, wie sehr schmerzt es mich, daß ich nicht wieder dein Weib werden kann!« Da nun der Khwadschah diese Worte für aufrichtig hielt, so steigerte sich sein Kummer noch, und von neuem bat er Malik al Nasir, sich von dem Weibe zu scheiden, ja er begann bitterlich zu weinen; doch selbst seine Tränen fruchteten nicht mehr als seine Reden. Der Prinz blieb fest, und schließlich ging der Gelehrte, als er jede Hoffnung, ihn jemals beugen zu können, fahren ließ, zum Kadi, um wider den Hulla Klage zu führen. Der Richter aber lachte seiner Klagen und erklärte, daß das Weib nicht länger ihm gehöre, sondern rechtmäßig im Besitz des jungen Schneiders verbliebe, den niemand zwingen könnte, sich von ihr zu scheiden. Der Khwadschah war ob dieses Abenteuers in Verzweiflung, also daß er meinte, darob von Sinnen zu kommen. Er erkrankte, und die geschicktesten Ärzte von Bagdad vermochten ihn nicht zu heilen.

Als er nun schließlich auf seinem Sterbebette lag, verlangte er den Prinzen zu sprechen. »O Jüngling,« sprach er zu ihm, »ich vergebe dir, daß du mir mein Weib geraubt hast; ich darf dir darob nicht länger grollen, denn es ist alles nach Gottes Willen geschehen. Weißt du wohl noch, daß ich in Mekka unter der goldenen Traufe ein Gebet für dich ver-

richtet habe?« »Ja,« versetzte da der Prinz, »ich weiß sogar noch, daß ich nicht ein einziges Wort von deinem ganzen Gebet verstand und daß ich nur in aller Andacht amen sagte, ohne zu wissen, worum es sich handelte.« Da sprach der Gelehrte: »Dies war der Wortlaut meines Gebetes: ›O mein Gott, laß es so geschehen, daß eines Tages all meine Habe mit allem, was ich liebe, diesem Jüngling rechtgemäß anheimfallen möge!‹
Freilich«, fuhr der Khwadschah fort, »bist du mir dafür nicht soviel Dank schuldig, wie du wohl glauben magst, denn ich sprach diese Bitte nicht völlig aus eigenem Antrieb aus. Ich will dir gestehen, daß ich die Absicht hatte, ein andres Gebet zu tun, und ich weiß nicht, welche Macht und welche göttliche Regung mich mit sich fortriß, also daß ich wider Willen diese Bitte tat. Wie du siehst, fand sie Erhörung, denn fast alles, was ich besaß, gehörte meinem Weibe, und sie gibt es dir mitsamt ihrer Liebe. Ich rufe alle, die hier zugegen sind, als Zeugen dafür auf, daß mein Wunsch und Wille dieser ist: Was sich nach meinem Tode an Hab und Gut auch finden möge und was mir gehörte, das soll dein rechtmäßiger Besitz sein.« Diesen Letzten Willen ließ er niederschreiben und von all den Zeugen unterzeichnen. Auch er selber unterschrieb ihn, und drei Tage darauf verschied er.
Malik al Nasir also lebte hinfort mit seinem Weibe im Hause des Gelehrten, und er ergriff Besitz von all seiner Habe. Er übte nicht mehr den Beruf eines Schneiders aus, sondern nahm sich eine große Anzahl von Dienern und dachte nur noch daran, in Bagdad ein herrliches Leben zu führen. Er freute sich in höchster Freude ob seines Loses und hielt sich für glücklicher als den Sultan Malik Aschraf,

seinen Bruder. Er dachte nur noch daran, sich tagtäglich mit allen Jünglingen der Stadt zu ergötzen, bis das Schicksal, das sich darin gefiel, ihn zu verfolgen, diesem Leben in Herrlichkeit und Freuden ein Ende machte.

Als er eines Abends, nachdem er sich den ganzen Tag hindurch vergnügt hatte, in sein Haus zurückkehren wollte, pochte er kräftig an seine Tür. Und da ihm niemand auftat, so pochte er nur noch heftiger, während er zugleich nach seinen Dienern rief, doch niemand gab eine Antwort. »Oh,« sagte der Prinz, »meine Leute müssen sämtlich tot sein oder außerordentlich fest schlafen.« Und schließlich pochte er so sehr, daß er die Tür einschlug. Da eilte er hinein und stieg in das Gemach seines Weibes hinauf; doch fand er sie zu seinem höchsten Staunen nicht darin. Und seine Überraschung stieg noch, als er erkannte, daß er in seinem ganzen Hause vergeblich suchte, denn er fand keinen einzigen seiner Sklaven und Diener. Er wußte nicht, was er davon halten sollte, als er in das Gemach seines Weibes zurückkehrte und gewahrte, daß auch die Schatullen, in denen Gold und Edelsteine lagen, verschwunden waren. So verbrachte er denn die Nacht in den traurigsten Gedanken.

Am folgenden Morgen erkundigte er sich in der Nachbarschaft, ob man nicht am Tage zuvor, während er sich in der Stadt vergnügte, bemerkt hätte, daß in seinem Hause etwas Außergewöhnliches vorginge. All seine Nachbarn verneinten diese Frage, und er konnte von ihnen keinerlei Aufklärung über dieses unheimliche Abenteuer erhalten. Er stellte alle nötigen Nachforschungen an, doch ohne irgend etwas zu erfahren. Zu allem Unglück aber kam der Kadi auch noch auf den Gedanken, Malik al Nasir möchte vielleicht gar sein Weib getötet haben und stelle sich nur so, als bereitete ihm ihr Verschwinden soviel Schmerz, um jeden Argwohn des Mordes von sich abzuwehren; er ließ den Prinzen also ergreifen, und trotz seiner Unschuld mußte der Jüngling froh sein, sich mit dem Opfer all seiner Habe aus dieser Angelegenheit herauszuziehen.

So war denn nun der Prinz Malik al Nasir von neuem in ebender Lage, in der er gewesen war, als er sich dem Weibe Abu Nowas vermählte. Er kehrte zu seinem Schneidermeister zurück und nahm das Gewerbe der Nadel wieder auf. Doch da es in seiner Natur lag, sich ob jeglichen Unglücks zu trösten, so vergaß er sein jüngstes Mißgeschick ebensoschnell wie das frühere. Und als er eines Tages im Laden seines Meisters an der Arbeit war, blieb plötzlich ein Vorübergehender stehen, sah ihn aufmerksam an und rief alsbald: »Ich irre mich nicht, das ist der Prinz Malik al Nasir; er selber ist es, den ich mit Augen sehe.« Da sah auch der Prinz diesen Fremdling aufmerksam an und erkannte in ihm den Schneider aus Kairo, bei dem er seine Lehrjahre durchgemacht hatte; und er stand auf und ging ihm entgegen, um ihn zu umarmen. Aber der Schneider warf sich, statt ihm die Arme entgegenzustrecken und ihn an die Brust zu drücken, vor ihm nieder und küßte zwischen seinen Händen den Boden, indem er sprach: »O Prinz, ich bin deiner Umarmungen nicht würdig, zwischen dir und einem Menschen, wie ich es bin, liegt ein zu großer Abstand. Dein Schicksal hat sich gewandelt, und das Glück, das dir bislang so feindlich war, überschüttet dich jetzt mit seinen kostbarsten Gaben. Der Sultan Malik Aschraf ist tot, und sein Verscheiden hat im Lande Ägypten schwere Unruhen im Gefolge gehabt; die meisten der Großen wollten einen Prinzen deines Hauses auf den Thron erheben; ich aber reizte das ganze Volk zu deinen Gunsten wider sie auf und trat an der Spitze meiner Anhänger vor sie hin. ›Weshalb‹, sprach ich zu diesen Großen, ›wollt ihr die Krone demjenigen nehmen, der ihr rechtmäßiger Erbe ist? Der Prinz Malik al Nasir muß unser Sultan werden; ihr wißt recht wohl, aus welchem Grunde er Ägypten verlassen mußte; ihr wißt, daß er, nur um sein Leben vor der grausamen Klugheit seines Bruders zu retten, aus der Heimat entfliehen mußte. Ich bin Zeuge, daß er sich verkleidete und sich Pilgern anschloß, die nach Mekka zogen. Seit jener Zeit habe ich zwar nichts wieder von ihm vernommen, aber ich bin überzeugt, daß er noch lebt; Gott wird einen so tugendhaften Prinzen nicht zugrunde gehen lassen. Gebt mir zwei Jahre, damit ich ihn suche; und unterdessen vertraut die Leitung des Staates unsern weisen Wesiren an; und wenn mein Suchen kein Ergebnis hat, so könnt ihr immer noch den Prinzen zum Sultan erwählen, den ihr jetzt zu krönen wünscht.‹ Und als ich also gesprochen hatte,« fuhr er fort, »willigten die Großen ein, daß ich dich suchen sollte, zumal das ganze Volk mein Begehren mit seiner Stimme unterstützte. Sie gewährten mir eine Frist von zwei Jahren, um dich zu finden; und jetzt suche ich dich bereits seit einem Jahre von Stadt zu Stadt bei allen Schneidern der Welt; und ohne Zweifel hat mich endlich der Himmel hierhergeleitet, da ich das Glück habe, dich zu finden. Auf, o mein Prinz, folge mir, ohne länger zu zögern, und zeige dich den Völkern, die deiner harren, um dich auf den Thron deiner Väter zu erheben.« Malik al Nasir dankte dem Schneider für seinen Eifer und versprach ihm, sich zur gegebenen Zeit und am rechten Orte seiner zu erinnern; dann aber machten sie sich noch selbigen Tages nach der Stadt Kairo auf den Weg.

Sowie sie angekommen waren, ließ der Prinz Malik al Nasir sich anerkennen, und die Großen, die am leidenschaftlichsten dafür gewirkt hatten, ihn dem Throne fernzuhalten, zeigten sich jetzt als die eifrigsten Fürsprecher seiner Krönung. Schließlich wurde er zum Sultan ausgerufen, und er nahm bei seiner Thronbesteigung die Huldigung seiner Beis entgegen.

Eines der ersten Dinge, an die der König dachte, war die Belohnung des Schneiders. Er ließ ihn berufen und sprach zu ihm: »O mein Vater, denn ich kann dich bei keinem andern Namen nennen, nachdem du mir einen solchen Dienst geleistet hast, ich verdanke dir nicht weniger als dem Sultan Kalaun. Wenn er mir mit dem Leben das Recht gab, ihm auf seinem Throne zu folgen, so hatte mein Unglück mich um ebendieses Recht gebracht, und ohne dich hätte ich es nimmermehr ausüben können. Es ist nur gerecht, daß ich meine Dankbarkeit zeige; und also mache ich dich zum Großwesir.« »O mein Herr,« erwiderte der Schneider, »ich danke deiner Hoheit für die Ehre, die sie mir antun will, und ich flehe dich in aller Demut an, entbinde mich von der Pflicht, diese Ehre anzunehmen; ich bin nicht zum Großwesir geboren. Ein solches Amt verlangt Gaben, die ich nicht besitze. Du ziehst nur das Wohlwollen zu Rate, das du mir entgegenbringst, und bedenkst nicht, daß ich keineswegs zum Minister tauge. Wenn das Unglück wollte, daß sich die Angelegenheiten deines Königreiches zum Schlimmen wendeten, so würden mir alle deine Völker fluchen, und zugleich würden sie dich tadeln, dieweil du aus einem guten Schneider einen schlechten Minister machtest. Ich bin nicht ehrgeizig genug, um ein hohes Amt ausfüllen zu wollen, das ich nicht verwalten darf. Wenn deine Hoheit mir

Gutes erweisen möchte, so möge sie es tun, ohne die Ruhe und das Glück ihrer Untertanen aufs Spiel zu setzen; befiehl, o mein Herr, daß ich allein das Vorrecht haben soll, für dich und deinen ganzen Hof die Kleider herzustellen. Lieber, o mein Herr, will ich Schneider bleiben, als dein höchster Minister werden, denn ein jeder muß das Gewerbe, das er treibt, verstehen.« Der König war zu verständig, um nicht einzusehen, daß der Schneider recht hatte, wenn er es ablehnte, sein Wesir zu werden; doch er überhäufte ihn mit Wohltaten und gab Befehl, daß er allein die Würde eines Hofschneiders bekleiden sollte; und er verbot unter den strengsten Strafen allen andern Schneidern in Kairo, jemals für seine Würdenträger zu arbeiten.

Der Sultan Malik al Nasir nun ließ es sich angelegen sein, mit allen Kräften dahin zu wirken, daß die Gesetze beobachtet wurden; denn darum hatte sich sein Bruder, der verstorbene König Malik Aschraf, nur wenig gekümmert. Er machte sich bei all seinen Beis beliebt und machte jeden Augenblick seiner Herrschaft durch irgendeine Tat denkwürdig, die seinem Volke nützlich oder angenehm war. Eines Tages aber kam der Kadi der Stadt und suchte den jungen Herrscher auf. »O unser König,« sprach er zu ihm, »ich habe drei Sklaven verhaften lassen, die beschuldigt werden, einen christlichen Kaufmann ermordet zu haben. Zwei von ihnen haben das Verbrechen eingestanden und die Strafe bereits dahin; aber der dritte setzt mich in Verlegenheit, denn er behauptet, unschuldig zu sein und dennoch den Tod zu verdienen. Nun komme ich, um deine Hoheit zu fragen, was mit diesem Menschen geschehen soll.« »Ich will ihn sehen«, versetzte der König, »und ihn selbst verhören. Diese Worte, die sich selber widersprechen, bedürfen einer

Aufklärung, und also führe man ihn mir auf der Stelle vor.« Unverweilt ging der Kadi davon, und als er bald darauf wiederkam, hatte er den Sklaven und den Henker bei sich. Kaum aber hatte der König einen Blick auf den Angeklagten geworfen, so erkannte er in ihm einen der Sklaven, die in Bagdad in seinen Diensten gestanden hatten. Doch er tat, als erkennte er ihn nicht, und sprach zu ihm: »Weh dir! Du wirst beschuldigt, einen Menschen getötet zu haben.« »O mein Herr,« erwiderte der Sklave, »ich bin unschuldig, aber ich verdiene den Tod.« »Wie willst du deine Worte miteinander in Einklang bringen?« fragte der Sultan. »Wenn du unschuldig bist, so verdienst du nicht den Tod; und wenn du den Tod verdienst, so bist du nicht unschuldig.« »Ich bin unschuldig«, versetzte der Sklave, »und verdiene dennoch den Tod. Deine Hoheit wird sich selbst davon überzeugen können, wenn sie mir erlaubt, ihr meine Geschichte zu erzählen.« »Sprich,« erwiderte der König, »ich bin bereit, dich anzuhören.«

»O mein Herr,« hub der Sklave an, »ich bin in Bagdad geboren. Ich diente dort einem Jüngling, der Schneider gewesen war und einen Khwadschah beerbt hatte. Dieser Jüngling war sehr schönen Wuchses, und was sein Gesicht angeht, so will ich dir gestehen, o mein Herr, daß es dem deiner Hoheit aufs genaueste glich; in meinem ganzen Leben habe ich noch keine so vollkommene Ähnlichkeit gesehen. Der nun hatte ein Weib von seltener Schönheit, das er sehr liebte; und sicherlich hätte er sie glücklich gemacht, wenn sie vernünftig gewesen wäre; aber das war sie nicht, denn eines Tages sagte sie mir unter vier Augen, sie hätte eine Neigung zu mir gefaßt, und wenn ich sie entführen wollte, so könnten wir beide den Weg nach Bassorah einschlagen. ›Dort werden wir herrlich und in Freuden leben,‹ fügte sie hinzu, ›denn wir werden all mein Gold und meine Edelsteine mitnehmen.‹ ›Nein, o meine Herrin,‹ erwiderte ich, ›ich kann mich nicht dazu entschließen, meine Pflicht zu verletzen und die Ehre meines Herrn zu vernichten.‹ Sie spottete meines Widerspruchs und wußte meine Bedenken schließlich durch ihre Liebkosungen zu überwinden. Und als wir soweit waren, handelte es sich nur noch darum, unsern Plan so auszuführen, daß niemand etwas davon merkte und daß der Gatte nicht später erfahren könnte, was aus uns geworden war.

Zu diesem Zweck nahm die Herrin eines Tages, als er sich in der Stadt vergnügte und wir wußten, daß er erst sehr spät nach Hause kommen würde, all ihre Diener beiseite und sprach, indem sie einem jeden eine Handvoll Gold gab, zu dem einen: ›Geh du nach Damaskus in Syrien und hole mir Kohle und Henna, denn beides ist dort am besten zu haben. Und du‹, fuhr sie, zu einem andern gewandt, fort, ›geh nach Mekka und erfülle ein Gelübde, das ich getan habe, nämlich das, einen Pilgerzug dorthin zu schicken.‹ Kurz, sie gab ihnen allen Aufträge, die ganze Jahre in Anspruch nahmen, und ließ sie auf der Stelle aufbrechen. Und als wir beide allein zurückgeblieben waren, beluden wir uns mit allem, was groß war an Wert und doch nicht beschwert, und zogen mit Einbruch der Nacht davon; die Tür verschlossen wir, und darauf schlugen wir den Weg nach Bassorah ein.

Ohne haltzumachen zogen wir die ganze Nacht hindurch und auch noch die Hälfte des folgenden Tages dahin. Als aber die Herrin von Müdigkeit übermannt war, setzten wir uns am Rande eines Teiches, wo wir vor uns einen prunkvollen Palast erblickten. Wir sahen ihn uns aufmerksam an, und wir sagten uns, daß er einem großen Fürsten gehören müßte. Da sahen wir, wie ein Jüngling mit dem Gefolge mehrerer Diener daraus hervorkam, von denen zwei auf ihren Schultern Netze trugen. Da sie geradeswegs auf den Teich zukamen, standen wir auf, um uns zurückzuziehen; aber der Jüngling, dessen Blicke die Herrin bereits auf sich gelenkt hatte, eilte uns nach. Und als er sie grüßte, gab sie ihm seinen Gruß zurück. Da er nun an ihrem Aussehen erkannte, wie sehr sie der Ruhe bedürftig war, bot er ihr seinen Palast an, indem er sagte, er sei der Prinz Guajas al Din Mahmud, der Neffe des Königs von Bassorah. Sie schlug alsbald ihren Schleier zurück und enthüllte ihm ihr Gesicht, um dem Prinzen zu zeigen, daß sie seine Aufmerksamkeit gar wohl verdiente. Sie nahm seine Einladung an, und mir war, als betrachtete sie ihn mit Vergnügen. Zugleich aber merkte ich auch, daß sie auf ihn einen großen Eindruck gemacht hatte, und ich sah in dieser Begegnung ein schlimmes Zeichen, und nicht zu Unrecht fürchtete ich ihre Folgen. Mahmud vergaß, daß er gekommen war, um sich mit dem Fischfang zu vergnügen, und dachte nur noch an die Herrin. Er führte sie in den Palast und ließ sie in ein prunkvolles Gemach eintreten, wo sie sich auf ein Lager setzte; und als der Prinz sich neben sie gesetzt hatte, begannen sie sich flüsternd miteinander zu unterhalten, und ihre Unterhaltung dauerte so lange, bis ein Diener kam, um seinem Herrn zu melden, daß die Mahlzeit bereitet wäre. Da nahm Mahmud die Herrin bei der Hand und führte sie in einen Saal, wo für drei Gäste gedeckt war; und ferner stand dort ein Tisch mit Bechern und Krügen aus lauterm Golde voll herrlichen Weins. Sie setzten sich und boten mir den dritten

Platz. Ein Sklave schenkte mir emsig zu trinken ein und versah sein Amt so eifrig, daß ich meinen Becher kaum je geleert hatte, ohne daß er ihn auf der Stelle wieder bis zum Rande füllte. Die Dünste des Weines stiegen mir zu Kopfe, und also schlief ich bald darauf ein.

Als ich am folgenden Morgen erwachte, sah ich zu meinem größten Staunen, daß ich am Ufer des Teiches lag. ›Die Diener des Prinzen Mahmud werden mich hierhergetragen haben,‹ sagte ich bei mir selber, ›um sich einen Scherz zu erlauben.‹ Damit erhob ich mich, ging zu dem Palast und pochte an die Tür. Ein Mann tat mir auf und fragte mich, was ich wollte; und ich erwiderte ihm: ›Ich komme, um die fremde Herrin zu sehen, die in diesem Palaste ist.‹ ›Hier ist keine Herrin‹, erwiderte er, indem er mir die Tür schroff vor der Nase zuschlug. Ich aber war mit dieser Antwort durchaus nicht zufrieden, sondern pochte zum zweitenmal. Da zeigte sich derselbe Mann und fragte wiederum: ›Was wünschest du?‹ ›Erkennst du mich nicht wieder?‹ fragte ich. ›Ich war im Geleit der schönen Herrin, die gestern hier eingezogen ist.‹ ›Ich habe dich noch nie gesehen‹, erwiderte der Mann; ›in diesen Palast ist keinerlei Herrin eingezogen, geh deines Weges und poche nicht noch einmal, wenn du es nicht bereuen willst.‹ Und mit diesen Worten schloß er die Tür abermals in großer Eile. ›Was soll ich von alldem halten?‹ fragte ich mich selber; ›schlafe ich noch? Nein, und sicherlich habe ich auch nicht geträumt, was gestern in diesem Palast vorgegangen ist. Nichts kann wirklicher sein. Ach, ich errate, wie es zusammenhängt; die Diener des Prinzen, die mich in meinem Rausch an das Ufer des Teiches getragen haben, wollen sich ergötzen, indem sie beobachten, wie ich die Dinge aufnehmen werde.‹ Ich pochte also zum drittenmal, und wiederum tat mir der Mann auf, der schon zweimal mit mir gesprochen hatte. Zugleich aber kamen noch drei oder vier andre Männer zum Tore heraus; die waren mit Stöcken bewaffnet, stürzten sich auf mich und versetzten mir so viel Schläge, daß ich bewußtlos am Boden liegenblieb.

Als ich wieder zu mir kam, erhob ich mich, und als ich mir alles vor Augen hielt, was am Tage zuvor zwischen dem Prinzen und der Herrin geschehen war, sagte ich mir, daß sie sich meiner hätten entledigen wollen und daß ich noch billig davongekommen wäre. Ich hub an, mich ob meines Unglücks zu beklagen, und stieß tausend Flüche gegen die Herrin aus; aber ich schwöre dir, daß mich die Not, in der ich mich befand, minder bekümmerte als der Schmerz und die Reue ob meines Verrats an meinem Gebieter. Von Gewissensbissen gequält, verließ ich den verfluchten Palast, und ohne einer bestimmten Straße zu folgen, irrte ich von Stadt zu Stadt und kam auf diese Weise nach Kairo, das ich gestern abend erreichte.

Als nun eben die Nacht hereinbrach und ich noch immer nicht wußte, wo ich unterkommen sollte, sah ich in einer abgelegenen Straße zwei Männer, wie sie einen dritten ermordeten. Und dieser, der, wie man sagt, ein christlicher Kaufmann war, stieß ein lautes Geschrei aus, also daß die Mörder aus Furcht vor den Wachen in der Richtung auf mich zu die Flucht ergriffen; und eben kamen sie an mir vorüber, als auch schon die Wachen herbeieilten, und da sie glaubten, ich gehörte zu diesen Räubern, so warfen sie mich mit ihnen in den Kerker.

Das, o mein Herr,« fügte der Sklave aus Bagdad hinzu, »ist alles, was ich deiner Hoheit berichten wollte. Ich bin unschuldig an dem Morde, an dem man mir eine Mitschuld zur Last legt; doch ich verdiene den Tod, weil ich es über mich gewann, meinen Gebieter zu verraten und mich auf die treulosen Worte eines Weibes zu verlassen.«

Als nun der Sultan Malik al Nasir diesen Bericht vernommen hatte, ließ er den Sklaven in Freiheit setzen. »Geh,« sagte er, »ich begnadige dich, weil du es bereust, daß du deine Pflicht verletzt hast; ein andermal hüte dich besser vor den Verführungskünsten deiner Gebieterinnen und laß es dir niemals wieder einfallen, sie entführen zu wollen. Denn solcherlei Entführungen werden dir nicht gelingen.«

Und da der König auf diese Weise über die Tücke seines Weibes volle Aufklärung erhalten hatte, dankte er Gott dafür, daß er von ihr befreit war. Er vermählte sich einer Prinzessin von großer Schönheit, die ihm nach zehn Monaten der Ehe einen Sohn gebar. Alle Bewohner Kairos feierten die Geburt des jungen Prinzen durch Lustbarkeiten, die vierzig Tage lang dauerten, denn niemals war ein Sultan von Ägypten von seinen Untertanen so sehr geliebt worden wie Malik al Nasir. Freilich rechtfertigte er diese Liebe auch durch die Sorgfalt, mit der er ihnen seine Herrschaft angenehm und leicht zu machen suchte. Die Stadt Kairo wurde trotz ihrer großen Ausdehnung so trefflich verwaltet, der Wachthauptmann und die Würdenträger, die mit Aufrechterhaltung der öffentlichen Ruhe betraut waren, sorgten so gut dafür, daß sich nicht die geringste Störung ereignete, ohne daß sie benachrichtigt wurden; und der Sultan selber ging, um sich von dem trefflichen Dienst seiner Wachtmeister zu überzeugen, von Zeit zu Zeit mit seinem Großwesir und einigen seiner Hauptleute nachts durch die Straßen der Stadt.

Nun vernahm er eines Nachts, als er an einem großen Hause vorüberkam, das Schreien und Klagen eines Weibes, das offenbar mißhandelt wurde. Er ließ also einen seiner Hauptleute am Tore pochen, und der befahl im Namen des Sultans, daß ihnen aufgetan würde. Der König trat mit seinem Wesir und den andern Leuten seines Geleites ein, und nun vernahmen sie das Schreien deutlicher; und als sie der Richtung folgten, aus der diese Schreie zu kommen schienen, gelangten sie in einen Saal des Erdgeschosses, wo sie zu ihrem Grauen und zu ihrer Überraschung ein blutüberströmtes nacktes Weib erblickten, das zwei Sklaven unerbittlich mit Ruten peitschten, und zwar vor einem Jüngling, der sich an diesem grausamen Schauspiel zu erfreuen schien. Beim Anblick des Sultans ließen die Sklaven auf der Stelle ab, ihr Opfer zu foltern, und trotz seines Zustandes erkannte der König in diesem Opfer das Weib, dem er sich zu Bagdad vermählt hatte. Er ließ sich jedoch nichts davon merken und fragte, weshalb dieses Weib also mißhandelt würde. Da aber der Jüngling inzwischen von seinen Leuten erfahren hatte, daß der Sultan von Ägypten zu ihm spräche, küßte er vor ihm den Boden und sprach zu ihm: »O mein Herr, ich bin der Gatte der Unseligen, die du vor dir siehst. Wenn du wüßtest, weshalb ich mich über sie beklage, so zweifle ich nicht daran, daß deine Hoheit mein Verhalten billigen würde.« »Nenne mir die Gründe,« erwiderte der Sultan, »so werde ich selbst darüber urteilen können.«

»O mein Herr,« erwiderte der Jüngling, »ich bin der Neffe des Königs von Bassorah, und ich heiße der Prinz Guajas al Din Mahmud. Ich lebte in einem Palast, der nur wenige Meilen von Bagdad entfernt ist und mir gehört. Ich verließ ihn eines Abends mit einem Teil meiner Diener, um mich mit dem Fischfang zu ergötzen, als ich diesem Weibe im Geleit eines Mannes begegnete, der aussah wie ein Sklave. Ich begrüßte sie und lud sie ein, sich bei mir auszuruhen. Sie willigte ein, und ich fragte sie, wer sie wäre und wohin sie wollte. Sie erwiderte, sie wäre die Tochter eines Würdenträgers des Sultans von Bagdad, und sie sei nachts aus dem Hause ihres Vaters entflohen, um sich dem Liebeswerben eines alten Beis zu entziehen, dem sie vermählt werden sollte. ›Ich habe die Absicht,‹ fügte sie hinzu, ›mich unter Führung dieses Sklaven, den ich mitgenommen habe, nach Bassorah zu begeben.‹ Und da sie mit Gold und Edelsteinen beladen war, so schenkte ich ihren Worten Glauben. ›O meine Herrin,‹ sprach ich, ›wenn du hierbleiben willst, so sollst du auch hier in Sicherheit sein.‹ ›Ich willige ein,‹ erwiderte sie, ›doch mußt du meinen Sklaven töten, auf daß ihn nicht die Lust ankomme, nach Bagdad zurückzukehren und den Ort meines Aufenthalts zu verraten.‹ Obwohl nun die Klugheit mir riet, das zu tun, was das Weib verlangte, konnte ich mich doch nicht dazu entschließen. Ich begnügte mich damit, daß ich Befehl gab, den Sklaven berauscht zu machen und ihm ein Pulver in seinen Wein zu schütten, also daß er entschliefe und sich, ohne zu erwachen, würde zum Schlosse hinaustragen lassen; ferner wies ich meine Diener an, wenn er sich an der Tür zeigen sollte, so zu tun, als erkennten sie ihn nicht; und wenn es nötig sein sollte, so möchten sie ihn durch ein paar Schläge vertreiben. Und so geschah es. Der Sklave verschwand, und ich flößte dem Weibe bald den Glauben ein, daß man ihn in einen Abgrund geworfen hätte; für den Fall aber, daß der Sklave nach Bagdad gehen sollte, um den Eltern seiner Herrin zu sagen, daß sie in meinem Palast wäre, brach ich wenige Tage später mit ihr auf und begab mich nach Bassorah.

Wir lebten dort in aller Freude aneinander, als ich erfuhr, daß der Sultan von Bagdad aus Gründen, die niemand kannte, beschlossen hatte, den König von Bassorah zu entthronen und ihn mit allen Prinzen seines Blutes hinzurichten. Ich wurde gewarnt und nahm all meine kostbarste Habe und verließ Bassorah bei Nacht; und so bin ich mit diesem Weibe hierhergezogen. Nie hatte ich sie leidenschaftlicher geliebt, und ich dachte nur daran, ihr zu gefallen. Ja um sie durch ein noch ehrenvolleres und festeres Band an mich zu fesseln, habe ich mich ihr sogar vermählt. Und dennoch hat die Undankbare heute zum Lohn für soviel Liebe einem meiner Diener den Vorschlag gemacht, mich zu ermorden; und wenn er es täte, so sei sie bereit, sich ihm hinzugeben und ihm zu folgen, wohin er sie auch führen würde. Dieser Diener aber ist mir treu ergeben, und er hat mir den grauenhaften Vorschlag nicht verheimlicht. Ich erbebte, als ich ihn angehört hatte, und um sie für ihre Tücke zu bestrafen, beschloß ich, sie täglich bis aufs Blut peitschen zu lassen.«

»Nein,« sprach da der Sultan von Ägypten, ohne zu verraten, wie sehr er an all dem beteiligt war, »ein Geschöpf von so abscheulichem Wesen verlangt eine andre Strafe. Sie ist des Lebens unwert; sie ist ein Ungeheuer, von dem wir die Erde so bald wie möglich befreien müssen. Ich befehle, daß man sie auf der Stelle ertränke.« Und kaum hatte er diese Worte gesprochen, so ergriffen seine Wachen die Dame und stürzten sie in den Nil. So fand die Elende ihr Ende, und ihr Leichnam folgte dem Laufe des Flusses und wurde im Schilf bei einer volkreichen Stadt ans Land geschwemmt.

Und da man die Leiche infolgedessen nicht sehen konnte, verpestete sie allmählich die Luft und erzeugte schließlich einen Gestank, der die Pest in die Stadt trug, also daß dreißigtausend Bewohner starben.

DIE GESCHICHTE EINES SUFIS VON BAGDAD

Unter der Regierung des hochberühmten Kalifen Harun al Raschid lebte in Bagdad ein Sufi (das ist ein Mönch), der den Genuß und das Wohlleben liebte; da aber die Almosen, die er von den Gläubigen erhielt, kaum genügten, sein bloßes Leben zu fristen, nahm er seine Zuflucht oft zu Listen, die ihm glückten.

Unter anderm stellte er sich eines Tages vor dem Palaste des Kalifen ein, und als ihn dort ein Pförtner fragte, was er wünsche, entgegnete er, er möge Harun al Raschid sagen, daß er nicht vergessen dürfe, ihm an jenem Tage tausend Golddinare zu schicken. Der Pförtner lachte ob dieser Antwort, und da er den Sufi für einen Narren hielt, so sprach er in spöttischem Ton zu ihm: »O mein Bruder, ich werde mich dieses Auftrags pünktlich entledigen; doch ich bitte dich, sage mir noch, wo du wohnst, auf daß man dir die genannte Summe bringen könne.« Der Sufi also nannte ihm seine Wohnung und zog sich in ernster Würde zurück.

Der Pförtner folgte ihm mit den Augen, bis der Sufi seinem Blick entschwand. Dann erzählte er einigen Dienern des Palastes von dem Vorfall, und alle lachten sehr darob und fanden, daß die Geschichte verdiente, auch dem Kalifen berichtet zu werden. Als nun der Beherrscher der Gläubigen diesen Bericht vernommen hatte, lachte er gleichfalls und gab seinen Würdenträgern Befehl, diesen Menschen aufzusuchen und ihn zu ihm zu führen.

Die Würdenträger fanden den Sufi in dem Hause, das er dem Pförtner des Palastes angegeben hatte; und als sie ihm sagten, daß der Kalif ihn zu sehen wünschte, begab er sich mit ihnen in den Palast, wo er kühn vor Harun al Raschid hintrat. Sprach der Kalif zu ihm: »Wer bist du, und weshalb soll ich dir tausend Golddinare geben?« »O Beherrscher der Gläubigen,« erwiderte der Sufi, »ich bin ein Unglücklicher, dem es an jeglicher Notdurft des Lebens mangelt. In letzter Nacht nun richtete ich, da mein Geist von meinem Elend verbittert und wider mein arges Schicksal empört war, diese Klage an Allah: ›O mein Gott,‹ sprach ich, ›woher kommt es, daß du mir alles versagst, während du den glücklichen Harun al Raschid mit Gütern überhäufst? Was hat er getan, um solche Gunst zu verdienen? Und was habe ich getan, daß du mich so mit deinem Grimme verfolgst? Ich bin ein redlicher Mann, und er ist vielleicht so vielen Reichtums unwert.‹ Und während ich also klagte, vernahm ich eine Stimme vom Himmel, die zu mir sprach: ›Halt inne, Verwegener, halt inne. Wenn du wider dein Schicksal murrst, so nenne nicht Harun al Raschid in deinen Reden; sehr zu Unrecht bezweifelst du, daß der Fürst der wahren Gläubigen das Glück, das er genießt, verdient. Er ist ein tugendhafter König, und er würde dir helfen, wenn er von deinem Elend unterrichtet wäre. Stelle seine Großmut auf die Probe, und du wirst erkennen, daß er durch seine Tugend noch höher über den Menschen steht als durch seinen Rang.‹ Als ich das vernahm, o mein Herr,« fuhr der Sufi fort, »hielt ich in meinen Klagen inne, und heute morgen stellte ich mich vor dem Tor deines Palastes ein, um deine Großmut zu erproben, indem ich tausend Dinare von dir erbat.«

Der Kalif brach ob dieser Rede in ein Gelächter aus, bewunderte die Schlauheit des Sufis und ließ ihm zweitausend Dinare geben. Mit diesem Gelde zog sich der Sufi alsbald zurück, und da er sofort begann, im Wohlleben zu schwelgen, so verfehlte er nicht, die Summe, obwohl sie ziemlich beträchtlich war, in sehr kurzer Zeit zu vergeuden.

Kaum aber sah er sich wieder zu seiner einfachen Lebensweise gezwungen, so wandte er wiederum seine Listen an. Er erfuhr, daß der Kalif leidenschaftlich den Propheten Elias zu sehen wünschte und daß er dem, der ihn ihm zeigen würde, eine hohe Belohnung bot. Mehr bedurfte es nicht, um den Sufi dahin zu bringen, daß er sein Gewerbe übte. Er suchte Harun auf und sprach zu ihm: »O Beherrscher der Gläubigen, ich werde dir in drei Jahren den Propheten Elias zeigen, wenn deine Hoheit mir bis dahin ein Jahrgeld auswirft, von dem ich leben kann. Ich verlange eine gutbestellte Tafel und vier der schönsten Sklavinnen aus deinem Harim.« »Ich gewähre dir beides«, erwiderte der Kalif; »aber bedenke auch, was du mir versprichst. Ich warne dich; wenn ich in drei Jahren nicht den Propheten Elias sehe, so lasse ich dir den Kopf abschlagen.« Der Sufi fügte sich dieser Bedingung, denn er sprach bei sich selber: ›Der Kalif wird mir meinen Trug vergeben, oder es wird sich irgend etwas ereignen, was bewirkt, daß er in Vergessenheit gerät. Inzwischen werde ich drei Jahre in Überfluß und in Freuden verleben.‹ Harun ließ ihm ein Gemach im Palast anweisen und gab Befehl, daß ihm nichts von allem, was er begehren würde, verweigert werden sollte.

Die drei Jahre nun verstrichen, und da der Kalif den Prophe-

ten Elias immer noch nicht gesehen hatte, so sprach er zu dem Sufi: »Wir haben vereinbart, daß ich dir den Kopf abschlagen ließe, wenn ich nach drei Jahren nicht den Propheten Elias sehen würde. Die drei Jahre sind verstrichen, du hast mir Elias nicht gezeigt, und also mußt du sterben.«
Da nun der Sufi auf diese Worte nichts zu erwidern hatte, wurde er in den Kerker geworfen, und soeben stand der Henker im Begriff, ihm sein Leben zu nehmen, als es ihm gelang, die Wachsamkeit seiner Wächter zu täuschen und zu entschlüpfen. Er verbarg sich auf dem Totenacker in einer Höhle, deren Eingang ihm bekannt war.
Dort überließ er sich den grausigsten Gedanken, als plötzlich ein weißgekleideter Jüngling von herrlicher Schönheit vor seinem traurigen Blick erschien und ihn fragte, was ihn gezwungen hätte, sich an einem solchen Orte zu verbergen. Der Sufi aber erwiderte auf diese Frage nur durch einen Seufzer. »Fürchte nichts«, fuhr der Jüngling fort; »ich komme nicht hierher, um dir ein Leid anzutun. Ja, ich bin gesonnen, dir zu dienen. Nenne mir den Gegenstand deiner Sorge und des Schreckens, den ich in deinen Augen lese; vielleicht kann ich dir mehr von Nutzen sein, als du denkst.«
Obwohl nun der Sufi allen Grund hatte, jedem zu mißtrauen, so fühlte er doch irgendwie ein Vertrauen in sich keimen, das jegliche Befürchtung vertrieb. Er erzählte dem Jüngling alles, was zwischen ihm und Harun al Raschid vorgefallen war; und als er geendet hatte, ergriff der Jüngling das Wort und sprach zu ihm: »Ich habe von diesem Abenteuer bereits vernommen, und ich will dir offen sagen, daß ich nicht umhin kann, dich zu tadeln; der Könige darf niemand spotten. Freilich sind sie auch nur Menschen, aber Gott hat sie über die andern gestellt; wir sollen sie auf Erden

als die vollkommensten Abbilder seiner göttlichen Allmacht ehren; und wer sie betrügt, der begeht ein Verbrechen, das die schwerste Sühne verdient. Trotzdem aber will ich dir behilflich sein; folge mir, ich will den Kalifen für dich um Gnade bitten, und ich bin fest überzeugt, daß ich sie dir erwirken werde.«

Durch diese Worte fühlte der Sufi sich vollkommen beruhigt; er folgte dem Jüngling; und als der ihn vor Harun al Raschid geführt hatte, sprach er zu ihm: »O Beherrscher der Gläubigen, ich bringe dir den Sufi, der dich betrogen hat. Ich habe ihn aus dem Versteck geholt, in dem er sich verborgen hatte, und ich komme, um ihn deiner Gerechtigkeit auszuliefern; bestrafe ihn, denn er hat es verdient.« Der Sufi erstaunte in höchstem Staunen, als er seinen Führer derart reden hörte. »O Himmel,« sagte er außer sich vor Schrecken, »wie trügerisch aller Schein doch ist! Wer hätte den Zügen eines so schönen, edlen Jünglings nicht vertraut? Wer hätte ihn wohl eines so schwarzen Verrats für fähig gehalten?«

Der Kalif nun saß auf einem Lager, und sowie er den Sufi gewahrte, konnte er eine Regung des Grimmes, der ihn beherrschte, nicht unterdrücken. »O du Halunke,« rief er, »du Sünder, der du dich durch deine Flucht zum zweitenmal schuldig machtest, jetzt sollst du unter den furchtbarsten Qualen sterben!« Er hatte diese Worte im Tone der Wut gesprochen und sich dabei unter so heftigen Gesten bewegt, daß sein Lager, dessen einer Fuß kürzer war als die andern, umstürzte und ihn in seinem Sturze mitriß. »Gut,« sagte da der Jüngling, der den Sufi begleitete, »ein jedes Ding hat seine Ursache.« Ein Diener beeilte sich alsbald, den Kalifen wieder aufzuheben, und dabei faßte er ihn so hart am Arme an, daß er einen Schrei ausstieß. »Gut,« sagte der Jüngling, der schon einmal gesprochen hatte, »ein jedes Ding hat seine Ursache.«

Als nun Harun al Raschid sich wieder erhoben hatte, wandte er sich dreien seiner Wesire zu, die anwesend waren, und sprach zu ihnen: »O Wesire, was sollen wir mit diesem Sufi beginnen?« Versetzte der erste Wesir: »O Beherrscher der Gläubigen, wir müssen diesen Betrüger vierteilen und an eine Zeltstange hängen um die andern Menschen zu lehren, daß niemand Könige belügen darf.« Da ergriff der junge Führer des Sufis das Wort und sprach: »Dieser Wesir hat recht, denn ein jedes Ding hat seine Ursache.« Der zweite Wesir aber war nicht der Ansicht des ersten. »Ich wollte,« sprach er, »man kochte ihn lebendig in einem Kessel und würfe ihn dann den Hunden als Fraß vor.« Und als der Jüngling das hörte, sprach er: »Dieser Wesir hat recht, denn ein jedes Ding hat seine Ursache.« Der Kalif fragte schließlich auch den dritten Wesir, der wiederum anderer Meinung war. »O unser Herr,« sprach er, »das beste ist, wenn deine Hoheit dem Sufi vergibt und ihn in Freiheit setzen läßt.« »Vortrefflich,« rief der junge Mann zum drittenmal, »ein jedes Ding hat seine Ursache.«

»O Jüngling,« sagte da Harun, indem er den Führer des Sufis fest ansah, »weshalb hast du diese Worte so oft wiederholt? Meine drei Wesire waren sämtlich unterschiedlicher Meinung, und trotzdem sagtest du, nachdem ein jeder von ihnen gesprochen hatte: ›Dieser Wesir hat recht, denn ein jedes Ding hat seine Ursache.‹ Wenn du also sprachest, so steckte eine geheime Absicht dahinter, und also erkläre mir, was du meintest.« »O König,« erwiderte der Jüngling, »deine Hoheit ist gefallen, weil das Lager, auf dem du saßest, einen

Fuß hat, der kürzer ist als die andern drei; und da ein Hinkender dieses Lager gemacht hat, so sagte ich alsbald: ›Gut, ein jedes Ding hat seine Ursache.‹ Der Diener, der dich aufhob und so hart am Arme packte, war der Sohn eines Gliedereinrenkers, und also sagte ich: ›Gut, ein jedes Ding hat seine Ursache.‹ Als dann der erste Wesir seine Meinung dahin abgab, daß der Sufi auf eine Zeltstange gesteckt werden müßte, sagte ich: ›Gut, ein jedes Ding hat seine Ursache‹, weil dieser Wesir der Sohn eines Fleischers ist. Die gleichen Worte wiederholte ich, als der zweite Wesir eine andre Meinung vernehmen ließ; denn da er der Sprößling eines Koches ist, so konnte er keinen Wahrspruch fällen, der besser mit seiner Herkunft im Einklang gestanden hätte. Der dritte aber, der dir anriet, Verzeihung zu üben, ist von edler Geburt, und deshalb sagte ich wiederum, daß jegliches Ding seine Ursache hat.

O unser Herr,« fuhr der Jüngling fort, »nachdem ich dir diese Aufklärung gegeben habe, muß ich dir noch eine weitere geben. Erfahre, daß ich der Prophet Elias bin. Du sehnst dich seit so langer Zeit darnach, mich zu erblicken, daß ich dir die Befriedigung deines Wunsches nicht abschlagen wollte. Aber bedenke auch, daß ich damit ein Versprechen erfülle, das der Sufi dir in seiner Verwegenheit gegeben hat.« Und kaum hatte der Jüngling also gesprochen, so war er auch schon verschwunden. Der Kalif freute sich in höchster Freude, dieweil er Elias gesehen hatte; er vergab dem Schuldigen und warf ihm sogar ein Jahrgeld aus, damit ihn die Not nicht länger zwänge, Schelmenstreiche zu begehen, um in Ruhe leben zu können.

Als Akschid, der Sultan von Ägypten, nachdem er hoch in die Jahre gekommen war, den letzten Tag seines Lebens nahen fühlte, versammelte er seine drei Söhne und sprach zu ihnen: »O meine Kinder, ich werde bald mit meinen Werken vor dem Gericht des Höchsten erscheinen; aber ehe der Engel des Todes das Haupt auf mein Kopfkissen legt, befehle ich euch, mein Begräbnis zu feiern. Ich will sehen, wie ihr es vollziehen werdet, wenn ich zu leben aufgehört haben werde. Befriedigt meine Neugier; befehlt auf der Stelle in meinem Namen all meinen Wesiren, daß sie eiligst all meine Nachbarn und Gefolgsleute unter den Khans und den Königen benachrichtigen, damit sie sich zu dieser Feier einfinden. Nichts möge fehlen, und sie möge mit demselben Prunk stattfinden, als wenn ich schon aus der Welt geschieden wäre.« Die drei Prinzen brachen ob dieser Worte in Tränen aus, doch sie schickten sich alsbald an, dem König, ihrem Vater, zu gehorchen.

Die Wesire erließen alle Befehle, die für ein so trauriges Fest geboten waren, und auch der Tag der Feier wurde festgesetzt. Die Beis trafen alle Zurüstungen, die von ihnen erwartet wurden, und als der Tag nahte, war demgemäß alles bereit. Der ganze Palast wurde mit Trauerfarben behangen; auf dem großen Platz stellte man all die Krieger der Leibwache in Schlachtordnung auf, und es waren ihrer an fünfzigtausend Mann; und nachdem ihnen in goldenen Beuteln der Sold gereicht worden war, traten all die Beis in das Gemach des Sultans, der auf seinem Lager lag; sie nahmen ihn und trugen ihn auf einen Thron, vor dem vier Wesire unter einem prachtvollen Baldachin, der von vier Prinzen, den Söhnen von Königen, getragen wurde, einen Sarg niedersetzten. Dann begannen sechs Beis überall Erde auszustreuen, die dem Palast entnommen und mit unendlich vielen kleinen Stücken Taft in allerlei Farben untermischt war. Und schließlich kamen die drei Söhne des Königs und schmückten den Sarg mit einer unermeßlichen Fülle von Edelsteinen, um ihn schließlich mit Akschids Krone zu krönen, die mit großen, blendenden Diamanten eingelegt war.

Als dann in dieser Weise alles gerüstet war, ergriffen vier große Khans, das heißt vier freie Fürsten der Tataren, den Sarg an seinen vier Füßen und hoben ihn auf ihre Arme. Vor dem Sarge schritten, Psalmen singend, die Schaikhs oder Gelehrten einher. Denen folgten die Sahids oder Einsiedler, deren einer auf einer gesattelten Kamelstute ritt und mit großer Ehrfurcht den Koran trug. Die Fürsten und Königssöhne, die Khans und ihre Sprößlinge schritten neben dem Sarg einher, und unmittelbar hinter ihm folgten zweihundert Tamburinschläger, die eine Trauerweise schlugen und Verse zum Ruhme des Königs sangen; und plötzlich unterbrachen sie sämtlich ihre Gesänge und riefen mit lauter Stimme: »O grausames Schicksal! O Tag des Unglücks! Der König, der gerechteste aller Könige, der Eroberer der Reiche, der Vernichter der Feinde und der Ernährer der Freunde, ist tot!« Nach diesem Ausruf warfen sie mit vollen Händen schwarzgefärbte Mandeln auf den Sarg.

Hinter diesen Tamburinschlägern aber schritten fünfzig Wesire in langen schwarzen und blauen Trauergewändern; und hinter ihnen wieder kamen die Beis, die in ihren Händen zerbrochene Bogen trugen. Und denen wieder folgten zehntausend Kamele mit goldenen Sätteln und Zügeln; allen waren die Schwänze beschnitten, und zehntausend schwarze Sklaven in blauem Linnen führten sie am Halfter. Den Schluß des Zuges aber bildeten sämtliche Sklavinnen aus dem Harim, die sich die Gesichter schwarz und blau bestrichen hatten; ihr Haar war gelöst, und sie schrien und heulten furchtbar.

Ob dieses Schauspiels stieß der alte Akschid einen tiefen Seufzer aus und rief: »Ich habe mein Leichenbegängnis schon vor dem Tode gesehen!« Dann befahl er, daß man ihm hülfe, vom Throne herabzusteigen, und als er herabgestiegen war, hob er eine Handvoll von jener Erde auf, die die Beis gestreut hatten, rieb sich Kopf und Bart damit und sprach: »Die Erde bedecke einen Mann wie mich, der während seiner langen Regierung nichts vollbracht hat, dessen die Nachwelt gedenken könnte.« Damit wandte er sich seinen Wesiren zu und sprach zu ihnen: »Ich will ein paar Stiftungen gründen. Schreibt!« Der Großwesir machte sich bereit, um zu schreiben, und der Sultan sagte ihm folgende Worte vor: »Zunächst hinterlasse ich eine Million zweihundertundzwanzigtausend Aktschas zum Bau eines Spitals für die Moslems, die vom Aussatz befallen sind. Die gleiche Summe hinterlasse ich für den Bau einer Schule, in der Bogenschießen und Ballspiel gelehrt werden sollen. Und für die dritte Stiftung befehle ich, daß man einen neuen Khan errichte; der soll gefüllt sein mit schwarzen Frauen zur Bedienung weißer Reisender; und zu seiner Erhaltung soll man meinem Schatz jeden Tag fünfhundert Dinare entnehmen. Viertens und letztens aber befehle ich, daß man Bäder errichte, die geschiedenen Frauen als Zuflucht dienen sollen, bis sie Hullas oder Zwischengatten gefunden haben;

und zu diesem Zweck hinterlasse ich neunhunderttausend Aktschas.«

Als nun der König diese frommen und wohltätigen Stiftungen verkündet hatte, ließ er sich die Bücher des Korans bringen und vorlesen. Dem Vorleser gab er tausend Dinare, den Einsiedlern und Derwischen je fünfhundert und allen Blinden und Lahmen je hundert. Dann wurde das Totenmahl bereitet. Die Speisen wurden in goldenen Gefäßen aufgetragen, und einem jeden, dem sie angeboten wurden, wurde gesagt: »Auch das Gefäß gehört dir; es ist dir erlaubt, es mitzunehmen.« Und nach dem Gastmahl setzte Akschid alle Sklavinnen in Freiheit, die sich in seinem Palast befanden.

Das war die Feier, die der Sultan abhalten ließ und die am folgenden Tage von neuem beginnen mußte, denn er erkrankte noch selbigen Tages. Er legte sich nieder, und da er den letzten Augenblick nahen fühlte, rief er die drei Prinzen, seine Söhne, und sprach zu ihnen: »O meine Kinder, ich habe im Winkel meiner Kammer zur linken Hand dessen, der eintritt, eine Schatulle verborgen, darin die herrlichsten Edelsteine der Welt enthalten sind; ich befehle euch, sie nach meinem Tode gleichmäßig unter euch zu verteilen, sowie ihr meinem Grabe die Ehren erwiesen habt, die ihr ihm schuldig seid.«

Der König starb; aber der jüngste seiner Söhne ging in seiner Ungeduld, die Schatulle zu sehen, von der er ihn hatte reden hören, allein in die Kammer, fand sie und war von der Schönheit der Edelsteine so geblendet, daß er beschloß, sie zu behalten und zu behaupten, daß er sie nicht genommen hätte. Kaum nun war die Leichenfeier Akschids vorüber, so eilten auch die beiden andern Brüder, getrieben von der gleichen Neugier wie ihr Bruder, in die Kammer. Sie begnügten sich nicht damit, den Winkel zur linken Hand dessen, der eintritt, zu untersuchen, sondern sie sahen überall nach; und sie erstaunten in höchstem Staunen, als sie fanden, daß all ihr Suchen vergeblich war. Da traf der dritte Prinz ein und sprach zu ihnen: »O meine Brüder, sind die Edelsteine wirklich so schön?« »Das weißt du besser als wir,« erwiderte der älteste, »ich müßte mich sehr täuschen, wenn du sie nicht entwendet hast.« »Ei, wahrlich,« rief der jüngste Prinz, »ihr tischt mir da ein heiteres Märchen auf; ihr selber habt sie entwendet, und jetzt wollt ihr mich des Diebstahls bezichtigen.« »Hört mich an, o meine Brüder,« unterbrach der zweite Prinz sie, »einer von uns dreien muß sie notwendig gestohlen haben, weil kein andrer als wir diese Kammer betreten darf. Wenn ihr meinem Rate folgen wollt, so laßt uns zum Kadi schicken, der als der klügste und scharfsinnigste Mann in ganz Kairo gilt; er wird uns verhören und vielleicht den Dieb entdecken.« Die beiden andern Prinzen willigten ein, und sie ließen also den Kadi kommen, der zu ihnen sprach, als er vernommen hatte, worum es sich handelte: »O meine Herren und Prinzen, bevor ich sage, welcher von euch dreien die Edelsteine genommen hat, flehe ich euch an, aufmerksam der Geschichte zu lauschen, die ich euch erzählen möchte:

Es lebte einmal ein Jüngling, der ein Mädchen leidenschaftlich liebte und auch bei ihr Liebe fand. Sie beide wünschten, daß eine glückliche Heirat sie vereinigte; aber die Eltern des Mädchens hatten anders über sie bestimmt; sie sagten sie einem andern Manne zu und standen schon im Begriff, sie ihm zu überliefern, als sie jenem begegnete, den sie liebte. Weinend sprach sie zu ihm: »Du weißt nicht, was vorgeht;

die Meinen wollen mich einem Manne geben, den ich noch niemals gesehen habe; ich muß auf die süße Hoffnung, dir zu gehören, verzichten; welche harte Not!« »O meine Königin,« rief der Liebhaber in Verzweiflung, »o meine Sultanin, was sagst du mir da? Ist es möglich, daß man dich meinem Verlangen entreiße? O Himmel, was soll aus mir werden?« Und während er also sprach, traten ihm die Tränen in die Augen. Sie begannen sich ob ihres Unglücks zu beklagen und rührten einander bis zu Tränen; aber während der Liebhaber nur daran dachte, zu jammern, dachte die Geliebte in ihrer Güte auch daran, seinen Kummer zu lindern. »Mäßige deinen Schmerz,« sprach sie zu ihm, »ich verspreche dir, daß ich in der Hochzeitsnacht, bevor ich mich zu meinem Gatten lege, zu dir kommen werde.« Dieses Versprechen tröstete den Liebhaber ein wenig, und er harrte dieser Nacht in großer Ungeduld.

Inzwischen trafen die Eltern des Mädchens alle Zurüstungen zu der Hochzeit, und schließlich vermählten sie sie dem Manne, dem sie sie bestimmt hatten. Es war Nacht, und schon hatten sich die Neuvermählten in das eheliche Gemach zurückgezogen und rüsteten sich zur Ruhe, als der Gatte merkte, daß sein Weib bitterlich weinte. »Was hast du, o meine Herrin?« fragte er, »was ist die Ursache deiner Tränen? Wenn es dir widerstrebt, dich mir hinzugeben, weshalb hast du es mir da nicht eher gesagt? Ich hätte mich dir nicht mit Gewalt vermählt.« Die Dame erwiderte, daß sie ihm keinerlei Abneigung entgegenbrächte. »Wenn dem so ist,« sprach er, »weshalb bekümmerst du dich dann? Ich beschwöre dich, sage es mir.« Und er drang so sehr in sie, daß sie ihm schließlich gestand, sie hätte einen Liebhaber, aber die Liebe, die sie ihm entgegenbrächte, sei dennoch

minder der Anlaß ihres Kummers und ihrer Tränen als die Unmöglichkeit, ihm ihr Wort zu halten.
Der Gatte nun war ein Mann von trefflichem Verstande und sehr angenehmem Wesen. Er bewunderte die Einfalt seines Weibes und sprach zu ihr: »O meine Herrin, ich weiß dir Dank für deine Offenheit; und statt dir aus diesem unvorsichtigen Versprechen einen Vorwurf zu machen, will ich dir vielmehr erlauben, es zu halten.« »Wie, o mein Herr?« unterbrach sie ihn in höchster Überraschung, »du könntest darein willigen, daß ich meinen Geliebten aufsuche?« »Ja, ich willige ein,« versetzte der Gatte, »doch unter der Bedingung, daß du noch vor Tagesanbruch wieder hier bist; auch mußt du mir versprechen, daß du nie wieder jemandem ein solches Versprechen geben wirst. Da du dein Wort zu halten pflegst, so werde ich billig davonkommen.« Sie schwor ihm, daß sie ihm ewig treu sein würde, wenn er ihr in seiner Nachgiebigkeit diesen einen Ausgang erlauben wollte, ja es solle dies das letztemal sein, daß sie mit ihrem Liebhaber spräche. Auf diesen Schwur hin ging der Gatte selbst hinunter, um die Tür zur Straße geräuschlos zu öffnen, denn er wollte nicht, daß irgendein Diener von diesem Abenteuer erführe; und die Dame verließ das Haus in ihren Hochzeitskleidern, bedeckt mit einer großen Menge von Perlen und Diamanten.
Kaum aber hatte sie zwanzig Schritte getan, so begegnete sie einem Räuber; und als der im Mondschein die Edelsteine blitzen sah, mit denen sie geschmückt war, rief er im Übermaß seiner Freude aus: »Ach, welch ein Glück! O Schicksal, wieviel Dank schulde ich dir, dieweil du mir in einem Augenblick genug bist, um mich reich zu machen!« Mit diesen Worten ging er auf das Weib zu, ergriff es und

schickte sich an, es auszuplündern. Aber als er ihr plötzlich ins Gesicht sah, erschien sie ihm so schön, daß er fast erstarrte. »Was sehe ich?« rief er. »Es ist keine Vision, die mich in Versuchung führt! O Himmel, kann ich soviel Reichtum und Schönheit auf einmal finden? Welche Schätze und welche Reize! Ich weiß nicht, wo ich beginnen soll. Doch, o meine Herrin,« fuhr er fort, »soll ich dem Zeugnis meiner entzückten Augen trauen? Welche Laune des Schicksals treibt eine so reizende und so reichgekleidete Herrin allein um diese Stunde auf die Straße?« Das Weib erzählte ihm in kindlicher Offenheit ihre ganze Geschichte, und der Räuber vernahm sie mit Staunen. »Wie, o meine Herrin?« sagte er, »dein Gatte ist so nachgiebig gewesen, und nur um deine Tränen zu trocknen, hat er einem andern die herrlichste seiner Nächte abgetreten?« »Ja, o mein Herr«, erwiderte sie. »Wahrlich, o meine Herrin,« versetzte der Räuber, »das ist ein sonderbarer Zug! Er bereitet mir große Freude, und da auch ich es liebe, sonderbare Dinge zu tun, so will ich weder deine Edelsteine noch deine Ehre antasten; du darfst deinen Weg fortsetzen; ich will als Dieb so eigenartig sein, wie dein Gatte als Gatte eigenartig ist. Suche deinen glücklichen Liebhaber auf; doch ich will dich führen und geleiten, denn sonst möchtest du wohl gar einem minder eigenartigen Räuber begegnen, als ich es bin.« Mit diesen Worten nahm er sie bei der Hand und gab ihr das Geleit bis zum Hause ihres Liebhabers, wo er von ihr Abschied nahm und sie verließ.

Sie pochte an der Tür; und als ihr aufgetan wurde, stieg sie in die Kammer ihres Liebhabers hinauf, der ob ihres Anblicks aufs höchste erstaunte. »O mein teurer Herr,« sprach sie zu ihm, »ich komme, um mein Versprechen zu halten, denn ich bin heute vermählt worden.« »Und wie«, rief der Jüngling aus, »hast du dich der ungeduldigen Leidenschaft deines Gatten entziehen können? Du solltest, so scheint es mir, in diesem Augenblick in seinen Armen liegen.« Da legte die Dame ihm ein aufrichtiges Geständnis über das ab, was zwischen ihr und ihrem Gatten vorgefallen war. Nun erstaunte der Liebhaber darob nicht minder, als der Räuber erstaunt war. »Ist es möglich, o meine Herrin,« sprach er zu ihr, »daß dein Gatte dir erlaubt hat, eine Versprechen zu halten, das ihn entehrt und ihm ein Gut raubt, von dem sich seine Phantasie die herrlichste Vorstellung gemacht haben muß?« »Ja, o mein teurer Liebhaber,« erwiderte das Weib, »er willigt ein, daß ich deine Wünsche erfülle, um mein Wort einzulösen. Aber nicht nur meinem Gatten hast du zu danken, was er dir überläßt; du verdankst es ferner noch dem Edelmut eines Räubers, dem ich begegnet bin, als ich hierherkam.« Und sie erstattete ihm Bericht über die Unterhaltung, die sie mit dem Räuber geführt hatte, also daß das Staunen des Liebhabers noch mehr wuchs und er sprach: »Soll ich glauben, was ich vernehme? Ein Gatte ist gütig genug, einen solchen Schritt gutzuheißen; und ein Räuber ist großmütig genug, die schönste Gelegenheit, die der Zufall ihm jemals bieten kann, nicht auszunutzen? Ein solches Abenteuer ist sicherlich neu, und es verdient, daß man es verzeichne. Alle kommenden Jahrhunderte werden darob staunen; um aber die Bewunderung der Nachwelt noch zu steigern, will ich dem Gatten und dem Räuber nachahmen und ihrem Beispiel folgen. O meine Herrin, ich gebe dir dein Wort zurück, und also lasse es dir gefallen, daß ich dich in dein Haus zurückgeleite.« Mit diesen Worten reichte er ihr die Hand und führte sie bis vor die Tür ihres Gatten, wo sie sich trennten. Die Dame trat ein, und der Liebhaber kehrte nach Hause zurück. »Jetzt sagt mir, o meine Prinzen,« fuhr der Kadi von Kairo fort, »welchen unter diesen dreien findet ihr am edelmütigsten, den Gatten, den Räuber oder den Liebhaber?« Der älteste Prinz erwiderte, daß er den Gatten am meisten bewundere. Der zweite Prinz behauptete, der Liebhaber sei der höchsten Bewunderung wert. »Und du, o mein Herr,« fragte der Kadi den dritten Bruder, der Schweigen bewahrte, »welches ist deine Ansicht?« »Mir scheint,« erwiderte der junge Prinz, »daß der Dieb der großherzigste ist; ich begreife nicht, wie er den Reizen der Dame hat widerstehen und vor allem, wie er sich hat bezwingen können, also daß er sie nicht beraubte. Die Diamanten, mit denen sie geschmückt war, mußten seine Habgier gewaltig in Versuchung führen, und es ist erstaunlich, daß er die Kraft besaß, einen so großen Sieg über sich selber davonzutragen.« »O mein Prinz,« versetzte der Kadi, indem er ihm fest ins Auge blickte, »du bewunderst die Selbstbeherrschung des Räubers zu sehr, als daß ich dich nicht im Verdacht haben müßte, die Edelsteine des verstorbenen Königs, deines Vaters, genommen zu haben. Du hast dich selber verraten. Gestehe es, o mein Herr, und laß dich durch keine falsche Scham davon abhalten; wenn du schwach genug warst, einer Regung der Habgier nachzugeben, so kannst du deine Schwäche sühnen, indem du sie eingestehst.« Der Prinz nun errötete ob dieser Rede und gestand die Wahrheit ein.

DIE GESCHICHTE VON EINEM KÖNIG, EINEM SUFI UND EINEM ARZT

Ein alter König der Tatarei schritt eines Tages aus seinem Palast, um außerhalb der Stadt mit seinen Beis zu lustwandeln. Nun begegnete er auf seinem Wege einem Abdal, der mit erhobener Stimme rief: »Dem, der mir hundert Dinare schenkt, will ich einen guten Rat geben.« Der König blieb vor ihm stehen, um ihn zu betrachten, und sprach ihn an: »O Abdal, welches ist denn der gute Rat, den du um hundert Dinare anbietest?« »O Gebieter,« entgegnete ihm der Abdal, »ehe ich ihn dir sage, mußt du Befehl geben, daß man mir diese Summe zahlt.« Der König ließ sie ihm reichen und erwartete darauf, für sein Geld irgend etwas Außergewöhnliches zu erfahren, als der Derwisch zu ihm sagte: »Dies, o Gebieter, ist mein Rat: Beginne niemals etwas, dessen Ende du nicht bedacht hast!«

Alle Beis und die anderen Männer, die in der Gefolgschaft des Königs waren, stimmten bei solchen Worten ein Gelächter an; und es höhnte einer, daß der Abdal sehr neue Lebensregeln auftische. »Er tat recht daran,« sagte ein anderer, »sie sich vorher bezahlen zu lassen.« Als der König sah, wie sich alle Welt über den Derwisch lustig machte, nahm er das Wort: »Ihr habt keine Ursache,« sprach er, »über den Rat zu lachen, den mir der gute Abdal eben gegeben hat; niemals sollten wir es versäumen, wenn wir ein Unternehmen vor uns haben, zu erwägen und wohl zu überlegen, wie es ausgehen kann; nichtsdestoweniger verwickelt man sich alle Tage, anstatt solches zu beherzigen, in schlechte Händel. Ich für meine Person will den Rat des Derwischs sehr beherzigen, will mich seiner unaufhörlich erinnern;

und um ihn täglich vor Augen zu haben, befehle ich, daß man ihn in goldenen Lettern über allen Toren meines Palastes anbringt, auf allen Mauern und auf meinem Hausrat, und daß man ihn in mein Tafelgeschirr einprägt.« Dies wurde alsogleich vollzogen.

Wenige Zeit nach diesem Abenteuer beschloß ein Großherr des Hofes – mehr durch Ehrsucht angestachelt als durch einen Grund, den er hatte, sich über den König zu beklagen –, seinen Fürsten der Krone und des Lebens zu berauben. Um dies anzubahnen, setzte er sich in den Besitz einer vergifteten Lanzette, und sich an den Leibarzt des Königs wendend, sprach er zu ihm: »Wenn du dem Könige mit dieser Lanzette zur Ader lassen willst, so nimm hier zehntausend Golddinare, die ich dir jetzt geben werde. Sowie du den Stich getan hast, ist der Thron mein, und ich weiß, mit welchem Mittel ich ihn besteigen kann; und ich verspreche dir, wenn ich erst herrsche, will ich dich zu meinem Großwesir machen, und du sollst die königliche Macht mit mir teilen!« Den Arzt verblendete der Vorschlag des großen Herrn, und er willigte ohne Bedenken darein, empfing die Goldstücke und steckte die Lanzette in seinen Turban, um sich ihrer bei der nächsten Gelegenheit zu bedienen.

Sie bot sich ihm bald. Der König hatte einen Aderlaß nötig. Man ruft den Arzt. Er kommt und beginnt den Arm des Königs zu verbinden, als man ihm ein Gefäß bringt, um das Blut damit aufzufangen. Der Arzt nimmt die unheilvolle Lanzette aus seinem Turban; aber in der Zeit, als er sich vorbereitet, den König zu stechen, wirft er zufällig einen Blick auf das Gefäß und liest dort diese Worte, die oben eingegraben waren: ›Beginne niemals etwas, dessen Ende du nicht bedacht hast.‹ Er fällt alsobald in tiefes Nachdenken und spricht zu sich selbst: ›Wenn ich den König mit dieser Lanzette steche, muß er sterben. Wenn er stirbt, wird man nicht zögern, mich festzusetzen und unter schrecklichen Martern zu Tode zu bringen; wozu könnten mir dann die Goldstücke nützen, die ich empfangen habe?‹ Durch diese Erwägungen bestürzt geworden, bringt er die vergiftete Lanzette wieder in seinen Turban zurück und zieht eine andere aus seiner Tasche. Der König, der ihn beobachtet hat, fragt, weshalb er die Lanzette wechsele. »O mein Gebieter,« antwortet ihm der Arzt, »solches geschieht, weil die Spitze der ersten nicht gut ist.« »Zeige sie mir,« begehrt der Fürst, »ich will sie sehen.« Der Arzt stand betreten und zitternd da. »Was bedeutet dein Zittern?« rief der König. »Deine Verwirrung verbirgt ein Geheimnis; eröffne mir ihre Ursache, oder du stirbst zur Stunde!« Der durch diese Drohungen eingeschüchterte Arzt warf sich dem Könige zu Füßen, indem er ausrief: »O Gebieter, wenn deine Erhabenheit mir Gnade werden lassen will, gestehe ich die Wahrheit!« »Nun wohl, sprich,« erwiderte der König, »ich verzeihe dir alles, wenn du mir nichts verheimlichst.« Und der Arzt erzählte ihm alles, was sich zwischen dem Großherrn und ihm zugetragen hatte, und gestand, daß der König den Worten, die in das Becken eingegraben waren, das Leben verdankte. Der König befahl auf der Stelle seinen Wachen, den Großherrn festzunehmen, und wandte sich dann zu seinen Beis und sagte: »Nun, findet ihr jetzt noch, daß ihr recht hattet, euch über den Derwisch lustig zu machen? Ich befehle, man soll ihn überall suchen und vor mich führen. Ein Rat, der Königen das Leben rettet, kann nicht teuer genug bezahlt werden!«

DIE GESCHICHTE DREIER VOM HIMMEL ERHALTENER PRINZEN

Es gab einst in dem Palaste des Moguls einen Sultan, der eine sehr schöne Frau besaß. Beide liebten sich sehr zärtlich, und es fehlten ihnen nur Kinder zu einem vollkommenen Glücke; aber obwohl sie jung waren, der eine und die andere, konnten sie doch keine bekommen. Der Sultan war hierüber sehr betrübt und ließ einen Derwisch holen, der für einen heiligen Mann im Lande galt und dessen Bitten in der Tat auch immer erhört wurden. »O Derwisch,« sprach er zu ihm, »ich bin trostlos, keine Kinder zu haben. Bete zu Allah, dem Allmächtigen, daß er mir in seiner Güte einen Prinzen schenke!« »O König,« sagte der Derwisch darwider, »dazu ist es erforderlich, daß deine Erhabenheit dem Kloster meiner Ordensbrüder ein Geschenk schickt, auf daß wir zu Allah zur Vollendung deiner Wünsche unsere Gebete schikken. Allah ist ein freigebiger König, der dir einen Sohn gewähren wird!«

Der Sultan aber hatte einen fetten Widder, den er über die Maßen liebhatte, zumal er immer siegreich aus den Kämpfen der Widder hervorging, die oftmals das Vergnügen Seiner Hoheit ausmachten. Er ließ dieses Tier mit mehreren Lasten Reis und Butter zum Kloster der Derwische bringen. Die frommen Abdals töteten den Widder, zerlegten ihn in Stücke und kochten ihn in dem Reis und der Butter. Als das Gericht soweit war, daß es aufgetragen werden konnte, schickten sie dem Sultan eine Schüssel voll davon, indem sie ihm anempfahlen, von dieser Zukost der Derwische zu essen, mit dem Wunsche, einen Sohn zu bekommen. Darauf begannen sie wie um die Wette alle über das zubereitete

Essen herzufallen. Nach dem Mahle tanzten sie den verzückten Tanz, der Semaa heißt; und in ihrer Verzückung beteten sie zu Gott um einen Prinzen für den Sultan und sagten zu diesem Zweck ein Gebet auf; durch die göttliche Allmacht aber wurde die Sultanin in dieser Nacht schwanger. Sie gebar neun Monate später einen Sohn, der die Schönheit der Sonne verdunkelte. Der König veranstaltete außergewöhnliche Lustbarkeiten wegen der Geburt dieses Sohnes und versammelte seine Völker und erwies ihnen zahllose Freigebigkeiten. Er nahm den kleinen Prinzen und hüllte ihn, um ihn mit Segen zu überschütten, in das Gewand des Obersten der Derwische ein, dessen Kloster er viele Wohltaten erwies.

Als sich einige Jahre hernach aber der Sultan mit diesem ehrwürdigen Manne unterhielt, sprach er zu ihm: »O Derwisch, ich wünschte, daß du dieselbe Bitte an Gott richtetest und ihn für mich um noch einen kleinen Prinzen bätest!« »O Gebieter,« sprach der Abdal, »die Gnade des Allerhöchsten ist unerschöpflich, es steht bei dir, sie zu erbitten, und bei ihm, sie uns zu gewähren, wenn es ihm für seinen Ruhm gut dünkt; jedoch mußt du den armen Derwischen ein neues Geschenk geben.« Der Sultan schickte ihnen das schönste Pferd seines Marstalls. Sie verzehrten es und tanzten und beteten wie das erste Mal; die Königin wurde wieder schwanger, und am Ende des neunten Monats gebar sie einen Prinzen, der dem Monde ähnlich war. Der König hatte nicht weniger Freude über diesen Sohn als über den ersten, noch gab er weniger Almosen für die Abdals.

In der Folge bat der Sultan den Derwisch, zu Gott um einen dritten Sohn zu beten. »O Gebieter,« entgegnete der

Abdal, »unsere Sache ist es, zum Herrn zu beten, die seine, uns zu geben, worum wir ihn bitten; aber es bedarf noch eines Geschenks für die armen Derwische.« Der Sultan schickte ihnen einen schönen Maulesel; sie verkauften ihn; von dem Gelde aber, das sie für ihn erlösten, handelten sie Vorräte ein. Ihre Bitte ward erhört, die Sultanin wurde guter Hoffnung und brachte neun Monate später einen Prinzen zur Welt, der den andern an Schönheit nicht nachstand.

Als die drei Prinzen herangewachsen waren, erwiesen sich die beiden ältesten als sehr tugendreich; der jüngste jedoch zeigte tausend schlechte Eigenschaften und beging jeden Tag seines Lebens ein neues Verbrechen. Er schlug die Ermahnungen seiner Lehrer und auch die Drohungen seines Vaters, der lebhaft über einen solchen Sohn betrübt war, in den Wind.

Eines Tages sprach nun der Sultan zum Derwisch: »Möchte es doch Allah gefallen haben, daß ihr nicht zu ihm gefleht hättet, um mir zu einem so schlechten Sohne zu verhelfen!« »O König,« antwortete der Abdal, »das ist Schuld deiner Erhabenheit. Sie ist Ursache, daß der dritte Prinz einer so elenden Gemütsart ist!« »Und wie das?« fragte der König. Antwortete der Derwisch: »O Herr, du hast für deinen ersten Sohn einen Widder gegeben, der ein edles und mutiges Tier ist, und für den zweiten ein Pferd, das ein Tier von einer sanften Gemütsart ist, das dazu dient, die Menschen auf der Erde zu tragen; solche Geschenke waren Allah genehm, der dir zur Belohnung zwei tugendbegabte Kinder gegeben hat; du hast ihm aber für deinen dritten Sohn einen Maulesel gegeben, das gemeinste und lasterhafteste unter den Tieren, und um dich zu bestrafen, weil du ihm ein so verächtliches Opfer dargebracht hast, hat er dir einen den andern so unähnlichen Prinzen geschickt. Wer Gerste sät, kann keinen Weizen ernten.« Solcherart war die Antwort, die der Abdal dem Sultan gab, der sich mit seinen Leuten nicht eher darüber beruhigte, als bis er seinen Sohn hatte töten lassen.

DIE GESCHICHTE VOM SPERLING UND SEINEM WEIBE

Es ist überliefert worden, daß es am Hofe Sulaimans – Heil über ihn! – einen kleinen Sperling gab, dessen Rede dem Propheten und Könige wohl gefiel. Eines Tages war er verschwunden. Sulaiman schickte deshalb einen andern Vogel nach ihm aus. Der Grund aber seines Verschwindens war der, daß er seit langer Zeit nicht zu seinem Weibchen gekommen war. Darüber machte ihm dieses Vorwürfe, indem es sprach: »Es sind mehrere Tage, daß du mich nicht gesehen hast; jetzt verläßt du mich schon wieder und gehst zu Sulaiman: liebst du ihn denn mehr als mich, oder fürchtest du dich, wenn du nicht gehst?« Der Sperling sprach: »Bei Gott, ich gebe dich nicht um alles in der Welt! Und so bin ich auch der Welt zum Trotze hergekommen und gehe bloß meines Vergnügens halber wieder zu Sulaiman; wäre das nicht, was sollte ich mich vor ihm fürchten?« Mit diesen Worten setzte er sich nieder und brüstete sich gewaltig. Der Vogel, den Sulaiman nach ihm ausgeschickt hatte, hörte, indem er zu ihm hereintrat, das Prahlen und das eitle Gerede des Sperlings, kam und hinterbrachte es dem Propheten. Dieser gebot ihm in Ernst und Strenge, folgenden Befehl sogleich an jenen zu überbringen: »Komm schnell, Sulaiman befiehlt dir's hiermit!« Kaum aber hatte der Sperling diesen Befehl vernommen, als er in Eifer geriet und sprach: »Geh und packe dich, du und Sulaiman, – oder ich werde sogleich kommen und mit einem Feuerbrande sein Schloß über ihm anzünden!« Er war bei diesen Worten so sehr zornig geworden, daß jener Vogel verdutzt und betroffen zu Sulaiman zurückkehrte und ihm diesen Sachverhalt berichtete. Sulaiman aber fragte: »Wer war bei ihm, als er diese Rede sprach?« Jener erwiderte: »O Prophet Gottes, es war sein Weibchen bei ihm.« Sulaiman sprach darauf: »Nun hat es nichts mehr zu sagen, ich mache mir darüber keine Angst und Besorgnis, da es nichts Tadelnswürdiges ist, sich vor seinem Weibchen und in seinem Hause zu brüsten und zu loben! Wie will er mir mein Schloß, zu dem mit größter Mühe und Anstrengung so viele Dämonen einen einzigen Stein kaum herbeischaffen konnten, mit einem Brande über mir entzünden?« Daß jener Vogel eine solche Rede geführt hatte, gefiel dem Propheten Sulaiman sehr wohl, und er wählte sich ihn zum Gesellschafter.

DIE GESCHICHTE VON HARUN AL RASCHID UND DER SKLAVIN

Zu der Zeit, als der Kalif Harun al Raschid den Thron bestieg und Kalif wurde, waren die Einwohner der Stadt Kairo zu spät gekommen, um dem Kalifen zu seiner Thronbesteigung Glück zu wünschen. Darüber geriet der Kalif so sehr in Zorn, daß er den Türhütern befahl, von jetzt an jeden, der noch kommen würde, gefangenzunehmen und in das Gefängnis zu werfen. Diesem Befehl befolgend, nahmen sie jeden Großen der Stadt, der in dieser Absicht herbeikam, gefangen und warfen ihn in das Gefängnis. Der Kalif ging drei, vier Tage nicht aus, sprach zu niemandem ein Wort und blickte niemandem in das Gesicht, sondern setzte sich voller Wut und Zorn für sich hin. Eines Tages nun, da er sich noch nicht hatte beruhigen lassen, schüttete plötzlich eine Sklavin während des Essens ein Gericht auf den Kalifen. Hierüber wurde er so erzürnt, daß er die Sklavin in Stücke zerreißen wollte. Die Sklavin sprach: »O Kalif der Erde, Allah, der Erhabene, hat geruht zu sagen: ›Die ihren Jähzorn unterdrücken‹!« Sogleich beschwichtigte sich dadurch des Kalifen Zorn, und er sprach: »Allah sei mein Zeuge! Mein Zorn ist vergangen.« Darauf sprach die Sklavin: »›Und die den Menschen verzeihen‹!« Der Kalif sprach: »Allah sei mein Zeuge! So viele schuldige Menschen ich auch bei mir in Gefängnissen haben mag, sie seien hiermit alle frei!« Wiederum sprach die Sklavin: »Ja, Allah liebt, die Gutes tun!« Der Kalif entgegnete: »Allah sei mein Zeuge! Alle meine der Freiheit beraubten Diener seien hiermit frei! Und von allem Gelde, das ich besitze, erlaube ich euch aus Liebe zu Gott, heute die Hälfte unter euch zu verteilen!« Hierauf ließ er alle im Gefängnis befindlichen Leute herausholen, bekleidete sie mit Ehrenkleidern und bat sie wegen des an ihnen geschehenen Unrechts um Verzeihung. Auf diese Weise huldigte der Kalif Harun al Raschid vermöge des segensreichen Einflusses dieses Koranverses der Gerechtigkeit, so daß jeder, der seiner noch jetzt gedenkt, sagt: »Allahs Barmherzigkeit walte über ihn!«

DIE GESCHICHTE VOM KAUFMANN UND DER VERSCHMITZTEN FRAU

Eine gar verschmitzte Frau in der Stadt Kairo packte eines Tages ein goldgewirktes Kleid, das sie besaß, in ein Paket ein und gab es einer ihrer Sklavinnen in die Hand; sie selbst aber ging mit ihr und begab sich in die Kaufhalle zu einem großen Kaufmann. Hier packte sie das Kleid aus, legte es vor den Kaufmann hin und sprach: »O Herr, sage mir, wieviel ist dieses Kleid wert?« Da erwiderte der Kaufmann: »Sechsmalhunderttausend Asper ist es wert!« Die Frau sprach: »Dieses Kleid soll bei dir als Unterpfand bleiben, gib mir nur einmalhunderttausend Asper darauf. Als Frist für die Rückgabe wollen wir einen Monat bestimmen; dann werde ich wiederkommen und es mir einlösen. Dafür mag dir alles Gute zuteil werden!« Da nun der Kaufmann der Frau nichts abschlagen wollte, so gab er ihr die gewünschten hunderttausend Asper und legte das Kleid neben sich. Die Frau nahm das Geld und ging aus dem Laden hinaus. Nachdem sie eine Weile gegangen war, kehrte sie um und trat wieder vor den Kaufmann hin. »O Herr,« sprach sie, »nimm dein Geld zurück, und gib mir mein Kleid wieder!« Der Kaufmann gab der Frau das in das Paket eingewickelte Kleid zurück, nahm dafür das Geld in dem Beutel und legte ihn neben sich hin. Die Frau nahm das Kleid, ging auf einen weiten Platz hinaus, zog das Kleid aus dem Paket und legte an seiner Stelle ein andres, grobes und schlecht genähtes Kleid hinein. Damit kam sie wieder vor den Kaufmann und sprach: »O Kaufmann, wir haben dir viele Ungelegenheiten verursacht, gib uns das Geld zurück, wir brauchen es jetzt notwendig, habe die Güte und gib es uns, hier ist das

Kleid!« Mit diesen Worten legte sie es in dem Paket vor ihn hin. Der Kaufmann nahm es, ohne es zu öffnen und das darin liegende Kleid zu besehen, legte es auf die Seite und gab der Frau das Geld in dem Beutel wieder zurück. Sie nahm ihn, ging und gab sich von nun an dem Essen und Trinken und dem Wohlleben hin. Ein, zwei, drei Monate vergingen, und die Frau kam nicht wieder. Da erzählte dies der Kaufmann einem seiner Freunde. Dieser sprach: »Bring das Kleid einmal her, wir wollen sehen, was es für ein Kleid ist!« Als sie das Paket öffneten, sahen sie, daß ein grobes und schlecht genähtes Kleid darin lag, dessen Wert kaum hundert Asper betrug. Der Kaufmann merkte nun wohl, daß die Frau eine ränkevolle und verschmitzte Diebin war, stand auf und ging zum Kadi hin, der über alle Diebe zu richten pflegte. Als er bei ihm seine Sache vorgebracht hatte, sprach der Kadi: »Die Frau hat dich überlistet; wir sind hier ja in der Stadt Kairo, wer findet da jemanden? Wenn du willst, daß sich diese Frau wiederfinde, so will ich dir einen Kunstgriff angeben, den führe aus; und findet sie sich auf dem Wege, so ist es gut; wo nicht, so findet sie sich überhaupt niemals wieder. Höre, was ich dir hiermit rate: Gehe diese Nacht und schaffe alle Waren und Zeuge, die du in deinem Laden hast, nach deinem Hause, zerschlage einige Bretter deines Ladens in kleine Stücke, komme vor dem Morgen und erhebe ein Klage- und Wehgeschrei, indem du sprichst: ›Diese Nacht hat ein Räuber meinen Laden aufgebrochen und mir alles, was ich darin hatte, genommen, – doch würde meine Lage noch erträglich sein, wenn nicht eine Frau ein ihr gehörendes prachtvolles Kleid bei mir gelassen hätte, das nun auch mit weggekommen ist!‹« »Wenn die Frau dann wiederkommt und es zurückhaben will, was soll ich da tun?«

»So sprich und jammere dabei!« Der Kaufmann ging und tat also.

Das Gerücht von diesem Unfall, der den Kaufmann betroffen hatte, verbreitete sich alsobald in der Stadt Kairo, indem es hieß, man habe letzte Nacht den Laden des und des Kaufmanns erbrochen und alles, was er darin gehabt habe, genommen; an seinen eignen Waren sei ihm wenig gelegen, darunter aber sei ein kostbares Kleid, von einer Frau zum Unterpfand dagelassen, bei dem Einbruch auch mitgenommen worden. Das schmerze ihn mehr. Endlich gelangte denn die Nachricht von diesem Unfall des Kaufmanns zu den Ohren jener verschmitzten Frau. Sie wurde heiter und froh, nahm die einmalhunderttausend Asper und sprach zu ihren Sklavinnen: »Macht euch auf, wir wollen gehen, ihm das Geld wiedergeben und dafür das Kleid verlangen. Wenn es gestohlen ist, so wird er sagen: ›Ich will den Preis dafür geben!‹ Da wollen wir nun behaupten, daß es für eine Million Asper gekauft worden ist. Ist es aber nicht gestohlen, so wollen wir vier-, fünfmalhunderttausend Asper als Preis dafür verlangen!«

Als die Frau wieder zum Kaufmanne kam, grüßte sie ihn, winkte ihren Sklavinnen, ließ das Geld herbeibringen und legte es vor den Kaufmann hin. Sie sprach: »O Kaufmann, siehe, hier ist das Geld, bringe du mir mein Kleid!« Der Kaufmann sprach: »Das Kleid ist mir gestohlen.« Sagte die Frau: »Das geht mich nichts an; du mußt mir mein Kleid wiedergeben.« Darauf kamen die Kaufleute zusammen und sprachen: »O Kaufmann, bezahle ihr den Preis dafür!« Sie fragten nun die Frau: »Wie hoch ist der Preis des Kleides gewesen?« Erwiderte sie: »Eine Million Asper.« Da fuhren sie fort: »Nimm die eine Hälfte davon, und die andere schenke ihm!« Sprach die Frau: »Ich muß das Kleid haben, sonst lasse ich wenigstens nichts von seinem Preise herunter.« Wie sehr auch jene sie darum bitten mochten, so verstand sie sich doch nicht dazu. Da sprach der Kaufmann: »Was kann ich dagegen tun? Ich will sie bezahlen. Wohlan, mache dich auf, wir wollen zum Kadi gehen und ihm unsere Sache vorlegen, vielleicht kann er den Dieb ausfindig machen.« Hierauf kamen sie zum Kadi. Der Kaufmann trat freudig zu ihm hinein und sprach: »Mein Herr, siehe, die Frau steht an der Tür, was befiehlst du?« Antwortete der Kadi: »Sie mag hereintreten! Wenn ich dir nun einen Wink gebe, so hole jenes Kleid herbei und lege es vor uns beide hin, indem du sprichst: ›O Frau, freue dich, ich bringe dir eine frohe Botschaft: dein Kleid hat sich wiedergefunden!‹« Hierauf erhielt die Frau Erlaubnis hereinzutreten, und sie kam herein. Der Kadi empfing sie in achtungsvoller Haltung, setzte sich neben sie und sprach: »O Frau, betrachte doch die Lage dieses armen Mannes und sei menschlich gegen ihn!« Die Frau kehrte sich jedoch nicht an die Rede des Kadis; da gab der dem Kaufmann einen Wink, er ging hinaus, holte das Kleid und kam damit wieder herein und sprach: »O Frau, freue dich, ich bringe dir frohe Botschaft: dein Kleid hat sich wiedergefunden!« Mit diesen Worten legte er das Kleid vor beide hin. Der Kadi breitete das Kleid aus und sah, daß es ein nur aus Flicken zusammengesetztes Kleid war. Als die Frau solches sah, war sie ganz verdutzt und verblüfft. Der Kadi aber sprach zu ihr diese Worte: »So treibst du es, o Buhlerin, immer hier in der Stadt Kairo!« Dann ließ er sie entkleiden, an ihrem Hals einen Stein befestigen und sie als einen den Fischen erwünschten Fraß in dem Nilstrom ersäufen. Ihr ganzes Geld und Gut zog er ein; und so gelangte denn der Kaufmann wieder zu seinem Gelde.

DIE GESCHICHTE VON DEM WEBER UND DEM KÖNIG

Einstmals gab es im Weltenschlosse einen großen König. Zu dem kam eines Tages ein Mann und sprach: »Bei Gott, o König, ich will eine Kopfbinde weben, die dem rechtmäßigen Sohne sichtbar, dem unrechtmäßigen aber nicht sichtbar sein soll!« Der König wunderte sich sehr ob dieser Rede und ließ sich von ihm eine Kopfbinde weben. Der junge Mann bezog nun vom Könige zur Bestreitung der Kosten das nötige Geld, ging in einen Laden und hielt sich da einige Zeit auf. Eines Tages faltete er die eine und die andere Seite eines Papiers zusammen, nahm es und brachte es vor den König und sprach: »O König, siehe, ich habe dir hiermit die Kopfbinde gewebt!« Mit diesen Worten legte er es vor den König hin. Der König machte es auf und sah, daß nichts darin war. Alle Wesire und Fürsten, die zugegen waren, erblickten ebenfalls nichts in dem Papiere. Da sprach der König zu sich: ›Siehst du, ich bin ein Bastard!‹ Alle Wesire und Fürsten, die vor einer solchen Lage große Furcht hatten, sagten ebenfalls nichts. Der König sprach nun zu sich: ›Ich kann mir hier nicht anders heraushelfen, als daß ich sage: Oh, eine schöne Kopfbinde, sie gefällt mir.‹ Darauf sprach der König: »Gott segne dich dafür! Oh, wie prächtig und schön ist diese Kopfbinde!« und lobte ihren Meister sehr. Der junge Mann sprach: »O König, befiehl: man soll einen Turban herbeibringen, ich will sie dem Könige darumwickeln!« Man brachte den gewünschten Turban herbei. Der junge Mann nahm das Papier vor sich, tat so, als ob er den Zipfel der Kopfbinde nehmen und sie darumwickeln wollte, und bewegte dann seine Hand in einem fort hin und her. Es war aber gar nichts da. Als er fertig war, setzte er ihn dem Könige auf. Alle umstehenden Fürsten sprachen: »Gott segne dir die Kopfbinde, o König; wie gut und fein ist sie!« und lobten den jungen Mann tausendmal. Dann stand der König auf, ging mit seinen Wesiren in ein Nebenzimmer und sprach: »O meine Wesire, bei Gott, ich glaube ein Bastard zu sein, denn ich sehe diese Kopfbinde gar nicht!« Die Wesire erwiderten: »O König, du glaubst sie allein nicht zu sehen. Bei Gott, auch wir sehen gar nichts davon! Wir wissen nicht, was es sein soll!« Endlich aber erkannten sie, daß gar nichts da war und daß jener junge Mann ihnen nur irdischen Vorteils wegen einen Streich gespielt hatte.

DIE GESCHICHTE VON HASAN UND DEM KAISER VON GRIECHENLAND

Vor Zeiten gab es in Bassorah einen Juwelenverkäufer, der Hasan hieß; der ging eines Tages mit Waren zu dem Kaiser von Griechenland, und die Kaiserin kaufte ihm etwas von seiner Ware ab. Ein andermal besuchte er den Wesir des Kaisers. Dieser sprach: »O Hasan, heute gehen wir an einen besonderen Ort; kommst du nicht mit?« Hasan erwiderte: »Ja!« Dann machten sie sich auf, stiegen beide im Gefolge des Kaisers zu Pferde und ritten auf ein weites Blachfeld hin, auf dem inmitten anderer Zelte ein weißes Zelt aufgeschlagen war. Als sie sich diesem Zelt näherten, machten der Kaiser, der Wesir und alle Fürsten halt. Hasan aus Bassorah sah, daß eine Menge Gelehrte und Koranleser Korane und Lesepulte auf ihren Köpfen trugen, in jene Zelte eintraten und mit schöner Stimme den Koran hersagten. Sie kamen dann wieder heraus gingen um jenes Zelt in feierlichem Aufzuge dreimal herum, blieben an dessen Tür stehen und sprachen: »O Prinz, was sollen wir tun? Wenn wir doch durch das Koranhersagen oder durch irgendein frommes Gebet dem Himmelsvögelein deiner Seele Hilfe bringen könnten! Wir würden Tag und Nacht nicht davon ablassen; aber es gibt ja kein Mittel, als sich mit Geduld in den Beschluß und Befehl des allmächtigsten Königs zu ergeben!« Mit diesen Worten gingen sie auf einen weiten Platz. Nach ihnen kamen weißbärtige Schaikhe und Einsiedler mit Andachtsübungen und Lobgesängen, gingen in feierlichem Aufzuge dreimal um jenes Zelt herum, stellten sich an dessen Tür und sprachen: »O Prinz, was sollen wir tun? Wenn wir doch durch Andachtsübungen und Anrufungen Allahs dem Himmelsvögelein deiner Seele Hilfe bringen könnten! Wir alle würden gehen und mit Andachtsübungen und Anrufungen Allahs unsere weißen Bärte dir zu Füßen legen. Aber was sollen wir tun? Es ist ja der Befehl des allmächtigsten Königs, und seinen Befehl rückgängig zu machen ist nicht möglich!« Mit diesen Worten machten sie sich auf, und während sie fortgingen, kamen schöne Knaben und Mädchen, die alle in ihren Händen goldene, im Innern mit kostbaren Edelsteinen angefüllte Schalen trugen. Auch sie gingen dreimal in feierlichem Aufzuge um das Zelt herum, und indem sie an dessen Tür stillhielten, sprachen sie: »O Prinz, was sollen wir tun? Wenn wir doch durch das Aufopfern unserer Seele oder unserer Schönheit oder durch Tränenvergießen oder Seufzen dem Himmelsvögelein deiner Seele Hilfe bringen könnten, so würden wir das tun; aber was sollen wir tun? Es gibt ja dafür gar kein Mittel!« Mit diesen Worten wandten sie sich mit Seufzen um und gingen fort. Nach ihnen kam eine große, mit Säbeln und Panzern gewappnete und berittene Schar Heeresleute; auch sie zogen dreimal um das Zelt herum, machten an dessen Tür halt und sprachen: »O Prinz, was sollen wir tun? Wenn wir doch durch Kampf dem Himmelsvögelein deiner Seele Hilfe bringen könnten, so würden wir unsere Seelen und unsere Köpfe für dich lassen; aber was sollen wir tun? Es gibt ja dafür gar kein Mittel!« Mit diesen Worten kehrten sie zurück. Nach ihnen zog um das Zelt in feierlichem Aufzuge der Kaiser von Griechenland mit seinen Wesiren und Fürsten dreimal herum; sie kamen und blieben an dessen Tür stehen, seufzten und zeigten große Rührung. Als Hasan aus Bassorah solches alles sah, fragte er den Wesir: »Was hat das zu bedeuten?« Darauf erwiderte ihm der Wesir: »Unser Kaiser hatte einen Sohn, der äußerst begabt und liebenswürdig war. Im Schönschreiben, im Pferderennen wie im Waffen- und Kriegsspiel war er sehr tüchtig, vollkommen gebildet und kenntnisreich. Der Kaiser liebte ihn sehr, aber nach Allahs Befehl und Beschluß verschied er und ging in die jenseitige Welt hinüber. In diesem Zelt liegt er begraben: einmal im Jahre kommt der Kaiser hierher, besucht ihn auf diese Weise und geht dann wieder fort!«

Nachdem Hasan aus Bassorah von dem Wesir solches vernommen und diese Aufzüge mit angesehen hatte, wendete er seinen Blick von Hab und Gut dieser Welt ab und verzichtete darauf, wurde ein Derwisch und zog die Kutte an, bis er endlich selig verstarb.

DIE GESCHICHTE VON DEM KÖNIG UND SEINEM GÜNSTLING

Vor alters lebte ein großer König, bei dem sich ein Mann aufhielt, der immer sagte: »Jeder, der etwas tut, tut es ganz allein auf seine Rechnung!« Diese Rede kam nicht von seiner Zunge; der König liebte ihn, und allmählich erlangte er bei dem Könige eine solche Gunst, daß man ihn beneidete; aber es heißt: Der Neidische wird nie des andern Herr! Eines Tages nun kam einer von seinen Neidern zum Könige und sprach: »O König, du liebst den und den Mann, aber er ist ein undankbarer Mensch; er pflegt immer hinter deinem Rücken zu sagen: ›Der König leidet an bösartigem Aussatz, hütet euch daher, ihm nahe zu kommen!‹ O König,« fuhr er fort, »wenn du mir nicht Glauben schenken willst, so lade ihn morgen zu dir ein; wenn er dir dann nahe gekommen sein wird, so sieh selbst, was er für einen großen Abscheu vor dir hat.« Als es Morgen geworden war, kochte jener Neidische ein Knoblauchgericht, ging zu jenem Manne, holte ihn in sein Haus und sprach: »Heute will ich dich einmal bewirten!« Sie setzten sich beide und aßen das Knoblauchgericht. Dann standen sie auf, und während sie zur Ratsversammlung gingen, sprach jener: »Wenn der König dich rufen und zu dir sagen sollte: ›Komm, ich will dir etwas ins Ohr flüstern‹ – du hast Knoblauch gegessen! –, so hüte dich und halte dir hübsch deinen Mund zu!« Als sie nun bei dem Könige ankamen, rief der König seinen Günstling zu sich und sprach: »Komm, ich will dir etwas ins Ohr sagen!« Wie nun der Günstling dem König nahe gekommen war, hielt er seinen Rockärmel ganz an seinen Mund heran, damit der üble Knoblauchgeruch den König nicht treffen sollte. Der König sprach: »Siehst du, jener Mann hat wahr gesprochen!« Sogleich schrieb er einen Brief, gab ihn dem Günstling in die Hand und sagte: »Überbringe diesen Brief dem und dem Fürsten; alles, was er dir geben wird, nimm!« Der Arme nahm das Schreiben und ging hinaus. Er traf hier auf den Neidischen. Der sprach: »Wohin gehst du?« Erwiderte er: »Bei Gott, der König hat mir einen Brief gegeben und gesagt: ›Bringe ihn zu dem und dem Fürsten, er wird dir etwas geben, das nimm!‹« Der Neidische sprach: »Gib her, ich will gehen; alles, was man mir geben wird, wollen wir unter uns teilen!« Der Günstling schämte sich, ihm diese Bitte abzuschlagen, weil jener ihn bewirtet hatte, und gab ihm den Brief. Der Neidische nahm ihn und trug ihn zu jenem Fürsten hin. Als dieser den Brief genommen und gelesen hatte, befahl er sogleich seinen Dienern: »Nehmt diesen Menschen her und zieht ihm lebendig die Haut ab, stopft sie mit Heu aus und stellt sie so dorthin, wo der König vorüberreiten wird!« Dieser Befehl wurde auch sogleich ausgeführt. Der König stieg zu Pferde, kam dahin und sah, daß derjenige, dessen Haut man mit Heu vollgestopft und so hingestellt hatte, nicht der von ihm Gemeinte war. Und er wunderte sich sehr darüber, blickte hinter sich und sah, daß sein Günstling hinter ihm herkam. Alsbald rief er ihn zu sich hin und fragte ihn: »Heda, Freund, als du heute morgen bei mir warst, warum hieltest du denn da deinen Rockärmel so nahe an deinen Mund?« Jener erwiderte: »O König, der und der Mann hatte mich in seine Wohnung geholt und mir ein Knoblauchgericht vorgesetzt. Wir aßen es und kamen dann, dem Könige aufzuwarten. Da mich nun der König rief, so sollte ihm der üble Geruch jenes Knoblauchgerichts nicht in die Nase kommen; und aus diesem Grunde habe ich mir mit meinem Ärmel den Mund zugehalten!« Der König fragte ihn weiter: »Was hast du mit dem Briefe angefangen, den ich dir gab?« Und der erwiderte: »Ich nahm den Brief und ging hinaus. Jener selbe Mann kam mir entgegen und fragte mich: ›Was ist das für ein Schreiben?‹ Erwiderte ich: ›Der König hat es mir gegeben.‹ Da erbat er es sich von mir mit den Worten: ›Ich will gehen und alles, was er geben wird, in Empfang nehmen; und dann wollen wir es untereinander teilen!‹ Da ich mich nun schämte, ihm diese Bitte abzuschlagen, weil er mich in sein Haus genommen und ehrenvoll bewirtet hatte, so gab ich ihm den Brief. Weiter habe ich ihn nicht gesehen!«

Als der König diese Worte von seinem Hausfreunde vernommen hatte, erkannte er, was vorgefallen war, und er sah ein, daß jeder, der etwas Gutes oder Böses tut, es ganz allein auf seine Rechnung tut.

DIE GESCHICHTE VON DALLA EL MUHTALA UND IHREN ZWEI MÄNNERN

In der Stadt Kairo lebte einmal eine Frau, die man Dalla el Muhtala hieß. Ihre Geschichte ist bei Arabern und Persern wohlbekannt. Diese Frau hatte zwei Männer: jeder von ihnen glaubte, sie wäre nur seine Frau. Die beiden Männer kannten einander nicht, und keiner von ihnen wußte, daß die Frau außer ihm noch einen andern Mann hatte. Einige Zeit hindurch diente sie ihnen als Frau, und keiner wurde auf diesen Umstand aufmerksam. Der eine von ihnen war ein Gauner, der andere ein Dieb, und sie alle beide waren Schüler der Frau.

Eines Tages kam der Gauner zu seiner Frau und sprach: »Heute ist meine Gaunerei entdeckt worden; gib mir Reisekost; ich will auf einige Tage nicht mehr in die Stadt kommen.« Ein Kuchen und ein Hammel fanden sich bei der Frau vor. Diese zerschnitt sie in zwei Hälften und gab die eine Hälfte von beiden dem Gauner zur Reisekost. Der Gauner nahm sie und ging seines Weges.

Nach einiger Zeit kam der Dieb und sprach: »Heute ist mein Diebstahl entdeckt worden, gib mir Zehrung, ich will auf einige Tage nicht mehr in die Stadt kommen.« Die Frau gab dem Dieb die noch übrige Hälfte des Kuchens und des Hammels. Der Dieb nahm sie auch und ging seines Weges.

Der Gauner war auf seinem Wege an einem Brunnen und an einem schattigen Orte angelangt und hatte sich daselbst gelagert. Bald darnach kam auch der Dieb hier an. Als sie nun im Schatten saßen, legten sie ihre Zehrung in die Mitte, um sie zu essen. Der Gauner wie der eben angelangte junge Mann blickten beide auf ihren Kuchen und wurden gewahr, daß, als sie die Hälften zusammenhielten, beide einen Kuchen ausmachten. Ihre Hammelstücke hielten sie ebenfalls aneinander und sahen, daß sie auch einen Hammel ausmachten. Der Gauner sagte alsbald zu dem Diebe: »Es ist wohl erlaubt, den Reisegefährten zu fragen: Woher kommst du?« Jener erwiderte: »Aus Kairo.« Der Gauner fragte weiter: »Aus welchem Stadtviertel?« Jener entgegnete: »Aus dem und dem Stadtviertel.« »Wo«, fragte ersterer weiter, »liegt dein Haus?« Erwiderte jener: »Auf dem und dem Platze.« »Wie«, fragte der Gauner noch, »heißt deine Frau?« Versetzte jener dawider: »Dalla el Muhtala!« »Heda, o mein Bruder,« fuhr jener fort, »die Frau, die du genannt hast, ist ja meine Frau, jenes Haus mein Haus; es ist einige Jahre her, daß sie meine rechtmäßig erkaufte Ehefrau und jenes Haus mein Haus ist. Warum lügst du?« Der Dieb entgegnete: »Heda, o Mann, bist du verrückt, oder spaßest du? Es ist einige Jahre her, daß sie meine rechtmäßig erkaufte Ehefrau ist. Was sprichst du da?« Mit diesen Worten erhob sich zwischen ihnen ein Streit. Der Gauner sagte: »Wir brauchen uns darüber gar nicht zu streiten; komm, wir wollen gehen und die Frau selbst darum fragen. Dann muß es sich ja zeigen!«

Mit diesen Worten machten sie sich auf und kamen zur Frau. Als die sie wiedersah, wußte sie, was es zu bedeuten habe, stand auf und legte einem jeden von ihnen ein Kissen hin. Sie setzten sich; sie aber ging und setzte sich ihnen beiden gegenüber. Darauf sprach der Gauner: »O Frau, es ist uns heute eine schwierige Frage aufgestoßen: Bist du das Weib dieses Mannes oder meines?« Die Frau erwiderte: »So wahr ich lebe, waret ihr bis jetzt alle beide meine Männer, und ich war auch die Frau von euch beiden! Von jetzt an aber wird derjenige von euch mein Mann sein, der in seinem Geschäfte geschickter als der andere ist und mir mehr nach Hause bringt.«

Der Dieb und der Gauner waren mit diesem Vorschlag einverstanden. Darauf sprach der Gauner: »Heute will ich einen Gaunerstreich ausführen, begehe du morgen einen Diebstahl!« Alsbald stand der Gauner mit dem Dieb auf, und sie gingen zusammen auf den Markt. Der Gauner sah unterwegs, daß ein Franke tausend Golddinare zählte, sodann in einen Beutel tat, diesen in eine Rocktasche steckte und auf den Markt ging. Sogleich machte sich der Gauner schnell an ihn heran, zerschnitt die Rocktasche des Franken mit einem Messer, zog den Beutel heraus, nahm ihn und ging auf einen weiten Platz. Hier nahm er neun Golddinare heraus, warf seinen silbernen Siegelring hinein, auf dem sein Name eingegraben stand, und steckte den Beutel wieder in die Tasche des Franken. Diese Gaunerstücke sah der Dieb alle, aber der Franke merkte nichts davon. Der Gauner kam in kurzem auf einem Umwege vor den Franken, packte ihn am Kragen, schlug ihn einige Male und sprach: »Heda, o Verfluchter, warum hast du mir meinen Beutel mit tausend Golddinaren weggenommen?« Der Ungläubige sagte ohne weiteres: »Sie gehören ja mir!« Aber das half ihm nichts; der Gauner führte ihn vor den Kadi und verklagte ihn. Der Kadi fragte den Ungläubigen: »Wie viele Golddinare waren darin?« Erwiderte der: »Es sind volle tausend Golddinare!« Da sagte der Gauner: »Du lügst, es sind tausend weniger neun, und auch mein Siegelring, auf dem mein Name eingegraben steht, befindet sich darin!« Der Kadi ließ den Beutel ausschütten, und auch der Siegelring fiel mit heraus. Da zählte man die Golddinare, und es kamen tausend weniger neun heraus. Der Kadi gab dem Ungläubigen einige Backenstreiche, und dem Gauner überreichte er den Beutel. Dieser nahm ihn auch an und brachte ihn mit dem Diebe zusammen zur Frau. Diese und der Dieb lobten ihn sehr.

Als es Nacht geworden war, nahm der Dieb eine Strickleiter und ging mit dem Gauner an den Palast des Königs. Der Dieb befestigte hier die Strickleiter mittelst des an ihr befindlichen Hakens. Er selbst stieg zuerst hinauf und ließ dann den Gauner folgen. Der Dieb nahm den Gauner und führte ihn zu des Königs Schatzkammer, brachte mehrere Schlüssel hervor und schloß die Tür auf. Durch die trat der Dieb mit jenem ein und sprach: »Soviel Gold und Silber du fortbringen kannst, nimm mit dir!« Als sie nun nach Herzenslust genug fortgeschleppt hatten, kehrten sie um und kamen an den Ort, wo der König schlief. Der Gauner sprach: »Was tust du?« Erwiderte der Dieb: »Ich gehe und frage den König, ob deine Geschicklichkeit größer ist als meine.« Sprach der Gauner: »Komm um Gottes willen, wir wollen fortgehen: ich will hiermit auf die Frau Verzicht geleistet haben!« Der Dieb erwiderte: »Nein, ich gebe die Sache nicht eher auf, als bis ich den König wirklich darum gefragt habe.« Der Dieb ging hinein und sah, daß der König schlief, ein Page dessen Fuß rieb und bald wachte, bald schlief. In seinem Munde kaute er Mastix. Der Dieb ging hinein und verbarg sich ziemlich leise unter dem Thronsessel, steckte eines Pferdehaares Spitze dem Pagen in den Mund, und der Page kaute zugleich mit dem Mastix das Haar. Der Dieb zog dann an dem Haar und stahl auf diese Weise den Mastix aus des Pagen Munde hinweg. Der Page schlug seine Augen auf und suchte bald hier, bald dort seinen Mastix, fand ihn aber nicht. Als einige Zeit vorüber war, schlief er wieder ein. Der Dieb hielt ihm nun ein betäubendes Mittel an die Nase, und der Page verlor die Besinnung. Da stand der Dieb auf und hängte den Pagen an seiner Hüfte an der Decke wie eine Lampe auf, nahm des Königs Fuß auf sein Knie und fing an, ihn zu reiben. Diesem ganzen Treiben sah von draußen der Gauner zu, und indem er seinen Hals hineinsteckte, rief er: »Komm um Gottes willen, wir wollen gehen!« Sprach darauf der Dieb zum Könige: »O König, ich will dir etwas erzählen, wenn du mir von deiner Schlafstätte aus zuhören willst!« Sprach der König: »Erzähle, wir wollen hören!« Darauf fing der Dieb an, dem Könige seine ganze Geschichte mit dem Gauner von Anfang bis zu Ende zu erzählen, bis dahin, wo er mit dem Gauner gekommen und in die Schatzkammer eingetreten sei, seinen Begleiter draußen vor der Schlafstätte des Königs gelassen, selbst aber darin durch List dem Pagen den Mastix aus seinem Munde gestohlen, jenen oben an der Decke aufgehängt und nun selbst den Fuß des Königs gerieben habe. Alle diese Streiche erzählte er dem Könige; der Gauner aber steckte schon zum zweiten Male von draußen seinen Kopf herein. Der Dieb jedoch fuhr fort: »O König, ist die Geschicklichkeit des Gauners größer oder die des Diebes? Welchem von ihnen beiden soll die Frau gehören?« Erwiderte der König: »Die Geschicklichkeit des Diebes ist größer, also gehört ihm auch die Frau!« Nachdem er noch ein wenig des Königs Fuß gerieben hatte und der König wieder eingeschlafen war, stand der Dieb auf und ging mit dem Gauner nach Hause, wo er der Frau diesen Vorfall, des Königs Antwort und das Geständnis des Gauners erzählte. Die Frau lobte ihn auch dafür sehr und nahm ihn sich von nun an allein zum Manne.

Als es Morgen geworden war, erwachte der König und fand den Pagen an der Decke aufgehängt. Und er erkannte, daß der, der ihm während der Nacht seinen Fuß gerieben und alle die Dinge getan hatte, wohl der Dieb gewesen sein mochte. Er wunderte sich sehr darüber; alsobald ließ er aber durch einen Herold ausrufen: »Wer dies auch immer getan haben mag, fürchte sich nicht, sondern komme – es soll ihm, bei Allah, von mir kein Leid geschehen! Das Geld, das er sich aus dem Schatze genommen hat, soll sein rechtmäßiges Eigentum sein! Auch will ich ihm ebensoviel als tägliches Gehalt aussetzen!«

Als der Dieb solches hörte, ging er zum Könige und gab

sich ihm zu erkennen, legte ein reuiges Geständnis seiner Missetaten ab und unterließ sie von nun an. Der König verzieh ihm seine Vergehen und schenkte ihm ein Ehrenkleid, setzte ihm ein Gehalt aus, und er genoß von jetzt an bei dem Könige die höchste Gunst.

DIE GESCHICHTE MORADBAKS

Hudschadsch, einen der berühmten Könige der Perser, befiel eine so hartnäckige Schlaflosigkeit, wie sie noch niemals ein Beispiel gegeben hatte; sie regte sein Blut so erstaunlich auf, daß er grausam und wild wurde, nach Sanftmut und Menschlichkeit, die er bezeigt hatte, als er sich der Ruhe wie andere Menschen erfreute.

Er hatte zwar seit zwanzig Jahren alle Heilmittel der Weisen und der berühmten Ärzte des Orients angewandt, doch waren alle ihre Ratschläge und Heilmittel nutzlos gewesen. Endlich wußte er nicht mehr, welches Mittel er gebrauchen sollte, um den Schlaf wiederzufinden, und gab seinem Wesir, der gewöhnlich bei ihm wachte, Befehl, einen Mann mit Namen Fitead vor ihn zu führen, der die Wache des Palastes und eines besonderen Gefängnisses versah, das diesem angeschlossen war. Hudschadsch hatte sich eingeredet, daß ein so seßhafter Mann wie ein Pförtner und Kerkermeister alles in einem gewiß vieler Menschen Geschichte und Unglück habe erzählen hören und daß diese Erzählungen ihm vielleicht den Schlaf wiederbringen könnten. Als Fitead nun vor ihm stand, sprach er zu ihm: »Ich kann keine Ruhe finden und will, daß du mir Geschichten erzählst!« »Ach, o erlauchter Gebieter,« verwahrte sich Fitead dagegen, »ich kann weder lesen, noch habe ich Gedächtnis; und ich habe

mich immer damit begnügt, die Tore deines königlichen Palastes genau zu schließen und die Gefangenen, die du mir anvertraut hast, sorgfältig zu bewachen, und habe niemals an andere Dinge gedacht!« »Ich glaube, daß du die Wahrheit sprichst,« sagte Hudschadsch dawider, »doch wenn du mir niemand ausfindig machst, der mir Geschichten erzählt, die mich einschlafen lassen oder mich unterhalten, wenn ich schlaflos daliege, so lasse ich dich des Todes sterben. Geh nun; ich gebe dir drei Tage, um meinen Befehl auszuführen; kommst du ihm nicht nach, halte ich dir mein Wort.«
Beim Weggehen sagte Fitead zu sich selbst: ›Niemals werde ich Ärmster ausführen können, was mir der König befiehlt, und weiß mir keine andere Rettung, als das Land zu verlassen und mein Heil anderswo zu versuchen.‹ Indessen ging er durch die Stadt und befragte alle, die ihm begegneten, ob sie keinen Menschen kennten, der Geschichten oder Märchen wüßte, die Schlaf bewirken könnten; doch machte sich jedermann über seine Frage lustig und ließ ihn in seiner Erregung. Er kehrte sehr traurig und sehr niedergeschlagen heim. Fitead aber war Witwer und hatte eine Tochter im ungefähren Alter von zwölf Jahren, die sehr schön war und auch viel Witz hatte; die hieß Moradbak oder ›Erfüllung des Wunsches‹. Sie bemerkte gleich den Kummer, der ihren Vater bedrückte; sie stellte daher so flehentliche Fragen an ihn, daß er ihrer Neugierde bald Genüge tat. Moradbak beschwor ihn, sich nicht weiter zu betrüben und auf Allah sein Vertrauen zu setzen, indem sie versicherte, daß sie bereits morgigen Tages zu finden hoffte, was der König erst in drei Tagen von ihm forderte; und Fitead wartete ungeduldig auf die Erfüllung des töchterlichen Wortes.

Als die Nacht angebrochen war, ging Moradbak in ihr Gemach, zog die Matte weg, die zwischen ihrem Bette und der Wand war, und schlüpfte in das Erdgeschoß, trat an das Eisengitter und begann den Weisen Abumelek über eine solch schwierige Lage um Rat zu fragen.
Zum Verständnis unserer Geschichte muß man wissen, daß der König Hudschadsch einst diesen berühmten Mann hatte einkerkern lassen, mit dem Befehl, ihm nur Brot und Wasser zur Leibesnahrung zu geben und ihn zu verhindern, mit jedem, wer es auch sein möchte, zu sprechen. Der Fürst hatte jedoch den Weisen und die Befehle, die er – es mochte schon fünfzehn Jahre her sein – gegeben hatte, vollkommen vergessen. Der Weise, der kaum einer war, dieweil er einen König bessern wollte, war an den Hof des Fürsten in der Hoffnung gerufen worden, seine Schlaflosigkeit zu heilen; und um sie zu heben, hatte er ihm auseinandergesetzt, wie sehr die Grausamkeit das Blut erbitterte und den Schlaf fernhalten mußte; doch wurde er für diesen heilsamen Rat mit einer Gefangenschaft, die grausamer denn der Tod war, bestraft.
Es waren nun bereits drei Jahre vergangen, daß die junge Moradbak in dem Zimmer, das sie bewohnte, beim Spiel mit einem Vogel, was seit einigen Tagen ihre ganze Unterhaltung ausmachte, hinter ihrem Bette eine Matte gefunden hatte und hinter dieser Matte eine schlecht verschlossene Stelle der Mauer, die einige Öffnungen ließ, in die sich der Vogel, der ihre Freude war, versteckt hatte. Ihre Rufe, um ihn zur Rückkehr zu bewegen, waren nutzlos, und vom Verlangen nach dem kleinen Tier bewegt, lockerte sie einige Steine mit solcher Leichtigkeit, daß sie sehr bald in einen geheimen Gang eindringen konnte, dessen Tür sehr

schlecht vermauert war. Moradbak fing ihr Vögelchen; und aus Furcht, gescholten zu werden, weil sie die Mauer eingerissen hatte, trug sie Sorge, die Tür zu dem Gange derart mit der Matte zu verdecken, daß man sie nicht bemerken konnte. Jugend ist neugierig. Der Geheimgang, so schrecklich wie er auch beim ersten Sehen schien, war hinreichend breit und hoch, um einen Menschen durchgehen zu lassen. Moradbak gewöhnte sich nach und nach daran, ihn ohne Grauen zu sehen. Mehrere Seufzer, die sie vom äußersten Ende des Geheimganges her vernahm, verursachten ihr anfangs Schrecken, der sich aber bald gab; sie wollte erkunden, woher sie kämen; zwanzigmal ging sie vorwärts, zwanzigmal kehrte sie wieder um; aber endlich fand sie, daß der Geheimgang zu dem Gefängnis führte, das den Weisen Abumelek barg, und daß sie von ihm nur getrennt war durch zwei schreckliche Eisengitter, die das Gefängnis abschlossen. »Wer du auch sein magst,« sagte der Weise zu ihr, »habe Mitleid mit meinem Unglück!« »Ach,« erwiderte ihm Moradbak, »was kann ich für dich tun? Ich bin Fiteads Tochter und nur neun Jahre alt, mein Vater wird mich vielleicht ausschelten, weil ich mit dir gesprochen habe. Bist du vielleicht gar der Gefangene,« fuhr sie fort, »dem er alle Tage Brot und Wasser bringt und den ich nicht sehen soll?« »Der bin ich«, sagte Abumelek darauf; dann trat Moradbak, kühner geworden, an die Eisengitter, und bald trug sie alles dorthin, was in ihrer Macht stand, auch die kleinen Erquickungen, deren sie sich oft beraubte, um die harte Gefangenschaft des Weisen zu lindern. Um sich für ein so gutes Gemüt dankbar zu bezeigen, beschloß er seinerseits, ihre Seele durch Tugend und erhabene Kenntnisse zu bereichern. Zur Ausführung dieses Planes hatte er ihr, um ihr diese geistigen Lehrstunden angenehmer zu machen, mehrere Geschichten erzählt. So hatte denn Moradbak, als sie ihrem Vater versprach, für ihn einen Mann, wie er ihn brauchte, zu finden, anfangs nur daran gedacht, ihm den Weisen Abumelek vorzuschlagen; und sie hatte selbst das Verlangen Hudschadschs für ein Mittel gehalten, jenem die Freiheit zu verschaffen, und für eine Gelegenheit, deren sie sich bedienen könnte, sich ihm für die Verbindlichkeiten, die sie ihm dankte, erkenntlich zu zeigen. Indessen wollte sie ihn um Rat fragen, ehe sie ihrem Vater irgendeinen Vorschlag machte, um in Erfahrung zu bringen, wie sie, ohne ihm zu schaden, von ihm sprechen oder wie sie schließlich Fitead bestimmen könnte, sich seiner in der gegenwärtigen Lage in einer Weise zu bedienen, die natürlich erschiene und weder den einen noch den andern in Verlegenheit brächte. Mit solchen Gedanken trat sie vor das Gitter des Gefängnisses und teilte dem Weisen ihr Erlebnis und ihre Pläne mit. Abumelek entgegnete ihr aber, daß sich Hudschadsch vielleicht noch der Drohungen entsänne, die er gegen ihn ausgestoßen hatte, ja daß ein solcher Vorschlag ihn gefährden könne; besser würde es sein, wenn sie sich selber erböte, die Geschichten, die man wünschte, zu erzählen. »Du hast gutes Gedächtnis,« fügte er hinzu, »ich habe dir mehrere erzählt und will dir weiterhin noch, soviel du nur immer nötig hast, erzählen. Geh, und vergiß nicht, daß du alles aufbieten mußt, um deinem Vater das Leben zu retten!« Die Rede machte Eindruck auf die junge Moradbak, die trotz ihrer Verdienste keine zu gute Meinung von sich hatte; und sie beschloß, sich am folgenden Morgen ihrem Vater in Vorschlag zu bringen. »O mein Vater,« redete sie ihn an, »ich bin glücklich genug, dich aus der

Verlegenheit, in der du bist, zu retten und so dein Leben vor der Grausamkeit Hudschadschs zu schützen.« »Ach, o meine Tochter, wie dankbar bin ich dir!« sprach er, indem er sie tränenden Auges umarmte. »Wo finde ich die treffliche Persönlichkeit, der ich so verbunden sein muß? Ich will mich ihr zu Füßen stürzen und ihr die lebhaftesten Beweise meiner Dankbarkeit geben!« »Du hast nicht weit zu gehen,« sprach Moradbak darauf, »um ihr für etwas zu danken, das sie Pflicht und Gefühl mit Freuden unternehmen lassen. Ich bin es«, fuhr sie fort. »Du bist es?« rief Fitead mit einer Überraschung aus, in die sich Schmerz mischte, »ich weiß dir Dank für deinen guten Willen, aber wenn du mir keine andere Hilfe bieten kannst, sehe ich wohl ein, daß ich mich entschließen muß, außer Landes zu gehen. Bereite dich vor, mich auf der Flucht zu begleiten; ich weiß mir keinen andern Rat, vielleicht werden wir anderswo glücklicher sein.« »Wenn du zur Flucht aus unserm Vaterland gezwungen würdest,« entgegnete ihm Moradbak, »so wollte ich dir mit Freuden folgen; aber du hast dich einer solchen Strafe nicht zu fügen. Sei ruhig, ich stehe dir für alles ein. Der König kann nicht schlafen; ich rechne wahrhaftig nicht damit, ihm beschwerliche Fragen stellen zu müssen, die den Verstand anstrengen, so wie es die indischen Philosophen tun, etwa zum Beispiel:

Ein Weib ist in einem Garten, wo sie Äpfel erntet. Der Garten hat vier Tore, deren jedes von einem Manne bewacht wird. Das Weib gibt nun dem Hüter des ersten Tores die Hälfte dieser Äpfel; als sie beim zweiten anlangt, gibt sie dem zweiten Wärter die Hälfte von den übriggebliebenen Äpfeln; dasselbe tut sie beim dritten; endlich teilt sie auch noch mit dem vierten, so daß ihr schließlich nur zehn Äpfel bleiben. Nun wird gefragt, wieviel Äpfel sie geerntet hat.«

Der erstaunte Fitead wollte erraten, wie viele die Frau tatsächlich geerntet hat; doch Moradbak unterbrach seine Rechnerei und sagte ihm: »Sie hat einhundertsechzig gepflückt. Sei versichert,« fuhr sie fort, »daß ich mich in den rechten Grenzen zu bewegen weiß, die mein Unternehmen verlangt; fürchte nicht, daß ich mich wie die Frau aufführen werde, der Ebuali Sina das Glück geschenkt hatte, die aber die Bestimmungen nicht einzuhalten verstand, die ihr der Weise vorgeschrieben. Aber höre doch die Geschichte an!«

Fitead stimmte zu, und Moradbak fuhr also fort:

»Ebuali Sina, der weise Derwisch, den der Prophet über alle Maßen liebhatte, brachte eine Nacht bei einer armen Frau zu, die alle Pflichten der Gastfreundschaft ihm gegenüber ausgeübt hatte. Er war ob des traurigen Zustandes, in dem sie sich befand, gerührt, wollte ihr in ihrem Unglück helfen und löste einen Stein aus der Mauer ihres Hauses, sprach einige Worte über ihm; dann brachte er ihn wieder an seinen alten Platz und bohrte eine kleine Rinne hinein, an deren Ende er einen Hahn anzubringen nicht versäumte. Nun sprach er zu der Frau, indem er sich bedankte und verabschiedete, solcherart: ›O meine liebe Mutter, wenn du Permetzwein haben möchtest, so öffne den Hahn und ziehe soviel ab, wie du wünschest. Nimm das davon, was du für deinen Bedarf gebrauchst, und trage das übrige zum Markt. Sei gewiß, daß der Quell niemals versiegen wird. Alles, so ich verlange, ist: lockere niemals den Stein, um zu sehen, was ich hinter ihn gelegt habe!‹ Die gute Frau aber versprach ihm das, und eine Zeitlang befolgte sie das Gebot des heiligen Mannes. Sie bediente sich des Quells, und

Wohlstand herrschte bald in ihrer bescheidenen Häuslichkeit; endlich erfaßte sie jedoch eine so starke Neugierde, daß sie ihr unterlag. Sie entfernte den Stein und fand dahinter nur eine Weinbeere. Sie brachte alles wieder an seinen Platz wie vorher, doch der Permetz rann nicht mehr und blieb für immer aus.

Sei überzeugt, o lieber Vater,« fuhr Moradbak fort, »daß ich den Stein in dem allzu heißen Wunsche, Gutes zu tun, keineswegs von seiner Stelle nehmen, sondern die Unterhaltungen, die ich mit dem Könige pflegen werde, wohl benutzen will; und du sollst nicht bereuen, mich vor ihn geführt zu haben, um ihm zu erzählen.«

Fitead war entzückt über Moradbaks großen Geist, umarmte sie mehrere Male und begab sich mit der festen Zuversicht, daß ihn keine Vorwürfe treffen würden, an sein Geschäft; und er ging dann zum Morgenempfang des Königs – oder besser gesagt zu seiner ersten Audienz, die sehr früh am Morgen stattfand, denn er schlief ja nicht – und sprach zu ihm, sich vor ihm niederwerfend: »Deine Erhabenheit gab mir gestern drei Tage Frist, um einen Menschen zu finden, der dir Geschichten erzählt; indessen bin ich in der Lage, dir schon heute einen zuführen zu können, mit dem du, wie ich hoffe, zufrieden sein wirst.« »Du tatest wohl daran, jemand zu finden,« nahm Hudschadsch das Wort, »dein Kopf haftete mir dafür. Aber wen willst du mir zuführen?« »O mein Gebieter,« entgegnete ihm Fitead, »meine Tochter.« »Deine Tochter?« fragte der König; »wie alt ist sie?« »Zwölf Jahre«, versetzte Fitead. »Du machst dich über mich lustig!« unterbrach ihn da Hudschadsch voller Zorn; »was mag man in dem Alter erzählen können! O Wesir,« fuhr er fort, »laß diesen Unverschämten zur Stunde bestrafen.« Der Wesir machte ihn mit sehr viel Schonung darauf aufmerksam, daß man ihn ja immer bei der Hand habe, um ihn zu strafen, wenn er das Vertrauen seines Gebieters mißbrauche; zu Fiteads Glück sah Hudschadsch solches ein und sprach zu seinem Türhüter: »Komm also heute abend, bringe deine Tochter mit, wir, der Wesir und ich, wollen die schönen Geschichten eines Kindes anhören; und ich wünsche,« sagte er, sich nach Fiteads Seite wendend, »daß du selbst sein Verdienst beurteilst; und je nachdem solches ausfällt – ich schwöre es bei meinem Barte –, sollst du bestraft oder belohnt werden.«

Fitead zog sich zurück und ließ Moradbak um das Vorgefallene wissen, indem er sagte, daß sein Leben in ihrer Hand sei; doch hatte sie so viel Vertrauen auf die Worte des weisen Abumelek, daß sie alles tat, um ihren Vater zu beruhigen.

Als der Abend hereingebrochen war, führte Fitead sie in die Gemächer des Königs, der sie mit Erstaunen kommen sah; die Größe ihrer Gestalt und ihre Schönheit dämpften Hudschadschs Grimm ein wenig; indessen sprach er zu ihr: »Erzähle mir etwas, was mich einschläfert oder unterhält; wir wollen sehen, ob du deinem Vater das Leben retten kannst.« Moradbak war nicht erstaunt über einen so wenig zuvorkommenden Anfang, Abumelek hatte sie über Hudschadschs Charakter aufgeklärt; mit Festigkeit nahm sie das Wort, nachdem sie vom Könige Befehl erhalten hatte, ebenso wie der Wesir und sogar Fitead Platz zu nehmen, und begann mit folgender Geschichte:

DIE GESCHICHTE NAURS, DES KÖNIGS VON KASCHMIR

Naur, der König von Kaschmir, beherrschte von seinem fünfzehnten Lebensjahre an sein glückliches Land mit Gerechtigkeit, aber auch mit Strenge, und wollte, daß seine Untertanen glücklich würden und das Leben verdienten. Leichtfertigkeit fand niemals Gnade vor ihm; er ließ sich zur Verminderung der öffentlichen Abgaben durch fleißige Arbeit bewegen, die dadurch für seine Untertanen ein doppelter Quell des Reichtums wurde. Er forderte pünktlichsten Gehorsam und verlangte nichts ohne Grund; und notwendigerweise unterwarf er diejenigen, denen er Proben seines Edelmutes gab, der strengsten Prüfung ihres Verdienstes. Seine siegreichen Heere hatten ihn zum Eroberer gemacht; sein stolzer Sinn blieb sich immer gleich bei seinen Eroberungen und seiner Staatskunst; seine Nachbarn fürchteten ihn, und seine Völker bewunderten ihn ehrfurchtsvoll, was das Los der Tugend ist, die sich mit sehr viel Strenge paart. So beherrschte Naur das Land nun seit zwanzig Jahren, und seine Macht schien sich so wohl auf Mut und Verstand und Gerechtigkeit aufzubauen, daß man niemals geglaubt hätte, er könnte einmal die Kehrseite des Glückes kennenlernen.

Der König hatte niemals das Entzücken der Liebe erfahren und solche Leidenschaft immer nur für eine menschliche Schwäche gehalten; die zahllosen Schönen, die seinen Harim bevölkerten, den geheimen Ort seiner süßesten Freuden, hatten ihn niemals davon überzeugen können, daß man dem Willen derer, die man dem seinen unterwirft, untertan sein und der Sklave seiner Sklavin werden kann. Er hatte mehr denn je diesem Fehler vorgebeugt, als ihm der Aufseher seines Harims die unvergleichliche Fatme zuführte; sie erschien vor ihm zuversichtlicher auf die Vorzüge, mit denen sie die Natur begabt hatte, als es Naur auf die des Thrones war. Die Geisteskraft des Fürsten, der über alle Dinge streng urteilte, selbst die Härte seines Herzens, das nur für das übernatürliche Verdienst empfänglich war, alle diese ihm angeborenen Gefühle, gesteigert durch die Gewohnheit und die Eitelkeit, sie auszuüben, wurden in einem Augenblick vor seiner neuen Sklavin zunichte. Indessen zeigte sie keinen Stolz, der aufreizen konnte; alles war Anmut und Schönheit an ihrer Person, selbst ihr hoher Sinn war für die Erhabenheit ihrer Gestalt und für den Adel ihrer Züge notwendig.

Naur fühlte seine Niederlage, wurde zornig darüber und wollte sie sich verhehlen; und in der Hoffnung, sie zu vermeiden, war seine erste Sorge, sich solch eines gefährlichen Gegenstandes zu entschlagen; jedoch ließ sich die Liebe nicht lange unterdrücken. Fatme tat so, als ob sie nicht bemerkte, welche Gefühle sie in einem so stolzen Herzen erzeugte, und wünschte sich Glück dazu; ihrer Eigenliebe wurde dadurch geschmeichelt, und sie ergab sich nur den stürmischen Wünschen ihres Herrn, nachdem sie über ihn triumphiert hatte. Der König von Kaschmir war nur allzu entschuldbar, einer so vollkommenen Schönheit nachzugeben; ihre schwarzen Haare machten mit ihrer Länge der dunkelsten Nacht den Vorrang streitig, ihr strahlendes Antlitz sprach zum Monde, als er an seinem vierzehnten Tage schien: ›Scheine, oder ich scheine!‹ Wenn ein Derwisch, der die Nacht in andächtigen Gebeten verbringt, einzig im Traume ein Wesen gesehen hätte, das ihr zu gleichen vermöchte, würde er darüber den Verstand verloren haben. Ihre Zähne reihten sich noch besser aneinander als der schönste Perlenstrang; das Grübchen in ihrem Kinn war das Gefängnis der Herzen; der köstliche Duft, den ihre Gestalt von Natur aus verbreitete, übertraf den des geschätztesten Moschus; und das schwarze Mal, das sie neben dem linken Auge hatte, war einer der größten Reize, die die Liebe ihrer ganzen Gestalt gegeben hatte.

Naur, der stolze Naur, entbrannte in kurzer Zeit so für die schöne Fatme, daß er selbst inmitten des innigsten Genusses nicht leben konnte, ohne ihre Schönheit zu betrachten und ihre schönen Haarflechten zu bewundern. Und er war über all die Gefühle überrascht, deren Neuheit sie seinem Herzen noch angenehmer machte; er überließ sich daher unaufhörlich der süßesten Liebe und war berauscht von den Reizen seiner schönen Sklavin, die er alle Tage mit neuer Freude sah. Das schwarze Mal, über das er gar noch entzückter war als über all ihre andern Vorzüge, war ein Samenkorn in seinem Herzen, das dort eine grenzenlose Liebe hervorrief. Der König dichtete im Rausche seiner Leidenschaft folgendes zarte Lied, das man noch heute in Persien singt:

Es war ein Wahn, daß ich sie könnte lassen;
Denn ihre schönen Haare fesseln mich,
Und wider Willen steh ich unterjocht...

Der zum ersten Male verliebte Naur kannte weder Mißtrauen noch Eifersucht; seine Gemütsart hatte ihn bislang die Frauen nur mit einer gewissen Verachtung betrachten lassen, und in seiner Liebe überließ er sich anfangs der ruhigsten Zuversicht. Und was ihm selbst noch an Stolz Fatme gegenüber blieb, ließ ihn nicht an ihrer Dankbarkeit und Zärtlichkeit zweifeln. ›Da ich endlich liebe,‹ sprach er zu sich selbst, ›bin ich auch geliebt.‹

Als die schöne Sklavin sich der Macht ihrer Reize wohl bewußt wurde und glaubte, ihres Einflusses auf das Gemüt ihres Herrn hinreichend sicher zu sein und sein Herz unterjocht zu haben, als sie nicht mehr um die Eroberung besorgt war, schien ihr die ihres Herrn nicht zu genügen, zumal sie seiner sicher war, und sie bedurfte für ihr eigenes Glück noch einer anderen. Und wenig geschmeichelt mit einem Liebhaber, in dem sie immer ihren Herrn wiedererkannte, wollte sie ein Herz verwunden, das nur seinem Verdienst das Geschenk verdankte, das sie ihm mit dem ihren machte.

In den Zeiten, wo Kaschmir einen besonderen König hatte, wurden die Harims nicht mit großer Strenge bewacht; es gab sogar mehrere Hauptleute, die für den Dienst des Fürsten ausersehen und durchaus keine Verschnittenen waren, die zum Inneren des Palastes Zutritt hatten.

Naur besaß einen Günstling mit Namen Abukazir, den er immer um sich hatte; der war groß, wohlgebaut und von überraschender Schönheit; seine Worte waren so süß wie Honig, und sein Gesicht war nur mit einem zarten Flaum bedeckt, der den Kräutern vergleichbar war, die an den Ufern der Milchflüsse wachsen, die im Paradiese einherströmen. Der diente dem Könige täglich, wenn er in Fatmes Gemächern war, und niemals hielt sich ein anderer Hauptmann an seiner Seite, wenn er mit seiner schönen Sklavin tafelte. Auf Abukazir warf die ein Auge und versuchte tausendmal seine Blicke, um den Knoten seiner Gedanken zu lösen; einige Male glaubte sie einen Hoffnungsstrahl in ihnen zu erkennen, aber bald sah sie in seinem ganzen Benehmen nichts weiter als die Merkmale einer Unterwürfigkeit, die sie zur Verzweiflung brachten. Diese Herzenspein trug ihr schließlich eine unbekannte Ruhelosigkeit ein, die selbst ihre Schönheit angriff. Naur äußerte darüber die lebhaftesten Sorgen; jedoch bedauerte sie bald die Verminderung ihrer Reize nicht mehr, denn die zarten und mitleidigen Blicke, die sich Abukazir nicht enthalten konnte auf sie zu werfen, belebten sie schnell aufs neue und waren dem wohltuenden Sonnenstrahl vergleichbar, der eine junge Blüte wieder aufrichtet, die ein wütender Sturm niedergebeugt hat. In Wahrheit waren diese Bezeugungen so klug und maßvoll, daß Fatme darin nur eine geringe Hoffnung lesen konnte; indessen überließ sie sich ihr voller Entzücken.

Diese ersten Annäherungen nun gewöhnten Liebhaber und Geliebte bald daran, sich ihrer Augen und ihrer Augenwimpern zu bedienen, um sich Bitten und Antworten zuzustellen, indem sie eine glückliche Gelegenheit erwarteten, die zarten Vorwürfe, die süßen Fragen und zärtlichen Versicherungen ausdrücken zu können, die ja den Reiz aller Liebesabenteuer oder mehr noch einer keimenden Liebe ausmachen.

Hierzu war die Essenszeit am günstigsten für sie, weil sie sich dann sehr lange und aus nächster Nähe sahen. Fatme, die in Abwesenheit ihres Liebsten zu sterben glaubte, dachte nur daran, sie möglichst auszudehnen, und der Vorschlag, den sie deswegen dem Könige machte, diente nur dazu, ihn noch heißer als vorher zu entflammen, weil er urteilte, der Wunsch, ihn öfters zu sehen, verursache solches.

Eines Tages nun, als sich der Fürst und die schöne Sklavin einander bei Tisch gegenübersaßen, ließ Fatme, sooft sie es ohne Gefahr einrichten konnte, ihre Blicke zu Abukazir hinübergleiten. Der bediente seinen Herrn, und ungebundener in den Vorsichtsmaßregeln, da er, hinter ihm stehend, dabei nicht beobachtet werden konnte, verschlang er sie mit seinen Blicken, während Naur sie selbst mit solcher Leidenschaft anblickte, daß er nur sie in der ganzen Natur sah und solche Stelle des göttlichen Korans auf ihren rosigen Wangen zu lesen vermeinte: ›Das Weib ist das beste Werk des Schöpfers.‹ Diese Blicke genügten nicht, um Fatmes Herz zu beruhigen und zu unterhalten; die Schöne der Schönen wünschte das Vergnügen, ihren neuen Liebhaber zu sehen und von ihm gesehen zu werden, länger auszukosten und wollte noch die Mittel finden, ihm den Umfang ihrer Liebe zu zeigen und die seinige besser erfahren zu können; sie schlug daher dem Könige vor, ihm eine Geschichte erzählen zu dürfen. ›Ich willige darein,‹ entgegnete er, ›wenn wir vom Mahle aufgestanden sind, und werde mit Begeisterung die Reize deines Geistes kennenlernen, die sicher denen gleichen, die deine ganze Gestalt meinen Augen darbietet!‹ ›Wenn ich es wagen darf, meinem Herrn und Gebieter etwas vorzuschlagen,‹ nahm das schöne Mädchen das Wort, ›so scheint es mir, daß sich eine Geschichte geeigneter in dem Zustande, in dem wir sind, erzählen läßt. Wenn sie weniger spannend ist, greift man nach einer Frucht, verlangt Scherbett oder einige Schlucke Weines von Schiras; solches vermehrt die Lebhaftigkeit der Erzählenden und entschädigt den Zuhörer für die langweiligen Dinge; ich finde, daß diese Hilfe unbedingt notwendig ist.‹ Diese geheuchelte Bescheidenheit zog ihr die erwarteten Lobsprüche zu und gab nur noch mehr Lust, sie anzuhören. Die Blicke Abukazirs und des Königs Worte versicherten ihr, wie sehr diese sich darauf freuten. Die lebhafte Fröhlichkeit und die Anmut, mit der Fatme diesen Vorschlag begleitete, hatten in deren Gemütern die höchsten Erwartungen hervorgezaubert. Als Fatme niemand am Reden hinderte, nahm sie also das Wort:

DIE GESCHICHTE VON NAERDAN UND GÜZÜLBEC

Hüssendschar, ein sehr reicher Edelsteinhändler, wohnte in der Stadt Erserum; er war schon in vorgerücktem Alter und hatte von allen seinen Sklavinnen und seinen Frauen mit des Himmels Güte nur eine Tochter bekommen. Wenn diese ihn nicht zufriedenstellen konnte, was seinen Handel anging, so machte sie ihn glücklich durch die Schönheit, mit der die Natur ihre Erscheinung geschmückt, die auch gleichzeitig ihren Verstand für alle Talente empfänglich gemacht hatte. Sie war erst sechs Jahre alt, als Ali, Timur zubenannt, der immer ein Freund Hüssendschars gewesen war, aus dem Leben schied, ohne seinem einzigen Sohne ein Vermögen zu hinterlassen, obgleich er stets in dem Rufe gestanden hatte, reich zu sein. Als er in Hüssendschars Armen seine letzten Seufzer ausstieß, empfahl er ihm diesen Sohn, den einzigen Gegenstand seiner Klagen. Der wahrhafte Freund nahm ihn mit Freuden zu sich; solches geschah anfangs nur in der Absicht, der Freundschaft Genüge zu leisten, aber Naerdan, so hieß der Sohn Timur Alis, verdiente sie bald selbst; denn er war freundlicher Gemütsart, und seine Klugheit war seinem Alter überlegen; Dankbarkeit war das erste Empfinden seines Herzens. Hüssendschar wünschte sich Glück zu dem Vermächtnis, das ihm sein Freund gemacht hatte, und teilte seine Zärtlichkeit zwischen

Naerdan und seiner einzigen Tochter Güzülbec. Sie wurden zusammen aufgezogen; ihre Kindheit, die sie durch die gemeinsamen Freuden verband, die Freiheit, immer zusammen zu sein, die sie hatten, oder hauptsächlich Güzülbecs aufblühende Reize und das Verdienst Naerdans befestigte in ihren Herzen eine Neigung, die nichts zerstören konnte. Hüssendschar bemerkte es wohl; aber fern davon, ihren Gefühlen ein Hindernis in den Weg zu legen, schien er sie im Gegenteil zu billigen. Der Himmel, der ihm einen Sohn versagt hatte, gab ihm den im Sohne seines Freundes, der sich mit jedem Tage würdiger bezeigte; und Hüssendschar hatte die Freude, einen Schüler nach seines Herzens Wunsch zu haben.

Als Naerdan, der zufällig wenige Jahre älter war als Güzülbec, ein Alter von zwölf Jahren erreicht hatte, gestattete man ihm nicht mehr, sie zu sehen; sie wurde in das Frauengemach eingeschlossen und Naerdan denen anvertraut, die ihm nach Hüssendschars Vorsätzen, die er über sein Weiterkommen gefaßt hatte, eine dazu geeignete Erziehung geben sollten. Solch eine Trennung war ihm überaus schmerzlich, doch war sie es nicht minder für Güzülbec, die, mehr ihren Gedanken überlassen als er, sich nur noch mit einer Liebe beschäftigte, deren ganze Gewalt sich nach der Entfernung des geliebten Gegenstandes kundtat. Die wuchs mehr und mehr in der Einsamkeit, und da sie ihrem Geliebten nicht zu schreiben wagte, wußte sie sich keinen andern Rat, ihn in ihrem Herzen lesen zu lassen, als die Salams, die sie ihm durch eine Sklavin schickte, die ihre Geheimsprache nicht kannte. Das erste, was sie ihm so zukommen ließ, war ein kleines Bündel Ingwer – was besagt: ›Mein Herz brennt nur für dich‹ –, dies war zweifelsohne ein großes Entgegenkommen; doch eine so lebhafte Neigung wie die ihre ließ sich nicht bescheiden; sie zitterte in Erwartung der Antwort und fürchtete, nicht mehr geliebt zu sein. Wie groß war ihre Freude, als man ihr von seiten Naerdans ein kleines Stückchen blaues Leinen brachte – was besagt: ›Ich bin immer in dich verliebt.‹ Dieses Zeichen drückte wahrlich kein so zartes Gefühl aus, wie sie es sich gewünscht haben mochte; aber schließlich war sie nicht vergessen, man liebte sie noch; der Reiz dieses Gedankens aber hielt nur kurze Zeit an. Er gab um vieles lebhafteren Wünschen und Verlangen Raum, von denen sie nicht hoffen konnte, daß Naerdan sie teilte.‹

Diese betonten letzten Worte richtete Fatme an Abukazir und begleitete sie mit den zärtlichsten Blicken. ›Ich muß gestehen,‹ sagte sie, selbst ihre Erzählung unterbrechend, indem sie für einen Augenblick ihre schönen Augen auf den König von Kaschmir heftete und sie dann wieder unmerklich zu dem aufmerksamen Abukazir hinübergleiten ließ, ›ich muß gestehen,‹ fuhr sie fort, ›daß die unglückliche Güzülbec zu beklagen ist, eingeschlossen in einem von ihrem Geliebten allzu geachteten Serail, zählte sie die Augenblicke ihrer Jugend und Schönheit. ›Welche Vorzüge,‹ sagte sie sich, ›welche Schätze werden fruchtlos vertan! Mit welcher Erwiderung müßte meine Zärtlichkeit nicht bezahlt werden! Ach, wie viele Zweige hätte wohl der Keim unserer Liebe, durch meine Sorgfalt gepflegt, getrieben, die sich unter der Last der köstlichsten Früchte beugen würden? Aber nein, der, den ich anbete, liebt mich nicht, denn eine nichtige Ehrfurcht...‹ Ich will dir nicht die Vermutungen aufzählen, o Herr,‹ fuhr Fatme fort, ›die den Klagen der trostlosen Güzülbec folgten; ich habe dir ihre Geschichte versprochen und nehme sie wieder auf:

Als Naerdan ein Alter von fünfzehn Jahren erreicht hatte, kannte er die Vorteile des Handels so weit und bediente sich der Lehren, die er empfangen hatte, so gut, daß die Erkenntlichkeit, die er Hüssendschar bewies, im Verein mit seiner natürlichen Begabung ihn ganz besonders auf dessen Geschäft achtgeben ließen; sein guter Herr vertraute es ihm während des Verlaufs mehrerer Reisen an, die er nach Indien zu machen hatte. Es gedieh unter seiner Hand, und der Verkauf der Waren, die er ihm in seinem Laden in Erserum gelassen hatte, warf für Hüssendschar noch mehr Gewinst ab als seine Reisen. Währenddessen hatte Naerdan in einer Empfindlichkeit und Treue, wie sie bei einem liebenden Herzen selten zu finden sind, den Verkehr, den er mit Güzülbec gehabt hatte, gelöst; seine Liebe war nicht erloschen, aber sie erlegte ihm Schweigen auf; er opferte alle ihre Äußerungen der Redlichkeit, und er wagte nicht mehr daran zu denken, seines Herrn Tochter zu heiraten, dem jetzt der Himmel gegen jede Erwartung endlich einen Sohn gewährt hatte. Dieser Edelmut‹, fuhr Fatme fort, ›konnte Güzülbecs Empfindungen keineswegs verringern und diente nur dazu, sie anzufachen. Inmitten der Freuden, die ihm die unerwartete Geburt eines Sohnes verursachte, konnte Hüssendschar Naerdan nicht genug loben und sagte öffentlich, daß der Erbe, mit dem die Natur seine Wünsche befriedigt hätte, einzig imstande gewesen wäre, die Pläne, die er zu Naerdans Gunsten gehabt hätte, umzustoßen, und fügte hinzu, daß seine Tugend, seine Geradheit und seine reiche Begabung ihn sicherlich bestimmt hätten, ihm seine Tochter und seine ganze Habe zu geben; doch hoffe er, seiner Freunde einen dadurch zu beglücken, daß er ihm einen solchen Schwiegersohn zuführe.

Diese Lobreden bestimmten Kara Mehemmet, den Stiefbruder Hüssendschars, von ihm Naerdan für seine Tochter zu erbitten; und er gedachte selbst den Bund zu schließen, sobald er von einer Reise nach Indien zurück sein würde, die ihn mindestens acht oder neun Monate in Anspruch nehmen mußte. Da er Juwelenhändler von Beruf war, so willigte Naerdan, nicht aus einem Wunsche nach Reichtum und Geschäft, sondern mehr, um sich von einer Liebe zu heilen, die er nur noch als eine Undankbarkeit empfinden konnte, in diesen Vorschlag ein.
Solche Nachrichten kamen Güzülbec zu Ohren; sie versetzten ihr Herz in schwärzeste Trauer, vergebens schickte sie ihrem Geliebten einen Apfel – was besagt: ›Entferne dich nicht von mir, o Frühling meines Lebens!‹ –, ein Stück rotfarbenen Stoffs – was besagt: ›Nimm mir doch das Leben!‹ –, eine Olive – was besagt: ›Ich will dich lieber tot als unbeständig sehen!‹ – und eine Holzkohle – was besagt: ›Ach nein, möchte ich doch sterben und du lange leben!‹ – Diese süßen Zeichen des Übermaßes ihres Schmerzes und ihrer Eifersucht vermochten den grausamen Plan des allzu tugendhaften Naerdan nicht umzustoßen.‹
Hier konnte es Fatme, indem sie sich noch einmal unterbrach, nicht über sich bringen, einen Gedanken nicht auszusprechen, dessen Sinn nur ganz harmlos für den König von Kaschmir sein konnte, für Abukazir jedoch einen bitteren Vorwurf enthielt. ›Man kann,‹ sagte sie, ›ich gebe es zu, sich selbst den Gefühlen einer wahren Dankbarkeit aufopfern; aber gestattet uns die Tugend keine anderen Opfer? Man ist entzückt, in dem Herzen, das man liebt, die Grundsätze der Tugend zu finden, aber sie arten in Barbarei aus, wenn man sie zu weit treibt. Ach, wie kann man sich ent-

schließen, das, was man liebhat, zu opfern? Denn schließlich konnte Naerdan doch nicht wissen, ob Güzülbec ihr Unglück überleben würde. Aber der Himmel, der gerechte Himmel war weniger streng als er und billigte ihr Verderben nicht. Die zärtliche Liebende wußte in ihrer Verzweiflung nicht, an wen sie sich in ihrem Unglück wenden sollte, und klagte einer alten Jüdin, die ihr oft fremde Kostbarkeiten verkaufte, ihre Not. Die Alte nun ließ sich von ihrem Zustande rühren, mehr jedoch noch durch die Belohnung, die sie ihr zusicherte, wenn sie diese Heirat verhindern könnte. ›Nimm alles, was in meinen Händen ist‹, sprach Güzülbec leise zu ihr; ›daß Naerdan nur ja keiner andern angehöre; und ich schwöre dir beim heiligen Propheten, ich will nichts besitzen, was nicht dir gehören soll. Hätte ich doch alle Schätze Indiens, um dich für meine Dienste verpflichten zu können!‹ Die Jüdin verließ sie, indem sie ihr schnelle Hilfe versprach und versicherte, daß sie sehr bald von ihr Nachricht bekommen sollte.

Am Tage, der dem folgte, an dem die Jüdin der Güzülbec so trostreiche Versprechungen gemacht hatte, begegnete Hüssendschar in den Straßen Erserums Kara Mehemmet, der erst vor vier Monaten abgereist war, und versicherte ihm seine Überraschung, die durch eine so schnelle Rückkunft verursacht war. Kara Mehemmet aber entgegnete ihm, daß er einen seiner Geschäftsfreunde auf der Hälfte des Weges nach dem Orte, den er aufsuchen wollte, angetroffen und ihm die Geschäfte, die er in Indien hätte, so vorteilhaft abgetreten habe, daß er sich entschlossen hätte, sich nicht mehr so großen Mühseligkeiten auszusetzen, die ja seinem Alter nicht dienlich sein könnten, und endlich der Ruhe genießen wollte, die ihm sein Reichtum im Vaterlande zu suchen erlaubte. Hüssendschar erinnerte ihn auf der Stelle an das Übereinkommen, das er mit ihm getroffen hatte und das die Heirat zwischen Naerdan und seiner Tochter anging. Kara Mehemmet erklärte sich bereit, solches auszuführen, doch wünschte er, daß die Hochzeit in einem Landhause vor sich ginge, das er erworben hätte. Hüssendschar willigte ohne weiteres in dies Verlangen ein. Sie brachen auf der Stelle auf, um Naerdan zu suchen, und fanden ihn in dem Geschäfte Hüssendschars tätig. Und Kara Mehemmet sprach zu ihm: ›O lieber Sohn, wenn du mir folgen willst, sollst du meine Tochter sehen, sie ist nun fünfzehn Jahre alt; und sollst sie heiraten, wenn sie dir zusagt.‹ Naerdan antwortete ihm bescheiden, aber doch ziemlich kalt und folgte ihnen mit einer gewissen Erleichterung, in der Hoffnung, durch dieses Mittel sich eine Neigung aus dem Kopfe schlagen zu können, der sich hingeben zu dürfen er nicht mehr glaubte berechtigt zu sein.

Kara Mehemmet nun führte sie aus den Toren der Stadt hinaus. Als ihn Hüssendschar diesen Weg einschlagen sah, sagte er zu ihm: ›Nun, o lieber Freund, wo liegt denn das Haus, in dessen Besitz ich dich nicht weiß?‹ Kara Mehemmet antwortete ihm: ›Man muß sich seiner Reichtümer freuen; du sollst sehen, auf welche Art meine neue Besitzung geschmückt ist; seit langem freue ich mich auf das Erstaunen, das du zeigen wirst; und die Heirat meiner Tochter mit Naerdan ist das Ziel eines Geheimnisses, das ich bis heute aus einem reizenden Wohnsitze gemacht habe, dessen ich mich in Ruhe erfreuen will, indem ich Naerdan mit den Vorteilen meines Geschäfts auch alle Sorgen überlasse, die es mir brachte.‹ Als er solche Rede beendigt hatte, standen sie vor einem großen Hause, dessen Tor von zwei Türhütern bewacht wurde. Naerdan sah mit Erstaunen eine stattliche Menge Pagen am Fuße der Treppe; die waren prächtig gekleidet, ihre Hemden bestanden aus Seide, ihre Beinkleider aus Atlas, ihre Wämser aus indischen Stoffen und ihre Kaftane aus gewässertem Taffet, ihre Gürtel aber waren mit köstlichen geschnittenen indischen Steinen besetzt. Diese Pagen schritten ganz ehrfurchtsvoll vor ihnen einher und geleiteten sie in ein wunderbar ausgestattetes Empfangszimmer. Als sie da auf einem Ruhebett Platz genommen hatten, brachte man ihnen Kaffee und Eingemachtes; und bald setzte man ihnen ein prächtiges und wohlschmeckendes Mahl vor; die Schüsseln, die man ihnen darbot, waren aus Silber, und alles Weißzeug war reich gestickt. Nach dem Essen bat Kara Mehemmet Hüssendschar, sich in ein anderes Zimmer zu begeben und ihn mit Naerdan allein zu lassen, da er besondere Geschäfte mit ihm zu besprechen habe. Hüssendschar verließ sie. Kara Mehemmet öffnete einen Schrank, der in das Gemach seiner Frauen führte, und rief seine Tochter. Sie antwortete ihm auf der Stelle mit einer Stimme, die so süß war wie die eines Engels und so lieblich, daß sie selbst in Naerdans Herzen eine lebhafte Bewegung verursachte. Die Schöne ließ nicht lange auf sich warten und zeigte ihre blendenden Reize; denn der Glanz ihrer Hautfarbe überstrahlte noch den Mond, wenn er voll ist. Vor ihren Vater tretend, warf sie sich ihm zu Füßen, küßte sie und sprach: ›Was wünschst du von deiner Sklavin, o lieber Vater?‹ ›Ich bin erfreut,‹ antwortete ihr Kara Mehemmet, ›dich in dem Zustande zu finden, in dem ich es wünsche. Ich will dich Naerdan, den du da siehst, zum Weibe geben: stimmst du dem bei?‹ ›Ich habe meinem Vater schon gesagt,‹ sprach die junge Schöne darwider, ›daß seine Sklavin alles tun wird, was er befiehlt; sie ist nicht allein bereit, Naerdan, den er ihr anbietet, zu heiraten, sondern auch den letzten seiner Sklaven; das Vergnügen, meinem Herrn und Gebieter zu gehorchen,‹ fügte sie hinzu, ›soll immer der höchste Wunsch meiner Seele sein!‹ Nachdem sie diese Worte gesprochen hatte, zog sie sich zurück. ›Nun, o lieber Sohn,‹ sprach dann Kara Mehemmet, ›was sagst du zu meiner Tochter? Bist du ihrer zufrieden?‹ Entgegnete ihm Naerdan: ›Welchem Menschen könnte eine solche Schönheit nicht gefallen?‹ Kara Mehemmet genügte diese Antwort, er ließ sofort den Imam des Viertels holen, und dann eine Börse ziehend, in der dreitausend Golddinare waren: ›Nimm dies Geld, o lieber Sohn Naerdan,‹ sagte er zu ihm, ›und wenn ich dich in Gegenwart des Imams frage, was du meiner Tochter in die Ehe mitbringst, antwortest du mir: dreitausend Golddinare; und dann gibst du mir diese Börse als ihr Leibbeding!‹ Der Imam ließ nicht auf sich warten; er kam im Gefolge des Schulmeisters und des Muezzins. Man deckte sofort den Tisch, und am Ende dieses neuen Mahles sagte Kara Mehemmet zu dem Imam: ›Ich gebe Naerdan, den du hier siehst, meine Tochter, wenn er dreitausend Golddinare zur Sicherstellung ihres Leibbedings zahlt.‹ Hüssendschar wollte sie ihm alsogleich geben; jedoch reichte Naerdan die Börse her, die ihm sein Schwiegervater geschenkt hatte; und da diese Angelegenheit keine weitere Schwierigkeit bot, war sie bald erledigt. Der Vertrag wurde entworfen; und der feierlichen Handlung des Imams folgte ein neues Mahl. Naerdan trat zu Hüssendschar und sprach zu ihm: ›Nun ich diese Nacht nicht allein schlafe, ist es da nicht besser, wenn ich ins Bad gehe?‹ Kara Mehemmet wollte wissen, was sein Schwiegersohn wünschte. Als er es erfahren hatte, billigte er nicht nur sein Verlangen, sondern versicherte ihm auch, daß diese Reinigung nach der feierlichen Handlung des Imams durchaus nötig sei, und rief seine Sklaven herzu, die ihn nach dem köstlichen Bade führten, das man im selben Hause bereitet hatte; Mehemmet aber blieb inzwischen beim Mahle. Naerdan fand sich dann dort wieder ein, und sein Schwiegervater ließ ihn in das Frauengemach eintreten und bei seiner neuen Gattin schlafen.

Als Naerdan die Vergnügen gekostet hatte, die aus seinem Herzen alle Erinnerungen an Güzülbec entfernen sollten, merkte er zu seinem Kummer, daß sie ihn nicht weniger an sie fesselten denn zuvor. Solche Gedanken beschäftigten ihn einige Zeit; aber schließlich sah er sich genötigt, sich dem Schlafe hinzugeben. Nicht der Tag war es, der ihn weckte, sondern ein sehr dringendes Bedürfnis; indessen konnte er es nicht befriedigen, denn er wagte weder aufzustehen noch die geringste Bewegung zu machen; sein Arm lag nämlich unter dem Kopfe seiner reizenden Gattin, die er aufzuwecken fürchtete. Als er sein Bedürfnis aber nicht mehr zurückhalten konnte, zog er seinen Arm, so sacht es ihm nur immer möglich war, zurück. Doch wie groß war seine Überraschung, als er diesen schönen Kopf, den Kopf eines Meisterwerkes der Natur, sich von seinem Halse lösen und aus dem Bette fallen und bis an die Türe rollen sah? Bei solch entsetzlichem Schauspiel vergaß er all seine Bedürfnisse und lag wie an allen Gliedern gelähmt hilflos da.

Er war schon einige Zeit in dieser grausamen Lage, als sich Kara Mehemmet erkundigen ließ, wie die Neuvermählten die Nacht verbracht hatten. Man fand die Türe verschlossen; der unglückliche Naerdan war nicht in der Lage, sie zu öffnen noch das Klopfen zu hören, denn er hatte das Bewußtsein gänzlich verloren. Man sah sich daher genötigt, sie einzuschlagen; der Kopf und das Blut, das man erblickte, entlockten allen Sklaven laute Schreie, und diese Schreie riefen Kara Mehemmet herbei, der alsobald den Kadi holen ließ. Man setzte Naerdan gefangen und belud ihn mit Eisenketten, um ihn bald seiner Strafe zu überantworten.

Die bösen Nachrichten, die sich mit großer Schnelligkeit verbreiteten, unterrichteten Güzülbec bald von diesen traurigen Ereignissen; es durchbohrte ihr Herz, als sie von der Gefahr hörte, die ihr Geliebter liefe. Die Jüdin ließ keine allzu lange Zeit verstreichen, ohne sich bei ihr sehen zu lassen, und sprach zu ihr, indem sie zu ihr trat: ›Nun, bist du zufrieden, du brauchst deine Nebenbuhlerin nicht mehr zu fürchten, und...‹ ›O Grausame,‹ antwortete ihr Güzülbec leise, ›gib ihr das Leben wieder und gefährde nicht die Tage meines Geliebten. Du kannst meiner gerechten Rache nicht entgehen!‹ fuhr sie fort, indem sie sie mit wutblitzenden Augen ansah, die in ähnlicher Lage die sanftesten Gemüter nicht weniger furchtbar machen können als die leidenschaftlichsten. Die Jüdin entfernte sich schleunigst.

Indessen hatte Hüssendschar nicht so bald Naerdans Unglück, denn er konnte ihn keines Verbrechens für schuldig halten, erfahren, als er zum Gefängnis kam; und er eilte herbei, um ihn zu trösten und zu erfahren, ob er ihm einen Dienst leisten könnte. Naerdan erzählte ihm sein Abenteuer genau; Hüssendschar wußte aber nicht, was er davon halten sollte, und machte sich eilig auf, um Möglichkeiten zu suchen, die seine Rechtfertigung bewerkstelligen konnten, ohne viel zu wissen, ob er damit Glück hätte. Sein erster Gedanke nun war, Kara Mehemmet in seinem neuen Hause, wo das Unglück geschehen war, aufzusuchen, um zu hören, was man dort sagte. Aber er war sehr überrascht, als er nicht die geringste Spur von dem prachtvollen Bauwerk entdecken konnte und an seiner Stelle ein altes Gemäuer sah, in dem er einen ehrwürdigen Greis erblickte, der ihn fragte, was er suche. ›Ich suche‹, entgegnete ihm Hüssendschar, ›ein großes Haus, das, wie mir scheint, noch gestern abend hier stand.‹ ›Es ist wahr, daß hier eins stand,‹ versetzte der Alte, ›aber du siehst deutlich, daß es nicht mehr da ist; dein Erstaunen wird schwinden,‹ fügte er nach einigen Augenblicken des Schweigens hinzu, ›wenn du erfährst, daß ich ein Geist bin, den die Liebe deiner Tochter Güzülbec zu Naerdan gerührt hat; ich habe die Gestalt einer Jüdin angenommen, um alles klarer zu sehen, und habe noch die von Kara Mehemmet angenommen, der nicht vor heute abend in die Stadt zurückkommt; ich habe das Haus gebaut, in dem du gestern getafelt und die angebliche Hochzeit Naerdans gefeiert hast. Versprich ihn sofort deiner Tochter‹, sprach er in strengem Tone weiter; ›ein ehrenwerter Mann in deiner Familie gilt mehr als alle Schätze; Naerdan wird sich um deinen Sohn bekümmern; seine Tugend wird alles bei dir gut gedeihen lassen; wenn du mir eine so gerechte Bitte abschlägst, sorge ich dafür, daß du deine Weigerung tausendmal am Tage bereuen sollst!‹ Hüssendschar versprach dem Geist alles, was er von ihm forderte; und der Luftgeist sagte zu ihm: ›Du kannst den Kadi aufsuchen, der Naerdan ins Gefängnis setzen ließ; verlange von ihm, daß er hierherkommt, und wenn er diesen Ort besichtigt und ihn so verschieden von dem sieht, der heute morgen da war, wird er keinen Augenblick

darüber im Zweifel sein, daß Naerdans Abenteuer nur ein Zauber war; und du kannst leicht von ihm die Befreiung dessen erlangen, der ungerechterweise gefangen sitzt.‹
Hüssendschar gehorchte dem Alten. Alles traf ein, wie er es vorhergesagt hatte. Die Ankunft des wahren Kara Mehemmet, der in diesem Augenblicke hoch zu Roß an der Spitze seiner Sklaven erschien, versicherte dem Kadi die Wahrheit des Berichtes, den man ihm abgelegt hatte; Mehemmet aber gab das Wort zurück, das Hüssendschar von ihm verlangt hatte, daß er Naerdan seine Tochter geben wollte. Der schöne Liebhaber wurde zu der beständigen Geliebten geführt, und der Himmel, der sie beschützt hatte, segnete ihren Bund mit allen Glücksgütern. –
Du siehst, o Gebieter,‹ fuhr dann Fatme fort, ›was eine lebhafte Zuneigung unternimmt, um sich Geltung zu verschaffen, und was sie tut, um glücklich zu werden; oft läßt sie gar den in Gefahr geraten, der mit einer schlecht angebrachten Furchtsamkeit liebt. Wenn Güzülbec sowie Naerdan mit Hüssendschar gesprochen hätten, würden sie ihn vielleicht gerührt haben; Naerdan hätte Güzülbec auch rauben können; was weiß ich, was sie alles tun konnten! Alles,‹ sprach sie weiter, ›nur nicht untätig sein; und ich weiß nicht, was ohne den Geist aus ihnen geworden wäre.‹
›O göttliche Fatme,‹ sprach Naur zu ihr, entzückt von dem neuen Vergnügen, das er eben gekostet hatte, ›ich ziehe es vor, wie du zu denken; indessen kann ich Naerdan nicht böse sein; seine Bescheidenheit, seine Zurückhaltung haben mich erfreut; doch denke ich nur an das einzige Vergnügen: an dem geliebten Gegenstande so angenehme Entdeckungen zu machen. Ich rechne damit,‹ fuhr er fort, ›daß du es

nicht bei dieser einzigen Geschichte bewenden läßt und daß ein andermal...‹ ›O Gebieter,‹ unterbrach ihn Fatme, ›ich bin überglücklich, dich unterhalten zu können, und bitte dich, mir eine Gnade zu gewähren.‹ ›Was wünscht die Gebieterin meines Herzens und die Freude meiner Augen?‹ fragte Naur gütig. ›Es schien mir, o Gebieter,‹ antwortete sie ihm, ›daß Abukazir mir mit einer Aufmerksamkeit lauschte, die davon zeugt, daß er solcherart Geschichten liebt. Wenn man sie liebt, kennt man auch welche, und ich wünschte, ihn eine erzählen zu hören.‹

Fatme wollte dem allzu furchtsamen Abukazir Gelegenheit zur Antwort geben; sie rechnete damit, aus einigen Zügen einer fremden Geschichte seine Gefühle für sie entnehmen zu können; da sie sich eine listige Zuflucht, zu der sie ihm das Beispiel gegeben hatte, nicht entgehen lassen wollte, drängte sie den König, ihren Geliebten zu der Genugtuung zu veranlassen. ›Ich billige deinen Vorschlag‹, sprach Naur. Mochte Abukazir sich auch eine Zeitlang wehren, der König sagte zu ihm im Fortgehen: ›Ich trage dir auf, morgen am Ende unseres Mahles eine Geschichte zu erzählen, und verzeihe es dir im voraus, wenn du uns nicht unterhältst; nicht jedermann kann gut erzählen; möchtest du dich nicht ebenso geschickt deiner Aufgabe entledigen wie Fatme?‹ Abukazir versicherte ihm in tiefster Demut, er werde ihm gehorchen. Und folgenden Abends, nachdem er tausendmal durch die süßen Blicke Fatmes beruhigt worden war, nahm er also das Wort:

DIE GESCHICHTE DES DERWISCHS ABUNADAR

Ein durch sein Alter verehrungswürdiger Derwisch wurde bei einem seit langem verwitweten Weibe krank, das in großer Armut in der Vorstadt von Bassorah lebte. Er war so gerührt über die Sorge und den Eifer, mit dem sie ihn gepflegt hatte, daß er zu ihr im Augenblick seines Scheidens sprach: ›Ich habe bemerkt, daß du die nötigen Mittel zum Alleinleben, aber nicht genug hast, um mit deinem einzigen Sohne, dem kleinen Abdallah, zu teilen; wenn du ihn mir anvertrauen willst, so will ich mein möglichstes tun, um an ihm die Schuld, in der ich durch deine Sorgfalt bin, wettzumachen.‹ Die gute Frau nahm seinen Vorschlag freudig an; und der Derwisch entfernte sich mit dem jungen Manne, nachdem er ihr gesagt hatte, daß sie eine Reise machen wollten, die nahezu zwei Jahre dauern würde. Indem sie die Welt durchzogen, ließ er ihn im Überfluß leben, gab ihm gar treffliche Unterweisungen, half ihm von einer tödlichen Krankheit, die ihn ergriffen hatte, und trug soviel Sorge um ihn, als wenn er sein eigener Sohn gewesen wäre. Abdallah wiederholte ihm hundertmal, wie dankbar er ihm für seine Wohltaten wäre, jedoch der Greis sagte stets zu ihm: ›O mein Sohn, durch Taten beweist man die Dankbarkeit; wir wollen Zeit und Gelegenheit abwarten!‹

Sie befanden sich eines Tages auf ihrer Wanderung in einer entlegenen Gegend, und der Derwisch sprach zu Abdallah: ›O lieber Sohn, wir sind hier am Ziel unserer Reise; ich will durch meine Gebete den Himmel veranlassen, daß sich die Erde erschließt und uns eine Öffnung freigibt, und ich werde dir auftragen, durch sie an einen Ort zu gehen, wo du einen der größten Schätze, die die Erde in ihrem Schoße birgt, finden sollst ... Wirst du wohl den Mut haben, in diese Höhle hineinzugehen?‹ fuhr er fort. Abdallah schwor ihm, daß er auf seine Gehorsamkeit und seinen Eifer rechnen dürfe. Darauf entzündete der Derwisch ein kleines Feuer und streute Wohlgerüche hinein und las und betete eine Weile, bis sich die Erde öffnete; der Derwisch aber sagte dann: ›Du kannst hineingehen, o mein lieber Abdallah, denke daran, daß es nur auf dich ankommt, mir einen großen Dienst zu leisten, und daß es vielleicht die einzige Gelegenheit ist, um mir zu beweisen, daß du nicht undankbar bist; laß dich nicht durch alle die Reichtümer verblenden, die du da sehen wirst; denke nur daran, dich eines zwölfarmigen eisernen Leuchters zu bemächtigen, den du bei einer Türe vorfindest; ihn habe ich dringend nötig, bringe ihn mir alsogleich!‹ Abdallah versprach alles und stieg dann mutig in die Höhlung. Er vergaß jedoch, was ihm so ausdrücklich befohlen war; und in der Zeit, in der er sein Gewand mit Gold und Diamanten anfüllte, die die Höhle in verschwenderischer Menge barg, hatte sich die Öffnung, durch die er eingetreten war, geschlossen. Er hatte indessen die Geistesgegenwart gehabt, den Eisenleuchter, den ihm der Derwisch so sehr anempfohlen hatte, an sich zu reißen; und obwohl die Lage, in der er sich befand, ganz schrecklich war, verzweifelte er doch nicht. Nur auf Mittel sinnend, einen Ort zu verlassen, der sein Grab werden konnte, sah er ein, daß sich die Höhle nur deswegen über ihm geschlossen hatte, weil er dem Befehl des Derwischs nicht genau nachgekommen war, und erinnerte sich der Guttaten und der Fürsorge, mit denen er ihn überschüttet hatte, bereute seine Undankbarkeit und beschloß, sich vor Gott zu demütigen. Endlich nach vieler Besorgnis und Unruhe war er so glücklich, einen schmalen Weg zu finden, der ihn aus diesem dunklen Gefängnis entkommen ließ. Doch geschah es wirklich erst, nachdem er lange darin fortgetappt war, daß er eine kleine Öffnung entdeckte, die Brombeerranken und Dornen überwucherten, durch die er das Tageslicht wiedergewann. Er blickte nach allen Seiten, ob er nicht den Derwisch entdecken könnte; seine Bemühungen jedoch waren vergebens; er wollte ihm den Leuchter, den er sich so dringend wünschte, geben und dachte über eine Ausrede nach, wie er sich von dem Greise zu trennen vermöchte, denn er fühlte sich reich genug mit dem, was er von den Schätzen genommen hatte, um seiner Hilfe entraten zu können.

Als er aber weder den Derwisch vorfand noch irgendeinen Ort wiedererkannte, an dem er verweilt hatte, ging er einige Zeit aufs Geratewohl zu, und er war sehr überrascht, als er vor dem Hause seiner Mutter stand, von der er sich weit entfernt glaubte. Die forschte ihn zuerst nach Nachrichten über den heiligen Derwisch aus. Abdallah erzählte ihr aufrichtig alle Ereignisse und von der Gefahr, in die er sich begeben hatte, um eine sehr unvernünftige Laune zu befriedigen, die jener gehabt; dann aber zeigte er ihr die Reichtümer, mit denen er beladen war. Seine Mutter meinte, als sie ihrer ansichtig wurde, daß der Derwisch nur seinen Mut und Gehorsam habe prüfen wollen und daß er das Vermögen, das ihm das Glück gegeben, für sich benutzen solle, ja sie fügte hinzu, daß solches zweifelsohne vom heiligen Derwisch beabsichtigt sei. Während sie nun diese Reichtümer gierig betrachteten, von ihnen ganz geblendet waren und tausend Pläne für die Zukunft schmiedeten, verschwand plötzlich alles vor ihren Augen. Da bereute Abdallah bitter seine Undankbarkeit und seinen Ungehorsam. Und als er sah, daß der eiserne Leuchter der Verzauberung widerstanden hatte oder vielmehr der Strafe, die der verdient, der seinen Versprechungen nicht nachkommt, sagte er, indem er sich zu Boden warf: ›Was mir geschah, geschieht gerecht, ich habe verloren, was ich nicht zurückgeben wollte, und der Leuchter, den ich dem Derwisch ausliefern sollte, ist mir geblieben; das ist eine Prüfung, die er vornahm und die ich schlecht bestanden habe.‹ Die ersten Fehler ziehen gewöhnlich Reue nach sich, doch ist sie meist nicht von langer Dauer. Nachdem er solche Worte gesprochen hatte, stellte er den Leuchter inmitten ihres kleinen Hauses auf.

Als die Nacht hereinbrach, steckte er, ohne sich etwas dabei zu denken, ein Licht auf den Leuchter, das ihnen leuchten sollte. Alsobald sahen sie einen Derwisch erscheinen, der sich eine Stunde lang drehte und dann verschwand, nachdem er ihnen ein Asperstück zugeworfen hatte. Der Leuchter aber war zwölfarmig. Abdallah gab sich den ganzen Tag mit dem ab, was er am Vorabend gesehen hatte, und war begierig darauf, was sich ereignen würde, wenn er zwölf Kerzen anzündete; also tat er denn, und sogleich erschienen zwölf Derwische, drehten sich ganz gleichmäßig eine Stunde lang, und jeder warf ihnen beim Verschwinden ein Asperstück zu. Er wiederholte alle Tage die gleiche Handlung, sie hatte stets denselben Erfolg; doch konnte er sie nur einmal im Verlauf von vierundzwanzig Stunden vornehmen. Die mäßige Summe, die ihnen die Derwische schenkten, genügte, um ihn und seine Mutter ein Leben mit einem gewissen Überfluß führen zu lassen; lange Zeit hatten sie sich nicht mehr zu ihrem Glücke gewünscht; doch war die

Summe nicht beträchtlich genug, um ihr Schicksal günstiger zu gestalten; immer weidet sich die Einbildung mit Gefahr an ersehnten Reichtümern. Der Anblick dessen, was sie zu besitzen geglaubt, die Pläne, die sie über die Anwendung dieser Habe geschmiedet, alles dies hatte tiefe Merkmale in Abdallahs Seele hinterlassen, die nichts verwischen konnte. Als er so den kargen Vorteil bedachte, den er aus dem Leuchter zog, faßte er den Plan, ihn dem Derwisch zurückzubringen, und hoffte dabei, daß er der Schätze, die er zu Gesicht bekommen habe, teilhaftig werden oder doch zum mindesten die ihm vor seinen Augen verschwundenen wiederfinden könne, wenn er ihm etwas brächte, wonach er so großes Verlangen geäußert hatte. Glücklicherweise hatte er seinen Namen und den seines Wohnortes behalten. Und er brach alsobald auf, um nach Maghrabi zu wandern; nahm von seiner Mutter Abschied und machte sich auf den Weg mit seinem Leuchter, den er alle Abende sich drehen ließ und der ihm dadurch die Mittel für die Reise gewährte, so daß er die Hilfe und das Mitleid der Gläubigen nicht in Anspruch zu nehmen brauchte. Als er nun in Maghrabi anlangte, war seine erste Sorge, nach dem Kloster oder dem Hause zu fragen, in dem Abunadar wohnte; der aber war so bekannt, daß ihm jedermann seinen Wohnsitz bezeichnen konnte. Alsogleich begab er sich dorthin und fand fünfzig Türhüter, die sein Haustor bewachten; jeder von ihnen hatte einen Stab mit einem goldenen Apfel in der Hand, die Gänge des Palastes waren voller Sklaven und Diener, niemals prunkte der Wohnsitz eines Fürsten mit so viel Pracht. Abdallah war von Erstaunen und Verwunderung ganz benommen und konnte sich nicht entschließen, vorwärtszugehen. ›Gewißlich‹, sprach er zu sich selber,

›habe ich mich ungenügend erkundigt, oder die, an die ich mich gewandt habe, wollten sich über mich lustig machen; dies hier ist nicht eines Derwischs, es ist eines Königs Wohnsitz.‹ Und er war in solcher Verwirrung, als ihm ein Mann entgegentrat und zu ihm sprach: ›O Abdallah, sei willkommen, mein Gebieter Abunadar erwartet dich seit langem!‹ Endlich führte er ihn in ein gefälliges und prächtiges Lusthaus, in dem der Derwisch saß. Abdallah war ganz verwirrt über all die Reichtümer, die ihm aus allen Ecken entgegensahen; er wollte sich ihm zu Füßen werfen, jedoch hinderte ihn Abunadar daran und unterbrach ihn, als er es sich zum Verdienste machen wollte, ihm den Leuchter zu schenken. ›Du bist undankbar,‹ sagte er zu ihm, ›glaubst du mich darüber zu täuschen? Ich kenne jeden deiner Gedanken, und wenn du den Wert des Leuchters erkannt hättest, so würdest du ihn mir niemals gebracht haben. Aber ich will dir seinen wahren Nutzen zeigen!‹ Alsogleich steckte er ein Licht auf jeden seiner Arme, und als sich die zwölf Derwische eine Weile gedreht hatten, gab Abunadar einem jeden von ihnen einen Stockhieb, und im selben Augenblick verwandelten sie sich in ein Dutzend Golddinare, Diamanten und andere kostbare Steine. ›So‹, sprach er zu ihm, ›muß man dieses Wunder ausnutzen. Schließlich habe ich nur gewünscht, ihn in meinem Gemach aufzustellen als einen Talisman, den ein von mir verehrter Weiser gearbeitet hat und den ich gern allen Leuten zeigen wollte, die mich von Zeit zu Zeit besuchen. Und um dir zu beweisen,‹ fügte er hinzu, ›daß die Liebhaberei an solchen merkwürdigen Gegenständen der einzige Grund war, weshalb ich ihn zu bekommen suchte, so nimm hier die Schlüssel zu meinen Speichern, öffne sie, und du wirst sehen, welche Reichtümer ich besitze; und du sollst mir sagen, ob nicht der unersättlichste Geizhals damit zufrieden wäre!‹ Abdallah aber gehorchte ihm und schritt durch zwölf sehr weitläufige Kammern, die derartig mit allen Arten von Kostbarkeiten angefüllt waren, daß er ratlos war, welcher er seine höchste Bewunderung zollen sollte; doch sie verdienten und vermehrten alle sein Verlangen. Indessen zerfleischte der Verdruß, den Leuchter fortgegeben, und der, seine Anwendung nicht gekannt zu haben, Abdallahs Herz. Abunadar schien solches nicht zu bemerken, im Gegenteil, er überschüttete ihn mit Liebkosungen, behielt ihn einige Tage in seinem Hause und verlangte für ihn dieselbe Behandlung wie für sich. Wie nun der Vorabend des Tages herangekommen war, den Abdallah für seine Abreise angesetzt hatte, sprach er zu ihm: ›O mein Sohn Abdallah, ich glaube, daß du demzufolge, was dir zugestoßen ist, jenes schändliche Laster der Undankbarkeit abgelegt hast; daher will ich dir meine Dankbarkeit bezeigen, weil du eine so große Reise in der Absicht unternahmest, mir einen gewünschten Gegenstand zu überbringen; du kannst aufbrechen, ich halte dich nicht mehr; morgen wirst du an meinem Palasttor eines meiner Pferde zu deiner Bequemlichkeit finden, ich mache es dir zum Geschenk, ebenso auch einen Sklaven, der bis zu deinem Hause zwei mit Gold und Edelsteinen beladene Kamele leiten wird; die Schätze aber darfst du dir selbst aus meinen Vorräten aussuchen.‹ Abdallah sagte ihm alles, was ein zur Habgier neigendes Herz aussprechen kann, wenn man seine Neigung befriedigt, und legte sich schlafen, indem er den Morgen des für seine Abreise bestimmten Tages erwartete.

Während der Nacht war er in beständiger Aufregung und

konnte an nichts anderes als nur an den Leuchter und seinen Zauber denken. ›Ich habe ihn so lange in meinen Händen gehabt‹, sprach er zu sich selbst; ›niemals hätte ihn Abunadar ohne mich in Besitz bekommen. Welcher Gefahr war ich nicht in der Höhle ausgesetzt! Warum gehört ihm heute dieser Schatz der Schätze? Weil ich so gut oder vielmehr so töricht war, ihm den zu bringen, er hat den Nutzen von meinen Mühen und den Gefahren, in die ich auf einer so weiten Reise geraten konnte. Ach, was gibt er mir zum Lohn? Zwei elende Kamele, die mit Gold und Juwelen beladen sind; auf einen Hieb konnte mir der Leuchter zehnmal mehr einbringen. Abunadar ist undankbar,‹ sprach er, ›welches Unrecht tue ich ihm, wenn ich den Leuchter an mich nehme? Wahrlich keins. Denn er ist reich, und was besitze ich?‹ Solche Gedanken bestimmten ihn schließlich, alles daranzugeben, um sich in den Besitz des Leuchters zu setzen; das war freilich nicht schwierig, denn Abunadar hatte ihm die Schlüssel seiner Speicher anvertraut. Er wußte, wo der Leuchter stand, und begab sich dorthin, verbarg ihn auf dem Boden eines Sacks, den er mit Geschmeiden, Gold und andern Kostbarkeiten füllte, die mitzunehmen man ihm erlaubt hatte, und ließ ihn wie alles andere auf seine Kamele laden. Er hatte keinen andern Gedanken als fortzukommen; nachdem er sich schnell von dem edelmütigen Abunadar verabschiedet hatte, gab er ihm seine Schlüssel zurück und ritt auf seinem Pferde, begleitet von seinem Sklaven und den beiden Kamelen, fort.

Als er nach einigen Tagen in Bassorah eintraf, verkaufte er seinen Sklaven, da er keinen Zeugen seiner früheren Armut und der Quelle seines Reichtums haben wollte, und handelte dafür einen andern ein und begab sich ohne Aufsehen zu

seiner Mutter, die er kaum beachten wollte, so sehr war er mit seinen Schätzen beschäftigt. Seine erste Sorge war, seine Kamele von ihrer Last befreien zu lassen und den Leuchter in dem verstecktesten Raume des Hauses aufzustellen; und in der Ungeduld, die ihn ganz beherrschte, vor seinen Augen gediegenen Reichtum aufgespeichert zu sehen, steckte er Kerzen auf den Leuchter; die zwölf Derwische erschienen; er gab jedem mit aller Kraft einen Stockhieb, um ja den Bedingungen des Talismans aufs genaueste nachzukommen; aber er hatte nicht darauf geachtet, daß Abunadar beim Schlagen den Stock in der linken Hand gehalten hatte. Abdallah bediente sich infolge natürlicher Angewohnheit seiner rechten; und die Derwische, anstatt sich in Reichtümer aufzulösen, zogen alsbald aus ihren Gewändern jeder einen furchtbaren Stock, mit dem sie so lange und so heftig auf ihn einhieben, bis sie ihn beinahe totgeschlagen hatten; dann verschwanden sie, indem sie die Lasten der Kamele, die Kamele, den Sklaven und den Leuchter mit sich nahmen.
So, o Gebieter, wurde Abdallah mit Armut, ja beinahe mit dem Tode für seine unersättliche Habsucht bestraft, die vielleicht entschuldbar wäre, wenn er sie nicht mit einer Undankbarkeit gepaart hätte, die ebenso verdammenswert wie verwegen war, zumal er ja nicht imstande gewesen war, seine Treulosigkeit vor den allzu klarsehenden Augen seines Wohltäters zu verbergen.‹ –
Naur schien von dieser Geschichte befriedigt zu sein und sagte zu Abukazir, daß sie ihm um so mehr Vergnügen gemacht hätte, als sie ein Beispiel der gerechten Bestrafung des schwärzesten aller Laster aufstellte, das den Menschen nur allzu gemeinsam wäre und für das es niemals eine Entschuldigung gäbe.

Fatme war zu sehr von dieser Geschichte gefesselt, als daß sie ihre Meinung verschwiegen hätte. Sie hatte sich unter dem Sinnbilde des Schatzes wiedererkannt, dessen Besitz nur zu erwünscht sein kann; sie zweifelte keinen Augenblick daran, daß sie in Abukazirs Augen begehrenswert sei; aber daran, wie er die Undankbarkeit Abdallahs ausmalte, hatte sie nur zu sehr gemerkt, wie sehr ihr Liebhaber um sein Glück in Sorge war; seine Treue für seinen Gebieter war es nicht, weshalb er am meisten fürchtete, und seine letzten Worte bewiesen ihr, daß es ihm weniger beschwerlich wäre, ihn zu verraten als sie zu täuschen.

›Ich räume ein, o Herr,‹ sagte sie, ›daß die eben erzählte Geschichte ebenso liebenswürdig wie ihre Moral gerecht ist, doch kann mich das nicht hindern, dabei zu fühlen, daß Abukazir die meinige hat bekritteln wollen. Ich habe an Naerdan die Zaghaftigkeit getadelt, die ihn zu einer schlecht angebrachten Dankbarkeit veranlaßte, die ihn sein und seiner Geliebten Glück kosten konnte; Abukazir tut aber unrecht, wenn er annimmt, ich hätte aus Undankbarkeit eine Tugend machen wollen, und meine vielmehr, daß die Abdallahs nicht genügend bestraft zu sein scheint, ist ein Fehler in seiner Erzählung; der Eigennutz, der für ihn selbst ja keine Tugend sein konnte, kann ihn noch weniger des Lasters wegen entschuldigen. Was hingegen die Liebe des öftern zu tun pflegt, muß weniger streng beurteilt werden. Es macht die Schuldigen nur allzu bedauernswert, und der ganze Erdkreis ist in solchem Falle nur zur Nachsicht verpflichtet. Abdallah hätte, wenn er sich mit dem Derwisch vereinigte,‹ fuhr sie fort, ›alle seine Reichtümer teilen und glücklich sein können, und war so töricht, an einen Betrug zu denken: diese Kunst und Feinheit muß man den Liebesleuten überlassen, denen sie allein gestattet ist; die wissen sie so wohl anzuwenden, daß es keinen Aufpasser gibt, den sie nicht hinter das Licht führen.‹

Abukazir schlug die Augen nieder, um einem Blicke zu entgehen, den der König auffing, ohne ihn genugsam aufzuklären; unruhig und mit Gedanken beschäftigt, die ihm ganz neu waren, sagte er, er wolle sich zurückziehen; doch ließ er sich von Fatme versprechen, ihm anderen Abends eine Geschichte zu erzählen, die bewiese, was sie eben behauptet hätte. Und am folgenden Tage nach vollendeter Mahlzeit erinnerte sich der König leicht des flüchtigen Eindrucks wieder, den er gehabt hatte. Solcherart aber erzählte sie ihm:

DIE GESCHICHTE DES VOGELS GREIF

Als Sultan Sulaiman den Thron bestieg, erklärte er Vogel Greif, der das Gebirge von Kaf bewohnte, für den König aller Vögel. Obwohl das kluge Tier siebzehntausend Vogelarten hatte, die ihm untertan waren, blieb es doch immer im Dienste des Fürsten und kam jeden Morgen, um ihm den Hof zu machen.

Vogel Greif war eines Tages bei einem Streite zugegen, oder vielmehr einer Verhandlung, die die Gesetzeskundigen in Sulaimans Gegenwart führten. Einer unter ihnen sagte, man könne nicht wider Gottes Ratschlüsse handeln. Vogel Greif war erstaunt über diesen Satz und unterbrach ihn und sagte mit sehr lauter Stimme: ›Ich meine, daß ich das, was Gott beschließt, verhindern kann.‹ Die Weisen hielten ihm nun vergebens seine Torheit vor und die Gottlosigkeit dessen, was er behauptete; und Gott, der es gehört hatte, wollte sehen, was sein Plan war und welche Maßnahmen Vogel Greif treffen könnte, um seine Beschlüsse scheitern zu lassen. ›Ich will,‹ sprach er nun, ›daß die Tochter des Königs vom Abendlande den Sohn des Königs vom Morgenlande heiraten soll. Geh‹, sprach er zu Gabriel, ›und laß Sulaiman um mein Vorhaben wissen; wir wollen sehen, was Vogel Greif anstellt, um diese Heirat zunichte zu machen.‹ Sulaiman teilte Vogel Greif den Willen Gottes mit und machte ihm noch Vorhaltungen, damit er das Lächerliche seines Unterfangens einsehen sollte; er aber bestand immer auf seiner Meinung und sagte, er werde Mittel finden, die Heirat zu hintertreiben. ›Ich geruhe dir zu verkündigen,‹ fuhr der Sultan fort, ›daß die Königin vom Abendlande in diesem Augenblick eine Tochter geboren hat, die man dem Sohn des Königs vom Morgenlande bestimmt.‹ Der Vogel Greif flog sofort auf, ohne noch vernommen zu haben, daß nur die Nachteule zu ihm halte. Sie war der einzige unter allen Vögeln, der glaubte, daß Vogel Greif mit seinem Unternehmen Glück haben würde. Der aber strich mit der größten Schnelligkeit durch die Luft und kam bald im Abendlande an und suchte eine Weile mit den Augen, um die Gegend zu finden, in der die Prinzessin wohnte; endlich erblickte er sie in ihrer Wiege, umgeben von ihren Nährmüttern. Und stieß aus hoher Luft auf diesen Platz; die Weiber aber, die sie umgaben, ergriffen die Flucht; und er hob die Prinzessin ohne Widerstand auf und trug sie in das Gebirge von Kaf, wo sein Nest war. Vogel Greif war ein Weibchen; so gab er ihr denn alle Nächte die Brust; und seine Milch war so gut, daß sie bald entwöhnt werden konnte. Schließlich erfreute sie sich einer sehr guten Gesundheit und wurde ebenso schön wie groß; Vogel Greif selbst scheute keine Kosten, um ihr eine angemessene Bildung zu geben, sei es, daß er sie leben und schreiben lehrte, sei es, daß er sich mit ihr über die Bücher unterhielt, die er ihr zu lesen mitgebracht hatte. Die Prinzessin, die ihn wie eine Mutter verehrte, gehorchte ihm blind und beschäftigte sich alle Tage in der Einsamkeit seines Nestes; denn Vogel Greif ging unaufhörlich jeden Morgen, um Sulaiman die Dienste anzubieten, die der Fürst von ihm fordern konnte. In Wahrheit kehrte er alle Abende zurück, um mit seiner kleinen, lieben Tochter zu essen und sich mit ihr zu unterhalten. Sie kam schließlich in das heiratsfähige Alter; und in dieser Zeit bestieg der Sohn des Königs vom Morgenlande den Thron, den ihm sein Vater nach seinem Tode überlassen hatte.

Dieser Fürst war so für die Jagd eingenommen, daß er keinen Tag verstreichen ließ, ohne solchen Vergnügungen nachzugehen; doch schließlich langweilte es ihn, immer in denselben Wäldern auf dieselben Tiere Jagd zu machen, und er sprach zu seinen Wesiren: ›Wir wollen uns einschiffen, um in entfernten Gegenden zu jagen, die uns noch unbekannt sind; während unserer Abwesenheit lassen wir dem Lande hier Zeit, sich wieder mit Getier zu bevölkern.‹ Die Wesire antworteten ihm: ›O Fürst, es steht dir an, uns Befehle zu geben, und uns an, sie auszuführen!‹ und ließen alsobald kleine Schiffe herrichten, um möglichst leicht an den Küsten zu landen. Der junge König nun stieg mit seinen Wesiren und seinem Hofe zu Schiff und segelte fort. Da er kein bestimmtes Ziel hatte, so war ihm jeder Wind recht. Nachdem er auf mehreren Inseln gejagt, bei denen seine Schiffe Anker geworfen hatten, erhob sich ein so gewaltiges Unwetter, daß alle seine Schiffe zerschellten oder getrennt wurden; doch mit Gottes Fürsorge kam ein einziges Schiff, das den Fürsten barg, am Fuße des Gebirges von Kaf an. Einige seiner Hauptleute stiegen mit ihm ans Land und waren sehr verwundert, als sie es unbewohnt fanden und nur schreckliche und steile Gebirge antrafen. Indessen schickten sie sich trotz der Dürftigkeit des Himmelsstrichs zu jagen an. Ohne daß es ihm auffiel, entfernte sich der Fürst von ihnen und verirrte sich. Er drang eine Zeitlang aufs Geratewohl vor; endlich bemerkte er einen Baum, der ihn durch seinen Umfang in Erstaunen setzte; vierhundert Männer hätten ihn nicht umspannen können; seine Höhe stand im gleichen Verhältnisse zu dem Umfange des Stammes; und mit gleichem Erstaunen entdeckte er ein Nest auf diesem Baume. Es hatte mehrere Stockwerke, und seine Ausdehnung überstieg die der größten Schlösser. Und es war aus Balken und Bohlen von Zedern und Sandel und all den Holzarten zusammengefügt, die ein schöner Geruch berühmt macht. Der junge Fürst aber prüfte mit der größten Aufmerksamkeit dieses Wunder von Kunst und Natur, als er durch eine Art Fensteröffnung oder durch einen Zwischenraum, den die Holzbohlen ließen, die dieses wunderbare Nest bildeten, ein junges, noch wunderbareres weibliches Wesen erblickte. Auch sie ihrerseits entdeckte ihn bald. Einige Augenblicke sahen sie sich an, ohne ein Wort sagen zu können, so erstaunt und entzückt waren sie gleichzeitig. Gott gewährte es, daß sie ihre Sprache verstanden. Der Fürst rief aus: ›O Sonne der Schönheit, was machst du in einer Wohnung, so deiner Reize unwürdig ist!‹ ›Ach,‹ sprach sie, ›ich bringe die Tage einsam und die Nacht mit meiner Mutter zu. Sie steht in Sulaimans Diensten‹, fügte sie erklärend hinzu. Der Fürst fiel von einem Erstaunen ins andere, und er war es im Übermaße, als sie ihm sagte, daß ihre Mutter Flügel hätte und daß sich das Gebirge, in dem sie waren, das Gebirge von Kaf nannte, das so berühmt in der Welt und so wenig besucht ist. Der Fürst ließ sie seinerseits wissen, wie ihn ein glücklicher Zufall zu ihr geführt habe. Während er die junge Prinzessin über sein Schicksal unterrichtete, sagte sie zu sich selbst: ›Dieser junge Mensch ist von meiner Gattung, er gleicht mir. Wie zufrieden wollte ich mit ihm leben. Meine Mutter ist nicht so glücklich, unsere Gestalt zu haben; und ihre ist nicht, bei weitem nicht so schön. Das ist wahr,‹ fuhr sie fort, ›aber sie hat Flügel. Ach, wenn ich auch welche hätte, würde ich bald an seiner Seite sein und mich niemals von ihm trennen!‹ Nach solchen süßen Gedanken sagte sie: ›Kannst du kein Mittel ausfindig machen, um in das Nest zu steigen? Wir würden uns dann weniger mühevoll unterhalten können!‹ ›Weh, ich vermag es nicht‹, sagte der Fürst darwider. ›Hätte ich wohl, wenn es möglich wäre, gewartet, bis du mir den Vorschlag gemacht? Hätte ich mich dann auffordern lassen?‹ ›Da ich im Zweifel bin,‹ entgegnete die Prinzessin, ›ob es meine Mutter für recht hält, daß du bei mir bist, habe ich ein Mittel gefunden, dich ohne ihr Wissen zu sehen.‹

›Du siehst, o Gebieter,‹ sprach Fatme, indem sie sich unterbrach und Abukazir mit einem heißen Blicke ansah, um ihn zu jedem Unternehmen anzufeuern, ›du siehst,‹ sagte sie, ›welches Gefühl die ganz naturgemäß beherrscht, die die Welt am wenigsten gebildet hat. Der Prinz‹, nahm Fatme die Erzählung wieder auf, ›fragte die Prinzessin, welches Mittel sie ausgedacht habe. ›Es gibt keines,‹ fügte er hinzu, ›das ich nicht anwenden würde, um dich zu sehen und anzubeten!‹ ›Ich merke mit Entzücken,‹ erwiderte sie, ›daß deine Gefühle meinen so gänzlich gleichen. Betrachte den Körper des Kamels, das du wenige Schritte von dir siehst,‹ fuhr sie fort, ›es ist eben gestorben. Die Sonne wird es bald ausdörren, du sollst es mit allen wohlriechenden Kräutern, die du in der Nähe stehen siehst, bekränzen und dich dann in seinem Bauche verbergen, auf daß man dich nicht sehen kann; und ich will dann meine Mutter bitten, daß sie es mir heraufholt, um seinen Bau zu prüfen; sie wird es mir nicht abschlagen; und morgen mittag soll uns ihre Abreise alle Freiheit gewähren, so wir uns nur wünschen können.‹ Alles geschah, wie sie es geplant hatte; und als der Prinz im Neste war, hinderte sie niemand daran, sich die Zeit auf das glücklichste zu vertreiben. Wenn die Mutter ins Nest zurückkehrte, erblickten sie sie gewöhnlich von weitem, und der Prinz kehrte alsobald in sein Kamel zurück, um erst nach ihrer Abreise wieder hervorzukommen.

Währenddem wurde die Prinzessin schwanger; und als es soweit war, daß sie gebären mußte, befahl Gott nun dem Engel Gabriel, Sulaiman davon in Kenntnis zu setzen. Der ließ alsobald Vogel Greif kommen und fragte ihn, ob er die Ehe des Morgenlandkönigs mit der Tochter des Königs vom Abendlande verhindert habe. ›Zweifelsohne,‹ antwortete er ihm, ›die Prinzessin ist seit langem in meiner Gewalt; ich kenne niemanden, der sich ihr genähert hat; sie ist in meinem Nest auf dem Gebirge von Kaf; solches genügt, um dir zu versichern, daß sie niemand außer mir gesehen hat.‹ ›Hole sie mir sofort,‹ antwortete ihm der König, ›ich will sie sehen und mich selber überzeugen, ob du mir darin nicht die Unwahrheit sagst.‹ Vogel Greif willigte mit Freuden ein; und Sulaiman gab, um ganz sicher zu gehen, nicht betrogen zu werden, zweien andern großen Vögeln Befehl, ihn zu be-

gleiten und hernach Rechenschaft über sein Verhalten abzulegen.
Die Vögel aber flogen davon, und Sulaiman ließ einen Diwan versammeln, der aus fast allen Gesetzeskundigen und seinem ganzen Hofe bestand, damit sie Zeugen wären von allem, was sich zutragen könnte. Die junge Prinzessin hörte glücklicherweise das Geräusch, das die Vögel im Fluge machten, und war sehr erstaunt darüber; denn niemals war ihre Mutter zu einer solchen Stunde heimgekommen. Und sie hatte kaum Zeit, den Prinzen, der sich mit ihr unterhielt, zum Verstecken aufzufordern und ihn schnell in dem Kamel zu verbergen. Ohne sich indessen etwas von dem Schrecken, den sie bekommen hatte, anmerken zu lassen, ließ sie es sich doch nicht nehmen, ihrer Mutter einige Verwunderung, die ihre Rückkehr in ihr erweckte, und über die Ankunft der beiden Vögel, die sie begleiteten, kundzutun. ›O meine Tochter, Sulaiman will dich sehen,‹ erwiderte ihr Vogel Greif, ›wir müssen augenblicklich aufbrechen. Ich komme nur, um dich zu holen und an seinen Hof zu bringen.‹ Die Prinzessin war erstaunt, jedoch mehr noch um ihren Geliebten besorgt, den sie nicht verlassen wollte; trotzdem verlor sie ihre Fassung nicht und sagte zum Vogel Greif: ›Wie hast du aber beschlossen, mich hinzubringen, o liebe Mutter?‹ ›Ich will dich auf meinem Rücken tragen‹, gab ihr Vogel Greif zur Antwort. ›Aber beim Überfliegen so vieler Meere und Gebirge‹, sagte sie dawider, ›wird mir zweifellos schwindlig werden; der Anblick all der verschiedenen Dinge und die Schnelligkeit, mit der du fliegst, werden mich sicherlich stürzen lassen; mein Tod ist mir gewiß; so zu reisen kann ich mich nicht entschließen. Setze mich vielmehr in den Bauch dieses Kamels,‹ fügte sie hinzu, ›ich will mich

darin einschließen und werde nichts sehen, folglich auch in keine Gefahr kommen.‹ Vogel Greif hieß solchen Plan gut und wußte seiner Tochter für diesen Einfall und den Verstand, den sie gezeigt hatte, Dank; die Prinzessin aber setzte sich ins Kamel, wo der Prinz mit äußerster Unruhe das Ende einer für seine Liebste und ihn so wichtigen Unterhaltung erwartete; und die Geschichte versichert, daß die Prinzessin auf dem Wege eines Sohnes genas.

Als die Vögel vor Sulaiman angekommen waren, der sie inmitten seines Diwans erwartete, hieß er Vogel Greif, selbst das Kamel zu öffnen. Er tat es; aber wie groß war sein Erstaunen, als er in ihm den Prinzen und die Prinzessin erblickte, die ihren Sohn im Arme hielt. ›Trotzest du so‹, sprach Sulaiman zu ihm, ›dem Willen Gottes?‹ Die Scham und der Schmerz und das unmäßige Gelächter des ganzen Diwans bereiteten Vogel Greif schrecklichen Ingrimm; er flog auf, und seit dieser Zeit verläßt er das Gebirge von Kaf nicht mehr. Sulaiman fragte, wo die Nachteule wäre, die Vogel Greifs Plan und Unterfangen gebilligt hatte. Doch sie war verständig genug gewesen, sich zu entfernen; und seitdem haust sie nur noch in entlegenen Gegenden und kommt nur des Nachts hervor. –

Du stimmst mit mir überein, o Herr,‹ fuhr Fatme fort, indem sie sich an den König wandte, dabei aber Abukazir mit Augen ansah, in die sie in diesem Augenblicke ihre ganze Seele legte und die ihm sagten: Benutze meine Lehre. Diesen Blick begleitete ein Lächeln, das die Luft mit Honig und Zucker erfüllte. Abukazir seinerseits warf ihr so feurige Blicke zu, die all sein Wünschen zu verkünden schienen, daß Fatme zu zittern anfing; doch ihre durch Zärtlichkeit und Entzücken halb geschlossenen Augen waren indessen noch offen genug, um sich Verstehen zu verschaffen und in sein Herz zu dringen: all diese Dinge, die so schwierig auszudrücken und so langwierig zu beschreiben sind, künden das Aufflammen der Liebe.

Naur begriff ihre ganze Gewalt, doch wußte er die Eifersuchtsregungen zu dämpfen; ohne Fatme, dem Scheine nach ruhig, zu unterbrechen, so überzeugt er war, hörte er an, was sie nun sagte: ›Du stimmst doch zu, o Gebieter, daß zweien, die sich herzlich liebhaben, nichts unmöglich ist?‹

Abukazir sah die Aufregung, die in des Königs Augen aufstieg, die Mühe, die er sich gab, um sie zu bezwingen, und er wollte reden, dieweil er seinen Gedanken eine andere Wendung zu geben beabsichtigte: ›Erlaube mir, o Gebieter, daß ich nicht zugebe, was Fatme da eben sagt!‹ ›Folge mir!‹ sprach Naur mit kalter Miene und ging fort, ohne Fatme anzusehen, die Fatme, der er sonst immer so viele Dinge zu sagen hatte.

Gefühle, die man länger verbirgt, werden nur um so lebhafter; es scheint, daß Worte sie verfliegen lassen und vermindern. Obwohl Naur nichts hatte verlauten lassen, stand sein Entschluß doch fest: seinen Handel mit der Treulosen zu brechen und sich ob ihrer Untreue zu rächen. Der Zwang, den er sich für einen Augenblick auferlegte, hatte keine andere Begründung als in der Scham, sich eifersüchtig zu zeigen.

Sowie Naur in sein Gemach zurückgekehrt war, überließ er sich allen Stürmen und aller Qual der Eifersucht. Das entschwundene Vertrauen, der Verlust dessen, was man noch wider seinen Willen liebt und man nun auf einmal haßt, die Pläne der Rache und der Verzeihung, endlich die Schwäche, die man sich vorwirft, quälten den König, den ein Nu unglücklich gemacht hatte, ihn, den man einige Augenblicke vorher noch als den glücklichsten Menschen auf der Erde bezeichnen konnte.

Um indessen nicht voreilig zu handeln, sondern die Klugheit, die ihm eigen war, anzuwenden, gedachte er seinen Wesir über die Art der Bestrafung, die die Schuldigen treffen mußte, um Rat zu fragen. Seine durch Fatmes Verhalten gedemütigte Eigenliebe wollte sich zum mindesten dadurch Linderung verschaffen, daß sie eine Geduld in Anwendung brachte, die auszuüben ihm sehr schwierig erschien.

Sowie die Sonne ihre weiße Fahne gehißt und die Nacht, die Königin der Sterne, sich verkrochen hatte, stieg der König auf seinen Thron; und streng gegen sich selbst, wie er es gegen andere war, wollte er trotz der Verwirrung seiner Seele der Pflicht nachkommen, die er sich auferlegt hatte; und er ließ nach seiner Gewohnheit verkündigen, daß alle seine Untertanen ihr Recht vor ihm suchen könnten. Und in Wahrheit fühlten alle, so ihre Zuflucht zu ihm nahmen, wenn sie auch kein Unrecht erlitten, durch die Härte seiner Urteile doch den Zorn, der ihn in diesem Augenblick gegen die gesamte Menschheit beseelte. Der Eifersüchtige scheidet sich von der Menschengattung ab, und bei dem Gerichte, das er beruft, sieht er alle andern wie so viele Feinde an; wenn der Rausch der Leidenschaften verflogen ist, bleiben in der Seele nur sanfte Gefühle zurück, die Duldsamkeit gegenüber denen bewirken, die den Fehlern verfallen sind, von welchen man geheilt ist. Naur dagegen war weit entfernt von dieser glücklichen Ruhe, die philosophisch stimmt, den Menschen solche Umstände allein meistern läßt und ihn bewegt, die Beleidiger zu verachten.

Als Naur die wahre Pflicht der Könige erfüllt hatte, indem er selbst Gerechtigkeit übte, blieb er mit seinem Wesir allein, den er seit langem als seinen Freund schätzte. Mehr als einmal bestimmte ihn die Klugheit, seinem Minister nichts zu sagen und bei der Wahl seiner Rache nur auf sich selbst zu hören. Doch konnte er seinen Zorn nicht mehr allein tragen, vielleicht suchte er einigen Trost für sich bei dem Geständnis seines Schmerzes; und da seine Eifersucht ihm um so mehr Qual verursachte, als sie ihn bedrückt hatte, so vertraute er seinem Wesir alles bis ins kleinste an, was ihm zugestoßen war, und fragte ihn am Schluß um seinen Rat. Der Wesir aber riet ihm, ohne zu überlegen, Abukazir und Fatme töten zu lassen. Nur noch über die Art im unklaren, in der man der beschlossenen Rache genugtun sollte, kamen sie endlich überein, daß man ihnen folgenden Tages einen Gifttrank reichen wollte.

Naur glaubte eine gerechte Handlung auszuführen, und er mußte sich zwingen, seine Rache bis dahin aufzuschieben; aber es bedurfte der Zeit, um solch grausamen Trank zu mischen, auch mußte man eine Gelegenheit ersinnen, ihnen diesen ohne Aufsehen zu geben, zumal der König, einzig und allein um seine Schande und seine Schmach zu verbergen, dem Gerede entgehen wollte; so wurde er denn dadurch gezwungen, allem beizustimmen. Und sie versprachen sich ewiges Schweigen, um die Fürstenehre zu wahren; wenn Geheimnisse solcher Art ausgesprengt werden, vermehren sie die Reue, die das Verbrechen allein bewirken darf.

Der Wesir verließ Naur und kehrte in seine Wohnung zurück; seine erste Sorge war, seine einzige Tochter aufzusuchen, die er fast wahnsinnig liebte; die Trauer, die er auf ihrem Gesichte las, betrübte ihn, und Besorgnis erfüllte sein Herz. Er wollte die Ursache ihres Kummers wissen; alsbald erzählte sie ihm, daß sie den Harim des Königs verlassen wollte, dieweil Fatme sie, noch dazu im Beisein sämtlicher anderer Frauen, verächtlich behandelt habe. Der für seine Tochter gekränkte Wesir ließ sich durch die blinde Freundschaft, deren Taten oft ebenso gefährlich sind wie die der grimmigen Feindschaft, verleiten; er vergaß, welche Wichtigkeit er dem Geheimnis, das ihm sein Gebieter anvertraut hatte, beimessen mußte, und sprach zu ihr: ›Tröste dich, o meine Tochter, die Rose ihres Lebens wird bald entblättern und Fatmes Name unverzüglich aus der Liste der Lebenden gestrichen werden.‹ Die Neugierde seiner Tochter wurde nur heftiger angeregt durch eine so haltlose Rede, die ihr unverständlich sein mußte und sie nötigte, mehrere Fragen an ihren Vater zu stellen und ihn zu beschwören, sie aufzuklären und zu unterrichten. ›Darf man ein Geheimnis, das einem anvertraut ist, bei sich behalten,‹ sprach sie zu ihm, ›noch dazu ein Geheimnis, das die Ehre und das Leben eines so geliebten Vaters angeht?‹ Mit einem Wort, sie setzte ihm so gut zu, daß ihr der Wesir nicht allein alle Vorgänge mitteilte, sondern sie auch um die Rache wissen ließ, die der König auszuüben beschlossen hatte. Die Wesirstochter war vor Freude außer sich, denn die Rache ist das lebhafteste Gefühl aller gewöhnlichen Frauen; sie dankte ihrem Vater tausendmal, indem sie gleichzeitig versprach, ein für ihre eigene Genugtuung so wichtiges Geheimnis stets treu bewahren zu wollen. Ihr Vater ging von ihr, nur an die Freude denkend, sie so besänftigt zurückzulassen, und ließ die Angelegenheiten in Ordnung bringen, die ihm sein Amt auferlegte. Und er war kaum von ihr weggegangen, als Fatme, die selbst über das Benehmen betroffen war, dem sie mit ihrem verliebten Kopfe die Wesirstochter ausgesetzt hatte, einen Hauptmann des Innern des Palastes sandte und ihr Entschuldigungen über den Vorgang sagen ließ. Die Höflichkeitsbezeugung war noch nicht ganz ausgesprochen, als die ihn unterbrach, indem sie sagte: ›Jedermann wird mir bezeugen, daß sich die Verachtung, mit der ich behandelt wurde, nicht gutmachen läßt und daß Fatme Bestrafung verdient; gleichwohl denke ich nur wenig daran, weil sie sich bald nicht mehr rühmen kann, sich so hart gegen mich vergangen zu haben; ihr Tod wird mich völlig rächen!‹ Der Palasthauptmann schien nun von dieser Nachricht entzückt zu sein und sprach zu ihr: ›Wie sehr freut mich deine Rede! Mein Herz zittert vor Freude bei der Hoffnung, die du ihm machst. Wann werden wir so glücklich sein, den König eines so festen Entschlusses fähig zu sehen? Aber er steht doch zu sehr in Fatmes Banne‹, fügte er hinzu. ›Wenn du ein Geheimnis zu wahren vermagst,‹ entgegnete die Wesirstochter, ›will ich dir die Einzelheiten eines Vorgangs erzählen, von dessen Mitteilung ich mich noch nicht erholt habe, so sehr hat sie mich überrascht.‹ Der Hauptmann versprach ihr mehr, als sie verlangte; und bald hatte sie ihm ihr Herz ausgeschüttet. Nicht sobald war dieser davon unterrichtet, als er zu Fatme eilte und ihr erzählte, was er eben gehört hatte; seine Anhänglichkeit an diese, die Verpflichtungen, die er ihr gegenüber hatte, und die Freundschaft, die ihn seit langem mit Abukazir verband, bestimmten ihn, keinen Augenblick zu verlieren, um ihn hiervon zu benachrichtigen und einen Wortbruch zu begehen.

Wie anders würde sich das Leben an den Höfen gestalten, wenn Falschheit und Mangel an Verschwiegenheit nur dazu dienten, seinen Freunden gefällig zu sein!

Fatme war sehr überrascht, als sie diese grausame Neuigkeit vernahm; und sie würde wie alle Liebenden geschworen haben, daß sie sich Zwang angetan und daß der König auch nichts hätte merken können. Aber die Nachricht war so zuverlässig und eingehend, daß sie, nur noch das Unglück, das sie bedrohte, sehend, mit solcher Überzeugung und Lebhaftigkeit auf den Palasthauptmann einsprach, bis sie ihn überredete, Abukazir in ihr Gemach zu bringen. Er kam als Sklave verkleidet dorthin; ihre Unterhaltung währte lange und war eingehend. Wo kommt die Liebe nicht zum Ziele, die im Bangen um die Tage dessen ist, was man liebt? Diese selbe Liebe schien ihr Vorhaben zu erleichtern; sie zettelten geschickt eine Verschwörung unter den Mißgestimmten an, die sich in jedem, selbst in dem am gerechtesten geleiteten Reiche antreffen lassen. Abukazir und Fatme vereinigten also ihre mißgestimmten Freunde; und in derselben Nacht wurden Naur und sein Wesir, die durchaus nicht auf ihrer Hut waren, unbarmherzig gemeuchelt.« –
»Das ist wohlgetan,« sprach Hudschadsch, »er hätte wohl auch ohne Vorsatz und ohne seinen Wesir um Rat zu fragen so klug sein können. Die so begierig nach unnützen Ratschlägen sind, fragen niemals darnach, wenn sie sie am nötigsten haben!« »Es ist wahr, o Herr,« antwortete Moradbak, »doch wenn übermäßige Vorsicht ein Fehler ist, so sind die Gefahren, die von einem pflichtvergessenen Weibe drohen, noch beträchtlicher.« »Sie sind nicht alle so wie du«, versetzte Hudschadsch mit einer so milden Miene, wie man sie seit zwanzig Jahren nicht an ihm gesehen hatte; »auch unsere Väter haben es für sehr gut befunden,« fuhr er fort, »daß man sie nur zu sehr gefangenhalten und einsperren müsse. Es ist genug für heute,« sprach er weiter, »geht alle

und ruht euch aus, und stellt euch morgen pünktlich zur gewohnten Stunde ein!« »Das wollen wir tun, o Herr,« erwiderte Moradbak, »und ich werde das Vergnügen haben, dir eine mogolische Geschichte zu erzählen.« »Das Land tut nichts zur Sache«, sagte er ihr noch. »Ich hoffe,« fuhr Fiteads schöne Tochter fort, indem sie sich mit einem bescheidenen Lächeln zurückzog, »daß sie deine Erhabenheit unterhalten wird.«

Folgende Geschichte aber erzählte Moradbak am nächsten Tage:

DIE GESCHICHTE VON NURDSCHEHAN UND DAMAKE ODER DIE VIER TALISMANE

Als Abu-ali Nabul, der Kaiser der Mogolen, seines hohen Alters gedachte, sah er leicht ein, daß er sich nicht mehr lange des Lebens zu erfreuen habe, und ließ daher seinen einzigen und heißgeliebten Sohn Nurdschehan kommen und sprach also zu ihm:

›O Nurdschehan, ich trete dir meinen Thron ab und will Befehl geben, daß man mir den Todestrank mischen soll; daher mußt du bald meinen Platz einnehmen. Vergiß niemals, den Armen wie den Reichen Gerechtigkeit widerfahren zu lassen; begnüge dich damit, ein blühendes Königreich zu besitzen, und trachte nie nach den Staaten eines andern Fürsten; lasse jedem, was ihm seine Ahnen gelassen haben; mit einem Wort: denke immer daran, daß du einst sterben mußt und daß Güte und Gerechtigkeit die schönsten Eigenschaften eines Königs sind.‹ Nachdem er solche Worte gesprochen hatte, stieg er, ohne sich durch

Nurdschehans Tränen rühren zu lassen, vom Throne herab und ließ ihn seinen Sohn einnehmen; er zog sich in ein behagliches Gemach zurück, in dem er seine schönsten Tage verbracht hatte, nahm da den verhängnisvollen Trank ein und erwartete mit größter Ruhe den Augenblick, der seine schöne und weiße Seele, die von keinen Gewissensbissen gequält wurde, zum Himmel führen mußte.

Als Nurdschehan seinem guten Vater alle Ehren erwiesen hatte, zu denen Natur und Dankbarkeit ihn bestimmen konnten, beschäftigte er sich sorgfältig damit, nun auch die letzten Ratschläge zu befolgen, die er erhalten hatte. Sein Herz aber war gut und sein Gemüt gerecht. Doch wenn alle Menschen der Erfahrung bedürfen, um sich entfalten zu können, wie sehr haben sie die nötig, die zur Herrschaft auserwählt sind? Nurdschehan war von dieser wichtigen Wahrheit tief durchdrungen und neigte gar nicht zum Dünkel, der Fürsten nur zu sehr gemeinsam ist.

Eines Tages unterhielt er sich mit seinen Hofleuten über die Herrschaft der Könige und lobte diejenigen, die Gerechtigkeit am meisten geliebt hatten. Sulaiman wurde als der gerechteste hingestellt. ›Dieses Beispiel läßt sich nicht anführen‹, antwortete Nurdschehan. ›Sulaiman war Prophet und konnte den Übeln, die er voraussah, Heilung verschaffen; ein gewöhnlicher Mensch jedoch kann sich nur seines guten Willens bedienen, um seine Schwächen wieder gutzumachen; und ich trage euch nicht nur auf, mich ohne Schmeichelei an meine Pflichten zu erinnern, sondern auch, durch euren Rat meinen Fehlern vorzubeugen oder sie wieder auszuwetzen. Wenn ein König die Tugend liebt, werden bald alle seine Untertanen tugendhaft sein.‹ Kaum hatte Nurdschehan ausgesprochen, als sich Aburazi erhob und sprach: ›O großer Fürst, wenn du wünschest, daß der Gerechtigkeit in deinen Staaten vollkommen genuggetan wird, mußt du einen uneigennützigen Wesir auswählen, der nur deinen Ruhm und das Wohl des Staates im Auge hat. Und die Befriedigung, Gutes zu tun, muß ihm die Belohnung ersetzen.‹ ›Du sprichst sehr wohl, o Aburazi,‹ entgegnete Nurdschehan, ›aber es ist schwer, solch einen Mann zu finden.‹ ›Du hast, o Herr,‹ sagte der Höfling dawider, ›unter deinen Untertanen einen, der in seiner Mäßigung und Weisheit unter der Herrschaft deines erlauchten Vaters auf seine Ämter verzichtete; und deine Erhabenheit weiß vielleicht nicht, was sich mit ihm in der Stadt Schiras ereignete.‹ Als der König ihn aufgefordert hatte, ihn davon zu unterrichten, fuhr Aburazi also fort:

›Imadil Deule oder ‚Stütze und Unterhalt der Glückseligkeit' hatte während des letzten Krieges, den wir gegen Persien unternahmen, unsere siegreichen Waffen bis nach Schiras geführt; und in einer Anwandlung von Menschlichkeit bewahrte er es vor der Plünderung; indessen forderten seine Krieger eine Belohnung von ihm, die sie für die Beute, die sie hätten machen können, entschädigte, und setzten ihm so zu, daß er genötigt wurde, sie ihnen zuzugestehen, obwohl er nicht wußte, woher er sie nehmen sollte. Als er nun eines Tages, mit solchen Gedanken beschäftigt, in seinem Palast war, bemerkte er ein Loch, durch das eine Schlange herein- und hinauskroch; er rief die Verschnittenen seines Harims und sprach zu ihnen: ›Erweitert dieses Loch und greift eine Schlange, die ich eben dort hineinschlüpfen sah.‹ Die Verschnittenen aber gehorchten ihm und fanden eine Höhlung, die längs der Wände mit Schränken ausgestattet war und mit Truhen, die eine über die andere aufgestapelt waren. Man öffnete sie und fand, daß sie mit Golddinaren angefüllt und die Schränke voll der köstlichsten Stoffe waren. Imadil Deule dankte Allah für diese Entdeckung und verteilte den Schatz unter seine Krieger. Dann ließ er einen Schneider rufen, der die Stoffe zu Kleidern verarbeiten sollte, mit denen er die verdienstvollen Hauptleute belohnen wollte, die unter seiner Oberaufsicht standen. Man führte ihm den geschicktesten Schneider der Stadt vor, der den letzten Statthalter bedient hatte. Zu ihm sprach Imadil Deule: ›Nicht nur gut bezahlt sollst du werden, wenn du diese Kleider mit Sorgfalt herstellst, sondern ich will dir obendrein eine Belohnung und Kassonade (welches eine Art Scherbett mit Gerstenzucker ist) geben.‹ Der Schneider war taub auf einem Ohr und verstand, daß er ihm die Bastonade geben lassen wollte, fing an zu weinen und redete sich noch ein, daß man Rechenschaft über die Kleider des alten Statthalters, die er in Verwahrsam hatte, von ihm verlangte; so erklärte er denn, er habe ihrer nur fünf Laden voll, und die, so ihn anklagten, daß er ihrer noch mehr habe, hätten nicht die Wahrheit gesprochen. Imadil Deule konnte sich nicht eines Lachens über die Wirkung enthalten, die die Furcht bei dem armen Schneider hervorgebracht hatte, und ließ sich diese Kleider bringen, die er alle köstlich und neu fand. Sie dienten ihm mit den Stoffen aus den Wandschränken dazu, allen Hauptleuten seines Heeres Kleider zu geben. Ich glaube nun, daß ein so uneigennütziger Mann wahrlich das Vertrauen deiner Erhabenheit verdient.‹ Nachdem Aburazi mit Sprechen aufgehört hatte, sagte Nurdschehan zu ihm: ›Imadil Deule wird nicht mein Wesir werden; ich achte ihn als einen ehrenwerten Mann, doch ist er nicht weise genug; und ich halte ihn nicht für befähigt, meiner Macht Geltung zu verschaffen; er führte das Siegel des Reiches und hat es nicht verstanden, alles für seinen Zug Notwendige vorher zu überschlagen und anzuordnen; mit einem Worte: es fehlte ihm an Geld, und die Krieger haben ihm Befehle gegeben. Was würde ohne den Zufall mit der Schlange, den jeder andere hätte ausnützen können, geschehen sein? Und der Schneider ist hier nur eine nutzlose Erzählung.‹ Nurdschehan fuhr fort, sich mit seinen Hofleuten zu unterhalten, die ihm oft zu allgemeine Ratschläge erteilten, die keine Erwähnung verdienen. Doch immer sich der Gerechtigkeit und des Wunsches befleißigend, ein guter Herrscher zu sein, ging er oft, zu jeder Tageszeit, aus seinem Palast, um sich selbst von der Wahrheit zu überzeugen. Es gab da einen alten Töpfer, der nahe bei seinem Palaste wohnte. Nurdschehan war gerührt, ihn tagtäglich mit ehrfurchtsvoller Inbrunst beten zu sehen; er blieb eines Tages vor dem kleinen Hause, das er bewohnte, stehen und sprach zu ihm: ›Erbitte dir von mir, was du dir wünschen magst; ich will es dir gewähren.‹ Sprach der Töpfer zu ihm: ›Befiehl allen deinen Hauptleuten, daß jeder einen Topf von mir kaufen und mir das dafür bezahlen soll, was ich verlange; ich werde diese Bewilligung nicht mißbrauchen, um so mehr, als ich von jedem Käufer verlangen will, daß er den Topf bewahren und ihn für deine Dienste verwenden soll.‹ Nurdschehan gewährte ihm seine Bitte und gab seiner Wache Befehl, über die Ausführung des Kaufes und Verkaufes der Töpfe zu wachen, und dann auch alles, was ihr der Töpfer auftrüge, zu tun. Der aber zog einen bescheidenen Nutzen aus der Gnade, die ihm gewährt war, und zufrieden, seine Ware zu verkaufen, forderte er, gar zu glücklich in der Beschäftigung mit seinem Gewerbe, nur ihren wahren Wert und wartete darauf, daß er sich seinem Herrscher dankbar bezeigen könnte. Nurdschehans Wesir war geizig, aber aus Furcht, seinem Herrn zu mißfallen, verbarg er dieses Laster mit äußerster Sorgfalt. Er ging eines Tages zum Empfang des Kaisers, als ihn der Töpfer um einen Dinar für den Topf bat, den er ihm darbot. Der Wesir verweigerte ihn ihm und sagte, daß er sich beschweren wolle, weil er solch eine Summe für einen Gegenstand fordere, den die kleinste Münze hinreichend bezahle. Als nun der Töpfer sah, daß der Wesir seiner Weigerung noch eine Drohung hinzufügte, antwortete er ihm, daß er tausend Golddinare für seinen Topf verlangen wolle, weil er einen solchen Ton gegen ihn anschlage, und er fügte hinzu, daß er ja nicht zum Kaiser hineingehen solle, wenn der Topf nicht um seinen Hals hinge und er ihn selbst auf seinem Rücken zum Kaiser trüge, damit er über seine Weigerung und die Drohungen, die er gegen ihn ausgestoßen habe, Klage führen könne. Der Wesir machte viele Schwierigkeiten und Einwendungen, um den ebenso ärgerlichen wie demütigenden Bedingungen zu entgehen; aber die Stunde, in der er vor den Kaiser treten mußte, war da, und die Wache wollte ihn nicht hineinlassen, wenn er nicht dem Willen des Töpfers genugtäte, und er wurde so gezwungen, sich zu unterwerfen, tausend Golddinare zu versprechen, den Topf an seinen Hals zu hängen und, was mehr war, den Töpfer auf seinen Rücken zu nehmen; eine Bedingung, von der dieser durchaus nicht zurücktreten wollte. Der Kaiser war überrascht, als er seinen Wesir in einer so lächerlichen Weise ankommen sah, die wenig zu seiner Würde stimmte, und begehrte zu wissen, was vorgefallen war. Als er davon in Kenntnis gesetzt war, gebot er dem Wesir, zur selbigen Stunde die tausend Golddinare zu zahlen; und da er einsah, von welcher Wichtigkeit es für einen Fürsten ist, keinen habsüchtigen Minister zu haben, entsetzte er ihn sofort seines Amtes und wußte dem Töpfer vielen Dank, ihn über eine Sache aufgeklärt zu haben, die er ohne sein Zutun vielleicht noch lange nicht erfahren hätte.

Nurdschehan berief einen Staatsrat, der sich aus den ehrenwertesten Männern seines Reiches zusammensetzte, schrieb weise und kluge Gesetze und besichtigte seine Länder in der Absicht, seine Völker vor einer Gewalt zu schützen, die stets gefährlich ist, wenn diejenigen, die sie ausüben, allzu fern vom Herrscher sind. Der mit allen Tugenden begabte Fürst hatte kein anderes Ziel im Auge, als nach seinem Tode die schöne Grabschrift des Perserkönigs zu verdienen, auf dessen Grabe man ganz einfach liest: ›Wie schade ist es um Schajehuha!‹

Nurdschehan reiste durch die Provinzen seines Landes und hatte schon ihren größten Teil besucht und zahllose Verwirrung entknotet, als ihn die Neugierde antrieb, eine Reise zu den Tataren, seinen Nachbarn, zu unternehmen. Da er sich nahe bei ihrem Reiche aufhielt, hatte er Lust, jene Tataren zu sehen und kennenzulernen, die gesitteter als die anderen sind; denn sie haben Städte und feste Wohnsitze; und mehr noch, ihre Frauen leben nicht so abgeschlossen wie die der andern Völker Asiens. Als die Tataren nun die Ankunft des Kaisers von Mogolistan erfahren hatten, kamen sie vor ihn; die einen veranstalteten Pferderennen ihm zu Ehren, andere führten Tänze mit ihren Frauen auf, die, wennschon ein wenig ungezügelt, indessen doch reizvoll, hauptsächlich aber kühn und wild waren. Unter den zahlreichen Frauen Tatariens, die sich vor ihm zeigten, fiel

Nurdschehan die Schönheit eines jungen Wesens von fünfzehn Jahren auf, die sich Damake oder ›Herzensfreude‹ nannte. Sie vereinigte Wuchs und Schönheit, geistvolle Züge und Bescheidenheit in sich; Nurdschehan huldigte so vielen Reizen und ließ ihr einen Platz in seinem Harim antragen, doch sie wies ihn ab; er wollte sie durch beträchtliche Geschenke verlocken, seine Anerbietungen aber wurden nicht einmal angehört. Die Liebe verursacht oft den größten Wechsel in der Sinnesart. Unser bis dahin so weiser und maßvoller Fürst wollte sie, von seiner Leidenschaft angetrieben, durch Drohungen dazu zwingen und ging sogar so weit, zu sagen, er wolle mit einem furchtbaren Heere einfallen, um seine Schöne zu erlangen, da ihre Weigerung wahrlich keine andere Hoffnung für ihn zulasse. Freilich ließ er dieses Aufbrausen Damake nur allein merken. Wenn die Tataren, ein auf seine Freiheit so eifersüchtiges Volk, die geringste Kenntnis davon erhalten hätten, wäre damals der Krieg erklärt worden; aber Damake antwortete ihm immer mit der größten Liebenswürdigkeit, ohne Furcht zu zeigen und ohne die Ehrfurcht außer acht zu lassen, die sie einem Herrscher schuldig war; und in dem einfachen, doch bestimmten Tone, der wahrheitsliebenden und mutigen Menschen eigentümlich ist, erzählte sie ihm diese kleine Geschichte:

›Einer der vornehmsten Lamas,‹ sprach sie zu ihm, ›die, wie du weißt, die oberste Macht in unserem Lande haben, verliebte sich an diesem selben Orte in eine Tochter des Stammes, dem auch ich angehöre. Sie schlug ihm nicht nur alles ab, was er ihr anbieten ließ, sondern weigerte sich auch noch, den Vorschlag, sie heiraten zu wollen – so blind war er in seiner Leidenschaft –, in Betracht zu ziehen. Ihre Liebe zu

einem Lautenspieler, der gar nicht einmal allzu wohlgebildet war, war die einzige Ursache ihrer Weigerung; solches gestand sie dem Lama in der Hoffnung, daß er das Unwürdige seiner Zuneigung einsehen würde. Aber der Fürst, denn als solche werden sie angesehen, ließ, außer sich vor Schmerz, seinen unwürdigen Nebenbuhler umbringen, und unter dem Vorwande, daß sie dem Dalai-Lama gefiele, machte er sich kein Gewissen daraus, sie selbst zu entführen. Und du mußt wissen, o Gebieter, daß hier im Lande schon allein vor dem Namen dieses Mannes, den man wie einen Gott verehrt, alles zittert; doch hatte der Lama keinen großen Nutzen von seiner Grausamkeit und Ungerechtigkeit; denn nachdem sie ihm dann versprochen hatte, sich seinen verliebten Nachstellungen zu ergeben, erhielt sie ein wenig mehr Freiheit; da stürzte sie sich nun von der Höhe eines Felsens herab, den man von hier erblickt und noch heute im Lande als Denkmal der Beständigkeit und Entschlossenheit zeigt, derer die Tatarentöchter fähig sind.
Nicht weil auch ich voreingenommen wäre,‹ fuhr Damake fort, ›weigere ich mich, dem Anerbieten deiner Erhabenheit Folge zu leisten; mein Herz ist frei bis heute, lerne es ganz kennen, o Gebieter, bis zum tiefsten Grund. Es ist treu und verdient vielleicht die Güte, mit der du mich zu beehren würdigst; jedoch haben dich nur meine nichtigen äußeren Reize bestochen; aber ein Weib, das gar keine anderen Verdienste aufzuweisen hat, ist meiner Ansicht nach recht wenig wert.‹ ›Vielleicht‹, sprach Nurdschehan darwider, ›ist die Verschiedenheit der Religionen meinem Glück im Wege?‹ ›Nein, o mein Herr, ich bin Mohammedanerin‹, erwiderte Damake; ›glaubst du, daß ich meinem Verstande die Begriffe aufzwingen könnte, die man uns von dem Dalai-

Lama gibt? Kann man glauben, daß ein Mensch unsterblich sei? Die Kunstgriffe, derer man sich bedient, um uns solches einzureden, sind zu plump; mit einem Worte, sie sind zu durchsichtig, als daß ich zwischen den von den Priestern genährten Grundgedanken schwanken könnte und denen, die die Göttlichkeit des durch seinen großen Freund verkündigten Gottes geben kann und muß. Im übrigen‹, sprach sie weiter, ›kenne ich auch die Gefahr, die mir mit deiner Zuneigung droht. Die Zeit läßt die Nachtigall, den liebenswürdigsten der Vögel, klagen und läßt die Rose, diese anmutige Blume, sich inmitten der Dornen entfalten, läßt den Mond nächtens leuchten und sein Licht bleich werden, wenn der Tag heraufsteigt; die Nacht läßt die Sonne, die Königin des Mondes, unsichtbar werden, und nachdem das Schicksal einen Menschen bis zum Königtum erhoben hat, erniedrigt es ihn bis zur Armut. Trotz aller dieser Erwägungen – ich will es nur gestehen, o Gebieter – schmeichelt es mir, einem Manne zu gefallen, dessen Tugend ich höher achte denn seine Stellung; jedoch möchte ich ihm durch andere Eigenschaften gefallen und wünschte seiner durch so bedeutende Dienste wert zu sein, daß eine so ungleiche Heirat, anstatt ihn Vorwürfen auszusetzen, nur dazu diente, seine Wahl billigen zu lassen. Urteile, o Gebieter,‹ fuhr sie fort, ›ob man sich nach einem so überzeugenden Beispiel, wie ich es dir verkündet habe – und das ich lobe –, und dem Unwillen, den eine solche Wahl erregen muß, zum Trotz sich durch Anerbieten bestechen oder durch Gewalt unterwerfen lassen kann.‹ Nurdschehan war entzückt, soviel Geist und Gefühl in einem Wesen zu finden, das eine reizvolle Gestalt liebenswert machte, und bewunderte seine Tugend, gab ihm sein königliches Wort, es niemals zu zwingen, und wollte sich nicht mehr von ihm trennen. Und er schickte der schönen Damake, die ihm mit ihrer ganzen Verwandtschaft folgte, Sklaven und Kamele. Niemals würde sie diesen Schritt unternommen haben, wenn sie genötigt gewesen wäre, ihre Eltern zu verlassen, an denen sie hing und deren Gegenwart verhüten konnte, daß sich das Geringste gegen ihren Ruf sagen ließ. Der König aber sah sie alle Tage und konnte keinen Augenblick verbringen ohne den Wunsch, sie zu sehen, und ohne sie sehend zu bewundern. Indessen drang das Gerede des Volkes und des Hofes Damake zu Ohren; und sie wußte, daß man ihr bitter unrecht tat. Um diesem Übelstande abzuhelfen, beschloß sie, solche Reden zunichte zu machen und die Gemüter für sich einzunehmen. Zu diesem Zwecke beschwor sie Nurdschehan, die Weisen seines Königreiches zusammenzurufen, auf daß sie ihnen auf ihre Fragen antworten und ihrerseits selbst vielleicht einige an sie stellen könnte. Nurdschehan fürchtete, daß ein so junges Wesen wie Damake sich sehr leicht der Gefahr aussetzen und mit Schimpf aus einem solchen Wettstreit hervorgehen könnte, und machte lebhafte Einwände, um ihr diese Bitte nicht gewähren zu müssen; denn die Eigenliebe, die man für ein geliebtes Wesen fühlt, ist unstreitig stärker als die, die man für sich selbst hegt; alle Vorstellungen aber waren vergeblich. Die Weisen – zwölf an der Zahl – versammelten sich, und bei dem Empfang, den ihnen der König gewährte, saß er mit Staatsgewändern angetan auf dem erhöhten Throne; Damake saß viel tiefer und ihm gegenüber auf Polstern und war in höchster Einfachheit gekleidet und gekämmt, strahlte aber in allen Reizen ihrer Jugend und allen Geschenken der Natur. Zwölf Weise nun umgaben sie, die ihr Alter und ihre langen Bärte verehrungswürdig machten, und stützten sich auf einen großen Tisch, um den sie mit ihr saßen. Die Weisen wußten nicht, zu welchem Zwecke Nurdschehan sie versammelt hatte, und waren sehr erstaunt, als er ihnen Damakes Vorhaben eröffnete; und sie betrachteten die Gegnerin, die man ihnen gestellt hatte, und gedachten nicht zu sprechen, da sie glaubten, der König wolle sie ohne Grund verspotten. Nurdschehan aber sprach zu ihnen: ›Ich fühle, was ihr denkt; doch ich habe mein königliches Wort gegeben, und seine Einlösung steht bei euch. Richtet ohne Schonung die schwersten Fragen an diese Schöne, die sich verpflichtet, die Schwierigkeiten zu überwinden, die eure große Klugheit vor ihr aufzutürmen vermag.‹ Nunmehr nahm einer der Weisen das Wort, indem er sprach: ›Wer ist der, dessen Brust schmal ist und der gleichwohl zum Vergnügen der Welt dient, dessen Haupt mit Feuer, dessen Bauch mit Wasser angefüllt ist und über dessen Rücken die Luft streicht?‹

Damake antwortete ohne zu zaudern: ›Es ist das Bad.‹ Der Weise war ebensosehr verwirrt wie Nurdschehan freudig bewegt.

Der zweite Weise aber fragte sie: ›Welches Ding ist das, was die Farbe dessen annimmt, der es betrachtet, ohne das der Mensch nicht leben kann und welches weder Körper noch Farbe hat?‹

›Das Wasser ist es‹, antwortete Damake darwider.

Darauf sprach der dritte Weise zu ihr: ›Kannst du, o Wunder der Weisheit und Schönheit, mir sagen, welches Ding das ist, was weder Tor noch Grund hat und innen gelb und weiß ist?‹ ›Das ist das Ei‹, antwortete die schöne Sonne der Glückseligkeit.

Nachdem der vierte Weise etwas nachgedacht hatte, in der

Hoffnung, seine Mitbrüder übertreffen zu können, denn die Weisen von Mogolistan haben von jeher recht viel Eigenliebe, sprach er zu ihr: ›Es gibt im Garten einen Baum, dieser Baum hat zwölf Zweige, an jedem Zweige stehen dreißig Blätter und unter jedem Blatte fünf Früchte; drei von ihnen sind im Schatten, zwei in der Sonne: wie heißt dieser Baum? Wo befindet er sich?‹

›Dieser Baum‹, erwiderte Damake, ›stellt das Jahr dar; die zwölf Zweige sind die Monate, die dreißig Blätter die Tage, die fünf Früchte jedoch die fünf Gebetzeiten, deren zwei am Tage, drei des Nachts sind.‹

Der Weise stand verwirrt da, und all die Hofleute, deren Meinung oft ein Nichts umstimmt, begannen sich innerlich von dem zu überzeugen, so sie anfangs zu bewundern geheuchelt hatten.

Die andern Weisen aber, die noch nicht gesprochen, wollten sich darauf von neuem entschuldigen und ihr Schweigen zugunsten des Lobes gelten lassen, das sie dem scharfen Verstande derer zollten, die die beschämt hatte, die ihnen vorausgegangen waren. Auf Damakes Bitten jedoch befahl ihnen Nurdschehan, die Prüfung fortzusetzen. Einer von ihnen fragte, welches Ding schwerer wäre als ein Gebirge, ein anderer, was tiefer schnitte als ein Säbel, und der dritte, was schneller flöge denn ein Pfeil. Damake antwortete mit immer gleicher Geistesgegenwart: das erste sei die Zunge eines Menschen, der klagt; das zweite: die Schmähsucht; und das dritte: der Blick. Es waren nun noch vier Weise da, die ihre schweren Fragen noch nicht gestellt hatten. Nurdschehan fürchtete, daß am Ende Damakes Geist versiegen und sie den Ruhm so vieler schöner Antworten verlieren könnte. Indessen schien aber dieser schöne Mond der Welt weder ermüdet noch auf das stolz zu sein, was der Eitelkeit der größten Zahl der Menschen genuggetan hätte. Doch die Eigenliebe ist den Wünschen dessen, den man liebt, untertan. Nurdschehan, den die vorhergehenden Erfolge noch keineswegs sicher machten, war voller Aufregung und Unruhe und forderte sie durch ein Nicken mit dem Kopfe, dem sie nicht zu widerstehen wagten, zum Weitersprechen auf.

Der erste fragte sie, was für ein Tier das wäre, das die Welt flöhe und sieben verschiedene Tiere in sich vereinige und in unbewohnten Landstrichen hause.

Der zweite wollte wissen, was das ist, dessen Kleid mit spitzen Messern bewaffnet ist und das ein schwarzes Kamisol und ein gelbes Leibchen trägt, dessen Mutter länger als hundert Jahre lebt und das jedermann liebt.

Der dritte bat sie, ihm den zu nennen, der nur ein Bein, ein Loch im Kopfe und einen Ledergürtel hat, der den Kopf erhebt und sich selbst quält, wenn man ihm die Haare ausreißt und ihm ins Gesicht speit; und der vierte fügte folgende Frage hinzu:

›Wer ist die Frau von über hundert Jahren, die alle Jahre mehr denn tausend Töchter gebiert; die doch nicht verheiratet ist und Gift speit, wenn sie den Mund öffnet, während ihren Töchtern Honig von den Lippen träufelt?‹

Damake aber antwortete dem ersten, daß die Heuschrecke sieben Tiere in sich vereinige: dieweil sie einen Pferdekopf, einen Rinderhals, Adlerflügel, Kamelbeine, den Schwanz einer Schlange, Hirschhörner und den Bauch eines Skorpions habe.

Die Schöne hatte etwas mehr Mühe, die Frage des zweiten zu beantworten; es gab sogar einen Augenblick, in dem die ganze Versammlung sie schon für besiegt hielt. Diese Meinung, die sie aus den Augen aller, die sie betrachteten, las, ließ sie erröten; dadurch wurde sie nur noch schöner, und Nurdschehan war fröhlich, als er den Weisen, der die Frage vorgelegt, dem zustimmen sah, was sie mit ihrer gewöhnlichen Richtigkeit geantwortet hatte, indem sie sagte, daß es die Kastanie sei.

Dem dritten entgegnete sie ohne weitere Überlegung: es wäre der Rocken; und es dauerte nicht lange, bis sie dem vierten versicherte, die Lösung seines Rätsels sei der Feigenbaum.

So viele Kenntnisse, soviel Geistesgegenwart, verbunden mit soviel natürlicher Anmut, erzeugten eine solch große Verwirrung in den Gemütern, daß jedermann trotz der Ehrfurcht, die Nurdschehans Anwesenheit einflößen mußte, Freude und Bewunderung äußerte und sehr vergnügt war, Zeuge eines so einzigartigen Auftrittes gewesen zu sein. Nun machte Damake ein Zeichen, daß sie ihrerseits jetzt auch sprechen wollte. Man gebot Ruhe, und sie bat die Weisen, ihr sagen zu wollen, was süßer denn Honig sei. Die einen antworteten, das wäre die Befriedigung ihrer Wünsche, die andern: das Gefühl der Dankbarkeit; wieder andere rieten auf das Vergnügen, Dienste erweisen zu können. Als Damake ihnen Zeit genug zur Antwort gelassen hatte, lobte sie alles, so sie an weisen und guten Gedanken ausgesprochen hatten, und endigte mit der Frage: ob sie sich täusche, wenn sie die Liebe einer Mutter zu ihrem Kinde für das Allersüßeste auf der Welt erklärte.

Eine für eine Frau, die immer ihrer Pflichten eingedenk erscheinen muß, so bezeichnende Antwort und eine dabei auch so bescheiden ausgesprochene Auflösung gewannen ihr vollends alle Herzen. Aber Damake hatte keine andern Absichten bei dieser Gelegenheit, als die Gemüter für sich einzunehmen und die Guttaten zu rechtfertigen, mit denen Nurdschehan sie ehrte; und wollte einen Vorgang, den sie nicht zu wiederholen gedachte, zu seinem Höhepunkte führen. Sie ließ sich daher ein Saitenspiel bringen und sang und spielte nach den Weisen der Musik, die man Neva und Irak nennt, und beschloß ihren Gesang in der so bekannten Tonart von Zeaghiule, die zur großen Weise Khuscini gehört, mit dem folgenden Liede, das sie mit aller denkbaren Anmut begleitete:

Ich bin nicht müde, den, den ich liebe, zu sehen;
Wenn man mich von ihm trennte, würde ich sterben vor Schmerz.
Mein Herz, mein Leib sind in Liebe zu ihm entbrannt und würden im Feuer der Trennung zunichte.
Immerdar steht er vor meinen Augen, und immerdar ist sein Name auf meinen Lippen;
Ich kann nicht leben ohne ihn; seine Liebe, sein Kummer sind der Quell und der Inhalt meines Trostes.

Im Übermaß der Freude, die der wiederholte Erfolg eines geliebten Wesens hervorrufen kann, beurlaubte Nurdschehan, so schnell es ihm nur möglich war, die Versammlung, was freilich nicht ohne große Geschenke an die Weisen vor sich ging. Und als sich alle Welt zurückgezogen hatte, fiel er Damake zu Füßen und sprach zu ihr: ›Du bist die Fackel meines Herzens und das Leben meiner Seele; schiebe mein Glück nicht länger auf!‹ Die Schönheit des Lichts antwortete ihm, daß sie seiner noch nicht würdig sei. ›Was willst du mehr?‹ rief der verliebte Fürst aus. ›Du hast meinen ganzen Hof entzückt, du hast die Gelehrsamkeit unserer berühmtesten Männer der Weisheit und Wissenschaft zuschanden gemacht. Die Richtigkeit deiner Antworten, die Milde deiner Fragen, die Bescheidenheit, mit der du den Vorteil eines so großen Tages errungen, haben sie niedergeschmettert; doch nicht zufrieden, soviel Scharfsinn zu zeigen, wie viele Talente hast du nicht entfaltet, indem du spieltest! Welchen Gefallen hast du nicht durch dein Lied bereitet! Wer hat jemals, wie Damake, soviel Verdienst und Schönheit in sich vereint? Doch ich sehe ein, du liebst mich nicht,‹ sprach der Fürst leise zu ihr, ›da du dich weigerst, dich an mein Schicksal zu fesseln; ohne Zweifel hast du eine Abneigung gegen mich.‹ ›Wahrlich, o Gebieter,‹ sprach die Schönste aller Schönen, ›solch einen Vorwurf verdiene ich nicht; du sollst dich davon überzeugen. Das größte Vergnügen und die größte Genugtuung, die ich an diesem Tage gehabt habe, den du in deiner Voreingenommenheit für mich so glänzend findest, bestand darin, daß ich angesichts deines ganzen Hofes und in einer geziemenden Weise die Gefühle, die mein Herz für dich bewegen, in dem Liede des berühmten Enneveri ausdrücken konnte.‹ ›Was zögerst du dann noch, mich zum glücklichsten Menschen der Erde zu machen?‹ rief Nurdschehan voller Glut. ›Du liebst mich, und ich bete dich an. Wessen bedarf es mehr? Mein Verlangen nach dir ist ein uferloser Ozean geworden!‹

›Ich will dich, o Herr,‹ antwortete sie, ›durch schätzbarere Fähigkeiten als die in der Musik verdienen und durch ersprießlicheren Verstand als den, von dem deine Weisen so große Stücke halten und der nur ein mehr blendender als wesentlicher Scharfsinn ist. Und will mich in deinem Herzen auf einem festeren Grunde als dem der Schönheit und dem der oberflächlichen Fähigkeiten niederlassen, die du in deiner Güte beklatschtest; und möchte endlich, daß die Liebe in dir nur eine Staffel sei, um zu der Achtung und Freundschaft zu gelangen, die ich zu verdienen hoffe; zwinge diese Gnade deiner Ungeduld ab, es kostet mich vielleicht mehr, sie von dir zu erbitten, als deiner Erhabenheit, sie mir zu gewähren: laß mich doch noch einige Zeit im Schatten deiner Glückseligkeit leben!‹ ›Ich vermag nur dich zu lieben und dir zu gehorchen‹, entgegnete ihr Nurdschehan; ›aber wenigstens‹, fügte er hinzu, ›erlaube mir, dir einen glänzenden Beweis der Gerechtigkeit zu geben, die ich deinem Geiste widerfahren lasse: nimm am Diwan teil, leite alle Angelegenheiten und gib mir deinen Rat; ich kann nicht weiser noch einsichtsvoller handeln.‹ ›Der Diamant rühmte sich,‹ antwortete ihm Damake darwider, ›daß es keinen Stein gäbe, der ihm an Stärke und Härte gliche; Allah, der die Hoffart nicht liebt, verwandelte seine Beschaffenheit in bezug auf das Blei, dem er die Kraft verlieh, ihn zu zerschneiden. Ohne Rücksicht auf den Hochmut, dessen ich mich schuldig machen würde, wenn ich dein verbindliches Anerbieten annähme,‹ fuhr die schöne Rose der Schönheit fort, ›möge es Allah nicht gefallen, daß ich meinem höchsten Gebieter das Unrecht antue, durch meine Aufführung die Vorwürfe gutzuheißen, die er sich zuziehen würde; und es würde begründet sein, wenn man sagte, er wird von einer Frau beherrscht. Ich gebe zu, daß deine Erhabenheit einen Wesir nötig hat; du kannst nicht alles selbst tun, und ich glaube einen Nurdschehans würdigen angeben zu können.‹ ›Nenne ihn mir,‹ antwortete er ihr, ›und auf der Stelle gebe ich ihm das Amt!‹ ›Deine Erhabenheit muß ihn kennenlernen, ehe du ihn annimmst‹, erwiderte die schöne Damake; ›du wirst, glaube ich, in dem, den ich dir vorschlage, alle Tugenden und Fähigkeiten finden, die ein Mann, der solch ein wichtiges Amt bekleiden soll, haben muß. Er hat sich in die Stadt Balk zurückgezogen und heißt Diafer. Das Wesiramt eines der mächtigsten Königreiche Indiens hatte sich seit mehr denn tausend Jahren in seinem Geschlechte fortgeerbt; beurteile, o Herr, welch bewunderungswürdige Kenntnisse des Herrschens er besitzen muß. Indessen hat ihn ein Fürst, der blind war durch die schlechten Ratschläge seiner Günstlinge, abgesetzt, und er verbringt jetzt seine Tage in Balk, die glücklich sein würden, wenn er nicht an Arbeit und große Pläne gewöhnt wäre, was gewißlich nichts ersetzen kann.‹ Nurdschehan antwortete alsobald: ›Diafer ist mein Wesir; kann Damake sich täuschen?‹ Auf der Stelle schrieb er an den Statthalter von Balk und übersandte ihm tausend Golddinare, die er Diafer als Kosten für seine Reise einhändigen sollte; und er gab demselben Boten ein Schreiben mit, in dem er Diafer inständig bat, das Amt, das er ihm anbot, anzunehmen. Diafer nun macht-sich auf den Weg und wurde in allen Städten prächtig aufgenommen, auch schickte ihm der König alle seine Hofe leute entgegen, um ihn nach dem Palaste zu geleiten, den er im Königreiche Visapur für ihn bestimmt hatte, allwo er sich damals befand. Und Diafer wurde dort drei Tage lang mit unerhörter Pracht gefeiert; nach diesen führte man ihn zum Morgenempfange des Fürsten. Es schien ein Höhepunkt der Freude für den zu sein, einen Mann zu erhalten, den Damake so hoch schätzte; aber die Freude war nicht von langer Dauer. Denn der von Natur so sanfte und zu Diafers Gunsten eingenommene Fürst geriet in einen entsetzlichen Zorn, sowie er seiner ansichtig wurde. ›Geh sofort hinaus,‹ sagte er zu ihm, ›und erscheine niemals wieder vor mir!‹ Diafer gehorchte und zog sich verwirrt und schmerzbewegt und überrascht ob eines solchen Empfanges zurück; und kam wieder in sein Gemach, ohne den Grund für den Zorn des Königs ahnen zu können; der aber hielt seinen Rat in den Geschäften seines Königreiches und arbeitete, ohne sich etwas von dem merken zu lassen, was mit dem vorgefallen war, den er zu seinem Wesir bestimmt hatte. Er begab sich dann zu Damake, die schon von dem Ereignis, das den Hof beschäftigte, gehört hatte und nicht daran zweifelte, daß irgendeine Verwirrung in dem Gemüte dessen stattgefunden hatte, mit dem sie so vollkommen verbunden war. Der Schmerz, den dieser Gedanke ihr verursachte, hatte sie in eine große Niedergeschlagenheit gebracht, die ihr den Gebrauch der Sprache raubte. Indessen legte sie sich Zwang an; nach einigen Augenblicken des Schweigens sprach sie zu ihm: ›Wie kann man Diafer, o Herr, so schlecht aufnehmen nach all den Ausgaben, die du gemacht, und allen Mühen, die du dir gegeben hast, ihn an deinen Hof zu ziehen, nach all den Ehren, mit denen du ihn behandeln ließest und du ihn ja selbst überhäuftest?‹ ›Ach, o Damake,‹ rief der König aus, ›ich würde keine Rücksicht auf das genommen haben, was ich für ihn tat, auf den Glanz seiner Familie und auf die Mühseligkeiten, die er erduldet hat, um hierherzukommen, wenn anders du ihn mir nicht empfohlen hättest; und würde ihm im Augenblick, als er sich vor mir zeigte, den Kopf haben herunterhauen lassen, und bin einzig mit Rücksicht auf dich willens, ihn nur auf immer aus meiner Gegenwart zu verbannen.‹ ›Aber wie konnte er sich denn deine Ungnade zuziehen?‹ fuhr Damake fort. ›Denke doch,‹ erwiderte der König, ›er hatte, als er vor mich trat, das stärkste aller Gifte bei sich!‹ ›Darf ich dich fragen, o Herr,‹ fuhr Damake fort,

›was dir die Gewißheit eines solchen Geschehens gibt; und kannst du nicht an der Redlichkeit dessen zweifeln, der dir solches gemeldet hat?‹ Nurdschehan aber entgegnete ihr: ›Ich weiß es durch mich selbst; du scheinst daran zu zweifeln, doch gestatte ich dir, dich darüber zu unterrichten, und du wirst sehen, ob ich mich getäuscht habe.‹ Als Nurdschehan Damake, die weniger besorgt um den Verstand des Kaisers als darüber aufgeregt war, daß er sich so leicht durch neue Eindrücke konnte bestimmen lassen, zurückgelassen hatte, entbot sie Diafer zu sich, der voll des heftigsten Kummers vor ihr erschien. Sie unterhielt sich einige Zeit mit ihm; und als sie sah, wie tief die schlechte Behandlung, die ihm der König hatte zuteil werden lassen, das Schwert des Grams in sein Herz gestoßen hatte, sagte sie zu ihm, er tue nicht gut daran, sich zu betrüben, Nurdschehans Zorn würde nicht von langer Dauer sein; und er würde den Schimpf, den er ihm angetan, bald wieder gutmachen. Und sie fügte hinzu, daß Fürsten oft Augenblicke hätten, die man ihnen übersehen, ja verzeihen müßte. Da sie sich selbst ein wenig ob seines Kummers erregt hatte, schloß sie ihre Rede an ihn mit solchen Worten: ›Wenn ich dein Vertrauen verdiene und du mir glaubst, daß ich darauf sinnen muß, die Strafe, die du erleidest, wieder rückgängig zu machen, da ich, von deinen Fähigkeiten unterrichtet, ja die unschuldige Ursache deines Kommens bin, wenn ich also etwas bei dir gelte, so sage mir doch bitte, weshalb hattest du Gift bei dir, als man dich vor Nurdschehan führte?‹ Diafer war überrascht ob dieser Frage und antwortete ihr, nachdem er sich ein wenig besonnen hatte: ›Es ist wahr, daß ich solches bei mir hatte, aber mein Herz war rein, als ich es trug, wie der Morgentau; und ich trage es noch in diesem Augenblicke, wo ich mit dir rede, bei mir.‹ Alsobald zog er einen Ring von seiner Hand und sagte zu ihr: ›Die Fassung dieses Ringes enthält eines der stärksten Gifte; er ist ein Stück, das sich seit tausend Jahren in unserm Geschlechte vom Vater auf den Sohn vererbt; meine Ahnherren haben ihn immer getragen, um sich dem Zorne der Fürsten, denen sie gedient haben, entziehen zu können, falls es das Unglück wollte, daß sie bei der Ausübung des Wesiramtes in Ungnade fielen. Du kannst dir wohl denken,‹ fuhr er fort, ›daß ich es nicht vergaß, diesen Schatz mitzunehmen, als der König, ohne mich zu kennen, mich für dieses Amt ausersah, sintemal ich wohl weiß, wie viele Feinde sich gewöhnlich der Fremde verschafft. Der Schmerz, den mir Nurdschehans grausames Vorgehen verursacht, und die Schande, die er auf mich häufte, haben ihn mir noch wertvoller gemacht, dieweil ich nicht mehr lange zögern will, ihn zu benutzen.‹ Damake verlangte von ihm, daß er ein so trauriges Vorhaben wenigstens um einige Tage verschöbe, und bat ihn, ihre Nachrichten in seinem Palaste abzuwarten.

Sie machte Nurdschehan sofort von dem Gehörten Mitteilung. Der Fürst ersah aus ihrer Erzählung, daß Diafer keinen schwarzen Plan gehabt hatte und daß die Grausamkeit der Fürsten insgemein solches Mißtrauen nur allzusehr rechtfertigte; er bereute, ihn so schlecht aufgenommen zu haben, und versprach Damake anderen Tages, den ihm bereiteten Kummer wieder gutzumachen. Sie billigte dieses Vorhaben; ehe sie ihn jedoch verließ, beschwor sie ihn, ihre Neugierde zu befriedigen, indem er ihr erzähle, wie er das Gift, das Diafer tatsächlich bei sich getragen, habe bemerken können. Nurdschehan antwortete ihr: ›Niemals würde ich etwas vor der Herrin meines Herzens verbergen:

Ich trage stets einen Armreif,‹ fuhr er fort, ›den mir mein Vater hinterlassen hat und der seit langem in unserer Familie ist, ohne daß ich den Namen des Weisen kenne, der ihn hergestellt hat, noch weiß, wie er in die Hände meiner Ahnen geraten ist. Er besteht aus einem Stoff, der der Koralle sehr ähnelt, und hat die Eigenschaft, Gift selbst in ziemlicher Entfernung zu entdecken. Und er bewegt sich hastig und zittert, wenn etwas davon in seine Nähe kommt; und als Diafer auf mich zutrat, fehlte wenig daran, und mein Armreif wäre zerbrochen, solch eine Stärke und Kraft hatte das Gift, das er bei sich trug. Ich hätte jedem anderen Menschen, der nicht von dir empfohlen war, den Kopf herunterschlagen lassen‹, fuhr er fort; ›und ich war um so überzeugter, daß Diafer sehr gefährliches Gift bei sich trug, als der Armreif zur Ruhe kam, sobald er sich aus dem Empfangsgemach entfernt hatte.‹ Nurdschehan zog ihn von seinem Arme und reichte ihn Damake. Sie betrachtete ihn mit sehr viel Aufmerksamkeit und sagte dann: ›Dieser Talisman, o Gebieter, ist wahrlich zweifelsohne bewundernswert, indessen beweist dir dieses Abenteuer, wie sehr sich die Machthaber vor Zufälligkeiten hüten müssen und wie wichtig es ist, daß sie nicht auf den ersten Schein hin urteilen.‹ Damake zog sich zurück, und Nurdschehan ordnete den größten Prunk und die prächtigsten Zurüstungen zu Diafers Empfang an, der am folgenden Tage stattfinden sollte. Dieser Befehl wurde ausgeführt, und Nurdschehan empfing Diafer mit aller möglichen Gnade und sprach ihm sein herzlichstes Bedauern ob des Vorfalls aus. Dann reichte man ihm auf seinen Befehl ein goldenes Schreibzeug und Griffel und Papier. Alsobald schrieb Diafer in den schönsten Buchstaben die erhabensten Aussprüche über die Weise auf, in der ein Wesir sein Amt leiten muß. Nurdschehan aber bewunderte seine Gaben und ließ ihm das Wesirsgewand anlegen und erzählte ihm, um seinen Guttaten die Krone aufzusetzen, das Geheimnis seines Armreifes. Diafer redete dem Fürsten zu, ihn niemals abzulegen; und in der Freude, einen so kostbaren Schatz zu besitzen, fragte der seinen neuen Wesir, ob er glaube, daß man auf der Welt etwas Merkwürdigeres finden könnte. ›O erlauchter Fürst,‹ antwortete ihm Diafer, ›ich habe in der Stadt Diul ein anderes Wunder gesehen, das wahrlich weniger nützlich ist, aber was die Höhe der Kunst und des Wissens angeht, mit der es ein Weiser hergestellt hat, kann man es ihm vergleichen.‹ ›Was ist es?‹ antwortete Nurdschehan, ›es wird mich freuen, wenn ich davon höre.‹ Und Diafer erzählte solcherart:

›Als ich die Befehle deiner Erhabenheit erhalten hatte, mich zu dir zu begeben, brach ich auf und sah mich genötigt, einigen Aufenthalt in Diul zu nehmen, wo ich auf meiner Reise nach Visapur verweilte, allwo ich mit deiner Erhabenheit zusammenzutreffen hoffte. Trotz meiner Ungeduld ward ich gezwungen, mich mit mehreren Dingen auszurüsten, deren ich für meine Reise bedurfte, und benutzte diese Zeit, um mir die Schönheiten der Stadt anzusehen. Der Statthalter, dessen Reichtum und Überfluß mich in Erstaunen setzte, kam am Tage meiner Ankunft zu mir und führte mich in seinen Palast; er überhäufte mich mit Ehren und erwies mir während meines Aufenthaltes die ausgesuchtesten Aufmerksamkeiten. Indessen waren sie von einem gezwungenen Wesen begleitet, das mir seine Redlichkeit verdächtig machte; bei den Zerstreuungen, die er mir bot, wußte er mich zu einer Vergnügungsfahrt auf dem

Meere zu begeistern. Ich willigte gern ein, und wir stiegen folgenden Tages in ein kleines Schiff, das er zu diesem Zwecke hatte ausrüsten lassen; die Witterung ließ nichts zu wünschen übrig, und unsere Unterhaltung war sehr angenehm. Der Statthalter von Diul saß hoch auf dem Achterdeck und ich ihm zur Seite; ein junger Knabe, schön wie die Sonne, rieb seine Füße; die köstlichsten Weine standen auf einem Tisch, den man vor uns gerückt hatte; ihre Kühle und die, die der Schnee verbreitete, mit dem alle Früchte umgeben waren, trugen zu dem bezaubernden Genuß bei, zumal auch die schönen Sklavinnen keine Zeit ließen, an noch andere Dinge als ihre Vorzüge oder vielleicht an die Vollendung zu denken, mit der sie sangen und die verschiedenen Musikgeräte spielten. Unsere Fahrt war also mit allem versehen, was sie köstlich machen mußte; und als ich nun über einige Dinge nachdachte, um dem Statthalter etwas zu sagen, das ihm angenehm sein konnte, erblickte ich an seinem Finger einen so kostbaren Rubin, daß ich mich nicht zu enthalten vermochte, ihm meine Bewunderung über ihn auszusprechen. Der Statthalter zog den Ring ab und reichte ihn mir; ich besah ihn sorgfältig und gab ihn ihm wieder, doch hatte ich die größte Mühe der Welt, ihn zur Rücknahme zu bewegen. Schließlich gelang es mir; als er aber sah, daß ich mich hartnäckig weigerte, ihn anzunehmen, ward er so ärgerlich darob, daß er ihn ins Meer warf. Ich bereute nun, ein so vollkommenes Meisterstück der Natur nicht angenommen zu haben, und sprach das auch dem Statthalter aus, der mir aber sagte, daß es meine Schuld sei. ›Indessen,‹ setzte er hinzu, ›wenn du mir versprichst, den Ring anzunehmen, soll es mir nicht schwer werden, ihn wiederzufinden, der wahrlich schön genug war, um dir als Geschenk geboten zu werden.‹ Ich nahm an, daß er einen andern habe, der dem ersten sehr ähnlich sei und den er mir schenken wolle; aber ohne mir etwas zu sagen, befahl er, daß man das Schiff zum Lande steuere. Hier angekommen, schickte er alsbald einen Sklaven ab, der von seinem Schatzmeister eine kleine Lade holen sollte, die er ihm beschrieb; man warf den Anker und erwartete die Rückkehr des Sklaven. Der führte schnell den empfangenen Auftrag aus; und nachdem der Statthalter einen kleinen goldenen Schlüssel aus seiner Tasche gezogen hatte, öffnete er die Lade, aus der er einen kleinen Fisch aus demselben Metall und von köstlichster Arbeit nahm; den nun warf er ins Meer. Sogleich tauchte er unter und ließ sich nach einiger Zeit, den Ring in seinem Maule haltend, an der Oberfläche des Wassers sehen. Die Sklaven, die auf dem Schiffe waren, ergriffen ihn mit den Händen und trugen ihn vor den Statthalter, dem er den Ring auslieferte, indem er das Maul öffnete; kein anderer würde ihm den haben entreißen können. Als ihn mir der Statthalter von neuem bot, konnte ich ihn nun unmöglich zurückweisen, besonders angesichts der Bitten, die er noch verdoppelte. Man legte das Fischchen wieder in sein kleines Behältnis und schickte es dem Schatzmeister zurück.‹

Nachdem Diafer diese Geschichte erzählt hatte, zog er den Ring von seinem Finger und reichte ihn Nurdschehan dar; der fand ihn sehr schön und sprach zu ihm: ›Verschenke niemals etwas, das noch einziger ist durch die Kraft des Talismans, der es in deinen Besitz brachte, als durch seine natürliche Schönheit. Aber‹, fuhr er fort, ›hast du in Erfahrung bringen können, in welcher Zeit, wie und durch wen dieses erstaunliche Meisterwerk der Kunst hergestellt worden ist?‹ ›Ich habe mir alle mögliche Mühe gegeben, es zu erfahren,‹ antwortete ihm Diafer, ›aber sie war unnütz. Betroffen von einem so seltenen Ereignisse, dachte ich nicht mehr an die Freuden der Lustfahrt. Und als der Statthalter mich so gedankenvoll sah, sprach er zu mir: ›Das Leben ist kurz, nutze jeden Augenblick aus und freue dich des Vergnügens. Unsere Seele ist wie ein Vogel, der in den Käfig unseres Körpers eingesperrt ist, sie muß ihn bald verlassen; erfreue dich, solange du es kannst, du weißt nicht, ob du morgen noch lebst!‹ Ich gestand ihm, daß die Neugierde meinen Sinn verdunkle; er antwortete mir aber: ›Ich bin ganz verzweifelt, dieweil ich dich darüber nicht aufklären kann‹, brachte jedoch diese Worte in dem Tone hervor, den man anschlägt, wenn man keine genaue Antwort geben will. ›Denke nur daran, dich zu unterhalten!‹ fuhr er fort. Ich folgte seinem Rate, soweit es mir möglich war, und bin aus Diul aufgebrochen, ohne vom Statthalter über die Sache etwas Genaueres zu erfahren; doch bin ich fest überzeugt, daß dieser Talisman der Quell all der Schätze ist, die er besitzt.‹

Nurdschehan beendigte Diafers Empfang, indem er ihm seine Gnade versprach, wenn er all seine Sorgfalt auf die Handhabung der Gerechtigkeit verwende; dann eilte er zu Damake, um ihr die Unterhaltung mitzuteilen, die er mit seinem Wesir gepflogen hatte, und erzählte ihr die Geschichte des Fischchens. ›Ich liebe Talismane,‹ sprach der Fürst zu ihr, ›und dieses Fischchen erweckt meine äußerste Neugierde; wenigstens möchte ich doch seinen Schöpfer kennen.‹ Unser schöner Stern des Himmelsbogens versprach ihm, alles aufzubieten, um ihm Genaues darüber zu sagen. Und in der Tat, anderen Tages sprach Damake zu ihm, daß von allen Talismanen, die der berühmte Said al Bekir gemacht hätte, nicht mehr als vier übriggeblieben wären: sein Armreif, das Fischchen, von dem Diafer erzählt hatte und das sie ihm jetzt von seiten des Statthalters von Diul zum Geschenk mache; und sie fügte hinzu, daß der von seinen treuen Untertanen gefangengehalten würde und es ihm schenke, um dafür sein Leben zu gewinnen, das er zu verlieren verdiene, dieweil er die Waffen gegen ihn erhoben hätte; und als drittes sei noch ein wenig verzierter Dolch vorhanden, den sie ihn anzunehmen bäte. ›Die anderen‹, fuhr sie fort, ›sind verschwunden, denn du weißt, o Herr, daß sie nur für eine bestimmte Zeit Wirkungen erzeugen, oder sie sind gar durch folgenschwere Ereignisse zerstört.‹ ›Warum‹, nahm Nurdschehan das Wort, ›hat der Statthalter von Diul Diafer durchaus nicht sagen wollen, daß Said al Bekir der Schöpfer dessen war, was er besaß?‹ ›Er wußte es nicht, o Herr,‹ unterbrach ihn Damake, ›vielleicht gab er vor, dieweil es ihm schimpflich zu sein schien, nichts zu wissen, ihm nichts sagen zu können, wie so viele Menschen, die ihre Unwissenheit in ein geheimnisvolles Schweigen hüllen.‹ ›Aber welche Wirkung besitzt der Talisman, den du mir schenkst?‹ fragte Nurdschehan sie, indem er den Dolch in die Hand nahm. ›Ich will es dir sagen, o Gebieter, wenn ich dir erzählt habe, was ich über das Fischchen in Erfahrung brachte. Er mögen ungefähr dreitausend Jahre her sein, als in diesem Teil Asiens, den wir bewohnen, ein Mann mit Namen Huna erschien; der war so groß, daß er den Beinamen Said al Bekir erhielt. Es war dies ein Weiser, der unter allen Fähigkeiten, die ihm eine allgemeine Verehrung einbrachten, die Kunst, Talismane herzustellen, kannte, und dies in so hohem Grade, daß er durch sie Gestirnen und ihren Einflüssen befehligte. Unglücklicherweise sind seine Schriften verlorengegangen; daher kann man heutzutage keine Talismane mehr herstellen, die den seinigen gleichen. Antinmur, König von Hindostan, hatte Mittel und Wege gefunden, eine Freundschaft mit ihm anzuknüpfen. Um sich nun für seine Gefühle und einige kleine Dienste, die er ihm geleistet hatte, erkenntlich zu zeigen, machte ihm Said al Bekir das Fischchen zum Geschenk, von dem dir dein Wesir erzählte; und es ist immer in Antinmurs Schatze geblieben, solange sein Geschlecht gelebt hat. Einer der Ahnen des Statthalters von Diul war als Wesir bei dem Letzten dieses Stammes; als aber dessen Familie durch die Empörungen, wodurch Indiens Geschichte des langen und breiten berüchtigt ist und die kein Mensch alle kennt, ausgelöscht war, bemächtigte sich der Wesir dieser Kostbarkeit, und er wie seine Nachfolger haben sie sorgsam bis auf den heutigen Tag bewahrt. Und nicht nur bringt dieser Talisman seinem Besitzer alles, was man ins Meer hat fallen lassen, zurück, sondern wenn man ihm Dinge sagt, die man von ihm aus diesem Element geholt haben will, so sucht er sie auf den Befehl hin mit der größten Genauigkeit.‹ ›So weiß ich nun genug von meinen Talismanen,‹ entgegnete ihr Nurdschehan, ›niemals hat ein Fürst größere Reichtümer besessen; ich darf mich wahrlich König des Meeres nennen. Was schulde ich dir nicht, o Herrin meiner Seele! Aber welche Wirkung mag der erzeugen, den mir die schöne Damake jetzt schenkt?‹ ›O Gebieter,‹ antwortete sie ihm, ›wenn ich dir sage, zu welchem Zwecke er hergestellt wurde, wirst du seine Kraft erkennen.

Man liest in den Empörungsgeschichten Hindostans, daß Antinmur ungerechterweise eine Abgabe von Keiramur eintreiben wollte. Dieser war zu schwach, um der Macht seines Feindes widerstehen zu können, und wußte nicht, woher er sich Hilfe verschaffen sollte; er beschloß, sich an den weisen Said al Bekir zu wenden, und schickte seinen Wesir mit köstlichen Geschenken zu ihm; der Weise verweigerte ihre Annahme, wurde aber so gerührt ob der Lage, in die er seinen königlichen Freund versetzt sah, daß er schwor, Antinmur solle mit seinem Unternehmen kein Glück haben. Alsobald fertigte er ebendiesen Dolch an, den ich meinem Gebieter jetzt schenke,‹ unterbrach sich Damake, ›und gab ihn dem Wesir. ›Sage deinem Herrn von mir,‹ sprach er zu ihm, ›er solle zwanzig der tapfersten Krieger seines Königreichs auswählen und den Dolch ihrem Befehlshaber in die Hand geben. Dieser Dolch hat die Macht,‹ fügte er hinzu, ›wenn man ihn zückt, nicht allein seinen Träger unsichtbar zu machen, sondern auch alle, so er der Kraft des Talismans teilhaftig werden lassen will; sein Wille allein entscheidet darüber. Keiramur‹, fuhr er fort, ›soll zwanzig Leute mit einem Schreiben an Antinmur schicken, in dem er sich weigert, die verlangte Abgabe zu zahlen. Im Übermaße seines Zorns wird dann Antinmur den Gesandten gefangennehmen lassen. Dieweil nun dadurch das Völkerrecht verletzt wird, macht sich der Dolchträger unsichtbar, indem er den Dolch in der Hand hält; und seinen Säbel in die andere nehmend – seine Leute mögen ebenso handeln –, soll er alles tun, wozu ihn seine Kraft bestimmen kann.‹

Der Wesir suchte Keiramur auf, und alle Anordnungen Said al Bekirs wurden befolgt. Der Sohn des Königs wurde mit der Oberaufsicht und der Ausführung dieses Unternehmens bedacht. Antinmur wurde zornig beim Lesen des

Schreibens, das ihm dargereicht wurde. ›Man soll diesen unverschämten Gesandten gefangennehmen!‹ rief er aus. Da hatte der Königssohn alsogleich seinen Dolch gezogen, nahm den Säbel zur Hand und schlug Antinmur den Kopf herunter; hinterher kamen alle Teilnehmer des Diwans an die Reihe. Und als er dann durch die Stadt stürmte, sah man eine zahllose Menge Köpfe fallen, ohne zu sehen, wer sie abschlug. Nach diesem großen Gemetzel machte der Gesandte sich und seine Leute wieder sichtbar und erklärte dem Volke auf einem öffentlichen Platz, daß es kein anderes Mittel für sie gäbe, dem sicheren Tode zu entgehen, als sich Keiramur zu unterwerfen, was sie denn auch mit Freuden taten. ›Dieser Dolch‹, fuhr Damake fort, ›wurde lange Zeit im Schatze der Fürsten dieses Landes aufbewahrt; nach und nach hat man sein Verdienst vergessen und die Kenntnis seiner seltenen Eigenschaft verloren; und als deine Erhabenheit einige Aufschlüsse über Talismane gewünscht hat, wußte ich, daß er in Bassorah bei einem kleinen jüdischen Kaufmann war, der an der Brücke der Stadt alles alte Eisen und gebrauchte Sachen, die man sammelt, verkauft; so ist es mir denn nicht schwergefallen, ihn in meinen Besitz zu bekommen. Damit habe ich wenigstens das Verdienst, meinem hohen Gebieter einen Talisman schenken zu können, der für mich völlig wertlos ist, während das Geschick der Könige sie zu ähnlichen notwendigen Vorsichtsmaßregeln zwingen könnte.‹ Nurdschehan jauchzte tausendmal über den Ozean ihrer Freigebigkeit und sprach zu ihr: ›O Herrin meines Herzens, bedenkst du auch alles, was du mir gesagt hast? Bedenke, wenn schon alle diese Talismane, die an sich bedeutend, im Vergleich mit dir aber schwach sind, meine Neugier gereizt haben, wie groß ist dann erst die, die du in mir verursachen mußt! Nein, alle Weisen und selbst Said al Bekir haben nichts Erstaunlicheres zutage gebracht als du; du wußtest gestern nicht ein einziges Wort von der Geschichte dieser Talismane, heute bist du völlig mit ihr vertraut. Dieser Dolch‹, sagte er, indem er auf ihn hinwies, ›war – es ist noch keine vierundzwanzig Stunden her – in Bassorah; trotz der Entfernung, die uns von dieser Stadt trennt, gibst du ihn mir in diesem Augenblick; bist du vielleicht Said al Bekirs Tochter, oder bist du gar selbst ein Weiser?‹ Damake errötete ob dieser Rede, und Nurdschehan hatte noch nicht ausgesprochen, als sie begann: ›O Gebieter, das beste und vollkommenste Mittel, zu erfahren, was sich ein von uns geliebtes Wesen wünscht, wird wahrlich die Liebe sein; doch ich darf dir nichts verbergen.

Bald nachdem mich meine Mutter zur Welt gebracht hatte, saß sie am Fuße eines Palmbaumes, sich mit mir der Frische des Morgens erfreuend, und dachte an nichts weiter, als durch ihre Küsse meine unschuldigen Liebkosungen zu erwidern, als sie sich mit einem Male von einem Hofstaat umgeben sah, der einer schönen und hoheitsvollen und prächtig gekleideten Königin folgte, die selbst ein Kind auf dem Arme trug. Trotz der Pracht ihres Gefolges und ihres königlichen Gepränges liebkoste sie mich, so klein ich auch noch war. Und nach einigen Augenblicken des Verweilens sagte die Königin zu meiner Mutter: ›Das Kind, das du hier siehst, gehört mir, und es ist notwendig, daß es die Milch einer Sterblichen trinkt; solches ist ein Befehl des großen Gottes, der uns gebietet; und ich habe keine finden können, die bescheidener, weiser und deren Milch reiner ist; mache mir doch die Freude‹, sprach sie zu meiner Mutter, ›und gib meinem Kinde während einiger Augenblicke zu trinken!‹

Die aber erfüllte freudig ihr Begehren, und die Königin sagte, um sich für ihre Erkenntlichkeit gefällig zu zeigen: ›Jedesmal, wenn du einen Kummer oder einen Wunsch hast, komme an einen männlichen Palmbaum, brich ein Blatt von ihm ab, verbrenne es dort und rufe mich; ich bin die Göttin Malikatada und werde dir schnell zu Hilfe eilen; ein Gleiches will ich endlich deiner kleinen Tochter tun, wenn sie in das verständige Alter kommt.‹ Meine Mutter‹, fuhr Damake fort, ›hat die Göttin nur in Sorgen, die meine Erziehung angingen, herbeigewünscht; und ich, o Gebieter, habe mich überhaupt nicht an sie gewandt, ehe ich dich sah, denn mein Herz hatte kein Verlangen. Seit der Zeit aber‹, sagte sie und errötete, ›fürchte ich, ihr beschwerlich zu fallen, so viele Sorgen und Unruhen haben sich nun meines Herzens bemächtigt; sie ist es, wie du wohl merkst, die mir Diafer nannte, die mir die Antworten sagte, die ich den Weisen gab, die mich über die Talismane belehrt und mir diesen hier zurückgelassen hat. Sie ist es auch noch, die den Statthalter von Diul gefangennahm und dich um sein Leben bitten ließ, als Lohn für das Fischchen, das ich dir von ihm gegeben habe; sie selbst hat mir...‹ ›Fahre doch fort, o du schöne Damake!‹ sprach Nurdschehan zärtlich zu ihr, ›kannst du, wenn du mich liebst, irgend etwas vor mir verbergen?‹ ›Sie hat mir einen Talisman geben wollen,‹ fuhr Damake fort, ›der die Eigenschaft erzeugt, immer von dir geliebt zu werden; aber ich habe ihn ausgeschlagen: Gibt es in der Liebe einen anderen Talisman denn das Herz?‹ Nurdschehan ward mehr und mehr betroffen von so viel Tugenden und so viel Beweisen der Zuneigung und wollte sein Glück nicht länger entbehren. Er ließ auf der Stelle sein ganzes Gefolge versammeln und die Großen seines

Königreichs. ›Ich kann mich rühmen,‹ sprach er, ›der glücklichste Fürst der Erde zu sein: Ich besitze einen Armreif, der mich vor allen Giften bewahrt; alle Schätze des Meeres gehören mir durch einen Fisch, der sie auf meinen Willen am Grunde der Gewässer sucht und ein Geschenk ist, das mir Damake gemacht hat; welche Prinzessin kann eine ähnliche Mitgift aufweisen? Das ist aber noch nicht alles. Sie hat mir auch diesen Dolch gegeben, der unsichtbar macht; die Probe, die ich vor euren Augen mit diesem wunderbaren Talisman machen will, wird euch auch von der Kraft des Goldfischchens überzeugen, die euch zu beweisen zeitraubender und schwieriger sein würde‹; er zog dann seinen Dolch und ward unsichtbar. Das Erstaunen der Zuschauer hatte sich noch nicht gegeben, als er mit seinen Kriegshauptleuten verschwinden wollte, und er fragte dann seine Richter: ›Seht ihr den und den Heerführer, und mit einem Worte: alle, die in meinem Heere stehen?‹ ›Nein‹, antworteten sie ihm auf jede Frage. Er machte sich darauf vor den Augen seiner Krieger unsichtbar und verschwand mit den Wesiren und allen Gesetzeskundigen, um sie dadurch völlig zu überzeugen und nicht eifersüchtig zu machen. ›Dankt doch mit mir dem allmächtigen Allah und seinem Propheten,‹ sagte er alsdann zu ihnen, ›weil sie mich zum mächtigsten Fürsten der Welt gemacht haben!‹ Und er verrichtete dann mit einer Innigkeit, die der Güte, die der Himmel über ihn ausgeschüttet hatte, entsprach, ein Dankgebet; alle seine Hofleute aber folgten seinem Beispiel. Als er diese wichtige Schuld eingelöst hatte, sprach er zu ihnen: ›Das größte Laster des Menschenherzens ist unzweifelhaft die Undankbarkeit; Damake verdanke ich gleichfalls große Schätze; ihre einzige Schönheit, ihr Geist und ihre Tugenden verdienen die Dankbarkeit, die ich ihr all mein Leben lang bezeigen will; doch muß Dankbarkeit von Beweisen begleitet sein; ich will mich also an diesem Tage für immer mit ihr verbinden!‹ Der ganze Hofstaat und die Großen begrüßten seine Wahl, und Nurdschehan befahl, daß man Damake holen solle; sie erschien in ihrer Bescheidenheit mit aller Anmut, mit der sie die Natur geschaffen hatte. Als der Fürst ihr aber in Gegenwart des Großimams die Hand gereicht hatte, fiel Damake ihrem Gatten zu Füßen und sprach zu ihm mit lauter Stimme: ›Als ich dir, o Gebieter, die Talismane des berühmten Said al Bekir aufzählte, habe ich dir gesagt, daß ihrer noch vier in der Welt seien; indessen hast du nur drei von ihnen.‹ ›Bin ich nicht reich genug, wenn ich dich habe?‹ antwortete ihr Nurdschehan, ›du darfst dich wahrlich für den vierten ausgeben, denn du wiegst sie alle auf!‹ ›Nein, o Gebieter,‹ sprach Damake darwider, indem sie die Augen niederschlug, ›der dir fehlt, ist ein Stahlring, der seinen Besitzer in dem Grunde der Herzen lesen läßt. Andere an meiner Stelle würden diesen Talisman für gefährlich erachten, doch ich sehe ihn für ein Glück an, wenn du dich lange an den Gefühlen, die in mein Herz eingegraben sind, erfreuen wolltest; und wenn ich das Unglück habe, diese anziehende Neugier nicht mehr zu verdienen, wird er dir zum wenigsten zweifelsohne die Sinnesart und Treue deiner Untertanen verkünden.‹

In diesem Augenblick erschien die Göttin Malikatada mit ihrem ganzen Gefolge und bat den König, in einen Garten zu gehen, der durch ihre und der Genien Macht in erlesenem Geschmack prachtvoll geschmückt war. Sie beehrte die Hochzeit mit ihrer Anwesenheit; Nurdschehan aber lebte glückselig, und solches noch mehr durch die Liebe und

Damakes Ratschläge als durch alle Talismane, die er den Glücksgütern hätte hinzufügen können, deren Besitzer er war.« –

Als Moradbak mit dem Erzählen aufgehört hatte, sprach Hudschadsch zu ihr: »Das sind sehr schöne Geschenke; ein Mädchen, das sie als Heiratsgut mitbringt, darf sich wohl einen Mann erwählen!« »Damake war so glücklich,« entgegnete ihm Moradbak, »unter dem Schutze einer Göttin zu stehen, die sie befähigte, ihre Gefühle auf eine so unzweideutige Weise darzulegen.«

»Ich würde all diese Talismane nicht so schätzen, wie man es tut«, sagte Hudschadsch; »man muß eine rasende Angst vor Giften haben, um solch einen Armreif zu tragen, und eine derartige Furcht ist selbst das grausamste Gift. Wenig würde ich für die Reichtümer, die mir das Fischchen verschaffte, empfänglich sein, dieweil ich so leicht erworbene Güter nicht schätze; die Anzahl und die Stärke meiner Krieger aber würden mir mehr gelten als der Dolch, und der Ring würde mir nur beweisen, daß kein Mensch etwas taugt. Erzähle mir morgen eine weniger wundersame Geschichte; alle diese Geschehnisse sind schwer zu glauben, und die einfachsten passen besser zu meinem Zustand.« Moradbak gehorchte ihm und erzählte folgenden Tages diese Geschichte:

DIE GESCHICHTE VON JAHIA UND MEIMUNE

Unter der Herrschaft Selims II. und in der Zeit seines höchsten Glanzes gab es in Konstantinopel einen jungen Gerber, der sich Ilmene Jahia nannte. Er wohnte bei dem Tore von Narli, durch das man nach den sieben Türmen geht, und lebte mit seiner Mutter, der er sehr gehorsam war. Man kannte ihn ebensosehr seiner Geschicklichkeit in seinem Gewerbe wegen als wegen der Anmut seiner Gestalt. Er war schön und wohlgebaut; und sein für Freundschaft empfängliches Herz bestimmte ihn, sooft er es nur vermochte, einige Tage in Skutari zuzubringen, um seinen Freund Mohammed zu sehen und sich mit ihm zu freuen. Und nachdem er seiner Mutter die Hand geküßt hatte, unternahm er eines Tages diese kleine Reise; auch ließ er ihr beinahe alles Geld zurück, das er verdient hatte. Er setzte sich in ein Boot; und als er nach Skutari gekommen war, eilte er nach dem Hause seines Freundes, der entzückt war, ihn zu sehen. ›Du kommst gerade zur rechten Zeit, o mein lieber Jahia; man hat mich heute abend zu der Hochzeit eines meiner Nachbarn gebeten; du kommst mit dorthin, und wir wollen uns da ergötzen.‹ ›Da man dich eingeladen hat,‹ entgegnete ihm Jahia, ›ist es dasselbe, als ob man mich aufgefordert hätte, denn alle Welt kennt uns als Freunde; so wird man auch nicht erstaunt sein, wenn man mich mitkommen sieht.‹ Sie brachen auf der Stelle auf und wurden wohl aufgenommen; und als die Stunde des Gebets herangekommen war, folgten sie der Braut nach der Moschee und gingen ihr bei der Rückkehr voraus, wie es die Sitte der Muselmänner will. Die Sänger der Gebete geleiteten sie mit den Imamen bis unter die Türe, wo der ganze Zug sich verabschiedete. Nach den üblichen Gebeten wurde dann die Braut in das Gemach ihres Gatten geführt; darnach bot man allen Anwesenden Scherbett an, worauf sich jedermann entfernte.

Jahia und Mohammed gingen mit einigen jungen Leuten ihrer Bekanntschaft in ein abseits stehendes Haus, um sich hier zu unterhalten und Wein zu trinken. Ihre Köpfe begannen bereits heiß zu werden, als der, der ausersehen war, ihnen den Wein einzuschenken, zu ihnen sprach: ›Was machen wir nun, o liebe Freunde? Wir haben den letzten Schluck vor uns stehen!‹ Diese Neuigkeit betrübte sie um so mehr, als es sehr gefährlich war, Wein zu holen; das Verbot nämlich, solchen bei sich zu haben, war so streng, daß man das Schlimmste zu fürchten hatte, selbst tagsüber. Und wenn man gar so unglücklich war, nachts ohne Licht, Wein tragend, von denen angetroffen zu werden, die die Stadt behüteten und über ihre Sicherheit wachten, war nicht die geringste Gnade zu erhoffen. Nachdem man alle diese Übelstände erwogen hatte, wiederholte einer aus der Runde mehrere Male, ohne daß ihm jemand antwortete: ›Wie mag es nur zugehen, daß keiner von uns den Mut hat, Wein zu holen?‹ Jahia fühlte sich von dieser Rede betroffen und sagte zu sich selbst: ›Ich bin hier der einzige Fremde; die Frage kann sich nur an mich richten.‹ Und sich alsogleich erhebend, trug er sich ihnen für solchen Dienst an. Auf Mohammeds Gesicht zeigte sich die Sorge, die ihm dieses Anerbieten machte, und das Wort ergreifend, antwortete er ihm: ›Hast du jemals gesehen, daß zu den Aufträgen der Einheimischen Fremde angenommen wurden? Also, o mein lieber Freund, bin ich mit deinem Vorschlag nicht einverstanden. Außerdem kennst du die Wege nicht und läufst noch eher Gefahr als ein anderer.‹ Der ganze Kreis stimmte ihm hierin bei und bat Jahia, sich nicht zu bemühen; aber dadurch, daß sie seinen Mut lobten und seine Gutherzigkeit priesen, bestimmten ihn die jungen Leute, sein Anerbieten aufrechtzuerhalten, wennschon sie ihm das Gegenteil zu sagen schienen. Wie eben ein junger Mann, glaubte Jahia, daß ihn seine Ehre dazu verpflichtete, diesen Weg zu machen. Er verdoppelte deshalb seine Bitten; und als die, die nur daran dachten, Wein zu bekommen, sahen, daß sich kein anderer meldete, welchen zu holen, sprachen sie schließlich zu Mohammed: ›Widersetze dich nun seinem Vorhaben nicht länger, er hat Mut und Gewandtheit, sicherlich wird er Erfolg haben.‹ Mohammed sah sich genötigt, beizustimmen, und Jahia nahm zwei Krüge, mit denen er glücklich die Schenke erreichte; er ließ sie füllen und ging in der Absicht zurück, seine Freunde wieder aufzusuchen.

Die Stunde des Abendgebetes war längst verstrichen; so lagen denn die Straßen ganz verlassen da. Indessen erblickte Jahia von weitem eine Laterne in dem Augenblick, als er auf einen Platz kam, der in der Nähe der Valide-Moschee ist. Dieses Licht kam so auf ihn zu, daß er weder fliehen noch umkehren konnte; denn wenn er seine Schritte wandte, würde er durch das Geräusch, das er verursachte, nicht nur zur Verfolgung aufgefordert haben, sondern bald auch durch das Meeresufer aufgehalten worden sein. Anderseits konnte er die Krüge, mit denen er beladen war, nicht von sich tun; konnte er doch einen übernommenen Auftrag nicht unerledigt lassen, und es würde auch schmachvoll gewesen sein, wieder zu seinen Freunden zu kommen, ohne ihnen Wein mitzubringen. Während er solches bei sich erwog und fürchtete, es könnte die Nachtwache mit ihrer Laterne sein, näherte sich der Lichtträger immer mehr, und er erkannte, daß es ein junger Mann war, der vor einem Greise herging, dem ein anderer Sklave folgte. Der Gesichtsausdruck des Greises ließ auf große Weisheit schließen; sein weißer Bart wallte bis zum Gürtel herab, und er hatte einen Stab in der einen Hand und eine Gebetsschnur in der andern. Jahia drückte sich an die Mauer, um sie vorbeizulassen, und hoffte im stillen, sie würden ihn nicht bemerken. Als sie jedoch nahe herangekommen waren, hörte er, wie der Alte zu Allah betete und sprach: ›O Herr, im Namen aller Himmel, der sieben Erden Adams und Evas, der glücklichen Propheten, der Heiligen, der Gerechten und Tugendhaften, ich habe heute das achtzigste Jahr meines Lebens erreicht; die schönste Zeit meines Lebens ist vorüber, und du hast es mir in deiner Gnade bisher nicht an einem Gaste fehlen lassen. Heute soll ich das erstemal allein speisen; du weißt es, o großer Allah, wie unerträglich mir das ist! Ich bitte deine göttliche Erhabenheit, wenn du mit der Ehrfurcht zufrieden bist, so ich dir während langer Jahre erwiesen habe, laß mich jemanden finden, der mit mir speisen und mich unterhalten will!‹ Gelähmt vor Angst sah Jahia ihn an, und der Wortlaut des Gebetes ließ ihn erzittern. ›Muß das nicht ein großer Prophet sein?‹ sprach er zu sich selbst. ›Was wird aus mir, wenn er mich Wein tragen sieht!‹ Diese Erwägungen peinigten ihn, als er bemerkte, wie der Schaikh – denn als einen solchen erkannte er ihn – trotz der Finsternis der Nacht alle Dinge zu erkennen versuchte und, als er ihn selbst erblickt hatte, alsobald seinem Laternenträger befahl, das Licht näher zu bringen. Dann betrachtete er ihn sehr aufmerksam; und sosehr Jahia auch der Wunsch ankam, sich ihm zu Füßen zu werfen, so konnte er es in Anbetracht der Krüge, mit denen er beladen war, doch nicht tun. Der Schaikh begann Allah für die Begegnung, die er bewirkt hatte, zu danken und sagte dann zu Jahia: ›Du siehst, o Jüngling, wie groß meine Dankbarkeit gegen Allah ist und wie sehr ich ihm für die Gnade, dich hier anzutreffen, verbunden bin. Ohne dich würde ich nicht gespeist haben; komm doch in mein Haus; schlage es mir, der dich inständig darum bittet, nicht ab!‹ Solche Worte verdoppelten Jahias Bestürzung. ›Sicherlich‹, sagte er zu sich selbst, ›ist dieser Greis ein Heiliger; ich habe schon Allahs Zorn verdient, dieweil ich Wein trage; wenn ich mir nun seinen noch zuziehe, indem ich die Einladung ausschlage, verschlimmere ich mein Vergehen nur. Nehme ich indessen seinen Vorschlag an, darf ich nicht daran denken, die wiederzusehen, die mich erwarten.‹ In dieser Unsicherheit bewahrte er ein tiefes Schweigen; als der Schaikh nun bemerkte, daß er die Hände immer unter seinen Mantel hielt, dachte er sich, daß er irgend etwas verbärge, und streckte, um seiner Verwirrung ein Ende zu machen, die Hand aus, hob Jahias Mantel hoch und sprach, als er die Krüge erblickte: ›Ich kann mir wohl denken, daß dich der Wein verlegen macht, aber meinetwegen brauchst du nicht bestürzt zu sein. Nach welcher Richtung willst du gehen? Ich werde dich begleiten oder dir wenigstens von weitem folgen, um dich zu schützen: mit einem Wort, ich will alles tun, was dir gefällt; doch eines sage ich dir: ohne dich will ich nicht nach Hause gehen.‹ Jahia beruhigte sich bei der Milde des Greises und war entzückt, über etwas derartig Verbotenes keine Vorwürfe zu erhalten, und erzählte ihm offenherzig, weshalb er sich mit diesem Auftrage beschwert hatte. ›Meine Freunde erwarten mich ungeduldig‹, fügte er hinzu; ›denke darüber nach, was ich machen soll, und sage es mir!‹ Der Greis aber antwortete ihm: ›O mein Sohn, deine Rede zu hören hat mir mehr Freude gemacht als der Anblick der schönsten Perle. Du würdest alle Welt bestechen und hast mein Herz gewonnen; wisse also, daß der, dem du eine so hohe Meinung eingeflößt hast, der aus Magnesia gebürtige Schaikh Ebulkiar ist. Seit sieben Jahren wohne ich in Skutari und bin achtzig Jahre alt geworden, ohne jemals allein gegessen zu haben; und durch Allahs besondere Gnade hat man mir so viele Gaben und Opfer dargebracht, daß ich alle, die zu mir kommen, bewirten kann. Stellt sich zufällig kein Fremder ein, so gehe ich, wenn das Abendgebet beendet ist und ich nicht mehr hoffen darf, daß jemand kommt, in die Moschee, wähle den mir am meisten Zusagenden aus, lade ihn ein, mir zu folgen, und nehme ihn, so gut es mir eben möglich ist, auf. Aber heute ist nicht allein niemand zu mir gekommen, auch alle, die ich in der Moschee aufforderte, haben mir Gründe angegeben, die ihnen verboten, meiner Bitte nachzukommen. In meiner Hoffnungslosigkeit habe ich mich an den lieben Allah gewandt, er hat mich erhört, indem er mir, meinem Wunsch entsprechend, einen so angenehmen Gast wie dich sandte. Aber,‹ fuhr er fort, ›es ist nicht recht, dich deines Verdienstes, das du damit erworben hast, einen so schwierigen Auftrag zu übernehmen, verlustig gehen zu lassen; ich will dich hier erwarten, du bittest deine Freunde um die Erlaubnis, sie verlassen zu dürfen, und kannst ihnen sagen, du fürchtetest, der Wein könne dir schlecht bekommen, und habest bereits zuviel getrunken. Und kommst dann zu mir zurück; du sollst das Vergnügen, das du mir bereitest, nicht bereuen! Ich schwöre dir beim hohen Allah, daß ich hier bis zu deiner Rückkehr warten will. Und ich baue auf dein Wort; in deiner Hand liegt es, ob ich hier die Nacht zubringen soll.‹ Dann ließ er sich auf einem Stein nieder: ›An ebendiesem Platze sollst du mich finden‹, wiederholte er ihm noch einmal und gab ihm ein Zeichen mit der Hand,

daß er sich entfernen solle. Jahia hatte mehr und mehr Vertrauen gefaßt und konnte nicht umhin, zu sich selbst zu sagen: ›Ich muß Allah danken, einen so gütigen Menschen gefunden zu haben, der sich meiner so freundlich anzunehmen scheint.‹ Also nahm er Abschied von dem Schaikh und sprach zu ihm: ›Sobald ich kann, werde ich zu dir zurückkommen, solches verspreche ich dir; auch will ich meinen Freunden nichts von der glücklichen Begegnung, die ich gehabt habe, erzählen und gedenke dich nicht mehr zu verlassen, dir den Rest meines Lebens zu widmen und deine Hände zu küssen, mich besser als bislang aufzuführen und mich für mein ganzes Leben deinem Dienste zu weihen, um würdig mit den Muselmanen ins Paradies einzugehen.‹ Nachdem er solche Worte ausgesprochen, verließ er ihn.
Und er war bald bei seinen Freunden; seine erste Sorge nach seiner Ankunft war, ihre Gläser frisch zu füllen und die Krüge auf den Tisch zu stellen. Die Freude ob seiner Rückkehr war um so größer, als sie jede Hoffnung, ihn wiederzusehen, aufgegeben hatten. Sein Freund Mohammed, der von allen am unruhigsten gewesen war, war nicht der letzte, der ihn in die Arme schloß; man überschüttete ihn mit Lobreden und stellte ihn den größten Männern gleich. Welche Mittel sie jedoch auch anwandten, um ihn zum Platznehmen zu veranlassen, sie konnten ihn nicht dazu bewegen. ›Der ganze Lohn‹, sprach er zu ihnen, ›für den kleinen Dienst, den ich euch geleistet habe, sei die Erlaubnis, mich entfernen zu dürfen. Erstens bin ich etwas ermüdet, und zweitens waren einige meiner Freunde in der Schenke, in der ich war, und veranlaßten mich, mit solcher Hast zu trinken, daß mein Kopf ein wenig schwer davon wurde; daher möchte ich mit eurer Erlaubnis gehen und mich bei

meinem Freunde Mohammed ausruhen.‹ Nach langem Hin und Her stimmten sie seinem Fortgehen zu und sprachen um soviel weniger auf ihn ein, dieweil er vorgab, vom Weine benebelt zu sein; nicht so leicht freilich wurde es ihm, den Eifer seines Freundes zu beschwichtigen, der ihn begleiten wollte. Nachdem er sie verlassen hatte, begab er sich eiligst nach dem Platze, wo der Schaikh zurückgeblieben war, der auch seinem Versprechen gemäß dort noch auf ihn wartete. Von seiner Güte ganz benommen und entschlossen, sein Schüler zu werden, kniete er vor ihm nieder und küßte seine Füße. Der Schaikh aber hob ihn auf und zog ihn mit solchen Worten an seine Brust: ›O mein Sohn, was tust du da?‹ Dann pries er seine Pünktlichkeit und nahm ihn bei der Hand. ›Laß uns alsogleich zum Kloster gehen!‹ sprach er zu ihm in unendlich liebevollem Tone. Sie gingen aus Skutari hinaus, und nachdem sie das Krankenhaus der Aussätzigen hinter sich gelassen hatten, kamen sie an einen von erstaunlich hohen Mauern eingefriedigten Garten, dessen Pforte der eines Königspalastes ähnlich war. ›Wir sind endlich im Kloster angekommen‹, sagte der Alte zu ihm, ›und haben nur noch Vergnügen zu erwarten.‹ Dann pochte er ans Tor; ein Mädchen fragte, wer klopfe, und öffnete auf die Stimme des Schaikhs. Jahia war vor Entzücken außer sich, als er sie schleierlos sah; denn sie war jung und hübsch; sie leuchtete ihnen mit einer Silberlampe, worin ein mit lieblichen Wohlgerüchen durchtränktes Öl brannte.

Das Haus schien Jahia ein Ort der Wonne zu sein. Man sah in jeder Ecke des von einer großen Anzahl Silberlampen erleuchteten Vorraums ein großes Ruhebett an einem Erkerfenster; die Mitte nahm ein Wasserbecken ein, das mit dem kostbarsten Marmor ausgelegt und mit so klarem Wasser angefüllt war, daß man ohne Mühe eine unendliche Schar Fische in ihm erblicken konnte, deren Spiel das Auge erfreute. Den Rand des Wasserbeckens zierten verschiedene an Farbe und Duft herrliche Blumen. Jahia nahm auf dem Ruhebett Platz; indessen war sein Sinn mit allen Dingen, die sich ihm darboten, beschäftigt; er konnte nicht begreifen, warum ihn der Schaikh, der doch nur von einem Kloster gesprochen hatte, in einen so prächtigen Palast führte. Als der Greis sein Erstaunen sah, sprach er zu ihm: ›Nenne mir den Gegenstand deiner Erwägungen; habe ich dir nicht gesagt, daß ich dich als meinen Sohn ansehe? Glaube nur, es ist vielleicht besser, von einem Schaikh an Kindes Statt angenommen zu werden, als in Wahrheit sein Sohn zu sein; die Annahme steht frei, für sie spricht das Herz, es ist eine reine Freude. Sei also unbesorgt, du bist in meinem Hause und sollst mir Gesellschaft leisten; und einen Teil der Nächte wollen wir vergnügt verbringen. Ich will dir meine ganze Habe hinterlassen, und solange wir warten, daß der Todesengel kommt, um mich aufwärts zu geleiten, soll es dir an nichts fehlen. Ja, weil du mir gefällst,‹ fuhr er fort, ›so möchte ich gern, daß du meinen Platz einnimmst und daß man dich die alten, ehrwürdigen Gebräuche unseres Glaubens wieder einführen sieht.‹ Nach solchen Worten begab er sich in ein Nebengemach, aus dem er kurze Zeit später mit einem von Gold und Silber strotzenden Gewande angetan herauskam, das man für das eines Königs halten konnte. Als er sich Jahia zur Seite gesetzt hatte, trugen die Sklaven große, mit prachtvollen Edelsteinen geschmückte Porzellanschüsseln auf, in denen sich die ausgesuchtesten Gerichte häuften, die Ambra- und Moschusdüfte verbreite-

ten. Jahia war erstaunt ob dieser Pracht, und die Überraschung aller seiner Sinne hinderte ihn am Sprechen. Der Schaikh aber sprach zu ihm: ›Ich habe das Alter, in dem du mich siehst, erreicht, ohne mich jemals in dieser Weise gekleidet zu haben; immer betete ich zu Allah, mir einen Sohn zu schenken; mein hohes Alter läßt mich keinen mehr erhoffen. Ich habe ihn heute morgen um einen liebenswerten Menschen gebeten, den ich an Kindes Statt annehmen kann, und er hat mein Gebet erhört, indem er dich zu mir sandte; so tue ich denn alles, womit ich mir denke, ihm meine Freude und Dankbarkeit ob des empfangenen Glücks bezeigen zu können. Schließlich erwerben sich die Schaikhs durch die Gewohnheit, die Fremden, die sie aufnehmen, zu prüfen, sehr viel Menschenkenntnis, so daß ich mühelos alle guten Eigenschaften, die in dir wohnen, erkannt habe. Und ich habe gesehen, wie treu du bist und wie du die Tugend liebst. Doch zur Verringerung des Staunens, das ich an dir beobachte, wisse, daß wir in unserem Stande über alle Herrlichkeit erhaben sind, die du hier siehst, weil wir wenig Wert darauf legen. Wenn du übrigens Wein liebst, kannst du dich an ihm erlaben; du weißt, er ist den Derwischen nicht verboten; das öffentliche Ärgernis ist das einzige, was man dabei zu vermeiden hat. Sieh mich doch als deinen Vater in allen Dingen an und folge der Lebensweise, deren ich mich seit meiner Kindheit befleißige.‹
Dieser Ausspruch erinnerte Jahia an den ersten Gedanken, der in ihm aufgestiegen war, als ihn der Schaikh angeredet hatte. Er hielt ihn für einen Propheten, und mehr für den Propheten Elias als für jeden andern, auf Grund der Ähnlichkeiten mit dem heiligen Manne, die er an ihm entdeckt hatte. Indessen standen diese Orte des Entzückens, der

Reichtum, die Geschmeide und die große Zahl der Sklavinnen, die er gehen und kommen sah, um ihm zu dienen, im Widerspruche mit diesem Gedanken, ebenso wie der Wein, den man in Fülle aufgetragen hatte. Hin und wieder schien es ihm auch, als ob der Schaikh ein Zauberer sei, der nach seinem Belieben alle Arten von Gestalten annähme. ›Doch welche Absicht sollte er dabei gehabt haben, mich hierherzuführen?‹ sagte er bei sich selbst. ›Welchen Grund hätte er wohl, mich zu täuschen? Mein Hab und Gut kann niemanden reizen; und ich bin nicht schön genug, daß er etwas anderes mit mir vorhaben könnte: sehen wir zu, wie alles dies ausgehen wird!‹ Der Wein, der bei Leibesstrafe in Klöstern verboten ist, überraschte Jahia am meisten; infolgedessen sah er immer nur auf die kostbaren Gefäße, die ihn enthielten. Der Schaikh aber erriet seine Gedanken und sprach zu ihm: ›Glaube nicht, o mein Sohn, daß ich es über mich bringe, Wein zu trinken; ich habe ihn nur für dich holen lassen. Der Wein, den wir Schaikhe trinken, ist Paradieswein. Man soll mir welchen bringen!‹ befahl er. Alsbald reichte man ihm eine goldene Flasche dar. Dann setzten sie sich zu Tische, und als sie beim Essen waren, gab ihm der Schaikh von diesem Weine zu kosten. Er fand, daß er einem Scherbett ähnelte, dem Zucker, Ambra und Moschus beigemischt sind und der daher viel angenehmer als Wein duftet. Je mehr Jahia an die überraschenden Dinge dachte, desto klarer wurde es ihm, daß der Schaikh selbst alle anderen Wunder übertraf. So kam denn auch nichts der Ehrfurcht gleich, mit der er ihn behandelte. ›Warum‹, sprach der Schaikh zu ihm, ›bist du immer so gedankenvoll, anstatt dich der Freude hinzugeben?‹ ›O Gebieter,‹ entgegnete ihm Jahia, ›das Übermaß all deiner Güte setzt mich in Erstaunen; ich fürchte immer, daß mein Glück nur ein Traum ist, und muß stets an eine Geschichte denken, die einige Ähnlichkeit mit meiner Lage hat.‹ ›Ich liebe Geschichten‹, nahm der Schaikh das Wort, ›und finde, sie vermehren die Tafelfreuden.‹ Und er drängte ihn, sie zu erzählen, und Jahia hub nun mit folgenden Worten an:

DIE GESCHICHTE EINES DERWISCHS

Mustapha Pascha Stambol Effendi oder Profoß von Konstantinopel hatte mehrere Male nacheinander eine große Zahl seiner Freunde zum Essen zu sich geladen. Es gab unter dieser Schar einen Derwisch, der für einen Mann von Verstand galt, obwohl er niemals ein einziges Wort geäußert hatte, welches Gespräch man vorher auch anknüpfte. Sein Schweigen erschien so wunderlich, daß es oft allen Gästen zur Belustigung diente, die darüber gar ihre Witze machten. Man war daher sehr erstaunt, als der Derwisch nach geraumer Zeit die Stimme erhob und alle beim Mahle Anwesenden bat, einen Tag zu bestimmen, an dem sie bei ihm essen und sich belustigen wollten. Die Befürchtung, schlecht dabei wegzukommen, stimmte die Schar nachdenklich, und als sie den Vorschlag annahm, bat man ihn gleichzeitig, einiges Geld annehmen zu wollen, das ihn in den Stand setzen sollte, Ausgaben zu bestreiten, die doch wohl über seine Verhältnisse gingen, er wies es aber zurück; man setzte den Tag fest und bat ihn um Auskunft, wo man sich einzufinden habe. Antwortete er, sie würden ihn in der Moschee des Sultans Mehemmed treffen, er wolle sie dann geleiten.

Man kam pünktlich zu dem Stelldichein; vorsichtshalber kaufte man auf dem Wege einige Vorräte, um dem sehr mäßigen Mahl, das man bei dem Derwisch vorzufinden meinte, aufzuhelfen. Der erschien zur bestimmten Stunde in der Moschee. Man war erstaunt, ihn so sauber gekleidet und mit einem Schurz von indischem Gewebe geschmückt zu sehen. Er empfing die Schar mit äußerster Liebenswürdigkeit und führte sie zu sich. Sein Haus nun schien ein wahrhafter Palast zu sein; und als man an die Türe kam, sah man dreißig Edelknaben herauskommen, die die Gäste unterfaßten und ihnen beim Steigen in ein Gemach behilflich waren, dessen Ruhebetten Goldbrokat bedeckte. Dieselben Pagen gingen dann voraus und ließen sie in ein andres noch prächtigeres Gemach eintreten. Man stellte dann vor jedem eine silberne Kohlenpfanne auf, deren Schaufel und Zange aus gleichem Metall bestanden. Nachdem man Platz genommen hatte, sah man sich ebenso beschämt wie verwirrt an und erinnerte sich, daß man in einen so köstlichen Palast Lebensmittel mitgebracht habe; man kam überein, sie, ohne daß es der Derwisch bemerkte, aus dem Fenster zu werfen. Einige Zeit darauf wurden sieben silberne Tische hergerichtet, die Tischtücher, mit denen sie bedeckt waren, bestanden aus Goldgewebe. Die Speisen wurden auf dem herrlichsten chinesischen Porzellan dargereicht. Auf jeden Tisch kamen dreißig verschiedene Schüsseln, und die Pagen ließen sich keine Gelegenheit entgehen, bei der ihre Dienste als angenehm empfunden werden konnten. Der Nachtisch war noch üppiger als all das Vorhergehende. Das Eingemachte war unübertrefflich, und der Derwisch, nicht zufrieden mit dem, was man gegessen hatte, wünschte, daß jedermann noch reichlich mit sich nähme.

Als man das Essen, das sehr lange währte, beendigt hatte, wurden die Betten hergerichtet, die ganz dem Prunk entsprachen, den man gesehen hatte. Die Decken und Laken aber waren mit Gold verbrämt; und als man zum Schlafengehen bereit war, erklärte der Derwisch der ganzen Schar, daß seine Edelknaben verkleidete Mädchen wären, die er zu ihrer Lust bestimmt hätte. Jeder wählte sich die aus, die ihm am besten gefiel, und legte sich zu Bett. Und Schlaf folgte ihren Vergnügungen; wie groß aber war ihr Erstaunen beim Erwachen am folgenden Morgen, als sie sich in einem verfallenen Gemäuer wiederfanden, auf der bloßen Erde liegend, nur mit einer alten Binsenmatte zugedeckt, mit einem Stein als Kopfkissen und einem dicken Holzscheit an ihrer Seite! Ihre Gewänder lagen zerstreut um sie herum, genau in dem Zustande, in dem sie sie von sich getan hatten.

Mit großer Mühe arbeiteten sie sich aus dem Gemäuer heraus und durch die Schlammlöcher, die es umgaben, und vernahmen beim Verlassen des Turms eine Stimme, die ihnen zurief: ›Macht euch ein anderes Mal nicht wieder über einen Schweigsamen lustig!‹ –

Der Schaikh war entzückt ob Jahias Geschichte, lobte seine Erzählerkunst sehr und trank mehrere Gläser Paradiesweines auf Jahias Gesundheit, dem soviel Güte den Atem benahm. Darauf drückte er ihm die Hand und sprach zu ihm: ›O mein Sohn, sei mir gegenüber so aufrichtig, daß sich dein Gesicht wie eine Rose öffnet, und sei dankbar, wie ich es gegen Allah gewesen bin; von ihm habe ich dich erbeten, und er hat dich meinen Bitten gewährt. Setze Vertrauen in Allah, setze Vertrauen in seine Diener, so seine lebenden Abbilder sind; eifere dem Kaufmanne nach, von dem die Bücher der Wunder sprechen. Seine Geschichte will ich dir jetzt erzählen:

DIE GESCHICHTE VON DEM KAUFMANN AUS BAGDAD

Ein Kaufmann, der Handelsgeschäfte halber nach Indien reisen wollte, verkaufte alle seine Habe und verließ sein Land mit dem Gelde, das er hatte zusammenbringen können. Nachdem er sich Allah empfohlen hatte, dessen treuer Diener er war, reiste er anfangs ziemlich glücklich, ohne daß ihm ein Unglück zustieß; aber schließlich, nur wenige Tagereisen vor Masulipatan, wurde er von Räubern überfallen, die ihm nichts ließen. So sah er sich denn in die bittere Notwendigkeit versetzt, sich mit Almosen bis nach der Stadt durchzubetteln.

Als er dort angekommen war, erkundigte er sich sorgfältig nach der Wohnung des reichsten Kaufmanns der Stadt und ging zu ihm. Er erzählte ihm sein Unglück und bat ihn um tausend Dinare. Der wollte wissen, ob er Pfänder bieten oder welche gute Sicherheit er ihm geben könnte. Der Kaufmann aus Bagdad aber antwortete ihm: ›Die Diebe haben mir nichts gelassen, aber du sollst mit meiner Sicherheit zufrieden sein: Allah haftet dir für alles, was du mir leihen wirst!‹ Den Kaufmann von Masulipatan rührte dieser Bescheid, und er streckte ihm tausend Dinare auf den einfachen Schuldschein hin vor, auf den allerdings geschrieben wurde, daß Allah für diese Summe bürge.

Der Kaufmann aus Bagdad reiste ab und zog aus dem geborgten Gelde so großen Nutzen, daß er sich am Jahresschluß mit fünftausend Dinaren Verdienst in Ormus befand. Und er würde aufgebrochen sein, um den eingegangenen Verpflichtungen nachzukommen, deren Erfüllungsfrist vor der Türe stand; aber unglücklicherweise fiel diese in die schlechteste Jahreszeit, und er konnte keinen Schiffsherrn finden, der sich den Gefahren des Meeres aussetzen wollte, und wurde so traurig über solch widrigen Zufall, daß er vor Kummer erkrankte. Schließlich setzte er all sein Vertrauen in Allah, nahm ein Holzscheit, höhlte es aus und steckte die tausend Dinare sowie ein Schreiben an den Kaufmann in Masulipatan hinein, dessen Schuldner er war. Sehr sorgsam packte er das Stück Holz ein und warf es ins Meer, indem er sagte: ›O Allah, du bist mein Bürge; sorge bitte dafür, daß der dieses Geld empfängt, der es mir auf die Treue deines heiligen Namens geborgt hat!‹ Durch die Genugtuung, seine Pflichten erfüllt zu haben, erlangte er seine frühere Gesundheit wieder. Allah wollte seine Bitte wohl erfüllen, und am gleichen Tage segelte der Kaufmann aus Masulipatan zu seiner Belustigung in einem Boot auf dem Meere und erblickte ein Stück Holz, dessen Form ihm merkwürdig erschien. Einige seiner Sklaven wollten es fassen, aber es entwischte ihnen stets, endlich kam er selbst hinzu und fischte es mit der größten Leichtigkeit auf. Und er war sehr erstaunt, als er seinen Namen auf der Hülle geschrieben sah; er prüfte es mit größerer Sorgfalt, öffnete es und fand das Geld und das Schreiben, das ihm keinen Zweifel ließ und ihm Allahs Macht und Güte offenbarte.

Als ein Witterungsumschlag eingetreten war und der Kaufmann fürchtete, Allah könne seine Bitte nicht erfüllt haben, nahm er die tausend Dinare mit, die er entlehnt hatte, und schickte sich an, seinen Gläubiger aufzusuchen. Sobald dieser ihn aber von weitem erblickte, rief er ihm zu: ›Dein Bürge hat mich befriedigt; hier ist dein Wechsel, ich habe ihn zerrissen; du bist deiner Schuld bei mir ledig; sei damit Allah befohlen. Danke ihm für alle Wohltaten, die

du erhalten hast, indem du zu ihm flehst und ihm unaufhörlich dienst!‹ –
Jahia war ergriffen von dieser Geschichte und verdoppelte die Versicherung seiner Zuneigung zu dem Schaikh und seiner Dankbarkeit gegen Allah. ›Laß es genug sein!‹ sagte der Schaikh mit gütiger Miene zu ihm. Dann ließ er eine große Anzahl königlicher Gewänder hereinbringen, und als man sie auf dem Ruhebette aufgehäuft hatte, sprach er zu Jahia: ›Ich mache dir alle diese Kleider zum Geschenk, und alle meine Sklavinnen stehen dir zur Verfügung.‹ Ob dieser letzten Worte errötete der junge Muselmann. Um jedoch diese letzte Verwirrung zu zerstreuen, schenkte ihm der Schaikh ein Glas seines Himmelsweines ein, und Jahia trank ihn, ohne zu wissen, was er tat. Als der Schaikh nun endlich bemerkte, daß der Wein einige Verwirrung im Kopfe seines Gastes anzurichten begann, hieß er alle seine Sklavinnen Musikgeräte nehmen, denen sie jene süßesten Weisen entlockten, die für Liebeslieder bestimmt sind. Jahia wurde so sehr durch sie aufgeregt, daß er die Augen ein wenig aufzuschlagen und sich aller Vergnügen zu erfreuen begann, die ihm denen eines Sultans vergleichbar zu sein schienen. Indessen hatte er noch nicht genügend getrunken, um völlig frei von aller Besorgnis zu sein; und er wagte die schönen Sklavinnen nicht anzusehen, die ihre Tafel umringten. Der Schaikh sah ihm beständig nach den Augen, erkannte leicht seine Gedanken und warf ihm seine Zurückhaltung vor; und ihn noch zum Trinken ermunternd, sagte er zu ihm: ›O mein Sohn, warum betrachtest du die Sklavinnen nicht? Sagte ich dir nicht, sie stehen dir zur Verfügung? Wähle dir die aus, die dir am besten zusagt, und ich will sie dir heute nacht mitgeben.‹ In seiner Furcht, diese letzten Worte wären

nur gesagt, um den Grund seiner Seele zu erforschen, warf sich Jahia dem Schaikh zu Füßen und schwor ihm, daß er sich nicht des geringsten Verlangens nach den Frauen Seiner Erhabenheit fähig fühle und sich der Ehrfurcht, die er ihm schulde, wohl bewußt sei. ›Was soll ich dir mehr sagen, o mein Sohn,‹ antwortete ihm der Greis, ›wähle, ich beschwöre dich; du kannst dir denken, daß mein Verlangen gänzlich erloschen ist und meine Sklavinnen infolgedessen für mich nutzlos sind; mit einem Worte, alles, was ich mir von Gott wünsche, ist, dich mit Kindern zu sehen, die ich mehr lieben will als du selber.‹

Jahia fügte sich seinem inständigen Zureden, sah die Sklavinnen an und wählte sich eine von ihnen aus. Aber um bei seinen Pflichten nichts außer acht zu lassen, warf er sich dem Schaikh abermals zu Füßen und sprach zu ihm: ›Ich hatte wahrlich nicht das geringste Verlangen nach den Frauen deiner Erhabenheit; aber da du nun durchaus darauf bestehst, erwähle ich die, die mir zur Seite steht.‹ Der Schaikh antwortete ihm mit der zufriedensten Miene der Welt: ›Ich danke Gott, daß du so wohl gewählt, und sehe auch, du hast ein gutes Urteil, du kannst sie als ein Geschenk Allahs und als eine Tat seiner Güte ansehen; jede andere Wahl würde mir kein so großes Vergnügen bereitet haben, denn sie ist Zirkassierin. Komm näher, Meimune, komm näher! sagte er zu ihr, und sie bei der Hand nehmend, gab er sie Jahia mit fünftausend Golddinaren, die er in einer Schale herbeitragen ließ, und sprach weiter: ›Dieweil du mir an diesem Abend Gesellschaft geleistet hast, mache ich dir diese Geschenke. Sieh mich immer als deinen Vater an; verlaß mich nie mehr, und alle meine Gebete sind in Erfüllung gegangen. Und ich will morgen den Kadi von Skutari zu mir bitten lassen, um dir in seinem Beisein eine Schenkung aller meiner Güter auszustellen, von deren Unermeßlichkeit du dir keinen Begriff machen kannst; und was mich angeht, so will ich, froh, mit dir leben zu können, mir in meiner Zurückgezogenheit nur den Dienst Allahs angelegen sein lassen.‹ Solche Worte ließen auch die geringste Unruhe in Jahias Gemüt nicht mehr aufkommen. Und alle diese Güte als einen deutlichen Beweis der Liebe Allahs betrachtend, sprach er zum Schaikh: ›Wenn ich tausend Jahre dir zu Diensten leben würde, o mein Herr und mein Vater, so genügte das noch nicht, um dir ob deiner Wohltaten danken zu können. Sei wahrlich versichert, ich will dir bis zum letzten Atemzug völlig untertan sein!‹ Und einer machte dem andern Freundschaftsschwüre und Beteuerungen, die sie, trinkend, einen guten Teil der Nacht beschäftigten. Endlich konnte sich Jahia nicht mehr aufrecht halten, und der Schaikh gab Auftrag, daß man einen gestickten Vorhang vor eines der Ruhebetten hängen, goldene und seidene Pfühle herbeibringen und ein silbernes Bett aufstellen sollte. Als man allen seinen Befehlen mit unglaublicher Pünktlichkeit nachgekommen war, sprach der Schaikh zu ihm: ›O mein Sohn, ich wünsche, daß du dich mit deiner Frau zu Bette legst; seine Kinder verheiraten ist eine der größten Freuden des Alters; beide gehört ihr mir an, und so habe ich denn in diesem Augenblick das Vergnügen, euch zu vereinen.‹ Jahia widerstand nicht, sie lagen bald darauf im Bett, und der Alte ging aus dem Zimmer.

Kaum hatte er sich so weit entfernt, daß er nichts mehr hören konnte, als die schöne Sklavin mit einem Seufzer zu Jahia sagte: ›O junger Mann, du hast nicht mehr lange zu leben, denk an deine Rettung!‹ Diese Worte kühlten Jahias

Blut völlig ab. Er zitterte an allen Gliedern; indessen drang er in Meimune, ihm das Rätsel zu lösen. ›Ich nehme teil an deinem Lose‹, sprach sie zu ihm, ›und fühle Liebe zu dir, und diese Liebe verdoppelt noch das Grausen, das mir stets die Verbrechen eingeflößt haben, die hier täglich begangen werden. Versprichst du mir,‹ fuhr sie fort, ›mich mit dir zu nehmen und mich niemals von dir zu stoßen, wenn ich dich aus der Gefahr befreie, in der du schwebst?‹ Jahia versprach alles, was sie wollte, und bekräftigte sein Versprechen durch die heiligsten Schwüre. Und als die Sklavin seiner ganz sicher war, redete sie weiter: ›Du sollst das Übermaß von Verbrechen und Schlechtigkeit kennenlernen; beide vereinigen sich in diesem Greise; doch wenn du dir dein Leben erhalten willst, mußt du alle meine Vorschriften genau befolgen. Der Schaikh wird zurückkommen, und sooft er dich anrufen sollte, antworte ihm niemals. Er wird mich beauftragen, dich zu wecken, zum Schein werde ich ihm gehorchen, verhalte dich still, bleibe im Bett, und du sollst Zeuge von allem sein, was vorgehen wird.‹ Jahia versprach ihr, ohne Bedenken alle ihre Befehle auszuführen und ihrem Rate folgen zu wollen.

Einige Zeit darauf kam der Schaikh hinter einen der Vorhänge und rief Jahia an, der aber antwortete nicht. Und er sagte zu Meimune, sie solle ihn aufwecken, doch sie versicherte, alle ihre Bemühungen seien nutzlos; ›du hast die Stricke zu seiner Fesselung bei dir auf dem Ruhebett‹, sprach er zu ihr; ›denke daran, daß ich um so mehr Vorsicht zu beobachten habe, als ich sozusagen der einzige Mann in meinem Hause bin; und ich habe gegenwärtig fünfzehn Gefangene. Was würde aus mir, wenn man sie befreite? Hüte ihn also mit Sorgfalt und denke daran, daß es sich um dein Leben handelt!‹ Nach solchen Worten kehrte er in sein Gemach zurück.

Jahia kostete indessen alle Augenblicke der Angst aus, und als Meimune kein Geräusch mehr im Hause vernahm, sagte sie zu ihm: ›Stehe nun auf, ich will dir jetzt zeigen, wohin dich dein Unglück bringen konnte.‹ Er gehorchte ihr; sie nahm ihn bei der Hand und führte ihn eine kleine Treppe hinunter, und als sie unten waren, ließ sie ihn durch einen Mauerspalt sehen. Er erblickte ein sehr finsteres Gefängnis, das vierzehn Gefangene verschiedenen Alters barg, die alle mit Ketten beladen waren, die ihnen um Hals und Hände und Füße hingen. In diesem Augenblick trat der junge Mann, der dem Schaikh die Laterne vorantrug, als ihm Jahia begegnet war, in das Gefängnis. Die Gefangenen aber schrien bei seinem Anblick: ›Warum läßt man uns an diesem Orte des Schreckens leiden? Der Schaikh hat uns betrogen, als er uns fünftausend Dinare gab und uns seiner Sklavinnen eine erwählen ließ, und hat uns all unsere Habe genommen und uns in Ketten gelegt; laß uns sofort sterben,‹ fuhren sie fort, ›der Tod macht wenigstens allen unsern Leiden ein Ende!‹ Der junge Mann aber antwortete ihnen: ›Ihr tragt die Ketten nur, bis ihr Reue über eure Fehler und Liebe zum frommen Leben gezeigt habt; der Schaikh hat euch nur Wein zum Trinken vorgesetzt, um euch zu prüfen. Und das nicht allein, er hat euch auch noch Frauen angeboten, und ihr habt sie mißbrauchen wollen. Zur Strafe für solch entsetzliche Vergehen liegt ihr in Eisen; ich kann nur jede Nacht einen frei machen, seid also ruhig; ihr werdet schon an die Reihe kommen‹, sagte er zu den andern. Hierauf nahm er einen und führte ihn fort.

Meimune sprach zu Jahia, den alles, was er sah, in große

Besorgnis versetzte: ›Der Schaikh kommt in das Zimmer zurück, in dem wir waren; wir müssen es schleunigst wieder aufsuchen.‹ Jahia ließ sich führen, und sie legten sich wieder zu Bett; einige Augenblicke später sah er den Schaikh tatsächlich wieder eintreten; er war nun im Nachtkleide und bereit, zur Ruhe zu gehen, und sprach zu Meimune mit schrecklicher Stimme: ›Nun ist es Zeit, den, der bei dir schläft, ins Gefängnis zu bringen.‹ Sie antwortete ihm, er könne sich auf sie verlassen, sie würde ihre Schuldigkeit tun. Der Schaikh rief nun seinen jungen Diener und hieß ihn eintreten, was er auch alsogleich tat. Er erschien mit einem Schurzfell und großen Messern, die an seinem Gürtel hingen, und führte den Gefangenen mit sich, den er soeben aus dem Kerker geholt, nachdem er ihm vorsichtshalber einen Knebel angelegt hatte, um ihn am Schreien zu verhindern.

Auf des Schaikhs Befehl entblößte er ihn bis zum Gürtel; dann versetzte er ihm einen Dolchstich, der ihn vom Nabel bis zur Kehle aufschlitzte, und riß ihm das Herz heraus, schnitt es in zwei Teile und reichte es seinem Gebieter dar. Er säuberte und wusch dann den Platz auf, nachdem er den Körper hinweggeschafft hatte. Währenddessen hatte der Schaikh das Herz des unglücklichen Muselmanns genommen, trocknete es mit einem Schwamm ab und verschlang es ganz und gar; er sagte dann noch zu Meimune: ›Habe acht auf Jahia, du haftest mir mit deinem Kopfe dafür, daß er dir nicht entwischt!‹ Kaum hatte er solche Worte beendigt, als er ganz fest eingeschlafen auf das Ruhebett fiel.

Als Jahia merkte, daß der Schaikh nichts mehr vernehmen konnte, fiel er Meimune zu Füßen und beschwor sie, zu vollenden, was sie so wohl begonnen hatte, und ihm das Leben

zu retten, indem sie ihm die versprochene Freiheit gäbe. Meimune wollte ihn prüfen und antwortete: ›Ich habe dir deine Befreiung versprochen, doch ich werde mich der Wut und der Rache des Schaikhs nicht entziehen können. Die Höhe der Mauern und die Anlage des Hauses machen meine Flucht beinahe unmöglich.‹ ›Ich will nur mit dir frei sein‹, sagte Jahia mit Lebhaftigkeit darwider, ›und will lieber sterben als mich von dir trennen!‹ ›Weil du so edle und zärtliche Gefühle für mich an den Tag legst,‹ erwiderte ihm die schöne Sklavin, ›so will ich dich nicht verlassen und dich befreien oder mit dir sterben!‹ Diese süße Versicherung gab Jahias Hoffnung neuen Mut. Meimune kleidete sich alsogleich an, und er tat desgleichen; dann nahm sie ihn bei der Hand und führte ihn in ein Zimmer, öffnete dessen Fenster und sprach zu ihm: ›Die Zweige dieses Granatapfelbaumes sollen uns helfen, in den Garten zu kommen. Ich will den Schlüssel zu einer kleinen Pforte holen, die sich dort befindet; bleibe hier, ich werde nicht lange auf mich warten lassen, und du kannst dich darauf verlassen, bei der Liebe, die ich für dich fühle!‹
Als sich Jahia allein befand, versank er in ein Meer von Gedanken. Die Furcht vor allem, was sich zutragen konnte, wenn Meimune es nicht gut meinte, die Gefühle, die ihn an sie fesselten, und das grausige Schauspiel, dessen Zeuge er gewesen war, erregten ihn fortwährend. Jedoch am meisten betrübte es ihn, keine Waffen dazuhaben, um sich im Falle der Gefahr verteidigen zu können. Schließlich erschien die schöne Sklavin mit zwei Bündeln unter dem Arme wieder; sie reichte ihm die Hand, um ihm beim Hinaussteigen aus dem Fenster behilflich zu sein, gab ihm dann die beiden Bündel hinab und sagte ihm, er solle noch einige Augenblicke unten am Baume warten. Es dauerte nicht lange, als

er ein Geräusch hörte und den Baum sich bewegen sah, und wurde bald durch die Stimme seiner süßen Meimune beruhigt, die ihm zuflüsterte: ›Laß uns fliehen, o mein lieber Jahia, wir haben keine Zeit zu verlieren.‹ Sie öffneten die kleine Gartentür und kamen glücklich hinaus; Jahia aber war mit zwei Bündeln beladen, und Meimune trug ein kleines Kästchen.

Sie kamen ohne Hindernis in Mohammeds Haus, der seine Freunde noch nicht verlassen hatte, und klopften an das Tor; eine alte Sklavin öffnete ihnen; sie traten nun in das Fremdengemach ein, wo Jahia Allah dankte, ihn aus einer solch großen Gefahr gerettet zu haben. Und er gab sich einer unbändigen Freude hin und bezeigte Meimune all seine Dankbarkeit; das schöne Mädchen aber war traurig und seufzte unaufhörlich. ›Was hast du denn?‹ sprach er zu ihr, ›o Seele meiner Gedanken, was können wir uns noch wünschen, liegt nicht alle Gefahr hinter uns?‹ ›O mein lieber Jahia,‹ entgegnete sie ihm, ›ich hätte dich für verständiger gehalten; kannst du in nächster Nähe eines so schlimmen Menschen, wie es der Schaikh ist, so vollständig ruhig sein? Denke doch, daß zu seinen ungeheuren Reichtümern noch das Ansehen kommt, das ihm sein Ruf als Heiliger einbringt; beides wird er aufwenden, um unser wieder habhaft zu werden, und dann sind wir rettungslos verloren. Er schläft augenblicklich, aber wenn er uns beim Erwachen nicht mehr vorfindet, wird er dich beim Kadi verklagen, weil du Wein getragen hast; und diese Anklage allein genügt zu deiner Bestrafung. Was mich angeht, so wird er mich als seine Sklavin zurückfordern; mit einem Wort, wir müssen mit allem rechnen, was seine grausame Einbildungskraft in der Gefahr, der ihn unsere Flucht aussetzt, ersinnen kann. Laß uns doch vor seiner Wut fliehen und nach Konstantinopel reisen, ehe es tagt, eine andere Rettung gibt es nicht für uns!‹ Während dieses Zwiegespräches traf Mohammed ein; seine erste Sorge war, die alte Sklavin nach dem Ergehen seines Freundes Jahia zu fragen. Die antwortete ihm, daß er im Fremdengemach wäre. Mohammed wollte ihn nicht stören und legte sich schlafen.

Meimune setzte indessen ihre inständigen Bitten fort, Jahia zum Aufbruch nach Konstantinopel zu bewegen. Er aber sprach zu ihr: ›Wenn das von mir abhinge, o du strahlender Mond der Erde, würde ich alsogleich über das Meer fahren und wollte noch ganz andere Dinge tun, um dich zufriedenzustellen. Aber es ist unmöglich; alle Boote sind aufs Land gezogen, alle Stadttore geschlossen; und damit noch nicht genug: wenn der Bostanschi Bachi, der die Nacht über Wache hält, ein Schiff auf dem Meere sieht, ehe der Tag angebrochen ist, weißt du nicht, daß er es dann erbarmungslos in den Grund bohren würde? Warte doch einige Zeit, ruhe dich aus; der Tag kann nicht mehr fern sein; und glaube nicht, daß ich ruhig bin, wenn ich dich in Sorgen sehe!‹ Solche Worte bestimmten Meimune, ein wenig Geduld zu haben, und Jahia benutzte diese Zeit, um sie zu fragen, zu welchem Zwecke der Schaikh so die Herzen derer vertilge, die er hatte töten lassen.

›Während des Verlaufs der drei Jahre, die ich bei ihm zubrachte,‹ erzählte sie ihm, ›habe ich alle Tage das gleiche Schauspiel vor sich gehen sehen; die großen Reichtümer, die er besitzt, bestehen aus allem, was er denen abgenommen hat, die er an sich lockte, um an ihnen die Grausamkeit zu vollziehen, die deine Augen erblickt haben. Eine Krankheit, die er ehedem gehabt hat, hindert ihn, auf andere Weise der

Ruhe zu genießen; das Herz eines Menschen allein kann die Erregung seines Gemütes dämpfen.‹

Meimune befriedigte so seine Neugierde und war doch aufmerksam genug, um den ersten Hahnenschrei zu vernehmen. Alsobald erhob sie sich, nahm ihr kleines Kästchen und machte sich zur Abreise fertig; so wurde Jahia denn genötigt, die anderen Bündel zu ergreifen und ihr zu folgen.

Sie gingen fort, ohne Mohammed einen Bescheid zu hinterlassen, und befanden sich bald am Meeresstrande. Da sie jedoch kein Schiff antrafen, mußten sie wohl oder übel einige Zeit am Ufer entlangwandern. Sie bemerkten endlich das Licht eines Fischers, und Jahia beschwor ihn mit kläglicher Stimme, ans Land zu rudern. Der Fischer war erstaunt, jemanden zu einer Zeit rufen zu hören, in der sonst noch kein Mensch munter war, und wurde von Furcht gepackt und zweifelte keinen Augenblick, daß ein Geist zu ihm spräche. Alsobald verlegte er sich aufs Beten; Jahia aber war durch Meimunes Eifer, sich einzuschiffen, beredsam geworden und setzte ihm so gut zu, indem er ihm versprach, alle seine Forderungen bezahlen zu wollen, daß der Alte sie in sein Boot aufnahm. Zuerst holte Meimune einen Dinar aus ihrem Kästchen hervor und gab ihm den; sie bestimmten ihn, seinen Fischfang scheinbar fortzusetzen und sich dabei immer mehr Konstantinopel zu nähern, wo sie in dem Augenblick landeten, als man zum Morgengebet rief. Jahia schlug nunmehr völlig zufrieden und beruhigt den Weg nach seinem Hause ein und fand seine Mutter, die ihnen die Tür öffnete, schon aufgestanden vor, höchst erfreut, ihren Sohn wiederzuhaben, und zufrieden, ihn mit einem Weibe zu sehen; denn er brachte gewöhnlich nur junge Leute aus seiner Freundschaft mit; sie ruhten sich einen Teil des Tages aus, aßen dann, was ihnen Jahias gute Mutter zubereitete, und prüften den Inhalt der Bündel und des Kästchens. Die einen enthielten Meimunes kostbare Kleider, das andere das Geld, das sie im Dienste des Schaikhs hatte ansammeln können, denn sie war seine Schatzmeisterin gewesen. Als Jahia aber, mehr noch von ihrer Schönheit geblendet, im Entzücken seiner Liebe seinen brennenden Herzenswunsch, sich niemals von ihr zu trennen, sondern sie zu heiraten, ihr bekundet hatte, sprach sie zu ihm voller Innigkeit: ›Du bist nicht klug, o mein lieber Jahia, und die Vernunft hat wenig Macht über dich. Noch sind wir der Gefahr nicht entronnen, und du willst mich heiraten? Solange der Schaikh, der grausamste und gefährlichste aller Menschen, noch einen Atemzug tut, werde ich niemals dein Verlangen erfüllen!‹ Jahia fühlte die lebhafteste Zuneigung zu ihr und war ob ihrer Weigerung betreten und sprach: ›Mein ganzes Leben lang werde ich unglücklich sein; denn schließlich kann nur Allah allein die Welt von einem so schlechten Menschen befreien, dessen Macht mich zittern läßt. Indessen kann er uns, meiner Meinung nach, unmöglich in dem abgelegenen Viertel, in dem wir wohnen, entdecken. Warum setzest du meinem Glück ein so unerreichbares Ziel entgegen? Was könnte ich zu unserer Rache unternehmen? Sprich; um dich zu beruhigen, bin ich zu allem fähig.‹ Meimune nahm alsdann das Wort und sagte: ›Und wenn wir in der Erdesmitte wären, würde uns der Schaikh doch auffinden, um uns seiner Wut zu opfern; denke nur daran, was die Rache eines entlarvten Gleisners nicht alles zu tun vermag. Ich für mein Teil – solches gestehe ich dir – werde nicht einen Augenblick Ruhe haben, solange ich dich einer so großen Gefahr ausgesetzt sehe. Wenn du mir indessen folgen willst, werden wir uns in dieser grausamen Unruhe vielleicht doch noch trösten können und ruhig leben, ohne andere Aufregungen als die, die uns etwa die Liebe verursacht.‹ ›Niemals sollst du mich erblicken, o Sonne meines Lebens,‹ erwiderte Jahia leidenschaftlich darauf, ›wenn ich nicht alle deine Befehle genau ausführe!‹ ›Ich beruhige mich bei dieser Antwort‹, entgegnete ihm Meimune; ›du mußt Mittel und Wege finden, deinen Freund Mohammed zu benachrichtigen, daß er herkommen soll, um mit uns zu sprechen.‹ Jahia erbot sich, ihn zu holen, seine Geliebte aber legte ihm dar, wie unangebracht solch unnütze Kühnheit in ihrer Lage sei. ›Das läßt mich an die Verse des Persers Dschelal al Din Rumi denken,‹ fügte sie hinzu, ›die besagen, daß ein Kamel, das auf ein Minarett stieg, ausrief: ‚Hier bin ich geborgen, niemand wird meine Zufluchtsstätte entdecken!‘‹ Um nun diesen Gedanken gänzlich aus seinem Kopfe zu entfernen, erinnerte sie ihn daran, daß er ihr versprochen habe, alle ihre Befehle auszuführen. Darauf schrieb er an seinen Freund, der sich bald darauf einstellte. Die verschleierte Meimune nötigte ihn auf ein Ruhebett und erzählte ihm von der Gefahr, der sein Freund entronnen war. Er rief in einem fort aus: ›Heiliger Prophet, wie gibt es Allah zu, daß sich solch große Treulosigkeiten unter der Sonne ereignen können!‹ Als sie am Ende ihrer Geschichte den Schaikh Ebulkiar nannte und ihn als den Urheber so vieler Grausamkeiten bezeichnete, konnte sie ihn nicht davon überzeugen. ›Wie kannst du behaupten,‹ rief er aus, ›daß ein Mann, der seine fünf Gebete hält, der den Armen schenkt, das Einhalten des Gesetzes predigt, mehr noch durch ein beständiges Beispiel als durch die Erklärungen, die er unaufhörlich über den heiligen

Koran gibt, der endlich für einen der größten Schützlinge des heiligen Propheten gilt, derartige Verbrechen begehen kann!‹ ›Ich weiß nicht,‹ fiel Jahia ein, ›ob dieser Greis der Schaikh ist und ob der, den du meinst, derselbe ist, von dem Meimune spricht, denn ich habe ihn nur einmal gesehen.‹ ›Wie kann man daran zweifeln!‹ sagte Meimune etwas ungeduldig. ›Ich bin drei Jahre lang seine Sklavin, und jeden Tag sind meine Augen Zeuge einer neuen Grausamkeit gewesen!‹ ›Wahrlich,‹ unterbrach Mohammed sie, ›ein ungläubiger Geist wird deine Augen bezaubert haben, um dem Ruf des heiligsten Menschen unserer Tage Eintrag zu tun.‹ ›Ob er Schaikh ist oder nicht,‹ erwiderte ihm hitzig die süße Meimune, ›es gibt einen solchen Menschen, der derartige Verbrechen begeht und deinem Freunde das Leben gefährdet. Wie kannst du einen Augenblick schwanken? Sind Gott und Freundschaft nicht fähig, dich zu rühren?‹ ›Ich will alles prüfen‹, sagte Mohammed darwider, ›und das Benehmen des Schaikhs beobachten; ohne aber ganz überzeugt zu sein, werde ich meine Hände nicht mit dem Blut des Gottesfreundes beflecken!‹ Meimune sah, daß sie nichts weiter erreichen und die Freundschaft in Mohammeds Gemüt nicht die Oberhand über die Eindrücke der Gleisnerei gewinnen konnte, und rief heftig aus: ›Versprich uns wenigstens, und schwöre es auf den heiligen Koran, daß du unser Geheimnis bewahren willst; wer von uns Jahia mehr liebt, wird ihn befreien!‹ Mohammed gab sein Wort und kehrte nach Skutari zurück. Am folgenden Morgen aber ging Meimune in ihrem Kappenmantel aus, begab sich nach einem Gewölbe im Schneiderviertel und suchte ein vollständiges Ikoglan-Gewand aus; und nachdem sie es erstanden hatte, verbarg sie es mit einigen andern Einkäufen unter ihrem

Mantel. Während der zwei oder drei folgenden Tage war ihr Herz beklommen und ihr Gemüt erregt; sie antwortete selbst auf Jahias inständige Bitten und Liebkosungen nur mit Rührung, und die niedergeschlagene Miene, mit der sie alle ihre Weigerungen begleitete, brachten ihren Geliebten schier an den Rand der Verzweiflung. Als sie die Stunde endlich für gekommen erachtete, ging sie zwischen dem zweiten und dritten Gebete weg. Wie nun Jahia sie, sogar als die Nacht hereinbrach, nicht zurückkehren sah, überkam ihn die grausamste Unruhe. Seine Mutter aber sprach zu ihm, als sie den Zustand sah, in dem er sich befand: ›Was hast du denn, mein Sohn?‹ ›Wehe, o Mutter,‹ sagte Jahia darwider, ›Meimune kommt nicht zurück!‹ ›Es schickt sich nicht für eine Frau, einem Manne Ratschläge zu geben,‹ entgegnete die, ›doch wenn du dieses liebenswerte Mädchen verloren hast, so verdientest du es wahrlich. Frauen wollen nicht mit solcher Milde behandelt sein, sie mißbrauchen immer die Aufmerksamkeit, die man ihnen schenkt, und vor allem auch die Freiheit, die man ihnen einräumt. Ich müßte mich sehr irren,‹ fuhr sie fort, ›wenn du Meimune jemals wiedersiehst.‹ ›Ach, o Mutter,‹ unterbrach sie Jahia, ›sie gleicht ja den anderen Frauen nicht; ihr Herz ist klarer denn Morgentau!‹ ›Ich will es wünschen,‹ antwortete sie ihm, ›denn du liebst sie; sie hat dir die gleichen Gefühle geschworen. Wer hinderte sie daran, sie dir zu beweisen oder dich zu heiraten, wie du es ihr so oft vorgeschlagen hast? Warum wurde ihre Miene immer ernster und bedrückter? Warum hat sie gestern so geheimnisvoll ein Männergewand, einen langen Dolch und andere Sachen mitgebracht, die ich unter dem Ruhebett verborgen vorfand und die heute nicht mehr da sind? Sei versichert, o mein Sohn, sie hat zuviel

Verstand, als daß sie etwas ohne Grund täte!‹ ›Ach, o Mutter,‹ unterbrach Jahia seinerseits, ›ich bin verloren, ich erbebe! Meimune wird zweifellos...‹, und er wagte nicht weiterzureden, aus Furcht, er könne sein Geheimnis verraten. Alsobald küßte er trotz seiner Verwirrung und Aufregung der Mutter die Hand, nahm seinen Säbel und ging fort. Einen Augenblick später – und er würde kein Boot mehr angetroffen haben, um nach Skutari segeln zu können. Und in der Tat, er kam dort an, als der Tag zur Neige ging, setzte sich an das Meeresufer, und nur an seine Liebe denkend, beschloß er, ohne die geringste Hilfe von einem noch dazu so voreingenommenen Freunde wie Mohammed erbitten zu wollen, dem Schaikh auf seinem Wege aufzulauern und ihn trotz der beiden Sklaven, die ihn gewöhnlich begleiteten, anzugreifen; der Kummer, die Unruhe und die Besorgnis, die dieser Grausame seiner süßen Meimune hatte bereiten können, sein verzögertes Glück, das Leben seiner Geliebten, die er unaufhörlich der grausamsten Rache ausgesetzt sah, genügten, um ihn in seinem Entschluß zu bestärken. Die Hoffnung jedoch, die er in Allah setzte, und das Gebet, das er zu ihm hinaufsandte, nahmen ihm jede Besorgnis und ließen ihn in dem Opfer eines Scheusals von Grausamkeit eine dem heiligen Propheten wohlgefällige Handlung sehen. Solche Gedanken beschäftigten ihn bis zur Stunde des letzten Gebets. Als sie gekommen, ging er in die Straße, wo er dem Schaikh begegnet war, und sah, daß dieser ihn bereits überholt hatte und mit einem jungen Mann umkehrte, den er wahrlich für ein Opfer hielt: dieser aber schien ziemlich stattlich zu sein. Und er war über die Maßen erstaunt ob ihrer merkwürdigen Eile, wagte aber nicht, hinter ihnen herzugehen, zumal er noch in den Straßen und in den Nachbarhäusern sprechen und gehen hörte. Indessen folgte er ihnen auf gut Glück und traf auf den Sklaven, der hinter ihnen herging, auf einem Friedhof, den sie notgedrungen durchqueren mußten. Und er nutzte eine Wegkrümmung aus und versetzte ihm einen solchen Säbelhieb, daß sein Kopf im Bogen davonflog, ohne daß er noch einen einzigen Laut hatte von sich geben können. Sofort nahm er seine Ledermütze vom Boden und setzte sie statt seines Turbans auf und traf in dem Augenblick auf den Schaikh, als man ihm das Tor öffnete, nachdem er wie gewöhnlich gesagt hatte: ›Öffne, ich bin's.‹ Ohne ein Wort zu reden und ohne erkannt zu werden, folgte ihm Jahia und benutzte die Dunkelheit, um den Eintrittsraum zu durchschreiten und sich in einer Hofecke zu verstecken, fest entschlossen, alles zu wagen und über den Schaikh herzufallen, nachdem er seine Sklaven einzeln angegriffen hatte. Er hörte die Zubereitung des Mahles, verfolgte dessen ganzen Verlauf, sah die Geschenke heranbringen, unterschied die Stimmen und die Musikgeräte, die die Sklavinnen spielten; und da er den Schlaf des Schaikhs für den günstigsten Augenblick hielt, erwartete er mit der lebhaftesten Ungeduld den Ausgang eines solchen Abenteuers. Endlich ließ man den jungen Mann sich mit der Sklavin, die er erwählt hatte, zu Bett legen, und kurze Zeit darauf hörte er den durchdringenden Schrei einer Frau, die um Hilfe rief. Und er unterschied des Schaikhs Stimme, der seinen Sklaven rief und ihn seine Waffen herbeibringen hieß. Inmitten dieses Aufruhrs glaubte er die Stimme seiner lieben Meimune zu vernehmen. Nichts vermochte ihn nun noch zurückzuhalten; er stieg die kleine Treppe hinan, die ihn ehedem zu dem Gefängnis geführt hatte, stemmte sich mit solcher Wucht gegen die Tür, daß sie nachgab, und stand in dem Augenblick vor dem Schaikh, als er sich auf einen daliegenden Menschen stürzen wollte, um ihm einen Dolch zu entwinden, mit dem er bewaffnet war, während eine Frau im selben Bette in ihrem Blute gebadet zu liegen schien. ›Du sollst sterben, o Unselige,‹ rief der Schaikh aus, ›ich will mich des wohligen Rachegefühles freuen.‹ ›Die Liebe und Gerechtigkeit, die mich hergeleitet haben, verdienten glücklicher zu sein‹, entgegnete darauf Meimune mit ihrer natürlichen Stimme; ›ich habe meine Pflicht getan, tue, was du mußt!‹ Jahia ließ ihm aber keine Zeit dazu; voll der Empfindung, die die um das Liebste besorgte Liebe erzeugt, nahm er den Säbel zur Hand, faßte den Schaikh am Bart und durchbohrte ihn mehrere Male. In dem Augenblick, als sein Lieblingssklave gemäß seiner scheußlichen Gewohnheit einen Gefangenen als Opfer herbeibrachte, stürzte Jahia auf diesen zu und bestrafte ihn trotz aller Messer, mit denen er bewaffnet war, für seine Verbrechen. Dann warf er sich Meimune zu Füßen; aber er hatte viel Mühe, sie wiederzuerkennen, soviel Farbe hatte sie ihrem Gesicht aufgetragen, um sich unkenntlich zu machen. Sie in solchem Zustande zu sehen und im Hause des Schaikhs zu finden ließ ihn alles erkennen, was sie in ihrer Zärtlichkeit und in ihrem Edelmut getan hatte. Und wirklich, es war Meimune selbst, die in Männerkleidung dem Schaikh in den Weg getreten war und die er zum Mahle mit sich nahm. Als Jahia Meimune seine Dankbarkeit und Liebe beweisen wollte, sprach sie also zu ihm: ›Wir dürfen uns jetzt noch nicht der Freude überlassen; was würde uns bevorstehen, wenn man uns an diesem Ort des Schreckens fände! Wie wollten wir den Kadi von unserer Unschuld überzeugen, wenn er uns hier überraschte? Ich habe diese Unglückliche getötet,‹ fuhr sie fort,

›weil sie mir das schurkische Vorhaben des Schaikhs nicht offenbart hat und ihr Tod für die Sicherheit deines und meines Lebens notwendig war.‹ Jahia durchschnitt die Fesseln des unglücklichen Gefangenen, der auf das schreckliche Los, das seiner wartete, vorbereitet war; der aber umarmte tausendmal die Knie seines Befreiers. Sie stiegen gemeinsam in das Gefängnis, um den übrigen Muselmännern, die der Schaikh für seine grausamen Mahlzeiten ausersehen hatte, die Freiheit zu geben. Währenddem zog Meimune ihr Gewand wieder an; ein Korkstück, das sie in ihre Schuhe gesteckt, hatte sie größer erscheinen lassen, der Kleiderwechsel, die Farbe, die sie ihrem Gesicht aufgelegt, und die Sorgfalt, mit der sie ihre Stimme verstellt hatte, bewiesen Jahia genugsam, wie es möglich gewesen war, selbst den Schaikh zu täuschen.

Meimune ließ alle Gefangenen vor sich kommen und sagte ihnen, sie sollten beginnen, alles wieder an sich zu nehmen, was ihnen gehört und der Schaikh ihnen entwendet hätte. Und sie gab allen jungen Sklavinnen die Freiheit; darauf machte sie mehrere Bündel aus Silbersachen, Kostbarkeiten und Edelsteinen. Doch das Haus steckte so voller Reichtümer, daß sie, nachdem sie alles genommen hatten, was sie forttragen konnten, nachdem sie den Sklavinnen und Gefangenen alles Mitnehmenswerte geschenkt hatten, noch eine verschwenderische Fülle von sehr köstlichen Sachen zurücklassen mußten. Meimune ließ die Leichname des Schaikhs und der beiden Sklaven in denselben Brunnen werfen, der gewöhnlich als Grab für alle jene guten und gläubigen Muselmänner gedient hatte, die alle Tage und seit so langer Zeit auf seinen Befehl umgekommen waren; während sie solches taten, brach der Tag an. Dann verließen sie diesen

Ort des Schreckens und Greuels und machten die Tür zu und trennten sich. Jahia wollte Mohammed nicht aufsuchen, da er ihm die Schwäche seiner Freundschaft, ebenso seine Voreingenommenheit für die Gleisnerei hätte vorwerfen müssen.

Ohne ein Mißgeschick kam das zärtliche Liebespaar nach Konstantinopel. Jahia beschwor Meimune, sein Glück zu machen und ihm für immer anzugehören. Sie antwortete ihm: ›Ich willige nun mit meinem ganzen Herzen darein, o mein lieber Jahia; wir wollen ein Mahl geben und den Imam einladen und uns nach dem Willen des Propheten verheiraten.‹

Die Hochzeit fand am folgenden Freitag in einer Weise statt, die Jahias alten äußeren Umständen angemessen war. Denn er wollte seinen Beruf nicht aufgeben; doch steckte er vorteilhafterweise das Geld, das ihm Meimune zugebracht und alles, was er selber vom Schaikh genommen hatte, in sein Geschäft. So verbrachten sie ganz nach ihrem Behagen, und ohne über ihren ersten Stand hinauszuwollen, ein friedliches Dasein und lebten glücklich.« –

Kaum hatte Moradbak mit Sprechen aufgehört, als der König, der mehr noch von ihrer Schönheit und ihrem Verdienst als von ihren Geschichten entzückt zu werden begann und mehr Freude, sie zu sehen als jene zu hören, hatte, zu ihr sagte, daß er allmählich die Ruhe in sein Herz einziehen fühle. »Unzweifelhaft sind es nicht deine Geschichten,« fügte er hinzu, »denen ich die Ruhe verdanke, deren ich froh zu werden beginne. Denn was du mir eben erzählt hast, hat mich unwillig gemacht. Niemals will ich Schaikhs in meinem Lande dulden, oder zum wenigsten wünsche ich, daß man jeden, dem man nachts auf der Straße begegnet, für ein Jahr ins Gefängnis steckt; doch welchen Genuß hatte dieser elende Giaur davon, Menschenherzen zu essen? Um all der schwarzen Gedanken ledig zu werden, die mir deine Geschichte eingeflößt und einzig deine Gegenwart milder gestimmt hat, wünsche ich, daß du mir morgen eine weniger ernste Geschichte als die bisherigen, und hauptsächlich als die letzte, erzählst.« »Ich werde die Ehre haben, dir morgen die Geschichte von dem Korbe zu erzählen«, entgegnete ihm Moradbak, indem sie sich zurückzog. »Mag es die vom Korbe sein«, entgegnete Hudschadsch; und folgenden Tages begann sie folgende Geschichte:

DIE GESCHICHTE VON DEM KORBE

Die alten Geschichten erzählen uns von einem jungen musterhaften Könige, der Kemsarai mit Namen hieß, durch alle Arten von guten Eigenschaften ausgezeichnet war und sich nur um das Glück seiner Untertanen sorgte. Gerechtigkeit bildete die einzige Richtschnur seiner Handlungen, und die Armen standen ihm noch näher als die Reichen. Die Kenntnis des Vergangenen, die große Fürsten gewöhnlich bildet, machte den Hauptgegenstand seines Dichtens und Trachtens aus. So hatte er denn, von dem Wunsche beseelt, alle bedeutenden Ereignisse, die in den Königreichen Asiens vorfielen, genau zu erfahren, eine große Karawanenherberge bauen lassen, die man wahrlich mit einem stolzen Palast vergleichen konnte. Dort nahm er die Fremden auf. Der gütige Fürst ließ sie von seiner eigenen Tafel speisen; sie hatten Sklaven beiderlei Geschlechts, die nur dazu bestimmt waren, ihren Wünschen und Bedürfnissen zuvorzukommen. Daher kamen die Fremden aus allen Teilen der Welt in seine Hauptstadt, ohne eine andere Verpflichtung zu haben, als den König mit ihren eigenen Abenteuern zu unterhalten oder mit solchen, die sie erfahren hatten.

Also wickelte sich der Goldfaden seiner königlichen Tage ruhig ab, und er regierte glücklich in einer Welt, in der alles vergänglich ist. Endlich aber wurde es das Schicksal müde, ihm, der es wahrlich verdiente, günstig zu sein, und vernachlässigte ihn.

Sein Seelenfrieden, die Ruhe, die das Bewußtsein seiner guten Handlungen über sein ganzes Wesen verbreitete, sein liebenswürdiger Frohsinn, ohne den man ihn niemals gesehen hatte: alles verlor sich; ein Aufgeregtsein, das nichts dämpfen konnte, eine tiefe Rastlosigkeit und ständige Befangenheit folgten der liebenswürdigsten Gemütsart; seine Augen verloren ihren Glanz, Blässe lag auf seinen Zügen; bald glich er einer schönen Rose, die der Morgen zum Schmuck eines Gartens macht, die Rauheit der Luft aber im Augenblick, da sie sich entfaltet hat, hinwelken und vergehen läßt; schließlich sahen alle seine Hofleute ein, daß sie der Störung seiner Gesundheit und seines Gemüts zufolge trotz seiner großen Jugend bald so unglücklich sein würden, über seinem Grabmal zu weinen, als eine unvorhergesehene Flucht ihn ganz plötzlich den Blicken seiner Untertanen entzog. Die Großen seines Königreiches unterließen nichts, um sein Schicksal zu erfahren, und kamen überein, einen Rat zu wählen, der während seiner Abwesenheit herrschen sollte; diese währte bereits zwölf Monde, als man ihn in einem Augenblick wieder auftauchen sah, in dem man ihn am wenigsten erwartete. Er war schwarz gekleidet, seine Traurigkeit kannte keine Grenzen, kein Mensch konnte ihn aufrichten, und seine Unempfindlichkeit hatte nicht ihresgleichen.

Die Großen seines Königreichs und die Wesire traten vor ihn, um seine Befehle entgegenzunehmen, aber er wollte ihnen keine geben. Seine Gleichgültigkeit war derart, daß ihn auch die ungewöhnliche Anhänglichkeit seiner Untertanen, von der sie ihm sehr viele Proben gaben, nicht zu rühren vermochte. Indessen war er doch so beliebt, daß der Rat keinen andern König erwählen wollte und beschloß, zehn Jahre zu warten, ob der Fürst seine Spannkraft, sein liebenswürdiges Gemüt, endlich alle die Eigenschaften, die ihn anbetenswert gemacht hatten, wiederfände. Und wie sehr man ihn auch bat, um ihn zu bestimmen, in seiner Hauptstadt zu verweilen, man konnte ihn nicht von der Absicht, sich aus ihr zu entfernen, abbringen. Denn als er sah, daß es ihm unmöglich war, seine Abdankung durchzusetzen, zog er sich in ein kleines Haus zurück, das in einem einsamen Gebirge stand; hier nun wollte er sein Leben beendigen und war dort ohne jede andere Begleitung als die einer seiner Schwestern, die Zahide hieß. Die Prinzessin liebte ihn seit ihrer zartesten Kindheit in innigster Freundschaft; ihre Schönheit und Jugend und ihr Verstand waren noch unschätzbarer als ihre Frömmigkeit und ihre Vorliebe für den heiligen Koran, den sie ganz und gar auswendig wußte.

Man kannte die Ursache des königlichen Kummers nicht; beständig hatte sich der König geweigert, denen darüber Auskunft zu geben, die es gewagt hatten, ihn darum zu fragen. Nachdem er nun einige Zeit in seiner Zurückgezogenheit gelebt hatte, wurde er gefährlich krank, ohne anders bedient und gepflegt sein zu wollen als von der Sorgfalt seiner lieben Zahide, die ihre Gebete verdoppelte, um die Heilung eines Bruders zu erflehen, den sie einzig liebhatte. Ihre Zuneigung ließ sie sehr wohl die Nutzlosigkeit aller Heilmittel einsehen; und als sie den verhängnisvollen Augenblick nahen sah, in dem sich seine Augenlider schließen mußten, trat sie an sein Bett und beschwor ihn bei dem Gefühl, das er für sie hegte, ihr die Ursache seiner Traurigkeit zu entdecken. ›O Fürst, welches Unglück hat dich zu Boden geworfen?‹ sprach sie zu ihm. ›Warum willst du mir nicht den Grund deines Kummers sagen? Die Schmerzen, die du empfindest, erleidet mein Herz hundertfältig; geruhe etwas Vertrauen zu mir zu haben, vielleicht finde ich Heilung für deine Übel. Wer weiß denn, ob nicht der große Prophet, meines Schmerzes wegen gerührt, mir das Mittel für deine Heilung eingibt!‹

Der König aber antwortete ihr, tiefe Seufzer ausstoßend: ›Meine Geschichte ist länger als die von Feredbaad und trauriger denn die Wamakweasras. Indessen will ich deiner Bitte gern genugtun, der Sorge wegen, die du meinetwegen hegst, und um der Freundschaft willen, die du mir immer bewiesen hast. Ich will dich also um den Grund meiner Traurigkeit wissen lassen; du weißt wohl, wie ich in einem Augenblick aus der Freude in Traurigkeit verfallen bin und wie endlich mein Herz die schrecklichsten Streiche des Schmerzensschwertes erlitten hat. Alles, was ich dir sagen kann, wird dir niemals auch nur einen kleinen Begriff meiner Abenteuer geben, denn es gibt der Worte nicht genug, um das auszudrücken, was ich gesehen habe; doch wenn du es willst, erzähle ich es dir.

Du weißt, daß ich in den glücklichen Zeiten meines Lebens einen Teil der Tage mit den Fremden verbrachte, die mir entweder ihre eignen Erlebnisse erzählten oder solche, die sie von anderer Seite erfahren hatten. Unter der Zahl der

Reisenden, die unaufhörlich meine Karawanenherberge erfüllten, fand ich eine Art Derwisch, der ganz in Schwarz gekleidet war. Trotz seiner dunklen Gewandung war seine Person ebenso einnehmend, wie seine Unterhaltung angenehm war; sie schien mir gar, mit einem unserer Dichter zu reden, wie ein Meer von Zauber, in das ich voller Freude untertauchte. Und sie war ein Rosengarten, der einen Duft von Freundschaft aushauchte, von dem mein Herz entzückt ward. Kurz, ich war von den Geschichten begeistert, die er mir erzählte, so sehr war ihm die Kunst des Erzählens verliehen; doch immer weigerte er sich, mich wissen zu lassen, aus welchem Grunde er stets in die tiefste Träumerei versunken war und weshalb er so schweren Kummer trug. Ich unterließ nichts, um ihn durch Geschenke dazu zu bewegen, gab ihm köstliche Gewänder, Gürtel aus Diamanten, Börsen voll Gold und Silber, mit einem Wort, ich brachte alles in Anwendung, was ihn meiner Meinung nach bestimmen konnte, mich zufriedenzustellen; meine Hartnäckigkeit und Zudringlichkeit rührten ihn mehr noch als meine Geschenke. ›Du willst also,‹ sprach er endlich in verdoppeltem Schmerze zu mir, ›du willst also wissen, was mir zugestoßen ist? Ich würde dir lieber die Geschichte des Vogels Anka erzählen als dich um mein Unglück wissen lassen, und du wirst wohl bald wünschen, daß solche Abenteuer für immer vergessen wären, und hüte dich vor allen Dingen, dich durch eignen Augenschein von ihnen überzeugen zu wollen!‹ Ich setzte mein inständiges Bitten fort, verdoppelte mein Schmeicheln, und hier ist, was er mir erzählte:

›Die Stadt Medhuchan liegt im Königreich China; beinahe alle, die sie bewohnen, sind berühmt wegen ihrer Traurigkeit und legen niemals die Trauerfarbe ab; alle Fremden aber, die ihr Unglück oder die größte Kühnheit nach dieser Stadt führt, finden schwer ein Mittel, eine Verbindung anzuknüpfen. Doch schließlich kann man sich nur in dieser Stadt über das Unglück, das mir begegnet ist, unterrichten, nur dort kann man die berechtigte Ursache meiner Schmerzen und der Leidenschaft finden, von der mein Herz zerrissen ist, und sich von der Wahrheit meines Zustandes überzeugen, den alle Erzählungen nicht zu schildern vermögen!‹ Solche Worte beendend, grüßte mich der Derwisch, nahm alle Geschenke, die ich ihm gemacht hatte, und ließ mich, von der lebhaftesten Neugier geplagt, zurück.

Das Geheimnisvolle dieser Geschichte und die geringen Einzelheiten, mit denen sie begleitet war, dienten nur dazu, mein Verlangen zu verdoppeln, solch merkwürdige Dinge zu erfahren und kennenzulernen. Mich beschäftigte daher nur die Lust, einen so außerordentlichen Vorgang selbst beurteilen zu können; und das Verlangen, das der Quell meiner Sinnesänderung wurde, wuchs so mächtig an, daß ich mich einer Reise nach Medhuchan nicht entschlagen konnte. Ich raffte mehrere Kostbarkeiten zusammen, reiste unter Verkleidung ab und nahm mit einer beispiellosen Genugtuung den Weg nach China und legte einen unglaublichen Eifer an den Tag. Die Mühe, die ich mir gegeben hatte, von niemandem erkannt zu werden, machte sich vollkommen bezahlt. Endlich kam ich im Königreiche China an, wohin mich die brennendste Neugier mit schier unbegreiflicher Gewalt trieb. Der Anblick dieses neuen Landes entzückte mich, da es meine Neugier befriedigen mußte; es währte nicht lange, bis ich eine stattliche Karawane fand, der ich mich anschloß; sie führte mich mitten in dieses große Kaiserreich, und ich verließ sie, um meinem Wege nach der Stadt Medhuchan nachzugehen, wo ich ankam, nachdem ich mit Freuden alle Ermüdungen einer langen und beschwerlichen Reise erduldet hatte.

Tatsächlich waren beinahe alle Leute der Stadt schwarz gekleidet, wie es der Derwisch mir versichert hatte, und überall herrschte tiefste Traurigkeit, nirgends wurde man aufgenommen, man lenkte keine Aufmerksamkeit auf sich, und alle, die Kummer trugen, gingen, um ihren Geschäften obzuliegen, mit niedergeschlagenen Augen, das Haupt mit ihrer Mütze bedeckt und sozusagen in ihren Kleidern versunken einher. Ich war daher genötigt, mehrere Tage in der Karawanenherberge, in der ich abgestiegen war, zu verbringen, ohne jede andere Beschäftigung, als beständig in der Stadt umherzugehen und jemanden zu suchen, der mir auf meine Fragen Bescheid geben wollte. Ich hatte alle möglichen Mittel angewandt, um mit denen, die ich schwarz gekleidet sah, eine Unterhaltung anzuknüpfen, aber sie hörten nicht auf mich; man antwortete mir nur mit einem Seufzer. Mit Recht sagte ich mir nun selbst, daß ich einen Menschen, der keinen Kummer hätte, wohl eher veranlassen könnte, mir zu antworten. Also machte ich nach Verlauf einiger Tage Bekanntschaft mit einem jungen Kaufmann; er war freundlich und Fremden gegenüber sehr höflich und sang erstaunlich schön und spielte ebensogut einige Musikgeräte; sein Gesicht aber war strahlender denn die Sonne. Er war so entzückt von meiner Unterhaltung, daß er mich, nachdem er mir sehr viele Artigkeiten erwiesen hatte, durchaus in sein Haus führen wollte. Ich nahm sein Anerbieten an, und als ich den ersten Tag bei ihm wohnte, gab er ein großes Mahl, bei dem mir mit ebensoviel Geschmack wie Üppigkeit aufgewartet wurde. In kurzer Zeit ward ich sein Freund und Vertrauter. Und als ich sah, wie er immer den Fragen auswich, die ich an ihn in meiner Neugier über die Trauer und den Kummer, die ich auf der Stadt lasten sah, stellte, umfaßte ich eines Tages seine Knie und bat ihn bei der Gastfreundschaft, die er mir mit soviel Freigebigkeit gewährte, mich darum wissen zu lassen und nicht den Zweck einer so beschwerlichen Reise zu vereiteln, die ich nur in dieser Absicht unternommen hätte. Der junge Mann hörte mich voll Kummer an und antwortete mir im Tone der Freundschaft und Anteilnahme: ›O mein Bruder, bestehe nicht darauf, über etwas aufgeklärt zu werden, was dir nur unendliche Not bereiten kann; folge meinem Beispiel, ich habe solches niemals selbst kennenlernen wollen; der Zustand, in dem ich die gesehen habe, die dieses Abenteuer wagten, ihre verlorene Fröhlichkeit und Freude haben mich auf ihre Kosten klug gemacht. Sei es auch, und höre auf meinen Rat; bedenke, daß das, worum du mich bittest, dir nur gefährlich sein kann, ohne dir irgendeinen Nutzen zu bringen.‹ Solche Weigerung machte mich nur noch neugieriger; ich erzählte ihm meine Geschichte und verbarg ihm wahrlich meinen Zustand nicht. Dieses Geständnis ließ ihn mehr Rücksicht auf meine Bitten nehmen, er hatte Mitleid mit meiner Hartnäckigkeit und sagte zu mir mit einem bitteren Lächeln, doch voller Mitgefühl: ›O Freund meines Herzens, man kann dir dieses Geheimnis nicht offenbaren; um es zu erfahren, muß man die Stadt verlassen; wenn du dann dem folgst, was man dir sagt, wird sich alles vor deinen Augen entschleiern.‹ ›Laß uns alsogleich aufbrechen!‹ drängte ich eifrig. Er hatte Mitleid mit meinem Zustand, ging voraus, und ich folgte ihm. Und wir kamen in eine einsame Gegend, ziemlich nahe bei der Stadt. Die Einsamkeit dieser

Stätte flößte mir ein geheimnisvolles Grauen ein. Als wir eine Weile zugeschritten waren, fanden wir einen verfallenen Palast, in dessen Mitte man einen an einem Stricke hängenden Korb sah, der an dem höchsten Teil eines verfallenen Gewölbes angeknüpft zu sein schien. Der junge Kaufmann wies auf den Korb hin, und mich tränenden Auges anschauend, sagte er: ›Setze dich in diesen Korb; da du es durchaus willst, so löse den Knoten, der deinem Herzen Pein bereitet!‹ Kaum hatte ich Platz genommen, als ich mich mit der Schnelligkeit eines Blitzes emporgehoben sah; es war, als wenn ein Greif sich in die höchsten Lüfte schwingt. Ich wurde in einem Augenblicke so erstaunlich hochgetragen, daß ich bald den Himmel berührte; und ich wollte die Erde betrachten, doch wie groß war mein Erstaunen, als mir das Weltall, das vorher so unermeßlich für mich gewesen war, gegenwärtig wie ein Punkt erschien. Da nun bereute ich meine Verwegenheit, aber es war zu spät. Von wem konnte ich Hilfe inmitten der Lüfte erhalten? Und ich gab mich der Verzweiflung hin, verhüllte mein Haupt und sagte zum Glück: ›Schlage mich, grausames, ich bin bereit, deine Schläge zu empfangen!‹

Und ich war in dieser schrecklichen Lage, als der Korb an einem Orte des Entzückens anhielt und sich mitten in einem Garten niederließ, der an Schönheit die Sonne selbst übertraf. Schnell verließ ich das Gefährt, das mir soviel Unruhe verursacht hatte; alsbald erhob es sich in die Lüfte, und ich verlor es aus den Augen. Du kannst dir denken, daß sich meine Unruhe bald in Freude verwandelte, als ich mich an einem Orte befand, dessen Erdboden mit tausend verschiedenen Blumen geschmückt war, deren Durcheinander den Augen ein angenehmes Bild bot, während den Geruchssinn die köstlichsten Wohlgerüche erfreuten. Ich schickte tausend Dankgebete zu Allah auf, der mich so glücklich in dieses herrliche Paradies gebracht hatte. Als ich dann diesen Garten durchschritten hatte, fand ich noch einen zweiten, der nur von Rosen bestanden war. Tausend Vögel bezeigten durch ihre Gesänge die Freude, die sie fühlten, hier zu wohnen. Man sah inmitten dieses zweiten Gartens ein Wasserbecken, dessen Gewässer klarer denn Kristall waren; sie ergossen sich mit einem sanften Murmeln in zahllose Wasserläufe, die nur Rosen und Veilchen umrandeten. Und liebliche und erfrischende Winde kosten die Blumen dieses Gartens des Entzückens; und prächtige Pappeln schienen stolz auf den Schatten zu sein, den sie ihm gewährten. Der Grund des Wasserbeckens aber leuchtete heller denn die Fackeln, die man vor den Königen Indiens einherträgt, und seine Ufer waren mit den reichsten Teppichen belegt; man sah da goldgestickte und andere aus Brokat, andere wieder, deren Geschmack die Pracht überbot. Man entdeckte in einer Gartenecke einen goldenen Thron, den ein Seidendach beschattete, umgeben von den kostbarsten Ruhebetten; eine große Zahl Gefäße voll des Scherbetts und der erlesensten Weine waren zu beiden Seiten des Thrones aufgestellt; die Köstlichkeit der Tische, die man im Schatten der schönen Bäume gedeckt sah, schien mit ihrer Pracht und Verschwendung zu wetteifern; sie waren mit einer Unzahl herrlicher Gerichte besetzt, die mehr dazu dienen konnten, die Begierde zu entfachen, als die Kräfte eines Wanderers wiederherzustellen. Ich verweilte nicht lange ohne den Hunger und den wütenden Durst zu stillen, von dem ich gequält wurde. Nachdem ich meine erschöpften Kräfte wiederhergestellt hatte, dankte ich Allah noch einmal für all seine Guttaten und wählte eine

Pappel aus, um mich in ihrem Schatten den Freuden der Ruhe zu überlassen, die ich nötig hatte, und um ohne Verwirrung über alles nachzudenken, was ich im Gegensatz zu dem Bilde sah, das mir der Derwisch und der Kaufmann entworfen hatten. Und ich konnte ihren Irrtum nicht begreifen, denn sie waren mir als zu ehrenwerte Menschen erschienen, als daß sie mich hätten betrügen wollen; kurz, wie man sich leicht schmeichelt, redete ich mir ein, daß mir Auszeichnungen widerführen, die noch kein anderer verdient hätte.

Die Sonne war schon der dunkelsten Nacht gewichen, und der Vogel des Mondes hatte seine lieblichen Gesänge eingestellt, als ich erwachte. Und sah dann mitten durch die Finsternis der Bäume Fackeln erscheinen, deren Licht heller strahlte denn das der Sterne; ich hörte ein Schwirren in den Lüften und erblickte eine große Zahl Jungfrauen, deren Schönheit mir bewundernswert erschien; ihre von tausend Vorzügen ausgezeichnete Sittsamkeit würde die gefühllosesten Herzen gerührt haben, und ihr Gelächter war selbst melodischer als das der Engel; ihr Busen war weiß und duftete ebensoschön wie Jasmin; ihre Augenbrauen glichen gespannten Bogen, ihre Gesichter waren glänzender als der Mond, und ihre schönen Haare fluteten lässig über die Schultern, deren Weiße selbst das Elfenbein beschämte und die Engel sich gewünscht und ihnen mißgönnt haben würden. Himmel und Erde schienen mit ihrem tiefen Schweigen den Schönen zu huldigen. Jede dieser Jungfrauen trug eine Kerze, die weißer war denn der Schnee; und dieses Licht diente dazu, um so viele Wunder der Anmut zu unterscheiden. Inmitten dieses göttlichen Gefolges bemerkte ich eine kostbar gekleidete Prinzessin, deren Schönheit ihren Schmuck um vieles überragte, sie verbreitete weithin den strahlendsten Glanz. Die Himmelsgeister würden sich vor sich selbst geschämt haben, wenn sie sie gesehen hätten; ihre Augen ähnelten denen eines jungen Hirsches, sie hatte ebenso schwarze Haare wie eine Inderin und eine so weiße Hautfarbe wie eine Griechin. Sie schritt mit ebensoviel Anmut wie Hoheit einher und ließ sich auf dem goldenen Throne nieder. Alsobald band sie ihren Schleier los, der bis auf ihre Schultern wallte, und alle die Jungfrauen, die ihr folgten, blieben, den Sternen vergleichbar, vor dem schimmernden Monde stehen und harrten einzig auf die Befehle, die ihnen die Rose der Schönheit geben konnte. Auf ihren ersten Wunsch, den sie äußerte, richteten sie Tische her, die sie mit Süßigkeiten bedeckten; goldene und silberne Schüsseln erschienen in diesem Augenblick von allen Seiten, und ihr Glanz wurde durch das Kristall wettgemacht, das die Getränke barg und dessen Funkeln dem der Diamanten Mogolistans glich. Einige der schönen Jungfrauen bestrebten sich, der Prinzessin zu dienen, andere schienen sich um die Ehre zu streiten, ihre Ohren durch die sanfteste und wohllautendste Musik zu entzücken. Sie hatten verschiedene Geräte, die sie so vollkommen spielten, daß selbst die Engel im Himmel ihre Harfen aus Eifersucht zerbrochen hätten. Indessen sagte die Schöne der Schönen, die zarte Rose, kein Wort; erlesene Weine und der Klang der Musikgeräte waren während einiger Zeit ihre einzige Unterhaltung. Endlich hob sie ihre schönen Augen, und sich gegen eine ihrer Jungfrauen wendend, sagte sie zu ihr mit ihrer klingenden und herrlichen Stimme: ›Eile sogleich durch den Garten; wenn du dort einen Fremden siehst, führe ihn vor mich.‹ Nachdem die Jungfrau sich tief vor der Prinzessin verneigt hatte, verließ sie ihren Platz und eilte durch den Garten wie ein leichter

Wind, der den Blumen und den Früchten Leben gibt. Sie machte mehrere vergebliche Wege, aber endlich fand sie mich am Fuße der Pappel, die ich nicht verlassen hatte, und näherte sich mir, grüßte mich und sprach zu mir: ›Erhebe dich, o Fremdling, die Prinzessin verlangt nach dir!‹ Ich aber gehorchte auf der Stelle und folgte ihr und kam alsbald vor dem Throne der Prinzessin an. Ich versicherte ihr, ich würde mich glücklich schätzen, wenn ich der letzte ihrer Sklaven sein dürfte; dann legte ich meine Arme kreuzweis vor die Brust, blieb vor der göttlichen Schönheit stehen und wagte sie nicht zu betrachten; das Erstaunen, das mir ihre Reize verursachten, brachte mich außer mir. Die Prinzessin unterließ es nicht, mich bald mit unendlicher Lieblichkeit anzureden und mir alle Beweise der Höflichkeit und Freundschaft zu geben. ›Nimm Platz auf dem Ruhebett; sei versichert, daß wir die Fremden nicht geringachten, die soviel Liebenswürdigkeit und Geist haben, wie du zu besitzen scheinst!‹ Ihre Worte schienen so aufrichtig gemeint zu sein, daß ich ihr gehorchte. Dann ließ sie mir einen Becher voll eines so köstlichen Getränkes reichen, daß ich mich wie neugeboren fühlte, als ich ihn geleert hatte. Mühelos vergaß ich alle düsteren Vorstellungen, die man mir gemacht hatte, um mich daran zu hindern, solch einen schönen Ort zu sehen. Die Prinzessin ließ die Musik von neuem beginnen; die Lautenschlägerinnen scharten sich um sie herum; ihre Flöten und ihre Lauten zwangen mich, sie alle Augenblicke mit meinem Beifall zu unterbrechen; ihre Rebals flößten Liebe ein, und ihre Harfen schienen zu einer stummen Freundschaft einzuladen; während dieser Zeit ließen zwei junge Sklavinnen goldene Kelche voll erlesenen Weines herumgehen. Und bald hernach erhoben sich die Schönen und tanzten mit soviel Anmut und Kunstfertigkeit, wie sie sie in ihrer Musik gezeigt hatten. Bald unterbrachen sie sich, indem eine auf das Wohl der anderen trank, bald, indem sie sich tausend süße und üppige Küsse gaben. Der Wein verlieh ihnen bald eine angenehme Röte, die sie noch schöner machte und die Weiße ihres Busens hob. Der Kopf dieser schönen Jungfrauen war mit sanft über ihre Ohren geneigten Mützen geziert, und unaufhörlich gaben oder empfingen sie tausend zärtliche Küsse. Freude und Vergnügen schienen ständig in ihren Herzen zu wohnen; sie füllten die Luft mit allen Tönen an, die süße Freude und Zufriedenheit des Genusses ausdrücken können, und in all ihrem Vergnügen bezeigten sie mir durch ihre Blicke unaufhörlich die Freude, mich zu sehen.

Indessen richtete die Königin der Schönen, die mich mit Güte betrachtete, mehrere Fragen an mich, auf die ich in einer Weise antwortete, die sie zu befriedigen schien. Sie wollte meinen Namen und meine Heimat wissen, ich verheimlichte ihr nichts. Und sie fragte mich, aus welchem Grunde ich dieses Abenteuer unternommen hätte. Ich gestand ihr denn, daß der Derwisch durch seine Erzählung meine Neugier gereizt habe und wie mir seitdem die Welt öde geworden wäre; da hätte ich dann der Lust nicht widerstehen können, mich selbst von einer Sache zu überzeugen, die so starke Eindrücke in denen hinterlassen hätte, die Zeugen davon gewesen wären. ›Was mich jedoch in Erstaunen setzt,‹ fügte ich hinzu, ›ist ihr Schweigen über ein so bewunderungswürdiges und überraschendes Wesen wie dich, o schöne Prinzessin!‹ ›Ich bin wahrlich nicht erstaunt darüber‹, entgegnete sie mir; ›beinahe alle, die hierherkommen, sind bloß entzückt über die Freuden der Tafel oder der Musik oder des Tanzes, oder schließlich auch über die Schönheit meiner Sklavinnen. Glaubst du überdies, daß ich sie zu unterhalten wünsche?‹ Ich dankte ihr für einen so schmeichelhaften Vorzug und versicherte ihr, daß ich mein ganzes Leben daranwenden wollte, um ihr zu dienen und sie anzubeten; und ich bemerkte, daß sie diese Schwüre in ein tiefes Nachdenken versinken ließen. ›Nimm teil an den Vergnügen, wie man sie hier auskostet,‹ sagte sie dann, ›und erinnere dich meiner, wenn wir dereinst getrennt werden!‹ ›Wie, o Königin der Schönheit, warum sollte ich dich vergessen, während doch so viele, deiner unwürdige Menschen seufzen und klagen, weil sie fern von dir sind?‹ ›Nicht meinetwegen tragen sie Kummer, sondern der Freuden wegen‹, sagte sie darwider; ›ich wiederhole es dir noch einmal und bin ihnen deswegen durchaus nicht böse.‹ ›Wie kann man sich von dir trennen?‹ erwiderte ich voll Feuer, ›vereinigst du nicht alle Freuden in dir?‹ ›Du wiederholst es zu oft, um mich zu überzeugen,‹ entgegnete die Prinzessin, ›wir werden uns morgen wiedersehen; dieser Garten ist für meine Lustwandelungen und Mahlzeiten bestimmt. Alle Jungfrauen, die du siehst, sind mir zu Diensten, und du darfst frei über die bestimmen, die dir am besten gefällt.‹ Ich wollte den Vorschlag, der meinem Herzen mißfiel und den Gefühlen, die sie mir eingeflößt hatte, so entgegenstand, zurückweisen und bezeigte ihr durch die feurigsten Blicke, wie sehr sie mich entflammt hatte. ›Sei mit dem zufrieden, was ich für dich getan habe,‹ sagte sie zu mir, ›und habe keine Ungeduld; und laß dir sagen, wenn du dich jemals zu unmäßigen Wünschen verleiten läßt, mußt du solches bitter büßen!‹ Ich versprach ihr alles, was sie wünschte, in der Furcht, das zu verlieren, was sie mir gewährte. ›Ich wiederhole dir noch einmal, daß ich dir alle Jungfrauen überlasse, die mir zu Diensten sind; wähle dreist aus; mäßige mit ihnen das Feuer, das dich verzehrt; es ist dir sogar geboten, dich ihrer zu bedienen; solches ist ein Gesetz, das du notwendig zu befolgen hast, da du nun einmal hier bist.‹ Dann füllte sich meine Einbildung mit all den Wonnen, deren Wirklichkeit ich bald zu kosten hoffte; mein Herz tauchte nun in ein Meer von Lust und Freude unter. Die Prinzessin zog sich zurück, und alle Jungfrauen ihres Gefolges, die den Plejaden glichen, taten desgleichen; die aber, die sie mich hatte auswählen lassen, blieb bei mir. Ich gab ihr die Hand; wir legten uns auf das Ruhebett nieder und verbrachten dort die Nacht in der Freuden Fülle, indem wir mit vollen Zügen das Wasser des Glücks und des Lebens schlürften; doch all diese Wonnen berauschten meine Seele nicht, der Gedanke an die Prinzessin beherrschte mich vollkommen. Als die Sonne am Horizont erschien und die Gebirge zu vergolden begann, sprach die Schöne, die meine Seele mit dem angenehmen Dufte der Begierde durchduftet hatte, zu mir, indem sie mich verließ: ›Wir werden uns heute abend wiedersehen, wenn du mich abermals erwählst!‹ Ich hatte keine Zeit zur Antwort, sie enteilte und verschwand. Der Gedanke, die Prinzessin wiederzusehen, verließ mich den ganzen Tag nicht; ich verbrachte ihn, einsam am Ufer eines Wasserlaufes sitzend, ohne einen anderen Trost als den des köstlichen Weines und des gemächlichen Umhergehens. Und ich überließ mich allen den Hoffnungen, die mir die Erinnerungen des Vorabends für diesen Abend gewähren konnten; solche Gedanken flogen an meinem Geiste wechselvoll und schnell vorüber, wie die Gewässer des Baches, dessen Murmeln mich unterhielt, ohne mich zu beschäftigen. Bald wähnte mein Herz schier den Gipfel des Glückes zu erreichen, bald entfernte es sich von ihm und sah mit Furcht unüberwindliche Hindernisse voraus. ›O großer Allah,‹ sprach ich bei mir selbst, ›ich bin im Hafen der Glückseligkeit gelandet; mühelos habe ich einen großen Schatz gefunden. Aber ach, ich kann ihn nicht benutzen und habe vielleicht diesen Quell, der überreich des Weines ist, nur wie gemeines Wasser und ohne Geschmack gekostet‹; tausend Gedanken regten meinen Geist unaufhörlich auf. Nachdem ich die Augenblicke gezählt und mir eine Geduld auferlegt hatte, die sich durchaus nicht einstellte, sank endlich die Nacht herab, und ich sah all die Fackeln erscheinen, deren strahlendes Licht die ganze Welt hell machen mußte. Ich war wie außer mir, als ich die Königin der Schönen, der ihr reizender Hofstaat vorausging, erscheinen sah, und beeilte mich, ihr sofort zu Füßen zu stürzen. Die göttliche Schöne erwies mir noch mehr Güte und Liebe als am Vorabend und wollte durchaus, daß ich mich auf ihrem Throne ihr zur Seite niedersetzen sollte, und ich sah mich genötigt, ihr zu gehorchen. Man richtete die Tafel her, man reichte die Becher dar, und die Königin aller Schönen trank selbst auf meine Gesundheit. Diese neue Gunst ließ mich alsobald zu ihren Füßen niedersinken; ich konnte die Liebe, die mich verzehrte, nicht mehr zurückdrängen und beschwor sie, mir eine ihrer Hände zu reichen, um durch dieses Labsal die Glut zu löschen, die in meinem Herzen entbrannt war. Darauf aber warf mir die liebenswerte Prinzessin einen feurigen Blick zu, den ein reizendes Lächeln begleitete, und gab durch dieses beredte Schweigen zu erkennen, daß ich ihr nicht gleichgültig war. In derselben Zeit bot sie mir ihre Wange zum Kusse dar. Ich fand sie mit Rosen und Lilien besät, und meiner Gefühle nicht mehr Herr, riß ich sie an mich und küßte ihr nicht nur die Wangen, nein auch die Lippen, die röter waren denn Korallen. Ein so großes Glück brachte mich von Sinnen, ich sagte ihr ohne Scham und Rückhalt alles, was mir grenzenlose Liebe und Verlangen eingeben konnten. ›O Königin der Verliebten,‹ sprach ich zu ihr, ›wie wohltätig bist du zu einem Fremden, der deiner Güte nicht würdiger ist als ich! Aber was rede ich? Ich nenne dich wohltätig, während du doch die Wohltat selber bist. Vielleicht drücke ich mich noch zu schwach aus. Wer bist du denn, o Schöne der Schönen? Bist du ein Engel oder ein göttliches Wesen? Bist du die Sonne oder ein glitzernder Stern des Himmelszeltes? Befriedige eine so berechtigte Neugier, ich beschwöre dich!‹ Die Prinzessin erhob dann das Haupt mit allen Reizen und aller möglichen Anmut und sprach zu mir: ›Mißbrauche meine Güte nicht, ich rate dir gut!‹ ›Nein, o schöne Königin; heißt es sie mißbrauchen, wenn man sie fühlt und ihrer wert sein will?‹ Dann gab sie mir ihre rechte Hand, und mich mit einem Gesicht voller Sanftmut und Huld anschauend, legte sie die Linke um meinen Hals und sagte zu mir: ›Du gefällst mir, mäßige dich aber immer mir gegenüber.‹ Dann brachte man köstliche Weine herzu und die ausgesuchtesten Speisen; die Kristallgläser glichen Narzissen; man ließ sie kreisen, und sie erregten Frohsinn in den Herzen aller dieser Sonnen der Schönheit. Sie bedeckten sich mit kostbaren Gewändern und führten Tänze und Sangeschöre auf, und die Spielerinnen ließen ebenso reizende wie mannigfaltige Weisen ertönen. Alle diese schönen Jungfrauen aber tranken beständig, erhitzten sich bald und verloren endlich Kraft und Vernunft und gingen beiseite, um sich etwas auszuruhen. Als die Königin der Schönen nun allein mit mir war, gab sie mir tausend Küsse. ›Nun ist eine schöne Gelegenheit da‹, sagte ich zu mir selbst; ›ich wußte mich gestern zu beherrschen und habe gehorcht; jetzt will man meine Geduld belohnen.‹ Diese Hoffnung, welche meinem Herzen schmeichelte, ließ mich meine Bitten wieder aufnehmen. Ich warf mich ihr noch einmal zu Füßen, umarmte sie innig und begleitete diese stummen Liebesbeteuerungen mit tausend heißen Seufzern; bald kannte ich mich selbst nicht mehr; doch brach ich endlich das grausame Schweigen. ›Ach, wenn es möglich wäre,‹ sprach ich zu ihr in wilder Liebesraserei, ›wenn es möglich wäre, o schönste Königin, daß wir beide Herz an Herzen lägen, Seele an Seele! wenn ich mich endlich deiner unbeschränkt erfreuen dürfte, wenn ich...‹ Ich würde noch mehr hinzugesetzt haben, doch sie schnitt mir das Wort ab. ›Verhält es sich so,‹ sprach sie darwider, ›o du Undankbarer, wie erfüllst du deine Versprechen, und wie antwortest du auf die Auszeichnung, die ich dir gewährte! Welches Vertrauen kann ich noch zu dir haben? Wie darf ich der Versicherung deiner Zurückhaltung und deines Gehorsams noch glauben? Ich habe dich zu meinem Freunde erwählt und habe dich mit Aufmerksamkeit und Gefälligkeiten überhäuft; indessen bist du grausam genug, meine Ehre anzutasten. Genügen dir meine Küsse und Zärtlichkeiten nicht?‹ Ich antwortete ihr alsobald: ›O Schönheit ohnegleichen, o Göttin der Welt, sieh den traurigen Zustand an, in den mich das Feuer gebracht hat, das mich verzehrt; ich lechze nur nach dem glücklichen Augenblick, wo ich das köstliche Wasser trinken soll, dessen Quell du bist. Das Schwert des Schmerzes oder vielmehr der vergiftete Pfeil der Liebe hat meinem Herzen eine unheilbare Wunde zugefügt. Du bist wie das Wasser des Zulal (der ein Fluß des Paradieses ist); welcher Kranke würde nicht im Augenblicke geheilt, wo er von seinem Wasser tränke? Welcher von wütendem Durst gequälte Mensch, der einen Schluck Weines in der Hand hält, würde auf ihn Verzicht leisten, statt ihn mit Vergnügen trinken?‹ Die Prinzessin ließ mir keine Zeit fortzufahren, sondern sprach mit zorniger Miene zu mir: ›Du bist unbesonnen, bist ein Wahnsinniger, der den Preis meiner Wohltaten nicht kennt; du weist den Trost zurück, den ich dir zu geben suche, um deine Ungeduld zu mäßigen, in der Hoffnung, dich so lange wie möglich hierzubehalten. Ich liefere dir meine Jungfrauen aus, um das verzehrende Feuer, das in deinem Herzen brennt und dein Gemüt in Wallung bringt, zu dämpfen; sie alle haben eine Haut, die weißer ist denn der Schnee, hochrot ist ihr Mund, ihre Lippen gleichen der Koralle; der Glanz ihrer Zähne, die wie schöne Perlenschnüre sind, wird noch unterstützt durch den ihrer Augen, die strahlender sind als Sternblumen; bist du solchen Schönheiten gegenüber ohne Empfinden? Und du hast keine Achtung vor dem, was ich von dir verlange!‹ ›O hinreißende Schönheit, o einzige Herrin der Herzen,‹ antwortete ich ihr sanft, ›sei überzeugt, daß man für die Wohltaten, mit denen du mich überschüttet hast, nicht dankbarer sein kann, als ich es bin, aber ich kann es nicht unterlassen, dich zu lieben und anzubeten. Du geruhst mich an die schönen Jungfrauen zu erinnern, die du mir angeboten hast, aber lassen sich Sterne mit der Sonne vergleichen? Können Heilige mit den göttlichen und ewigen Geistern irgendwie verglichen werden? Nein, o süße Bezauberin der Herzen, nein, ich gestehe es, ich mache mir mehr aus dem Zucken eines deiner Augenlider als aus allen deinen Schönen. Wer den Garten deiner Schönheit gesehen, kann nur noch wünschen, von dem Wasser des süßen Keuser (der ein anderer Fluß im Paradiese Mohammeds ist) trinken zu dürfen! Arm und traurig, wie ich war, bin ich als Flüchtling zu meiner Prinzessin und meiner Königin gekommen; obschon ein Fremdling, habe ich das Glück, das Herz meiner reizenden Königin zu besitzen. O Schönheit ohnegleichen, o holdselige Geliebte, alles, was ich besitze, verdanke ich deiner Güte; du bist die Herrin meines Herzens; ich bin ein armer Fremdling, entscheide mein Schicksal; alles, so du gebietest… Aber ach, ist es denn unmöglich, deine letzte Gunst zu erlangen?‹ Die Prinzessin nahm darauf das Wort und sprach seufzend zu mir: ›Welch unseliges Verlangen! Du bist der unglücklichste aller Menschen. Zu welchem Fehler läßt sich dein Herz fortreißen? Du liebst mich, sagst du; warum widersetzest du dich denn meinen Absichten? Warum willst du auf ein unfruchtbares und undankbares Land säen? Ganz stehe ich dir zur Verfügung; nur eins bewahre ich auf, was du billigerweise nicht fordern darfst und ich dir ohne Schande nicht gewähren kann: fliehe lieber, meide mich oder sei der gefühlloseste aller Menschen, laß ab, von mir zu erbitten, was ich dir nicht gewähren kann, fürchte das Vergnügen eines einzigen Augenblicks zu kosten; der Rest deines Lebens würde nur eine beständige Kette von Unglück und Kummer sein!‹ Solche Worte redend, legte sie ihre schönen Arme um meinen Hals und beschwor mich, das zu vergessen, was das Unglück meines Lebens ausmachen würde. Ich wollte ihr noch mein feuriges Verlangen schildern und sie inständigst bitten, aber sie ant-

wortete immer so entschlossen, daß ich nicht imstande war, ihr zu widersprechen; sie gab mir Hoffnungen für die Zukunft und verschönte sie durch die Verheißung der Erfüllung meines Verlangens. Nachdem sie mich endlich zum verliebtesten aller Männer gemacht hatte, nahm sie die Hand ihrer Jungfrauen einer, die sie rief, legte sie in meine und zog sich zurück, um sich der Süße des Schlafes hinzugeben, indem sie mir befahl, mich in ihrer Abwesenheit mit diesem reizenden Wesen zu erfreuen. Ich verbrachte den Rest der Nacht mit der schönen Sklavin und genoß aus reinem Gehorsam die faden Freuden, deren ein für ein anderes Wesen wahrhaft entzündetes Herz fähig ist. Und ich wollte meine Zärtlichkeiten gar verdoppeln, um anderen Tages besser imstande zu sein, der Prinzessin zu gehorchen.
Beim Sonnenaufgang nahm die schöne Jungfrau, die es verdient hätte, um ihrer selbst willen geliebt zu werden, Abschied von mir und verschwand wie die vom Vorabend, um sich mit ihren Gefährtinnen zu vereinigen, und lief davon mit der Geschwindigkeit eines heftigen Windes, der eilends dahinbraust. Ich fand mich nun also allein in dem Garten, dessen Einsamkeit mir unerträglich erschien. Verschiedene Gedanken beschäftigten mich, aber alle hatten sie die Prinzessin zum Gegenstande. ›Ich habe sie zu sehr mit meinem Bitten und Drängen gequält,‹ sagte ich mir, ›die schöne Zypresse wird nicht wieder in den Garten kommen!‹ Solchen Gedanken folgten andere; indessen redete ich mir ein, daß sie mich nur in einen so traurigen Zustand versetzt hätte, um die Zärtlichkeit und Aufrichtigkeit meiner Liebe zu prüfen. ›O großer Allah, kann sie daran zweifeln?‹ rief ich alsobald aus. ›Aber was sage ich,‹ fing ich im Augenblick wieder an, ›ich suche mir eitle Vor-

stellungen zu machen und bin vielleicht zu empfänglich für die köstlichen Weine gewesen, die sie mir hat anbieten lassen; mußte ich nicht die Sklavinnen zurückweisen, die sie mir gegeben hat? Sie wird mich für einen Mann halten, der sich durch Sinnenlust hinreißen läßt. Zweifelsohne wird sie sich allem widersetzen, um was ich sie bitten kann, ja sie wird mehr tun, sie wird von mir gehen, und ich werde sie niemals wiedersehen. Ich habe mich getäuscht; was Gold war, habe ich für Silber ausgegeben, und ich habe mich durch falsche Liebkosungen einer Grausamen täuschen lassen. Ich glaubte ihr zu gefallen; warum habe ich nicht an ihre Unbeständigkeit gedacht? Aber wehe, das Gift ihres Anblicks wird mich sterben lassen!‹ Dann schlug ich mich an den Kopf, indem ich den Tag verwünschte, an dem ich mich einer so unheilvollen Liebe hingegeben hatte, und machte mir die bittersten Vorwürfe. Also verbrachte ich den zweiten Tag. Und als am Himmel die glitzernden Sterne funkelten, bemerkte ich die schönen Dienerinnen der Prinzessin, die gemäß ihrer Gewohnheit mit ihren Kerzen in den Garten kamen. Die Königin der Schönheit aber war mitten unter ihnen wie eine schlanke Zypresse, die ihr stolzes Haupt bis in die Wolken hebend über alle andern herrscht, die sie umgeben. Als nun jetzt die Liebesglut mich noch mit mehr Macht denn je zu ergreifen begann, warf ich mich ihr jählings zu Füßen, wie ein wilder Sturzbach, der von der Höhe des Felsens herabstürzt. Sie schien von meiner Heftigkeit gerührt, und mir mit wohlgefälliger und freundschaftlicher Miene beim Aufstehen helfend, reichte sie mir die Hand, ließ mich noch auf ihrem Throne ihr zur Seite Platz nehmen und befahl der Gewohnheit gemäß, daß man das Fest vorbereite. Die Tafeln wurden alsobald hergerichtet und bedient, die Tänze und die Gesänge und die Harmonien der Musikgeräte fanden noch einmal statt; der Wein begann bereits alle Jungfrauen zu beleben und dem Spiegel ihrer Herzen, den Kummer hatte blind machen können, wieder Glanz zu geben, als ihnen die Königin der Schönheit befahl, sich auszuruhen. So fand ich mich denn allein mit ihr, und es währte nicht lange, als ich wieder mit meinen Liebkosungen und Bitten begann, indem ich Tränen vergoß, die die Liebe allein zu entlocken fähig war. Und ich erinnere mich gar, daß ich mit aller möglichen Zärtlichkeit und Hingebung zu ihr sprach: ›O glänzende Sonne, o Meer der Schönheit, welches Unheil kann eine Ameise in einer großen Menge Zuckers anstiften? Welchen Schaden kann eine Biene in einem Blumenbeet verursachen? Ohne dich war ich tot, du hast mich mit dem Wasser des Lebens wieder erweckt. Willst du mir jetzt das Schwert der Verzweiflung ins Herzblut tauchen? Du hast mich mit der Güte, mit der du mich aufgenommen, bis zum Himmel erhoben und widersetzest dich nun mit aller nur erdenklichen Sprödigkeit dem lebhaftesten aller Wünsche; eine Weigerung, die mich bis zum Mittelpunkt der Erde sinken läßt. Ich beschwöre dich bei der Gastfreundschaft, die du mir so großmütig gewährt hast, laß mich zum Ziele meines Glücks gelangen!‹ ›Warum‹, sagte sie darwider, ›läßt dich deine Ungeduld in dein Verderben rennen? Könnte jemand, der mit dir umgeht, wie ich es tue, die dir noch nichts abgeschlagen hat, ein solches Unrecht gegen dich begehen, könnte ich dir gar die geringste Not bereiten, wenn ich mich nicht dazu genötigt sähe? Eines Tages wirst du das von mir erlangen, was du heute zu Unrecht von mir begehrst; darauf gebe ich dir mein Wort; jetzt aber kann ich deine Liebe noch nicht befriedigen.‹ ›O Schönheit ohnegleichen,‹ schrie ich seufzend auf, ›die Zeit ist unbeständig; die Tage und Nächte sind nicht immer die gleichen, und das Glück ist sehr launisch. Wenn man soviel Geist hat wie du, muß man fühlen, daß es die größte Torheit ist, sich eine so günstige Gelegenheit entschlüpfen zu lassen. Kannst du das Wort zurücknehmen, das du mir gegeben hast? Nein, du bist unfähig, mich zu täuschen. Warum es also hinausschieben? Warum, o reizende Königin, den Schritt nicht heute nacht tun? Warum dich länger entschuldigen und mir Verzögerungen vorschlagen, deren Gründe ich nicht verstehen kann? Die Zeit ist wie ein Sturmwind, der in einem Augenblick die Ernte der Liebe vernichten kann. Was wird aus mir, wenn mein Glück, wenn meine Hoffnungen zunichte werden? Ich kann den Anblick deiner Sklavinnen nicht ertragen, du allein hast mich gefesselt, habe Mitleid mit dem Zustand, in den du mich brachtest; gewähre mir ein Vergnügen, das zu kosten ich mich so sehr sehne. Ich kann mich nicht mehr mäßigen, meine Langmut ist zu Ende; zu oft habe ich eine schöne Gelegenheit verpaßt und will heute nicht denselben Fehler begehen, ich will meine Leidenschaft befriedigen, mag kommen, was da will!‹ Ihre Bitten und ihr Widerstand waren unnütz; und hätte ich dafür sterben müssen, ich wollte den reizenden Schatz besitzen. Als die Schöne alsogleich den Zustand, in den mich meine Leidenschaft versetzte, sah und wohl bemerkte, daß sie mir nicht leicht entschlüpfen könnte, willigte sie einen Augenblick aus Furcht ein, um sich mir einen Augenblick später aus Scham zu verweigern. Doch nichts brachte mich von meinem Vorhaben ab; und ich wollte die Glut, die mich verzehrte, durchaus löschen. Eine solche große Hartnäckigkeit erregte indessen die Prinzessin; eine Röte, halb aus Zorn, halb aus Scham bestehend, stieg ihr ins Gesicht, und sie sprach zu mir: ›Nun, wohlan, du sollst zufrieden sein. Tue mir wenigstens keine Gewalt an; ich widersetze mich dem, was du von mir verlangst, nicht mehr. Um eine Gunst aber bitte ich dich: schließe die Augen, während ich dir das Tor des Schatzhauses öffne, in dem du alle Reichtümer der Liebe ernten sollst. Niemand ist Herr darüber gewesen, und niemals soll es ein anderer sein als nur du!‹ Solche schmeichelhafte und süße Worte zwangen mich, meinen Kopf mit dem Zipfel des Mantels zu bedecken; und ich schloß die Augen, wie ich es versprochen hatte; indem ich der Wonnen gedachte, die ich genießen sollte, hielt ich mich für den glücklichsten aller Menschen. Traurigen Tones, den ich sie bald vergessen zu machen hoffte, sagte nun die Prinzessin: ›Öffne die Augen!‹; eifrig gehorchte ich ihr und fand mich in dem schrecklichen Korbe, der mich hergebracht hatte. Schmerz und Wut bemächtigten sich meiner Sinne, ich verlor das Bewußtsein und wurde ohnmächtig; doch kam ich wieder zu mir. Indessen hob sich der Korb in die Lüfte und trug mich zu dem Gemäuer zurück, wo ich ihn gefunden hatte. Ich wollte diesen schrecklichen Korb verlassen, indem ich alle nur möglichen Verwünschungen gegen den Himmel und mein Schicksal ausstieß. Doch war ich sehr betroffen, den jungen Kaufmann wieder vorzufinden, der gekommen war, um mich alle Tage zu erwarten, da er sich mein Unglück wohl denken konnte; mein Inneres bewegte sich bei seinem Anblick; und meine Augen wurden dem Meere ähnlich, das durch die heftigsten Winde aufgepeitscht wird. Der wahre Freund aber sagte zu mir, indem er sich gegen die Brust schlug: ›O unglücklicher Fürst, welch schwarze Schwermut quält dich jetzt; und wenn ich dich tausend Jahre lang von dem unterhalten hätte, was du eben gesehen hast, siehst du nun ein, daß ich dich dann nicht genügend unterrichtet und ich nichts weiter erreicht haben würde, als deine Neugierde nur noch mehr anzustacheln? Du hast die verhängnisvolle Kühnheit gehabt, solches selbst beurteilen zu wollen; du hast es gesehen, und dein Herz ist jetzt von dem lebhaftesten Schmerze durchbohrt. Doch besinne dich nur, daß du es so gewollt und selbst darauf gedrungen hast.‹ Ich konnte ihm nur mit meinen Seufzern antworten und mit meinen Tränen; da ich seinen Anblick aber nicht zu ertragen vermochte, schlug ich den Weg nach der Stadt ein; er wollte mich jedoch um keinen Preis der Welt verlassen. Und ich legte alsobald die dunkelsten Gewänder an und wollte mich jeden Tag nach dem Korbe begeben, doch der teure Freund gab mir die Versicherung, daß er immer unbeweglich für mich sein würde, da er niemals die wieder aufnähme, die er einmal getragen hätte. Und er fuhr fort: ›Ahme nicht die Narrheit derer nach, die du in der Stadt siehst und die sich nicht fernhalten können; suche dich vielmehr zu trösten oder wenigstens Zerstreuungen nachzugehen, sei es auf Reisen, sei es, indem du in den Schoß deiner Familie zurückkehrst und dich der Herrschaft deiner Staaten widmest.‹ Da mich der Korb, wie der Kaufmann es mir vorhergesagt hatte, immer zurückwies, verließ ich diesen, durch seine Vorstellungen bewogen, nachdem ich ihn tausendmal umarmt hatte, und bin hierher zurückgekommen, wo du Zeuge des Schmerzes gewesen bist, den ich in meinem Herzen zurückbehielt und der nur mit meinem Leben aufhören wird.‹

Als der König Kemsarai seine Geschichte beendigt hatte, sprach die schöne Zahide, die darob tief gerührt war, zu ihm: ›Tröste dich, o Fürst; wie außerordentlich dein Unglück auch ist, ich glaube zuversichtlich, daß es sich heilen läßt. Höre auf mich und hab ein wenig Geduld, wie zum Beispiel der listige Vogel, der zu sich sagt, wenn er einmal gefangen ist: es ist unnütz, niedergeschlagen zu sein, denn mit ein wenig Geduld kann man sich vielleicht befreien.‹ ›Du willst mich trösten,‹ sagte der König seufzend darwider, ›aber ich werde den schönen Mond der Welt niemals wiedersehen!‹ Dann drang ein Tränenstrom aus seinen Augen, stärker denn jemals. Nachdem Zahide ihm in seinem Schmerz eine Weile freien Lauf gelassen hatte, fuhr sie fort: ›Versprich mir wenigstens, dein Leben nicht antasten zu wollen während der Zeit meiner Abwesenheit, deren ich bedarf, um einen Plan auszuführen, den ich wegen deiner Lage für notwendig erachte; meine Freundschaft zu dir kennt nichts Unmögliches; alles, was du mir erzählt hast, ist nicht natürlich, ich werde den Schleier zu zerreißen wissen, der uns die Wahrheit verbirgt, und ich will zum wenigsten mein möglichstes tun; und wenn ich dich nicht aufklären noch deine Traurigkeit vermindern kann, soll es mir fernliegen, deine Verzweiflung zu verurteilen, und ich will die erste sein, solches schwöre ich dir bei dem großen Propheten, die die Mittel, ein so trauriges Leben zu beendigen, genehmigt, ja, dir gibt!‹ ›Weh,‹ entgegnete ihr der König mit Tränen in der Stimme, ›ich soll den Trost einer süßen Schwester verlieren und werde den einen, in ihren Armen zu sterben, nicht haben; das ist alles, was ihr Eifer und ihre Freundschaft erreichen werden!‹ ›Was weißt du,‹ entgegnete sie ihm, ›ob deine Augen nicht getäuscht worden sind? Ob irgendein auf dein Glück eifersüchtiger Geist dich nicht betrogen hat? Wer weiß denn, ob du keinen Eindruck auf das Herz der schönen Prinzessin gemacht hast?‹ ›Ach,‹ rief der König darwider, ›solches Glück kann für keinen Sterblichen aufgespart sein, nach ihm darf ich nicht trachten; und zweifelsohne habe ich eine Huri des heiligen Propheten gesehen; das Feuer der Trennung, so mir beständig zusetzt, ist ein sicherer Beweis dafür.‹ Der Vogel der Hoffnung nistet immer im Herzen eines Liebenden. Zahide redete so gut auf den König ein, daß er ihr das Wort gab, sein Leben nicht antasten und sich selbst bis zum Wiedersehen erhalten zu wollen, ehe er einem so grausamen und schlaffen Leben ein Ziel setzte. Dann bereitete sie alles für ihre Reise vor, und Kemsarai sprach zu ihr, indem er sie umarmte: ›Möge der Stern des Glückes dir auf allen Wegen folgen!‹ Das Herz der Prinzessin jedoch war so in Kummer versunken, daß sie nicht die Kraft hatte, zu sprechen.

Sie unterrichtete sich mit solcher Genauigkeit über die Lage der Stadt Medhuchan, daß sie sie ohne Widrigkeiten erreichte, um so mehr, als sie ihr Geschlecht verborgen, ihre Hautfarbe gebräunt, ihre schönen Haare unter einem Turban verborgen, mit einem Worte, in keiner Weise die Schönheit, mit der sie der Himmel begabt hatte, sehen ließ.

Und sie fand die Dinge gemäß der Erzählung des Königs, ihres Bruders; fragte den ersten schwarzgekleideten Menschen, der ihr begegnete, nach dem Weg zum Korbe. Doch der antwortete ihr nur mit einem Seufzer; und sie bemerkte, daß er aus der Stadt hinausging, und folgte ihm und kam bald zu dem verfallenen Gemäuer, das sie von etwa zwanzig schwarzgekleideten Menschen belagert fand, die alle vergebliche Versuche machten, sich in den Korb zu setzen;

der aber hielt still, sobald sie sich näherte. Sie stieg eilends hinein und wurde wie ein Blitz hochgeführt inmitten der Schreie und Klagen derer, die sich vergebens bemüht hatten. Sie kam in den Garten der Prinzessin. Die Beschreibung, die ihr Bruder von ihm gegeben hatte, war so genau, daß sie ihn leicht wiedererkannte. Als die Nacht gekommen war und die Jungfrauen ihre Plätze eingenommen hatten, ließ man sie suchen und vor die Prinzessin führen. Sie war von ihrer Schönheit überrascht, die den traurigen Zustand des Königs, ihres Bruders, entschuldbar machte. Indessen bemerkte sie Niedergeschlagenheit auf ihren Zügen und Traurigkeit in ihren Augen und eine Schwermut in ihrem ganzen Wesen, die sie vergebens zu verbergen suchte. Sie bereitete ihr einen ehrenvollen, aber frostigen und verwirrten Empfang. Zahide sah sich, in der Absicht, ihre Neugierde zu befriedigen, gezwungen, ihr eben die Freundlichkeiten zu bezeigen, als wenn sie wäre, was sie zu sein schien. Die Aufmerksamkeit, die sie für die Prinzessin zu fühlen begann, das Mitleid mit dem argen Zustande des geliebten Bruders, ihr sehnliches Verlangen, ihm zu dienen, alle diese Gefühle, die mit Neugier vermischt waren, gaben ihr eine Lebhaftigkeit, die ein so gleichgültiges Wesen, wie es die Prinzessin zu sein schien, leicht täuschte. Zahide wollte sich darauf einige Freiheiten herausnehmen und zärtlich zu ihr sein, sie ward aber streng in die Schranken zurückgewiesen. Die Tänze und die Musik wurden aufgeführt; man reichte die Weine in den Goldschalen in verschwenderischer Fülle dar; und die Prinzessin, die das Mahl zu beendigen bestrebt war, bot Zahide eine ihrer Sklavinnen an. ›Gestatte mir, daß ich sie ablehne‹, sagte das schöne Mädchen; ›das Bild deiner Schönheit steht meinem Herzen zu nahe, als daß es mich nicht bis zu dem Augenblick beschäftigte, wo wir uns wiedersehen.‹ Abgesehen davon, daß ihr ja die Sklavin gar nichts nütze sein konnte, äußerte sie auch ein solches Zartgefühl, um zu erfahren, ob sich ihr Bruder etwa durch die ihm angebotenen Sklavinnen einen Vorwurf zugezogen habe. Die Prinzessin antwortete ihr jedoch mit einer Ungeduld und Angst, die sie nicht verbergen konnte: ›Wie, du schlägst eine dieser schönen Jungfrauen aus?‹ ›Es ist das einzige, o Herrin der Schönheit,‹ sagte Zahide darwider, ›was ich von allen Dingen, die du deinem Sklaven anzubieten geruhst, zurückweise.‹ ›Solche Weigerung ist hier nicht erlaubt,‹ unterbrach sie die Prinzessin, ›das Gesetz, das dir hierherzukommen gestattet,‹ fuhr sie fort, ›verpflichtet dich, eine Sklavin auszuwählen und die Nacht mit ihr zu verbringen; trotzest du dem, so bereite dich vor, uns zu verlassen!‹ Zahide gab bei dieser Drohung nach. ›Geruhe wenigstens, o du Seele meiner Gedanken, die Wahl selber vorzunehmen‹, fügte sie hinzu. ›Sie sind mir alle ganz gleich,‹ unterbrach die Prinzessin mit Unmut, ›nimm die Schönste nach deinen Augen!‹ ›Weil ich denn durchaus eine wählen oder deinen Anblick meiden soll,‹ fuhr Zahide fort, ›so wünschte ich wohl die kennenzulernen, die dir am wenigsten gefällt; ihr würde ich den Vorzug geben, um dir den Eindruck zu beweisen, den du auf mein Herz gemacht hast.‹ Die Prinzessin nahm nun eine ungeduldige Miene an: ›Niemals‹, sprach sie, ›ist ein Fremder mit so kaltem Gefühle und solcher Zudringlichkeit wie du hier gewesen; nimm, sage ich dir, die, die dir zusagt; aber wähle eine!‹ Als Zahide sah, daß diese Wendung nichts fruchtete, sie weiter aufzuklären, gab sie der den Vorzug, die die lebhafteste zu sein und infolgedessen den schärfsten Verstand zu haben schien. ›Schöne Muna, bleibe bei dem Fremden!‹ sagte die Prinzessin sofort zu ihr und zog sich zurück. Muna und Zahide aber setzten sich auf ein Ruhebett und bewahrten einige Zeit über tiefes Schweigen. Die eine erwartete mit Ungeduld, daß man ihren Reizen den Zins zahlte, den sie verdienten, und brannte indessen vor Eifer, zum Ziel zu kommen; die andere jedoch sann auf Mittel, wie sie ihre Neugierde befriedigen könnte. Endlich näherte sich ihr Muna und wollte ihre Unterhaltung und Bekanntschaft mit Liebkosungen und Küssen einleiten. Zahide erwiderte solches mit einer Kälte, die die lebhafte und ungeduldige Muna überraschte und betrübte. ›Spare deine Güte für mich auf,‹ fing die liebenswürdige Zahide zu reden an, ›gib mir Zeit, sie zu verdienen, und laß mich vorher wissen, was du von der Prinzessin und dem geheimnisvollen Korbe in Erfahrung gebracht hast.‹ ›Teurer Fremdling,‹ sagte sie darwider, ›eine Kette von Glücksfällen möge alle Tage deines Lebens umschlingen! Ich möchte deiner Neugier wohl genugtun können. Höre auf mich, laß uns lieber das Verlangen unserer Seele erfüllen, halte das deinige nicht mehr zurück, lasse meines sich ergießen und nutze einen so glücklichen Umstand aus.‹ Zahide erklärte ihr jedoch, daß sie vorher auf ihre Fragen antworten müsse. Und Muna nahm das Wort wieder und sagte ungeduldig zu ihr: ›Wir werden hier bewacht, meine Genossinnen und ich, und sind nicht imstande, zu erfahren, um was du mich fragst. Es sind sechs Jahre her, daß ich durch Sklavenhändler fortgeschafft wurde. Die verkauften mich in dieses Land; man vereinigte mich mit denen, die du eben sahest; wir wohnen in einem Serail, der von dem der Prinzessin abgesondert ist, und sehen sie nur zur Stunde des Mahles und des

Morgens, wenn wir, nachdem wir den Fremdling verlassen haben, vor ihr und dem Könige in Gegenwart des Diwans von allem, was er uns gesagt hat, Rechenschaft ablegen. Mit den äußersten Vorsichtsmaßregeln führen uns die Eunuchen dann aus dem Palast, und wir ziehen uns in unsere gewohnte Behausung zurück; es ist uns bei Lebensstrafe verboten, zu wem es auch sei, von uns zu sprechen und über uns Auskunft zu geben. Du siehst nun deutlich,‹ fuhr sie fort,›daß es diese Erzählung nicht verdient, die Vergnügungen, die zu genießen uns freisteht, zu unterbrechen; komm also, o Sonne meiner Gedanken,‹ sprach sie und erneuerte ihre Zärtlichkeiten mit Augen, die das Verlangen beseelte, ›komm, und erfülle mich mit Freude, komm, und berausche meine Seele!‹ Zahide aber, die sich niemals in einer ähnlichen Lage befunden hatte, sprach zu ihr: ›O liebe Muna, deine Schönheit und deine Liebe werden mein Herz leicht unterjochen, ich lasse der einen wie der anderen Gerechtigkeit widerfahren, doch ich bin außerstande, sie zu benutzen.‹ ›Was hindert dich daran?‹ fragte Muna mit ebensoviel Lebhaftigkeit wie Unruhe. ›Die Schönheit der Prinzessin hat meine Seele so fest gekettet‹, fuhr die schöne Zahide fort, ›und beherrscht mein Herz so vollständig, daß ich unfähig bin, mich einem andern Gedanken hinzugeben.‹ ›Wie unglücklich bin ich!‹ rief die süße Muna aus und vergoß bittere Tränen. ›Was soll ich tun, um dir zu gefallen, o du grausamster aller Männer?‹ ›Verzweifle nicht, o schöne Muna; ich werde deinen Reizen vielleicht noch huldigen, lasse die deines Verstandes glänzen, sie vermögen ebensoviel Eindruck auf mein Herz zu machen wie die deiner Schönheit. Die Prinzessin – so schön wie sie ist – hat vielleicht nicht ebensolche Lebendigkeit und Anmut.‹ ›Sie ist unvergleichlich‹, antwortete Muna und verdoppelte ihre Tränen, ›und ist eine Sonne der Vollkommenheit; es ist wahr, seit einiger Zeit scheint uns ihre Fröhlichkeit nicht mehr die frühere zu sein, und sie läßt sehr viel Ungleichheit in ihren Stimmungen blicken. Und Seufzer entfahren ihr, die sie vergebens zurückzuhalten sucht; ihre Mahlzeiten wurden abgekürzt, sie kommt später in den Garten und scheint nur auf Mittel, sich entfernen zu können, bedacht zu sein; mit einem Worte, ihre Milde und Fröhlichkeit, die ihr angeboren waren, beleben uns nicht mehr bei unsern Vergnügungen.‹ ›Aber seit welcher Zeit‹, fragte sie Zahide, ›hast du einen solch lebhaften Wechsel bemerkt?‹ ›Seit sechs Monden ungefähr,‹ antwortete die ihr, ›als ein Fremdling drei Tage bei uns verbrachte, was ungewöhnlich ist, denn oft werden uns die Fremden noch in der ersten Nacht entführt.‹ Zahide aber bat Muna, ihr den Fremden zu beschreiben, und als sie ihr das Bild des Königs, ihres Bruders, entworfen hatte, verdoppelte sie ihre Fragen; und obwohl sie sehr ungeduldig war, fuhr die Sklavin also fort: ›Er unterhielt offenbar die Prinzessin besser als die andern; denn der Guttaten, die sie für ihn hatte, waren gar viele. Er hatte sogar bei meinen Genossinnen geschlafen; folglich hätte er uns am ersten Tage verlassen müssen; die Prinzessin jedoch, die zweifelsohne eine große Freude daran hatte, ihn zu sehen, verbot den Sklavinnen, die zwei Nächte mit ihm zugebracht hatten, vor dem Könige, ihrem Bruder, und vor dem Diwan davon zu reden. Und er wäre glücklich geworden, wenn er am dritten Tage das Feuer, das ihn der Prinzessin wegen verzehrte, hätte dämpfen können. Doch er vergaß sich, und seine Keckheit wurde bestraft. Seit der Zeit sind unsere Herzen mit Sürmeh (welches eine schwarze Farbe und das Sinnbild der Trauer ist) bedeckt, und all unsere

Freuden haben sich mit ihm verflogen; wir dürfen nicht hoffen, ihn wiederzusehen, und alles, was wir wünschen können, ist, daß die Erinnerung an ihn für immer erlischt.‹ ›Wie darf ich glauben,‹ sprach Zahide darwider, ›daß die Prinzessin diesem glücklichen Fremdling solch lebhaftes Andenken bewahrt hat? Denn die Vergnügungen dieses Gartens der Wonne, die Guttaten, die sie für alle hat, die der Korb unaufhörlich vor ihre Knie legt, stehen im Widerspruch mit deiner Erzählung.‹ ›Leicht kann ich darauf antworten‹, versetzte Muna; ›es kommen nicht alle Tage Fremdlinge hierher; auch sind sie seit einiger Zeit seltener denn je geworden; und die Prinzessin hatte niemandem den Garten in ihrer Güte ebensolange geöffnet wie dem Fremden, mit dem du dich lebhaft zu beschäftigen scheinst. Wahrlich, er verdiente alles, was man ihm nur gewähren konnte; meinen Gefährtinnen, die die beiden Nächte mit ihm verbracht haben, steht er noch vor Augen, unaufhörlich sprechen sie von ihm; und du allein kannst meine Seele mit einem gleichen Dufte durchduften, wenn du meinem Verlangen entsprichst.‹ ›Fahre mit deiner Erzählung fort‹, unterbrach sie Zahide; ›die Prinzessin hatte also vorher einem andern Fremdlinge soviel Guttaten nie erwiesen?‹ ›Nein, gewiß nicht,‹ entgegnete Muna, ›sie begnügte sich vorher damit, ihre Schönheit zu zeigen, deren Wirkung wie ein wohltätiges Gestirn bewundern und einige Blicke aus ihren schmachtenden schönen Augen fallen zu lassen oder zu werfen, dann einige Male zu erlauben, daß man auf ihre Gesundheit trinke; doch gewährte sie diese Gunst selten; endlich sagte sie manchmal ein schmeichelhaftes oder verbindliches Wort. Seit der Zeit aber hat sie hauptsächlich diese Gunstbezeigungen eingeschränkt, und du kannst dich selbst davon überzeugen; schließlich berauschen ihre einzige Schönheit, ihre Reize, ihr Lachen, die auserlesenen Weine, die Wohlgerüche, der Tanz, die Musik und der Anblick der Jungfrauen, über die ein Fremder verfügen kann, vor allem die Liebe und das Verlangen derer, die sich hier einstellen. Die Unterwürfigkeit hat sie immer vor der Prinzessin zurückgehalten; doch alle sind sie noch den Sklavinnen verfallen, die mit sich zu nehmen sie ihnen gebot, oder haben sich im Übermaße den herrlichen Weinen ergeben, die man ihnen in Fülle einschenkte; von dem Augenblicke an haben wir sie nicht wiedergesehen; man versichert uns freilich, daß sie untröstlich wären und die Erinnerung an diesen Garten ihnen alle Vergnügen der Welt unerträglich mache. Bislang hatte ich Mühe, mir solch einen Verdruß vorstellen zu können; nun fühle ich aber, daß mir deine Abwesenheit das Dasein bald unerträglich machen würde. Das ist alles, was ich weiß,‹ fuhr sie fort, ›solches schwöre ich dir bei dem Könige der Geister.‹ ›Du willst dich also von mir trennen und mich für immer verlassen‹, erwiderte dann Zahide, ›und willst mich nicht länger hier sehen, dieweil du verlangst, daß ich mich deinen Wünschen füge.‹ ›Deine Kälte bringt mich zur Verzweiflung‹, antwortete ihr die schöne Muna; ›ich fühle wohl, was du damit sagen willst, aber wie kann man bei Verstande bleiben, wenn man mit einem Wesen, das man liebt, allein ist?‹ ›Ich habe nur noch eine Frage an dich zu stellen‹, unterbrach sie Zahide. ›Wie, du stellst mir immer nur Fragen,‹ rief Muna schmerzbewegt aus, ›willst du denn niemals zärtlich zu mir sein?‹ ›Du sollst eines Tages mit meinen Gefühlen zufrieden sein‹, antwortete ihr Zahide; ›ich werde alles tun, was in meinen Kräften steht!‹ Als die süße Muna solches vernahm, beruhigten sich ihre Geister ein wenig; und jene fuhr also fort: ›Du scheinst mir zu jung zu sein, als daß du schon sieben Jahre hier wärest.‹ ›Ich zählte zwölf Jahre, o Herr, als ich hier ankam; was mich aber selbst in Erstaunen setzt, ist, daß sich keine Veränderung in meiner ganzen Gestalt gezeigt hat.‹ ›Das geht nicht natürlich zu,‹ unterbrach sie Zahide, ›du scheinst mir in der Tat erst zwölf Jahre alt zu sein. Während die erstaunliche Menge der Fremdlinge, die hierhergekommen sind und denen man dich ausgeliefert hat, dich hätten müssen...‹ ›Ach, wenn es ein wünschenswertes Los für uns wäre, von den Männern erwählt zu werden, wäre ich sehr unglücklich gewesen; du bist der erste, der mir einen Vorzug gegeben hat und den ich nicht so grausam zu finden wähnte; ja, o teurer Sultan meines Herzens, du wirst das Unglück meines Lebens sein. Eine geheime Ahnung hatte mich zweifelsohne bislang gehindert, darnach zu verlangen; indessen seit ich dich gesehen habe, kamen mir bisher unbekannte Wünsche. Und ich habe gewünscht, deine schönen Augen zu küssen, habe Lust, dich zu umarmen und mich niemals von dir zu trennen. Die Rosen meines Lebensfrühlings sind frisch, nicht verwelkt, du hast es selbst zugegeben; warum also, o Grausamer, behandelst du mich mit Härte? Was sollen meine Genossinnen sagen? Wie kann ich vor ihnen erscheinen, wenn sie von der Verachtung hören, mit der du mich behandelst? Ich wäre glücklich, wenn ich nicht erwählt worden wäre‹, fügte sie unter Tränen hinzu. ›Tröste dich, o meine liebe Muna,‹ fing Zahide mit unendlicher Freundlichkeit wieder an, ›ich kann mich noch nicht entschließen, dich zu verlassen; bekenne deinen Gefährtinnen offen, daß ich hitzig in die Prinzessin verliebt bin; deine Eitelkeit hat dann weniger zu leiden. Indessen verspreche ich dir, daß ich dir Zärtlichkeit mit Zärtlichkeit vergelte, wenn du mir einen Dienst leisten willst, der mir wichtig ist.‹ ›Was täte ich nicht, um deine Gunst zu gewinnen?‹ antwortete ihr Muna mit einer Zärtlichkeit, in die sich Tränen mischten. Fuhr Zahide fort: ›Du mußt die Gründe, die den geheimnisvollen Korb angehen, und die des Empfanges, den die Prinzessin offenbar allen zu bereiten hat, die er hierherführt, zu erforschen suchen. Was ich sah, das wenige, das du mir eben erzähltest, die Heimlichkeit, die man bei der Erzählung beobachtet, die ihr vor dem Könige in Anwesenheit des Diwans abzulegen habt, hinter allem scheinen mir sehr merkwürdige Dinge zu stecken. Morgen erzählst du mir, was du entdeckt hast, und ich verspreche dir, keine andere Sklavin zu erwählen; also werden wir Zeit haben, wieder beisammen zu sein.‹ ›Wenn das ein Mittel ist, dich für mich einzunehmen,‹ sprach darauf die schöne Muna zu ihr, ›so sei überzeugt, daß ich alles daransetzen werde, um dir hinreichend Kunde zu bringen.‹ Darauf zog sich Zahide zurück, um in einer Ecke des Ruhebetts zu schlafen, und sagte zu Muna, sie solle die andere äußerste Ecke einnehmen. ›Wie, ich soll selbst nicht einmal an deiner Seite schlafen?‹ rief Muna mit schmerzbewegtem Herzen aus. ›O nein‹, antwortete Zahide; ›es kann nicht anders sein, und du mußt tun, was ich verlange.‹ Muna wurde also gezwungen, ihr zu gehorchen; doch brachte sie die ganze Nacht weinend und seufzend hin. Als der goldgeflügelte Vogel bereit war, sein Nest mit allen Vorzügen seiner Schönheit zu verlassen, riß sie sich von diesem Orte los, nicht ohne ihr Herz durch einen Kuß gestärkt zu haben, den sie der schönen Zahide gab, die sich mit vieler Mühe ihrer zärtlichen Umarmung entzog. Indessen beschwor Zahide die Scheidende, sich sorgfältig nach den Dingen, die sie wissen wollte, zu erkundigen, und vertröstete sie auf das Wiedersehen am Abend.

Muna entfernte sich nur widerwillig von dem Gegenstande ihrer Liebe; und als sich Zahide allein befand, gab sie sich all den Gedanken hin, die das, was sie sah, und die Teilnahme an dem Schicksal ihres Bruders erregte. Sie schritt durch beide Gärten, prüfte das Lusthaus mit dem Throne, in der Hoffnung, einiges zu bemerken, was ihr von Nutzen sein könnte. Alle ihre Sorgfalt aber war vergeblich; das Tor, das der Prinzessin und ihrem Gefolge als Eingang in den Garten diente, war groß und mit weißem Marmor bekleidet, der mit goldener Bronze verziert war, und ließ nicht zu, daß man hinüberblickte. Mit dem Betrachten aller dieser Gegenstände und unter mancherlei Gedanken verbrachte Zahide den zweiten Tag.

Als die Nacht gekommen war, erschien wie gewöhnlich die Prinzessin, jedoch noch weniger fröhlich als am vergangenen Abend. Zahide lief auf sie zu und bezeigte ihr um soviel mehr Aufmerksamkeit und Hitze, als sie um die Ursache ihres Kummers wußte. Die Prinzessin aber sagte zu ihr, indem sie auf die schmeichelhaften Reden antwortete, die sie zu ihr gesprochen hatte: ›Warum, o Fremdling, dankest du für alle meine Guttaten? Du scheinst sehr liebenswürdig und höflich zu sein und suchst mich zu bestechen; indessen passen deine Handlungen nicht zu deinen Worten!‹ ›Was kann mir die hohe Sultanin vorwerfen? Worin kann ihr Sklave ihr mißfallen haben?‹ rief die schöne Zahide aus und stürzte ihr zu Füßen. ›Du hast meine Sklavin verächtlich behandelt,‹ sagte die Prinzessin zornig darwider, ›was kann der Grund einer solchen Kälte sein?‹ ›Die Liebe, die du mir eingeflößt hast,‹ entgegnete ihr zärtlich Zahide, ›ja, o schöner Mond der Welt, diese Liebe macht mein Herz gegen alles gefühllos; die schönste der Huris würde mir jetzt gleichgültig sein. Gib mir deine schönen Hände; erlaube mir, indem ich sie küsse, das Feuer, das mich verzehrt, zu lindern; geruhe Mitleid mit einem Unglücklichen zu haben, dem deine Härte das Grab öffnet!‹ Immer verwirrter wurde die Prinzessin, immer mehr gab sie vor, zufrieden zu sein; immer gefallsüchtiger wollte sie sich zeigen, und immer mehr verdoppelte Zahide die lebhaften Ausbrüche, süßen Beteuerungen und ihren Eifer: ist es möglich, gefallsüchtig zu sein, wenn die Liebe im Herzen thront? Die Prinzessin gab also Zahide die Hand, sagte ihr ein zärtliches Wort oder sah sie innig an; doch ihr Herz machte ihr über eine Handlung Vorwürfe, die sie nicht einmal begangen hatte. Sie suchte Zahide von ihrer Liebe abzubringen, indem sie sie auf eine Sklavin hinwies, bald, um ihr Beifall zu spenden, bald, um ihren Tanz, ihre Gestalt und ihre Vorzüge zu bewundern; dann wieder lobte sie ein Musikstück oder ein gesprochenes Gedicht. Einige Male ließ sich Zahide aus Mitleid diese Ausflüchte und von der Liebe eingegebenen Schlupfwege gefallen. Stand ihr doch der Beweggrund zu nahe, um nicht solche Gefälligkeit zu üben. Um sich indessen von dem Glück ihres Bruders zu überzeugen, dankte sie ihr bald für ihre Güte, bald hielt sie zu ihrem Lobe eine Rede oder machte die gleichgültigste Gebärde; und dieses Vorgehen brachte die Prinzessin zur Verzweiflung, um so mehr, als sich Zahide fortwährend weigerte, sich der Verführung zu überlassen, die die erlesenen Weine, die man ihr unaufhörlich darbot, verursachen konnten; solches war eine Zuflucht, die nicht zu vernachlässigen die Prinzessin ihren Sklavinnen geboten hatte. Als die Stunde der Trennung herangekommen war, schlug die Prinzessin wie gewöhnlich dem Fremden eine neue Sklavin vor, der aber wies sie als eine Beleidigung zurück. Die Prinzessin erregte sich darüber und bestand voll Bitterkeit auf dem Gesetz; Zahide jedoch sagte zu ihr: ›O Sultanin meines Herzens, da du mich zwingst, abermals deiner Sklavinnen eine zu erwählen, werde ich gehorchen, obwohl sie mir völlig nutzlos ist, und will keine andere als die schöne Muna nehmen.‹ Darauf zog sich die Prinzessin zurück; doch rief sie vorher Muna zu sich und sprach zu ihr, ohne daß man es hören konnte: ›Wenn du mich liebhast, o schöne Muna, wende alle Sorgfalt an, um diesem Fremden zu gefallen, niemals haben wir einen lästigeren gehabt, du allein vermagst mich vor einem traurigen Leben zu retten; es steht in deinen Händen.‹ Muna fehlte es wahrlich nicht an Lust, ihrer Herrin gefällig zu sein, zumal sie ja selbst wünschte, dem jungen Fremden zu gefallen. Und aufrichtig versprach sie ihrer Herrin, nichts zur Ausführung ihrer Befehle zu versäumen.

Als Zahide sich allein mit Muna sah, sprach sie: ›Weißt du heute besser Bescheid als gestern?‹ ›Ach nein,‹ sagte die süße Sklavin darwider, ›aber ich liebe dich und habe nichts unterlassen, um dich zu befriedigen; unter der Zahl derer, die uns bedienen, gibt es eine Sklavin, deren Alter so hoch und deren Treue so bewährt ist, daß sie die Erlaubnis hat, manchmal auszugehen und in die Stadt zu reisen; an die habe ich mich gewandt, um dich zufriedenzustellen; und ich habe sie gebeten, mich von dem in Kenntnis zu setzen, was du so gern wissen willst. Da ich sah, daß sie nur sehr unvollkommen darüber unterrichtet ist, hat mich trotz der Ge-

fahr, die wir beide laufen, indem wir solche Nachforschungen anstellen, die Liebe zu dir so beredt gemacht, und ich wußte sie durch kleine Geschenke so wohl zu gewinnen, daß sie heute nachmittag eine Händlerin aufgesucht hat, die mit ihr befreundet ist und eine Art Vertraute der verstorbenen Königin war; die hat sie mir zu fragen versprochen nach allem, was sie über die Vorgänge hier wissen kann. Solches, o lieber Fremdling, tat ich, um dich zufriedenzustellen!‹
Zahide bezeigte ihr ihre Dankbarkeit und zwang sie, einen Diamantschmuck zu nehmen, um, wie sie sagte, damit die alte Sklavin und die Händlerin zu belohnen. ›Behalte deine Diamanten,‹ wiederholte ihr die schöne Muna tausendmal, ›wozu können sie mir nützen? Wiegen sie einen Kuß auf, den dich nichts hindert mir zu geben, eine Liebkosung, die du mir spenden, eine Zärtlichkeit, die du mir erweisen könntest? Warum willst du die Verbindlichkeit verringern, die du gegen mich haben mußt? Doch du bist nur undankbar. Sprich, kann ich dir mehr Liebe beweisen? Kann ich mich größeren Gefahren aussetzen, um die Kälte und Undankbarkeit deines Herzens zu mildern?‹ ›Oh, nichts kann meiner Erkenntlichkeit gleichen,‹ antwortete ihr Zahide, ›aber du siehst doch ein, daß ich mich, da ich unterrichtet sein will, einer jähen Abreise nicht aussetzen möchte; daher kann ich deiner Liebe nicht eher antworten, als bis ich über das Geheimnis des Korbes, der Prinzessin und des Gartens aufgeklärt bin; solches ist mein fester Plan, traue mir doch,‹ fuhr sie fort, ›laß uns diese Nacht wie die vorige verbringen.‹
Wie betrüblich auch dieser Vorschlag für die schöne Sklavin sein konnte, Zahides bestimmter Ton ließ sie einsehen, daß sie sich bequemen mußte; und die für die Freu-

den bestimmte, von völligster Freiheit begünstigte Zeit verbrachte sie noch einmal in Tränen und Seufzern und Klagen. Aber als die Nacht abließ, die Erde zu verdunkeln, rief Zahide sie, um sie zu verpflichten, nichts an den versprochenen Aufklärungen zu versäumen, zu sich und gab ihr einen Freundschaftskuß, den jene nicht erwartet hatte und der sie dem Gipfel ihrer Wünsche nahebrachte.

Zahide verbrachte den Tag in tieferer Unruhe als den vorigen und fühlte, wie sie es trotz aller Vorsicht nicht verhindern konnte, daß sie der Korb folgenden Tages nach Medhuchan zurückbrächte oder daß man ihre Täuschung ergründete. Eins wie das andere betrübte sie in gleicher Weise, da es sie in die Notwendigkeit versetzte, sich zu entfernen, ohne einen Trost für ihren Bruder gefunden zu haben. Alles, was sie tun konnte, war, sich mit einer unbestimmten Hoffnung zu trösten und sich vorzunehmen, je nach der Gelegenheit alles auszunützen, was sie in der kommenden Nacht in Erfahrung zu bringen vermochte.

Endlich erlaubte die Sonne den Sternen zu erscheinen, und die Prinzessin kam betrübter und unruhiger an, als sie es je gewesen war. Zahide ihrerseits war mit ihren Gedanken beschäftigt, und das Mahl verlief noch ernster als die früheren. Die schönen Jungfrauen sahen sich unaufhörlich in höchstem Erstaunen an; die Augenblicke des Schweigens, die sehr häufig eintraten, waren gegen die Regeln des Gartens. Als die Prinzessin solches bemerkte, unterbrach sie es plötzlich durch irgendein Gespräch, das aber gar nicht immer ihres treffenden Geistes würdig war. Zahide indessen, die ihre begonnene Rolle weiterspielen wollte, sprach also: ›Wie, o schöne Königin meiner Wünsche, es scheint, daß du noch unzufriedener bist, als du es die beiden anderen Tage warst. Warum trübst du durch deine Unruhe mein Glück, die Königin meiner Gedanken zu sehen?‹ Erwiderte die Prinzessin: ›Was soll ich zu einem Manne sagen, der sich mein Geliebter und Sklave nennt, mir indessen doch zu mißfallen sucht?‹ ›Ich, ich suche dir zu mißfallen?‹ entgegnete feurig Zahide. ›Ich, der ich mein Leben hingeben würde, um dir einen Augenblick angenehm zu sein!‹ ›Diese Redensart ist abgebraucht‹, unterbrach sie die Prinzessin; ›du fühlst wohl, daß sich das Unrecht, das du meiner Sklavin antatest, bei mir nicht wieder gutmachen läßt. Mit einem Worte,‹ fuhr sie fort, ›wenn mein Geliebter nicht unterwürfig ist, was habe ich von ihm zu erwarten, wenn ich so unglücklich wäre, in ihm meinen Gatten zu sehen? Glaube mir nur, ich will eher das Leben lassen als mich einem Menschen fügen, über den ich so wenig Macht habe und der meine Geschenke mißachtet.‹ ›Oh, wie ungerecht bist du!‹ rief Zahide aus. ›Glaube mir, deine Klagen sind vergeblich, sie überzeugen mich nicht‹; sprach die Prinzessin zornig darwider, ›erwähle eine meiner Sklavinnen, und trennen wir uns, das ist das beste, was wir tun können!‹ Zahide bat sie, die Güte haben zu wollen, ihr die treue Muna zu lassen, und solches wurde ihr zugestanden trotz des Erstaunens, das diese Beständigkeit bei der Schar der Jungfrauen verursachte, und trotz der geringen Hoffnung, die die Prinzessin daraus schöpfte.

Als nun die Tore des Gartens geschlossen waren, bemächtigte sich beider ein gleicher Eifer, der einen, dieweil sie Fragen stellen, der andern, dieweil sie darauf antworten wollte. ›O schöner Fremdling,‹ sprach Muna zu ihr mit der Wärme des Gefühls, das zuversichtlich weiß, daß es Erfolg hat, ›alles ließ mich die Liebe entdecken!‹ ›Ach, o meine liebe Muna, wie bin ich dir dankbar‹, unterbrach Zahide sie. Solch süße Worte bezahlten die Sklavin für alle ihre Bemühungen. ›Dies nun‹, sagte sie, ›hat die Alte mir berichtet und ist, glaube ich, alles, was wir darüber erfahren können:

DIE GESCHICHTE VON GÜLSUM UND DEM KÖNIG DER GEISTER

Der König von Medhuchan, Vater der Prinzessin Zuluch und des Prinzen Badanazar, der heute herrscht, starb vor ungefähr zehn Jahren; die schöne Gülsum, sein Weib, aber verwaltete seine Staaten mit einem Rat der Wesire, den der König vor seinem Ableben eingesetzt hatte, da seine Kinder noch zu jung waren, um ebensoweise Vorkehrungen zu treffen.

Gülsum nun war schön und noch jung. Der Ruf ihrer Schönheit wurde bald noch mehr durch die Weisheit ihrer Herrschaft und die Sorgfalt, mit der sie sich insbesondere der Erziehung ihrer fürstlichen Kinder widmete, gehoben; denn Herzenstugenden erhöhen immer noch die äußeren Reize. Der König der Geister wurde von den Vollkommenheiten der Königin in Kenntnis gesetzt und zweifelte lange, ob ihr Ruf nicht übertrieben wäre. Um es selbst zu entscheiden, erschien er an ihrem Hofe; und aus der Bewunderung ihrer schönen Eigenschaften entstand gar bald eine unbändige Liebe; doch je mehr er ihr nachgab, um so unglücklicher wurde er. Denn die Königin hatte dem Könige, ihrem Gatten, ewige Treue versprochen, und niemals konnte der König der Geister mehr von ihr erlangen als Zeichen der Dankbarkeit für die Dienste, die er ihr unaufhörlich leistete, und für all die Aufmerksamkeiten jeder Art, mit denen er sie alle Augenblicke belästigte. Doch Dankbarkeit allein genügt einem Liebhaber nicht. So verwandelte sich alsbald die Liebe des schrecklichen Königs in Haß. Und er sann lange nach, wie er sich an der gleichgültigen Königin rächen könnte, und beschloß endlich, sie in einer Weise zu bestrafen, die sie empfindlich fühlen mußte, ohne daß es sie jedoch persönlich träfe. Die weise Königin, die voll der edlen Gefühle war, hatte alle Sorgfalt angewandt, um die Prinzessin Zuluch in allen Tugenden, die sie selbst ausübte, zu unterweisen; da nun der Geist ihre tief eingeprägten Lehren aus dem zarten Gemüt der Tochter nicht austilgen konnte, so beschloß er, sie wenigstens des äußeren Anscheins der Tugend zu berauben und dadurch ihre sanfte und tugendreiche Mutter zu betrüben.

Um seinen Plan auszuführen, hetzte er die Mitglieder des Rates auf, sie sollten niemals einwilligen, daß das Königreich Medhuchan geteilt würde, wozu sich die Königin Gülsum bei einer etwaigen Heirat der Prinzessin Zuluch genötigt sah. ›Denn dieweil es keine Staatskunst ist,‹ fügte er hinzu, ›plötzlich die Rechte und Nutznießungen eines Staates einzuschränken, muß man die Heirat der Prinzessin mit solch großen Schwierigkeiten verknüpfen und ihrer Lebensweise einen so abschreckenden Anschein geben, daß Zuluch niemals einen Fürsten finden kann, der sie heiraten will. Und wenn sie etwa eine unebenbürtige Heirat eingeht, so kann sich der Diwan mit Recht widersetzen, ihr die Hälfte des Königreichs zu geben!‹ Da er indessen bedachte, daß es ungerecht wäre, einer jungen und keines Verbrechens schuldigen Prinzessin ein trauriges und bejammernswertes Leben zu bereiten, fügte er hinzu, daß er die Mittel, all diesen Übelständen abzuhelfen, gefunden zu haben glaube. Der Diwan dankte ihm ob der Anteilnahme an der Größe und Erhaltung des Staates und bat ihn, ihm den Plan, den er in Ausführung zu bringen willens wäre, ganz unterbreiten zu wollen. Da schlug der Fürst vor, an einem Ort der Wonne die Tanzgesellschaften und Feste zu veranstalten und die schönen Sklavinnen zu versammeln, den er sich zu bauen erbot; und um die Prinzessin und ihren Hof zu trösten, versprach er, solange sie den Garten bewohnten, sollten sie keine Wirkung der Jahre verspüren und die Frische und Jugend und Schönheit beibehalten, die sie im Augenblicke seines Entstehens gehabt hatten. ›Und damit nicht genug,‹ fuhr er fort, ›die Fremdlinge sollen nur durch einen Korb in den Garten geführt werden oder ihn wieder verlassen. Auch soll der Korb nur die aufnehmen, die aus freiem Willen kommen wollen, und niemals mehr als einen; und wer einmal so wieder hinweggetragen ist, dem soll jeder andere Rückweg durchaus versperrt sein.‹ Um indessen die Tugend derer, die im Diwan saßen, zu beruhigen, bestimmte er noch, daß alle, die den Reizen der Sklavinnen unterlägen oder sich dem köstlichen Wein, den man ihnen darbieten werde, allzusehr hingäben, alsogleich von dem Korbe zurückgebracht, daß sie freilich nicht mit solcher Strenge behandelt werden sollten wie jene, die es an schuldiger Ehrerbietung der Prinzessin gegenüber fehlen ließen.‹ Zu ihrem eignen Nutzen nun hütete sich Muna wohl, Zahide zu sagen, daß der, der zurückhaltend genug wäre, den Prüfungen des Gartens während dreier Tage zu widerstehen, die Prinzessin Zuluch heiraten dürfte.

›Diese Bedingungen‹, fuhr sie fort, ›wurden angenommen; der König der Geister hatte bald alle Dinge, wie du sie mit deinen Augen siehst, hergerichtet; und um die Fremden heranzulocken, ließ er in der Stadt Medhuchan verkündigen, daß man sich bei dem Korbe einstellen könnte, um neue Dinge zu sehen und herrliche Genüsse auszukosten. Eine derartige Aussicht hat bald Neugierige herangelockt; doch ihre Zahl zu bestimmen würde schwierig sein. Der vom Diwan gelobte Geisterfürst brachte also seinen Plan zur Ausführung; man riß Zuluch aus den Armen ihrer zärtlichen Mutter und überlieferte sie den Freuden dieses Gartens; Gülsum aber wurde von Schmerz ergriffen, als sie Näheres über die nächtlichen Feste Zuluchs vernahm. Der König der Geister entfernte sich schnell, um den Vorwürfen zu entgehen, mit denen sie ihn überschütten wollte; sie bezeigte ihren Kummer denen, die im Diwan saßen; doch die ließen sich nicht erweichen, da sie das Wohl des Staates im Auge hatten. Und als die weise Königin sah, daß es für ihr Unglück keine Heilung gab, konnte sie es nicht verwinden und starb nach einiger Zeit des Siechtums. Der König Badanazar bestieg nun den Thron, billigte und befolgte das zu seinem Nutzen bestehende Gesetz auf das gewissenhafteste; er ist es, der die Sklavinnen verpflichtet, ihm jeden Morgen über das Betragen der Fremden, die ihnen den Vorzug gegeben haben, Rechenschaft abzulegen. – Solches, o Herr,‹ schloß die schöne Muna, ›ist alles, was ich erfahren konnte. Leicht kannst du mich die Gefahr vergessen machen, der mich mein Mangel an Verschwiegenheit aussetzt: halte mir dein gegebenes Wort, mache mich glücklich!‹ ›Ich möchte es können‹, sagte Zahide herzlich darwider. ›Wer hindert dich daran, o Grausamer?‹ fuhr die Sklavin fort. ›Sprich mir nicht mehr von der Liebe, die du für die Prinzessin fühlst, bedenke, daß du sie niemals wiedersiehst. Der Kummer, den du über ihr Fernsein empfinden wirst, verspricht mir eine Rache, die mir, ach, nicht genügen kann; ich sehe, daß du in dein Unglück rennst, und werde schon vorher von ihm ergriffen, ich, die ihr Herzblut für dein Glück opfern würde!‹ Erwiderte ihr Zahide: ›Welche Sicherheit aber kannst du mir geben, daß deine Geschichte wahr ist? Du hast Verstand; daher steigen mir Bedenken auf, ob du sie nicht erfunden hast, um mich zur Dankbarkeit zu verpflichten.‹ ›Hör auf, o Grausamer, hör auf, mich niederzuschmettern,‹ unterbrach sie die süße Sklavin, indem sie dabei einen Tränenstrom vergoß, ›du mißt mir Fähigkeiten bei, um mich durch Laster anzuschwärzen. Wahre Liebe ist der Lüge unfähig, du kennst sie nicht und liebst nur mein Elend, doch ich werde mich zu rächen wissen. O wie unglücklich bin ich!‹ rief sie aus. ›Vergebens, o Treuloser, habe ich zu deiner Befriedigung ein Geheimnis entschleiert, das ich nicht zu enträtseln suchen durfte; vergebens habe ich mich darüber hinweggesetzt, um dich davon zu unterrichten; ich sehe ein, du wirst den Verrat so weit treiben, daß du der Prinzessin alles, was ich dir eben mitgeteilt habe, entdeckst und ohne Bedauern ein Mädchen, das dich vergöttert, sterben siehst; aber ich werde es zu hindern wissen, daß du sie wiedersiehst. Ich hoffte, daß du mir wenigstens die letzten Augenblicke deines Aufenthaltes in diesem Garten, der für mich nur noch ein Ort des Entsetzens sein wird, schenken würdest. Noch ein Wort: Wenn du die Prinzessin liebst, wirst du ebenso unglücklich sein wie ich; die Liebe verpflichtete mich dazu, dir ein Geheimnis daraus zu machen. Vernimm nun also, daß die Prinzessin morgen dein ist, wenn du sie heiraten willst und ich dir Gerechtigkeit widerfahren lasse. Jedoch ehe ich mich mit dem Glücke meiner Nebenbuhlerin zufriedengebe, will ich meineidig werden. (Wessen ist eine übermäßige Liebe nicht alles fähig!) Und ich will vor versammeltem Hofe erklären, daß du mir diese Nacht unterlegen bist; und du wirst das Glück verlieren, dem du mich aufopferst; ich werde der Prinzessin, die sich mehr fürchtet, dich zu heiraten, als zu sterben, damit einen Dienst leisten. Ja, was es mich auch kosten mag, du sollst nicht über mein Unglück siegen; trotz deiner Zurückhaltung will ich mit Freuden versichern, daß du mir Recht hast widerfahren lassen; und du wirst in den Korb zurückkehren, und Trauer und Betrübnis wird über dich kommen!‹ Zahide wurde sehr ängstlich bei diesen Drohungen; der Entschluß, den sie zu fassen hatte, war nicht so einfach. Was würde mit ihr geschehen, wenn sie verpflichtet wäre, die Prinzessin zu heiraten? Daher ließen sie die wenige Hoffnung, ihrem Bruder nützen zu können, und die Furcht, nutzlos für ihn zu sterben, die Rache, die Muna sann, für das einzige Mittel halten, das sie aus der Verlegenheit ziehen könnte, in dem Korbe zurückkehren zu müssen. ›Sag, sind mir deine Gedanken günstig gesinnt?‹ nahm Muna das Wort, die die Erregung in ihrem Gesichte gelesen hatte. ›Nein,‹ entgegnete ihr Zahide, ›keine deiner Drohungen regt mich auf; laß uns etwas ausruhen. Du magst alles tun, was dir behagt,‹ sprach sie kühn zu ihr, ›ich fürchte dich nicht!‹ Muna wurde verwirrt ob einer solchen Beständigkeit in ihrer Mißachtung und sehr betrübt ob dieses letzten Zwiegesprächs, das ihre Eigenliebe noch mehr empörte; sie schickte sich aber trotz des Zornes, den sie im Herzen hatte, an, Zahide zu gehorchen, und zog sich, von tausend verschiedenen Gedanken gepeinigt, in die äußerste Ecke des Ruhebettes zurück. Zahide litt nicht weniger unter dem Sturzbach Tausender von Gedanken. Indessen gestatteten ihr die Mattigkeit und das Bedürfnis, die sich bei einem von Leidenschaften verschonten Herzen leicht fühlbar machen, sich dem Schlummer hinzugeben.

Muna aber, die nicht schlief und sie unausgesetzt betrachtete, mußte diesen Schlaf für eine letzte Beleidigung halten; wenig fehlte daran, daß sie die unglückliche Prinzessin ihrer Rache opferte; und sie hatte die Absicht, sie nicht überleben zu wollen; zwanzigmal faßte sie den Plan, zwanzigmal griff sie nach ihrem Dolche, doch als sie endlich den Tag kommen sah, wollte sie den noch einmal mit ihren Augen verschlingen, von dem sie nun auf immer getrennt werden sollte. Sie erhob sich, um ihm nahe zu kommen, und betrachtete ihn voller Entzücken; und wollte ihm wenigstens noch einen Kuß geben, sah auch sorgfältig nach, ob sie nicht irgendeine Kleinigkeit fände, die ihm gehörte, die einen großen Schatz für sie ausmachen und ihr als Trost in seiner Abwesenheit dienen könnte. Endlich sahen ihre Augen infolge der Unordnung bei dem Schläfer klar: Zahide schien ihr ein Weib zu sein; je mehr sie nachforschte, desto mehr überzeugte sie sich davon und traute ihren Augen kaum, konnte auch nicht mehr daran zweifeln: ein reizender und mehr als zur Hälfte entblößter Hals war die geringste ihrer Gewißheiten; die Binde ihrer Leidenschaft fiel im Nu; ihre Wünsche erloschen; sie fand ihre frühere Unschuld wieder, mit einem Wort: sie ward eine andere Muna. Ihre Eigenliebe, die nicht mehr durch die Vorgänge, die sie erduldet hatte, empört wurde, stellte die Gerechtigkeit in ihrem Herzen wieder her und wies sie auf ihre Pflichten im ganzen Umfang hin. Sie ging fort, ließ die Prinzessin wecken und teilte ihr insgeheim ihre Entdeckungen mit.

Zuluch aber hing immer der Leidenschaft nach, die sie für den Fremden gefaßt hatte; da sie jedoch die Prüfungen peinigten, denen sie ihre traurige Lage aussetzte und die ihre Liebe zu dem Könige Kemsarai ihr noch unerträglicher machte, war sie entzückt von Munas Erzählungen, zumal sie fürchten mußte, daß sie sich eines Tages gezwungen sehen könnte, irgendeinem der Fremden, die der Korb unaufhörlich herbeibrachte, die Hand reichen zu müssen, und beschloß auf der Stelle, die Fremde zu heiraten, die dem Anschein nach es niemals wagen würde, ihr Geschlecht zu entdecken, das zu verbergen diese ebensoviel Ursache haben würde wie sie. Dieses Vorhaben entsprach völlig dem Empfinden ihres Herzens und gab ihr einen vernünftigen Vorwand, einer Lebensart zu entsagen, der sie keinen Geschmack mehr abgewinnen konnte. Sie versprach daher Muna die Freiheit, wenn sie das Geheimnis des Fremden nicht enthüllen würde und sich mit der Aussage begnügen wolle, daß er ihr auch in dieser dritten Nacht nicht unterlegen wäre. Muna gehorchte ihr; und als sie dem König und seinem Diwan ihre mit dem Wunsche der Prinzessin übereinstimmende Erklärung abgegeben hatte, sagte der: ›Laßt uns doch einen Gatten sehen, wie wir ihn seit so langer Zeit erwarten; laßt uns den mäßigsten aller Männer in Augenschein nehmen!‹ Alsobald gab er Befehl, daß zwei seiner Wesire im Gefolge aller Hauptleute der Krone und seines Hauses hinausgehen sollten, um aus den Gärten des Geistes den Fremden abzuholen, der die Prinzessin, seine Schwester, nun heiraten sollte. Seinem Befehl wurde nachgekommen, und die Wesire fanden Zahide noch schlafend vor und stellten sich in tiefstem Schweigen, mit allen Abzeichen ihrer Würde, um sie auf, standen gesenkten Auges da und wagten den nicht anzusehen, der der Schwager des Königs werden sollte.

Unterdessen wachte Zahide auf und staunte in höchstem Staunen, als sie sich inmitten eines so glänzenden und unterwürfigen und schweigsamen Hofes sah, während sie doch erwartet hatte, in dem verhängnisvollen Korbe zu sein. ›Wo bin ich?‹ fragte sie mehrere Male. Der Großwesir fiel vor ihr nieder und antwortete auf ihre Fragen nur mit Ehrerbietung und der Bitte, daß sie einwilligen möchte, ihm zu folgen. Zahide fügte sich seinem Wunsch, alles, was sie sah, konnte sie nicht beunruhigen; sie folgte also dem prächtigen Zuge und kam bald in dem Palast des Königs an, der sie auf seinem Throne empfing; die Prinzessin Zuluch aber saß ihm zur Seite. Sprach der König zu ihr: ›Komm, o Fremdling, dessen Treue und Mäßigkeit Belohnung verdienen; nenne uns wenigstens deinen Namen, deine Heimat und deinen Beruf; dein Schwager muß doch deine Geschichte kennen: erzähle vor allem ausführlich von deinen Reichen und deinen unermeßlichen Ländern!‹ Zahide, die nicht an den spöttischen Ton, den man gegen sie anschlug, gewöhnt war, warf sich dem Könige zu Füßen und sprach: ›Möge deine Erhabenheit die Gefühle verzeihen, die mich hierhergeführt haben; ich bin zu aufrichtig, als daß ich noch länger lügen könnte.‹ Zuluch fürchtete, daß sie ein Geheimnis zu offenbaren beabsichtigte, auf das sich ihre Ruhe stützte, und wollte sie unterbrechen; doch Zahide fuhr, um die Prinzessin wenigstens um den grausamen Zustand wissen zu lassen, in den die Liebe ihren Bruder versetzt hatte, mit solchen Worten zu reden fort:

›O Herr, Kemsarai...‹ Bei diesem Namen errötete die Prinzessin, Zahide aber redete weiter, scheinbar ohne es zu bemerken: ›Mein Bruder‹, sprach sie, ›ist ein junger und unglücklicher König, der aus Liebe zu der Prinzessin Zuluch stirbt; er hat die Schlingen, die man Fremden in deinen Staaten legt, nicht zu umgehen gewußt, und der Korb hat ihn dadurch, daß er ihn forttrug, zum unglücklichsten aller Menschen gemacht. Ich bin mit ihm durch eine so zärtliche Freundschaft verbunden, daß ich ihn nicht sterben lassen wollte, ohne wenigstens versucht zu haben, ihm einen Trost zu verschaffen. Und ich habe mich also in der Verkleidung, in der du mich hier siehst, allen Zufällen einer der größten Reisen ausgesetzt und habe das Abenteuer des Korbes versucht.‹ ›Wie, du bist kein Mann?‹ sprach der König darwider. ›Nein, o Gebieter, ich heiße Zahide,‹ antwortete sie und rieb sich mit einer Flüssigkeit, die sie zu solchem Zwecke mit sich genommen hatte, das Gesicht ab und nahm ihren Turban herunter, der die schönsten Haare der Welt fallen ließ; sie schien so schön, daß Badanazar davon betroffen wurde und das erstemal in seinem Leben Liebe fühlte. Wenig fehlte daran, und er wäre ihr zu Füßen gefallen. Da er sich indessen nicht auf einmal so verändert gegen sein bisheriges Betragen zeigen wollte und auch noch über ein Empfinden errötete, das ihm bisher unbekannt war, sagte er mit geheuchelter Ruhe zu ihr: ›Der Betrug, den du, o Zahide, begangen hast, verdiente, daß du getötet würdest; wer weiß, ob du nicht gar über deine erlauchte Geburt unwahre Angaben machst; doch will ich deinen Reizen Gnade erzeigen. Lebe künftig bei Zuluch, doch hoffe niemals, deinen Bruder wiederzusehen noch in sein Reich zurückzukehren; und du, o meine Schwester, fahre fort, dir einen Gatten zu suchen. Zahide entspricht dem Gesetze nicht.‹

Die beiden Prinzessinnen entfernten sich, und Zuluch, die trotz der Gleichheit des Namens nicht zu glauben wagte, daß der, den sie liebte, auch der wäre, von dem Zahide ihr soeben gesprochen hatte, stellte so viele Fragen an sie und Zahide erzählte ihr so viele Einzelheiten, daß Zuluch in ihrer Freude, von dem geliebt zu werden, den sie anbetete, beschloß, sich eher jeder Gefahr auszusetzen, als wieder in die Gärten des Geisterfürsten zurückzukehren.

Badanazar säumte nicht lange, die, die ihm Seufzer verursachte, wiederzusehen. Er wollte zu ihr von seiner Liebe sprechen; aber wenn sie ihn schon sehr liebenswert fand, behandelte sie ihn doch mit der größten Härte. Der Fürst beklagte sich darüber; Zahide aber sprach zu ihm, daß, wenn er ihr gefallen wollte, sie auf die Prinzessin Zuluch die Ansprüche geltend zu machen wünschte, wozu sie die vom Geisterkönige auferlegten und von seinem Diwan gebilligten Gesetze hinreichend berechtigten. Badanazar machte einige Schwierigkeiten, doch endigte er mit diesen Worten: ›Ich stimme allem zu, was du verlangst, soweit die Sache von mir abhängt, und werde keinen anderen Willen mehr als den deinigen haben.‹ ›Von diesem Augenblick an‹, sprach sie darwider, ›verbiete ich die Gastereien im Garten und wünsche, daß der Korb nicht mehr ausgeschickt wird, um Fremde zu holen.‹ ›Ich sehe mich genötigt, dir zu sagen,‹ entgegnete der König, ›daß alles, was du verbietest, den König der Geister angeht; aber du sollst ihn selbst sprechen‹, fügte er hinzu; ›leicht ist es mir, ihn kommen zu lassen; was ich in dieser Angelegenheit tun kann, ist einzig, meine und deine Bitten zu vereinigen. Aber soll sich meine liebe Schwester‹, fuhr er fort, ›denn niemals verheiraten?‹ ›Warum denn nicht?‹ entgegnete Zahide. ›Das Gesetz befiehlt mir,‹ unterbrach sie der König, ›den Gatten, den ihr das Schicksal bestimmt, in den von dem Geisterkönige errichteten Gärten zu prüfen.‹ ›Alle Eide, die etwas Unmögliches fordern, gelten nicht‹, antwortete ihm Zahide mit fester Überzeugung, die den König in Erstaunen setzte. ›Ich will einen einfacheren leisten, den ich heilighalten will‹, fuhr sie fort. ›Du liebst mich, o Herr?‹ fragte sie ganz sittsam. ›Nun denn, ich will dich heiraten, wenn du dich aus Liebe zu mir drei Tage lang einer Sache entschlagen kannst, deren du zu deiner Lebensfreude ganz besonders bedarfst.‹ ›Ich willige darein‹, versetzte der König; ›und wessen soll ich mich nach deinem Wunsche enthalten? Es gibt nichts, was ich nicht zu tun fähig wäre, um dir zu beweisen, wie sehr ich dich liebe!‹ ›Ich kenne dich noch nicht gut genug, um ein bestimmtes Opfer zu verlangen,‹ antwortete sie ihm, ›doch wenn du mich liebst, würdest du dich zweifelsohne der Sache entschlagen, die ich dir angeben würde; indessen will ich keinen anderen Richter als dich selbst und verlasse mich dabei ganz auf deine Ehrlichkeit.‹ Badanazar aber verließ sie, um mit seinem Wesir zu beratschlagen und eine auffallende Entbehrung auszusinnen, und hatte von den Prinzessinnen bis zum Abend des folgenden Tages Abschied genommen, weil er zur Jagd gehen wollte. Nachdem er lange Zeit nachgesonnen hatte, glaubte er das Gesuchte gefunden zu haben. ›Ich liebe nur die Tigerjagd, du weißt es, o Wesir, und will auf die Gazellenjagd gehen, die ich nicht leiden kann; das ist ein Opfer, das ich der schönen Zahide bringen will, und ist eine Entbehrung, die ich mir auferlege; wir wollen hören, was sie dazu sagt.

Nein, und wenn hundert Tiger morgen vor mir herliefen, ich will nicht auf einen zielen, das schwöre ich; solches muß sie von meiner Liebe und Widerstandskraft überzeugen.‹

Während der König diese Anstalten machte, fanden die Prinzessinnen Mittel, einen Mann, der den Fürsten auf die Jagd begleiten mußte, zu gewinnen, um ihren Befehl auszuführen; sie waren zu sehr durch den Vorteil vereint, als daß sie nicht gemeinsame Sache gemacht hätten. Zahide war einen Teil der Nacht beschäftigt, das zu bereiten, worauf den König stoßen zu lassen ihr jener Eingeweihte, dem die Gegend genau vertraut war, versprochen hatte. Die Prinzessinnen ruhten sich darauf aus und erwarteten Badanazars Rückkehr, der hocherfreut zu ihnen kam. ›Du versichertest doch, o schöne Zahide, daß man sich nicht bezwingen könnte? Wahrlich, ich habe es heute getan und habe dir zuliebe eine der traurigsten Jagden abgehalten und glaube nicht, daß ich in langer Zeit wieder eine solche unternehmen werde.‹ ›Du bist also mit dir zufrieden,‹ sagte Zahide darwider, ›laß uns doch sehen, was du vollbracht hast!‹ ›Ich habe Gazellen gejagt‹, erwiderte er zuversichtlich. ›In welche Gegend brachte dich die Jagd?‹ ›Zu den Palmenwäldern‹, entgegnete er; ›aber, fürwahr, du weißt nicht, was ich dort gefunden habe: wundervollen Scherbett, in Schnee eingesetzt und in Gefäßen, die den angenehmsten Schmuck bilden; du sollst dich von der Güte des Getränkes überzeugen, ich habe befohlen, etwas davon mitzunehmen.‹ ›Und hast also davon getrunken?‹ unterbrach ihn die Prinzessin. ›Gewiß,‹ erwiderte der Fürst, ›meine Hauptleute haben mir vergebens Vorstellungen gemacht, ich dürfte etwas, dessen Herstellung man nicht gesehen habe, nicht trinken; aber es war warm, der Scherbett schien so kühl zu sein, auch ward er mir in so angenehmer Form dargeboten, daß ich alle Vorstellungen in den Wind geschlagen habe. Und ich habe mich wohl dabei befunden; niemals hat man mir etwas Köstlicheres gereicht noch etwas, was mir mehr Genuß gewährt hätte.‹ ›Das Geständnis genügt mir, o Fürst; du hast dich des Wortes begeben, das du mir gabst!‹ ›Was willst du damit sagen?‹ erwiderte lebhaft der Fürst und war ein wenig betreten; ›es war heiß, ich habe getrunken; ist es Sünde zu trinken, wenn man durstig ist?‹ ›Da hast du die dir gestellte Aufgabe‹, sprach Zahide darwider und schlug züchtig die Augen nieder; ›urteile selbst. Du kannst doch nicht sagen, daß du nicht genugsam vor der unschuldigen Falle, die ich dir gestellt habe und in die du gerietest, obwohl du allen Grund, sie zu meiden, hattest, gewarnt worden wärest. Übrigens habe ich den Scherbett bereitet, den du gefunden hast, und bin entzückt, daß er dir Freude machte.‹ Als sich die Verwirrung des Königs ein wenig gegeben hatte, sah er nur noch die Vorzüge von Zahides Geist und die Reize ihres Äußeren und sprach, auf die Knie sinkend, zu ihr: ›Ich erkläre mich für besiegt; welche Lust ich aber auch habe, dich zufriedenzustellen, so kann ich deine Wünsche ohne den Geisterkönig nicht erfüllen und muß durchaus seine Einwilligung haben; du weißt wohl,‹ fügte er hinzu, ›daß der Diwan nicht aufzuheben wagt, was er nur auf seinen Antrag beschlossen hat. Indessen will ich mir den Vorwurf ersparen, nichts für die Wünsche der schönen Zahide getan zu haben. Ich kann den König der Geister bestimmen, hierherzukommen; in wenigen Augenblicken könnt ihr beide mit ihm sprechen.‹ Die Prinzessinnen willigten mit Freuden ein, und auf der

Stelle schrieb Badanazar seinen und des Geisterkönigs Namen auf einige Blätter des besten, goldbemalten Papiers, das es im Palaste gab. Er verbrannte sie in einem Feuer von Sandel- und Aloenholz, und der Geist erschien.
Die Prinzessinnen legten ihm nun die Stimmungen ihrer Herzen dar und die Verwirrung, in die sie sein grausamer Befehl gebracht hatte. Zahide ließ ihn sogar auf eine feine Art fühlen, daß er bei dieser Angelegenheit der üblen Laune freien Spielraum gegeben habe. Und er gestand ein, er habe mehr als einmal die Härte seines Betragens bereut; ›aber, o schöne Zuluch,‹ fügte er hinzu, ›wenn ich dem Zauber des Korbes ein Ende mache, bedenkst du nicht, daß dann die Zeit und die Jahre all ihre Rechte an deine Jugend und Schönheit geltend machen?‹ ›Ja, o Herr, ich denke daran und unterwerfe mich solchem. Solange ich gefalle, werde ich das allgemeine Los nicht merken; wenn ich jedoch aufhöre zu gefallen, ist es mir dann nicht gleichgültig?‹ Der Geisterkönig war sehr gerührt über solchen Liebesbeweis und nahm es auf sich, um das Übel, das er veranlaßt hatte, wieder gutzumachen, die Erinnerung an dieses Abenteuer bei allen denen auszulöschen, die sich einbilden konnten, einige kleine Gunstbezeigungen von der Prinzessin erhalten zu haben, den Kummer von ihnen zu nehmen und ihnen endlich keinen andern Gedanken an das Ereignis zu lassen als nur die gewöhnlichen Vorstellungen über Freuden und Wonnen. ›Und das ist nicht alles,‹ fügte er hinzu, ›der Korb soll seinen Weg noch einmal machen!‹ Als er aber die Furcht sah, die der schreckliche Korb den Prinzessinnen verursachte, beeilte er sich zu sagen: ›Ich will ihm auftragen, den König Kemsarai zu holen. Bist du nicht damit einverstanden, o schöne Zahide? Und du, o schöne Zuluch,

wolltest du mich daran hindern?‹ fragte er lächelnd. Die Freude der einen und das Schweigen der andern bewiesen ihm, daß ihnen dieser Vorschlag unbeschreiblich angenehm war.

Während nun frohe Hoffnung ebensosehr die Herzen der Prinzessinnen wie das des Königs Badanazar beseelte und der Geisterkönig sich des Vergnügens freute, sie in der Zufriedenheit der Liebe zu sehen, die ein glückliches Ziel vor Augen sieht, sauste der Korb davon und war bald im Gemach des Königs Kemsarai. Der Fürst hatte kaum noch einen Lebensatem in sich; der Anblick des Korbes freilich belebte alle seine Hoffnungen aufs neue und gewährte ihm die Kraft, sich ohne jede Hilfe in den Korb zu setzen. Alsobald flog der mit gewohnter Schnelligkeit davon und trug ihn in den Saal des Palastes, wo ihn der König Badanazar und die Prinzessinnen und der Geist erwarteten. Beim Anblicke Zuluchs schwanden Kemsarai die Sinne. Der Geist flößte ihm sofort eine Flüssigkeit ein, ohne die er völlig verloren gewesen wäre; augenblicklich erlangte er seine frühere Gesundheit wieder. Die Liebe und die Prinzessin Zuluch würden solches Wunder zweifelsohne auch bewirkt haben, aber sie hätten längere Zeit dazu gebraucht. Der Geisterkönig vollzog selbst die Hochzeitsfeier der vier Liebenden; und als sie seiner nicht mehr bedurften, flog er davon, um sie der Liebe zu überlassen, der sie sich nach ihrem Gefallen und ohne Unruhe hingeben konnten.« –

Als Moradbak diese Geschichte vollendet hatte, sprach zu ihr der Sultan, der ihr immer sehr munter vorgekommen war, obwohl er einige Male recht gut hätte schlafen können: »Ich bin sehr zufrieden mit deiner Erzählung; zwar hat sie mich nicht einzuschläfern, jedoch zu unterhalten verstanden, und ich fühle nun, daß Vergnügen ein noch besseres Heilmittel für mein Übel als Schlaf ist. Doch will ich dir sagen, daß Kemsarai zu seinem großen Glücke eine Schwester hatte und die Prinzessin in die Gefahr kam, Mädchen zu bleiben, wenn sie nun einen Mann geheiratet hätte, der zur Lust unfähig war. Und ich zweifle selbst, daß ein Liebhaber, der sich so sehr beherrschen kann, jemals einen guten Ehemann abgeben wird.«

Hudschadsch gab Moradbak ein Zeichen, sich zu entfernen, und befahl ihr, andern Tages wiederzukommen; sie gehorsamte ihm und erzählte ihm folgende Geschichte:

DIE GESCHICHTE VON DEM LASTTRÄGER

Es gab einstmals in Bagdad einen Steinschneider, Abdullah Dscherberi mit Namen; der hatte nur einen Sohn, dem er die beste Erziehung gab, die ihm möglich war. Als er nun fühlte, wie sich der Todesengel über ihn neigte, ließ er seinen lieben Sohn, diesen Sohn, den einzigen Gegenstand all seiner Empfindungen, kommen, um den Trost seiner Umarmung zu haben; und er hatte noch Zeit, ihm Ratschläge zu geben, deren seiner Meinung nach dessen große Jugend noch bedürfen konnte. Nachdem er ihm ans Herz gelegt hatte, die göttlichen Gebote niemals außer acht zu lassen, beschwor er ihn, vor allen Dingen niemals am Abend vorher zu bedenken, was er anderen Morgens tun müsse. Und er starb, indem er seinen Sohn umarmte, der das zwanzigste Lebensjahr noch nicht vollendet hatte. Nicht lange schmerzte den jungen Dscherberi der Dorn des Kummers, der in seinem Herzen hätte sitzen müssen, da er einen so guten Vater verloren hatte. Außer dem Hausrat und den Häusern, die er erbte, fand er in einem Keller des Hauses fünfmalhunderttausend Dinare, die in fünfzig Gefäßen aufgehäuft waren, deren jedes noch zehntausend Dinare galt. Diese Summe schien dem Jüngling, der noch keinen Begriff vom Reichtum hatte, ein Schatz Indiens zu sein; er überließ sich daher allem Aufwande, der sich ihm bot, und kaufte Frauen zu seinem Vergnügen und wollte, daß sie kostbar gekleidet wären; er hielt ein offenes Haus für alle jungen Leute seines Alters, die ihm beständig den Hof machten und unaufhörlich seinem Wahn durch Lobreden Nahrung gaben, die sie seinem Aufwande, seinen Musikaufführungen, der Güte seiner Weine und der Gediegenheit seiner Mahlzeiten bereitwillig zollten.

Ein solches Leben hatte bald seine ganze Erbschaft zerstreut. Als er alle Gefäße geleert hatte, verkaufte er die Stadt- und Landhäuser und erhielt sich so lange wie möglich seine Frauen. Endlich aber sah er sich genötigt, sie wegzugeben, um alle seine Schulden bezahlen zu können; denn sein Herz war mit den Begriffen von Ehre und Tugend sehr vertraut. Er befand sich also in kürzester Frist ohne Mittel, infolgedessen auch ohne Freunde. Es war ein Glück für Dscherberi, daß ihm die Natur eine Kraft und Gesundheit verliehen hatte, der die Vergnügen nichts hatten anhaben können. Als er sich nun ohne Hoffnung auf Hilfe sah, wurde er Lastträger; und es währte nicht lange, so wurde er allen Männern dieses Gewerbes in Bagdad dank den erstaunlichen Lasten, die er tragen konnte, seiner Klugheit und des Frohmutes wegen, mit dem er seine Arbeit verrichtete, vorgezogen. Denn dem Rat seines Vaters, niemals am Abend vorher zu bedenken, was er anderen Morgens tun solle, fügte er die Norm hinzu, am Tage zu vergessen, was er am Abend vorher getan hatte. So dauerte es nicht lange, und er war der glücklichste Mensch in der Stadt. Seine Arbeit machte ihm keine Mühe; er hing nicht mehr von den Freuden ab, deren Sklave er gewesen war, und erkannte die Falschheit seiner Freunde. Man achtete ihn in seinem Stande, und er erarbeitete sich nur so viel, wie er für seinen Lebensunterhalt nötig hatte; er besaß keine Frauen, keine Kinder, war nüchtern und war eben der glücklichste aller Muselmanen.

Als er nun einst in der Nacht von einem Landhause zurückkam, wohin er eine Last gebracht hatte, hörte er, als er an dem Ufer des Tigris entlangging, die Stimme einer Frau, die in der Stromesmitte sein konnte; diese aber rief: ›Im Namen Allahs, helft mir!‹ Der Ton dieser Stimme war so kläglich, daß Dscherberi keinen Augenblick zögerte, seine Kleider von sich zu tun. Er fing an zu schwimmen und war glücklich genug, die Unglückliche in dem Augenblick zu retten, als sie noch über Wasser zappelte und die Kräfte sie zu verlassen anfingen; trotz der reißenden Strömung brachte er sie ans Land. Und als sie sich ein wenig von ihrem Schrecken erholt hatte, bat sie ihn, sie bis nach ihrem Hause zu begleiten, das sie ihm bezeichnete. Dscherberi willigte darein. Er hörte, bei ihrer Tür ankommend, weinende Kinder nach ihrer Mutter rufen. Sie traten in das Haus ein; die Frau, die er soeben gerettet hatte, schien Dscherberi von bezaubernder Schönheit zu sein; sie ließ ihn niedersitzen, fachte ein Feuer an, um seine Kleider zu trocknen, und erzählte ihm ihre Geschichte, die sie tausendmal unterbrach, um ihm das Übermaß ihrer Dankbarkeit zu beweisen:

›Es mag ungefähr sechs Monate her sein, daß eine alte Frau in mein Haus trat und zu mir sagte: ›Ich habe es niemals versäumt, die Gebete anzuhören, die man in der großen

Moschee hält; doch heute sind mir Geschäfte dazwischengekommen, die mich an meiner Reinigung gehindert haben: du weißt, daß ich nicht in die Moschee gehen kann, wenn ich diese Vorschrift nicht erfüllt habe. Ich bitte dich daher,‹ fuhr sie fort, ›mir einen Topf mit Wasser zu leihen.‹ Ich gewährte ihr die Bitte; sie reinigte sich, begab sich in die Moschee und kam dann, um mir zu danken. Ich wollte sie zum Essen dabehalten, denn meiner Ansicht nach konnte ich nichts Besseres tun, als eine Frau, die mir so fromm zu sein schien, an mein Haus zu fesseln und sie zu bestimmen, für meinen abwesenden Mann zu beten. Doch schlug sie es mir mit den Worten ab: ›O meine Tochter, ich will zu Allah beten, daß er dich für die Freude, die du mir gemacht hast, belohnt; aber es schickt sich nicht für eine Frau in meinem Alter, außer Hause zu essen.‹ Nachdem sie mich tausendmal gesegnet hatte, verließ sie mich. Seitdem ist sie alle Freitage gekommen, um mich zu besuchen; nach ihrer Gewohnheit nun kam sie ehegestern und sagte zu mir: ›Du hast mir so oft vorgeschlagen, einige Zeit bei dir zu verbringen; wenn du willst, nehme ich deine Einladung für heute abend an; ich esse dann mit dir, und wir bringen die Nacht hin, zu Allah um die Rückkehr deines Gatten zu beten; indessen knüpfe ich die Bedingung daran, daß wir morgen mit dem frühesten aufbrechen und du mit mir nach einem Landhause kommst, wo man meiner Verwandten eine verlobt. Ich verpflichte mich noch, dich wieder nach Hause zu bringen.‹ Ich willigte in ihren Vorschlag ein, wir brachen bei Tagesanbruch auf, fanden ein Boot, das uns erwartete, um uns über den Tigris zu setzen, und kamen dann in eine spärlich bewohnte Gegend. Ein gebrechlicher und sehr schlecht gekleideter Alter fand sich beim Anlegen unseres Bootes ein und führte uns nach einer Schäferei, wo wir ungefähr ein Dutzend Frauen versammelt vorfanden. Trotz des höflichen Empfangs, den sie mir beim Eintreten bereiteten, machte mich alles, was ich bemerkte, argwöhnisch und überzeugte mich, daß mich die Alte getäuscht hatte. Ich fragte sie voller Unruhe, wann denn die Hochzeit sein sollte, die sie mir angekündigt habe. Sie versicherte mir, daß sie abends stattfinden würde, wenn die Liebhaber aller Mädchen, die ich sähe, angekommen wären. ›Dann‹, fügte sie hinzu, ›wollen wir zusammen essen und Wein trinken, und du sollst den zum Schatz nehmen, der dir am besten gefällt.‹ Es bedurfte für mich keiner Erklärung mehr, um zu verstehen, in welchen Abgrund des Unglücks mich die niederträchtige Alte gestürzt hatte. Doch bezwang ich meinen Schmerz und verbarg meine Unruhe, wandte mich aber zu Allah und vertraute ihm das Geheimnis meines Herzens an: ›Du, der du Unschuldige und Betrübte beschirmst, befreie mich aus der grausamen Lage, in die ich mich versetzt sehe!‹ Solches Gebet zerstreute meine Erregung, und ich sagte zu der Alten mit größerer Leichtigkeit des Verstandes: ›Ich bin dir sehr dankbar, daß du mich an einen Ort geführt hast, wo ich Freuden finden soll, die ich in meiner Einsamkeit nicht erwarten konnte.‹ Diese Rede täuschte die Alte; und wir sprachen den Rest des Tages nur von dem bevorstehenden Nachtvergnügen. Als die Sonne untergegangen war, sah ich von verschiedenen Seiten etwa zwanzig Diebe ankommen, von denen mehrere verstümmelt waren. Sie grüßten die Alte und fragten sie, warum sie sie so lange Zeit nicht aufgesucht hätte; sie entschuldigte sich mit der Mühe, die sie sich gegeben habe, mich ihnen zuzuführen. Dann zeigte sie mich ihnen, sie aber kamen überein, daß sie ihnen niemals eine Frau gebracht, die ihnen mehr zugesagt hätte. Man trug das Essen auf und gab mir keinen anderen Platz als die Knie des Hauptmanns, auf die ich mich zu setzen gezwungen wurde. Ich machte keine Schwierigkeiten, ja heuchelte sogar, guter Laune zu sein, sann indessen immer auf Mittel, um dem Unglück, das mich bedrohte, zu entgehen. Als ich sah, daß der, dem ich zugefallen war, mich ebenso verliebt in ihn wähnte, als er es in mich war, gab ich vor, hinausgehen zu müssen. Die Alte aber nahm eine Kerze, um mich aus dem Hause zu führen. ›Ich wußte es wohl,‹ sagte sie zu mir, ›daß du nicht immer zornig auf mich sein würdest; man beginnt gewöhnlich damit, sich zu ärgern, das ist so Sitte, aber du wirst mir noch guten Herzens danken.‹ Ich würdigte die Elende keiner Antwort; als ich nun sah, daß ich weit genug vom Hause entfernt war, um den Plan, den ich gesponnen, auszuführen, fand ich ein Mittel, die Kerze wie zufällig auszulöschen, und bat die Alte, hinzugehen, um sie wieder anzuzünden; sie willigte darein. Dann bin ich nach der Richtung gelaufen, wo wir gelandet waren. Ich war noch nicht angelangt, als ich die Stimmen mehrerer der Elenden, die mir nachgelaufen waren, hörte; die riefen, daß man ihnen nicht so leicht entschlüpfe, wie ich mir einbildete. Solche Rede verdoppelte meinen Schrecken; ich nahm meine Zuflucht zu Allah und habe zu ihm gesagt: ›O Allah, du kennst die Geradheit meines Herzens, ich ziehe einen grausamen, aber tugendhaften Tod der Süße eines sträflichen Lebens vor.‹ Also sprechend, schloß ich die Augen, und da ich an einer etwas erhöhten Stelle war, stürzte ich mich in den Fluß. Du hast mich gehört und als Gottes Werkzeug gerettet. Ich werde niemals den Dienst vergessen, den du mir geleistet hast, und will vor dir immer die Ehrfurcht haben, die man vor seinem Vater hat.‹ Dann gab sie ihm einen Boetschalikteppich und reichte ihm hundert Dinare, wobei sie erklärte, sie sei betrübt, ihm nicht mehr anbieten zu können. Dscherberi aber wollte die Gaben nicht annehmen; um jedoch die Frau nicht zu beleidigen, nahm er den Boetschalik an, sagte, er wäre sehr glücklich, daß Allah ihn zu solch einer guten Tat ausersehen habe, und entfernte sich.« –

»Solches Verhalten ist denn doch zu unwahrscheinlich von einem Lastträger«, sagte Hudschadsch darwider; »du erzählst mir unglaubwürdige Geschichten!«

»O mein Herr und Gebieter,« entgegnete Moradbak, »ich bin nicht fähig, deine Erhabenheit zu täuschen; glaubst du denn, daß die Natur die Gefühle nach den Ständen verteilt? Was wird erst deine Erhabenheit sagen, wenn du die Empfindlichkeit eines berufsmäßigen Diebes erfährst!« »Erzähle doch«, sagte Hudschadsch und legte sich auf seinem Lager zurück.

»Was ich dir erzählen will,« fuhr Moradbak fort, »ist in den glaubwürdigsten Geschichtsbüchern überliefert und läßt gar keinen Zweifel aufkommen!« »Erzähle immerzu«, unterbrach sie Hudschadsch; »was liegt daran, wo du es her hast!« Moradbak aber begann also:

DIE GESCHICHTE DES DIEBES VON SEISTAN

Leich war ein ganz einfacher Handlanger in dem Bezirke Seistan; als er nun einsah, daß er nicht genug erübrigen konnte, um sich so zu erhalten und so zu beköstigen, wie er es wünschte, schlug er sich zu einer Diebesbande, deren Vertrauen er bald durch seinen Mut und seine Gewandtheit erlangte. Diese Bande wurde furchtbar; und bald durch ihre Erfolge kühn geworden, faßte sie den Plan, den Schatz des Sultans von Seistan, der Dirhem mit Namen hieß und Nazirs Sohn war, zu stehlen. Sie brachen die Türen auf und packten alles, was sie an Gold, Silber oder Geschmeiden forttragen konnten, in Bündel ein. Und sie wollten sich, ohne Widerstand zu begegnen, mit ihrer Beute zurückziehen, als Leich etwas Funkelndes bemerkte, das an der Decke hing; er zweifelte keinen Augenblick, daß solches ein kostbarer Edelstein von unschätzbarem Werte sei, und kletterte mit vieler Mühe hinauf und merkte, als er ihn mit der Zunge berührte, daß es ein Salzstein war. Da nun rief er seine Kumpane und warf ihnen das Verbrechen vor, das sie begangen hatten. Sie waren ob seiner Gewissensbisse verwundert, doch er sagte zu ihnen: ›Ich habe von des Königs Salz gegessen; wißt ihr nicht, daß Brot und Salz, die beiden größten Geschenke, die Allah uns gemacht hat, den Menschen zur Treue dem gegenüber verpflichten, von dem er sie erhalten hat? Also beschwöre ich euch, wenn ihr meine Freunde seid, laßt alles, was ihr gestohlen habt, liegen, was ich auch tun werde.‹ Seine Kumpane ließen sich überreden und schlossen die Tore des Schatzhauses, ohne etwas mitzunehmen. Als der Schatzmeister folgenden Morgens das Schatzhaus zu besichtigen kam und aus der Unordnung, die er vorfand, schloß, daß man dort eingebrochen hatte, nutzte er die Gelegenheit und ließ alle geschnürten Bündel in seine Wohnung bringen. Darauf lief er zum Könige und sagte, sich den Bart zerraufend, zu ihm: ›O Gebieter, man hat deinen Schatz gestohlen, die Diebe haben sich die Nacht zunutze gemacht.‹ Und man versprach denen große Belohnungen, die die Diebe angeben könnten.

Der über den Vorfall unterrichtete Leich ahnte, wer die Verwirrung verursachte; doch als er sah, daß man nicht allein unschuldige Menschen verdächtigte, nein ihrer auch jeden Tag festsetzte, bekam er Mitleid; und seine natürliche Billigkeit ließ ihn die Gefahr außer acht lassen, die er lief, wenn er die Wahrheit entdeckte. Er schickte sich an, vor den Wesir zu gehen, und sagte zu ihm: ›O Herr, ich kenne die Diebe des Schatzes; führe mich vor den Sultan, ich will sie ihm angeben.‹ Alsogleich brachte ihn der Wesir vor den Sultan. Leich gestand ihm offen ein, was geschehen war, und schloß seine Rede, daß der Schatzmeister zweifelsohne eine Gelegenheit benutzt habe, die seinen Diebstahl verbergen konnte, und schwor, wenn der Sultan eine Haussuchung bei jenem vornehmen ließe, er seinen Kopf dagegen wetten wolle, daß man dort alles am Schatze Fehlende finden würde.

Der Sultan war betroffen ob Leichs Rede und folgte seinem Rat; man fand, daß er richtig vermutet hatte. Der Schatzmeister wurde in den Palast gebracht. Dirhem warf ihm seine Untreue vor und sagte zu ihm: ›Seit deiner Kindheit habe ich dich ernährt und mit Wohltaten überhäuft, du bezahlst sie mir indessen mit Undankbarkeit und setzest mich der Gefahr aus, Unschuldige zu verurteilen, und bestiehlst mich, während ein Dieb, dem ich niemals eine Gnade erwiesen und der nur zufällig von meinem Salz gegessen hat, alles, was er mir nahm, gelassen hat und, was mehr ist, durch sein Beispiel und seine Bitten seine Kumpane dahin brachte, nichts wegzunehmen!‹ Der Schatzmeister wußte nichts zu seiner Rechtfertigung zu sagen und wurde vom König zum Tode verurteilt; der aber gab Leich sein Amt, der dem Vertrauen des Fürsten entsprach und ihm alle mögliche Treue bewies.

Nachdem er dieses Amt mehrere Jahre verwaltet hatte, machte ihn der König zum Oberbefehlshaber seiner Heere; er erwarb sich einen guten Ruf in dieser neuen Würde; und seine drei Kinder, die er hinterließ, zeichneten sich durch ihren Mut aus und kamen zur Herrschaft, die ihre Nachkommen lange Zeit hindurch behauptet haben. – Ich glaube,« fuhr Moradbak fort, »wenn deine Erhabenheit jetzt von Leichs Verhalten überzeugt ist, daß du dann Dscherberi die hundert Dinare nicht absprechen wirst; und wenn du Lust verspürst, die Fortsetzung seiner Geschichte zu hören, so erzähle ich sie morgen.« Hudschadsch stimmte dem bei, und folgenden Tages fuhr Moradbak mit solchen Worten fort:

»Dscherberi hatte große Kräfte, und seine Arbeit hatte sie so erstaunlich vermehrt, daß alle Lastträger der Stadt ärgerlich waren, als sie sahen, wie er beinahe alle ihre Arbeit allein verrichtete und alle Einwohner lieber warteten, als sich seiner nicht zu bedienen, und sie faßten daher den Entschluß, ihn aufzusuchen, und sprachen zu ihm: ›O Dscherberi, wenn du nicht mehr arbeiten und dich ruhig verhalten willst, ohne etwas zu tun, verpflichten wir uns, dir jeden Tag zehn Asper zu geben.‹ Dscherberi willigte darein, und die Lastträger zahlten ihm pünktlich diese Summe; von ihr lebte er nun ruhig und hielt ihnen seinerseits sein Wort; aber das Nichtstun schwächte seine Kräfte, die die Arbeit erhalten hatte. Seine Natur veränderte sich, und er ward krank; da er jedoch niemals des kommenden Tages gedacht hatte, wurde er bald von der Not heimgesucht; als ihn nun die Lastträger so schwach sahen, wollten sie ihm die ausgemachte Summe nicht mehr geben. In seinem Unglück wandte er sich an Allah. Während er schlief, erschien ihm der heilige Prophet im Strahlenglanze seiner Herrlichkeit und sprach also zu ihm: ›O Dscherberi, du bist nur krank geworden, weil du davon abstandest, deine Kräfte zu benutzen, die dir Allah verliehen hat; demütige dich, arbeite, und du wirst sie wiedererlangen.‹ Von Stund an aber ward sein Herz gerührt und seine Gesundheit wieder hergestellt; doch er war noch zu schwach, um seinen Beruf mit demselben Erfolge wieder aufzunehmen, mit dem er ihn ausgeübt hatte. Und er saß eines Tages vor der Tür des Großwesirs, als eine Frau kam, die ganz in Tränen aufgelöst war und sich neben ihn setzte, um die Empfangsstunde des Ministers abzuwarten. Dscherberi fragte sie nach der Ursache ihrer Tränen. Sagte sie: ›Ach, gestern hat man meinen Sohn ermordet, und er ist, von mehreren Stößen durchbohrt, vor meiner Türe tot niedergesunken, ohne Zeit gehabt zu haben, mir seinen Mörder zu nennen. ›Man hat mich gemeuchelt‹, sprach er, seine Seele aushauchend. Er war meine einzige Stütze. Ich will jetzo den Wesir bitten, seinen Mörder ausfindig zu machen, um wenigstens seinen Tod nicht ungerächt zu lassen.‹ ›Kannst du ihm denn einen Fingerzeig geben?‹ fragte Dscherberi sie. ›Ach nein,‹ sagte sie darwider, ›und das verdoppelt meinen Kummer; ich bin die Witwe eines Kaufmanns, mein Sohn war jung, und ich hoffte, daß er meine Stütze würde. Der Wesir wird mir ohne Zweifel sagen, daß es in einer so großen Stadt wie Bagdad unmöglich ist, den Mörder eines Menschen wiederzufinden, der unbekannt ist.‹ ›Höre ihn ehrfurchtsvoll, wie es seinem Stande zukommt, an; wenn er aber keinen Ausweg findet, um dir aus der Not zu helfen, sprich zu ihm, daß Dscherberi, der Lastträger, dir gesagt hat, wenn er Wesir wäre, würde er den Mörder deines Sohnes zu finden wissen.‹ Die trostlose

Mutter aber rechnete nicht sehr mit einer so schwachen Hilfe; doch dankte sie ihm. Ganz so, wie sie es vorhergesehen hatten, ging es zu; der von den Klagen der Frau müde gewordene Wesir befahl, daß man sie hinausbrächte; nun fiel sie ihm zu Füßen und sprach: ›O Herr, geruhe Dscherberi, den Lastträger, zu befragen, und ich werde den Mörder meines Sohnes kennenlernen.‹ ›Das ist wenigstens ein Fingerzeig, den du mir gibst,‹ versetzte der Wesir, ›du klagst ihn also an, deinen Sohn umgebracht zu haben?‹ ›Nein, o Herr,‹ antwortete ihm die Frau, ›jedoch hat er mir gesagt, wenn er Wesir wäre, würde er die Mittel finden, den Mörder zu entdecken.‹

Der Wesir wandte sich alsobald zu seinen Hauptleuten und sagte zu ihnen: ›Sucht mir gleich diesen findigen Mann, führt ihn vor mich; und wenn er den nicht findet, den man sucht, soll er in der Weise bestraft werden, daß er sich kein zweites Mal einredet, mehr als die Wesire des Sultans zu wissen.‹ Es währte gar nicht lange, und die Hauptleute des Wesirs brachten Dscherberi vor ihn hin. ›Kennst du diese Frau?‹ fragte der Wesir, als er ihn auftauchen sah. ›Nein, o Herr‹, entgegnete Dscherberi. ›Du kennst jedoch ihren Sohn?‹ ›Noch weniger‹, erwiderte er. ›Bist du mit seinem Mörder bekannt?‹ ›Ich weiß nicht mehr von ihm als du‹, sagte der Lastträger darwider. ›Wie willst du ihn denn ausfindig machen?‹ fragte der Wesir voll Ungeduld. ›Wenn ich deine Macht hätte,‹ fuhr Dscherberi sicheren Tones fort, ›würde ich morgen mittag wissen, wer den Sohn dieses armen Weibes getötet hat.‹ ›Ich gebe sie dir bis dahin‹, entgegnete der Wesir; ›und um sie auszuüben, kannst du alles befehlen, was du willst; hast du aber keinen Erfolg, so verspreche ich dir eine Tracht von fünfhundert Sohlenstreichen.‹ ›Dem stimme ich zu‹, antwortete ihm der Lastträger.

Dscherberi befahl alsbald einem Hauptmann der Polizei, nach der Moschee zu gehen, die dem Hause der trostlosen Mutter am nächsten läge; dort solle er eintreffen, wenn der Tag zur Rüste ginge, und an der Türe den Muezzin erwarten, der von dem Minarett riefe, und ihm beim Herauskommen einige Backenstreiche geben, die Hände binden und ihn vor ihn führen. Der Hauptmann nun führte Dscherberis Befehl genau aus.

Als der Muezzin vor ihm stand, entschuldigte sich Dscherberi vielmals, daß man ihn mißhandelt habe, und verlangte, man solle ihm zehn Dinare als Trostgeld geben. Dann ließ er jedermann hinausgehen und befahl ihm, allen, die ihn fragten, warum man ihn gefangengenommen hätte, zu sagen, man habe ihn mit einem andern verwechselt. Vor allen Dingen aber befahl er ihm, während der Nacht zum Gebet zu rufen und alsogleich von dem Minarett herabzusteigen, um allen Rede zu stehen, die wissen wollten, warum er zu einer so ungehörigen Stunde zum Gebet rufe; besonders aber solle er sich den merken, der diese Frage zuerst an ihn stelle. Sehr zufrieden entfernte sich der Muezzin und tat alles, was ihm befohlen worden war, und hatte kaum zum Gebet gerufen, als ein junger Mensch auf ihn zustürzte und ihn fragte, warum man ihn verhaftet hätte. Als man Dscherberi von diesem Vorfalle Nachricht gegeben hatte, ließ er sich den jungen Mann, der eine so große Neugier gezeigt hatte, vorführen und ihm eine heftige Tracht Prügel geben, bis er auf das ausführlichste eingestand, auf welche Weise er den ermordet Aufgefundenen getötet hatte; er fügte hinzu, daß ihn die Furcht, entdeckt zu werden, auf alle außergewöhnlichen Geschehnisse aufmerksam gemacht und ihn bestimmt hätte, sich über die Ursache, weshalb das Gebet zu einer so ungehörigen Stunde ausgerufen wurde, zu erkundigen, sintemal ihm alles nach dem Verbrechen, das er begangen hätte, verdächtig vorgekommen sei. Dscherberi überantwortete, dem Gesetze folgend, den Mörder der Mutter, und die bat um seinen Tod, was ihr zugestanden wurde.

Der Wesir, der über Dscherberis Verstand und Urteilskraft erstaunt war, wünschte seine Lebensgeschichte zu hören, und der erzählte sie ihm denn; der Minister aber warf ihm vor, warum er einen so elenden Beruf wie den eines Lastträgers ergriffen habe, und bestimmte ihn, in die Truppen einzutreten, die der Kalif gegen die Gebern, die persischen Feueranbeter, entsandte. Und er freute sich, auf diese Weise das Ansehen zu haben, als wolle er ihn ob seines Verdienstes auszeichnen, während er doch nur einen Menschen aus der Stadt entfernen wollte, den der Kalif für sich und seine Ämter verpflichten könnte, wenn er jemals davon sprechen hörte.

Dscherberi leistete Erstaunliches an Tapferkeit und Stärke in den Kriegszügen, die man gegen die Gebern unternahm. Doch sich zu sehr auf seinen Mut verlassend, wurde er gefangengenommen; und während seine Feinde über die Todesart berieten, der sie ihn preisgeben wollten, um alle Unbill zu rächen, die er ihnen angetan hatte, betete er das einhundertundfünfzehnte Kapitel aus dem Koran, zerbrach seine Ketten, erwürgte den Kerkermeister, der seine Flucht verhindern wollte, und schlug sich aus Furcht, wieder in die Hände seiner Feinde zu fallen, in die Einöde, wo er sich lange Zeit von Früchten und Wurzeln nährte. Endlich kam

er in einen Wald am Meeresufer und stieg auf einen Baum, um in Sicherheit zu schlafen und sich gegen wilde Tiere, die ihn angreifen könnten, zu schützen.
Als die Nacht hereingebrochen war, sah er einen schwarzen Stier aus dem Meere kommen, der ein furchtbares Gebrüll von sich gab und sich dem Baum, auf den er gestiegen war, näherte. Es ward ihm wohl ums Herz, als er bemerkte, daß das schreckliche Tier einen Stein aus seinem Maule fallen ließ, der den ganzen Wald erleuchtete und ihm dazu diente, die Kräuter, wie Safran und Hyazinthen, die ihm am meisten zusagten, aufzufinden. Dscherberi war inmitten von Edelsteinen aufgewachsen, mit denen sein Vater einen lebhaften Handel getrieben hatte, und zweifelte keinen Augenblick, daß der, den er sah, ein wirklicher Karfunkel war, ein seltener und köstlicher Edelstein, von dem er oft hatte reden hören, ohne ihn jemals gesehen zu haben; und er war auf das lebhafteste ob des Glanzes und der Größe dieses Steines erstaunt; als er sich nun von dem Schrecken, den ihm der schwarze Stier verursacht, erholt hatte, sann er nur darauf, wie er sich eines so großen Wunders bemächtigen könnte.
Als der Tag erschien, nahm der schwarze Stier den Stein auf und kehrte ins Meer zurück. Dscherberi aber stieg von dem Baume herab und tat sein Gebet und begab sich an den Meeresstrand, wo er Erde aufweichte, die er sorgfältig auf den Baum trug, auf dem er die letzte Nacht geschlafen hatte. Der schwarze Stier erschien wie am Vortage. Und er legte seinen Stein auf die Erde; und als er sich ein wenig entfernt hatte, um die Kräuter zu suchen, die seinem Geschmack am besten zusagten, warf Dscherberi die aufgeweichte Erde, die er gesammelt hatte, darauf. Nun hatte der Stier kein Licht mehr und stürzte sich, nachdem er ein schauerliches Ge-

brüll ausgestoßen hatte, in das Meer; Dscherberi bemächtigte sich nun des Karfunkels, der seinesgleichen nicht auf der Welt hatte.
Der mit solchem Glück zufriedene Dscherberi dachte nur noch daran, in sein Vaterland zurückzukommen. Glücklicherweise bekam er ein Schiff zu Gesicht, das ihn nach Ormus führte; und er durchquerte ganz Persien; und da er wußte, daß der Perserkönig eine Vorliebe für kostbare Steine hatte, die er sich aus allen Teilen des Erdkreises herbeischaffen ließ, ließ er sich ihm ankündigen als einer, der ihm das schönste Stück, das man jemals gesehen, zeigen wollte. Der Fürst aber war gerade mit einem Kaufmann aus Bassorah zusammen, der ihn durch die Pracht und Schönheit und Fülle der Edelsteine, die er ihm zeigt, in Erstaunen setzte. Der Sultan war es wohl zufrieden, die Prahlsucht eines Kaufmanns zu beschämen, der sich auf eine so pomphafte Weise wie Dscherberi ankündigen ließ; und er befahl, daß man Dscherberi in der Zeit eintreten lassen solle, wo er das seiner Meinung nach Schönste auf der ganzen Welt besichtigte. Er erschien gerade, als der Juwelenhändler aus Bassorah zu ihm sprach: ›Deine Erhabenheit darf nicht verwundert sein, wenn ich dir solche Meisterwerke der Natur zeige. Wenn du vernimmst, auf welche Weise ich sie erlangt habe, wirst du es ganz natürlich finden.‹ Nachdem nun der König erklärt hatte, daß er gern hören würde, auf welche Weise er solche Reichtümer gesammelt hatte, nahm der Kaufmann also das Wort: ›Mein Vater war arm und Fischer von Beruf; wir, meine drei Brüder und ich, waren bei ihm in seinem Boot und warfen unsere Netze aus, nachdem wir den heiligen Propheten um einen reichen Fischfang angefleht hatten; nur mit unendlicher Mühe konnten wir sie

zurückziehen, so groß war ihr Gewicht. Endlich gelang es uns, sie ans Land zu ziehen, doch wir staunten in höchstem Staunen, als wir einen Fisch erblickten, der eine menschliche Gestalt hatte. Mein Vater schlug uns vor, ihn in die Stadt zu tragen und dem Volke für Geld zu zeigen; aber der Meermann setzte uns noch mehr in Verwunderung, als er, nachdem er uns zugehört hatte, als ob er uns verstünde, zu reden begann: ›Ich bin‹, sprach er zu uns, ›ein Meerbewohner und ganz wie ihr ein Geschöpf Allahs; gebt mir meine Freiheit wieder, zieht keinen Nutzen aus dem Schlaf, der mich in eure Netze geraten ließ; wenn ihr mir solche Gnade gewährt, so verspreche ich, euch in sehr kurzer Zeit etwas zu bringen, was ein beträchtliches Vermögen ausmacht.‹ Der Meermann rührte uns durch sein Flehen, er schwor beim Hohen Allah, daß ihrer zwölftausend Muselmänner im Meere wären und daß er eine große Anzahl von ihnen verpflichten wolle, die Geschenke zu suchen, die er uns als Zeichen der Dankbarkeit für die wiedererlangte Freiheit zu schenken gedächte. Schließlich gewährten wir ihm die Bitte. Er sagte uns Lebewohl, doch bat er uns vorher noch, uns in zwei Tagen am gleichen Orte einzufinden; und alsobald sahen wir ihn im Meere untertauchen. Wir kehrten am bezeichneten Tage zurück und waren pünktlich zur Stelle. Der Meermann erschien im Gefolge mehrerer anderer Männer seiner Gattung, die sehr ehrerbietig ihm gegenüber waren. Sie waren beladen mit einer verschwenderischen Menge von Edelsteinen, die uns der Mann, dem wir das Leben geschenkt hatten, darbot. Die Steine, die du hier siehst, gehören zu ihnen; wir gaben unseren Fischerberuf auf; nachdem wir unseren Vater versorgt hatten, daß es ihm an nichts fehlen kann, haben meine drei Brüder und ich uns die Geschenke des Meermannes in vier Teile geteilt und den Edelsteinhandel in den verschiedenen Städten, die wir für unser Unternehmen erwählten, aufgenommen.‹ ›Die Schönheit der Steine bestätigt die Wahrheit dieser Geschichte‹, versetzte der König mit Verwunderung; und sich gegen Dscherberi wendend, sprach er solcherart zu ihm: ›Was sagst du zu dem, was du eben siehst und hörst? Sonder Zweifel wird dich der Anblick solcher Schätze hindern, mir den Stein zu zeigen, den du mir mit soviel Lobreden ankündigen ließest.‹ Sagte Dscherberi darwider: ›O Gebieter, wenn ich nicht versprochen hätte, deiner Erhabenheit eines der Weltwunder zu zeigen, so würden mich alle diese Steine und die Geschichte dazu veranlassen. Die Abenteuer dieses Handelsmannes und meine beweisen, daß der Zufall für das Auffinden der schönsten Dinge günstiger ist als die peinlichsten Nachsuchungen.‹ Dann zeigte er seinen Karfunkel. Der Sultan ward von ihm geblendet; der Kaufmann aus Bassorah jedoch packte schnell alle seine Steine ein und entfernte sich. Dscherberi sprach zum Könige: ›O Fürst, solches Stück, das vorher zweifelsohne dem größten Sultan der Welt gehörte, darf nicht von deinem Hofe kommen; ich bitte deine Erhabenheit inständigst, es anzunehmen, und bin zu glücklich, daß das Schicksal mich ausersehen hat, es dir zum Geschenk zu machen.‹ Dem Sultan aber schmeichelte seine Rede; er war ob seiner Freigebigkeit gerührt und sagte seinem Wesir, man solle Dscherberi fürs erste fünfmalhunderttausend Golddinare, tausend Stücke Brokat, zwei Pferde und zehn Ehrenkleider reichen. ›Das ist nicht alles‹, sprach der König; ›ich wünsche zu erfahren, auf welche Weise dieser köstliche Karfunkel in deine Hände gekommen ist.‹ ›Nicht allein solches soll deine Erhabenheit

erfahren,‹ sagte Dscherberi darwider, ›sondern auch alles, was einem deiner treuesten Sklaven zugestoßen ist, wenn du mir die Gnade des Zuhörens erweisen willst.‹ Und er erzählte ihm ausführlich, was ich dir, o Herr, soeben erzählt habe; der König war nun ob aller guten Eigenschaften, die er an ihm entdeckte, so entzückt, daß er sich nicht mehr von ihm trennen wollte, und machte ihn zu seinem Wesir; der frühere gefiel ihm aus einem besonderen Grunde nicht mehr. Dscherberi hatte diese Würde lange Jahre hindurch inne, füllte sie ehrenvoll aus und behielt sie bis zu seinem Tode.«–
»Ich billige die Wahl des alten Perserkönigs sehr,« sagte Hudschadsch, »und ich glaube, daß ein durch Unglück erprobter Mensch, der seine Seele immer in vollkommener Gleichheit bewahrt hat, würdig ist, den Weltkreis zu beherrschen. Ich würde glücklich sein, wenn ich einen derartigen Diener fände.«
Moradbak war entzückt ob solcher königlichen Rede und erfaßte diese Gelegenheit, sich gegen den Weisen Abumelek dankbar zu erzeigen und ihn aus seinen Ketten zu erlösen. »O Gebieter,« sprach sie zum König, »deine Erhabenheit besitzt einen ähnlichen Schatz. Wenn deine Sklavin Gnade vor deinen Augen gefunden hat,« fuhr sie fort und warf sich ihm zu Füßen, »geruhe Abumelek, der seit zehn der Jahre in Ketten schmachtet, die Freiheit zu geben. Er ist es, o Herr, dem du die glückliche Ruhe, die in deinen Sinnen zu herrschen anfängt, verdankst. Seit ich die Ehre hatte, vor dir zu erscheinen, hat er mich jeden Tag wissen lassen, was ich deiner Erhabenheit erzählen mußte.« Hudschadsch erinnerte sich dann Abumeleks und machte sich Vorwürfe, seine Tugenden unterdrückt zu haben, auch bereute er alle Grausamkeiten, denen er ihn ausgesetzt hatte, mehr aber noch

wurde er von Moradbaks Dankbarkeit gerührt. »Deine Schönheit«, sprach er zu ihr, »hatte schon auf mein Herz gewirkt, deine Tugend hat es jetzt ganz unterjocht.«
Die Urkunden der alten Perser fügen noch hinzu, daß sich der Sultan Hudschadsch nur noch der Ratschläge Abumeleks und der Moradbaks bediente, die er auf den Thron erhob und in aller Form heiratete, und daß er wieder schlafen konnte.

DIE GESCHICHTE VOM VERLIEBTEN PHILOSOPHEN

Ein gewisser Philosoph hatte eine sehr umfangreiche Sammlung aller Kniffe angelegt, die Frauen anzuwenden pflegen, und er trug sie beständig bei sich und glaubte sich auf solche Art sicher vor den Listen dieses bezaubernden Geschlechtes. Eines Tages nun auf der Reise kam er an dem Feldlager eines arabischen Wüstenstammes vorbei; eine junge Araberfrau lud ihn so artig ein, sich in ihrem Zelte auszuruhen, daß er es ihr nicht abschlagen konnte; der Mann des Weibchens aber war gerade abwesend.
Kaum hatte es sich der Philosoph bequem gemacht, als er, um sich vor den Reizen zu schützen, die er zu fürchten begann, sein Buch vornahm und sich anschickte, in ihm zu lesen; die Araberin aber, die über diese anscheinende Verachtung aufgebracht war, sprach zu ihm: »Es muß das ein sehr anziehendes Buch sein, da es allein wert ist, deine Aufmerksamkeit auf sich zu lenken. Darf man fragen, von welcher Wissenschaft es handelt?« »Ich selbst habe es verfaßt,« entgegnete der Philosoph, »es enthält Geheimnisse, die sich nicht mitteilen lassen.« »Ich lebte in dem Wahn,« erwiderte

die Frau, »daß man Bücher für die große Menge schreibt; wozu ist man ein Weiser wenn man seine Kenntnisse verschließen muß? Solches ist ein Raub an der Allgemeinheit.« »Dem stimme ich bei,« versetzte unser Philosoph darwider, »aber der Gegenstand dieses Buches entzieht sich der Urteilskraft der Frauen.« »Du würdigst ja unser Geschlecht sehr herab,« sprach die Frau ganz gekränkt, »der Prophet hat uns besser behandelt als du und uns nicht vom Paradiese ausgeschlossen!«

Die Weigerung des Philosophen reizte die Neugierde der Frau mehr und mehr; sie bedrängte ihn so hart, daß er schließlich sagte: »Ich bin in Wahrheit der Verfasser dieses Buches, aber der Stoff stammt nicht von mir; es enthält alle Listen, die die Frauen ausgesonnen haben; es würde sich nicht verlohnen, euch euer eigenes Werk vorzulesen.« »Wie, wirklich alle?« fragte die Frau. Entgegnete der Philosoph: »Ja, alle, und ich habe nur in ihnen gelesen, auf daß ich lerne, sie nicht mehr zu fürchten.« »Wahrlich, das ist ein einziges Buch,« erwiderte sie lächelnd, »glaube mir, o großer Philosoph, du versuchst dich an einer unmöglichen Sache und willst Wasser mit einem Sieb schöpfen.«

Die gefallsüchtige und rachbegierige Araberin wechselte das Gespräch und begann dem vermeintlichen Weisen so verführerische Blicke zuzuwerfen, daß er bald sein Buch vergaß und alle Listen, die es enthielt. Bald war unser Philosoph der leidenschaftlichste der Männer und zauderte nicht, ein Geständnis zu machen. Die Araberin war entzückt, als sie sah, daß er sich selbst ihrer Rache darbot, und gab vor, ihn zu erhören; er wiegte sich schon in den schmeichelhaftesten Hoffnungen, als die junge Frau in der Ferne ihren Gatten sah: »Wir sind verloren,« sagte sie zu

ihrem neuen Liebhaber, »mein Mann überrascht uns; was wird aus mir? Er ist der eifersüchtigste und wütigste aller Männer; im Namen des Propheten verbirg dich in dieser Lade!«
Wie der Philosoph einsah, daß es keine andere Gelegenheit gab, sich von diesem schlimmen Handel loszumachen, stieg er in den Kasten, den die Frau über ihm schloß und dessen Schlüssel sie an sich nahm. Sie ging dann ihrem Manne entgegen und bereitete ihm ein Essen; und als sie nach dem Mahle ihren Gatten bei rosiger Laune sah, sprach sie zu ihm: »Ich muß dir ein sehr eigenartiges Abenteuer erzählen; es ist heute in mein Zelt ein gewisser Philosoph gekommen, der vorgibt, in einem Buche alle Arten von Spitzbübereien verzeichnet zu haben, deren unser Geschlecht fähig ist. Dieser falsche Weise hat mich von Liebe unterhalten; ich habe ihm zugehört, er ist jung, liebenswert, feurig; du bist im rechten Augenblicke gekommen, um meine wankende Tugend zu stützen.«
Man kann sich bei diesen Worten die Wut des Ehemanns vorstellen, der in Wahrheit von eifersüchtiger und leidenschaftlicher Gemütsart war; der Philosoph, der in seinem Kasten alles vernommen hatte, verwünschte aus vollem Herzen sein Buch, die Frauen und die Eifersüchtigen. »Wo ist der Kühne versteckt?« fragte der Gatte sein Weib, »auf daß ich ihn meiner Rache opfern kann, oder ich opfere dich selbst!« Die Verschmitzte, die einen heftigen Schrecken heuchelte, wies auf die Lade hin und gab ihm den Schlüssel dazu. Als der Eifersüchtige sich anschickte, sie zu öffnen, sagte seine Frau unter herzlichem Gelächter zu ihm: »Bezahle mich, du hast das Pfänderspiel verloren; ein andermal sei weniger neugierig und achtsamer!«

Der Gatte hielt sich für sehr glücklich, mit diesem falschen Lärme wegzukommen, gab seinem Weibe den Schlüssel wieder, zahlte ihr alles, was sie haben wollte, und ging fort, nachdem er sie gebeten hatte, ihn nicht mehr ähnlicher grundloser Angst auszusetzen.

Die junge Frau zog dann den Philosophen aus der Lade, wo er mehr tot als lebendig war. »O mein Herr Philosoph,« sprach sie zu ihm, »vergiß diese List nicht, sie ist eines Platzes in deinem Verzeichnisse würdig!«

DIE GESCHICHTE VON DER GERECHTFERTIGTEN FRAU

Ein reicher, schon bejahrter Kaufmann aus Agra, der kein Weib mehr hatte, beschloß, seinen einzigen, heißgeliebten Sohn zu verheiraten; sobald dieser Sproß das Mannesalter erreicht hatte, gesellte er ihm eine Frau zu, die gleichzeitig alle Reize und alle Fehler ihrer Mitschwestern in sich vereinigte. Ein junger Inder ging unter dem Balkon dieser Schönen vorüber und verliebte sich bald in sie und drückte ihr seine Liebe durch Gebärden aus; sie blieb nicht unempfindlich; die beiden Liebenden konnten sich aber nicht leicht ihre gegenseitigen Gefühle aussprechen, jedoch überwand ihre List die Schwierigkeiten.

Der junge Mann wandte anfangs die bekanntesten Mittel an. Ein altes Weib übernahm für wenig Geld die Besorgung eines Schreibens; dieser erste Schritt wurde scheinbar böse aufgenommen und der Botin befohlen, nachdem sie hart geschmält worden war, durch eine Wasserleitung zu fliehen, die von außerhalb mit dem Garten in Verbindung stand. Sie kehrte heil von ihrem Gange zurück; der Umstand mit der Wasserleitung freilich entging dem hellsehenden Liebhaber nicht; fest überzeugt, die Alte sei nicht ohne Grund durch die Wasserleitung gejagt worden, beschloß er, sich auf gleichem Wege Eingang in das Haus seiner Schönen zu verschaffen.

Die Inderin war überzeugt, daß ein so hitziger Liebhaber alles verstünde, ohne daß man viel zu sagen brauche, und erwartete ihn in dem Garten zu einer Stunde, in der er dorthin kommen konnte. Diese köstliche Nacht war nicht die einzige, zu der sich das Liebespaar verhalf. Je größer die Schwierigkeiten waren, desto stärker wappneten sie sich gegen sie; aber obwohl sie geschickter als andere Liebesleute waren, waren sie doch nicht klüger: man bediente sich dieser Wasserleitung so oft, daß schließlich der Vater des Gatten, der im selben Hause lebte, hinter die Untreue seiner Schwieger kam. Er belauschte die beiden Liebenden und überraschte sie im Augenblicke, als sie sich unbedachterweise der Süße des Schlummers hingegeben hatten.

Der Greis, der auf Rechnung seines Sohnes eifersüchtiger war, als ein andrer es für seine eigene gewesen wäre, suchte nach einem Mittel, um die Treulose zu überführen, und löste von ihrem Arm eine Spange los, die sie von ihrem Gatten erhalten hatte; beim Erwachen merkte die Schöne den Diebstahl und argwöhnte, daß eher ihr Schwiegervater ihn verübt habe als ihr Gatte, den sie in einen tiefen Schlaf versunken wußte.

Um ihre Ehre zu retten und der Unbill, die sie bedrohte, zuvorzukommen, verabschiedete sie schnell ihren Geliebten, der sie dort der Gefahr ausgesetzt hatte. Bei der Rückkehr in ihr Ehegemach fand sie ihren Gatten schlafend vor; einige geheuchelte Liebkosungen erweckten ihn bald, und die

Verräterin zog den Gimpel in denselben Garten, der Zeuge ihrer Treulosigkeit gewesen war; dort verbrachten sie den Rest der Nacht, die sie ihm zu verschönen bestrebt war. Bevor sie jedoch ins Haus zurückkehrten, gab die Falsche vor, den Verlust ihrer Armspange zu bemerken, von der sie behauptete, daß sie ihr vermutlich während einiger Augenblicke Schlummers entrissen sein müßte.

Sobald der Tag gekommen war, beeilte sich der Schwiegervater, seinen Sohn von dem schlechten Betragen seines Weibes zu unterrichten, und gab ihm als Beweis die Armspange, die sie alle beide kannten. Der gefoppte junge Mann konnte angesichts dieses stummen Zeugens nur lachen und sprach zu seinem Vater: »Ich selbst war es, der mit meiner Frau in dem Zelt schlief, in dem du uns fandest. Sie ist nicht untreu, das glaube mir nur, den solches mehr als dich angehen muß.«

Der Vater war ob der Blindheit seines Sohnes verdrossen und nahm sich vor, sie ihm, koste es, was es wolle, zu nehmen. Man verehrte in Agra ein geheimnisvolles Wasserbecken, das von Weisen hergestellt war, die Wasser dorthin unter der Zusammenkunft gewisser Planeten geleitet hatten. Die Kraft dieses Wassers bestand darin, alle Lügereien zu prüfen. Eine in Verdacht stehende Frau, die schwor, daß sie treu sei, und in dieses Wasserbecken getaucht wurde, das das Becken der Probe genannt ward, ging, wenn sie falsches Zeugnis gab, sofort unter; hatte sie aber die Wahrheit gesagt, schwamm sie auf dem Wasser.

Der erzürnte Schwiegervater lud seine Schwiegertochter gemäß dem Recht aller Familienhäupter zu dieser Probe. Die in ihrem Herzen überführte Frau suchte nach Mitteln, sich vor den Augen der Welt rein zu waschen. Sie ließ dem, der sie erobert hatte, sagen, er solle sich wahnwitzig stellen und sie in seine Arme ziehen, in dem Augenblicke, wo sie sich anschicke, die verhängnisvolle Probe über sich ergehen zu lassen; der Geliebte, dem die Rettung und das Leben seiner Liebsten gar sehr am Herzen lag, sah keine Schwierigkeiten darin, sich öffentlich bloßzustellen; er brachte es fertig, an seine Geliebte heranzukommen und sie zu umarmen, und kam mit einigen Stockhieben davon, weil er in den Augen derer, die ihn nicht kannten, als irrsinnig erschien.

Die verklagte Frau trat an den Rand des Wasserbeckens heran und sprach, die Stimme erhebend, sicheren und ehrbaren Tones: »Ich nehme Allah, der mich hört, als Zeugen, und den Propheten, den Urheber der Gesetze, den Gatten, den beleidigt zu haben man mich anklagt, seinen Vater, meinen Kläger und meinen Richter; ich nehme die Tugend als Zeugen; die Wahrheit, die Ehre, selbst das Leben, dessen ich nicht entsage, und das Volk, das mich hört: daß ich niemanden berührt habe außer meinem Gatten, den der Himmel mir gegeben, und jenem Unglücklichen, der mich vor aller Augen überfallen hat. Möge dieses Wasser mich strafen, wenn ich falsch geschworen habe!« Sprach's und warf sich in das verhängnisvolle Wasserbecken. Die Wasser aber trugen sie vor den Augen des Volkes, das sie angehört, und die Feinheit ihrer Rede ersetzte die Tugend, die sie beleidigt hatte; alle Umstehenden traten für sie ein, und siegreich kehrte sie in die Arme ihres Gatten zurück, der sie stets für treu gehalten hatte.

Der hartnäckige Schwiegervater ging nicht von dem Beweise ab, den ihm seine eigenen Augen gegeben hatten; wenn auch das Wasserbecken die Tugend seiner Schwiegertochter verkündet hatte, so hatte er darum nicht weniger die Schöne in dem Zelt und in den Armen eines Geliebten gesehen, der nicht sein Sohn war; und er setzte die strengste Wache in dem Garten fort. Der junge Liebhaber freilich, der weniger verrückt war, als er es in den Augen des Volkes gewesen, und die durch die Gefahr, in der sie geschwebt hatte, gewitzigter gewordene Schöne gaben ihre Stelldichein auf.

Die Wachsamkeit des Alten ließ nicht nach. Der König von Indien vernahm alle Maßregeln, die dieser Argus traf, und hielt ihn für geeigneter als jeden anderen, die Aufführung seiner Frauen zu überwachen; überzeugt, daß das Alter ihn dazu machte, wozu ein Schnitt diejenigen macht, denen man sonst die Wache über die Frauen anvertraut, glaubte er ohne Gefahr diesen Mann zu seinem Kislaraga auswählen zu dürfen. Der durch dieses Amt geehrte Alte erfüllte seine Pflichten mit einer ganz merkwürdigen Strenge: alles zitterte vor ihm, und seine Augen schienen das Äußere des Serails bis zu dem geheimsten Gemache des Sultans zu durchdringen.

Als nun eines Nachts der unbarmherzige Kislaraga den gewöhnlichen Rundgang machte, erblickte er den Elefanten des Fürsten, auf dem sein Aufseher saß; das bevorzugte Tier näherte sich dem Balkon der Favoritin; der Balkon öffnete sich, der Elefant faßte die Sultanin mit seinem Rüssel und setzte sie auf seinem Rücken zu dem Aufseher nieder; nach einiger Zeit kehrte dann die Sultanin in demselben Gefährt auf den Balkon zurück. Der Alte konnte sich nicht enthalten, ob der Güte des Tieres, der Zuversicht der Schönen und des Glücks des Aufsehers zu lachen. Dieses Abenteuer bewies ihm, daß der Sultan nicht glücklicher war als sein Sohn; solches tröstete ihn, und er beschloß, das Geheimnis der Sultanin besser zu bewahren als das seiner Schwiegertochter.

DIE GESCHICHTE VON DEM UNGETREUEN VERWAHRER

Ein Kaufmann, der im Begriffe stand, auf Reisen zu gehen, ließ bei einem seiner Freunde, einem Derwisch, einen goldgespickten Geldbeutel zurück; nach beendeter Reise bat er sich sein ihm anvertrautes Gut wieder aus, jedoch leugnete der treulose Derwisch, etwas erhalten zu haben. Der entrüstete Kaufmann trug seine Klagen Moavie, dem Kadi von Bagdad, vor. Wenn unser Kaufmann weniger vertrauensselig gewesen wäre, als er dem Derwisch sein Gold überließ, und einen Zeugen dazugenommen hätte, so wäre die Angelegenheit schnell zu entscheiden gewesen; aber er hatte diese Vorsichtsmaßnahme außer acht gelassen. Der Kadi merkte wohl, daß es ein Ding der Unmöglichkeit sein würde, den ungetreuen Verwahrer zu überführen, sagte aber trotzdem zum Kaufmann, er solle anderen Morgens zurückkommen, und ließ auf der Stelle den Derwisch vor sich führen.

Der Kadi empfing ihn gütig und bezeigte ihm eine Achtung, die er nicht fühlte, um dadurch sein Vertrauen zu gewinnen. Nach einer ziemlich langen Unterhaltung sagte er zu ihm: »Wichtige Angelegenheiten zwingen mich, für einige Zeit außer Landes zu gehen. Ich habe eine beträchtliche Summe in Gold, die ich nicht mit mir zu nehmen wage; ich würde dich nicht zu meinem Verwahrer machen, wenn ich in der Stadt hier einen rechtschaffeneren Mann als dich kennte. Da es geheimgehalten werden muß, so will ich dir mein Gut morgen in der Nacht schicken.« Der hocherfreute Derwisch versicherte den Kadi seiner Rechtlichkeit, die zu brechen er fest entschlossen war, und kehrte in seine Wohnung zurück.

Anderen Morgens versäumte es der Kaufmann nicht, zum Kadi zurückzukehren; sobald der ihn erblickte, sprach er zu ihm: »Gehe zu deinem Derwisch, und wenn er sich weigert, dir dein ihm anvertrautes Gut zurückzugeben, so drohe ihm, du wolltest mir deine Klagen vorbringen.« Der gehorchte ihm eifrig. Wie nun der Derwisch von dem Kadi sprechen hörte, dessen Vertrauen zu bewahren in seinem Nutzen lag, gab er sofort das Gut zurück; der überaus zufriedene Kaufmann eilte zum Kadi und bezeigte ihm seine Dankbarkeit.

Indessen wartete der Derwisch voller Ungeduld auf die Erfüllung der Zusage, die ihm gegeben worden war; überrascht, keinerlei Nachrichten zu empfangen, begab er sich zu dem Kadi; wie groß jedoch war seine Überraschung, als ihm von diesem seine schlechte Aufführung vorgeworfen wurde. Ganz verstört zog er ab und war verzweifelt, daß ihn seine Vertrauensseligkeit so genarrt hatte.

DAS GLEICHNIS VON DER FREUNDSCHAFT

Ein Handelsherr hatte einen einzigen Sohn, den er sehr herzlich liebhatte, und ließ ihn mit viel Sorgfalt erziehen und sparte nichts zu seiner Herzens- und Geistesbildung. Die Erziehung des jungen Mannes war beinahe vollendet, als er beschloß, ihn auf Reisen zu schicken. »O mein Sohn,« sprach er eines Tages zu ihm, »glaube mir, unter allem, wessen man zum Leben bedarf, ist das größte Erfordernis, einen guten Freund zu haben. Verschwendung nimmt uns unsern Reichtum, die Kehrseite des Glücks läßt die Mächtigsten in Not versinken; doch nur der Tod allein raubt uns einen Freund, wie er uns selbst uns raubt; er ist der einzige Vorzug, den uns keine menschliche Gewalt entreißen kann; finde einen einzigen Freund in deinem Leben, und du hast das erste und größte aller Güter gefunden. Ich will deshalb, daß du die Welt durchwanderst; Reisen geben die wahre Kenntnis, je mehr Menschen man gesehen hat, desto besser weiß man unter ihnen zu leben. Die Welt ist ein großes Buch, das den belehrt, der in ihm zu lesen vermag; sie ist ein treuer Spiegel, der unseren Augen alle Dinge widergibt, deren Kenntnis uns fördern kann. Reise ab, o mein Sohn, und denke auf allen deinen Wegen nur die eine Erwerbung zu machen: die eines wahren Freundes. Opfere, wenn es not tut, ihm alles, was du an Kostbarkeiten nur hast!«

Der junge Mann nahm Urlaub von seinem Vater und reiste in ein Land, das wenig entfernt lag von dem, das er verlassen hatte; dort verweilte er kurze Zeit und kehrte dann in sein Vaterland zurück. Sprach zu ihm sein Vater, der erstaunt war ob einer so eiligen Rückkunft: »Ich erwartete dich nicht so bald zurück.« Antwortete ihm der Sohn: »Du hattest mir aufgetragen, einen Freund zu suchen, und ich habe ihrer fünfzig gewonnen, die das Muster wahrer Freundschaft sind.« Sagte der Vater darwider: »O mein Sohn, mißbrauche diesen heiligen Namen nicht; hast du vergessen, was der Dichter sagt? Rühme dich des Freundes nicht, ehe du ihn geprüft hast. Freundschaft ist ein selten Ding; fast alle, die um diesen Titel werben, sind nur Heuchler: sie gleichen einer Sommerwolke, die beim geringsten Sonnenstrahl zunichte wird, und gehen mit denen, die sie zu lieben vorgeben, um wie Trinker mit einem vollen Kruge Weines, den sie liebevoll an sich ziehen, solange er noch des köstlichen Nasses birgt, und den sie zu Boden werfen, wenn er leer ist; ich befürchte, daß die, deren du so zufrieden bist, solchen falschen Freunden ähneln, deren Wesen ich dir eben gezeigt habe.« Entgegnete der Sohn: »Dein Mißtrauen, o Vater, ist ungerecht; die ich zu meinen Freunden zähle, würden mich auch im Unglück kennen, ohne daß sich ihr Herz verleugnet.«

»Sechzig Jahre habe ich gelebt«, sprach der Vater darwider, »und Glück und Unglück erfahren, viele Menschen zogen vor meinen Blicken vorüber; kaum habe ich da in dem Wirbel so vieler Jahre einen Freund erlangen können, wie hast du in deiner Jugend und in so kurzer Zeit ihrer fünfzig gefunden? Lerne durch mich die Menschen kennen!«

Der Handelsherr aber entkehlte einen Hammel, steckte ihn in einen Sack und bestrich mit dem Blut des Tieres die Gewänder seines Sohnes; nachdem dies alles für den Zweck, den er im Auge hatte, geschehen war, verschob er die Ausführung auf die Nacht. Dann nahm er den Sack mit dem Hammel, lud ihn dem jungen Manne auf die Schulter, dem er die Rolle, die er spielen mußte, beigebracht hatte, und beide gingen also gerüstet fort.

Der Jüngling klopfte an das Tor eines seiner fünfzig Freunde; der öffnete ihm mit geschäftigem Eifer und fragte ihn nach dem Grunde seines Kommens. »Ich komme im Unglück,« hub der Sohn des Handelsherrn an, »um die zu prüfen, die ich liebe. Ich habe dir oft von der alten Feindschaft erzählt, die zwischen meiner Familie und der eines Würdenträgers besteht; der Zufall führte uns an einem abgelegenen Orte zusammen, und der Haß zwang uns die Waffen in die

Hand: ich sah ihn leblos zu meinen Füßen liegen. In meiner Furcht vor gerichtlicher Verfolgung habe ich seine Leiche genommen, sie steckt in dem Sack, den du auf meinen Schultern siehst; ich bitte dich, die Leiche in deinem Hause zu verbergen, bis die Sache eingeschlafen ist.« Entgegnete sein Freund mit schmerzlicher und verlegener Miene: »Mein Haus ist so klein, daß es kaum die Lebenden, die in ihm wohnen, fassen kann, wie könnte ich da einen Toten verbergen? Jeder Mensch kennt den Haß, der zwischen dir und dem Manne besteht, den du getötet hast. Man würde bald argwöhnen, daß du der Urheber seines Todes bist; man würde Nachforschungen anstellen; und da ja unsere Freundschaft stadtbekannt ist, würde man sie in meinem Hause beginnen; es möchte dir nicht zum Guten ausschlagen, wenn ich mich in dein Unglück mischte; der einzige Dienst, den ich dir leisten kann, ist, dein Geheimnis zu bewahren.«

Der junge Mann erhob von neuem Einwände, aber vergebens; nachdem er es aufgegeben hatte, diesen Undankbaren zu erweichen, machte er sich daran, der Reihe nach die fünfzig Menschen aufzusuchen, auf die er so leichtsinnigerweise gebaut hatte, und fünfzigmal erhielt er dieselbe Antwort.

»Erkenne nun, mein Sohn,« sprach der Handelsherr, »wie wenig man mit den Menschen rechnen kann; was ist aus dem Eifer derer geworden, deren du mit so prunkendem Lobe gedachtest; alle haben sie dich im Unglück verlassen. Sie sind gemalte Wände, Wolken ohne Regen, Bäume, die keine Früchte tragen; nun will ich dir die Verschiedenheit zeigen, die zwischen dem einzigen Freunde, den ich habe, besteht und den deinigen.« Also sprechend, kamen sie vor dem Hause dessen an, den er seinem Sohn als das Muster wahrer Freundschaft angepriesen hatte. Ihm erzählte er das angeblich seinem Sohne zugestoßene Unglück. »O dreimal glücklicher Tag,« rief dieser Mann aus, »der mir Gelegenheit gibt, dir meine Anhänglichkeit zu beweisen! Wenn du auf mich rechnest, kommst du mir gerade recht; mein Haus ist groß genug, um tausend Leichen zu verbergen; selbst wenn mir Gefahr daraus erwachsen könnte, ich würde ihr freudig die Stirne bieten, in der Hoffnung, dich zu retten. Komm mit deinem Sohne auf meinen Grund und Boden, ihr lebt dort ruhig, unbekannt und geschützt vor allen gerichtlichen Nachforschungen!«

Nachdem der Handelsherr seinem Freunde für alle seine hochherzigen Anerbietungen gedankt hatte, sagte er ihm daß alles, was er eben erzählt hätte, erfunden sei, um seinen Sohn den Unterschied zu lehren zwischen falschen und wahren Freunden.

DIE GESCHICHTE VON DEN BEIDEN PANTOFFELN

Es lebte zu Bagdad ein seines Geizes wegen berüchtigter Kaufmann namens Abu-Kasem-Tamburifort. Obwohl er sehr vermögend war, bestanden seine Kleider doch nur aus zusammengeflickten Lumpen; sein Turban aus grobem Linnen war so schmutzig, daß man seine ursprüngliche Farbe nicht mehr erkennen konnte; doch von allen seinen Kleidungsstücken verdienten seine beiden Pantoffeln am ehesten die Aufmerksamkeit der Neugierigen: die Sohlen hatten ganz große Löcher, das Oberleder aber war über und über geflickt. Niemals hat das berühmte Schiff von Argos aus mehr Stücken bestanden, und seit zehn Jahren – so alt waren die Pantoffeln schon – hatten die geschicktesten Schuhflicker Bagdads ihre Kunst in Anwendung gebracht, um die Trümmer auszubessern. Und diese hatten darüber eine solche Berühmtheit erlangt, daß sie sprichwörtlich wurden; und wenn man irgendeine recht törichte Sache ausdrücken wollte, mußten immer Kasems Pantoffeln zum Vergleich herhalten.

Eines Tages nun wandelte unser Kaufmann in dem großen Basare der Stadt auf und ab; man schlug ihm vor, eine beträchtliche Menge Kristallgläser zu kaufen; er schloß den Handel ab, denn er war vorteilhaft; zudem hatte er erfahren, daß wenige Tage später ein zugrunde gerichteter Händler von Wohlgerüchen um jeden Preis Rosenöl verkaufen mußte; Kasem zog seinen Vorteil aus dem Unglück dieses Mannes und kaufte ihm sein Rosenöl um die Hälfte des Wertes ab; solch prächtiges Geschäft versetzte ihn in fröhliche Stimmung, anstatt jedoch nun nach der Sitte der Kaufleute, die einen günstigen Handel abgeschlossen haben, ein großes Fest zu geben, hielt er es für ratsamer, ins Bad zu gehen, wo er seit langem nicht gewesen war.

Als er nun seine Kleider auszog, sagte seiner Freunde einer, oder wenigstens hielt er ihn für einen solchen, zu ihm, daß seine Pantoffeln der ganzen Stadt zum Gerede dienten und er sich wirklich neue kaufen müßte. »Ich überlege es mir schon lange,« entgegnete Kasem, »aber sie sind noch nicht so abgenützt, daß sie mir nicht mehr zum Gebrauche dienen könnten.« Also plaudernd, war er ausgekleidet und trat in den Baderaum.

Während er sich nun wusch, kam der Kadi von Bagdad an, um auch ein Bad zu nehmen. Kasem war vor dem Richter fertig und ging in den ersten Raum zurück, nahm seine Kleider und suchte vergebens nach seinen Pantoffeln: eine neue Fußbekleidung stand an Stelle der seinigen da; unser Geiziger redete sich ein – dieweil er es wohl wünschen mochte –, daß sie ein Geschenk dessen wären, der ihm so gut zugeredet hatte, und zog die schönen Pantoffeln an, die ihm den Kummer, neue zu kaufen, ersparten, und verließ freudigen Herzens das Bad.

Als der Kadi sich gebadet hatte, suchten seine Sklaven vergeblich die Pantoffeln ihres Gebieters; sie fanden nur ganz elende Schuhe, die man bald als die Kasems erkannte. Die Gerichtsdiener eilten dem vermeintlichen Schelme nach und brachten den des Diebstahls Überführten zurück; der Kadi tauschte die Pantoffeln um und schickte ihn ins Gefängnis. Er mußte sich aus den Händen der Gerechtigkeit loskaufen; und da Kasem für mindestens ebenso reich wie geizig galt, ließ man ihn nur um einen teuren Preis laufen.

In seine Wohnung zurückgekehrt, warf der tiefgebeugte Kasem in zorniger Aufwallung seine Pantoffeln nun in den Tigris, der unter seinen Fenstern hinschlich. Einige Tage darnach glaubten Fischer einen reicheren Fang als gewöhnlich zu tun, es waren jedoch Kasems Pantoffeln. Die Nägel aber, mit denen sie beschlagen waren, hatten die Maschen des Netzes zerrissen.

Die auf Kasem und seine Pantoffeln erbosten Fischer beschlossen, sie durch die Fenster, die offengeblieben waren, in sein Haus zu werfen; die mit aller Wucht geschleuderten Pantoffeln streiften die Gläser, die auf einem Sims standen, und warfen sie um; die Flaschen zerbrachen, und das Rosenöl war verloren.

Man wird sich, wenn man es vermag, Kasems Schmerz

angesichts einer solchen Verwüstung vorstellen können. »Elende Pantoffeln,« rief er aus, »ihr sollt mir keinen Schaden weiter zufügen!« Sprach's, nahm einen Spaten und grub ein Loch in seinem Garten, um seine alten Schuhe darin zu versenken.

Seiner Nachbarn einer nun, der ihm seit langem übelwollte, bemerkte, wie er die Erde aufwühlte, lief alsobald zum Statthalter und benachrichtigte ihn, daß Kasem einen Schatz in seinem Garten ausgegraben habe; es gehörte nicht viel dazu, um die Habgier des Statthalters anzufachen. Unser Geizhals konnte noch so oft versichern, er hätte keinen Schatz gefunden und einzig und allein seine Pantoffeln einscharren wollen: der Statthalter hatte auf das Geld gerechnet, und der niedergeschmetterte Kasem erhielt die Freiheit nur um sehr schweres Geld.

Unser ganz verzweifelter Mann wünschte die Pantoffeln in seinem Herzen zum Teufel und warf sie jetzt in eine von der Stadt etwas entfernte Wasserleitung; er glaubte für dieses Mal, er würde nicht mehr von ihnen sprechen hören, jedoch der Teufel, der nicht müde ward, ihm Possen zu spielen, leitete die Pantoffeln gerade in die Röhre der Wasserleitung, wodurch der Wasserstrahl gehemmt wurde. Die Brunnenwärter eilten hinzu, um dem Schaden abzuhelfen; sie fanden die Schuhe, trugen sie zum Statthalter und erklärten Kasem für den Urheber des Übels.

Der unglückliche Pantoffelbesitzer wurde gefangengesetzt und zu einer sehr viel empfindlicheren Buße verurteilt als die ersten beiden Male; der Statthalter, der das Vergehen bestraft hatte, wollte jedoch nichts von ihm zurückbehalten und lieferte ihm getreulich seine Pantoffeln wieder aus. Kasem beschloß nun, sie zu verbrennen, um endlich von allem

Übel, das sie ihm verursacht hatten, loszukommen; da sie aber von Wasser ganz durchtränkt waren, stellte er sie, um sie an der Sonne trocknen zu lassen, auf den Altan seines Hauses.

Doch das Schicksal hatte noch nicht all seine Bosheit gegen ihn ausgespielt, und die letzte, der es ihn aussetzte, war die grausamste von allen. Der Hund eines Nachbars bemerkte die Schuhe, sprang von dem Altan seines Herrn auf den unseres Geizigen, nahm einen Pantoffel in sein Maul, und mit ihm spielend, warf er ihn auf die Straße; der unselige Schuh fiel einer schwangeren Frau auf den Kopf, die gerade am Hause vorüberging. Der Schreck und die Wucht des Schlages bewirkten bei der verletzten Frau eine Fehlgeburt; ihr Gatte führte beim Kadi Klage, und Kasem wurde verurteilt, eine dem Unglück, das er verursacht hatte, entsprechende Buße zu zahlen.

Er wollte in sein Haus zurückkehren; und seine beiden Pantoffeln in die Hände nehmend, sagte er zum Kadi mit einer Heftigkeit, die dem Richter ein Gelächter entlockte: »O mein Herr, dies ist der verhängnisvolle Gegenstand aller meiner Leiden; diese verwünschten Pantoffeln haben mich an den Bettelstab gebracht; geruhe zu befehlen, daß man mich nicht mehr für das Unheil, das sie zweifelsohne auch ferner verursachen werden, verantwortlich macht.« Der Kadi konnte ihm seine Bitte nicht abschlagen; und Kasem hatte unter großen Kosten das Übel kennengelernt, das daraus entsteht, wenn man seine Pantoffeln nicht häufig genug wechselt.

SONDERBARES WIEDERERKENNEN UND BEWEISE VON GROSSMUT ZWISCHEN ZWEI VORNEHMEN ARABERN

Ali ibn Abbas, der Günstling des Kalifen Maamun und Wachthauptmann des Fürsten, erzählt mit folgenden Worten eine Geschichte, die ihm selbst begegnet ist:

»Ich war eines Abends beim Kalifen, als man einen an Füßen und Händen gefesselten Menschen vor ihn brachte. Maamun befahl mir, ein Auge auf den Gefangenen zu haben und ihn anderen Morgens vor ihn zu führen. Der Kalif war mir sehr erregt vorgekommen, daher gab mir die Furcht, mich etwa selbst seinem Zorne auszusetzen, ein, den Gefangenen in meinem Harim einzuschließen, der der sicherste Ort meines Hauses ist.

Ich fragte ihn nach seinem Vaterlande; er entgegnete, daß er in Damaskus geboren wäre und in dem Viertel der großen Moschee wohnte. ›Möge der Himmel‹, rief ich aus, ›seinen reichsten Segen über die Stadt Damaskus ausstreuen, und vor allem über das Viertel, das du bewohnst!‹ Er wollte den Grund der lebhaften Aufmerksamkeit wissen, die mich beseelte; da sprach ich: ›Weil ich einem Menschen deines Viertels das Leben verdanke!‹

Solche Worte reizten seine Neugierde, und er beschwor mich, ihr genugzutun. ›Es ist mehrere Jahre her,‹ hub ich an, ›daß der Kalif, unzufrieden mit dem Statthalter von Damaskus, ihn seines Amtes entsetzte; ich begleitete seinen Nachfolger, den der Kalif ernannt hatte; im Augenblick, als wir vom Palaste des Statthalters Besitz nehmen wollten, entbrannte ein Zwist zwischen dem alten und dem neuen Statthalter, der vorige hatte Bewaffnete angestellt, die uns überfielen; ich rettete mich durch ein Fenster des Palastes, und als ich mich von anderen Mördern verfolgt sah, flüchtete ich in dein Viertel. Ich erblickte einen offenen Palast, dessen Besitzer unter der Tür stand; ihn flehte ich an, mir das Leben zu retten; alsobald führte er mich in sein Frauengemach, und dort blieb ich einen Monat in Überfluß und Frieden.

Mein Wirt erzählte mir eines Tages, daß sich eine Karawane vorbereitete, um nach Bagdad zu ziehen, daß ich also, falls ich willens sein sollte, in meine Heimat zurückzukehren, keine bessere Gelegenheit abpassen könnte; Scham verschloß mir den Mund; ich wagte ihm mein Unglück nicht einzugestehen; denn ich war gänzlich mittellos und durch die Notwendigkeit gezwungen, der Karawane zu Fuße zu folgen. Doch wie groß war mein Erstaunen, als man mir am Tage der Abreise ein sehr schönes Pferd vorführte und ein mit aller Art von Vorräten hochbeladenes Maultier, das ein schwarzer Sklave führte, der mir auf der Reise dienen sollte; mein Wirt überreichte mir zur gleichen Zeit eine goldgespickte Börse und brachte mich selbst zur Karawane, wo er mich mehreren Teilnehmern, die mit ihm befreundet waren, anempfahl. Solches ist die Wohltat, die mir in deiner Stadt erwiesen worden ist, und das macht sie mir so teuer; mein einziger Kummer ist, daß ich meinen gütigen Wohltäter noch nicht gefunden habe. Und ich würde zufrieden sterben, könnte ich ihm meine Dankbarkeit bezeigen!‹

Da rief der Gefangene ganz entzückt aus: ›Deine Wünsche sind erfüllt, ich bin es, der dich in seinem Palaste aufnahm, erkennst du mich nicht wieder?‹ Die Zeit, die seit dem Ereignisse verstrichen war, dazu der Kummer, der ihn bedrückte, hatten sein Gesicht verändert; aber beim Be-

trachten seiner Züge erkannte ich ihn bald wieder, und die Umstände, die er mir wieder ins Gedächtnis zurückrief, ließen keinen Zweifel mehr zu, daß dieser Gefangene, der drauf und dran war, sein Leben zu verlieren, mein lange gesuchter hochherziger Erretter war. Ich umarmte ihn mit tränenden Augen, nahm ihm die Fesseln ab und fragte ihn, durch welches Mißgeschick er den Zorn des Kalifen heraufbeschworen habe. ›Verachtenswerte Feinde‹, entgegnete er mir darauf, ›haben mich ungerechterweise bei Maamun angeschwärzt, man hat mich Hals über Kopf aus Damaskus fortgeschleppt, ja die Barbarei so weit getrieben, mir den Trost, Weib und Kinder zu umarmen, zu versagen, und ich weiß nicht, welches Schicksal meiner wartet; sollte jedoch, wie ich fürchten muß, mein Tod gewiß sein, so bitte ich dich, ihnen dieses Unglück mitzuteilen.‹
›Nein, du stirbst nicht!‹ sagte ich darwider, ›ich versichere dir, du sollst deiner Familie wiedergegeben werden; sei von diesem Augenblicke an frei!‹ Ich wählte mehrere Stücke der schönen Goldbrokatstoffe Bagdads aus und bat ihn, sie seiner Gattin zu schenken. ›Reise ab‹, fügte ich dann hinzu, indem ich ihm eine Börse einhändigte, die tausend Golddinare enthielt; ›vereinige dich wieder mit den köstlichen Pfändern der Zärtlichkeit, die du in Damaskus zurückgelassen hast; möge der Zorn des Kalifen über mich kommen; ich fürchte ihn wenig, wenn ich glücklich genug bin, dich zu retten!‹
Da nahm der Gefangene das Wort: ›Welch einen Vorschlag machst du da? Hältst du mich für fähig, ihn anzunehmen? Wie, um mir das Leben zu retten, soll ich heute das Leben opfern, das ich ehemals gerettet habe? Versuche den Kalifen von meiner Unschuld zu überzeugen, keinen anderen Be-

weis fordere ich von deiner Dankbarkeit; wenn du ihm nicht die Augen öffnen kannst, will ich ihm selbst meinen Kopf darbieten, auf daß er nach seinem Willen über meine Tage beschließe, vorausgesetzt nur, daß die deinen in Sicherheit sind.‹ Ich lag ihm von neuem an, zu fliehen, doch ließ er sich nicht dazu bewegen.

Anderen Morgens versäumte ich nicht, mich vor Maamun zu zeigen. Der Fürst war zum Zeichen seines Zorns mit einem feuerfarbenen Mantel bekleidet; kaum hatte er mich erblickt, als er mich fragte, wo mein Gefangener wäre, und befahl gleichzeitig, daß man den Henker kommen lassen sollte. ›O Gebieter,‹ rief ich aus und warf mich ihm zu Füßen, ›es hat sich eine merkwürdige Sache in Angelegenheit dessen zugetragen, den du mir gestern anvertraut hast; erlaube, o Herr, daß ich sie dir verkünde!‹ Diese Worte brachten ihn in Wallung, und er sprach zu mir: ›Ich schwöre dir bei der Seele meines Ahnherrn, statt deines Gefangenen stirbst du, wenn du ihn mir hast entwischen lassen!‹ ›Mein Leben und seines‹, entgegnete ich, ›liegen in deiner Hand, o Gebieter, geruhe einzig, mich anzuhören!‹ ›Sprich!‹ erwiderte er. Ich erzählte dem Fürsten dann, auf welche Weise der Mann in Damaskus mein Leben gerettet hatte; daß ich mit dem Wunsche, mich gegen ihn dankbar zu bezeigen, ihm die Freiheit angeboten, er sie aber aus Besorgnis, meinen Tod dadurch zu verursachen, zurückgewiesen hätte. ›O Gebieter,‹ fuhr ich fort, ›er ist nicht schuldig; ein so edelmütiger Mensch kann es nicht sein; elende Verleumder nur haben ihn bei dir angeschwärzt; er ist das unglückliche Opfer des Hasses und des Neides gegen ihn Erbitterter.‹

Der Kalif schien gerührt; hatte er doch von Geburt an eine große Seele; und er konnte nicht umhin, das Benehmen meines Freundes zu bewundern. ›Deinetwegen verzeihe ich ihm‹, sprach Maamun; ›geh und melde ihm diese frohe Botschaft, und bringe ihn zu mir!‹ Ich warf mich dem Fürsten zu Füßen, indem ich sie küßte, und dankte ihm in den lebhaftesten Ausdrücken, die mir die Dankbarkeit eingeben konnte; dann führte ich meinen Gefangenen vor den Kalifen.

Der Herrscher schenkte ihm ein Ehrengewand und ließ ihm zehn Pferde, zehn Maultiere und zehn Kamele aus seinem Marstall geben; allen diesen Begünstigungen fügte er eine Börse bei, die zehntausend Dinare für die Unkosten seiner Reise enthielt, und er überreichte ihm selbst einen Empfehlungsbrief an den Statthalter von Damaskus.«

VERSCHIEDENE ERZÄHLUNGEN VON DER GROSSMUT DES ARABERFÜRSTEN HATEM-TAI

Der Fürst Hatem-Tai wurde für so freigebig gehalten, daß die mächtigsten Fürsten auf seinen großen Ruf eifersüchtig waren. Der Sultan von Damaskus wollte es selbst erfahren, ob es auf Wahrheit beruhe, was man über den Ruhm des Arabers sprach. Und er ließ seiner ersten Würdenträger einen, mit Geschenken für Hatem versehen, aufbrechen, indem er ihm auftrug, ihn um zwanzig Kamele zu bitten, die rote Haare und schwarze Augen hätten; diese Art von Kamelen nämlich war sehr selten und deshalb auch sehr kostspielig.

Auf diesen Wunsch hin ließ Hatem in der Wüste alle Kamele mit schwarzen Augen und roten Haaren suchen, indem er jedem Menschen das Doppelte ihres Wertes versprach. Die

Araber aber, die in Hatem das höchste Vertrauen setzten, sammelten hundert Kamele der bestimmten Art. Hatem schickte sie an den König und überhäufte den Würdenträger mit Geschenken.

Der Beherrscher von Damaskus war sehr erstaunt ob dieses Reichtums und versuchte ihn zu überbieten; er ließ dieselben Kamele mit köstlichen Stoffen beladen und sandte sie an Hatem zurück. Der ließ alsogleich alle die kommen, die diese so seltenen Tiere herbeigebracht hatten, und er überließ sie ihnen alle mit der Last, die sie trugen; als der Fürst von Damaskus solches hörte, erklärte er sich für besiegt.

Hatems Ruf drang bald über die Grenzen Asiens und gelangte bis nach Europa; der Kaiser von Konstantinopel ward zornig, daß man einen einfachen Araberführer seiner Freigebigkeit zufolge den mächtigsten Herrschern gleichzustellen wagte, und wollte, wie der Sultan von Damaskus, eine Probe auf das Exempel machen.

Unter der großen Zahl Pferde, die Hatem unterhielt, gab es ein ganz außergewöhnliches, das er höher schätzte denn alle seine Reichtümer. Niemals hatte die Natur ein so vollkommenes Tier hervorgebracht; Feuer schien aus seinen Nüstern zu sprühen, und es überholte laufend die flinkesten Hirsche. Dieses Pferd endlich war nicht weniger berühmt im ganzen Morgenlande durch seine Schönheit als sein Herr durch seine Freigebigkeit.

Der Kaiser wußte, wie wert dieses Roß Hatem war, und beschloß, ihn darum zu bitten, indem er glaubte, seinen Edelmut dadurch auf die härteste Probe zu stellen. Er schickte seiner Edlen einen an den Araberführer. Der Abgesandte des Herrschers kam in düsterer Nacht mitten in

Ungewittern bei Hatem zu einer Zeit an, wo alle Araberpferde in den Steppen weideten. Der Würdenträger wurde bei dem herrlichsten aller Menschen so aufgenommen, wie es sich für den Abgesandten eines Königs ziemt; nach dem Essen führte Hatem seinen Gast dann in ein sehr reiches Zelt.

Am folgenden Morgen schickte der Abgesandte die Geschenke seines Gebieters mit einem Schreiben des Fürsten an Hatem. Als Hatem dieses gelesen hatte, war er sehr betrübt: »Ach, wenn du mich gestern über den Zweck deiner Sendung aufgeklärt hättest,« sprach er zu dem Würdenträger, »würde ich heute nicht in der grausamsten Verlegenheit sein und dem Kaiser wahrlich den schwachen Beweis meines Gehorsams gegeben haben; jedoch lebt das Roß, das er wünscht, nicht mehr; alle Tiere weiden jetzt in den Steppen, es ist Brauch bei uns, dann nur ein einziges Pferd im Lager zurückzubehalten. Dieses hatte ich dazu ersehen; bei deiner überraschenden Ankunft habe ich es schlachten lassen, dieweil wir nichts zu deiner Bewirtung da hatten, und es hat dir zur Speise gedient; die Dunkelheit und das wilde Wetter hinderten mich, meine Hammel holen zu lassen, die auf ziemlich entfernten Triften weiden.« Alsobald ließ Hatem die edelsten Rosse holen und bat den Abgesandten, sie seinem Herrn zu überbringen. Der Kaiser konnte nicht umhin, den außergewöhnlichen Zug von Hatems Großmut zu bewundern, und stimmte zu, daß er in Wahrheit den Titel des freigebigsten aller Menschen verdiente.

Es war Hatems Los, den Neid aller Herrscher zu erwecken. Den König Nuuman des glücklichen Arabiens erfaßte die heftigste Eifersucht gegen ihn; der Fürst rühmte sich seiner Großmut, die im Grunde nur eitles Prahlen war. Er ließ mit Gepränge im ganzen Morgenland laut verkünden, daß alle, so eine Gunst wünschten, sich am Fuße seines Throns einfinden sollten, und sann nur darauf, Hatem an Edelmut zu übertreffen. Er hätte am liebsten gewünscht, den Namen des verhaßten Rivalen aus dem Gedächtnis der Menschen zu streichen; eine unübersehbare Menge jedoch wiederholte den Namen dieses Wohltäters des Menschengeschlechts und verbreitete weiterhin seinen Ruhm. Nuuman begehrte auf: »Wie kann man denn nur einen Araber mit mir im gleichen Atemzuge nennen, der weder Zepter noch Krone besitzt und in der Wüste herumirrt?« Seine Eifersucht wuchs unaufhaltsam; er glaubte ihn leichter verderben als übertreffen zu können.

Es gab an Nuumans Hofe einen von den Großen, die sich für die Grillen der Fürsten verkaufen und bereit sind, alles zu unternehmen, um alles zu erlangen. Diesen wählte der König sich aus, um ihn zum Werkzeug eines großen Verbrechens zu machen. Er sprach zu ihm: »Mache dich auf; befreie mich von einem Menschen, den ich verabscheue, und rechne auf einen Lohn, der dem Dienste gleichsteht, den du mir leisten sollst.«

Der gierige Abgesandte jagte davon und kam in die Wüste, wo die Araber lagerten. Er erinnerte sich nicht, Hatem jemals gesehen zu haben, und suchte nun nach Mitteln, ihn kennenzulernen, ohne seine Absichten durchschimmern zu lassen. Als er ganz in Gedanken versunken war, näherte sich ihm ein Mann von liebenswürdigem Wesen und lud ihn ein, in sein Zelt einzutreten. Er willigte darein und war begeistert von der Höflichkeit, die ihm zuteil wurde; nach einem glänzenden Mahle wollte er sich von seinem Wirte beurlauben; der Araber bestürmte ihn aber, einige Tage bei ihm zuzubringen. »O edelmütiger Unbekannter,« entgegnete ihm da des Königs Gesandter, »ich bin beschämt ob der Behandlung, die du mir zuteil werden läßt, doch ein Geschäft von dringender Wichtigkeit zwingt mich, dich zu verlassen.« Der Araber erwiderte: »Ist es nicht möglich, daß du mir einen Teil dieses Geschäftes überträgst, das dich so lebhaft zu beschäftigen scheint? Du bist fremd in diesen Gegenden, vielleicht kann ich dir nützlich sein?« Nachdem der Abgesandte zu der Einsicht gekommen war, daß er sein Unternehmen nicht allein zum Ziele bringen könnte, beschloß er das liebenswürdige und dienstbereite Anerbieten seines Wirtes anzunehmen.

Er sprach zu ihm: »Aus dem Vertrauen, das ich zu dir hege, kannst du auf die Wichtigkeit des Geheimnisses schließen, das ich dir offenbaren will. Wisse, daß Hatem durch Nuuman, den König Arabiens, dem Tode geweiht ist. Dieser Herrscher, dessen Günstling ich bin, hat mich zum Werkzeuge seiner Rache erwählt; aber wie soll ich, der ich Hatem nie gesehen habe, seine Befehle ausführen? Zeige mir ihn und füge diese Wohltat denen zu, mit denen du mich bereits überhäuft hast.« »Ich versprach es, dir zu dienen,« hub der Araber an, »du sollst sehen, ob ich der Sklave meines Wortes bin. Stoße zu,« fuhr er fort, indem er die Brust entblößte, »vergieße mein Blut, auf daß mein Tod deinen Fürsten, der ihn wünscht, zufriedenstellt und du die Belohnung erhältst, die du erhoffst. Schließlich muß ich dir sagen, daß jeder Augenblick kostbar ist; zögere nicht länger, die Befehle deines Königs auszuführen, und brich schnell auf. Die Dunkelheit wird dich der Rache meiner Freunde und meiner Verwandten entziehen. Wenn dich der morgige Tag an diesem Orte überrascht, bist du verloren!«

Diese Worte trafen den Abgesandten wie ein Blitz aus heiterm Himmel. Durchdrungen von der Schwärze seines Verbrechens und von der Hochherzigkeit dessen, der mit ihm sprach, fiel er vor ihm auf die Knie: »Allah wolle nicht,« rief er aus, »daß ich eine opfernde Hand an dich lege; mag ich bei meinem Fürsten in Ungnade fallen, mag er mich selbst töten lassen, nichts soll die Kraft haben, mich zu solcher Erbärmlichkeit zu zwingen!« Nach solchen Worten kehrte er in das glückliche Arabien zurück.

Der grausame Herrscher forderte Hatems Kopf von seinem Günstling; der aber erzählte, was ihm zugestoßen war. Nuuman rief verwundert aus: »Mit Recht, o Hatem, verehrt man dich wie eine Art Gottheit. Menschen, die das einfache Gefühl der Großmut beherrscht, können alle ihre Güter verschenken, jedoch sein Leben opfern, das ist eine Handlung, die über allem Menschlichen steht!«

Edelmut und Seelengröße waren beinahe erblich in Hatem-Tais Familie. Nach seinem Tode weigerten sich die Araber, deren Anführer er war, zum Islam überzutreten. Mohammed, der Gesetzgeber, verurteilte sie alle zum Tode; einzig die Tochter Hatems wollte er auf Grund der Erinnerung an ihren Vater schonen. Wie nun das hochherzige Weib die Henker zum Losschlagen bereit sah, warf sie sich Mohammed zu Füßen und beschwor ihn, ihr das Leben zu nehmen: »Nimm deine unselige Wohltat zurück«, sprach sie zu ihm; »sie würde für mich ein tausendmal schändlicheres Verbrechen sein als das, das du meinen Stammverwandten vorbereitest; verzeihe allen, oder laß mich mit ihnen sterben!« Mohammed ließ sich durch ein so edelmütiges Gefühl rühren, nahm das verkündete Urteil zurück und begnadigte zugunsten von Hatems Tochter den ganzen Stamm.

Nach dem Tode Hatem-Tais trachtete sein Bruder darnach, ihn zu ersetzen. Seine Mutter Cherbeka wiederholte ihm unaufhörlich, daß er niemals dem gleichkommen werde, der so verdienstvoll gewesen war. Da er nach Hatems Beispiel alle aufnehmen wollte, die gewöhnlich zu seinem Bruder kamen, ließ er das große Zelt aufschlagen, in dem der Araberfürst zu seinen Lebzeiten alle Bittsteller empfangen hatte. Dieses Zelt hatte siebzig Türen; Cherbeka hatte sich als armes Weib verkleidet und trat, ihr Gesicht dicht verschleiert, in das Zelt ein; ihr Sohn erkannte sie nicht und gab ihr ein Almosen; im gleichen Anzuge kam das Weib durch eine andere Tür zurück und erschien wieder vor seinen Augen. Als der neue Wohltäter die gleiche Frau wieder erblickte, die aus seiner Hand Almosen empfangen wollte, fuhr er sie hart an, indem er sie ob ihrer Zudringlichkeit tadelte. Da sprach Cherbeka, den Schleier lüftend: »Habe ich mich getäuscht, o lieber Sohn, als ich dir versicherte, du würdest niemals Hatem gleichkommen? Wie ich eines Tages deinen Bruder prüfen wollte, verschleierte ich mich auch so und trat nacheinander durch alle siebenzig Türen dieses selben Zeltes ein, und siebenzigmal habe ich Wohltaten von seiner Hand empfangen. Und ich wußte seit eurer zartesten Kindheit, daß eure Gemütsarten verschieden sind. Dein Bruder Hatem wollte die Brust nicht nehmen, wenn nicht noch ein anderes Kind meinen Busen mit ihm teilte; du hingegen wolltest, während du an einer Brust saugtest, auch die andere nehmen, um sie dem zu entziehen, der sie hätte nehmen können!«

Auf die Frage, ob er in seinem Leben einem edleren Menschen, als er selber wäre, begegnet sei, antwortete Hatem-Tai: »Gewißlich; eines Tages, als ich einherritt, kam ich am Zelt

eines armen Arabers vorbei, der mir Gastfreundschaft anbot, ohne mich zu kennen; es war spät und ich noch fern von meiner Hütte. Gern nahm ich das Anerbieten des Beduinen an; ich hatte einige Tauben gesehen, die um seine Hütte flogen; als ich erwartete, Reis und einige Eier, die gewöhnliche Nahrung des Volkes, vorgesetzt zu bekommen, wurde mir auf einer Schüssel eine der Tauben dargeboten, von denen ich wußte, daß sie der ganze Reichtum dieses Armen waren; er wollte nicht einmal, daß ich ihm meine Erkenntlichkeit bezeigte, und ich konnte ihm nur dadurch danken, daß ich die Speisen lobte, die er mir aufgetragen hatte.
Ich beschloß, am andern Morgen aufzubrechen, und suchte bei mir nach einem Mittel, die Güte meines Wirtes wettzumachen, als ich ihn mit zehn anderen Tauben, denen er den Hals umgedreht hatte, auf mich zukommen sah und er mich bat, sie als einziges Geschenk, das er zu geben imstande wäre, anzunehmen. Es war in der Tat alles, was er auf der Welt besaß. Ziemlich niedergeschlagen, wie ich war, daß er sich so all seiner Habe beraubt hatte, um mich würdiger zu bewirten, nahm ich dies Geschenk, das mir darum sehr teuer geworden war, mit mir. Kaum war ich in meinem Lager angelangt, als ich dem armen Manne dreihundert Kamele schickte und fünfhundert Widder.« »Was redest du da von Edelmut?« sprachen seine Freunde darwider, »du warst viel edelmütiger als der Araber!« »Mitnichten«, erwiderte Hatem-Tai; »denn der Beduine, der nicht wußte, wer ich war, hatte mir seine ganze Habe geschenkt, ohne an eine Erkenntlichkeit zu denken, und ich gab ihm nur einen sehr kleinen Teil dessen, was ich besitze!«

DIE GESCHICHTE VON EINEM MERKWÜRDIGEN ABENTEUER, DAS DEM SULTAN AL MAHDI ZUSTIESS

Der Kalif Al Mahdi ist einer der ersten Beherrscher der Gläubigen, die auf dem Throne nachlässig wurden, indem sie die Zügel der Herrschaft ungewandten und habgierigen Händen überließen. Eines Tages nun, als er einer Gazelle nachsetzte, entfernte er sich im Jagdeifer sehr weit, und die Nacht überraschte ihn, der halbtot vor Hunger und Ermüdung war, getrennt von seinem Gefolge. Nachdem er lange Zeit zugeritten war, bemerkte er im freien Felde ein einsam stehendes Zelt. Dahin lenkte er sein Pferd. An dem Orte angekommen, wo er eine Unterkunft zu finden hoffte, sah er dort einen Mann, der ihn nach der Art der Araber mit viel Freundlichkeit aufnahm; der Fürst verbarg ihm, wer er war, sei es aus Furcht, seinen Wirt zu verwirren, sei es, um einmal im Leben die Freude der Gleichheit zu genießen.

Während der gute Mann sich eilig daranmachte, ihm alle nötige Gastfreundschaft zu erweisen, fragte ihn der Kalif, warum er in solcher Einöde hause. Da antwortete ihm der Beduine: »Was du mit Recht Einöde nennst, war ehedem eine große Niederlassung von Arabern und Turkomanen, der Handel und Landwirtschaft in Fülle Nahrung gab und die dem Sultan Abu Dscha'afar al Mansur mit Freude die mäßigen Abgaben zahlte. Der gute Fürst kümmerte sich um die Herrschaft seiner Staaten und wünschte, daß sein Volk glücklich sei; sein gesetzlicher Nachfolger aber überläßt die Völkerschaften in seiner Leichtfertigkeit jetzt den Statthaltern der Provinzen des Reiches; und die einst dieses

Land innehatten, sind durch die Habsucht jener Statthalter in alle Winde zerstreut.«

Der Kalif vernahm zum ersten Male die Wahrheit und war durchaus nicht verletzt, als er sich einen schlechten Herrscher nennen hörte. Er nahm sich im Gegenteil vor, von jetzt an das Wohl seiner Untertanen im Auge zu haben; doch ließ er seinen Wirt, der ihn ja nicht kannte, nicht um die Erwägungen, die ihn jetzt beschäftigten, wissen; der Araber wünschte, ihn gut zu bewirten, wollte aber gleichzeitig einem Fremden kein Ärgernis geben, daher gab er ihm erst nach langem Zögern zu verstehen, daß er einen Krug Weines besitze, den er ihm gern zu trinken geben wolle, wenn er kein Bedenken habe.

Der Kalif machte sich wenig aus diesem Getränk, ergriff aber die Gelegenheit, sich einem Vergnügen hinzugeben, dessen Verbot so streng war, daß man ihm nur heimlich nachgehen durfte; nachdem er das erste Glas getrunken hatte, sagte er lustig und freundlich zu dem guten Manne: »O Freund, du siehst in mir einen der ersten Großen des Kalifen und sollst den Dienst, den du mir erwiesen hast, nicht bereuen.« Der Araber war durch die Rede erfreut, dankte dem, dessen Stand er nicht gekannt hatte, und bemühte sich, ihn mit mehr Ehrerbietung zu behandeln.

Der angebliche Große des Sultans wandte sich bald wieder dem Kruge zu; Vergnügen und Gemütlichkeit vermehrten sich mit jedem Glase. »O lieber Gastgeber,« sagte er zu dem Beduinen, »ich habe dir eine Unwahrheit gesagt, deren ich mich schäme: sieh in mir den Günstling des Kalifen und seinen besten Freund; ich will mich nicht mehr der Freundschaft erfreuen, mit der mich der Fürst beehrt, wenn ich ihn nicht zu Wohltaten dir gegenüber bestimmen kann!«

Bei solchen Worten wußte der Araber nicht, wie er seinem neuen Beschützer seine Ehrfurcht bezeigen sollte; er stand auf, küßte den Saum seines Gewandes und beschwor ihn, des Trankes, den er ihm so liebenswürdig dargeboten hatte, nicht zu sparen. Al Mahdi, der am Weine Geschmack bekam, ließ sich nicht lange nötigen: »Ich finde, daß der Wein die Wahrheit herausfordert«, sprach er zu seinem Wirte; »ich bin weder ein Großer noch Günstling des Kalifen, wohl aber der Kalif selbst, und ich wiederhole alle Versprechungen, die ich dir gemacht habe.« Bei dieser Rede hörte der Araber mit Einschenken auf, und als er den Krug zumachte und sich anschickte, ihn wegzustellen, sagte der Fürst, der eher Freude und Ehrerbietungsbezeugungen erwartet hatte: »Was tust du denn?« Der Araber erwiderte: »Wer du auch seist, ich will dich daran hindern, noch mehr zu trinken; zum ersten Male gibst du dich für einen großen Herrn aus, und ich hatte keine Not, es dir zu glauben, zum zweiten Male bist du schon der Günstling des Kalifen, und dieser Titel flößte mir Hochachtung ein; zum dritten nennst du dich gar den Kalifen selbst; zum vierten Male würdest du dich zweifelsohne als den Propheten bezeichnen und zum fünften als hochheiligen Allah in eigener Person. Ich danke, daß ich das nicht alles mit gutem Glauben hinnehmen kann.«

Al Mahdi konnte sich eines Gelächters ob dieser Einfalt nicht erwehren, und dieweil er fühlte, daß der Wein seinen Kopf zu benebeln begann, legte er sich auf die Teppiche nieder, die sein Wirt ihm hergerichtet hatte. Am folgenden Morgen war der Weinrausch vorüber, er stieg zu Pferde und nahm den Araber, der nicht wußte, was er von allem, was er gehört hatte, halten sollte, als Führer und überzeugte ihn bei seiner Ankunft in Bagdad, daß er in Wahrheit der Kalif war, und bezahlte ihn mit Reichtümern, die ihn in den Stand setzten, alle Bewohner, die das zeitweilige Mißgeschick dazu gezwungen hatte, das Land, in dem sie wohnten, zu verlassen, wieder zurückzurufen.

DIE GESCHICHTE VON DER GEFAHR, IN DIE SICH FÜRSTEN BEGEBEN, WENN SIE IHR VERTRAUEN LEUTEN SCHENKEN, DIE DESSEN UNWERT SIND

Ein junger Fürst, der in einem Alter, in dem die Menschen kaum fähig sind, die Wahrheit zu erkennen, den Thron bestiegen hatte, fragte seinen Wesir, dem ein hohes Alter große Lebenserfahrung gegeben hatte: »Welche Menschen sind würdig, daß sich Könige ihnen nähern?« »Ach,« antwortete ihm sein Minister, »Fürsten dürfen nur denen trauen, die am wenigsten bestrebt zu sein scheinen, ihnen zu gefallen. Die Menschenkenntnis, die für alle schwierig ist, ist Herrschern beinahe unmöglich zu erlangen. Ein Sultan von Aleppo, der das Unglück hatte, sich hierin zu irren, wurde glücklicherweise durch Tiere aufgeklärt.

Rustam – dies ist sein Name – überließ, in schlaffer Weichlichkeit versunken, seinen Wesiren die wichtigen Sorgen um die Herrschaft, für die er sich nicht befähigt hielt. Üppigkeit erfüllte sein Herz; ein Edelsteinhändler, der ihm auserwählteste Kostbarkeiten verschaffte, stand ihm näher als ein Feldhauptmann, der seine Schlachten gewann; und das wichtigste Amt im Palast war das des Schatzmeisters.

Ein Sohn wurde ihm von der Lieblingssultanin geboren. Rustam aber, der seinem Schatzmeister die Sorge um das, was ihm am teuersten war, will sagen, seine Geschmeide, anvertraut hatte, glaubte nicht besser handeln zu können, als ihm auch die um den Thronerben anzuvertrauen.

Der neue Erzieher prägte der Seele des Prinzen alle Laster ein, die in seiner wohnten, oder vielmehr, er pflegte die Keime der Laster, die alle Menschen in sich tragen und die eine gewissenhafte Erziehung und gute Erwägungen allein unterdrücken können.

Der junge Behadirschah, dem niemals der geringste Widerstand geleistet wurde und dessen Kindheit die Schmeichler verdorben hatten, war heftig, ungerecht, ruchlos und betrachtete die Menschen, über die er einst herrschen sollte, nur als ein Gut, das ihm gehörte und mit dem er nach seiner Laune zu schalten und walten das Recht habe.

Der Beruf, den sein Erzieher ausgeübt hatte, ehe er Würdenträger wurde, hatte eine große Liebe zu Geschmeiden in ihm wachgehalten, die nun auch, wie alle andern Neigungen, in das Herz seines Zöglings eingezogen war. Sadi – so hieß der Erzieher – hörte, daß ein Jude aus Aleppo mit einer reichen Auswahl von Kostbarkeiten angekommen war; er wollte den jungen Prinzen veranlassen, davon zu kaufen, und für sich selbst die günstige Gelegenheit wahrnehmen.

Als der Jude ins Serail eingetreten war und sah, wie man sich seiner Kostbarkeiten bemächtigte, ohne daß der Preis, den man ihm dafür zahlte, seinen Erwartungen entsprach, beklagte er sich über das Unrecht und forderte seine Diamanten zurück. Behadirschah paßten seine Einwendungen wenig, und er gab Befehl, den Juden aus dem Serail zu werfen. Der über die Ungerechtigkeit erbitterte Unglückliche beklagte sich hart und in sehr wenig maßvollen Worten; der Prinz, den sein grausamer Erzieher aufhetzte, ließ dem Juden so böse zusetzen, daß er auf der Stelle seinen Geist aufgab.

Die Kunde von dieser Begebenheit brachte den König Rustam gegen Sohn und Erzieher auf; der junge Prinz wurde in einen vom Serail entfernt liegenden Palast verbannt; der seiner Würden entsetzte Sadi wollte sich vor seinem Zöglinge zeigen, aber er empfing da nur Vorwürfe und den Befehl, sich für immer aus seinen Augen zu entfernen, da man fürchtete, er könne ihn zu neuen Schandtaten veranlassen.

Der Elende zog ganz niedergeschmettert ab, und nachdem er sich des Nachts in einem dichten Walde verirrt hatte, kam seinen Füßen eine jener Gruben in die Quere, die man als Falle für wilde Tiere leicht mit Moos bedeckt. Er stürzte hinein und fand sich unter drei Tieren, die seinen Schrecken noch vermehrten: einem Löwen, einem Affen und einer Schlange; unser Mann kam mit der Angst davon, die ihm die schrecklichen Tiere verursachten. Das grausamste Tier wird sanft, wenn es sich gefangen sieht; der Tag überraschte Sadi inmitten der traurigsten Gedanken; er hatte sich schon damit abgefunden, das Leben, das ihm die Tiere ließen, durch Hunger zu verlieren, als er am Rande der Grube einen Menschen erblickte, der mit seinem Schicksal Mitleid zu haben schien. Dieser Anblick gab ihm wieder Hoffnung; die Zurufe des Unglücklichen bestimmten den Wanderer, ihm einen Strick zuzuwerfen, mittelst dessen er aus diesem schrecklichen Aufenthaltsorte erlöst werden konnte.

Der Affe, gewandter als der Mensch, ergriff diese günstige Gelegenheit und erschien an Stelle dessen, den der Wanderer erwartete, am Rande der Grube: ›Du wirst dich vielleicht eines Tages nicht ärgern,‹ sprach der Affe zu ihm, ›mir das Leben gerettet zu haben; Tiere wissen ihre Wohltäter wiederzuerkennen und wertzuhalten; du willst diesen Mann retten, der mein Mißgeschick teilte, gebe es der Himmel, daß dich dieser Undankbare deinen Edelmut nicht bereuen läßt! Meine Behausung ist am Fuße des Gebirges, das du von hier aus siehst; vielleicht könnte ich dich dort wiedersehen und dir nützlich sein.‹ Der Wanderer, der die Versprechungen des Affen nicht ernst nahm, legte in einer Regung von Mitleid die letzte Hand an seine Rettung und beeilte sich dann, den Strick zurückzuwerfen, in der Hoffnung, nunmehr seinesgleichen zu befreien; als er bei der zweiten Unternehmung ein beträchtlicheres Gewicht fühlte, zweifelte er keinen Augenblick, daß es der Mensch wäre, der endlich den Strick erfaßt hätte; jedoch erschreckten ihn die ungeheure Mähne, die Zähne und die Klauen des Königs der Tiere so sehr, daß er die furchtbare Last fallen lassen wollte. ›Beruhige dich,‹ sprach der Löwe zu ihm mit süßer und gewaltiger Stimme, ›auf daß dein Schreck uns nicht allen beiden schadet; du erwirbst in mir einen Beschützer, der nicht zu verachten ist; ich kann dir auch einmal das Leben bewahren, das du mir gerettet; dein Kamerad, der in der Grube sitzt, wird dir niemals soviel Gutes tun.‹ Der Wanderer ließ sich durch diese beredte feierliche Ansprache bewegen, verdoppelte seine Kräfte, und es gelang ihm schließlich, den Löwen aus der Grube zu ziehen. ›O Freund,‹ sprach der Löwe mit Gönnermiene zu ihm, ›meine Höhle ist in dem Walde bei der Hauptstadt; ich hoffe, wir werden uns dort eines Tages sehen.‹

Es blieben noch zwei Gefangene zu befreien; der auf den Grund der Grube zurückgeschleuderte Strick wurde von der Schlange umwunden. ›O edler Retter,‹ sprach sie zu dem, der ihr das Leben wiedergab, ›ich will dir einen Rat geben, den du freilich kaum befolgen wirst; Schlangen haben die Klugheit von der Natur erhalten, den Menschen jedoch fehlt sie öfters: Ich ließ auf dem Boden der Grube den größten aller Undankbaren zurück, denn ich weiß mit Charakteren gut Bescheid; dieser Unglücksmensch hat ein Verbrechen begangen, für das ihn die göttliche Vorsehung bestrafen wollte. Überlaß ihn seinem Schicksal, wenn du deine Wohltaten nicht bereuen willst. Du siehst mir aus, als ob du ein harmloser Mensch wärest; ich verspreche dir, bei meinem Schlangenwort, dich aus der erstbesten Verlegenheit zu befreien, in die du ob deiner allzu großen Güte geraten wirst. Leb wohl, meine Heimat ist die lange Stadtmauer. Handle nach meinem Rat und zähle auf die Erkenntlichkeit eines Tieres, das zu aufgeklärt ist, um undankbar zu sein.‹

Der Wanderer war zu gutmütig, um einen vielleicht nützlichen Rat zu beherzigen, und warf den Strick zum vierten Male aus; der unglückliche Sadi hatte ihn endlich erwischt und sah sich wider alle Hoffnung gerettet. Es ist nutzlos, seine Freudebezeugungen auszumalen und die Dankbarkeitsergüsse, mit denen er seinen Befreier überschüttete; er versprach sehr viel mehr, als es die andern, die vor ihm gerettet waren, getan hatten; indem er den Wanderer unter Tränen der Rührung umarmte, begann er – um den Preis eines so wichtigen Dienstes – mit einer Täuschung.

Freilich war Sadis Geschichte zu demütigend, als daß er sie durchaus wahr hätte erzählen können; er gab sich zwar als beim Sultan in Ungnade gefallen und vom Tische des Glücks herabgestoßen aus, aber er hütete sich wohl, die

Gründe dafür anzugeben. Sadi sprach nur von der Undankbarkeit der Großen, von der Ungerechtigkeit, durch die sie sich unermüdlich mit Schuld belüden, und wiederholte dem Wanderer, daß er eines der Beispiele wäre, die die Menschen lehren, daß man nicht an Fürsten hangen sollte, und flocht in diese Rede eine Fülle von Moral und Tugend ein, die bewirkte, daß der gute Wanderer einen Weisen gerettet zu haben glaubte. ›Ich wohne in der Vorstadt von Aleppo‹, sprach Sadi zu ihm, ›und biete dir ein Obdach in meinem bescheidenen Heim an.‹

Der Wanderer hatte ein anderes Ziel vor Augen; er zog nach Indien, um dort einiges Geld zum Ankauf mehrerer Warengattungen zu verwenden. Und er setzte seine Reise mit der inneren Genugtuung fort, daß Helfen immer eine gute Tat ist. In Indien angelangt, ließ sich ihm alles aufs schönste an, sein Geld wurde gut angelegt und verdreifachte sich in kurzer Zeit; reicher geworden, als er es je gedacht, brannte er darauf, sein Vaterland wiederzusehen; er nahm den gleichen Weg, und den Wald durchquerend, in dem er wenige Jahre vorher sein Rettungswerk getan und die Unglücklichen aus der Grube gezogen hatte, erinnerte er sich mit Freude der schönen Reden des erkenntlichen Sadi. Die der drei Tiere hatten nur wenig Eindruck auf ihn gemacht; er war ihnen einzig und allein wohlgesinnt, weil sie ihren Wohltäter, dem sie das Leben dankten, nicht aufgefressen hatten. Als er so voll von diesen Erinnerungen war, begegneten ihm andere, sehr viel wildere Tiere: es waren dies Räuber; sie überfielen den unglücklichen Händler, zwangen ihn vom Pferde abzusitzen, plünderten ihn und bereiteten sich vor, ihm das Leben zu rauben, als einer von ihnen den andern nachwies, daß dieses Verbrechen gänzlich unnötig sei. Man band den unglücklichen Reisenden an einen Baumstamm, wo er den Unbilden der Witterung ausgesetzt war; die Räuber schlugen sich ins Dickicht und überließen ihn keiner andern Hilfe als dem Tode, den er sich nicht allzubald bevorstehen sah.

Die kläglichen Schreie, die der Schmerz ihm entlockte, drangen einem großen Affen zu Ohren, der in einiger Entfernung von diesem Ort lebte; das Tier lief herzu und sah seinen einstigen Befreier in einem ebenso traurigen Zustande wie dem, aus dem er es einst erlöst hatte. Zuerst lockerte es mit seinen Pfoten und Zähnen die Stricke, die Achmed – so hieß der Handelsmann – fesselten; es erstickte ihn fast mit seinen Umarmungen, und nachdem der Affe sein Unglück erfahren hatte, führte er ihn in eine Höhle, wo einige wilde Früchte Achmeds Hunger stillten, denn er hatte schon seit langem nichts genossen. Die Erzählung seines traurigen Erlebnisses rührte das Herz des dankbaren Tieres; beim Umherstreifen im Walde hatte es mehrere Tage vorher das Versteck der Räuber, die seinen Freund ausgeplündert hatten, entdeckt. Und es eilte mit der Gewandtheit und Leichtigkeit, deren Affen fähig sind, zu ihnen hin und überraschte sie, eingeschlafen mit der Sorglosigkeit von Verbrechern, die keine Strafe fürchten zu müssen glaubten.

Unser Affe erblickte die Säcke, und ihr Gewicht lehrte ihn, daß sie voll Goldes seien; mit Freuden belud er sich mit dieser Last, die ihm die Dankbarkeit leicht machte; er schleppte die Gewänder mit, von denen er glaubte, daß sie seinem Gaste gehörten, und gelangte zu der Höhle mit der Freude, die eine edle Handlung erweckt. Als Achmed seine Habe wiedererlangt hatte, dankte er dem Affen und schickte sich an, seinen Weg weiterzuziehen.

Er wunderte sich selbst darüber, einen so wohltätigen Affen gefunden zu haben, und machte sich aufrichtige Vorwürfe über den geringen Glauben, den er stets diesem Falle beigemessen hatte, als ein schrecklicher Löwe vor seinen Augen auftauchte; er war schon wie gelähmt vor Furcht, doch statt Gebrüll vernahm er diese Worte aus dem gewaltigen Maul des Königs der Tiere: ›Komm, o mein Freund, komm, o mein Befreier; du hast mir das Leben gerettet, dafür will ich mich dir stets dankbar erweisen; gehen wir in meine Höhle, dort sollst du dich mit mir ausruhen.‹ Das Verhalten des Affen hatte Achmed ein wenig mit den Tieren ausgesöhnt; welchen Schrecken ihm auch die Gemeinschaft mit einem Löwen einflößen konnte, so hoffte er doch, daß der König der Tiere nicht weniger hochherzig sein würde als der Affe; und sei es, um den König der Tiere zu unterhalten, sei es, um ihm eine gute Lehre zu geben, erzählte er ihm ganz offenherzig von der edlen Gesinnung, die der Affe gegen ihn bezeigt hatte. Der Löwe aber fand diese Handlungsweise sehr schön und dachte im stillen nach, daß es ihm nicht anstünde, weniger edelmütig zu sein als einer seiner geringsten Untertanen; und nachdem er seinem Gast das Wort abgenommen hatte, nicht vor seiner Rückkehr die Lagerstätte zu verlassen, begab er sich auf die Fährte.

Der abgesonderte Palast, in den der Sultan von Aleppo seinen Sohn Behadirschah verbannt hatte, lag nicht weit von dem Walde entfernt; der unglückliche Prinz hatte nur eine geringe Zahl Diener und lustwandelte oft allein in seinem Park, der nur von einer niedrigen Mauer umgeben war. Seine Neigung für Geschmeide hatte sich nicht vermindert, er trug stets einen mit einer kostbaren Agraffe geschmückten Turban; das war das einzige, was ihm von seiner früheren Pracht geblieben war. Kaum hatte der Löwe diese Kostbarkeit erblickt, als er durch einen Überfall auf den Herrschersohn zwei Fliegen mit einer Klappe zu fangen dachte: ein gutes Frühstück für sich und ein beträchtliches Geschenk für seinen Gast, der ihn in seiner Höhle erwartete. Der Fürst der Tiere stürzte sich auf den Fürsten der Menschen, der Sieg war nicht lange zweifelhaft; die Vorsehung, die den ungerechten Tod des Juden durch die Löwenklauen rächte, bestimmte für den armen Reisenden die schöne Agraffe des Königssohnes, die der Löwe seinem Freunde voller Freude brachte.

Achmed, der sich mit Wohltaten von einem, vor dem er so große Furcht hatte, überhäuft sah, lenkte seine Schritte nach der Stadt, wo er seinen Freund Sadi zu finden hoffte, von dem er zum wenigsten gute Ratschläge erwartete. Denn in der Tat: wenn Tiere Dienste so köstlich belohnten, was mußten da erst Menschen tun!

Er betrat die Stadt bei Tagesanbruch; die Nachricht vom Tode des Prinzen war dort schon eingetroffen, man hatte im Park seines Verbannungsortes Blut und Überbleibsel eines zerrissenen Menschen gefunden. War nun der unglückliche Behadirschah wilden Tieren oder Räubern zum Opfer gefallen, die einen Teil seines Körpers fortgeschleppt hatten, um ihr Verbrechen zu vertuschen? Dies beschäftigte die ganze Stadt und bildete den Stoff zu allen Unterhaltungen, und hierzu nahm jedermann Stellung, ohne jedoch den wahren Sachverhalt zu ahnen oder das geringste zu wissen.

Sowie Achmed in das Haus seines Freundes eingetreten und die erste Freude des Wiedersehens vorüber war, erzählte ihm der Reisende seine erstaunlichen Abenteuer: ein Affe hatte ihm seine von Räubern gestohlenen Güter wiederverschafft; ein Löwe, noch erhabener denn alle Fürsten, hatte ihm eine Agraffe geschenkt, die würdig war, den Turban des Beherrschers aller Gläubigen zu zieren. Der unglückliche Reisende konnte das Elend nicht ahnen, das ihm die unselige Agraffe einbringen mußte, wußte er doch nicht, daß sie dem Sultanssohn gehört und das traurige Ende des Prinzen verursacht hatte; da dieses unschätzbare Geschenk nicht leicht zu verkaufen war, fragte Achmed seinen Freund um Rat, was er mit so großen Reichtümern anfangen sollte, und beschwor ihn, ihm beim Verkauf seiner Edelsteine zu helfen, deren Preis er mit ihm teilen wollte.

Sadi erkannte leicht die Diamanten wieder, die er selbst gefaßt hatte. ›Das ist die Agraffe des Prinzen, dessen Tod man beweint‹, sprach er zu sich selbst; ›welchen Lohn hat der Angeber zu erwarten, der dem Fürsten Kunde davon gibt und den Mörder, oder zum mindesten den Mitschuldigen am Tode des Prinzen, seiner Rache überliefert?‹ Nachdem er seinen Befreier zärtlich umarmt und rücksichtsvoll den ersten Pflichten der Gastfreundschaft Genüge getan hatte, führte der undankbare Edelsteinhändler, als sich der Wanderer im Schoße des Vertrauens der Ruhe hingab, den Plan aus, den er gefaßt hatte. Er war nicht entsetzt ob des gräßlichen Verbrechens, das er zu begehen beabsichtigte; er achtete es für nichts, den zu opfern, der ihm das Leben gerettet hatte, wenn er nur für sich die frühere Gunst wiedererlangen könnte; er eilte nach dem Serail des Sultans, um ihm den anzugeben, den er für den Mörder seines Sohnes hielt. ›Hier ist der Nachlaß deines so hart bestraften und nun so beweinten Sohnes‹, hub er an. ›Diese Agraffe gehörte dem Prinzen, ich habe sie selbst gefaßt; der sie mir aber anvertraut hat und in meiner Gewalt ist, ist zweifelsohne der Mörder des Prinzen oder der Mitwisser derer, die ihn getötet haben.‹

Der Sultan ließ sich alsobald den angeblich Schuldigen vorführen; der unglückliche Reisende, der nicht um das Verbrechen wußte, dessen man ihn zieh, erschien vor dem Fürsten; Schrecken und Verwirrung war auf seinem Gesicht geschrieben. Er erblickte seinen ungetreuen Freund und vermutete, daß der sein Übel verursacht habe; zu spät erkannte er nun den weisen Rat des Affen, des Löwen und der Schlange und rief aus: ›Ich verdiene das Schicksal, das über mich verhängt worden ist!‹

Der Sultan kannte den wahren Sinn dieser Worte nicht und nahm sie für das Geständnis des Schuldigen, dem die Wahrheit wider seine Absicht entschlüpfte; und er verurteilte ihn, daß er auf einem Esel durch die ganze Stadt geführt und dann in einem entsetzlichen Gefängnis eingesperrt werden sollte. Seine Hinrichtung jedoch wurde bis nach dem Leichenbegängnis Behadirschahs verschoben.

Nachdem der unglückliche Reisende allem Volk dieses Schauspiel geboten hatte, wurde er in ein dunkles Gefängnis geworfen, wo er Zeit hatte, über sein Unglück, und was es nach sich gezogen hatte, nachzugrübeln. Die Schlange, die eifrig über das Los ihres Befreiers gewacht hatte und Zeuge seines Schimpfes gewesen war, die auch den Verräter, der ihn verursacht hatte, kannte und ebenso eifrig darauf bedacht war, ihn zu strafen wie Achmed zu retten, gelangte leicht in sein Gefängnis. Und sie sprach zu ihm: ›Habe ich dir nicht vorausgesagt, daß der Mensch das undankbarste aller Lebewesen ist und Gutes mit Bösem vergilt? Ich war fest überzeugt, daß der Undankbare, den du wider meinen Rat erlöstest, eines Tages die Ursache deines Elends sein würde, und ich habe seither die Reihe von Übeln vorhergesehen, die du jetzt erleidest, dieweil du nicht auf die Ratschläge gehört hast, die Weisheit und Freundschaft mir eingaben.‹

›O grausame Freundin,‹ rief der unglückliche Achmed aus, der die Schlange an der Stimme erkannte, ›ist mein Unglück nicht groß genug, als daß du es noch durch solch bittere Vorwürfe vermehren mußt? Denke vielmehr daran, meine Unschuld zu beweisen und mich, wenn es möglich ist, aus der grauenvollen Lage zu befreien!‹

›Ich habe dir versprochen,‹ entgegnete ihm die Schlange, ›deine Unklugheit wieder gutzumachen, und ich halte mein Versprechen treulich; du hast mir das nicht glauben wollen, doch ist es an der Zeit, daß du mir ganz vertraust; ich werde vielleicht geschickter als der Verbrecher sein, der dein Verderben wollte; nimm dieses Kraut, es allein besitzt die Kraft, die Wirkung des Giftes, das ich eben den Adern der Lieblingssultanin eingeimpft habe, zunichte zu machen. Der Sultan wird gerade von dem heftigsten Kummer gepeinigt, du allein vermagst ihn zu besänftigen, man wird bald deine angeblichen Verbrechen vergessen; bei euch Menschen ist einer, der sich nützlich zu machen weiß, immer schuldlos; rühme dich eifrig deiner Fähigkeiten, das ist das Mittel, um Glück zu haben; lege dein Kraut auf, und du wirst bald Wunder erleben.‹

Es war an der Zeit, folgsam zu sein, und Achmed bediente sich gern des Plans und Heilmittels; sobald man im Serail erfahren hatte, daß ein Gefangener um Kräuter wüßte, die das Schlangengift abtöteten, wurde der in das Gemach der Sultanin geleitet. Der erste auf die Wunde gelegte Verband heilte sie beinahe im Augenblick. ›O Gebieter,‹ sprach Achmed da zum Sultan, ›die Fürstin fühlt die grausamen Schmerzen, die sie erduldet hat, nicht mehr, und ihr Leben ist bereits in Sicherheit, ich aber bin nahe daran, das meine durch schimpfliche Strafen zu verlieren, die ich nicht verdient habe; du bist zu gerecht, um einen Unschuldigen bluten zu lassen. Wahrlich, ich bin nicht der Mörder deines Sohnes; der abscheuliche Sadi hat seine Jugend vergiftet, er ist es, der dem jungen Prinzen durch ruchlose Ratschläge, die er ihm gegeben hat, deine Ungnade bewirkte. Du wirst das Herz dieses Verbrechers kennenlernen, wenn ich dir bewiesen habe, daß er der undankbarste aller Sterblichen ist.‹ Darauf erzählte er dem Sultan die Begebenheit mit der Grube und alles, was darauf folgte.

Der Sultan ließ sich durch Achmeds Erzählung von dessen Unschuld und Sadis Verbrechen überzeugen und befahl, daß man Sadi die Martern erdulden ließe, die dem bevorgestanden hatten, der durch die falschen Anschuldigungen dieses elenden Angebers dazu verurteilt wurde. Der Treulose hingegen, der nichts um die Vorgänge im Serail wußte, wartete mit Ungeduld auf die Folgen seines schwarzen Verrates; er schmeichelte sich, die Gunst des Sultans wiederzuerlangen, und wiegte sich schon in den ehrgeizigsten Plänen, als er sich statt zu den großen Luftschlössern, die er in seinen Träumen erbaut hatte, zur Richtstatt geführt sah, wo er sein ruchloses Leben unter Martern beschloß.

Diese Geschichte, o Gebieter,« fuhr der alte Wesir, an den jungen Sultan das Wort richtend, fort, »enthält eine wichtige Lehre für Herrscher; sie lehrt sie, wie gefährlich es für sie ist, ihr Vertrauen Menschen zu schenken, die ein böses Herz und ein verderbtes Gemüt haben.«

VON DER VERSCHIEDENHEIT DES MENSCHENSCHICKSALS

Dieser selbe Sultan, der es so sehr liebte, mit seinem Wesir über Gut und Böse zu plaudern, wollte gern wissen, was er von der Verschiedenheit des Menschenschicksals hielte. Und er sprach zu ihm: »Warum seufzt der Weise fast immer unter Trübsal und Unglück, während der Törichte sehr oft inmitten von Ruhm und Freuden und Fülle lebt? Die Weisheit, die der Anteil des einen ist, läßt ihn die Übel weder vorhersehen noch vermeiden; und der andere hingegen erfreut sich seiner Unklugheit zum Trotze doch eines beständigen Glückes.« Da antwortete der Wesir: »O Herr, Allah allein verteilt Gut und Böse; die Menschen müssen das Schicksal tragen, das mit der göttlichen Feder auf die heilige Tafel der ewigen Beschlüsse geschrieben worden ist; nichts vermag die Ordnung der auf dieser wunderbaren Tafel, die inmitten des siebenten Himmels aufgehängt ist, festgelegten Begebenheiten zu ändern.

Die Geschichte, die ich deiner Erhabenheit erzählen will, möge zur Bekräftigung dessen dienen, was ich eben gesagt habe.

Asfendiar, der zuletzt geborene Sohn eines Königs von Griechenland, zeigte schon seit der frühesten Kindheit eine bedächtige Sinnesart und ein nachdenkliches Gemüt, was seinen Vater fürchten ließ, dieser Sohn, der zu seiten des Thrones geboren wurde, möchte sich seiner zum Schaden des erklärten Erben bemächtigen.

Der König war jedoch nicht grausam genug, seinen Sohn, der keines Verbrechens schuldig war, des Todes sterben zu lassen; da er aber keine Zuneigung zu ihm hegte, verbannte er ihn, in der Furcht, Asfendiar möchte ein Thronräuber werden, nicht nur aus seinem Palast, sondern auch aus seinen Reichen und trieb seine Härte so weit, daß er ihm nicht einmal eine Hilfe für seinen Unterhalt zukommen ließ, sondern ihn dem Schutze der Vorsehung überantwortete, die über die Unglücklichen wacht.

Selbst ein so wenig verdientes Mißgeschick war weit entfernt, den Prinzen niederzuschlagen, es betrübte ihn gar nicht einmal. Durch die gewissenhafte Beschäftigung mit der Lehre Mohammeds von dem Verhängnis überzeugt, das niemand von sich abwenden kann und das die Ereignisse nach sich zieht, ohne daß Menschenklugheit ihren Lauf aufzuhalten vermag, war er gefaßt, es über sich ergehen zu lassen.

Planlos, über sein Unglück nachgrübelnd, schritt er aus, als ihm ein junger Mann von seltener Schönheit begegnete, dessen Höflichkeit seinem guten Aussehen glich; selbst durch das Äußere des Prinzen eingenommen, bat er ihn um die Erlaubnis, mit ihm reisen zu dürfen.

Die Notwendigkeit, Gelegenheit und Gleichheit des Schicksals vereinigte die beiden jungen Abenteurer derart, daß sie in weniger als einem Tage völliges Vertrauen zueinander gewannen; ein dritter Wandersmann gesellte sich anderen Tages zu ihnen; es war dies der Sohn eines Kaufmanns, der im väterlichen Berufe gut beschlagen zu sein schien; die Unterhaltung des neu Hinzugekommenen gefiel unsern Reisenden, die ihn gern ihrem Schicksale zugesellten.

Ein großer und kräftiger Landmann, dem sie am dritten Tage begegneten, hatte ihnen gesagt, daß er in der Stadt Laodike, der sie sich zu nähern begannen, Arbeit suchen wollte. Die drei Pilger nahmen ihn in ihren Bund auf, der bis zu diesem Augenblick nicht sehr ertragreich gewesen war; das wenige Geld, das die kleine Schar zu sammeln verstanden hatte, war bald durch die Bedürfnisse aufgezehrt.

Sprach der Bauer zu seinen Gefährten: ›Nun ist der Augenblick da, wo jeder die Gaben, die ihm der Himmel beschert hat, anwenden muß, wenn wir nicht die traurigen Opfer des Unglücks werden wollen.‹

Sprach Asfendiar: ›Liebe Freunde, wozu uns mit der Zukunft beunruhigen, die wir weder vorhersehen noch ändern können? Unser Los ist auf der göttlichen Tafel verzeichnet, die inmitten des siebenten Himmels hängt. Wenn die Vorsehung uns ein Gutes bestimmt hat, werden wir seiner in Ruhe teilhaftig werden, ohne Mühe und ohne Arbeit; hat sie aber entschieden, daß Dürftigkeit unser Teil sein soll, werden all unsere Mühen machtlos sein, und nichts wird ihre Beschlüsse ändern können.‹

Der schöne Jüngling nahm das Wort, bestritt die Meinung des Prinzen und entschied, daß ein liebenswürdiges Äußere eines der günstigsten Mittel wäre, um in der Welt weiterzukommen. ›Du spendest da einem sehr zerbrechlichen Vorteile Lob,‹ hub der Kaufmann an, ›Schönheit ist ein Kapital, das schnell den Händen seines Besitzers entrinnt und dessen Einkünfte ungewiß sind; Begabung aber ist der wahre Quell der Reichtümer; der allein vermag das unbeständige Glück festzuhalten, der Klugheit und Wirksamkeit mit einer großen Geschäftskenntnis verbindet.‹

›Und ich, ich meine,‹ sprach der Landmann, ›daß jeder, der Arme hat und sie rühren mag, sicherlich nicht Hungers stirbt. Arbeit ist das sicherste Mittel gegen Armut, alle andern sind unsicher.‹

Asfendiar hörte zu seiner Betrübnis, daß sich seine Begleiter mehr auf ihre Talente als auf die Vorsehung verließen; er unterließ nichts, sie von ihrem Irrtum abzubringen, und sagte ihnen als Beispiel mehrere Stellen des Korans auf. Der Bauer hörte wenig auf den erhabenen Stoff, er hatte Hunger und wußte, daß der, der so weise Reden führte, nichts zu beißen hatte.
Während der schönen Rede des Königssohns aber ging unser Bauersmann in einen nahen Wald, um abgestorbenes Holz aufzusammeln, das er dort in großer Fülle liegen sah; der kräftige Landmann brachte es mit seinen Händen zusammen und machte mehrere Bündel und trug sie auf seinem Rücken in die Stadt, die sehr nahe war; dort löste er dafür einiges Geld, für das er Lebensmittel für die kleine weltweise Schar einkaufte; und unser Mann hatte das Verdienst, denen Nahrung zu geben, die sehr viel mehr Verstand als er zu haben glaubten.
Der wohlgestaltete Jüngling wollte seinerseits seinen Genossen nützlich sein; er ging in die Stadt, und während er auf Mittel sann, wie er aus seinen Talenten Vorteil ziehen könnte, redete ihn ein altes Weib an und sagte ihm, daß eine reiche Frau, die ihn durch ein Gitterfenster erblickt habe, sehnlichst wünsche, sich mit ihm zu unterhalten. Unser junger Unglücksmann war nicht in der Lage, ein Abenteuer ausschlagen zu können, er ließ sich geleiten, gefiel, bezauberte; und mit Wohltaten seiner Geliebten überschüttet, eilte er zu seinen Kumpanen, mit reichlicheren Vorräten als die des Hirten beladen, zurück.
Der Kaufmannssohn, der die Gesellschaft mit den großen Aussichten des Handels und den wirksamsten Mitteln, wie man sein Glück machen könnte, unterhalten hatte, war im

Grunde seines Herzens beschämt, bis jetzt so wenig nützlich gewesen zu sein, und beschloß, seinen Kameraden auf seine Weise zu helfen; dazu entlehnte er sich etwas Geld von dem schönen Jüngling.

Mit diesen kargen Mitteln wußte sich unser Kaufmann sehr viel größere zu verschaffen. Gerade am Hafen von Laodike angelangt, erblickte er ein Schiff, das soeben den Anker auswarf. Er hatte in Erfahrung gebracht, welcher Waren man am nötigsten bedurfte, und hatte auch gehört, daß die Ölbäume beinahe sämtlich in diesem Jahre eingegangen waren und das Öl bereits zu fehlen anfing; und dieses Schiff, das glücklicherweise mit solcher Ware beladen war, wurde mit großer Ungeduld erwartet.

Unser junger Mann beeilte sich, mit dem Schiffseigner zu sprechen; zwar war er diesem unbekannt, doch seine Geschicklichkeit sprach für den Kredit. ›Ich bin‹, sagte er zu ihm, ›der Teilhaber von Ibrahim, dem tüchtigsten Kaufmanne unsrer Stadt; der läßt dir durch mich sagen, daß du uns deinen ganzen Ölvorrat geben mußt, auf daß du neue Ladung holen kannst. Es ist billig, daß du aus der Seltenheit dieser Ware auch deinen Nutzen ziehst; wir wollen dir daher, je nachdem, zwei Golddrachmen mehr als im Vorjahre geben. Hier ist das Draufgeld, verschreib alles auf Ibrahims und meinen Namen!‹

Der Handel wurde abgeschlossen, und der Abenteurer eilte spornstreichs zu Ibrahim: ›O Herr,‹ sprach er zu ihm noch im Laufen, ›ein Mensch, den du nicht kennst, bietet dir einen größeren Dienst an, als dir deine besten Freunde jemals haben leisten können; ich habe erfahren, daß dir der Ölvorrat auf deinem Lager ausgegangen ist, und glaubte dir einen Dienst zu erweisen, wenn ich zu einem mäßigen

Preise auf deinen Namen alles Öl, das gerade ankommt, kaufte.‹ Ibrahim ist entzückt und heißt den abgeschlossenen Kauf gut; sie gehen zusammen an den Hafen und betreten das Schiff, das eine Menge Kaufleute umringen, die mit Schmerzen sehen, daß man ihnen zuvorgekommen ist.
Ibrahim bezahlte treulich den Eigner, der mit einem solchen Glücksfalle wohl zufrieden war, und belohnte den findigen Makler, der sich, mit einem solchen Glücksfalle wohl zufrieden, davonmachte, um seinen Kameraden die köstliche Frucht seiner Geschicklichkeit zu überbringen.
Sprach der Königssohn: ›O Freunde, ihr seid alle drei glücklich gewesen, jeder in seiner Art, aber ihr irrt euch doch sehr, wenn ihr glaubt, etwas anderes getan zu haben, als die Beschlüsse der Vorsehung auszuführen, die alles dies gelenkt hat. Wir sind blinde Werkzeuge: ich habe weniger Talente als ihr drei, aber wer weiß, was der große Schöpfer mit mir vorhat; ich will morgen in die Stadt gehen, ganz dem Schicksal ergeben, das meiner wartet.‹
Gleich am folgenden Morgen nach einem heißen Gebet zu dem, der alles so weise leitet, begab sich der Königssohn unter der Führung seines Gestirns auf den Weg. Er trat in Laodike ein, und das erste Wort, das er hörte, war: ›Unser Sultan ist soeben gestorben, und wir haben keinen Nachkommen von dem guten Herrscher! Wer wird über uns so weise wie er regieren?‹ Die Klage war ebenso bitter wie allgemein; jeder weinte, raufte sich die Haare aus und bestreute sein Gewand mit Asche.
Asfendiar hörte es begierig; und da er nicht mit betroffen war, hielt er sich nicht für verpflichtet, Tränen zu vergießen; die frostige und neugierige Miene des Fremdlings gefiel den Dienern des guten Herrschers nicht und machte

Asfendiar bald verdächtig. Schmerz ist ungerecht; er wurde für einen Spion gehalten; man schlug ihn in Ketten im Augenblicke, wo die Leiche des Sultans in das Grabmal gebracht wurde. Die Vorsehung, die der Fremde immer im Munde führte, brachte ihn in das dunkelste der Gefängnisse, wo man ihn mehr als zwei Tage ohne Nahrung ließ.

Der arme Prinz sprach zu sich selbst, daß Allah, der sich so weise der Werkzeuge bedient, die er erwählen will, gar oft die zerbricht, die ihm unnütz erscheinen; er trug sein Unglück mit dem Reste philosophischen Mutes, den sein leerer Magen zu verleugnen bereit war, als er Menschen an sein Gefängnis kommen hörte, die ihm befahlen, im Diwan zu erscheinen.

Asfendiar folgte seinen Wachen, auf den Tod gefaßt, den er schon neben sich gesehen hatte. Die Großen von Antiochien, die in dem Thronsaale versammelt waren, konnten sich über die Wahl dessen nicht einigen, der ihr König sein sollte; der eine von ihnen, den die Folgen eines Bürgerkriegs besorgt machten, hatte ihnen dargelegt, daß der Feind Spione in der Stadt unterhalte; einer dieser Spione läge in Eisen, mehrere andere aber seien der Wachsamkeit der Wächter entgangen, und die Nachrichten, die sie ihrem Gebieter überbringen würden, könnten dem Vaterlande ohne Zweifel verderblich werden. Die durch diesen Bericht in Sorge versetzten Großen hatten den gefangengenommenen Spion vernehmen wollen, und deswegen mußte Asfendiar in der Versammlung erscheinen.

Der Prinz verbarg weder Namen noch Geburt, noch die Gründe, die ihn aus dem Vaterlande getrieben, noch seine Abenteuer, noch die Gedanken, die sie in ihm hervorgerufen hatten. Asfendiar drückte sich edel und gewandt aus; die Unbefangenheit seiner Erzählung, seine Festigkeit, sein Vertrauen auf das höchste Wesen, die Weisheit seiner Rede, die Härte seines Schicksals und der Adel seines Auftretens bewegten alle die Anwesenden. Mehrere erkannten sein Gesicht wieder, das sie am Hofe seines Vaters gesehen hatten; in der Verlegenheit, in der sie sich alle befanden, einen ihresgleichen zu ihrem Gebieter zu bestimmen, kamen sie beinahe samt und sonders überein, Asfendiar zu erwählen. Und sie riefen aus: ›Der Himmel hat uns sicherlich diesen Fremdling gesandt, um all unseren Zwiespalt zunichte zu machen; der allein ist würdig, uns zu beherrschen, der, so aus königlichem Blute entsprossen, die Tugenden seiner Ahnen in sich trägt, um ihnen nachzuleben und in ihren Spuren zu wandeln. Das Unglück, das diesem jungen Fürsten anhing, die Erfahrung, die es ihm eingebracht hat, sein adliges und edles Wesen, all das kündet uns vorher, daß er ein großer Sultan sein wird, der sich einzig um das Glück und den Ruhm seiner Untertanen kümmert.‹

Die ganze Versammlung erkannte ihn nach diesem Ausspruch als ihren König an, und er kam in einem Augenblicke vom Gefängnis auf den Thron. Man bereitete nun schnellstens Asfendiars Krönung vor, bekleidete ihn mit kostbaren Gewändern, und nachdem man ihn nach heiliger Sitte auf einem weißen Elefanten hatte niedersitzen lassen, führte man den neuen Herrscher durch die Hauptstraßen der Stadt, um ihm die Ehrfurcht, ja fast die Anbetung seiner neuen Untertanen zuteil werden zu lassen.

Drei Tage waren verstrichen, seit Asfendiar die Genossen des Unglücks verlassen hatte; diese liebten den Königssohn und fürchteten für ihn als Fremden ohne jede Verbindung die schlechte Behandlung, der ihr Kamerad in der Tat ja anfangs

ausgesetzt war, und waren voll der lebhaftesten Unruhe in die Stadt geeilt.
Sie erfuhren bei ihrer Ankunft, man habe einen neuen Sultan ausgerufen; sie hofften daher, daß der Krönungstag ein Gnadentag für alle Unglücklichen sein würde. Als nun Asfendiar auf dem weißen Elefanten durch die Hauptstraße Laodikes ritt, wagten die drei Fremden ihre Blicke auf ihn zu werfen.
Ihr Kamerad, ganz Herrscher, der er ja geworden war, geruhte, sie zu erkennen; er ließ sie sich nähern, sobald sie aus ihrer äußersten Überraschung zu sich gekommen waren. ›Seht hier, o meine Freunde,‹ sprach er zu ihnen inmitten allen Volkes, ›eines der größten Geschehnisse der Vorsehung. Glaubt ihr, daß ich mich zum Sultan von Laodike gemacht habe? Und wenn ich euch die Wohltaten erweise, die euch meine Dankbarkeit schuldet, glaubt ihr es dann, von mir zu erhalten, was der Allmächtige euch aufgespart hat? Wir alle sind Sklaven des höchsten Wesens, doch keiner von uns weiß um das Schicksal, das seiner wartet!‹ Und in der Tat, der Fürst ließ sich selbst von der Vorsehung leiten, die beschlossen hatte, ihn zu einem der besten Herrscher der ganzen Welt zu machen: er begabte die Gefährten seines Unglücks reichlich und machte sein Volk durch eine weise und gute Herrschaft glücklich. –
O Herr,« fuhr der alte Wesir fort, indem er das Wort an den jungen Sultan richtete, »diese Geschichte muß deine Zweifel zerstreuen und dich überzeugen, daß kein Mensch seinem Schicksal entrinnen kann.«

SELTENER ZUG VON GROSSMUT EINES KALIFEN

Unter der Herrschaft Abd al Maliks, des fünften Kalifen vom Stamme der Umaijaden, lebte in Kufa ein reicher Handelsherr mit Namen Dschaber, der nur einen Sohn hatte; dieses Kind war der Gegenstand zärtlichster Fürsorge eines guten Vaters; und nachdem dieser ihm in den ersten Lebensjahren eine angemessene Erziehung hatte zuteil werden lassen, wünschte er ihn auch für den Rest seines Lebens glücklich zu sehen, indem er ihm eine liebenswürdige Gefährtin zugesellte.

Dschaber aber war, wie schon erwähnt, reich und ließ Gold in Fülle draufgehen, um eine rührende Schönheit ausfindig zu machen, die, jünger als sein Sohn, unter seinen Augen noch schöner werden und die Zärtlichkeit eines Herrn, dessen Gattin sie werden sollte, verdienen möchte. Eine Zirkassierin wurde unter vielen anderen ausgewählt, um sich dieses glücklichen Loses zu erfreuen. Zeineb – so war ihr Name – wurde hierzu würdig befunden; mit einem entzückenden Äußeren verband sie noch sanfte Sitten und mehr Verstand, als man gewöhnlich bei den hinter den Mauern eines Harims verborgenen Frauen zu finden pflegt, deren Gedanken durch Sklaverei und Furcht ständig verschüchtert werden.

Zeineb war geboren, um zu gefallen, und entzückte bald den jungen Nuuman – so hieß Dschabers Sohn –; die Erziehung der beiden Liebenden setzte sich unter den Augen des Vaters fort, und sie vervollkommnete sich durch ihre gegenseitige Liebe; gleiche Lehrer unterwiesen sie in allen gefälligen Künsten, und ihre Fortschritte gingen um so schneller vonstatten, als sie alle beide von dem Wunsche beseelt wurden, noch mehr Gefallen aneinander zu finden. Nachdem die Jahre ihre Bildung und Schönheit sich voll hatten entwickeln lassen, beschloß Dschaber, sie zu vereinigen. Dieser ersehnte Augenblick stand nahe bevor, als Zeineb, sich eines Tages in einem Lusthause, das in der Abgeschiedenheit von Dschabers Garten lag, vergnügend, eine Laute zur Begleitung ihrer Stimme ergriff und die Anmut ihres Geliebten und das Glück, dem sie entgegensah, zu besingen begann.

Hadschadsch, der Anführer der Truppen des Kalifen, ging unter den Gartenmauern vorüber und vernahm eine Stimme, die ihn zum Verweilen veranlaßte; als er so die Töne bewunderte, bildete er sich ein, daß die Sängerin nur sehr bezaubernd sein könnte. Der Heerführer wünschte seinem Kalifen ein Geschenk zu machen und meinte, wenn die Schöne dem Bilde gliche, das er sich von ihr ausmalte, so würde er dem Kalifen nichts geben können, was ihm angenehmer wäre. Hadschadsch erkundigte sich nach dem Besitzer des Gartens und vor allem darnach, wer die junge Schöne sei, der er mit soviel Vergnügen gelauscht hatte.

Man sagte ihm, er irre sich nicht, wenn er sie für schön hielte; daß Zeineb tatsächlich ein Wunder der Natur und Gegenstand der zärtlichsten Sorgen eines reichen Geliebten wäre, der sie zu seiner Frau machen wollte, und daß der Vater dieses Liebhabers, um sie zu kaufen und ihr eine seines Sohnes würdige Bildung zu geben, eine beträchtliche Summe Goldes aufgewandt hätte.

Die Widerstände, die der Feldhauptmann voraussah, machten ihm Sorge, ohne ihn darum abzuschrecken; da er mit einem Kaufe Zeinebs nicht rechnen durfte, beschloß er ihre

Entführung; aber das Haus des Handelsherrn bevölkerte eine große Schar Sklaven beiderlei Geschlechts; überdies fürchtete er sich, Gewalt anzuwenden, worüber man sicherlich Klage führen würde und die der Sultan, dem er ja einen Gefallen erweisen wollte, bestrafen möchte. Eine List mußte ihn in den Besitz derjenigen bringen, die er nicht zu entführen wagte. Es gab in Kufa, wie auch anderswo, jene verruchten Werkzeuge des Lasters, die, nachdem sie ihre Ehre mit ihrer Jugend vergeudet haben, mit der der Schönen ihres Geschlechtes Handel treiben. Eines dieser verächtlichen Weiber, das listiger war als alle übrigen ihresgleichen, wurde oft von Wüstlingen gebraucht, von denen sie sich ihre Dienste gar teuer bezahlen ließ. An diese alte Ränkeschmiedin wandte sich Hadschadsch. Der Beruf einer Betschwester, dessen sie sich zum Schein bediente, um ihren geheimen wirklichen Stand zu verbergen, dem sie eifriger nachging, öffnete ihr Nuumans Harim; mit verschleiertem Gesicht, eine der größten Gebetsschnüre, die jemals die Heuchelei hervorgebracht hat, in der einen Hand haltend, mit der andern sich auf einen Stock stützend, als ob sie von der Bürde der Jahre niedergedrückt würde, so erschien sie vor Zeineb.

Die ebenso fromme wie zärtliche junge Sklavin hegte von Kindheit an eine große Verehrung für alle, die sich tugendhaft bezeigten; getäuscht von dem scheinheiligen Aussehen der Alten, empfing sie sie mit aller möglichen Ehrfurcht. Ihre freundliche und demütige Miene, die Augen, die bald zum Himmel blickten, bald die Erde küßten, ihre zahlreichen Seufzer, alles beredete Zeineb, daß sie in der glücklichen Lage wäre, in ihrem Hause eine Günstlingin des Propheten zu beherbergen.

Die Gewandtheit der schändlichen Alten bezwang bald Nuumans Geliebte, die sich keines Argwohns dabei bewußt wurde. Als die Scheinheilige der Macht gewahr wurde, die sie erlangt hatte, sprach sie davon, daß sie ihre neu bekehrte Freundin verlassen wollte. »Wie grausam bist du, o meine gute Mutter,« sprach Zeineb zu ihr, »uns verlassen zu wollen! Welch ein wichtiger Grund zwingt dich, daß wir so bald der Süße deiner Unterhaltung entbehren sollen?«

»Wenn ich mich nur mit meiner Freundschaft zu dir beriete,« sprach die Alte darwider, »würde ich dir ohne Säumen meine ganze Zeit opfern, aber für ein in sich gefestigtes Wesen gibt es Pflichten, die es über alle menschlichen Erwägungen hinwegsetzen. Es gibt in der Nachbarschaft hier mehrere Frauen, die die Frömmigkeit unter ein Dach vereinigt hat; sie üben in der Zurückgezogenheit alle muselmanischen Tugenden aus und feiern nicht allein die vorgeschriebenen Tage, sondern oft noch viele andere, um sich zu kasteien; kurz, alle ihre Zeit ist dem Gebet gewidmet, dem Lesen im Koran und andern guten Werken, die das Gesetz vorschreibt. Ihr beispielhaftes Leben stützt meine Sitten und ihre Reinheit. Die guten Frauen wünschen, obwohl sie viel weiter als ich auf dem Wege zum geistlichen Leben sind, einige Hilfe durch meine schwachen Kenntnisse zu haben. Heute morgen haben sie mich bitten lassen, zu ihnen zu kommen, um sich mit mir über einen Satz des Gesetzes zu beraten, der ihnen Schwierigkeiten macht. Darf ich mich ihrem frommen Eifer entziehen, und muß ich nicht zu Freundinnen zurückkehren, die mir so wert sind?«

Der Wunsch, solche Heilige kennenzulernen, nahm bald der törichten Zeineb Herz gefangen; und sie bat ihre Betschwester, doch eine Bekanntschaft, die ehrenvoll und nützlich sein könnte, zu vermitteln. Die durchtriebene Alte jedoch war dagegen, um das Verlangen ihrer Neubekehrten mehr und mehr zu entzünden; endlich gab sie scheinbar ihrem Drängen nach und willigte ein, sie zu diesen zurückgezogen lebenden Heiligen zu führen. In dem Hause, das nicht weit von Dschabers Wohnung lag, angekommen, verließ die Alte ihre junge Freundin, um angeblich die heiligen Frauen zu benachrichtigen; es dauerte nur kurze Zeit, daß Zeineb allein in dem Hausflur war: vier vermummte Menschen faßten sie, und nachdem sie ihr ein Taschentuch in den Mund gesteckt hatten, um ihre Schreie zu ersticken, schleppten sie sie in eine Sänfte, die den Weg nach Damaskus nahm.

Man kann sich den Zustand der Ärmsten wohl vorstellen; sie beklagte sich beim Himmel ob der Schlechtigkeit der Menschen und weinte bitterlich um ihren Geliebten, ihren Schwiegervater und das glückliche Los, dem man sie entrissen hatte. Das Grauen vor der Zukunft mischte noch Furcht in ihre Klagen, und die Sorgen, die man um sie trug, bewirkten nur, ihr das Leben noch bitterer und unerträglicher zu machen.

Nach dreißig Tagen mühsamer Reise kam sie in Damaskus an; man brachte dem Kalifen die junge Betrübte von seiten ihres Entführers dar; trotz des Schmerzes, dessen Spuren die Schöne trug, erschienen ihre Reize nur um so rührender; zu allem Kummer, der sie bereits quälte, kam noch der hinzu, daß sie wider ihren Willen gefiel.

Der Kalif war ob ihrer Schönheit entzückt und hoffte, daß er ihr die Wolken verscheuchen könnte. Fast alle Schönen, die er erobert hatte, waren anfangs traurig vor seinen

Augen gewesen, und der Kummer, den er immer dem Schrecken der Sklaverei zuschrieb und dem Bedauern, zärtliche Eltern verlassen zu haben, machte ihm die Schöne noch anziehender, dieweil er sicher war, seiner Herr werden zu können.

Das Gepränge seines Harims, die Unterwürfigkeit einer Sklavenmenge, die sich stets um die augenblickliche Favoritin des Fürsten schart, selbst die Bemühungen des Sultans konnten einen Schmerz nicht zerstreuen, der mit der Zeit zu wachsen schien; und der Kalif, der, dünkelhaft wie er war, zu fürchten begann, es mit einer Spröden zu tun zu haben, gestand der Prinzessin, seiner Schwester, seine Liebe und die Hindernisse, die ihr im Wege standen.

Abaza – so hieß des Kalifen Schwester – wollte die stolze Schöne kennenlernen, die ihrem Herrn widerstand. Bei der ersten Begegnung konnte sie sich einer gefühlvollen Aufmerksamkeit für die junge Betrübte, von deren Erscheinung soviel Milde und Treuherzigkeit ausging, nicht entschlagen.

Die Prinzessin war teilnahmsvoll und fühlte bald, daß Zeinebs Herz nicht frei war, und wußte ihr Dank, daß sie treu war und einen niedrigen Geliebten einem großen Fürsten, der ihr Herr geworden war, vorzog. Beide Schönen wurden bald befreundet, jedoch nicht so innig, daß Zeineb sich ihr Geheimnis entlocken ließ. Abaza, die die Wahrheit ahnte, riet ihrem Bruder, jedes Gewaltmittel aus dem Spiele zu lassen, indem sie ihm sagte, daß die Zeit das einzige Heilmittel für das Übel sei, das Zeineb plagte.

Wie unglücklich auch die Schöne war, ihr Geliebter, der von ihr getrennt und das Schicksal derer nicht wußte, die er mehr als sein Leben liebte, war nicht minder beklagenswert. Am unheilvollen Tage ihrer Trennung hatte er, der erstaunt war ob Zeinebs Abwesenheit, sie mit der lebhaftesten Ungeduld erwartet; und als es ihm offenbar wurde, daß er nicht hoffen dürfte, sie je wiederzusehen, wünschte er aus dem Leben zu scheiden. Diese heftige Verzweiflung schlug nach einer Reihe von Tagen in beständige Schwermut um; der Schmerz um Zeineb war auf seinem Gesichte zu lesen und grub sich dort jeden Tag tiefer ein. Sein ebenso niedergebeugter Vater lebte in der ständigen Furcht, ihn zu verlieren. Vergebens erwartete er Linderung durch das Verstreichen der Zeit. Er sah mit Schrecken voraus, daß Schmerz und Erschöpfung ihm seinen einzigen Sohn entreißen würden, als sich das Gerücht in der Stadt verbreitete, daß ein berühmter Arzt angekommen wäre. Dieser Mann kannte Astronomie und Geomantie und alle Geheimnisse der Zauberei. Wir werden jedoch sehen, daß er noch besser die Menschen kannte, die er zugunsten ihrer und seiner Angelegenheiten zu täuschen wußte.

Der geschickte Arzt entdeckte bald die Wahrheit und erkannte, daß die Schwermut seines Kranken nur eine äußere Ursache haben konnte, und da er ebenso gewandt wie wissend war, entlockte er ihm bald das Geheimnis seines Herzens; es war nicht leicht, das Los einer wie von der Erdoberfläche verschwundenen Schönen, die zu verbergen sehr im Nutzen ihrer Räuber liegen mußte, zu erfahren. Seine Gewandtheit und ein glücklicher Zufall hatten den Arzt von allem unterrichtet, was vor sich gegangen war; er zögerte natürlich nicht, seine Entdeckung der Kraft seines geheimen Wissens zuzuschreiben. Es gab damals in Kufa eine Jüdin, die durch einen Edelsteinhandel überall in Asien herumkam; sie war in Damaskus und mehrere Male im Palaste

Abazas gewesen und war von ihr und selbst vom Sultan beauftragt worden, der jungen Zeineb mehrere kostbare Geschmeide anzubieten, die aber unsere junge Schöne nur gleichgültig angenommen hatte.

Die Schmerzensspuren, die der Schönen im Gesicht geschrieben standen, waren den scharfen Augen der Jüdin nicht entgangen; ihr Besuch im Harim hatte sie mit der Liebe des Kalifen und dem Hochmut der schönen Sklavin vertraut gemacht, und sie ahnte, ebenso wie die Prinzessin, die Ursache dieses Hochmuts. Zeineb hatte ihren Namen nicht gewechselt. Die Jüdin, die mit dem arabischen Arzt in Verbindung stand, hatte ihm von Zeineb erzählt, von der Neigung des Kalifen, ihrer Gleichgültigkeit und der geheimen Flamme, die vermutlich in ihr zu brennen schiene. Man braucht sich nicht zu verwundern, daß unser angeblicher Weiser und eine Maklerin in Verbindung standen; beide Berufe haben mehr Beziehungen zueinander, als man denkt. Der Chiromant und unsre alte Jüdin lebten beide von der Kunst, die Menschen zu täuschen, und arbeiteten einander oft in die Hände, um erfolgreich in ihr zu sein.

Der Weise wußte sehr wohl, daß sein junger Kranker aus Liebe zu einer Sklavin mit Namen Zeineb sterben wollte und daß diese Zeineb in Damaskus war und kramte die ganze Kunst der Geomantie aus. Er zeichnete eine Weltkugel auf, brachte viele Punkte auf ihr an, und nachdem er Sonne und Mond angerufen und wilde Laute hervorgebracht hatte, verkündete er gewichtig, daß Nuuman nur geheilt werden könnte, wenn er eine Reise nach Damaskus machte, da in dieser Stadt seinen Leiden ein Ziel gesetzt würde. Der dienstwillige Arzt bot sich an, ihn dorthin zu bringen, indem er versicherte, daß er seiner Ratschläge und

Hilfe bedürfen würde. Der Vater, der kein Unglück kannte, das dem, seinen Sohn zu verlieren, ähnlich war, stimmte allem bei, um dessen Leben zu retten. Er ließ den jungen Kranken mit seinem Äskulap abreisen und gab ihnen soviel Gold mit, wie ihn Reichtum und Vaterliebe verschwenden ließen.

In Damaskus angekommen, erlangte der Arzt, der weniger unwissend und dreister war als seine Genossen, in kurzem mehr Ansehen als sie alle. Er mietete sich einen Laden und stattete ihn mit sehr viel Arzneimitteln aus, die für ihn sehr nützlich waren und denen, die sich ihrer bedienten, nicht schaden konnten. Nuuman, der als sein Schüler galt, verteilte die Heilmittel; und die hinreißende Schönheit des Schülers sorgte dafür, dem Arzneiladen Kundschaft zuzuführen.

Der Ruf des Arztes drang bald bis ins Serail. Der Kalif hatte alle Ärzte der Stadt aufgeboten, um die Schwermut der schönen Sklavin zu verscheuchen und eine schnellere Heilung der Übel herbeizuführen, die nicht in ihr Fach schlugen. Der verliebte Fürst wollte auch noch diesen Mann, den man für sehr geschickt ausgab, zu Rate ziehen und schickte die Oberaufseherin des Serails, mit Namen Razie, zu ihm, die dem Arzt von seiten des Sultans des langen Einzelheiten über den Zustand seiner Favoritin angab. Der Araber hatte in der Tat das einzige Mittel, das Zeineb heilen konnte. Er ließ nun den jungen Nuuman eine Flasche holen und ihn eigenhändig auf ein an die Flasche geheftetes Papier schreiben, auf welche Weise man die Flüssigkeit, die sie enthielt, anwenden mußte.

Man kann sich denken, daß Nuumans Handschrift der süßen Zeineb bekannt war, und kann sich auch leicht die

Verwirrung vorstellen, die sich angesichts dieser bei ihr einstellte; sie vermehrte sich noch, als sie in Erfahrung brachte, daß diese Handschrift einem jungen Manne aus Kufa angehöre, der herrlich schön sei, aber einen Kummer zu tragen scheine. Auf diese Einzelheiten hin wurde Zeineb ohnmächtig; als sie mit Razies Hilfe und mehr noch durch die Kraft des köstlichen Wassers wieder zu sich gekommen war, verrieten bald die Tränen der Liebenden, ihre hastigen Fragen und die Freude, die sie wider Willen überkam, ihr Geheimnis.

Die mitleidige Oberaufseherin beschloß, Zeineb, die sie bisher so unglücklich gesehen hatte und an der sie sehr lebhaften Anteil nahm, zu retten; war es doch das Schicksal unserer Schönen, immer geliebt zu werden. Razie kehrte nach dem Laden des geschickten Apothekers zurück, und nachdem sie lange von ihrer jungen Kranken gesprochen hatte und der Hilfe, die das Mittel des Arztes ihr gebracht, ihrer Schönheit und Traurigkeit, den Reizen, die sie über alle ihre Gefährtinnen erhebe, und der Liebe des Kalifen, deren Lohn ihm niemals zuteil geworden wäre, ward nun Nuuman, der alle Worte, die er nur hören konnte, gierig verschlang, seinerseits ohnmächtig.

Razie, die in dem Herzen des jungen Mannes hatte lesen wollen, war sehr zufrieden, ihn so empfindlich zu sehen. Nachdem sie ihm mit dem Arzt ihre Hilfe hatte zuteil werden lassen, gab sie ihm zu verstehen, daß er sie gerührt habe, und sie versprach ihm, um seinen Schmerz zu lindern und seine Liebe zu ermutigen, einen Beistand, den der junge Mann mit all seinem Blute würde bezahlt haben und den er sich mit seinem ganzen Vermögen zu vergelten erbot.

Die erste aller Wohltaten mußte das Zusammenbringen Nuumans mit der sein, die seine Gattin hieß. Vermittels einer Verkleidung ließ sich solches bequem ins Werk setzen. Nuuman wurde in Mädchenkleider gesteckt. Ungeachtet der Regelmäßigkeit seiner Züge konnte sein Gesicht nicht mehr für das einer Frau gehalten werden; der Schleier, der es verdecken mußte, begünstigte allein diese Täuschung.

Bei dem Tor des Serails angelangt, räumte die Oberaufseherin die Schwierigkeiten weg, die die Eunuchen gegen das Einlassen einer fremden Frau machen. Diese ging als das Weib des Arztes durch. Sie stiegen beide zusammen in eine lange Galerie hinauf, und Razie, die aus Zurückhaltung nicht Zeuge des ersten Wiedersehens unserer beiden Liebenden sein wollte, bezeichnete der angeblichen Arztfrau Zeinebs Zimmer. Es war dem der Prinzessin Abaza benachbart. Nuuman, ganz verwirrt, irrte sich in den Türen. Als er in eine Flucht von Zimmern eingetreten war, von denen eines immer noch schöner war als das andre, erblickte er im letzten eine prachtvoll gekleidete Frau, die ihn hart anfuhr: was sie so dreist mache, ungebeten bei ihr einzutreten.

Der vor Schreck erstarrte Nuuman wollte einige Worte vorbringen, aber seine Stimme verriet ihn noch mehr. Die Prinzessin argwöhnte, daß sich hinter dem Schleier ein Mann verbarg, riß ihn herunter und überzeugte sich alsobald von der Wahrheit ihrer Vermutung. Dies verdoppelte ihren Zorn; und als sie willens war, den Kecken seinem Verhängnis auszuliefern, stürzte er sich ihr zu Füßen und bat sie, zu Zeinebs Füßen sterben zu dürfen, die die eigentliche Ursache seines Verbrechens wäre; sich rettungslos verloren gebend, erzählte er ihr in wenigen Worten mit ebensoviel Unbefangenheit wie Schmerz und ohne die Knie der Prinzessin zu lassen, die er immer umfaßt hielt, seine Geschichte. Abaza, die von Hause aus gutmütig war, hörte der Geschichte seiner Leiden teilnahmsvoll zu und war froh, den Grund von Zeinebs Schwermut gefunden zu haben; sie ließ die junge Geliebte sofort kommen und zeigte ihr den, um den sie so viele Tränen vergossen hatte. Wir nehmen davon Abstand, die Überraschung und das Entzücken und die Freude der beiden Liebenden zu schildern. Als sie mehrere köstliche Stunden miteinander verbracht hatten, wollte ihnen die Prinzessin, die ihre Beschützerin geworden war, ein kleines Fest geben, das von allen Sklaven, die ihr dienten, ausgeführt werden sollte. Der stets verschleierte Nuuman galt als eine Fremde, die die Prinzessin, um Laute zu spielen, herbeordert hatte, die er tatsächlich auch vollendet schlug. Nach einem herrlichen Mahl ließ die Prinzessin Zeineb jene süßen Weisen singen, die sie in ihrer Betrübnis mehrere Male angestimmt hatte, als sie um ihren lieben Nuuman klagte; dieser begleitete die Stimme seiner Herrin mit Lautenspiel; und diese durch Künstler, die sich so wohl zu unterstützen wußten, ausgeführte Musik schien selbst denen köstlich, die nicht wußten, welche lebhafte Freude die Musizierenden empfanden, indem sie ihre Talente also vereinigten. Zeinebs rührende Stimme wurde auch außerhalb des Gemachs der Prinzessin vernommen. Der Sultan, der unter ihrem Fenster vorüberging, wurde durch die Töne festgehalten, die immer den Weg zu seinem Herzen gefunden hatten; er trat ein und führte ein heiteres Wortgefecht mit seiner Schwester, dieweil sie sich in ihrem Gemach Genüssen hingäbe, an denen sie ihn nicht teilnehmen ließe.

Die wohltätige Abaza nahm die Gelegenheit wahr, zwei Menschen glücklich zu machen und den Fürsten von einer

Leidenschaft zu heilen, die für ihn nur unheilvoll enden konnte. Sie empfing den Kalifen mit aller Ehrfurcht, die sie ihm als ihrem Gebieter schuldete, und aller Zärtlichkeit, die sie für ihren Bruder empfand; sie reichte ihm selbst die köstlichen Getränke dar und ließ vor ihm durch ihre Frauen gefällige und prächtige Tänze aufführen, um seine Augen zu erfreuen und seine Laune aufzuheitern. Dann bat sie ihn um die Erlaubnis, die Vergnügungen wechseln zu dürfen, und ließ nun durch ihre Frauen, die sich dessen auf das anmutigste zu entledigen wußten, mehrere Geschichten erzählen. Als der Fürst an den erfindungsreichen Geschichten Vergnügen fand, hub Abaza ihrerseits mit Erzählen an:

»O Herr,« sprach sie zu ihm, »ich will deiner Erhabenheit eine Geschichte erzählen, deren unglücklicher Ausgang in gleicher Weise Liebe und Menschlichkeit empört: Ein reicher Kaufmann in Agra hatte einen Sohn, den er glücklich machen wollte, und wählte ihm eine Gattin aus, die er seiner würdig erachtete, und die gegenseitige Zuneigung der beiden Liebenden rechtfertigte bald die Wahl des Vaters; alle drei würden sich eines beständigen Glücks erfreut haben, wenn nicht ein erbärmlicher Wesir, der nur darauf bedacht war, die Wünsche seines Gebieters zu stillen, um ihn mit Weichlichkeit einzuschläfern, diese junge Gattin ihrem Schwiegervater und ihrem Geliebten entrissen hätte, um sie dem Sultan als Sklavin zu schenken. Der Fürst verliebte sich als Besitzer solch seltenen Schatzes alsobald in sie, doch hatte er niemals das Glück zu gefallen, seine Sklavin verging vor Schmerz in seinen Armen und dachte unaufhörlich des Gatten, dem man sie entrissen hatte, und erwiderte die Zärtlichkeiten ihres Herrn nur mit dem kältesten Hochmut. Endlich fand der Gatte, der sie anbetete, das Mittel, in das

Gefängnis seiner Herrin einzudringen – denn nichts ist der Liebe unmöglich; er hatte das Glück, die zu sehen und zu hören, der er sein Leben geweiht hatte, als sie beide der eifersüchtige Sultan überraschte. Sein Stolz und seine verschmähte Liebe entzündeten den lebhaftesten Zorn in ihm, er wollte ihre Rechtfertigung nicht anhören; und in beiden Gatten nur eine treulose Sklavin und einen Kecken sehend, der in seinen Harim eingedrungen war, zog er einen Dolch und opferte beide seiner Rache. – Ich muß gestehen, daß mich das Unglück dieser beiden unschuldigen Opfer immer hat zittern lassen, und glaube nicht, daß Sultansmacht stärker ist als die der Liebe und Ehe!«

»Ich denke wie du,« sagte der Fürst ganz gerührt, »wir haben billig keine Macht über zwei Herzen, die sich lieben und durch die heiligen Bande verknüpft sind. Ein Weib gehört seinem Manne vor allen andern an, und wie groß auch die Leidenschaft eines Sultans ist, sie muß der gegenseitigen Liebe weichen.«

Da rief die Prinzessin: »O Beherrscher der Gläubigen, du hast einen Urteilsspruch verkündet, der deiner Weisheit und Güte würdig ist! Hier stehen Gatte und Gattin, von denen ich dir eben erzählte; du bist ein wohltätiger Fürst, der alles Unrecht wieder gutmacht, das man ihnen angetan hat. Diese Sklavin, der du nicht gefallen konntest, ist die rechtmäßige Frau dessen, den du da unter Gewändern siehst, die seinem Geschlecht nicht zukommen. Liebe und Kummer haben ihn die Gesetze des Harims übertreten lassen, du wirst ihm verzeihen, daß er treu und gefühlvoll gewesen ist und dich für edelmütiger denn alle Fürsten Indiens gehalten hat.«

Nuuman und Zeineb fielen zitternd und bestürzt dem Sultan zu Füßen, der, durch das vorausgegangene Lob seiner Schwe-

ster erwärmt, nur daran dachte, es durch die Belohnung der Tugend, der Treue und des Mutes derer zu verdienen, die die Gesetze unweigerlich mit dem Tode bestrafen würden. Er schickte sie mit reichen Gaben heim, ihnen keinen andern Spruch sprechend als den, sich immer zu lieben; einen Spruch, dem sie ihr ganzes Leben nachlebten.
Der kluge Arzt, der das Heilmittel für ihre Leiden so geschickt zu finden gewußt hatte, galt künftig in ganz Arabien mehr noch für einen Arzt der Seele als für den des Leibes.

DAS ABENTEUER DER WESIRSTOCTER

Das Königreich Kaschmir beherrschte einst ein Fürst mit Namen Aladdin. Der war Vater einer Tochter, die ohne Einwand die vollkommenste Schönheit des Orients gewesen wäre, wenn ihr nicht die Tochter seines Wesirs den Rang streitig gemacht hätte. Man sprach im ganzen Morgenlande nur von den göttlichen Reizen, mit denen die beiden Prinzessinnen begabt waren. Mehrere Könige waren auf Grund ihres Rufes für sie entflammt und trugen Verlangen, sie als Gattinnen heimzuführen. Er wäre schwierig gewesen, zu entscheiden, welche der beiden Schönheiten die vollkommenste war; jedoch, sei es Vorurteil, sei es, daß die Wesirstochter weniger stolz und menschenfreundlicher als ihre Nebenbuhlerin war und deshalb die Herzen der Menge gewonnen hatte: aller Stimmen waren für sie.
Die Königstochter empfand einen so heftigen Schmerz, Ghülnas – dies war der Name der Wesirstochter – sich vorgezogen zu sehen, daß sie in tödliche Schwermut verfiel. Ihr sehr besorgter Vater ließ Ärzte kommen; aber die ver-

sicherten ihm, die Krankheit der Prinzessin rühre von geheimem Kummer her.

Der König drang in seine Tochter, ihm ihr Herz zu eröffnen. Um sie dazu zu bewegen, versprach er ihr mit einem feierlichen Worte, ihr alles gewähren zu wollen, was sie wünschte, und sollte es die Hälfte seines Königreiches kosten. Aladdins Tochter aber dachte anfangs nicht daran, die niedrige Eifersucht, die sie beseelte, zu offenbaren, zumal sie gern sie vor sich selbst verborgen hätte. Doch gerührt ob der Zeichen der Zärtlichkeit, die ihr der Vater erwies, und des tiefen Schmerzes, den er bezeigte, konnte sie nicht länger widerstehen und erklärte ihm, daß Ghülnas die Ursache ihres Übels wäre, das nur durch die Entfernung der verhaßten Nebenbuhlerin weichen würde.

Aladdin suchte seine Tochter zu trösten und versicherte ihr, daß sie in kurzem nicht mehr von der reden hören sollte, die ihr den Kummer bereitet hatte. In der Tat rief er seinen ersten Beamten vor sich. »O Wesir,« sprach er zu ihm, »es tut mir leid, wenn ich dir befehlen muß, deine Tochter zu verkaufen; ich weiß, was es deinem Herzen kosten wird, aber das Leben meiner Tochter steht dabei auf dem Spiele. Das sagt genug; ich erwarte dieses Opfer von dem Eifer, den du mir immer bewiesen hast.«

Der bestürzte Wesir schwankte einige Zeit zwischen Vaterliebe und Ehrgeiz. Die letzte Leidenschaft trug schließlich den Sieg davon und erstickte die Stimme der Natur. Ein Rest von Scham hinderte ihn jedoch, seine Tochter öffentlich feilzubieten. Um dieser Schande zu entgehen, beschloß er, sie in einen Koffer einzusperren; und nachdem dies geschehen war, ließ er einen Ausrufer kommen und sprach zu ihm: »Du sollst mir diesen Koffer um vierzigtausend Asper

verkaufen; jedoch mache ich zur Bedingung, daß der, der ihn erwirbt, ihn nimmt, ohne nachzusehen, was er enthält.«
Der Ausrufer bemühte sich vergeblich, die Befehle des Wesirs auszuführen; die Bedingung, die jener an den Kauf geknüpft hatte, schreckte alle Kauflustigen ab. Ein junger Wasserträger aber, der gewitzigter war als die andern, vermutete ein Geheimnis dahinter und erbot sich, den Kauf zu wagen, borgte sich von einem befreundeten Kaufmann die festgesetzte Summe und trug, nachdem er den Ausrufer bezahlt hatte, den Koffer in seine Wohnung.
Nichts vermag seine Überraschung noch seine Freude auszumalen, als er sich eifrig an das Öffnen des Koffers gemacht hatte und ein junges Mädchen von hinreißender Schönheit darinnen sah. »O liebliche Huri«, sprach er zu ihr, »– denn du bist zweifellos eines der berühmten schönen Mädchen, so zur Freude der Erwählten in der anderen Welt dienen –, durch welches merkwürdige Ereignis bist du in diesen Koffer gekommen?« Die Tochter des Wesirs wollte sich ihm nicht zu erkennen geben und antwortete: »Du siehst eine Unglückliche vor dir, die das Elend verfolgt; das Los hat mich zu deiner Sklavin gemacht, ich hadere deswegen nicht; du sollst an mir alle die Unterwerfung und Treue sehen, die ich dir schulde.«
Die liebenswürdige Ghülnas hatte zu viel Reize, als daß ihr Herr nicht deren Macht verspürt hätte. Sie war seine Sklavin, und er konnte an ihr nach seinem Willen handeln; doch zeigte er in seiner Verliebtheit eine Zartheit der Gefühle, die ihn über seinen Stand erhob. Wenn sein Glück nur eine Folge des Zwanges gewesen wäre, würde es ihm unvollkommen erschienen sein; und er wollte es einzig und allein der Liebe verdanken. Er beschloß daher, Ghülnas die Frei-

heit wiederzugeben und sich dann durch der Ehe Bande mit ihr zu vereinigen. Bevor er jedoch diesen Plan ausführte, wollte er prüfen, ob sie des Loses, das er ihr bestimmt hatte, würdig wäre. Er führte sie zu seiner Mutter, die in einem kleinen, eine Tagereise von Kaschmir entfernt liegenden Ort wohnte, und sprach zu der im geheimen: »O liebe Mutter, ich habe ein Auge auf diese junge Sklavin, die ich deiner Obhut anvertraue, geworfen; wache über ihre Aufführung und prüfe, ob ihr Verstand ihrer Schönheit gleichkommt!« Darauf nahm er Abschied von der Mutter und Ghülnas, indem er versicherte, daß er sie in nicht allzu langer Zeit wiedersehen wolle.

Die schöne Sklavin gewann bald das Herz derer, die ihrem Herrn das Leben geschenkt hatte. Die aber war ganz eingenommen von ihrer Freundlichkeit und Zuvorkommenheit; und sie ward ihr in kurzer Zeit so teuer, als wenn sie ihre eigene Tochter gewesen wäre. Unsere gute Frau, die in äußerster Armut lebte, hatte diese immerdar geduldig ertragen; seit sie aber mit Ghülnas zusammen war, litt sie darunter, daß diese ihr Ungemach teilen sollte, und wünschte sich Reichtümer, um ihr ein Los zu bereiten, das ihren Tugenden besser entspräche.

Die liebenswürdige Tochter ihrerseits, gerührt von dem traurigen Leben derer, die ihr soviel Gutes erwies, suchte sie zu unterstützen. Sie händigte ihr einen Diamanten ein, den sie bei sich verborgen hatte, als ihr grausamer Vater sie in den Koffer steckte, und ließ ihn von der Alten um zweitausend Golddinare verkaufen. Da der Edelstein von seltener Schönheit war, fand sie bald einen Käufer und kehrte hocherfreut zu der zurück, die sie ihre liebe Tochter nannte.

Ghülnas mietete nun für sich und ihre Begleiterin ein bequemeres und geräumigeres Haus, das sie mit angemessenerem Hausrat versehen ließ. Und sie begann sich schon ihres Unglücks zu trösten und sich in die gegenwärtige Lage hineinzufinden, als ein neues und beklagenswertes Mißgeschick über sie hereinbrach. Obwohl sie ein sehr zurückgezogenes Leben führte und nur sehr selten und immer verschleiert das Haus verließ, ging das Gerücht von ihrer Schönheit durch die ganze Stadt, in der sie weilte; ein junger Mann verliebte sich daher über die Maßen hitzig in sie und wagte es, ihr seine Zuneigung zu erklären. Seine Kühnheit hatte nicht den erwarteten Erfolg, seine Liebe wandelte sich in Haß, und er beschloß sich an der zu rächen, die seine Glut verschmähte. Er reiste nach Kaschmir, und als er dem jungen Wasserträger begegnete, sagte er zu ihm: »Wie beklage ich dich, der du dir soviel Mühe mit einer Undankbaren gibst! Während du hier im Schweiße deines Angesichts deinem kümmerlichen Gewerbe nachgehst, wiegt sie sich in einer sträflichen Fülle, die sie sich durch ihre dunklen Geschäfte mit Liebhabern verschafft!«

Der Wasserträger stürzt rasend fort, um sich zu rächen, ohne zu prüfen, ob der Bericht, den man ihm gegeben hat, irgendwie begründet ist. Die Schönheit des Hauses, das seine Mutter bewohnt, die Sauberkeit des Hausrats, alles überzeugt ihn, daß er verraten ist; er tritt ein, Ghûlnas, die sich nichts vorzuwerfen hat, da sie nichts Unrechtes getan, will ihm entgegengehen, aber er läßt ihr keine Zeit dazu, stürzt auf sie los und stößt ihr einen Dolch in die Brust, den er unter seinem Gewande verborgen hat. Wie er sieht, daß sie nicht auf den ersten Stoß niedersinkt, will er ihr noch einen zweiten versetzen; die entsetzte Ghûlnas aber entgeht ihm, indem sie sich aus dem Fenster stürzt.

Ein Jude, der durch die Straße ging, sah das junge in Blut gebadete Mädchen, hob es auf und führte es in sein Haus. Indessen war die Mutter des Wasserträgers, die in dem Hause einer Nachbarin war, auf den Schrei hin, den Ghülnas ausgestoßen hatte, herbeigeeilt und sah ihren Sohn zornblitzenden Auges mit einem bluttriefenden Dolch in der Faust dastehen. »Wem gilt das, o mein Sohn?« rief sie ihm zu. »Wo ist Ghülnas geblieben?« »Dieses Eisen«, entgegnete er ihr, »hat mich soeben an einer Treulosen gerächt, die mich verraten hat!« »O wie groß ist dein Irrtum,« rief die Alte aus und weinte herzzerbrechend, »wieviel Tränen wird dich dies kosten! Du hast ungerechterweise die liebenswürdigste und tugendhafteste aller Töchter getötet!« Und sie erzählte ihm, in welch edelmütiger Weise Ghülnas sie aus dem Unglück gezogen hatte.

Der Wasserträger verfiel auf diese Erzählung hin in den lebhaftesten Kummer, eilte auf die Straße hinunter, im Glauben, dort seine liebe Ghülnas zu finden, aber sie war verschwunden; und er durchlief die ganze Stadt, ohne ihre Spur finden zu können.

Während dieser Zeit ließ der Jude einen Arzt kommen; der aber versicherte, nachdem er die Wunde der Wesirstochter untersucht hatte, daß sie nicht tödlich sei. Er täuschte sich darin auch nicht; und Ghülnas säumte nicht, mit ihrer Genesung auch alle ihre Reize wiederzugewinnen. Der Jude konnte sie nicht mit gleichgültigen Augen betrachten und erklärte ihr seine Neigung als ein Liebhaber, der Gehorsam forderte. Ghülnas zitterte vor der Gefahr, die ihr drohte. Da sie zu genau bewacht wurde, um fliehen zu können, beschloß sie, sich in das Meer zu stürzen, das die Mauern des Judenhauses bespülte. Den Verlust des Lebens achtete sie für nichts, wenn sie dadurch ihre Ehre retten konnte. Um diesen Plan auszuführen, mußte sie freilich ihren Liebhaber entfernen; sie gab vor, allem beizustimmen, was er zu seinem Wohlgefallen wünschte, doch verlangte sie, daß er vorher ins Bad ginge, um sich zu waschen.

Der Jude ging fort, Ghülnas öffnete das Fenster und sprang unerschrocken in das Meer. Drei Brüder, die in der Nähe fischten, sahen sie in den Fluten treiben. Da sie geschickte Schwimmer waren, faßten sie sie an ihren Kleidern, zogen sie in ihr Boot und steuerten nach einem Platz auf der andern Seite der Stadt.

Als sich die Wesirstochter durch jener Bemühungen ins Leben zurückgerufen sah, fand sie sich einer noch viel schrecklicheren Gefahr ausgesetzt als der, der sie gerade entronnen war. Ihre unbeschreibliche Schönheit machte den lebhaftesten Eindruck auf diese drei Brüder; ein heftiger Zwist entstand unter ihnen, denn jeder von ihnen wollte sie besitzen. Und sie waren nahe daran, handgemein zu werden, als der Zufall einen jungen Vornehmen bei ihnen vorüberführte, den sie als Schiedsrichter annahmen. »Das Los allein«, sprach der junge Mann zu ihnen, nachdem sie ihn über den Grund ihres Streites aufgeklärt hatten, »kann eure Meinungsverschiedenheit beendigen; ich will drei Pfeile nach drei entgegengesetzten Seiten versenden. Wer von euch am schnellsten einen der Pfeile erreicht, soll allein die Schöne besitzen!« Der Vorschlag schien den Fischern so annehmbar, daß sie ihm ohne Schwanken beistimmten; der Vornehme spannte alsobald seinen Bogen und verschoß nacheinander drei Pfeile nach drei verschiedenen Richtungen. Als er sie dann weit entfernt sah, warf er Ghülnas in rasender Eile auf den Sattelbogen, und sein Pferd anspornend, entfernte er sich mit verhängten Zügeln von den Fischern und gewann sein Dorf.

Es war Ghülnas bestimmt, alle, die sie sahen, zu entzücken. Kaum hatte der Vornehme den Fuß vom Pferde gesetzt, als er ihr die Glut seiner Leidenschaft erklärte. Ghülnas sah ein, daß sie diesem neuen Angriffe nur durch List entgehen konnte, und hörte ohne Zorn das Geständnis seiner feurigen Liebe an; sie heuchelte sogar, ihn erhören zu wollen, und beschwor ihn einzig, sein Glück bis auf die Nacht zu verschieben. »Ich habe einen Einfall,« sprach die Wesirstochter zu ihm, »der, so seltsam er ist, doch deine und meine Ruhe herbeiführen kann. Kein Mensch ist mir hier seit meiner Anwesenheit begegnet; leihe mir eines deiner Gewänder, du gibst mich für deiner Verwandten einen aus, der aus fremden Landen zurückgekommen ist; sowie man mein Geschlecht nicht argwöhnen wird, hast du keinen Nebenbuhler mehr zu fürchten.« Der Vornehme war damit einverstanden und gab ihr ein Gewand. Als sie es angelegt hatte, sprach sie weiter: »Ich will dir zeigen, daß ich dem Geschlecht, unter dem ich vor deinen Augen erscheine, keine Schande mache und daß nur wenige Männer geschickter als ich ein Pferd zu zügeln verstehen.« Sprach's und schwang sich zu gleicher Zeit auf das des Vornehmen und ließ es mehrere Sprünge machen; während er nun ihr anmutiges Wesen bewunderte, entfernte sie sich unauffällig; und dem Pferde mit den Sporen in die Flanken stoßend, ließ sie es in vollem Galopp dahinjagen und verschwand wie ein Blitz aus den Augen des verblüfften Vornehmen. Die Furcht, verfolgt zu werden, ließ sie den ganzen übrigen Tag und die ganze Nacht hindurch reiten, ohne einem bestimmten Ziele zu folgen.

Die ersten Sonnenstrahlen, die den Horizont trafen, ließen sie eine große Stadt entdecken. Voller Ungewißheit wandte sie sich nach dieser Seite. Wie groß aber war ihr Erstaunen, als sie deren Einwohner ihr entgegenkommen sah. »Unser Sultan ist diese Nacht gestorben«, sprachen sie zu ihr, »und hat uns keinen Thronerben zurückgelassen; dieweil er aber einen Bürgerkrieg fürchtete, hat er in seinem Nachlaß befohlen, den als Nachfolger einzusetzen, der sich als erster beim Öffnen der Stadttore einfände.« Ghülnas nahm auf einmal mit königlicher und leutseliger Miene die Huldigungen ihrer neuen Untertanen, die ihr wahres Geschlecht durchaus nicht ahnten, entgegen. Sie durchritt die Straßen unter den Zurufen des Volkes und nahm Besitz von dem Palast, der gewöhnlichen Wohnstätte der Beherrscher dieser Gegend.

Sobald sie auf dem Throne saß, widmete sie sich ganz eingehend der Herrschaft des Staates. Sie wählte unbestechliche und kluge Wesire und trug ganz besonders Sorge, daß jedermann sein Recht bekam. Ihre Untertanen aber bewunderten ihre Klugheit und segneten das Schicksal, das ihnen einen Sultan gegeben hatte, der sich mehr mit ihrem als mit seinem Wohle abgab.

Die schöne Ghülnas regierte schon eine Weile, als sie vor den Toren der Stadt einen prächtigen Springbrunnen errichten ließ. Als dieses Denkmal aufgeführt war, befahl sie, ihr Bildnis herzustellen; doch ohne dem Maler den Grund anzugeben, der sie dazu bewegen konnte, verlangte sie, in der Tracht einer Königin dargestellt zu werden. Das Bild wurde hoch über dem Brunnen aufgehängt; Späher, die sie in die Nähe stellte, hatten den Befehl, alle vor sie zu führen, die beim Betrachten des Bildes Seufzer ausstießen oder irgendein Zeichen von Schmerz kundgaben. Indessen war der Wasserträger untröstlich über den Verlust seiner schönen Sklavin; er durcheilte alle Städte, in der Hoffnung, ihre Spur zu entdecken, und kam auch vor diesen Springbrunnen; kaum hatte er die Züge des geliebten Wesens, die ihm immer vor Augen gestanden hatten, entdeckt, als er einen tiefen Seufzer ausstieß. Die Häscher faßten ihn alsbald und führten ihn vor Ghülnas, die er unter ihrer Verkleidung nicht wiedererkannte. Sie befahl ihm in aufgebrachtem Tone, ihr den Grund zu sagen, der ihn gezwungen hatte, angesichts des am Springbrunnen befestigten Bildes Tränen zu vergießen. Er erzählte ihr unter Zittern und Zagen sein Unglück; Ghülnas aber ließ ihn festsetzen.

Der Zufall führte drei Tage später die drei Fischerbrüder nach demselben Brunnen; sie erkannten in dem Bilde, das seinen Schmuck ausmachte, die wieder, die sie aus dem Meere gerettet hatten; ihre schlecht verlöschte Glut entzündete sich angesichts dieses Bildes aufs neue, und sie konnten sich eines Seufzers nicht erwehren. Sie wurden vor Ghülnas geführt, die sie, nachdem sie ihnen dieselbe Frage wie dem Wasserträger vorgelegt hatte, ebenso ins Gefängnis führen ließ. Der Vornehme und der Jude sahen auch den Springbrunnen, und nachdem sie dieselbe Empfindung kundgetan hatten, ereilte sie dasselbe Schicksal.

Als alle vereint waren, ließ die Wesirstochter sie vor sich erscheinen. »Wenn das Wesen, das der Gegenstand eurer Sehnsucht ist,« sprach sie zu ihnen mit bewegter Stimme, »hier vor euren Augen erschiene, würdet ihr es dann wiedererkennen?« Kaum hatte sie solche Worte ausgesprochen, als sie ihren Sultansmantel fallen und unter ihm die Gewänder ihres wahren Geschlechtes sehen ließ. Alle sechs fielen vor ihr auf die Knie und baten um Gnade ob dieses Übermaßes, zu dem sie eine allzu hitzige Liebe verleitet hätte. Die Wesirstochter hieß sie in Gnaden aufstehen; und den Wasserträger bei der Hand nehmend, ließ sie ihn auf dem Throne niedersitzen und mit den Sultansgewändern bekleiden. Dann versammelte sie die Großen des Staates, erzählte ihnen ihre Geschichte und bat sie, ihren einstigen Herrn als Sultan anzuerkennen; sie heiratete ihn wenige Tage später, und die Hochzeit wurde mit wahrhaft königlicher Pracht gefeiert. Der Jude aber, die drei Fischerbrüder und der Vornehme wurden in ihr Land entlassen, reich mit Schätzen versehen, die, so beträchtlich sie auch waren, sie doch nicht hindern konnten, auf das Los des Wasserträgers neidisch zu sein.

DIE GESCHICHTE
VON DEN DREI SPITZBUBEN

Ein Bauer brachte eine Ziege nach Bagdad; er saß auf seinem Esel, und die Ziege, die ein Glöckchen am Halse trug, folgte ihm. Drei Bösewichter sahen diese kleine Karawane vorüberziehen und zögerten nicht, nach ihr Gelüste zu tragen. Sprach der erste: »Ich wette, dem Manne die Ziege zu rauben, ohne daß er es sich einfallen läßt, sie von mir zurückzufordern!« »Und ich«, hub der zweite an, »will ihm den Esel stehlen, auf dem er sitzt!« »Wahrlich, das ist schwer,« sagte der letzte darwider, »doch ich will ihm alle seine Kleider nehmen, und zwar soll er es zufrieden sein!«
Der erste Dieb folgte leisen Schrittes dem Bauern, löste sachte das Glöckchen von dem Halse der Ziege, band es dem Esel an den Schwanz und entfernte sich mit seiner

Beute. Der auf seinem Esel sitzende Mann hörte immer den Ton des Glöckchens und glaubte steif und fest, daß ihm die Ziege folge; nach geraumer Zeit aber wandte er den Kopf um und sah zu seinem Erstaunen das Tier, das er auf dem Markte hatte verkaufen wollen, nicht mehr in seinem Gefolge. Und er fragte deswegen alle Vorübergehenden um Auskunft; der zweite Schelm näherte sich nun und sprach zu ihm: »Ich habe soeben an der Krümmung dieses Weges einen Menschen gesehen, der, eine Ziege mit sich ziehend, flüchtete.«

Der Bauer stieg in größter Eile von seinem Esel und bat den Bösewicht, er möge so gut sein und ihn halten, und schickte sich an, nach Leibeskräften dem angeblichen Diebe nachzusetzen; nachdem er ein gut Teil Wegs gelaufen war, kehrte er ganz erschöpft zurück, und um sein Unglück noch größer zu machen, fand er weder seinen Esel noch dessen Hüter.

Unsere beiden Räuber gewannen, jeder sehr zufrieden mit seiner Beute, das Weite; der dritte aber erwartete seinen Mann am Rande eines Weihers, an dem er notgedrungen vorüberkommen mußte. Der Schelm stieß ein Jammergeschrei aus und klagte so bitterlich, daß der Mann, der seinen Esel und seine Ziege verloren hatte, verlockt wurde, an den heranzutreten, der ihm so betrübt zu sein schien. »Worüber verzweifelst du,« redete er ihn an, »du bist sicherlich nicht so unglücklich wie ich. Ich habe zwei Tiere verloren, deren Preis mein Glück machen sollte; mein Esel und meine Ziege würden mich eines Tages reich gemacht haben.« »Ach, welch kleinen Verlust hast du,« erwiderte der Gauner, »während ich einen Kasten voll Diamanten, den ich beauftragt war, zum Kalifen zu bringen, in diesen Weiher

habe fallen lassen! Vielleicht werde ich wie ein Räuber gehängt.« »Warum machst du dich denn nicht daran,« fragte der Bauer, »die reiche Beute auf dem Grunde des Weihers zu suchen? Er ist doch nicht tief!« »Ach, ich bin nicht geschickt genug«, entgegnete der Bösewicht; »lieber will ich Gefahr laufen, gehängt zu werden, als unfehlbar ertrinken; doch wenn mir jemand diesen Dienst erweisen will, so soll er gut und gern zehn Goldstücke haben.«
Der arme Betrogene dankte dem Propheten, daß er ihm eine so günstige Gelegenheit böte, den Verlust seines Esels und seiner Ziege wieder wettzumachen: »Wenn du mir zehn Goldstücke versprichst, will ich dir deinen Kasten wieder herausholen.« Gesagt, getan; er legte seine Kleider ab und stieg mit soviel Gewandtheit in den Weiher, daß der Dieb sehr wohl merkte, er würde kaum Zeit haben, seine Beute fortzuschleppen.
Als der Bauer auf den Grund des Weihers gestoßen war, fand er dort den Kasten nicht, und als er wieder hervorkam, gab es keinen Zweifel an seinem Unglück mehr. Kleider, Esel und Ziege waren verschiedene Wege gegangen, und ihr unglücklicher Herr gewann mit Not einen Ort, wo man ihm seine Blöße bedeckte.

DIE GESCHICHTE VON DER UNERHÖRTEN GRAUSAMKEIT EINES VATERS

Ein Kaufmann, mit Namen Kebal, hatte eine junge, reiche und liebenswerte Frau geheiratet; obschon das Gesetz die Vielweiberei gestattet, wollte das herrische Weib weder Herz noch Bett ihres Gatten mit andern teilen. Schwach und unterwürfig, wie Kebal war, fürchtete er sich vor einer Frau, der er sein Vermögen verdankte, und hatte selbst zu ihren Gunsten auf das Vorrecht, das ihm das Gesetz gab, verzichtet und ihr ewige Treue geschworen. Fern von seinem Weibe aber vergaß er bald die Versprechungen, die er ihr gemacht hatte.

Sein Handelsgeschäft hatte ihn zu einer Reise genötigt, auf der er in die Netze einer jungen und schönen Sklavin geriet, die er um fünfhundert Dinare kaufte. Nach neun Monaten brachte diese Sklavin ein Kind zur Welt, dessen Geburt dem Vater sehr zu unpaß kam und ihm den lebhaftesten Schrekken einjagte.

Kebal wünschte Frieden im Hause, und es ward ihm wahrlich nicht schwer, ihn durch ein Verbrechen zu erkaufen. Seine Gattin, die er in einer Art von Trunkenheit vergessen hatte, stand ihm vor Augen, und die Furcht vor einer eifersüchtigen Frau ließ ihn alles menschliche Gefühl ablegen. Und zwar fing er damit an, seiner Ruhe den unglücklichen Gegenstand seiner Liebe zu opfern; nachdem er die Mutter hatte töten lassen, wollte er auch den Sohn umbringen; aber so grausam er auch war, die Stimme der Natur machte sich doch in seinem Innern wider Willen bemerkbar und hielt seinen Arm auf. Um nicht gegen sein eignes Blut zu wüten, faßte er den Entschluß, das Kind in die Einöde zu tragen, fest überzeugt, daß sein unglückliches Opfer dort bald umkommen müsse. Die Vorsehung jedoch, die über dessen Tage wachte, führte einen Hirten in die Gegend, wo es ausgesetzt war; seine Schönheit, sein klägliches Wimmern, sein Unglück rührte den armen Hirten so, daß er es in seine Hütte trug; sein Weib war ebenso mitleidig wie er, belud sich gern mit dem Kinde und gab ihm eine Ziege als Ernährerin. Es war schon vier Jahre alt, als Kebal auf einer Reise durch den Ort kam, in dem der Hirte, der auch sein Wirt wurde, wohnte; er sah seinen Sohn, den er nicht wiedererkannte; sei es nun, daß er durch die Schönheit des Kindes gerührt wurde, sei es, daß die Natur zu dessen Gunsten sprach: er fühlte sich bei seinem Anblick betroffen und fragte den Hirten, ob er der Vater des Kindes wäre.

Welche Überraschung für Kebal, als der Hirt ihm erzählte, wie er zu dem Kinde gekommen war, und er in ihm seinen Sohn erkannte! Der Zuneigung, die ihn ergriffen hatte, folgten die Gefühle bitteren Hasses; er verbarg sie indessen und gab vor, daß ihn die Liebenswürdigkeit des Kindes rühre; er drang in den Hirten, es ihm zu verkaufen, und bot ihm fünfhundert Golddinare.

Die kärglichen Umstände des Hirten, seine Liebe zu dem Kinde, die Überzeugung, es würde es bei einem reichen Manne besser haben als bei ihm, ließen ihn in seinen Vorschlag einstimmen. Er argwöhnte nicht im entferntesten das Los, das seines Schützlings wartete.

Kebal hatte ihn nicht so bald in seiner Gewalt, als er ihn mit sich nahm und ans Meeresufer führte; die Schönheit des zarten Kindes, seine Unschuld, seine zärtlichen Liebkosungen, seine Schreie, seine Tränen, nichts konnte das Herz des grausamen Kebal rühren. Er nahm seinen Sohn, steckte ihn in einen Ledersack und warf ihn ins Meer, im festen Glauben, daß er dieses Mal nicht dem bitteren Tode entrinnen würde. Der Himmel hatte es freilich anders beschlossen. Der Sack geriet in die Netze eines Fischers, der sie zufällig im selben Augenblick herauszog.

Der erstaunte Fischer öffnete den Sack, und als er ein Kind darin erblickte, das noch atmete, hob er es an den Beinen hoch; und nachdem er es wieder ins Leben zurückgerufen hatte, trug er es in seine Hütte. Dem Sohne Kebals war es bestimmt, überall, ausgenommen bei seinem harten Vater, mitleidige Seelen zu finden.

Der Fischer zog ihn in seinem Gewerbe auf; der junge Findling zeichnete sich durch Geschicklichkeit und Unerschrokkenheit aus und war schon fünfzehn Jahre alt, als Kebal, der zahlreiche Reisen seines Handels wegen unternahm, durch die Stadt kam, wo der Jüngling verweilte; und er begegnete ihm mit dem Fischer, der ihm das Leben gerettet hatte; sie waren mit Fischen beladen, die sie in den Straßen feilboten. Die freundliche Miene des jungen Mannes fiel Kebal auf, und um zu erfahren, wer er war, kaufte er dem Fischer einiges ab und fragte ihn darauf, ob der, der ihm folge, sein Sohn wäre. Der Fischer entgegnete, er sei nicht sein Vater, und erzählte ihm, auf welche Weise er ihn in seinen Netzen in einem zugebundenen Sacke gefunden hatte.

Kebal, der seinen Sohn wiedererkannte, konnte nicht begreifen, wie er dem Tode habe entwischen können, den er für unvermeidlich gehalten hatte. Ob des Mißerfolgs so vieler Verbrechen verzweifelt, beschloß er, bessere Maßregeln zu ergreifen: er bot dem Fischer fünfhundert Dinare als Preis für den jungen Mann, und der Handel wurde alsobald abgeschlossen.

Ohne sich seinem Sohn zu erkennen zu geben, hielt er ihn wie einen Sklaven; seine Sanftmut, seine Treue, nichts konnte den grausamen Vater, der jeden Tag entschlossener ward, ihn umkommen zu lassen, rühren.

Zwei Jahre waren bereits verstrichen, seit ihm sein Sohn mit einem beispiellosen Eifer diente, als er ihm ein versiegeltes Schreiben gab: »Reise nach Bagdad,« sprach er zu

ihm, »dort wirst du meine Tochter finden; ihr übergibst du diese Zeilen; ich befehle ihr, Sorge um dich zu tragen, du bleibst bei ihr bis zu meiner Rückkehr, ich werde nicht zögern, dir bald zu folgen.«
Der Jüngling gehorchte Kebal und machte sich alsbald auf den Weg. In Bagdad angelangt, erkundigte er sich nach dem Hause seines Herrn und klopfte an die ihm bezeichnete Tür. Kebals Tochter öffnete und sah einen Jüngling, schöner als ein Liebesgott, der ihr ein Schreiben von seiten ihres Vaters abgab. Voller Ungeduld öffnete sie es; aber welcher Schrecken befiel sie, als sie solche Worte las: ›Der dir dieses Schreiben überbringt, ist mein größter Feind; ich sende ihn dir, auf daß du ihn töten läßt, und fordere von dir diesen Beweis deiner Liebe!‹
Kebals Tochter glich durchaus nicht ihrem Vater und hatte ein einfaches Herz voller menschenfreundlicher Gefühle; sie sah sich den Überbringer des Briefes genau an und konnte sich einer Liebe zu ihm nicht erwehren. Die Liebe gab ihr ein Mittel ein, das Leben dessen zu retten, der ihr in einem Nu so teuer geworden war, und sich für immer mit ihm zu verbinden. Nachdem sie dem Jüngling aufgetragen hatte, daß er warten solle, verfaßte sie, die Handschrift ihres Vaters nachahmend, ein anderes Schreiben folgenden Inhalts: Der Überbringer dieses Schreibens ist mir teurer, als es mein Sohn sein könnte, sieh in ihm mein Ebenbild; und vertraue ihm die Verwaltung meiner ganzen Habe an und verheirate ihn mit meiner Tochter Melahie!
Nachdem sie solcherart geschrieben hatte, versiegelte sie das Schreiben. Dann ging sie in das Gemach, wo sie den jungen Mann zurückgelassen hatte. »Du hast dich geirrt,« sprach sie zu ihm, »das Schreiben, das du mir gabst, ist wahrlich für

meine Mutter bestimmt; ich will dich in ihr Gemach führen.« Der junge Kebal überreichte darauf der Mutter das Schreiben, die, nachdem sie es gelesen hatte und keinen Augenblick im Zweifel war, daß es von ihrem Gatten komme, den Befehlen, die er ihr gab, nachkam und ihre Tochter alsobald mit dem jungen Manne verheiratete.

Indessen machte sich Kebal, als er alle seine Geschäfte abgewickelt hatte, auf den Weg nach Bagdad. Er war aufs höchste überrascht, als er beim Eintritt in sein Haus seinen Sohn voll Lebens wieder vorfand. Seine Verwunderung stieg noch, als er vernahm, er sei sein Eidam geworden. Alle diese Ereignisse erschienen ihm sonderbar; doch die Furcht, seine Freveltaten laut werden zu lassen, nahm ihm vollends die Lust, sich Klarheit zu verschaffen; er heuchelte und verbarg unter dem Mantel der Freundschaft den tödlichen Haß, den er immer für seinen unschuldigen Sohn empfunden hatte. Melahie ließ sich nicht durch diese geheuchelte Ruhe täuschen; ihre um das Leben eines geliebten Gatten sich sorgende Zärtlichkeit ließ sie alle Handlungen ihres Vaters auf das genaueste überwachen.

Kebal schenkte einige Zeit nach seiner Rückkehr seinen Dienern nebst mehreren Krügen Weines einen Hammel. »Macht euch eine lustige Nacht«, sagte er zu ihnen, »und feiert meine glückliche Heimkehr in die Heimat; aber ich trage euch einen großen Dienst auf: ein heimlicher Feind will mir ans Leben, ich werde ihn heute abend in mein Haus locken; um die vierte Stunde der Nacht wird er dann die Treppe von meinem Gemach herabkommen; sobald ihr ihn hört, sollt ihr ihn erdolchen.«

Die Stunde war gekommen, Kebal sagte zu seinem Sohn, er solle in den Hof gehen, wo die Diener wären, und ihm einen holen; der wollte die verhängnisvolle Treppe hinuntergehen, als ihn seine immer argwöhnische Gattin aufhielt und ihn beschwor, den Befehl nicht auszuführen, hinter dem sie ein Geheimnis vermutete; darauf führte sie ihn mit sich fort.

Indessen ward Kebal von wechselnden Leidenschaften bewegt; als eine halbe Stunde verrann, ohne daß er etwas von dem Erfolge seines Verrats vernahm, wollte er wissen, ob seine Dienerschaft endlich seine Rache ausgeführt hätte; wie er behende die Treppe hinunterstieg, glaubten die, die die Ausführung seines Befehls auf sich genommen und bislang niemanden hatten die Treppe herabkommen hören, daß es ihr Opfer sei, und fielen über ihn her und stießen ihn in der Dunkelheit nieder.

Solches war das wohlverdiente Ende dieses grausamen Vaters. Der, dem er das Leben geschenkt und dem er es mehrere Male hatte rauben wollen, erbte nun all seine Habe; da ihm seine Geburt aber ein Geheimnis war, lebte er ruhig mit seiner Frau und erfuhr niemals, daß sie seine Schwester war.

Der Geschichtsschreiber endigt diese Geschichte mit dem allbekannten Sprichworte: ›Wer andern eine Grube gräbt, fällt selbst hinein.‹

DIE GESCHICHTE VON DER EIGENARTIGEN LIST EINER FRAU

Es gab einst in Kairo einen Kaufmann, der ein Frauenjäger war; obwohl die in Ägypten viel seltener sind als in Ländern, wo Frauen weniger zurückgezogen leben, so kommen sie mit ihrer Liederlichkeit doch überall auf ihre Kosten. Eine

Schöne nun sah weniger streng darauf, ihr Gesicht vor allen andern Männern außer ihrem Gatten zu verhüllen, ja sie suchte sich obendrein noch für diesen Zwang zu entschädigen; sie begegnete unserm Händler, und es entspann sich bald ein Handel zwischen einem Manne, der das Vergnügen liebte, und einer Frau, die sein Gegenteil nur haßte; sobald der Liebhaber seine Eroberung im Hause hatte, schloß er sie dort ein und ging in die Stadt, um ein Mahl für sie vorzubereiten.

Aber es kommt einem im Leben oft etwas in die Quere. Siehe da, ein häßlicher Gläubiger sprang unserm armen Liebhaber an den Kragen; und da er ihn nicht bezahlen konnte, so mußte er ins Gefängnis; und der unglückliche Schuldner, noch betrübter, eine Gelegenheit verpaßt zu haben, als über das Mißgeschick, das ihm begegnet war, bat seiner Freunde einen, der ihm zufällig in den Weg kam, der Einsperrung des Gegenstandes seiner Seufzer ein Ende zu machen, dem Weibe aber vor allem sein unheilvolles Abenteuer zu verheimlichen. Er übergab ihm seinen Hausschlüssel und beschwor ihn, ihn um die Ausführung seines Auftrags wissen zu lassen.

Der beauftragte Freund eilte nach dem Hause des Gefangenen; doch wie groß war seine Überraschung, als er beim Öffnen der Tür seine treue oder vielmehr untreue Gattin erkannte, die ihm hastig entgegentrat; man kann sich ihr gegenseitiges Erstaunen vorstellen, denn der Ärmste hatte nicht im entferntesten daran gedacht, daß er seinem eignen Weibe diesen Liebesdienst erweisen sollte, und die Schöne hatte niemals geglaubt, daß ihr Gatte sie im Hause ihres Geliebten überrumpeln könnte.

Auf die hitzigen Vorwürfe sagte die Schöne, die darauf

bedacht war, größeres Unheil zu vermeiden, zu dem armen und betrogenen Ehemann: »All dies zeugt wider mich, und mein Fehl ist zu groß, als daß ich Verzeihung erhoffen dürfte; doch bedenke, wenn du dich rächen willst, daß ich deine Gattin bin und daß die Schande des Auftritts auf dich zurückfällt; es ist dir jedoch ein leichtes, deine und meine Ehre zu retten. Laß uns beide in unsere Scheidung einstimmen und sie vor dem Kadi vollziehen. Ich gebe zu, daß ich meiner Mitgift verlustig zu gehen verdiene, und verspreche dir, sie nicht zurückzufordern, behalte du auch die Geschmeide und Armbänder zurück, die du mir geschenkt hast, ich bin reich genug, wenn ich nur meine Ehre rette!« Der Gatte, rasend wie er war, fand den Vorschlag annehmbar, nahm die Kostbarkeiten an sich und stimmte in die Scheidung ein. Wie ein Herz und eine Seele begaben sie sich zum Kadi. Vor dem Richter aber setzte der Gatte auseinander, daß seine Frau, ihrer Ehe überdrüssig, damit einverstanden wäre, ihre Mitgift zu verlieren, unter der Bedingung, daß ihre Ehe geschieden würde. Der Kadi fragte das Weib, ob es mit solchen Bedingungen zufrieden sei. »O Herr,« entgegnete sie, »eine Unglückliche muß wohl der Gewalt weichen; dieser Grausame da, der mein Mann ist, schlägt mich jeden Tag, um mich gefügig zu machen, auf meine Mitgift zu verzichten; heute gar hat er mir mit Gewalt noch die Kostbarkeiten abgenommen, die ich von meinen Eltern empfangen habe; ich will ihm lieber alles opfern, als mein Leben noch länger aufs Spiel zu setzen; aber ich bitte dich, über ihn ein Strafgericht ob der Bedrängnis und Gewalt zu verhängen; sieh zum Beweise meiner Behauptung nach, er hat noch alle Geschmeide bei sich, die er mir eben abgerissen hat; da er mich in deiner Gegenwart verstoßen hat, so schätze ich mich glücklich, seiner ledig zu sein; doch berufe ich mich auf die Kraft der Gesetze und fordere meine Mitgift heraus.«

Das listige Weibchen begleitete ihre Rede mit einem Tränenstrom, der den Kadi von der Wahrheit dessen, was sie angab, überzeugte: er ließ den Gatten durchsuchen; man fand die Geschmeide bei ihm; und ohne ihn zu Worte kommen zu lassen, wurde er ins Gefängnis geschleppt, um dort zu bleiben, bis er sich zur Herausgabe der Mitgift bereit erklärte.

Der verliebte Kaufmann, der voller Ungeduld Nachrichten von seiner eingeschlossenen Liebsten erwartete, war sehr überrascht, ihren angeblichen Befreier mit Eisen an den Beinen ankommen zu sehen. »Was hast du der angetan, die ich dir anvertraut habe?« fragte er ihn. »Möge dich der Himmel mit ihr vereinigen!« erwiderte der unglückliche Ehemann, »du hattest mein Weib verführt, und es läßt mich für seine und deine Missetaten bestrafen!«

Nach solchem Zornanfall erzählte er dem Liebhaber, indem er vor Wut heulte, was sein Weib mit ihm aufgestellt habe; und nachdem sie sich gehörig ausgesprochen hatten, ergriffen sie die Gelegenheit, einander zu verzeihen, um ihre gemeinsame Gefangenschaft besser ertragen zu können.

DIE GESCHICHTE VON DER SCHARFSINNIGEN AUSFLUCHT ZWEIER TRUNKENER

Hudschadsch, der durch seine Strenge so bekannte Statthalter des Sultans, hatte dem Aufseher der Wache von Bagdad eingeschärft, alle die zu töten, denen er zwei Stunden nach Sonnenuntergang auf den Straßen begegnete; als dieser nun die Runde machte, überraschte er zwei vom Weine berauschte junge Männer. »Wer seid ihr denn,« fragte er mit barscher Stimme, »daß ihr den Befehlen des Stellvertreters des Sultans entgegenhandelt?«

Der eine der jungen Leute antwortete ihm durch folgende Stegreifverse:

»Große Herren, bleich und zitternd, – Neigen sich vor meinem Vater,
Aber wenig rührt den ihre – Demutsvoll ergebne Haltung:
Er vergießt ihr dunkles Blut – Und bereichert sich an ihnen.«

Der Aufseher war überzeugt, daß der junge Mann ein naher Verwandter des Sultans sei, wagte nicht, ihn töten zu lassen, und gab sich damit zufrieden, ihn ins Gefängnis zu setzen.

Er stellte die gleiche Frage an seinen Begleiter, der ihm mit andern Versen antwortete:

»Tags und nächtens brennt das Feuer – In den Küchen meines Vaters,
Und es drängt der Gäste Menge – Ständig sich um seine Tische.«

Der Aufseher hielt ihn für den Sohn eines Araberfürsten aus der Wüste und glaubte ihm die gleiche Schonung zukommen lassen zu müssen wie dem ersten.

Und er führte folgenden Morgens die beiden jungen Leute vor Hudschadsch, indem er ihm erzählte, was sich ereignet hatte. Als der Wesir sie befragte, gestand der erste, daß er der Sohn eines Arztes wäre; und der zweite sagte, daß sein Vater alle gekochten Bohnen im Basar der Stadt verkaufte. Trotz seiner natürlichen Strenge konnte sich Hudschadsch ein Lachen ob des Versehens seines Wachthauptmanns nicht verkneifen und begnadigte die beiden Schuldigen auf Grund ihrer Verstandesschärfe.

DIE GESCHICHTE VON DEN HELDENTATEN UND DEM TODE DES HAUPTMANNS RAGGAD ODER BERGSPALTER UND SEINER TAPFEREN

Nachdem der Hauptmann Bergspalter weit in der Welt herumgekommen war, fand er sich in Ägypten, und zwar in der Nähe des gebirgigen Teiles dieses Landes; seine außerordentliche Gefräßigkeit war kaum zu ersättigen, und der Schrecken, den er aller Welt einjagte, hielt die für seine Bedürfnisse nötigen Hilfsquellen von ihm fern.

Als er nun eines Tages eine Einöde durchquerte, führte ihn der Zufall in die Hütte eines Derwischs. »O heiliger Mann,« sprach er zu ihm, »du siehst einen Kriegsmann vor dir, der Hungers stirbt; hast du nicht einige hundert Nüsse zu knacken?« »Die Ratten haben gute Zähne,« antwortete ihm der Derwisch, ohne aufzustehen, und fuhr fort, über sein Buch nachzusinnen, »sie haben alle Nüsse, die mir die Mildtätigkeit der Gläubigen einbrachte, aufgezehrt und haben mir nur die Schalen zurückgelassen; der einzige Vorrat, der mir bleibt, ist der Nilzwieback, den du vor meiner Türe siehst.« Also endend, wies er gleichzeitig auf einen Stein von sechs Fuß Länge und drei Fuß Höhe hin.

»Den ißt du?« fragte Bergspalter darwider, »bei Allah, du bist kein Kostverächter! Ich kenne dieses Backwerk auch, Ägyptens Pyramiden sind aus ihm erbaut, doch kann ich dein Tischgenosse sein. Es ist etwas schwer zu verdauen für andere Magen als unsere; erlaube, daß ich mir eine Schnitte herunterschneide!« Und er zog im selben Augenblick sein Schwert; und mit einem Streiche säbelt er eine Schnitte von drei Palmenblättern Dicke ab und zerbricht sie in mehrere Stücke, zermalmt sie mit den Zähnen und schlingt sie hinunter. ›Welch ein Schwert, welch ein Arm!‹ sprach der Einsiedler bei sich selbst, ›mein Hausrat ist zwar ziemlich dauerhaft, aber der Mann da könnte mir in vier Mahlzeiten alles wegputzen; ich muß ihn mir zum Freunde machen.‹

»O Herr,« sprach er zu ihm, »ich wundere mich zu gleicher Zeit über die Kraft deines Armes und seine Geschicklichkeit und finde außerordentliche Gaben an dir. Ich wünsche deine Bekanntschaft zu machen und hoffe, du wirst mich dieser Ehre nicht für unwürdig erachten; man mißtraut Abenteurern gewöhnlich, doch vor einem Manne wie du darf ich keine Geheimnisse noch Ausflüchte haben. Komm mit mir in das Innere meiner Höhle, ich habe dort einen Vorrat an Ziegenkäse und Kuchen, den ich gern mit dir teilen will; wir wollen sie in aller Ruhe verzehren und dabei offen miteinander reden.«

»Gern,« sprach Bergspalter darwider, »Leute deines Standes liebe ich und habe deren mehr als einen gekannt, die nicht ihr ganzes Leben damit zugebracht haben, über den Schriften zu murmeln; und ich will dir gern mit dem Becher in der Faust die Beichte meiner begangenen Sünden ablegen.«

»Ich habe weder Becher noch Humpen und bediene mich nur der Krüge«, versetzte der Einsiedler. »Und ich verzichte lieber auf die Krüge als auf den Wein.« »Wein?« rief der Einsiedler aus, »Wein bei einem Derwisch? Du machst, daß mir meine Barthaare zu Berge stehen! Bedenke, daß ich mich hierher zurückgezogen habe, um ein bußfertiges Leben zu führen; ich trinke nur klares Wasser mit etwas Honig vermischt und stelle daraus ein ziemlich gutes Getränk her.«

Der Hauptmann schüttelte den Kopf, aber er mußte sich den Umständen anpassen. Und er hilft seinem Gastgeber, die

Käse und die Kuchen auf dem aus einem breiten Stein hergerichteten Tische aufzuhäufen; es war das aber ein Vorrat für acht Menschen; indessen war er nicht zu groß für die beiden Tischgenossen. Sie sitzen auf Ruhebetten, die aus demselben Stoffe wie der Tisch sind, jeder hat einen ungeheuren Krug voll Honigwasser neben sich stehen, und das Mahl beginnt.

Als der Einsiedler den ersten Käse gegessen hatte, ohne die Kruste zu entfernen, sprach er: »Laß uns eins darauf trinken, o Bruder!«, setzt seinen Krug an und leert ihn auf einen Zug. »Tu mir Bescheid«, sprach er dann zu Bergspalter, der ihn verwundert anblickte. Sagte dieser, bevor er auch trank: »Ohne Zweifel mußt du bis an die Zehen hohl sein, dieweil du den Krug, ohne nur einmal abzusetzen, hinuntertrinken konntest; wenn dir der Magen wie mir mit Steinen gepflastert wäre, würde aus deinem Leibe ein regelrechter Fluß hervorkommen!« »Ach, o mein Bruder,« sagte der Derwisch darwider, »ich habe mich schon sehr gebessert; habe ich doch dieses bußfertige Leben eingeschlagen, dieweil ich immer zuviel getrunken habe; jetzt stille ich wohl noch meinen Durst, doch trinke ich nie mehr im Übermaß. Ich erstaunte in höchstem Erstaunen, als ich dich meinen Zwieback zerschneiden und zerkauen sah, nun will ich dich meinerseits durch die Erzählung meiner Geschichte in Verwunderung setzen.

Ich heiße Ballayah oder Trinkaus; und hätte mir das Wasser nicht zu nüchtern geschmeckt, als ich in der Welt lebte, so würde ich die Flüsse ausgetrocknet haben; indessen hätte man mir nicht aus dem Meere zu trinken geben dürfen, denn die Würze dieses Getränkes hätte mich vielleicht genötigt, es auszusaufen.

Als ich mich eines Tages in Georgien bei einem Manne aufhielt, der mir hochherzigerweise ein Obdach gewährt hatte, war gerade die Weinlese beendigt, und jener hatte den Ertrag der seinigen eingekeltert; mein Bett befand sich aber unglücklicherweise zu nahe bei dem Lagerraum; ganz plötzlich wurde ich durch einen so angenehmen Geruch aufgeweckt, daß ich der Versuchung, mich den Fässern, die ihn ausströmten, zu nähern, nicht widerstehen konnte. Und ich erkühnte mich, das Getränk zu kosten; und sein Wohlgeschmack übte eine solche Macht auf mich aus, daß ich in der Nacht zehn Aroben (was ein Maß von fünfundzwanzig Kannen ist) ausleerte. Solches war der Ertrag der ganzen Lese; ich hatte indessen nur zehn Züge getan. Mein Gastgeber überraschte mich dabei und behandelte mich wie einen Trunkenbold; ich aber ward ärgerlich ob dieses Vorwurfs und schlug ihn tot. Betrübt darüber, daß ich mich hatte hinreißen lassen, nahm ich das Derwischgewand und zwang mich, nichts anderes mehr als Honigwasser zu trinken. Diesem Entschluß zufolge irrte ich von Ort zu Ort, wählte die entlegenste Gegend und habe mich schließlich hier niedergelassen, wo ich mich in Muße mit Pflanzenkunde und Sterndeutung abgebe.«

»O mein lieber Heiliger,« versetzte Hauptmann Bergspalter, »da dich Trunkenheit zu einem Sterndeuter gemacht hat, muß ich dir von meinem Handel mit den Sternen erzählen. Ich bin ein wenig erbost auf meinen und werde es nicht krummnehmen, wenn du mir dazu verhilfst, ihm einige Dachteln mit meiner flachen Klinge zu versetzen, ebenso auch einem seiner Gefährten, um ihnen ihre Grillen wider mich auszutreiben.

Ich heiße Bergspalter und bin in Zirkassiens Hauptstadt

geboren. Nach der Aussage eines Sterndeuters, der ein guter Freund meines Vaters war, befanden sich am Tage meiner Geburt zwei mit guten und bösen Eigenschaften beladene Sterne unterwegs; der weniger gut versehene von beiden hatte die Vorhut. Drei Frauen aber hatten am selben Tage geboren, und zwar jede von ihnen ein männliches Kind; sie bewohnten drei der vornehmsten Häuser, die eine von den Ecken der Straße bilden, die nach dem Sultanspalast führt. ›Gehen wir dorthin‹, sprachen die Sterne, ›und entledigen wir uns zugunsten der Neugeborenen der Lasten, mit denen wir uns beladen haben.‹ So dahingehend, streifte der erste das Haus meiner Mutter in dem Augenblick, als sie sich anschickte, mir das Leben zu geben, welches Ereignis bewirkte, daß er einen Augenblick verweilte. ›Ich kann nicht weitergehen,‹ sagte er, ›meine Last drückt mich, ich muß sie hier fallen lassen!‹ Und das geschah gerade über mir. Ich kann dir nicht alles aufzählen, was ihm in diesem Augenblick aus seinen Händen fiel; es ist das eine Last, die ich manchmal sehr ungeduldig trage und die andern oft recht lästig wird; und sie hat mich zum stärksten, aber auch zum ungeduldigsten aller Menschen gemacht. Ich darf nichts besitzen und muß unaufhörlich vom Raube leben. Nichts kann meinem Schwerte widerstehen als allein die Schwachheit eines furchtsamen und ängstlichen Menschen; so greife ich denn seinesgleichen nur mit Fausthieben an, und du kannst dir wohl denken, daß ich nicht einen verfehle. Solcherart, o guter Derwisch, sind die Geschenke, die meine Wiege bedeckt haben; der Stern aber, der meinem folgte, war genötigt, die mir bestimmten Eier auf ein Nachbarhaus zu legen; und was ließ er dort fallen? ich bitte dich...: eine Krone; du siehst also, und ich darf es ohne Eitelkeit behaupten, ich habe den Thron nur um eine Tür verfehlt; der Sterndeuter sagte zwar zu meinem Vater, das Schicksal habe dabei gewaltet, ich aber meine, es war Laune; mein glänzender Gönner hätte seine Gaben wohl eine Türe weiter legen können... Bei Mohammed, du kannst dir denken, daß ich wütend darob bin und, o mein guter Heiliger, schon viele Mittel angewandt habe, um mein Horoskop Lügen zu strafen. Ich habe Kriegsheere versammelt, führte sie gut und schlug mich noch besser, doch meine Krieger waren nur feige Memmen; und es gab immer zuviel zu essen auf der Welt und nichts zu bekämpfen. Eines Tages drang ich in eine Stadt ein, ohne zu merken, daß mir meine Leute nicht folgten: ich schlage alles in Stücke, was sich mir widersetzt, verfolge und vernichte alles, was vor mir flieht, und lege den Brand an, wo es zu lange aufgehalten hätte, das Schwert zu gebrauchen, und plündere alles; mein Heer aber gibt mich verloren und zählt nicht mehr auf mich, wird von einem panischen Schrecken erfaßt und ergreift die Flucht. Was trifft jetzt ein? Als ich das Land so verwüstet hatte, daß niemand am Leben geblieben, und mein Kriegsheer zerstreut und ich nun durch die Kraft meines Armes und die Schärfe meines Schwertes König geworden war, da fand sich, daß ich über nichts herrschte!« »Wie,« sagte Trinkaus darwider, »du hattest auch die Frauen umgebracht?« Antwortete der Hauptmann: »Ich liebe die Frauen bis zur Raserei; aber bei meinem Anblick schrien sie, als ob man ihnen die Haut abzöge, und flüchteten, warfen von der Höhe der Dächer Steine auf mich, ermutigten die Männer und hetzten die Hunde wider mich; mein Helm und mein Schild waren an zehn Stellen durchlöchert, und ein Fleischerhund hatte mir eine Wade abgebissen; ich liebe die

Frauen, aber nicht, wenn sie Wut haben, denn dann bringe ich alle um, die mir in den Weg kommen, ob alt oder jung, ob häßlich oder schön, und schone keine, die sich mir widersetzt.« »Du hast etwas zu hitziges Blut, o mein Feldherr,« versetzte der Derwisch, »du solltest es wie ich machen und Honigwasser statt jedes anderen Getränkes trinken.« »O du doppelzüngiger Mohammed,« schrie Bergspalter, »dein Honigwasser läßt mir die Zunge am Gaumen kleben, anstatt mir den Durst zu löschen; mein mißgünstiger Stern würde frohlocken, wenn er sähe, daß ich soweit gekommen bin; denken wir lieber daran, ihn zu züchtigen, wenn es irgendwie möglich ist. Wenn ich nur hinaufgelangen könnte, so wollte ich ihn schon zur Vernunft bringen; aber du, der du Sterndeuter bist, kannst du mich nicht mit Hilfe deiner Werkzeuge in den Stand setzen, mir selbst Genugtuung zu verschaffen?« »Es läßt sich eine andere Rache ins Werk setzen,« sagte Trinkaus, »nämlich deinem Stern ungefähr denselben Possen zu spielen wie ich dem meinigen. Hatte er nicht bestimmt, daß ich ein Landstreicher, ein Tunichtgut werden sollte? Hatte er mich nicht verdammt, wie ein Loch zu saufen? Du siehst aber, was ich getan habe; ich habe mich in die Einsamkeit zurückgezogen und trinke mit Maßen Honigwasser; ihm zum Trotze tauge ich doch etwas. Du als Krieger mußt einen andern Weg einschlagen. Um den Übelständen, die mit deinen Taten verbunden zu sein scheinen, abzuhelfen, mußt du darauf bedacht sein, ein Feldherr ohne Heer zu werden und dich einer festen Stadt zu bemächtigen, die nicht Tore noch Gräben noch Wälle hat, auf daß dich die Anstrengung, zu der du dich genötigt siehst, alle diese Widerstände zu beseitigen, nicht so sehr ergrimmt, daß du alles zunichte machst.«

»Einen Augenblick, o mein lieber kleiner Heiliger,« sagte Bergspalter, »denkst du wohl daran, daß du mir mit deinen Vorschlägen den Kopf schwindlig machst? Was ist denn ein Feldherr ohne Kriegsheer, wo gibt es Festungen ohne Gräben und Mauern?«

»Ein Feldherr ohne Heer«, sagte Trinkaus darwider, »soll wahrlich morgen spätestens der Hauptmann Bergspalter sein, der ohne Krieger und ohne Troß ins Feld rücken kann, um zehn Stunden von hier die Stadt Kallakahalaba anzugreifen, die eine starke Festung ist, wennschon ohne künstliche Verteidigungswerke.« »Und woraus soll das Heer bestehen, das sich unter meinen Fahnen versammeln wird?« »Aus acht Feldherren, deren jeder imstande ist, auf seine Weise ein Reich zu erschüttern; um dir eine Vorstellung davon zu geben, wisse, daß ich der schwächste von ihnen allen bin; indessen würde es nur an mir gelegen haben, mich, wenn ich willens gewesen wäre, zum Herrn von Damaskus zu machen, das eine wohlbewässerte Stadt ist; gleichwohl würde es ihr binnen acht Tagen an Wasser gefehlt haben, um auch nur die Hühner zu tränken!« »O mein guter Derwisch, mit Recht nennt man dich Trinkaus; doch nun, da ich deine Eigenschaften kenne, finde ich dich ungemein nüchtern; du hast da eine furchtbare Gabe, es hängt nur von dir ab, Ägypten zugrunde zu richten.« Antwortete Trinkaus: »Oh, dazu müßte ich hingehen und den Nil an seiner Quelle aussaufen, doch das ist ein gar weiter Weg!« »Aber sage mir,« fuhr Bergspalter fort, »sind die andern Gesellen, von denen du mir erzähltest, ebenso außerordentlich wie du? Ich brenne vor Verlangen, sie kennenzulernen!« »Du sollst sie morgen sehen,« sprach der Derwisch, »sie werden ihre Tüchtigkeit vor dir beweisen und bedürfen eines

Hauptes zur Leitung all ihrer Unternehmungen, denn sie besitzen mehr Fähigkeiten als Verstand; sie müssen ein Oberhaupt haben, das ihnen mit Nachdruck Befehle gibt und ihnen zum Beispiel dient; und das sollst du sein!«

»Bei Mohammed!« rief der Hauptmann aus und richtete seine Augen gegen den Himmel; »ich möchte fast meinem Hundsgestirn verzeihen, daß es mich bis hierher gebracht hat, dieweil es mich in den Stand setzt, meinesgleichen anzuführen... Aber sprich mir ein wenig von deiner festen Stadt; wer herrscht in ihr, was kann man mit ihr anstellen?«

»Sie ist einem fremden Gewalthaber, den man Bigstaf nennt, unterworfen; den mußt du vertreiben. Ein Gewalthaber nimmt die Stelle des andern ein, und damit wird dein Gestirn Lügen gestraft; denn bis auf den Namen wirst du wie ein andrer, ja vielleicht noch besser herrschen, da du kein anderes Gesetz als deinen Willen kennst... Hast du Religion?« »Im großen und ganzen nicht, doch bin ich beschnitten.« »Das genügt schon.« »O mein lieber Trinkaus, du bist ein gefälliger Heiliger, und so liebe ich sie mir; wenn ich mich nur an dein Honigwasser gewöhnen könnte, um mir mit dir einen Rausch anzutrinken! Doch ehe ich mich schlafen lege, möchte ich noch eine klarere Vorstellung von deiner Stadt Kallakahalaba haben, dieweil ich mir im Bette die Angriffspläne zurechtlege.«

Antwortete der Derwisch: »Kallakahalaba liegt auf einem hohen, einzeln gelegenen Berge, dessen Wände ringsherum sechzig Fuß hoch senkrecht behauen sind, so daß nur eine Schnecke sie kriechend erklimmen kann.« »Und was tun die Einwohner, um aus ihr herabzusteigen?« »Die steigen nicht herab, sondern man läßt sie in Körben, die an eisernen Ketten hängen, hernieder; diese Maschinen sind derartig eingerichtet, daß sie hundert Körbe mit je zehn Mann in Waffen und Gepäck auf einmal herabschaffen, und das ganz leicht und ohne Schwierigkeit; die Bewohner des Landes aber von zwanzig Meilen im Umkreis sind so in Furcht vor diesem Schauer von bewaffneten Männern, daß sie ihre Abgaben eifrig an den Fuß des Berges bringen und die Körbe, die sie dort vorfinden, mit ihnen anfüllen.« Sprach der Hauptmann: »Bei meinem Bart, ich will mein bißchen Ruhm einbüßen, wenn ich nicht Verwirrung in diesen Handel bringe! Doch was ist der Bigstaf, von dem du mir gesprochen hast, für ein Mann? Ist er ein Kämpfer von erstaunlicher Kraft? Würde er wohl die Herausforderung, sich Stirn an Stirn mit mir zu messen, ritterlich annehmen?« »Seine Gestalt ist ein wenig riesig, er geht, von Kopf bis Fuß mit Eisen bedeckt, ebensoleicht einher, als wenn er in Federn ginge, und bedient sich nur seiner Keule, die aus vergoldetem Erz besteht und fünfundsiebzig Pfund wiegt, und schwingt sie wie eine Aloerute; und ich glaube, daß er sich nur mit dem in einen Einzelkampf einlassen wird, der sich ihm in gleicher Bewaffnung entgegenstellt.« »Ach,« sagte Bergspalter darwider, »welche Freude würde ich haben, wenn ich ihm in genauer Entfernung von meinem Arme gegenüberstünde! Ich wollte ihm mit meiner Klinge nur die Nasenspitze abschlagen, um das Vergnügen zu haben, ihn die Zähne fletschen zu sehen, ehe er unter meinen Streichen stürbe. Denn ich bin ja geboren, mit meinem Schwerte zu siegen oder zu fallen, und überlasse den Gebrauch der Keule all denen, die dazu berufen sind, Ochsen totzuschlagen... Kommt der Kerl denn niemals allein herunter? Könnte man ihm nicht entgegentreten und angreifen, ohne ihm Zeit zu lassen, seinen Vorteil auszunutzen?« Antwortete der Derwisch: »Er kommt niemals hervor, außer wenn er weiß, daß jemand in sein Gebiet eingefallen ist. Ach, leider hat das zweien unserer Kumpane, Zenhadib oder Eisenarm und Zenbulad oder Stahlzahn, das Leben gekostet, die so verwegen waren, in seinen Gebieten zu jagen; sie waren für jeden andern unüberwindlich, doch er ließ sie von seinen Mannen einschließen, und während Eisenarm mit Fausthieben ihrer viele niederschlug und Stahlzahn andere die erstaunliche Kraft seines Gebisses fühlen ließ, kam er hinzu und tötete sie beide mit seiner Keule.« »Tod und Teufel, ich will sie rächen!« rief der Hauptmann Bergspalter; »deine Schilderung bringt mein Blut so in Aufregung, als wenn er eben meine Brüder getötet hätte, und ich brenne vor Ungeduld, alle deine Leute kennenzulernen. Laß uns schlafen gehen, um das Verlangen zu mäßigen, denn ich kenne nur dieses Heilmittel dafür.«

Trinkaus kam dieser Aufforderung nach, und beide streckten sich auf Blätter und einige Tierfelle aus, die sich im Hintergrunde der Höhle vorfanden. Mit den ersten Strahlen der Morgenröte erwachten sie und verließen ihre Höhle, um zu lustwandeln, als der Derwisch von weitem drei Männer kommen sah. »Da kommen unsere Leute«, sagte er. »Wie heißen sie?« »Ihre Namen künden ihre Fähigkeiten an. Der erste nennt sich Gillarisch oder Scharfblick und kann auf vierzig Meilen im Umkreis eine Nadel auf der Erde liegen sehen. Der zweite heißt Nadhertavil oder Geradinsziel und vermag mit seinem Pfeil auf die gleiche Entfernung in ein Apfelherz zu treffen. Karaamek oder Schneidewind aber, der ihm folgt, kann den Pfeil in fünf Minuten wieder herbeischaffen. Sie sollen vor deinen Augen arbeiten, und du magst darnach beurteilen, welchen Nutzen du aus ihnen

ziehen kannst.« Inzwischen waren die drei Gesellen herangekommen.
»Freut euch, o Kumpane,« rief Trinkaus ihnen zu, »das Schicksal hat uns in dem wackeren Ritter hier bei weitem mehr wiedergegeben, als es uns an Eisenarm und Stahlzahn geraubt hat; es ist dieses der schreckliche Hauptmann Bergspalter, dessen Arm und Schwert und Kopf uns in den Stand setzt, uns an unserm grausamen Feinde zu rächen und in Frieden und Freuden auf der Erde zu leben! Aber ihr wißt doch, daß wir heute ein Mittagsmahl haben müssen, solltet ihr da ohne Vorräte kommen?« Antwortete Geradinsziel: »Nein, wir werden nicht übel daran sein, wenn du Kuchen hast. Bilamisch oder Gutrücken kam mit uns und hat ein sechs Monate altes Kalb auf seinen Schultern und zwei Fässer Wein unter den Armen, doch es kam ihn noch die Lust an, in einen Garten zu gehen, um Salat zu pflücken; er ist gut zu Fuß und wird nicht lange auf sich warten lassen, wenn ihm kein Unfall zustößt.« Kaum hatte er mit Sprechen aufgehört, als Gutrücken mit dem Salat, der ihm am Halse hing, ankam; es waren das drei ungeheure Kohlköpfe, die, an einem Stricke baumelnd, seinen Leib auf allen Seiten schmückten; trotz all dieser Bürde erschien doch sein Gang so leicht, als ob er nur einen Sack voll Nüsse trüge; er setzte seine Last zu Boden, und Trinkaus stellte ihn dem Hauptmann Bergspalter vor: »O mein Feldherr,« sagte er und klopfte Gutrücken auf die Schultern, »das ist unser Kriegswagen. Zerstöre du Städte und schlage Heere und mache Beute, der Rücken, den du hier siehst, wird nichts liegenlassen, er würde sich gar unter der Last der salomonischen Schätze nicht krümmen!« Sagte Bergspalter darwider: »Bislang haben sich die, die meinen Gewinst wegtrugen, nicht

lange mit der Last zu plagen gehabt. Wenn ich Beute gemacht habe, setze ich mich in eine Ecke und esse und lasse nichts übrig; wenn man mich so dasitzen und schlingen sähe, sollte man meinen, ich würde immer von Dieben und Mordbrennern verfolgt; das ist mein hündischer Stern, der mich fast immer an allem Mangel leiden läßt und mich solcherart zwingt, nichts zu verschonen; doch mit deiner Hilfe, o mein lieber Sterndeuter, darf man hoffen, daß wir mit ihm fertig werden... Siehe, aus alter Angewohnheit wünschte ich, daß das kleine Kalb, das ich da sehe und das gut und gern einhundertachtzig Pfund wiegt, schon vertilgt wäre!« »Dazu ist es da«, entgegnete Trinkaus. »Holla! ho!« sagte er, indem er sich an seine Leute wandte, »o Gutrücken, häute das Kalb ab und mache einen Bratspieß! O Scharfblick, o Schneidewind, wo ist der Koch?«

Scharfblick spähte mit seinen Blicken über den ganzen Erdkreis, und indem er entdeckte, was das Menschenauge selbst mit dem allerbesten Fernrohr nicht zu unterscheiden vermochte, sprach er: »Haha, ich sehe ihn, er ist ganz nahe und vergnügt sich damit, Wachteln zu braten, die über seinem Kopfe hinfliegen; und er rupft sie im Fluge und verzehrt sie.« Sagte Trinkaus: »Nun sieh mir einer an, womit beschäftigt sich der Schurke am Tage der Musterung? Er kocht Wachteln in der Luft und läßt sie sich ganz gebraten ins Maul regnen. Und wo ist denn der Faulpelz Immerschlaf oder Batteniltabur, um zur Musterung zu rufen, auf daß ein jeder zur Stelle kommt?« »Auch ihn sehe ich,« sprach Scharfblick, »er schläft im Schatten auf einer Heide und schnarcht, daß die Erde bebt; ich verstehe nicht, wieso du ihn hier nicht hören kannst.«

Sprach Trinkaus: »Nun, o meine Freunde, seht ihr nicht ein,

daß wir höchst nötig der Zucht bedürfen? Und daß wir uns mehr denn glücklich schätzen können, dieweil uns der Zufall ein Oberhaupt hergeführt hat? Auf, o Schneidewind, laß dir angeben, wo der Wachtelfresser und der Schnarcher sind, auf daß sie eiligst hierherkommen!« »Du sollst sehen,« fügte Trinkaus hinzu, »welcherart Leute die beiden sind. Der Koch Bazzaknar oder Feueratem soll eine Probe seines Könnens vor dir ablegen; er würde gar eine Erzmine in den Eingeweiden der Erde in Fluß bringen können. Was Immerschlaf angeht, so ist es mit seiner Gabe ziemlich mäßig beschaffen; doch hat er eine, die uns sehr von Nutzen sein kann: wenn wir ihn im Kampfe loslassen, so verbreitet er überall Schrecken; wenn er auf seinen Bauch klopft, verursacht er dadurch einen Lärm, der dem von vierzig Trommeln gleichkommt; und wenn er seine zehn Finger nur aneinander reibt, so bringt er dadurch ein so erstaunliches Getöse hervor, daß es sämtliche Mauern zusammenstürzen könnte.«

Während nun Bergspalter solche Erklärungen abgegeben wurden, kamen Immerschlaf und Feueratem an. »O Trommelschläger,« sagte der Derwisch zu ersterem, »rufe zur Musterung zusammen; o Feueratem, du kannst das Kalb braten, das Gutrücken an den Bratspieß stecken soll!« Und dann wandte er sich an Bergspalter: »O mein Feldherr, jetzt ist es an dir, den braven Leuten zu zeigen, was du vermagst. Du siehst das Kalb am Spieß und die Kohlköpfe in Stücke zerschnitten, aber wir haben nichts, um das Bratenfett aufzufangen, und keine Schüssel, um den Kohl herzurichten; schlage geschickt eine Längsschnitte von dem Zwieback ab, der vor meiner Türe liegt, und stelle uns daraus die für unsere Tunke und unser Gemüse nötigen Schüsseln her.«

Eifrig griff der Hauptmann die Gelegenheit, seine Geschicklichkeit zu zeigen, auf; er zieht sein Schwert und schlägt mit einem Hiebe ein Blatt von eines halben Daumens Dicke von der ganzen Länge der Steinbank ab und stellt dann einen Behälter für die Bratentunke her; das abgeschlagene Blatt aber dient als Schüssel für den Kohl. Die Zuschauer, die um so geeigneter waren, etwas zu bewundern, dieweil ja jeder von ihnen in seiner Art bewundernswert war, zollten der Leichtigkeit und Genauigkeit seiner Arbeit die verdiente Anerkennung.

Indessen war Bergspalter seinerseits neugierig, ein Kalb an einem Orte braten zu sehen, wo er weder Feuer noch Kohlen, noch Holz dazu sah. Gutrücken gab den Bratenwender ab, und der Bratspieß lag auf zwei großen Steinen, die mitten auf einen schönen grünen Rasen gelegt waren. »Wohlan, o Feueratem,« sagte Trinkaus, »tu deine Schuldigkeit; du weißt, daß der Braten nicht anbrennen darf; wir brauchen ein schwaches und gleichmäßiges Feuer, richte dich darnach ein!« Feueratem war ein Mann der Tat, der wenig Worte machte, und maß seinen feurigen Atem so gut ab, daß er den ungeheuren Braten, der sich vor ihm drehte, weniger zu braten als goldgelb zu machen schien; und in dem Maße, wie er die Tunke über den Kohl träufelte, schickte er ihm auch etwas Hitze zu, um ihn weich zu kochen. Der Hauptmann schien sehr zufrieden mit der Kunst des Koches zu sein und war bestrebt, auch noch mehr Proben der seinigen abzulegen; er sah, daß man in der Höhle des Derwischs nicht speisen konnte, dieweil ein sechs Fuß hoher und ebenso breiter Granitfelsen die Mitte der Höhle einnahm. »Entfernt euch ein wenig,« sagte er zu den Umstehenden, »ich will ein paar Splitter von diesem kleinen

Stein abschlagen, die euch sonst ins Auge fliegen könnten; wir müssen doch Platz haben, um unsere Tafel herzurichten!« Gleichzeitig hieb er mit seinem Schwert so geschickt in den Felsen, daß jedes abgeschlagene Stück einer Marmorplatte ähnlich schien, der nur noch die Glätte fehlte. »Welch ein furchtbarer Arm, welch gewaltiges Schwert!« riefen die Augenzeugen solches Geschehnisses aus. »O Brüder,« sprach Trinkaus, »er soll uns den Weg des Ruhmes und Gewinstes ebnen!«

Man war nun bestrebt, den von diesem ebenso unbequemen wie unförmigen Block befreiten Platz zu säubern; die besten und sorgsam aufgehobenen Stücke dienten als Bänke um den Tisch, den vier oder fünf Schwerthiebe des Hauptmanns zu einem vollkommenen Viereck gemacht hatten und der unten genügend ausgehöhlt war, um dort die Beine unterbringen zu können.

Sagte Trinkaus: »Noch niemals hat einer unserer Spießgesellen sein Meisterwerk so leicht hergestellt.« Immerschlaf strich sich als Zeichen seiner Bewunderung den Bauch, und solch leichte Reibung ließ schon die Höhle von einem furchtbaren Getöse widerhallen; indessen richtete man den Tisch her. Feueratem trug den Braten auf. »Wein her! Wein her!« rief Trinkaus, indem er einen Sack mit fünfzig Pfund Kuchen heranschleppte; Gutrücken aber ging fort, um die Fässer zu holen, doch Bergspalter fürchtete des Derwischs Durst und glaubte ihn seines Gelübdes gemahnen zu müssen: »Nun, o heiliger Mann, ist deine Buße schon beendigt?« »Nein,« sprach Trinkaus darwider, »ich werde allerdings einige Schlucke Honigwasser zu mir nehmen müssen, doch bitte ich mir einen Krug Weines aus, um meinen Mund damit auszuspülen.«

Man setzte sich zu Tisch, und jeder tat dem Festmahl Ehre an; man sprach wenig, doch ab und zu erzählte jeder der Kumpane ein Beispiel seiner Kunst, das immer ein Wunderwerk war. Als sie nun so schmausten und Trinkaus seinen ersten Hunger ein wenig gestillt hatte, blickte er umher, räusperte sich und sagte: »Wir sind nicht vollzählig, o Brüder; Thalahava oder Wolkengreifer und Ilnafak oder Allverstärker fehlen noch, obwohl sie herbeigerufen sind, da Immerschlaf so zur Zusammenkunft getrommelt hat, daß es in der Ferne zu hören war.« Als der Derwisch solches geäußert, zeigten sich die beiden Leute am Eingang der Höhle. »Ihr verdientet,« sprach er zu ihnen, »daß man euch auch nicht eine Kruste zu essen gäbe; ich lege Wert auf geschickte Leute, aber nur, wenn sie ihren Pflichten pünktlich nachkommen; und wenn ihr morgen auch im Dienste nachlässig seid, so werdet ihr euch vor einem gewiegteren Hauptmann, als ich einer bin, zu verantworten haben; indessen nehmt Platz und trinkt. Nach dem Essen sollt ihr schöne Dinge zu hören bekommen. Ihr sitzt hier unter den Augen eines großmächtigen Herrn, der der hochberühmte Hauptmann Bergspalter ist; ihn haben wir zu unserm Feldherrn ausersehen, und er wird uns mustern. Ich für mein Teil lege hier, wie ihr seht, meine Probe ab«; also redend, trank er seinen ganzen Krug voll Weines in einem Zuge aus.

Die neu Angekommenen hatten nichts zu erwidern und verneigten sich bescheiden, und man setzte das Mahl fort.

»Auf nun, o meine Brüder,« sagte Trinkaus, als man das Mahl beendigt hatte, »die Musterung soll stattfinden, und laßt uns gleichzeitig die zum Abendessen nötigen Speisen besorgen. O Scharfblick, o Geradinsziel, o Schneidewind, aufgepaßt!

O Scharfblick, ich wünsche hundert Pfund Wildbret in vier Stücken. Durchspähe die entlegenen Flußufer und suche uns junge Damhirsche und Rehe und Gazellen; es muß aber alles zart und leicht verdaulich sein.« Der Beauftragte ging alsogleich ans Werk; zuerst schienen seine Blicke das Land in der Nachbarschaft zu durchstreifen, doch allmählich entfernten sie sich immer weiter und schweiften durch das All. »Ha,« rief er aus, »ich habe zehn Meilen von hier, hinter dem Hügel da, etwas Geeignetes für euch gefunden!« Sprach der Derwisch: »O Geradinsziel, spanne deinen Bogen!« Geradinsziel pflanzte einen Pfahl vor Scharfblick auf, spannte seinen Bogen und schickte sich an, den Pfeil fortzuschnellen. »Also zehn Meilen?« fragte er Scharfblick. »Und dreißig Schritte.« Der Pfeil fliegt, Scharfblick verfolgt ihn mit den Augen und ruft aus: »Der Damhirsch ist getroffen!« »Auf denn, o Schneidewind, setz deine Babuschen in Bewegung und hole das Wild!« Der Befehl ward auf der Stelle ausgeführt. Trinkaus aber wiederholte dreimal den Auftrag, und in einer halben Stunde waren vier Stück Wildbret herbeigeschafft; man brachte sie Gutrücken, der sie abzog und an den Spieß steckte.

Trinkaus hatte den Brotsack geprüft. »Wie,« sagte er, »wir haben nur noch dreißig Pfund Brot? O Scharfblick, sieh dich um, wo es frisches Brot gibt!« »Es ist da in Masser ein ganzer Ofen voll Brot, das noch ganz warm ist,« sagte der darwider, »der Bäcker wendet ihm gerade den Rücken zu, um sein Backhaus zu säubern.« »Das ist eine herrliche Gelegenheit, Freibrot zu kaufen. Auf, o Schneidewind, nimm den Sack und handle ein!« Der Befehl ward auf der Stelle erfüllt, und das Brot war in der Höhle, ehe es der Bäcker noch vermißte. »Du siehst, o mein Feldherr,« sagte der Derwisch, »daß sich die Speisekammer füllt. Ach, wenn Gutrücken Flügel hätte, könnten wir auch Wein haben; immerhin brauchen wir nicht Durstes zu sterben. Auf, o Wolkengreifer, hasche die vorüberziehende Wolke da und zwinge sie, ihren traurigen Inhalt hier auszugießen; wenn aber Hagel dabei ist, wird es um so besser sein, denn ich ziehe es vor, Eiswasser zu trinken.« Die Wolke war ziemlich hoch; da zog Wolkengreifer ein Seidenknäuel aus seiner Tasche und warf es in die Wolke; das Knäuel aber wickelte sich ab, und das Ende fiel bis zur Greifweite herunter. Nun hängte sich der Mann daran, und der Dunst schien ihn mit erstaunlicher Geschwindigkeit emporzuziehen. »O Freunde,« sagte Trinkaus, »stellt nun eure Krüge in den Regen der alsogleich herunterrieseln wird; und da wir keine Mäntel zum Wechseln haben, laßt uns in die Höhle gehen!« Die ganze Gesellschaft gehorchte, die Wolke sank nieder; Wolkengreifer hatte sie zusammengedrückt und kam mit Hilfe seines Fadens gleichzeitig mit dem Regen wieder herab.

Bergspalter sah mit Staunen die Ausführung dieses Wunders. »Gib zu, o mein Feldherr,« sprach Trinkaus zu ihm, »daß man unter deiner Leitung mit so wackeren Leuten auf glänzende Erfolge rechnen kann!« Erwiderte Bergspalter: »Ich habe noch nie eine Vereinigung solch seltener und gut ineinandergreifender Geschicklichkeiten gesehen; es gibt nichts, was wir nicht unternehmen könnten! Ich lasse mir schon viele Pläne durch den Kopf gehen.« »Warte, sage mir jetzt nichts davon, es würde mich ablenken... Ich habe etwas ganz Wesentliches vergessen; da wir zu unserer Erfrischung nur Wasser haben, so bedürfen wir wenigstens einiger Flaschen Lebenswasser. Wir haben noch drei Tagesstunden; lassen wir es uns an nichts fehlen«; alsdann rief der Derwisch seine Leute zusammen.

»O Scharfblick,« sprach er, »und du, o Schneidewind, sucht einige Flaschen Lebenswasser. Ihr wißt doch, daß man sie gewöhnlich auf die Altane stellt, um sie von der Mittagssonne durchglühen zu lassen; steigt auf die nieder; und was man auf einem Wege nicht erledigen kann, das macht man in zweien.« Der Auftrag wird ausgeführt, und in einer Viertelstunde ist der Anrichtetisch mit vier großen Flaschen Lebenswassers versehen. »Dieser Schneidewind ist doch geschickt und schlau und rasch,« sprach Trinkaus, »es ist schade, daß er keine stärkeren Lenden hat, man könnte beträchtlichen Gewinst aus ihm ziehen!« Sagte Bergspalter: »Bei Mohammed, ohne diesen kleinen Beistand würde ich die ganze Nacht Frösche im Bauch gehabt haben; doch, o mein lieber Derwisch, können wir nicht auch Feigen bekommen?« »Du darfst auf der ganzen Erde wählen, woher du sie haben willst!« »Ich nehme dich beim Wort«, sagte der Hauptmann darwider, »und will die schönsten Feigen haben, die in Afrika nur wachsen.« »Wohlan, o Schneidewind, du hörst, was der Feldhauptmann verlangt. Nimm einen Korb zur Hand und pflücke die ausgewähltesten; aber sei in einer halben Stunde spätestens wieder da, man könnte deiner noch fernerhin bedürfen.« Schneidewind ist verschwunden.

Das Wildbret steckt am Spieß, Gutrücken wendet es, und Feueratem brät es, Immerschlaf ist zum Schlafen einige hundert Schritt abseits gegangen, um niemanden zu belästigen, indessen hört man ihn doch. »Du hast ja da«, sprach Bergspalter, »einen ziemlich lästigen Schnarcher!« »Man muß ihn ruhen lassen,« sagte Trinkaus darwider, »dieweil in seiner übermäßigen Wohlbeleibtheit sein ganzes Verdienst besteht; sie erhält ihm den Bauch gespannt; auch dient er uns übrigens zur Belustigung; indem er sich auf die Backen klopft, ahmt er das Tamburin nach, und solches ergötzt uns; man muß aus allen Gaben seinen Nutzen ziehen.«

»Du hast recht; aber sage mir doch, wer jener Mann ist, den ich da mit gekreuzten Armen sitzen sehe? Seine Geschicklichkeit kenne ich noch nicht.« »Der hat für unsere Behausungen zu sorgen, wenn wir ins Feld ziehen; mit drei kleinen Mitteln verschafft er sich aus allem großen Nutzen; er nennt sich Allverstärker und hat einen sehr ermüdenden Beruf; du wirst das besser beurteilen können, wenn du ihn arbeiten siehst.«

Während solcher Unterhaltung ging der Tag zur Rüste, und man sah Schneidewind nicht zurückkommen. Trinkaus wurde daher unruhig. »Heda, o Scharfblick,« sprach er, »durchspähe die Gebüsche Afrikas und bemühe dich, Schneidewind zu finden, der sich dort verloren oder alles vergessen hat.« Scharfblick nun blickte aufmerksam umher. »Ach, der Unglückswurm,« sagte er dann, »er hat mehr der Feigen gegessen, als er gesammelt hat, und ist ganz nahe bei Damaskus, schläft zur Seite des Korbes, und die Araber, die dort umherschweifen, werden sie ihm stehlen und werden ihm seine Babuschen nehmen, so daß wir ihn niemals wiedersehen; es sitzt aber ein großer Vogel auf dem Ast des Baumes, worunter er schläft; wenn Geradinsziel den Vogel schießen will, würde Schneidewind durch seinen Fall aufgeweckt werden.« »In welcher Entfernung sitzt der Vogel, von dem du sprichst?« fragte Geradinsziel. »Gerade fünfundsiebenzig Meilen.« Da stellte Geradinsziel seinen Stab hin, legte einen Pfeil auf, und der entflog. Scharfblick verfolgte den Schuß. »Der Vogel ist gefallen,« sagte er, »und der Schläfer erwacht, er macht sich auf den Weg!« Einen Augenblick später waren die Feigen in der Höhle. »Schimpfe unseren Schaffner nicht aus,« sagte Bergspalter zu Trinkaus, »dieser Vorfall hat uns eine Probe von Scharfblicks und Geradinsziels Nützlichkeit gegeben... Aber ich glaube, das Abendbrot ist fertig, decken wir den Tisch!« »Solches kann nicht eher sein, wenn es dir recht ist,« sprach Trinkaus darwider, »als bis unser Lager aufgeschlagen ist und ich dem Brauch der Kriegsvölker gemäß den Zapfenstreich habe schlagen lassen.« Gleichzeitig rief er Allverstärker, der auf den Befehl erschien.

»Hast du alle deine Anordnungen getroffen und unseren Lagerplatz ausgewählt? Wir schlafen heute nacht unter dem Zelt, du mußt es uns bequem machen!« »Der Platz liegt vor deinen Augen,« antwortete Allverstärker, »dein Zelt ruht in meiner Brust und seine Ausdehnung in meinen Lungen.« »Bei Mohammed,« schrie der Feldhauptmann, »das ist ein seltsames Rätsel!« »Es ist keins,« sagte der Derwisch darwider, »oder wenigstens soll das, was du sehen wirst, es dir lösen; laß uns nach dem Platze gehen, wo der Arbeiter zu arbeiten beginnt.«

Allverstärker hatte einen kleinen Beutel von der Größe eines Eies am Gürtel, den er um den Leib trug; er schien an vier kleinen Schnuren zu hängen, an deren Enden kleine stählerne Nadeln befestigt waren. Er öffnete ihn, blies hinein, und siehe da, er gewann die Größe einer Melone; und er blies noch einmal und konnte schon seinen Kopf hineinstecken, er brachte ihn hinein, und nun blies er mit aller Macht in die Mütze, die er sich gebildet hatte; mit jedem Zuge dehnte sie sich weiter aus, und als sie bis zur Erde hinabreichte, war der Körper des Blasenden ganz davon eingehüllt. Darauf ergriffen seine Gefährten die kleinen Schnuren des Beutels, aus denen Stricke geworden waren, und zogen sie nach allen vier Richtungen an, der obere Teil des Luftballs aber hatte die Gestalt eines Zeltes angenommen, und es wurde nun durch vier Pfähle, die man auf der Reise stets mitführte, gestützt. Allverstärker fuhr mit seiner Arbeit fort, und das Zelt erweiterte sich solcherart, daß es bequem zwanzig Menschen beherbergen konnte; die Stahlnadeln nun, aus denen eiserne Zeltstangen geworden waren, die man in die Erde eingerammt hatte, gaben dieser Wohnung die vollkommenste Sicherheit. »O doppelzüngiger Mohammed,« rief Bergspalter entzückt aus, »ich habe eben den König, den Gott der Pilze, gesehen; das ist etwas Unglaubliches!« »Ohne dir schmeicheln zu wollen, o mein Feldherr,« rief Trinkaus, »wer dein Tun gesehen hat, vermag alles zu glauben und darf sich keiner Sache rühmen; aber Allverstärker erlegt sich noch Zwang auf, seine Lungen können ein Zelt aufblasen, das alle Wallfahrer Mekkas mitsamt ihrer Begleitung zu beherbergen vermag!« In diesem Augenblick hörte man aus der Ferne einen lebhaften Trommellärm, man hätte annehmen können, daß er von etwa fünfzig Trommeln herrührte, wenn nicht der vollkommene Gleichtakt aller Schläge gewesen wäre. »Was für ein Geräusch höre ich da?« fragte Bergspalter. Sprach der Derwisch: »Das hat nichts auf sich, Immerschlaf schlägt den Zapfenstreich; er streichelt sich den Bauch; er ist ein brauchbarer Mann, um zum Angriff zu pauken!« »O guter Derwisch, du tust hier in der Gesellschaft merkwürdiger Menschen Buße!« »Wie ich, sind auch sie gezwungen, zurückgezogen zu leben, dieweil sich die Welt ungünstig über sie äußert; aber unter dir können wir die Einsamkeit verlassen und den Bigstaf aus dem Nest vertreiben, diesen Geier, der aus den Körben sein mit Eisen gespicktes Geflügel auf uns losläßt, das unsere Schar ständig in Atem hält.« Sagte Bergspalter darwider: »Ha, und wenn der Mann eine Feste mit dreifachem Wassergraben hätte und man nur etwas Honig darein täte, würdest du ihn gar bald ausgetrunken haben! Ich würde der Mauer mit meinem Schwerte zusetzen, und, bei Mohammed, du weißt, welche Stücke ich herunterschlagen kann. Ich würde mich unter die Feste vergraben, ehe man sich noch besinnen könnte, Steine auf mich herabzuschleudern; würde die Trümmer durch Gutrücken in den Graben schleudern lassen und in der Feste in dem Augenblick auftauchen, wo man mich nicht erwartete; dann solltet ihr sehen, wie ich mich auf das alte Eisen stürzen wollte, mit dem jene Schurken da alle bedeckt sind!« »Das ist ein Plan, der deiner würdig ist, o mein Feldhauptmann,« entgegnete Trinkaus, »aber der Gewalthaber ist gegen solches Unternehmen gefeit.« »Bei deinem Buche beschwöre ich dich, o mein Verehrungswürdiger, eines auszudenken, vor dem er sich nicht sichern kann... Doch laß uns jetzt zu Abend essen.« »Das ist augenblicklich das beste Unternehmen,« sagte der Derwisch, »denn der Braten würde kalt, wenn Feueratem ihn nicht warm hielte.«

Das ganze kleine Kriegsheer setzte sich nun um die wohlversehene Tafel, die von einer dreiarmigen Lampe erhellt wurde; man sprach von Zukunftsplänen. »O Genossen,« sagte Bergspalter, »zählt auf alle meine Anstrengungen, euer Lob zu verdienen; da ihr mich aber zu euerm Befehlshaber ausersehen habt, so benachrichtige ich euch, daß wir geordnet und sehr schnell vorrücken werden... Ich habe nur einen Schluck Wasser getrunken, und er hat mir Übelkeit verursacht... Morgen bei Anbruch der Morgenröte will ich Heerschau halten und meine Befehle geben, gleich hernach werde ich zum Aufbruch trommeln lassen, das Lager kann während der Musterung abgebrochen werden... Laßt uns noch einen Schluck Lebenswasser trinken und uns schlafen legen und von den Siegen träumen, die unser warten. Und wäre mein Magen auch hohl wie ein Brunnen, würde ich doch auf diesem Kiesel schlafen, als wenn ich auf Rosen gebettet wäre... Laßt uns die Überbleibsel aufessen; da wir morgen mit einem Plan im Kopfe aufbrechen, müssen wir damit beginnen, hier die Ratten auszuhungern, indem wir ihnen auch nicht eine Kruste zum Benagen lassen... Enden wir die Feier; das ganze Heer soll mir folgen und wieder ins Lager zurückkehren. Es gehört sich, daß wir unter dem Zelte schlafen... Tritt vor, o Scharfblick, kannst du auch während der Nacht etwas sehen?« »Wie bei Tage, o mein Feldherr!« »Das ist gut; du sollst rings um das Lager herum Wache halten und darfst dafür morgen auf dem Marsche auf Gutrückens Schultern schlafen... O Wolkengreifer, komm heran und greife die Wolke, die du uns zu Häupten siehst, und nötige sie mit deinem Knäuel, zur Erfrischung der Luft etwas Tau zu lassen... Immerschlaf muß außer dem Lager schnarchen, und zwar in Scharfblicks Bereich, auf daß er sogleich Lärm machen kann, wenn sich etwas Außergewöhnliches ereignen sollte... Nun auf, o meine Freunde, jeder von uns nehme eins von diesen Fellen, die uns als Kopfkissen dienen mögen; Kriegsleute verzichten nur auf die Bequemlichkeiten des Lebens, wenn sie keine dahaben!«

»O der große und tapfere und weise Feldhauptmann!« sprach

Trinkaus, indem er dem Befehl nachkam und an der Spitze der Schar einherschritt. Als sie vorbeigezogen waren, trat Bergspalter als letzter unter das Zelt, er legte sich aber in der Mitte nieder; jeder nahm in einer ehrerbietigen Entfernung von dem Hauptmann einen Platz ein, der ihm am bequemsten dünkte; der Derwisch sprach nun ein Gebet, und alle schliefen friedlich ein.

Sobald der Morgenstern am Horizont erschien, weckte Scharfblick Immerschlaf, der laut gähnend einen Schlag auf seinen Bauch tat, dessen Geräusch in allen Höhlen der Umgegend widerhallte; alsobald war Bergspalter auf den Beinen und weckte seine Leute. »Auf, o Genossen,« rief er ihnen zu, »auf, daß uns der Tag schon in Waffen vorfinde! O Allverstärker, brich das Lager ab!« Auf diesen Befehl hin ging jedermann aus dem Zelt. Allverstärker blieb allein zurück, um darin zu arbeiten, während man die Zeltstangen herausriß; und noch vorm Aufgang der Sonne war das Zelt wieder zusammengefaltet und an dem Gürtel dessen befestigt, der es tragen mußte.

Alle waren zur großen Heerschau versammelt; Trinkaus hatte sich in das Hintertreffen gestellt. Sprach Bergspalter zu ihm: »O Bruder, du stehst nicht an deinem Platze: da du unser Kriegsrat bist, solltest du nötigerweise in der Mitte stehen; doch hat sich die Kriegskunst ein wenig geändert, stell dich in die letzte Reihe; oft zwar, wenn die Vorhut handelnd eingegriffen hat, kommt der Rat viel zu spät, doch da nun unsere Reihen nicht sehr dicht sind, wird dich nichts hindern, mir zur Hilfe zu kommen... Ist dein Buch in gutem Zustand, und fehlen keine Blätter darin?« »Bei Mohammed, ich habe sie nicht gezählt, aber es ist gleich, ich kann sie leicht ergänzen.«

Redete Bergspalter: »O Bruder Scharfblick, du hast ein wenig rote Augen, bade sie in frischem Wasser, man muß die Ausflüsse fürchten!... Sind Geradinsziels Bogen und Pfeile in gutem Zustand?« »Nichts fehlt daran, o mein Feldherr!« »Ich kann es kaum erwarten, deine Geschicklichkeit zu prüfen, um eine Botschaft gerade ins Auge unseres Feindes zu senden!... Laß dein Knäuel sehen, o Wolkengreifer! Es ist recht rund und wahrlich aus feingesponnener Seide und ist eine Herausforderung an Spinnen. Doch, o mein lieber Gefährte, wenn du die Ratschläge eines alten Streiters, wie ich einer bin, annehmen willst, so wirst du bald einsehen, daß eine so kostbare Gabe wie deine sich nicht darauf beschränken darf, die Luft zu erfrischen und den Aufwasch zu spülen... O Feueratem, ich kann zwar den Feuerherd in deinem Magen nicht mustern, doch setze ich voraus, daß er für den Kriegszug mit Schwefel und Pech wohlversehen ist; da wir in anderer Leute Küchen fallen wollen, haben wir deine zu unserer Versorgung nicht nötig; aber ich beauftrage dich, alle Köpfe zu rösten, die uns hinderlich werden sollten... Deine Pantoffeln, o Schneidewind, scheinen in gutem Zustand zu sein; doch hüte dich vor deinen Gelüsten nach Feigen, du liefest Gefahr, deiner Schuhe beraubt zu werden, und hättest dir eine böse Erkältung zugezogen, wenn du von fernher hättest barfuß herwandern müssen... O Allverstärker, du hast das Zelt zusammengepackt, laß doch sehen, ob die Pfähle daran sind, ob die Stricke dauerhaft sind, ob der Stoff nicht nachgegeben hat; nein, nichts fehlt an ihm. Sage mir, wenn du in eine Melone bliesest, könntest du sie so groß wie einen Kürbis machen?« »Nein, o mein Feldherr!« »Man kann doch wahrlich mit Recht sagen, daß es keine unbeschränkte

Fähigkeit gibt... Tritt vor, o Gutrücken, man muß dich mit Lederriemen versehen, deine Lasten zu befestigen. Wahrhaftig, das ist ein Rücken, dem es nur an einer waagerechten Lage mangelt, um eine Pyramide auf ihn zu setzen... Du beschneidest deine Nägel? Das ist falsch. Du weißt doch wohl, daß man zum Greifen die Finger nicht lang genug haben kann... Hierher, o Immerschlaf, deine Trommel ist gut gespannt, aber du darfst das Innere nicht zu sehr mit heißen Getränken anfeuchten, denn das könnte die Haut trocken machen... Nun wohlan, laß mich jetzt doch auch einmal einige sanfte Töne deiner Trompete hören!« Immerschlaf aber gehorsamte und gab einige halbe Noten mit gedämpfter Stimme von sich; doch sie genügten, um der ganzen Schar Furcht und Entsetzen einzujagen; Schneidewind wäre hundert Schritt weit weggelaufen, hätte er nur seine Beine finden können, Gutrücken fühlt seine Knie unter sich wanken, Scharfblick sieht nicht das geringste, Geradinsziel läßt Bogen und Pfeile fallen, Wolkengreifer packt sich eine Wolke, um hineinzukriechen; Allverstärker geht der Atem aus, und Feueratem erstarrt zu Eis. »Bei Mohammed,« sprach Bergspalter und faßte Trinkaus, der sich verschluckt hatte, am Arm, »das ist eine wunderbar zarte Stimme! Ich bin kein nasses Huhn, trotzdem zittere ich wie ein Blatt. O Genosse Immerschlaf, du hast eine hervorragende Gabe; doch wollen wir sie nur, wenn's dir recht ist, in einer ganz verzweifelten Lage in Gebrauch nehmen; stelle dich wieder an deinen Platz, und ihr, o meine Freunde, die ihr mich zu eurem Feldhauptmann ausersehen habt, hört den Kriegsplan an, den wir ausführen wollen!

Es handelt sich darum, die Feste Kallakahalaba einzunehmen und den Gewalthaber Bigstaf zu vernichten. Er ist zu klug, um sich einer Gefahr auszusetzen, und wird uns sein Gesindel entgegenstellen, und wir werden es schlagen; doch das entscheidet nichts. Der Hunger muß ihn zwingen, daß er mit uns unterhandelt; laßt uns also das Land verwüsten, das ihm zum Unterhalte dient, und ihn dahin bringen, daß er seinen Felsen verschlingen muß, um leben zu können. Ihr habt alle Elemente in eurer Macht; wir können brandschatzen und ertränken und stehlen und rauben und zerstören, was die Mittel sind, das Land in kurzer Zeit in eine Wüste zu verwandeln. Ein gemäßigter Krieg könnte durch seine Folgen viel verderblicher werden; wenn dagegen Schrecken hinzukommt, wird drei Viertel des Volkes sich durch Flucht zu retten suchen; nun handelt es sich nur noch darum, zu erfahren, wo wir mit der Plünderung anfangen sollen.«

Sprach der Feldhauptmann zu seinem trefflichen Kundschafter Scharfblick: »Durchspähe mit deinen Augen alle vier Himmelsrichtungen. Wir brauchen eine angenehme Arbeit, die sich beinahe unter unserer Hand befindet. Was siehst du im Sonnenniedergang?« »Zwanzig Meilen von hier, o mein Feldherr, sehe ich eine Karawane, die gerade auf uns zukommt.« »Wenn wir sie abends erreichen würden,« sagte Bergspalter darwider, »kämen wir ermüdet und mit leerem Magen an; und plünderten wir sie auch, würden wir dadurch Bigstaf doch keinen Schaden zufügen; das ist nichts für uns, suche im Sonnenaufgang!« »O mein Feldherr, dort entdecke ich eine saftige Wiese, auf der es sehr, sehr schönes Vieh und einige Hirten gibt.« »Das könnte unsere Aufmerksamkeit späterhin verdienen, aber es ist noch kein zubereitetes Fleisch, und da wir nüchtern aufgebrochen sind, müssen wir unser Essen schon fertig aufgetragen vorfinden.«...

»Ach,« sagte Scharfblick, »da gegen Mittag wird es gerade zubereitet; ich sehe die Zurüstungen zu einer stattlichen Hochzeitsfeier.« »Das ist etwas für uns... Wieviel Meilen von hier?« »Zehn Meilen.« »Ist's in einem Marktflecken?« »Ja, und der ist ziemlich bevölkert.« »Um so besser, wir werden desto mehr Gelegenheit haben, Schaden und Lärm zu machen; die Leute da werden uns nicht hindern, unsere Arbeit zu verrichten; bleiben wir bei diesem Plane.

Feueratem soll mit mir in den Marktflecken gehen und den ganzen Teil in Brand stecken, der dem, wo die Hochzeit stattfindet, gegenübersteht, ich will in das fürs Fest bestimmte Haus eintreten und mich der Braut bemächtigen; und wenn der Gatte, der Vater oder ihre Sippe sich darob erregen, werde ich einige Maulschellen austeilen; wenn sie das nicht besänftigt, soll ihnen Immerschlaf in meinem Namen ein Wörtchen ins Ohr flüstern, und ich denke, sie werden es nicht wiederholen; Feueratem soll alles, mit Ausnahme des Hauses, in dem wir in aller Ruhe zu Mittag speisen wollen, anzünden. Sollten sich die Lümmel zusammenrotten und nach uns mit Steinen werfen, so mag Wolkengreifer sich auf die erste beste Wolke setzen, nach vielen andern suchen und sie alle zusammenbringen und uns mit seinem Haufen folgen; er soll tausend Ladungen Hagels auf die Häupter der Unzufriedenen herabsenden, wir aber werden dafür sorgen, daß ihm sein gut Teil vom Mittagsmahl aufgehoben wird.«

Da sprach Trinkaus: »Bei Mohammed, niemals ward ein Unternehmen mit weiserer Vorsicht geplant!« »Du bist also damit zufrieden, o mein Derwisch?« fragte Bergspalter, »ich denke, daß es jedermann sein darf. Auf nun, rücken wir vor! O Immerschlaf, trommle sacht, als wenn man

zur Hochzeit geht.« Der Trommelschläger gehorchte, und die Schar setzte sich in bester Ordnung in Bewegung.
Als sie zwei Meilen von dem Marktflecken entfernt waren, befahl Bergspalter Scharfblick, zu beobachten, was bei der Feier vor sich ginge, und zu sehen, ob man das Mahl nicht gar zu bald auftrüge. In drei Minuten kam der Bote zurück. »Es sind Götzendiener«, sagte er, »und opfern vor einem hölzernen Götzenbild ein schönes Kalb mit vergoldeten Hörnern, das in spätestens einer Stunde gebraten sein wird.«
»Bei Mohammed,« sprach Bergspalter zu Trinkaus, »bist du nicht sehr entzückt? Wir bekämpfen den Götzendienst; du bist beauftragt, das Götzenbild zu vernichten, beschwöre es nur recht mit deinem Buche, ich lege es dir ans Herz... Eine Heirat wird vor einem Götzenbilde geschlossen, und ohne Kadi? Solches gilt nicht; ich will das junge Wesen nach muselmanischem Brauche freien, um es auf den rechten Weg zu bringen.«
Während solcher Gespräche wurde der Marsch fortgesetzt, und man kam näher; endlich stand man in dem Marktflecken gerade vor dem Hause, wo sich die beiden Familien vereinigt hatten; Bergspalter ging hinein, als wäre es sein eigenes Haus, und sagte:
»Wie, man verheiratet sich hier, ohne es mich wissen zu lassen, und setzt sich ohne mich zu Tisch?« Man kann sich das Erstaunen der biedern Landleute ausmalen; wortlos sahen sie einander an und betrachteten zitternd den geharnischten Mann, der solcherart zu ihnen redete. »Wir sind verloren,« riefen sie aus, »es ist Bigstaf, der Gewalthaber, in eigener Person!« »Das habt ihr gelogen, o Gesindel, es gibt hier keinen Gewalthaber; für wen haltet ihr mich? Wißt, daß ich der Bräutigam der Schönen da bin und daß sie

wahrlich keinen andern haben soll!« Also sprechend, faßte er sie am Arm; der Bräutigam aber und die Eltern eilten herzu, um sie seinen Händen zu entwinden; mit einer Maulschelle und zwei Püffen streckte er sie jedoch zu Boden. Alle griffen jetzt nach Stöcken und Messern und Hausgerät und was ihnen gerade zur Hand kam, um es auf den Räuber zu werfen; aber ganz plötzlich fing Immerschlaf an zu niesen. Dies aber war eine seiner Gaben, die Bergspalter noch nicht kannte; der wurde so bestürzt darob, daß er seine Beute hätte fahren lassen, wäre er weniger auf sie versessen gewesen. Indessen wurden Männer und Frauen und alles, was in dem Hause war, dadurch niedergeworfen, und das Haus, das nicht allzufest gebaut war, wankte in den Fugen.

Als Bergspalter sich von seinem Staunen erholt hatte, sagte er zu seinem schmetternden Gesellen: »Auf denn, befreie mich von diesem ganzen Haufen Gesindel und wirf alles, was allzuweit von der Tür entfernt liegt, aus dem Fenster!« Immerschlaf war willig und säuberte das Haus von seinen Gästen. Und es blieb nur noch die junge Braut da, die, wie die anderen, halbtot vor Schrecken hingefallen wäre, wenn sie nicht der kraftvolle Hauptmann gestützt hätte. Währenddem hallte der ganze Marktflecken von Feuerrufen und Geschrei und Lärm wider. Sagte Bergspalter zu Immerschlaf: »Auf denn, es ist nicht an der Zeit zu schnarchen; unsere Gefährten könnten sich in all dem Trubel verlieren, du mußt sie zusammentrommeln.« Der Trommler kommt dem Befehle nach, die Leutchen finden sich zusammen, und das Hochzeitsmahl wird vertilgt.

Die junge Braut sah sich gezwungen, inmitten dieser Gesellschaft zu bleiben und Bergspalters rohe Liebkosungen zu erdulden, hörte aber nicht auf mit Weinen. »Welche

Freude wird es mir machen, dich zu trösten,« sprach der Hauptmann zu ihr, »vergieße deiner schönen Tränen eine in meinen Becher, solches wird mir mein Getränk noch köstlicher munden machen!« Sie aber wandte das Köpfchen mit einer Miene fort, die zugleich ihren Schmerz und ihren Abscheu bekundete.

Während unsere Räuber speisten und sich ohne alles Maß sättigten, hatte man eine kleine Schar von fünfzehn Leuten der Besatzung Kallakahalabas benachrichtigt, die ihrer Gewohnheit nach in der Umgegend die Runde machten; man beschrieb ihnen das Oberhaupt des Trupps; Bergspalter jedoch schien ihnen nicht furchtbar zu sein, sie umzingelten das Haus, in dem er mit seinen Mannen war, und bereiteten einen Angriff vor. Plötzlich trat das Haupt der Schar ein und ging mit geschwungenem Schwert auf Immerschlaf los, der den Schlag von sich abwandte, indem er nieste; der durch dieses Geräusch munter gewordene Bergspalter sprang auf und setzte sich zur Wehr: seiner Säbelhiebe einer spaltete den Kühnsten unter ihnen von oben bis unten; von unten her zerteilte er den, der folgte, einem dritten aber schlug er die Schulter ab, der vierte verlor den halben Arm, dem fünften rollte der Kopf vom Rumpfe, und der sechste ließ seine beiden Beine da. Als die andern Leute Bigstafs diese Bescherung sahen, verlieh ihnen der Schrecken Flügel; sie warfen ihre Waffen und Panzer fort, um es sich leichter für die Flucht zu machen. Wie nun Bergspalters Genossen sie in Unordnung erblickten, verfolgten sie sie unaufhörlich. Wolkengreifer ließ Hagel auf sie herabfallen, Feueratem briet, so viele er ihrer habhaft werden konnte, Immerschlaf gähnte vor den Ohren derer, die er erreichte, und selbst Trinkaus erschlug einige mit seinem Buche; alle aber sanken betäubt nieder und wurden Bergspalters Schwert überlassen, der sich anschickte, sie niederzumachen, so daß ihrer auch nicht einer übrigblieb, der die Nachricht des gemeinsamen Unfalls überbringen konnte.

Nach dieser Schlacht kehrte der siegreiche Feldhauptmann zurück, um die Früchte seines Sieges in den Armen seiner Eroberung zu kosten, doch war sie während des Kampfes geflohen; Bergspalter aber geriet in Zorn und rief Scharfblick. »Heda,« sprach er, »kannst du es dulden, daß dein Hauptmann aller Freude beraubt wird, die er sich nur hat versprechen können? Suche mir das treulose Weib; bei Mohammed, schlimm soll es dem ergehen, der sie bewacht!« Scharfblick wandte all seine Geschicklichkeit und Aufmerksamkeit an: »O mein Feldherr, ich sehe sie nirgends; ich erblicke zwar einen Trupp flüchtender Frauen drei Meilen von hier, die ihre Kinder und ihre Habseligkeiten mit sich schleppen, aber die Braut ist nicht bei ihnen... Die Mauern des Fleckens können sie indessen nicht vor mir verbergen, denn sie waren aus Holz und sind sämtlich verbrannt; es ist möglich, daß sie unter der Erde ist, in dem Falle sehe ich gar nichts.« »Ha, doppelzüngiger Mohammed,« rief Bergspalter aus, »es ist kläglich, zu siegen, ohne des Sieges genießen zu können. Das ist wieder so ein Streich meines hündischen Sterns; potz Blitz und Hagel, er macht mir jede Eroberung streitig; ich bin trostlos... Geh und laß Immerschlaf zum Zusammenkommen trommeln, auf daß wir uns wieder zu Tisch setzen! Es muß hier noch etwas zu trinken geben, denn mein Zorn ist derartig, daß er ertränkt werden muß.«

Der kleine Trupp scharte sich bald wieder um seinen

Hauptmann und nahm teil an seiner Betrübnis, indem er mit ihm den Trost teilte, den er erwählt hatte.
»Ach, o mein lieber Gutrücken,« sprach Bergspalter zu dem, »welche hübschen Beine würdest du um deinen Hals getragen haben; niemals wärest du mit einer so süßen Last beladen gewesen; jetzt aber sind wir gezwungen, ein bußfertiges Leben wie der Derwisch zu führen; laßt es uns wenigstens bis zur Mitternacht fortsetzen, auf daß es verdienstvoller ist. Du, o Immerschlaf, sollst, dieweil ich so großes Vertrauen in deine Gabe setze, unsere Ruhe bis zum Sonnenaufgang bewachen; geh und mache eine halbe Stunde von hier die Runde; du sollst achtzig Trommelwirbel geben und etwas kräftiger Posaune blasen, wenn du Neugierige erblickst.« Immerschlaf gehorchte; seine Genossen jedoch fuhren fort zu schmausen und über die Maßen zu zechen, bis sie schließlich ihr Lager unter dem Tische fanden, an dem sie gesessen hatten.
Nicht alle Tage werden Hochzeiten gefeiert, wo man sein fertiges Essen vorfinden kann, ohne sich darum gekümmert zu haben. Folgenden Tages verübte die von Bergspalter befehligte Schar hier und da mit um so größerer Verwegenheit allerhand Räubereien, als sie sich unter einem solchen Führer der Straflosigkeit für versichert hielt; doch sah sie sich genötigt, ihr Essen selbst anrichten zu müssen. Jede Nacht lagerte sie unter dem Zelt, dessen Lage man nicht kannte, dieweil man es nur immer im Schutze der Dunkelheit aufgeschlagen hatte. Tags mußte sie oft kämpfen, da man auf kleine Trupps stieß, die sie hatten umringen wollen; aber alle wurden getötet oder verstümmelt. Was dem Schwert oder dem Feuer entging, fiel unter Immerschlafs Stimme, der bestrebt war, ihre Trommelfelle zu zerstören,

dadurch daß er ihnen etwas ins Ohr sagte; endlich sandte man Hagel hernieder, um das Unheil und die Verwüstung vollkommen zu machen.

Unterdessen hatte ein Mensch ein Mittel ersonnen, das Land von der schrecklichen Geißel, die es plagte, zu befreien; es bestand darin, daß man sich mit Schleudern bewaffnen und die Urheber solcher Verwüstungen mit Steinen angreifen sollte. Scharfblick aber beobachtete den Mann, der die neue Waffe, die er in Vorschlag brachte, versuchte, und sah, wie er dabei war, seine Entdeckung den ihn umstehenden Menschen mitzuteilen; doch gerade als er den Mund aufmachen wollte, fuhr ihm ein von Geradinsziels Bogen entsandter Pfeil in die Kehle und hemmte den guten Rat auf dem Wege. Verzweiflung herrschte in der ganzen Gegend; die Kunde davon kam von allen Seiten durch hundert Pfeile, die man hinaufschoß nach Kallakahalaba; denn auf solche Art sandte man Bittschriften an Bigstaf oder ließ ihm Klagen oder Nachrichten zukommen.

Der Gewalthaber ließ seinen Rat zusammenkommen; dieser bestand aber aus einem Sterndeuter, der sehr zauberkundig war.

Bigstaf sprach zu ihm: »Sieh dir die Lage an, in der wir uns befinden; zwar vermag uns hier niemand zu stören, aber nichts kann uns vor der Hungersnot schützen, die wir zu erwarten haben; bislang hatten meine Waffen diese merkwürdigen Räuber, die mein Land brandschatzen, erfolgreich bekämpft, doch zweifelsohne ist ihre Kühnheit mit ihrer Macht gestiegen. Sie haben einen Führer an ihrer Spitze, der allein schon mehrere Abteilungen meiner Krieger, die für die Sicherheit des Landes sorgten und die Abgaben eintrieben, vernichtet hat; soviel Übernatürliches enthalten die Klagen und Berichte, die man mir zukommen ließ, daß du auf ein Mittel sinnen mußt, unsere Sicherheit zu befestigen.« »Ich beschäftige mich schon seit einiger Zeit damit«, sagte der Weise darwider, »und habe die Konstellation aller dieser Menschen erforscht; gewöhnliche Waffen können dir keinen Vorteil über sie verschaffen; die Gaben, die sie so schadenbringend anwenden, sind mehr oder weniger zauberisch; doch diese Künste haben den Fehler, daß das größte aller Mittel, das sie anwenden, durch das kleinste, ihm gerade entgegengesetzte Mittel aufgehoben werden kann. So will ich mich dem Immerschlaf mit Wolle in den Ohren nähern, und seine Trommel ist wirkungslos; und will Feueratem ins Maul speien, und sein Feuer erlischt; Scharfblick wird in dem Maße nutzlos, wie die Gefahr näher kommt; Geradinsziels Pfeil prallt vom Stahle ab; Schneidewind ist nur ein Läufer, den man leicht aufhalten kann; Wolkengreifers Kunst hängt von einem Faden ab, den zu zerschneiden man Mittel finden muß; Trinkaus ist ein feiger Derwisch, und wo es kein Wasser zu trinken gibt, ist seine Kunst nutzlos, doch muß man sich vor seinem Buch in acht nehmen. Allverstärker und Gutrücken sind als Teile des Trosses nicht zu fürchten. Der größte Feind jedoch, den wir zu bekämpfen haben, ist Hauptmann Bergspalter, der Anführer der verfluchten Sippe; und das ist ein Mann, der von jeher den Sternen verhaßt, trotzdem aber so von ihnen begabt ist, daß er jedwedes Übel verrichten kann, ohne einmal etwas Gutes zu tun; er hat einen erfinderischen und gewandten Geist, eine furchtlose Seele und eine außerordentliche Körperkraft, doch ist er stets das Opfer seines hitzigen Gemüts; er trägt ein gefeites Schwert, dem nicht einmal ein Diamant widerstehen würde; und hieltest du ihm deine eherne Keule entgegen, so würde er sie in tausend Stücke schlagen, und du wärest entwaffnet. Sein gewöhnlicher Brauch ist, Herausforderungen zu schicken, aber man hat ihm berichtet, daß du sie nur unter Bedingungen annehmen würdest, die ihm nicht passen. Wenn du indessen, o Gebieter, deine Krieger nach meiner Anordnung bewaffnen willst, so wage ich es, dir einen sicheren Erfolg über ihn und seine Leute zu versprechen.«

Sagte Bigstaf darwider: »Geh in mein Zeughaus und laß dort alle Waffen herstellen, die nach deiner Meinung für meine Krieger und für mich geeignet scheinen; ich halte zuviel von deinen Ratschlägen, als daß ich sie nicht blindlings befolgte.« Sprach der Sterndeuter: »Doch sage ich dir vorher, die Waffen werden sehr merkwürdig sein.« »Das tut nichts zur Sache; so werden sie nur um so tauglicher zur Bekämpfung des Feindes sein; Merkwürdiges muß man Merkwürdigem gegenüberstellen.«

Hauptmann Bergspalter jedoch fuhr fort, die Ebene zu brandschatzen, während Bigstaf im Einverständnis mit dem Weisen das kleine Heer ausrüstete, das er ins Feld stellen wollte; in den Zeughäusern und ganz im geheimen versammelt, verfertigte man die Waffen und Geräte, mit denen man sich für den Krieg versehen mußte. Als dann alles bereit war, stieg eine Schar von dreihundert Mann, von Kopf bis Fuß mit glänzendem Stahle gepanzert, mit Hilfe der Rollkörbe aus der Feste herab und breitete sich in der Ebene aus.

»Der Feind, der Feind!« rief Scharfblick aus. »Hat er sich von seinen Minaretts heruntergelassen?« fragte Bergspalter. »Ja, o mein Feldherr, da sind die Körbe, die sich entleeren, und es sind aus ihnen dreihundert Mann herausgestiegen und ein Feldherr, der sie anführt... Es ist der Gewalthaber selbst, ich erkenne ihn an seinem Wuchse wieder, er erscheint noch größer als gewöhnlich... Ha, welch merkwürdigen Helm hat er auf dem Kopfe! Es ist ein großer Kochtopf, Feueratem muß ihn darin kochen!... Er hat einen fünf Finger dicken Schild, seine Blicke flammen wie Feuer... O mein Feldhauptmann, soll ich den Stab vor Geradinsziel aufpflanzen, auf daß er ihm einen Gruß von deiner Seite ins linke Auge sendet?« »Du bist sehr eifrig, o Gesell,« sprach Bergspalter, »gib Obacht, doch rate mir nicht... Mein Feind ist also in der Ebene, und zwar lächerlich verwahrt gegen meine Truppen... Auf denn, o Immerschlaf, rufe alle zur Ordnung, und laßt uns gegen den Feind ziehen!«

Bald standen sich beide Heere in eines Pfeilschusses Entfernung gegenüber. Bergspalter stellte sich nun zwischen Immerschlaf und Feueratem; Trinkaus und Scharfblick bildeten den rechten, Schneidewind und Geradinsziel den linken Flügel, der Nachtrab aber bestand aus Gutrücken und Allverstärker; Wolkengreifer führte eine Reihe Gewitterwolken mit sich, die er in den Lüften schweben ließ, und erwartete eine Gelegenheit zu ihrer Entladung.

Bigstaf seinerseits traf seine Anordnungen und stellte sein Heer in einer drei Mann tiefen Reihe auf. Man sah in der ersten Krieger, die glänzende Waffen trugen; in der zweiten jedoch war jeder mit einer Spritze versehen und die der dritten gar mit einer Schere; alle freilich waren mit den härtesten Schutzwaffen bedeckt, die man sich nur denken kann.

Bergspalter sah die dreifache Reihe von Kämpfern sich vor ihm entfalten, und voll Vertrauen auf seine Stärke rückte er zuversichtlich vor; da er einen leichten Sieg zu erringen glaubte, ging er zehn Schritt vor seinen Leuten, als ob er seinen Feind zum Einzelkampf herausfordern wollte. Bigstaf trat vor, um ihn anzunehmen; die Heere aber standen unschlüssig da, und Bergspalter befahl Immerschlaf, zum Angriff zu blasen. Nur diesem Befehl noch wurde genau nachgekommen, denn weiterhin vereitelten unvorhergesehene Ereignisse Bergspalters Entwürfe und machten seine Anstrengungen zunichte. Sowie Bergspalter Schild an Schild mit seinem Gegner steht, will er gegen Bigstafs Haupt einen seiner verhängnisvollen Hiebe führen, durch die er so viele Male die Kraft seines Armes und die Härte seines Schwertes bewiesen hatte, doch bevor er zuschlägt, glaubte er an seinen Feind, dessen Besiegung ihm sicher ist, noch solche Worte richten zu müssen:

»O Bigstaf,« sprach er zu ihm, »o Gewalthaber der Küchenjungen, schämst du dich nicht, mit einem Kochtopf als Helm in den Kampf zu gehen? Glaubst du denn, deine Küchenrüstung wird dich vor den Streichen schützen, die dir drohen? Oder hat dir mein schändlicher Stern eingeflüstert, dich mir in dieser lächerlichen Ausrüstung entgegenzustellen, auf daß mir von meinem Siege nur der Schimpf bleibt, den Fürsten der Küche besiegt zu haben? Sollen denn Bergspalters tapfere Krieger mit Arzneihändlern und Scherenträgern kämpfen?... Wage es, wider mich deine Keule zu schwingen, die deiner herabgewürdigten Hand weniger ziemt als der Spieß, an dem sich dein Braten täglich dreht; der wäre ein würdiges Seitenstück zu dem Helm und dem Schilde, den du da trägst!«

Antwortete Bigstaf: »O Bergspalter, deine Worte gleichen deinem Tun. Ich bin nicht vor dich hingetreten, um mit einem Krieger, sondern mit einem berufsmäßigen Schlächter zu kämpfen. Und wenn es mir zukommt, in allen Dingen edel zu handeln, so kommt es dir zu, unedel zugrunde zu gehen. Du reizest mich zwar, den ersten Streich zu führen; doch wage du selbst ihn!«

»Bei Mohammed, du sollst nicht gelogen haben!« sagte Bergspalter. Ein Donner schien der Gewalt des Streiches nicht gleichen zu können, den er nach solchen Worten auf den Topf auf dem Haupt seines Feindes fallen ließ; aber im Augenblick, wo ihn das Schwert berührte, prallte er, anstatt ihn zu durchdringen, derart ab, daß die starke Faust, die ihn führte, erschüttert wurde; der ob dieses Widerstands verwunderte Bergspalter will nun mit einem Streich den Arm und den Schild seines Gegners herunterhauen; aber die Klinge seines krummen Schwertes zerspringt in Stücke; anstatt gegen Eisen, wie er glaubte, geschlagen zu haben, war es ein hohler und verschimmelter Käse, an dem seines Schwertes Zauberkraft zugrunde gegangen war.

»Tausendschockschwerenot!« rief Bergspalter aus und wich vier Schritte zurück; »auf denn, o Feueratem, mach ein Höllenfeuer!«

Feueratem will gehorchen, alsobald jedoch richten sich hundert Spritzen gegen seinen Mund, füllen den mit einer Wasserflut, und nur ein dichter Rauch qualmt aus ihm hervor. Dieser Hilfe beraubt, ruft der bestürzte Feldhauptmann Wolkengreifer zu seinem Schutz, der über dem Heere mit einer Ladung von Hagel und Donner schwebt; aber alle Scheren der dritten Reihe von Bigstafs Leuten sind in der Luft, zerschneiden die unsichtbaren Fäden und leiten das Unwetter auf das feindliche Heer ab.

Als er sich so zu einem ehrenvollen Rückzuge gezwungen sah, wollte Bergspalter sein letztes Hilfsmittel anwenden und ließ Immerschlaf zum Marsche trommeln; aber dank der Wolle, mit denen die Ohren der Krieger verstopft waren, wurde das feindliche Heer dadurch nicht in Schrecken versetzt; man umzingelte Bergspalter; der Trommler schlug zwar mit verdoppelten Schlägen seinen ungeheuren Bauch, doch der furchtbare Lärm betäubte nur die eigenen Gefährten, die Hals über Kopf flohen; Bergspalter aber blieb das Schlachtopfer; der Gewalthaber von Kallakahalaba zerschmetterte ihn mit seiner Keule; Immerschlaf barst der Bauch, Feueratem erstickte in seinem eignen Rauche, die Übrigbleibenden retteten sich, so gut sie es vermochten, und suchten ihre Sicherheit in den Höhlen, die ihnen als Unterschlupf dienten.

DIE GESCHICHTE VON HURSCHID UND FERAHSCHAD

Vor alters herrschte in Persien ein König mit Namen Siaûr; von allen Frauen seines Harims ward nur eine einzige, die er am meisten liebte, schwanger; und auch dieses glückliche Ereignis schrieb man noch dem wirkungsvollen Gebet mehrerer Derwische, Santome und Mollas zu, die der Sultan reichlich begabt hatte, auf daß sie ihm von Gott eine zahlreiche Nachkommenschaft erflehen möchten. Der Dienst aber, den sie dem Beherrscher Persiens leisteten, ging nicht so weit; denn die Sultanin brachte nur eine Tochter zur Welt, über deren Schicksal sogleich alle Sterndeuter und Weisen des Reiches befragt wurden. Einige von ihnen brachten nun Dinge vor, die ganz ungereimt waren; die kundigsten jedoch weissagten: Die neugeborene Prinzessin werde eine vollkommene Schönheit werden und dabei bewundernswürdige Geistesgaben und Eigenschaften haben; aber ihre Schönheit werde so groß sein, daß man sie nicht ungestraft und ohne Gefahr, auf der Stelle des Todes zu sein oder wahnsinnig zu werden, anblicken könne; sie dürfte demnach Ursache des größten Unglücks werden und die verderblichsten Unfälle für das Reich bewirken, wenn man es unterließe, sie aller Augen zu entziehen, sobald sie fünfzehn Jahre alt geworden wäre.

Nach reiflichem Nachdenken über diese grausame Weissagung meinte der persische Sultan, daß es viel sicherer wäre, ein so gefährliches Wesen zu töten, als es stets zu bewachen, um all den Unglücksfällen vorzubeugen, die ihre Schönheit verursachen könnte.

Und er teilte diesen Entschluß der Sultanin mit. Die aber entsetzte sich darob; kaum vermochte sie ihren Schauder bei dem bloßen Gedanken zu verbergen, ihr Kind getötet zu sehen, und bat, daß man ihr solches selbst übertrage. Als nun der verhängnisvolle Augenblick kam, halfen ihre beiden Vertrauten, eine Amme und ein Verschnittener, daß das Kind, das dereinst so liebenswürdig werden sollte, nicht umgebracht, sondern gerettet und sorgfältig auferzogen wurde. Nachdem man dem Sultan den sehr verstümmelten Leichnam eines kleinen Mädchens vorgezeigt hatte, wurde die wahre Hurschid – diesen Namen hatte man der jungen Prinzessin gegeben – nach einem abgelegenen, jedoch nicht weit von der Hauptstadt entfernten Palaste gebracht, wo die Sultanin sie von Zeit zu Zeit besuchte. Sie sah mit Bewunderung die aufblühende Schönheit ihrer Tochter, die noch weit mehr versprach, als die Weissagungen verkündigt hatten. So vergingen vierzehn Jahre.

Als nun Hurschid in dem Alter war, wo der Geist sich entfaltet, zeigte sie den ganzen Umfang des ihrigen, indem sie mit bewunderungswürdiger Leichtigkeit alles lernte, was man für ihre Bildung zweckmäßig fand, und selbst die Dichtkunst. Zugleich besaß sie außer einer ungemeinen Geschicklichkeit in allen Arbeiten ihres Geschlechts auch erstaunliche Anlagen für die Musik und spielte kunstreich allerlei Instrumente. Doch begnügte sie sich nicht mit diesen schwachen weiblichen Übungen; denn als sie noch nicht sechzehn Jahre alt und überdrüssig ihrer Einsperrung war, fühlte sie sich ebenso stark, als sie schön war, und bewog ihre Amme und ihren Aufseher, die sie so liebenswürdig fanden, daß sie ihr nichts abzuschlagen vermochten, ihr Rosse zu verschaffen und ihr zu erlauben, sie zu reiten und unter dem Vorwande der Jagd und der Leibesübung in der Gegend umherzuschweifen. Übrigens gebrauchte sie bei dem Genuß dieses Vergnügens alle Vorsicht, daß sie von der Sultanin nicht überrascht werden konnte, und kehrte regelmäßig jeden Abend in ihren Palast zurück.

Indessen konnte sie nicht vermeiden, daß von ihren Ausritten gesprochen wurde. Man wußte, daß ein junges und wohlgebildetes Mädchen zuweilen hoch zu Roß das Gefilde durchstreifte; man erkannte ihren Begleiter, und mehr bedurfte es nicht, um das ganze Geheimnis zu enthüllen. Eifersüchtig auf die Gunst, in der Hurschids Mutter stand, verklagten sie die übrigen Frauen im Harim Siaûrs und beschuldigten sie, daß sie ihre Tochter nicht habe umbringen lassen. Der König von Persien geriet darüber in heftigen Zorn, und obschon es Nacht war, begab er sich auf der Stelle mit vier der zuverlässigsten Männer seiner Leibwache nach dem Palast, wo die junge Prinzessin verborgen war. Wütend und ingrimmig schlägt er an die Tür oder läßt sie vielmehr einstoßen. Der Verschnittene und die Amme eilen ihm entgegen; er gebietet ihnen mit drohender Strenge, ihm Hurschid vorzuführen, und während man forteilt, sie herbeizuholen, befiehlt er seinen vier Gefährten, sich bereit zu halten, seine Tochter und die hier zu ihrem Dienste bestellten Sklaven zu töten.

Endlich erscheint sie selbst, noch ganz in der Verwirrung einer Schönheit, die man eben aus dem Schlaf aufgeschreckt hat und der man ankündigt, daß sie in der größten Gefahr schwebe; aber wie schön ist sie! Besonders ihre Augen waren so strahlend, daß niemand ihren Glanz aushalten konnte, was auf der Stelle die vier Gefährten des Königs erfuhren. Strahlen der Sonne, die durch zwei Brenngläser scheinen, haben nimmer so furchtbare und plötzliche Wirkungen hervorgebracht, als es hier die Augen der Prinzessin auf die Männer taten: alle vier sanken ohnmächtig zu Boden. Der Sultan selbst fühlte sich nicht davor gesichert; aber sein Alter und seine Gemütsart und die königliche Würde und die Gewohnheit, schöne Augen zu sehen, vor allen die der Mutter Hurschids, die ihrer Tochter glich, wennschon sie ihr an Schönheit nicht gleichkam, endlich die väterliche Zärtlichkeit, solches alles schützte ihn vor stärkeren Zufällen. Er begnügte sich damit, jeden grausamen Vorsatz gegen seine Tochter aufzugeben, hob sie auf und umarmte sie zärtlich, verzieh der Amme und dem Verschnittenen und dankte ihnen sogar, daß sie ihm ein so holdseliges Kind erhalten hatten, und versprach, sie oft zu besuchen, manchmal auch mit ihrer Mutter. Er gab noch Auftrag, den Palast zu vergrößern und zu verschönern und mit allem zu schmücken, was dazu dienen könnte, den Aufenthalt darin angenehm zu machen. Aus Furcht indessen vor der Weissagung, die er schon durch das bewährt sah, was seinen Begleitern hier begegnet war, gebot er, auch fernerhin niemanden in den Palast einzulassen.

Sklaven trugen die vier ohnmächtigen Männer hinaus und legten sie auf den Rasen am Ufer eines Baches, dessen Frische dazu beitragen konnte, sie wieder ins Leben zu rufen. Wirklich kamen auch drei von ihnen wieder zu sich, der vierte aber war und blieb tot. Seine Gefährten priesen ihn fast glücklich, da er dessen überhoben war, ein trübseliges Leben im steten Gedenken der Prinzessin, ohne Hoffnung, sie je wiederzusehen, hinzuschleppen; und sie errichteten ihm im nächsten Gehölz ein Grabmal; auf den Stein aber, unter dem sie ihn beerdigten, gruben sie solche Grabschrift ein:

Grausame Könige, frevelnde Sterbliche, – Fürchtet des Himmels rächende Blitze;

Zärtliche Herzen, fürchtet zwei Augen! – Ihr Strahl allein kann zu Staub euch verwandeln.

Der hier ruht unter diesem Steine, – Hurschid sah er und starb durch sie:

Kosend der Flamme naht sich der Schmetterling, – Ach, und er stirbt, indem er getreu ist.

Nachdem sie sich also dieser traurigen Pflicht entledigt hatten, bestiegen die drei übrigen Gefährten ihre Pferde, die man ihnen zuführte, trennten sich voneinander und irrten wie auf gut Glück umher, indem sie sich jedoch immer weiter von dem Orte entfernten, der so verhängnisvoll für sie gewesen war; der eine zog gen Osten und der andre gen Westen, der dritte aber gen Norden.

Unterdessen fand sich Hurschid in dem erweiterten Palaste mehr beengt, als sie es zuvor gewesen war; da sie jetzt eine zahlreichere Wache und Dienerschaft umgab, war es ihr nicht möglich, unbemerkt das Roß zu besteigen und im Gefilde umherzureiten. Sie führte Klage darüber bei ihren vertrauten alten Dienern und bezeigte dabei so großes Herzeleid und Verlangen, daß der Verschnittene ernstlich darauf bedacht war, sie wieder froh zu machen. Er fand auch bald Mittel und Wege dazu. Er kannte einen unterirdischen Gang, der unter den Mauern und Gräben des Palastes hindurch in ziemlicher Entfernung von ihm ins freie Feld führte und bei dem Bach im Walde, von dem oben die Rede gewesen war, auslief. Der getreue Verschnittene nun benutzte den Augenblick, da die Wachen eingeschlafen waren, ließ zwei Pferde nach dem Ende des verborgenen Ganges führen und begleitete die Prinzessin auf ihren Lustritten einige Stunden lang im Mondschein; beide waren jedoch sorgfältig darauf bedacht, noch vor Sonnenaufgang und vor dem Erwachen der Wächter wieder heimzukehren.

Bei einem dieser nächtlichen Ausflüge bemerkte die Prinzessin am Eingang des Waldes ein Grabmal, das ihre Aufmerksamkeit anzog; sie ritt heran, las seine Inschrift, die wir schon gehört haben, und erkannte es als das Denkmal des durch ihre Schönheit getöteten Mannes. Die Betrachtungen, die beim Lesen dieser Grabschrift in ihr aufstiegen, stimmten sie trübe, dieweil sie nun inne wurde, daß ihre Reize gefährlich waren und allzu große Schönheit zuweilen ein Unglück sein kann; sie wollte dieses Ereignisses wegen, das zugleich ihr Mitleid erregte und ihrer Eitelkeit schmeichelte, auch ihre Frömmigkeit bezeigen. Als ihr Vater sie das nächste Mal besuchte, erklärte sie ihm, daß sie dem Propheten Elias ein Gelübde getan habe, dieweil sie es ihm zu verdanken glaube, daß sie aus der Gefahr befreit worden, in der sie geschwebt, als man sie habe töten wollen. Der

Sultan billigte ein so dankbares Gelübde und gestattete den Bau eines besagtem Propheten geweihten Bethauses an dem ihm bezeichneten Orte. Neben diesem aber wurde eine Einsiedelei für einen alten Derwisch oder Santom erbaut, der die Gebete in dem Heiligtum verrichten sollte; und man erlaubte der Prinzessin auch, zuweilen dorthin zu gehen, vorausgesetzt, daß sie gehörig verschleiert war.

Unterdessen nun war der von den drei Hauptleuten, der gen Westen gezogen war, nach Afrika und bis in das Königreich Mauretanien gekommen; sein Herz und sein Geist waren noch immer von Hurschids Bilde erfüllt. Die Liebe hatte ihn zum Dichter gemacht, und aus dem Stegreif schuf er Verse, in denen er die Reize der Prinzessin, die alle, die das Glück hatten, sie zu schauen, mit ihren Blicken tötete oder doch unheilbar verwundete, bis zum Himmel erhob. Asad – so hieß dieser umherirrende Hauptmann – ließ sich darüber in so starken Ausdrücken aus, dieweil er von einer heißen Leidenschaft beseelt war, daß er allgemeine Aufmerksamkeit erregte; und Prinz Ferahschad, der Sohn des Königs von Mauretanien, der auch davon hörte, wollte aus dem Munde des Fremdlings selbst die Wunder vernehmen, die dieser verkündigte. Er wurde dadurch von Bewunderung hingerissen und faßte den Entschluß, sich mit eignen Augen von einer so außerordentlichen Schönheit zu überzeugen.

Ferahschad war als Mann ebenso vollkommen wie Hurschid als Weib. Asad, dem er sich anvertraute, verbarg ihm nicht, daß, wenn irgend jemand der Prinzessin würdig wäre, er es sei; daß es aber sehr schwer hielte, sie zu sehen, und viel mehr noch, ihre Liebe zu gewinnen. Indessen konnte er es dem Prinzen nicht abschlagen, ihn auf der Reise nach Per-

sien zu begleiten, die dieser unter fremdem Namen machen wollte.
Ferahschad versah sich mit einer ungeheuern Menge Gold und Diamanten und köstlicher Kleinode, verkleidete sich als einfacher Mann und reiste so eines Nachts ab; Asad aber war sein Führer. Beide verfolgten ihren Weg nach Persien, während der alte König von Mauretanien untröstlich war, dieweil er nicht wußte, was aus seinem Sohne geworden. Er sandte in alle Himmelsrichtungen Leute nach ihm aus; aber die beiden Reisenden hatten, um sich noch besser zu verbergen, Derwischgewänder angelegt; und unter dieser frommen und zugleich lächerlichen Verkleidung erreichten sie die Hauptstadt Persiens.
Sie waren jetzt sehr nahe bei dem Palast der Prinzessin; die Schwierigkeit aber bestand nun darin, hineinzugelangen. Asad riet dem Prinzen, sich in dem benachbarten Wald zu verstecken, wo er das Grabmal seines Gefährten wiederfand und es von neuem mit Tränen benetzte. Und er bemerkte das daneben erbaute Bethaus; ihr Derwischkleid aber berechtigte sie, es zu betreten; so wurden sie denn von dem Greis, der zum Priester und Hüter desselben bestellt war, freundlich aufgenommen. Unter dem Vorwande einer besonderen Verehrung, die sie für den Propheten hegten, baten sie den Derwisch um die Erlaubnis, in dem Bethause bleiben und wohnen zu dürfen, erhielten aber zur Antwort, daß solches nicht anginge und daß sie in Lebensgefahr schwebten, wenn sie es wagten, dieweil die Prinzessin manchmal selbst des Nachts dahin käme, ihre Andacht zu verrichten, und niemand, der sie sähe, wenn es nicht ein abgelebter Greis wäre wie er, dem Feuer ihrer Augen, mindestens aber dem Schwert ihrer Leibwache entgehen

könnte. Der Prinz fügte sich scheinbar in die Entfernung, aber man kann sich wohl denken, daß er sich vornahm, in der Nähe zu bleiben, auf daß er die wunderbare Prinzessin sehen könnte, wenn sie den Ort besuchte, nach dem sie das Gebet zu dem Propheten Elias führte. Er versprach dem Greise, sich zu begnügen, jeden Tag etliche Male in das Heiligtum zu kommen; dabei stellte er noch mehrere Fragen über die Prinzessin, deren Beantwortung ihn mehr und mehr in Flammen setzte.

Einige Tage darnach fand der Greis die Gelegenheit, der Prinzessin zu erzählen, daß der wohlgebildetste und liebenswürdigste Derwisch, so jemals im Morgenlande gesehen worden, sein Bethaus besucht habe. Hurschid mutmaßte alsobald, dieser junge Derwisch wäre sicher jemand, der sich ihr zuliebe verkleidet hätte, und war um so weniger ungehalten darüber, als sie hörte, daß er liebenswürdig war.

Auf dem Heimweg von dem Bethaus aber begegnete sie dem Fremdling im Walde und nahte sich ihm, zwar verschleiert, doch Ferahschad erriet schon alles übrige aus der Schönheit ihrer Gestalt und der Lieblichkeit ihrer Stimme. Dieses erste Gespräch bestand nur aus einigen leichten Fragen, auf die der Prinz in großer Verwirrung antwortete, was die Prinzessin glücklicherweise zugunsten ihrer Reize auslegte. Ferahschad wurde so entflammt, daß er auf der Stelle leidenschaftliche Verse verfaßte, die er an der Tür des Bethauses aus seiner Tasche fallen ließ. Der Greis nahm sie auf und übergab sie der Prinzessin, die nicht säumte, bald wieder herzukommen, um ihre Andacht zu verrichten. Der Inhalt dieser Verse war so:

Nur durch Wolken sah ich die Sonne und bin schon vernichtet;
Ach, der Tod ist mein Los, erweckt ihre Glut mich nicht wieder.

Als Hurschid diese Verse aufmerksam gelesen hatte, wußte sie nur zu gut, woher sie kamen, und begab sich in das Innere des Heiligtums, wo sie, anstatt langer Gebete, sich damit befaßte, auf ihre Schreibtafel eine Antwort zu schreiben, die sie am Rande eines Gebüsches fallen ließ, in dem sie den jungen Derwisch versteckt wußte, dieweil er sie vorbeigehen sehen wollte. Sie lautete aber also:

Nicht will ich den Tod verschulden des jungen Derwischs;
Zu sehr fürcht ich den Zorn unserer heilgen Propheten;
Er lebe und hoffe dereinst noch ein glücklicheres Geschick!

Der Prinz war vor Freuden außer sich, als er eine so günstige Antwort las, und hatte sich in dem Heiligtum niedergeworfen, um dem Propheten Elias dafür zu danken, als er den getreuen Verschnittenen der Prinzessin eintreten sah, der sich ihm näherte und ihm eröffnete, daß er den Auftrag habe, ihn ganz heimlich in den Palast zu führen, den die Prinzessin bewohne; er werde ihn auch, ohne daß er von jemand gesehen würde, hineinbringen, und er sollte sich noch diesen Abend dazu bereit halten.

Man kann sich wohl denken, daß Ferahschad nicht ausblieb, nachdem er so vorsichtig gewesen war, es Asad zu verbergen und ihn in der Hütte zu lassen, die sie sich im Walde erbaut hatten.

Der Verschnittene führte ihn durch den unterirdischen Gang, der nur ihm allein bekannt war, und brachte ihn so in den Palast. Die Amme empfing ihn hier und führte ihn in ein Bad, wo sie ihm sein Derwischgewand abzulegen befahl. Nachdem sie ihn mit Wohlgerüchen überströmt hatte, ließ sie ihn in einen Saal treten, wo er die Prinzessin auf perlengestickten Kissen sitzen sah; sie war prächtig gekleidet, aber ein neidischer Schleier verhüllte ihr noch Augen und Antlitz.

Der Prinz von Mauretanien hatte sich mit einem reichen und glänzenden Schmuckkästchen versehen und überreichte es ihr mit zitternder Hand, indem er sein Gesicht vor ihr zu Boden neigte. Hurschid aber nahm es freundlich an, öffnete es und erstaunte ob der Größe und Pracht der Edelsteine, die es enthielt, und bestärkte sich in der Vermutung, daß er kein Derwisch war.
Mit lieblich tönenden Worten lud sie ihn zum Nachtmahl ein. Man brachte einen köstlich besetzten Tisch herein, und nachdem sich die beiden Liebenden einander gegenübergesetzt hatten, erlabten sie sich an den erlesensten Getränken und Gerichten. Während der Mahlzeit begann auf einen Wink die Musik, und in einem Nebenzimmer trugen zwei Chöre von Sklaven aus Katai in Begleitung von Instrumenten mehrere treffliche Gesänge vor.
Als das Mahl zu Ende war, schloß man das Gitterfenster, durch das sich die Musik hatte hören lassen, und brachte der schönen Prinzessin von Persien selbst eine schon völlig gestimmte Laute, auf der sie alsogleich ein höchst schwieriges und zugleich ebenso wohltönendes Musikstück spielte und dann ein sehr zärtliches bekanntes persisches Lied dazu sang.
Der Prinz von Mauretanien äußerte hierauf den Wunsch, nun auch seine Geschicklichkeit zeigen zu dürfen, und empfing die Laute aus den Händen der schönen Prinzessin, dichtete auf der Stelle dieses Lied und sang es mit Begleitung des Saitenspiels:

»Des unsterblichen Phönix Schönheit besitzest du – Wie des Adlers durchdringendes Auge und seine edle Hoheit
Und der Nachtigall süß klagende Stimme: – Hast du auch wohl der sanften Taube Zärtlichkeit?«

Ohne sich mit höflichen Reden über seinen vollkommenen Gesang aufzuhalten, griff Hurschid mit ebensoviel Begeisterung wie Anmut abermals in die Saiten und antwortete mit einem Gesange in folgenden Worten:

»Ist mir die glückliche Gabe, zu bezaubern, geworden, – So habe ich sie, ich fühl es, nicht, um die Welt zu verwüsten:

Wenn mir mein Spiegel sagt, daß ich gefalle, – So saget mein Herz mir, daß ich lieben muß.«

Sobald sie ausgesungen hatte, stand die schöne Hurschid auf und begab sich in ein kleines Nebengemach, ohne jedoch die Tür hinter sich zuzumachen, was dem verliebten Ferahschad hinreichend kundtat, daß er ihr dahin folgen dürfte; und er unterließ es wahrlich nicht.

Das Gemach war köstlich, aber der Prinz von Mauretanien hatte für nichts Augen, was nicht Hurschid selbst anging, und warf sich ihr zu Füßen und bat sie flehentlich, ihm endlich ihr göttliches Antlitz, die reizenden Züge und die strahlenden Augen zu zeigen, deren Glanz nur durch den Schleier schimmerte.

»Ach,« antwortete sie seufzend, »ich fürchte den unseligen Zauber, der diesen Augen verliehen ist; ist dir ihre furchtbare Wirkung auf die, die sie zum erstenmal erblicken, nicht bekannt?«

»Gewißlich,« antwortete der vorgebliche Derwisch, »aber welch seligeren Tod kann ich mir wünschen? Ist es nicht ruhmwürdiger, dich anschauend zu sterben, als in der Schlacht das Leben zu lassen?... Aber nein, wie du vorhin selbst sagtest, kann der Zauber deiner Augen einem Manne nicht verderblich werden, der dich schon anbetet und den du vielleicht zu lieben geneigt bist.«

Die Prinzessin ließ sich mit Mühe bereden: endlich lüftete

sie ihren Schleier, und der Prinz fiel geblendet rücklings in tiefe Ohnmacht nieder.

Welchen Schmerz empfand Hurschid bei diesem Anblick! Sie glaubte jetzt keine Rücksicht mehr nehmen zu dürfen, sondern stürzte sich auf den Geliebten und bedeckte ihn mit Küssen.

Glücklicherweise hatte derselbe Zauber, der den Augen Hurschids die Macht verlieh, die zu töten oder tödlich zu verwunden, die sie zum ersten Male sahen, auch ihren Küssen die Kraft gegeben, sie wieder ins Leben zu rufen. Solches bewährte sich an Ferahschad; bald kam er wieder zu sich und gab ihr durch das innigste Entzücken seine Dankbarkeit und seine Liebe zu erkennen.

Man kann sich leicht vorstellen, wie hinreißend diese erste herzliche Unterhaltung zwischen zwei so füreinander geschaffenen Liebenden sein mußte. In einigen ruhigeren Augenblicken entdeckte Ferahschad der Prinzessin seinen Stand und seine Geburt. Hurschids Liebe zu ihm wäre jetzt noch größer geworden, wenn es möglich gewesen wäre; aber sie war schon so überschwenglich, daß beide die größte Mühe der Welt hatten, sich zu trennen, als die gute Amme hereinkam, um sie zu erinnern, es wäre an der Zeit, daß der Prinz sich entfernte und durch den unterirdischen Gang wieder nach seiner Hütte ginge. Dazu mußten sie sich entschließen und machten untereinander aus, daß sie sich nur von Zeit zu Zeit sehen wollten, dieweil sie nicht ohne Gefahr täglich zusammenkommen konnten.

Aber schon am nächsten Morgen waren beide ungeduldig, wieder beieinander zu sein, und Hurschid konnte sich nicht enthalten, an ihren Liebsten zu schreiben und ihn aufzufordern, bald wieder zu ihr zu kommen. Sie gab dem Verschnittenen das Schreiben zu bestellen, dessen Inhalt folgender war:

›*Die Rebe spricht zur Ulme: Komm und umschlinge mich mit deinen Ästen; welch köstliche Früchte werden aus unserer Umarmung hervorgehen!*

Der Amber spricht zu dem goldigen Strohhalm: Ich ziehe dich an, ich rufe dich, du hast dich mir genähert: verwünscht sei der Augenblick, der uns wieder getrennt!

Der Stahl spricht zum Magnet: Wie hart ich bin, hab ich mich doch nicht erwehren können, mich mit dir zu vereinigen; eine süße Anziehung treibt uns zueinander: ach, nie mehr, wenn's möglich, wollen wir uns trennen!‹

Die Antwort, die Hurschid erhielt, war nicht minder zärtlich als ihr Brief und sagte:

›*Du bist meine Sonne, und ich will dein Schatten sein.*

Schönes Gestirn, Stern der Liebesgöttin! ich will dein treuer Mond sein.

Vollstrahlender Mond! ich will nur unter deinem segensreichen Einfluß leben.‹

Am nächsten Tage schon kam Ferahschad durch den geheimen Gang wieder zu der Prinzessin, und beide richteten es nun so ein, daß sie sich fortan nicht wieder zu trennen brauchten. Ferahschad blieb mit großer Vorsicht in dem Nebenzimmer der Prinzessin verborgen, wurde hier mit den köstlichsten Gerichten versorgt und konnte nun den größten Teil des Tages um seine Geliebte sein.

Asad bestimmte man, allein in der Einsiedelei zu bleiben und dort ruhig weitere Kunde von seinem Herrn abzuwarten. Er begab sich von Zeit zu Zeit in das Bethaus, um ihn dem Schutze des Propheten Elias zu empfehlen; und obwohl er sich noch manchmal mit Vergnügen Hurschids schöner

Augen erinnerte, so tröstete er sich jedoch, daß er sie nicht wiedersah, dieweil er wohl fürchtete, diese Augen könnten ihm vollends das Leben rauben, ohne auf eine Wiedererweckung hoffen zu lassen.

So verlebten die beiden Liebenden mehrere selige Monate, einzig miteinander beschäftigt; endlich aber wurde das Schicksal eifersüchtig auf ihr Glück, und es wurde gestört.

Man wird sich erinnern, daß die drei wieder ins Leben gekommenen Hauptleute von der Leibwache des Königs Siaûr nach verschiedenen Weltgegenden voneinander schieden, und während nun Asad auf seinem Zuge gen Westen nach Mauretanien gekommen war, kam der, der gen Osten zog, nach Karakatai oder dem Lande der Tataren, über die ein grausamer und wilder und gottloser König herrschte namens Bogakan, der einen ebenso boshaften Wesir hatte, mit Namen Toromtai. Die Hauptstadt dieses Reichs aber war groß und volkreich. Als der Perser hier bis auf einen weiten Platz gelangt war, sah er eine große Volksmenge um einen berühmten Sänger versammelt, der alle Hilfsmittel seiner Kunst aufbot und verschiedene Lieder auf mannigfaltige Weisen sang. Der Künstler begann endlich aus dem Stegreif die Beschreibung einer vollkommenen Schönheit und schilderte dann so herrlich die Liebe, die er bei ihrem ersten Anblick empfunden zu haben vorgab, daß der persische Hauptmann in der ausdrucksvollen Schilderung des tatarischen Sängers plötzlich seine eigene wahrhafte Empfindung wiedererkannte. Da erinnerte er sich lebhaft der schönen Hurschid und ihrer Züge und ihrer Augen, deren Glanz eine so furchtbare Wirkung hervorbrachte, und stieß einen lauten Schrei aus und sank in Ohnmacht. Dieser Vorfall erregte die Aufmerksamkeit des Volks und auch des Sängers; der gewandte Mann befragte nun selbst den persischen Hauptmann, und nachdem er sein Abenteuer vernommen hatte, schmeichelte es ihm, daß er durch die Schilderung einer erdichteten Liebe die wahrhafte Leidenschaft in einem Herzen wieder erneut hatte. Und er nahm sich des unglücklichen Fremdlings an; der aber bat ihn, ihn mit den Geheimnissen seiner Kunst vertraut zu machen, dieweil er mit Recht überzeugt war, daß er, als von einer glühenden Liebe durchdrungen, sie noch besser ausdrücken würde als andre, die diese Gefühle nicht erfüllten. Wenige Lehrstunden genügten, um den liebesiechen Perser in den Stand zu setzen, mit Begleitung der Laute die Reize der schönen Hurschid auf eine Weise zu besingen, daß es die unempfindlichsten Herzen rühren und den feinsten Geschmack befriedigen mußte. Bald übertraf er seinen Lehrmeister bei weitem. Selbst der Beherrscher des Landes war neugierig, ihn zu hören, und ließ ihn in seinen Palast kommen. Mit Vergnügen hörte er ihm zu und fragte ihn, ob denn wirklich eine solche Schönheit lebe wie die, deren Reize er so schildere und verherrliche. Ohne jede dichterische Einkleidung versicherte der Sänger hierauf sehr entschieden, daß sie allerdings lebe und es die Prinzessin Hurschid sei, die Tochter des Königs Siaûr. Auf der Stelle entbrannte Bogakan für sie, denn er war einer der hitzigsten Liebhaber des schönen Geschlechts, die jemals die Tatarei hervorgebracht hat, und wollte durchaus die Prinzessin sehen, ja sie besitzen. Nachdem er sich vielmals die Geschichte der Schönen hatte wiederholen lassen und was von ihr geweissagt worden war, wie ihr Vater sie in dem kleinen Landpalast wiedergefunden, wie sie den Tod des einen der vier Begleiter des Königs verursacht und auf die übrigen einen solchen Eindruck gemacht, und nachdem er endlich alle seine Gedanken hierüber seinem Großwesir Toromtai mitgeteilt hatte, beschloß er, diesen nach Dschenabad zu schicken, um förmlich um die Prinzessin von Persien anzuhalten.

Nie gab es eine glänzendere Gesandtschaft: der tatarische Wesir erhielt ein Gefolge und einen Troß wie ein König; man gab ihm so kostbare Geschenke mit, daß sie für Schätze gelten konnten. Der nun kam in Persien an und hegte gar keinen Zweifel an dem Erfolg seiner Sendung und brachte seine Werbung bei dem guten Könige Siaûr mit dem Stolz eines Ministers an, der den Leuten eine Ehre zu erzeigen wähnt, wenn er ihnen die Befehle seines Herrn kundtut.

Der König von Persien fühlte sich dadurch mehr in Verlegenheit gesetzt als geschmeichelt. Nachdem er den Abgesandten ehrenvoll aufgenommen hatte, erbat er sich eine Frist, um eine so wichtige Angelegenheit zu überlegen. Er beriet solches erst mit der Sultanin, Hurschids Mutter, und dann auch mit ihr selbst. Die eine wie die andere baten ihn inständig, ihnen das Herzeleid einer so widerwärtigen Verbindung zu ersparen; und in der Tat war der König Bogakan, wenn man nach seinem Wesir auf ihn selbst schloß, ein solcher Fürst, daß man sich ebensosehr scheuen mußte, ihn zu heiraten, als ihn zu bekriegen. Der gute König Siaûr war ganz der Meinung seiner Gemahlin und seiner Tochter; doch war er in großer Verlegenheit, wie er seine abschlägige Antwort geben sollte. Um sich die Unannehmlichkeit zu ersparen, sie dem Gesandten mündlich zu erteilen, wählte er einen Ausweg, entließ ihn mit freundlichen Abschiedsworten, überhäufte ihn mit Geschenken und übergab ihm ein versiegeltes Schreiben an den König, seinen Herrn.

Der Gesandte zweifelte keinen Augenblick daran, daß die

Antwort den Wünschen seines Herrn entsprach, und reiste mit ihr wieder nach der Tatarei. Als er heimgekommen war, übergab er die Geschenke samt dem Schreiben des Königs Siaûr seinem Herrn, der höchlich erstaunte, als er darin eine förmliche Ablehnung vorfand, die entschuldigt wurde mit dem Herzeleid, das Hurschids Entfernung dem Könige, ihrem Vater, verursachen würde, und durch das Gelübde, so sie dem Propheten Elias getan, sich nicht zu verheiraten.

Kurz darauf sind dreimalhunderttausend Tataren auf den Beinen und überschwemmen Persien; sie sind ganz mit Eisen bedeckt, und noch härter als ihr Harnisch sind ihre Herzen; Bogakan und Toromtai aber stehen an ihrer Spitze. Sobald sie die Grenzen von Siaûrs Reich überschritten haben, brennen und sengen sie, töten und plündern alles, was ihnen zur Hand kommt; die wenigen unglücklichen Einwohner aber, die dem Schwert und der Knechtschaft entrinnen, flüchten nach Dschenabad und verbreiten dort die größte Bestürzung.

Der Sultan verhandelte mit seinem Diwan, dessen Meinungen jedoch geteilt waren; die einen wollten eine Schlacht schlagen, die anderen wollten lieber den Frieden durch Hurschids Überlieferung an den Tataren erkaufen als sich den Fährlichkeiten des Kriegs aussetzen.

Der König ließ schleunigst alle Streitkräfte seines Reichs versammeln und begab sich zu seiner Tochter nach dem Palast.

»O meine geliebte Tochter,« sprach er zu ihr, »alles ist verloren, wenigstens steht alles auf dem Spiele!« Zugleich unterrichtete er sie von dem Einfall Bogakans und von den Beweggründen und Forderungen dieses Wüterichs.

Ohne das Geheimnis, das ihr Gemach verbarg, zu entdecken, antwortete Hurschid ihrem Vater nur ganz kaltblütig: »O Vater, laß die Tataren nur immer herankommen. Allah ist gerecht, und unsere Sache ist gut.«

Der Sultan konnte die Ruhe seiner Tochter nur für ein Zeichen ihrer geringen Erfahrung in den Begebenheiten dieser Welt halten. Indessen brachte er sein Heer zusammen; und als er vernommen hatte, daß Bogakans Heer schon bis zu der Stadt Amanabad vorgedrungen war, die nur etliche Tagereisen von Dschenabad entfernt lag, ließ er angreifen, und dies erste Mal errangen die persischen Truppen einigen Vorteil. Durch solchen Erfolg mutig geworden, behandelte der König von Persien die Gesandten des tatarischen Königs, die noch einmal seine Tochter als einzige Friedensbedingung forderten, sehr schnöde: er ließ dem vornehmsten von ihnen, namens Sirtak, den Schopf samt dem Knebelbart abschneiden, was der härteste Schimpf für einen Tataren und die größte Beleidigung ist, die man im ganzen Morgenlande einem Gesandten nur antun kann. Bogakan nun geriet darob in Wut und war von Stund an des Sultans unversöhnlicher Feind.

Das tatarische Heer setzte seinen Marsch gegen Persiens Hauptstadt fort, und Sirtak ließ die tapfersten Streiter in Siaûrs Heere zum Zweikampf herausfordern. Er war, obwohl ihm der Bart abgeschnitten, ein furchtbarer Krieger; und selbst die Schnelligkeit, mit der binnen wenigen Tagen sein Bart wieder wuchs, bewies seine große angeborene Kraft. Siaûr erwählte nacheinander drei Kämpfer aus seinem Heer, die die übermütige Herausforderung Sirtaks beantworten sollten, aber alle drei, obwohl sie die tapfersten im ganzen Heere waren, wurden von Sirtak besiegt.

Endlich erschien in dem persischen Lager eine Art Riese namens Sigan, der aus den Wäldern Hirkaniens stammte und den König versicherte, er sei imstande, es mit jedem aufzunehmen, der ihm entgegentrete, und werde endlich auch den Sirtak besiegen.

Wirklich hielt er Wort: nach einem furchtbaren Zweikampf schleppte er seinen Gegner gefangen in das persische Lager herüber.

Bogakan geriet in neue Wut. Sein Wesir Toromtai erinnerte ihn, daß er unter Anführung des tapfern Serddschan, des Unterkönigs der Tatarei, neue Hilfsscharen erwarte; der werde zweifelsohne den Sigan abtun. Wirklich kam dieser furchtbare Krieger nächsten Tages im Lager an; der aber kämpfte gewöhnlich auf einem gezähmten Elefanten, den er ebenso schnell und leicht wie ein numidisches Streitroß ansprengen und abschwenken ließ. Man unterrichtete ihn von der Lage der Dinge, und bald erschien er zwischen den beiden Heeren im Felde und forderte Sigan heraus.

Dieser ließ sich durch das Ungeheuer, auf dem sein Gegner zum Kampfe daherritt, nicht abschrecken und antwortete, auf seinem hirkanischen Rosse fürchte er weder Ungetüme noch Eisenfresser, und mit Anbruch des Tages werde er sich unfehlbar zum Kampfe einstellen.

Er blieb nicht aus; und die beiden Heere waren Zeugen eines wunderwürdigen Zweikampfs. In einer Hand eine Keule, in der andern ein Schwert und den Zügel seines Streitrosses zwischen den Zähnen haltend, hieb Sigan erst dem Elefanten den Rüssel ab, zerschmetterte ihm dann den Kopf und tötete ihn so. Der Tatar sprang leicht auf den Boden und gedachte nun den Zweikampf mit ihm fortzusetzen; der großmütige Hirkanier aber wollte seinen Vorteil nicht ausnutzen und erbot sich, den Kampf bis zum andern Tage zu verschieben, wenn Serddschan noch einen zweiten Elefanten zur Hand hätte. Dieser hatte wirklich noch einen und erschien anderen Tages auf ihm. Sigan aber hatte eine heimliche Kriegslist im Sinne, deren jener sich nicht versah: er hatte nämlich anstatt seines Streitrosses ein anderes Untier bestiegen, das von Natur der furchtbarste Feind des Elefanten ist, nämlich ein Nashorn. Dieser zweite Gang war eigentlich ein Kampf der beiden ungeheuren Tiere; das des Persers wußte nach manchen Wendungen dem des Tataren eine Flanke abzugewinnen, schlug dem Elefanten sein Horn gewaltig in den Bauch und brachte ihm eine so große und tiefe Wunde bei, daß seine Eingeweide alsogleich hervordrangen. Das Nashorn verdoppelte seine Angriffe, zerfleischte ihn vollends und versetzte ihm den Todesstoß. Der unglückliche Serddschan aber wurde von dem unter ihm zusammenstürzenden Untier, das sich sterbend auf dem Boden wälzte, zermalmt.

Doch das Tatarenheer war herbeigeeilt, Sigan wurde umringt, überwältigt und mit seinem Nashorn gefangengenommen. Folgenden Tages ward er gegen Sirtak ausgewechselt, wobei ausgemacht wurde, weder der eine noch der andere sollte fürder im Zweikampfe kämpfen, auf daß nicht beide Heere ihrer tapfersten Streiter beraubt würden.

Als die Sachen also standen, ließ der furchtbare Bogakan durch zwölf Herolde mit ebensoviel Bläsern ausrufen, daß er selbst mit Siaûr den Zweikampf wagen wolle, auf daß der Krieg durch den Tod des einen oder des andern beendigt würde. Er fügte noch hinzu, wenn Siaûr den Zweikampf verweigere, würde er wahrlich seinem Perservolk damit beweisen, daß es einem Feigling gehorchte, der unwürdig wäre, es zu beherrschen.

Der Sultan aber erschrak ob dieser Herausforderung und begab sich voll lebhafter Besorgnis in seinen Palast; und er sprach davon zu der Sultanin, Hurschids Mutter; diese beeilte sich nun, ihre Tochter davon zu benachrichtigen.

»Beruhige den Sultan, meinen Vater,« erwiderte die hochherzige Prinzessin, »und sage ihm, ich habe diese Nacht einen Traum oder vielmehr eine Offenbarung des Himmels gehabt, die verkündigt, daß morgen abend Bogakans Kopf sicherlich vom Rumpfe getrennt im Staube rollen wird. Bitte nur den König, das Heer morgen in Schlachtordnung aufzustellen und ein von den übrigen abgesondertes Zelt errichten zu lassen; ein junger, furchtbarer Streiter wird aus ihm hervortreten und die den Persern zugefügten Unbilden an den Tataren rächen.«

Diese trostreiche Weissagung aus dem Munde einer jungen Prinzessin, die die ganze Freude und Hoffnung ihrer Eltern war, beruhigte ihre Mutter und wurde ihrem Vater, dem Sultan, gemeldet, der das Zelt alsogleich aufschlagen ließ.

Während der Nacht wurde auf beiden Seiten alles vorbereitet.

Hurschid teilte ihrem geliebten Ferahschad ihren Entschluß mit und sprach zu ihm: »Ich würde dir die Ehre der Besiegung Bogakans überlassen, hätte ich nicht ein Mittel, wodurch ich ihn unfehlbar zu Boden schlagen werde und das ich allein anwenden kann; du aber sollst die Ehre und den Vorteil dieses Sieges davontragen. Folge mir!«

Nachdem sie ihren getreuen Verschnittenen um ihr Vorhaben hatte wissen lassen, gingen sie zu dritt durch den unterirdischen Gang, von dem schon die Rede gewesen ist, zu Asads Behausung neben dem Bethause des Propheten Elias. Dort nun legte das Liebespaar glänzende und vollkommen gleiche Rüstungen an; Asad und der Verschnittene, ebenfalls gleich gekleidet, folgten ihnen als Waffenträger. Alle vier begaben sich bei Nacht in das aufgeschlagene Zelt; mit Tagesanbruch aber war es Hurschid, die, allen Bitten und Vorstellungen und Besorgnissen Ferahschads zum Trotze, in voller Rüstung zum Kampf gegen Bogakan aus ihm hervortrat. Bald sah man auch ihn stolz auf dem Kampfplatze einhersprengen. Die Prinzessin von Persien ritt in nicht minder stolzer Haltung heran, ihre zarte und schlanke Gestalt zwar und ihre glänzende Rüstung, und ihr weiß und grün und rosenfarbener Federbusch, und ihr leichtes Pferd, das mehr das Ansehen eines gemächlichen und zierlichen Zelters denn eines Streitrosses hatte, – alles dies war nicht gerade geeignet, dem Tataren Schrecken einzujagen; indessen konnte er sich der Verwunderung darob nicht erwehren. Sein schöner Feind zog das Schwert und ritt dicht heran, aber anstatt es zu schwingen, senkte er es und redete ihn mit folgenden Worten an:

»O König Bogakan, du erkennst ohne Zweifel, daß es nicht Siaûr ist, mit dem du zu kämpfen hast, aber es ist sein anderes Selbst; wisse, seine Tochter ist es, dieselbe Hurschid, die du mit Gewalt zum Weibe haben willst und in die du dich auf die bloße Erzählung von ihrer Schönheit hin verliebt hast. Ich werde dich nunmehr in den Stand setzen, dich mit eigenen Augen zu überzeugen, ob jene Erzählungen dich nicht getäuscht haben; und ich will auch sehen, ob du meiner würdig bist. Schlage das Visier deines Helmes auf und binde ihn los; ich aber will desgleichen tun.«

Der unbesonnene Bogakan zauderte keinen Augenblick und

zeigte der Prinzessin ein fürchterliches Angesicht. Hurschid ihrerseits ließ ihm ihre ebenso schönen wie verderblichen Augen entgegenblitzen, deren Strahlen ihn genauso plötzlich wie unvermeidlich trafen. Der Tatarenfürst ließ sein Schwert sinken, die Sinne vergingen ihm, und er sank zu Boden, und selbigen Augenblicks schlug Hurschid ihm den Kopf herunter.

Bei solchem Schauspiel stieß das tatarische Heer ein entsetzliches Geschrei aus und ergriff bestürzt die Flucht; das persische Heer verfolgte es nun und ließ nicht eher von ihm ab, als bis der Feind die Grenzen Persiens gänzlich geräumt hatte.

Unterdessen ergriff die Siegerin das Haupt ihres Gegners und ritt schleunig nach dem Zelte zurück, in dem Ferahschad sie erwartete.

»O Prinz,« sprach sie zu ihm, »nunmehr gebührt es dir, die Früchte meines Sieges zu ernten; ich habe den Kampf nur für dich unternommen: tritt mit diesem Kopfe in der Hand vor den König, meinen Vater, hin und verlange von ihm Hurschid zum Lohne; sie kommt dir zu. Ich aber begebe mich durch den geheimen Gang wieder in mein Schloß und will fortan nur eine ihren Eltern unterwürfige Tochter und eine einzig ihrem geliebten Manne sich hingebende Gattin sein.«

Der Prinz von Mauretanien wollte ihr über dies alles viel Erhebendes und Bewunderndes sagen, aber es wurde ihm klargemacht, daß die Augenblicke kostbar seien. Er verließ also mit Asad das Zelt, wurde von dem ganzen Heere, das die Ähnlichkeit der Rüstung und Kleidung täuschte, als der Sieger Bogakans erkannt und im Triumph nach Dschenabad in den Palast Siaûrs geleitet.

Man kann sich wohl denken, daß er hier als des Reiches Retter empfangen wurde; man erklärte ihm, daß für den geleisteten Dienst keine Belohnung zu groß wäre. Er aber verlangte keinen andern Lohn als die Hand der Prinzessin, und man antwortete ihm, daß er ihrer wahrhaft würdig sei. Man machte ihm gleichwohl bemerklich, daß er den ersten niederstrahlenden Anblick Hurschids zu fürchten habe. Er hütete sich nun wohl, zu sagen, daß er schon längst die Wirkung ihrer Augen erfahren, vielmehr äußerte er sich mit so viel Ehrfurcht und Zartgefühl über die schöne Hurschid, als wenn er immer nur von ihr hätte reden hören, und zeigte sich völlig entschlossen, die Gefahr ihres Anblicks zu bestehen. Man gab ihm daher zuletzt die größte Hoffnung, mit der Erbin des Reiches vermählt zu werden.
Doch bald beschlossen die Wesire und Großen des persischen Reiches, die eifersüchtig auf den hohen Rang waren, zu dem dieser Fremdling erhoben werden sollte, über dessen Stand und Herkunft Verdacht zu erregen. Ferahschad hatte nicht verschwiegen, daß er der Königssohn von Mauretanien sei, aber er hatte niemanden aus seinem Lande bei sich. Vergebens erzählte er, durch welchen Zufall er von Hurschids Schönheit gehört hatte; vergebens berief er sich auf seinen Gewährsmann, den Hauptmann von Siaûrs Leibwache, den der König selbst wiedererkannte; vergebens zeigte er einige Kleinode und kostbare Steine vor, die er aus seinem Lande mitgebracht hatte; man überzeugte sich dadurch nicht oder wollte sich vielleicht nicht überzeugen lassen.
Endlich ließ der König von Persien den Prinzen Ferahschad rufen und ihn neben sich auf dem Thron sitzen; dann aber sprach er zu ihm: »O Prinz, dein edles Wesen und die Tapferkeit, die du bezeigt hast, haben mich selbst hinläng-

lich von deiner hohen Geburt überzeugt, aber die Völker, die ich beherrsche, verlangen, daß du noch augenscheinlichere Beweise dessen bringst, bevor sie es gutheißen, daß ich dir meine Tochter zusage. Meiner Wesire einer, der ein sehr kundiger und weitgereister Mann ist, sagt, im Schatze des Königs von Mauretanien befinde sich ein ganz einziges Kleinod, nämlich ein Karfunkel, der ein so starkes Licht verbreite, daß man auf tausend Schritte um ihn her den hellsten Tag oder doch den schönsten Mondschein zu sehen wähne.«
Ferahschad bestätigte nun, daß dieser köstliche Stein sich in dem Schatze seines Vaters befände.
»Wohlan, o Prinz,« fuhr Siaûr fort, »wir sind überzeugt, daß dein Vater sich nicht weigern wird, dir seinen Karfunkel anzuvertrauen und dich mit diesem Wunderkleinod wieder herkommen zu lassen; wir wollen die erfreuliche Wirkung desselben bewundern und werden dann nicht mehr an deiner Herkunft zweifeln, und du sollst mit Zustimmung von ganz Persien meine Tochter erhalten.«
Ferahschad wagte nicht, die ihm gestellten Bedingungen abzulehnen. Da er indessen den Beweis, daß er des Besitzes der Prinzessin von Persien würdig sei, so weit herholen sollte und dabei fürchtete, sein Vater würde etwa Schwierigkeiten machen, diesen wunderbaren Karfunkel aus seinem Reiche zu geben, ging er abends durch den geheimen Gang zu seiner Prinzessin und teilte ihr seine Besorgnis und die Verzweiflung mit, daß er genötigt wäre, von ihr zu scheiden. Die Tränen beider Liebenden vermischten sich miteinander; sie aber besprachen sich über alles und sahen endlich ein, daß sie sich trennen mußten. Der Prinz rechnete aus, daß die Reise höchstens drei Monate dauern könnte,

da er nur einen brauchte, um nach Mauretanien zu gelangen, einen, um dort zu verweilen, und einen zur Rückkehr, worauf ihrer beider Glück gesichert wäre.
In dieser Hoffnung trafen die beiden Liebenden ihre Verabredungen. Mit großer Zärtlichkeit schieden sie voneinander. Nach einigen Tagen machte sich der Prinz auf den Weg und gelangte wirklich im Verlauf eines Monats in seine Heimat. Ereignisse aber, deren er sich nicht versah, verzögerten einige Zeit seine Rückkehr nach Persien.
Er fand seinen Vater in einen grausamen Krieg mit dem Könige von Numidien verwickelt. Die Numidier, ein wildes, wanderndes Volk, dabei aber streitbar und zahlreich und über ein sehr weites Land verbreitet, hatten unter einem nichtigen Vorwande die Mauretanier angegriffen. Vergebens hatte der König ihnen seine Scharen entgegengestellt, sie waren in mehreren Treffen geschlagen worden; die Numidier hatten alle Grenzfesten eingenommen und waren bis in das Herz des Reiches vorgedrungen. Die Hauptstadt selbst war bedroht, und der Prinz Ferahschad kam gerade zur rechten Zeit, um den Mut der väterlichen Untertanen aufs neue zu beleben. Nachdem er seinen alten Vater herzlich umarmt hatte, kam er ihm alsogleich zu Hilfe, stellte sich an die Spitze seines Heeres und bekämpfte die wilden Feinde erfolgreich und zwang sie allmählich, alles von den Untertanen seines Vaters eroberte Land wieder zu räumen; nachdem er so sein Vaterland wieder befreit hatte, stand ihm nunmehr des Feindes Land offen. Er fiel ein und verfolgte die Numidier so nachdrücklich und erfolgreich und so weit, daß er am Ende gar das Königreich Numidien eroberte, das von großem Umfange und sehr volkreich war, wennschon sich in seiner Mitte viele Wüsten befanden.

Siegreicher dem Könige von Numidien gegenüber, als dieser es dem von Mauretanien gegenüber gewesen war, belagerte er dessen Hauptstadt und nahm sie im Sturm; der Numidierfürst aber verlor hierbei das Leben. Hierauf unterwarf sich sein ganzes Reich dem Sieger; er sicherte dem Könige, seinem Vater, den neuen Besitz so schleunig wie möglich und kehrte heim, um ihm die Huldigung dieser neuen Krone darzubringen: er fand ihn jedoch in den letzten Zügen liegend. Er tat alles mögliche für ihn, erwies ihm die letzten Ehren und ordnete die Angelegenheiten seines weitläufigen Reiches. Erst nachdem er alle diese unaufschiebbaren Geschäfte erledigt hatte, konnte er an die schöne Prinzessin Hurschid und an den Karfunkel denken, den er zum Beweise seiner mauretanischen Herkunft nach Persien bringen sollte.

Ein volles Jahr war seit seiner Abreise aus Dschenabad verlaufen, welche Zeit jedoch für die Menge der Begebenheiten, die sich seit seiner Heimkehr in Afrika zugetragen, keineswegs zu lang war. Endlich nahm er den berühmten Karfunkel, nachdem er ihn recht erkannt und selbst noch einen Versuch mit ihm angestellt hatte, barg ihn in ein reiches Kästchen, erwählte eine Schar von zweitausend Reitern, halb Mohren und halb Numidier; und in seinem Gefolge mit allem ausgerüstet, um am Hofe zu Dschenabad ein prächtiges Fest veranstalten zu können, wenn er es angemessen fände, sich zu erkennen zu geben, reiste er ab, nachdem er die Reichsverwaltung klugen Staatsmännern und erfahrenen Feldherrn übertragen und seinen Völkern erklärt hatte, daß er bald wiederkehren und die schönste Königin heimführen werde, die jemals auf den Thronen von Asien und Afrika geglänzt habe.

Er nahm auf dem Wege und bis nach Persien hinein den Namen eines Königs von Numidien an; und diesen führte er mit Recht, dieweil das numidische Reich weit größer war als das mauritanische; übrigens wollte er sich nicht sogleich als jenen Prinzen von Mauretanien ankündigen und zu erkennen geben, dessen Echtheit man in Zweifel gezogen hatte.

Und er brauchte nicht längere Zeit zu seiner Rückkehr nach Persien als zur Reise von Dschenabad nach Mauretanien, und doch fehlte nicht viel, und er kam zu spät. Um nun die neuen Widerwärtigkeiten, die ihn bedrohten, zu verstehen, ist nachzuholen, was sich in Persien seit seiner Abreise zugetragen hatte.

Ich habe schon erzählt, daß von den drei Hauptleuten der Leibwache Siaûrs, die die niederstrahlende Wirkung von Hurschids Augen überlebt hatten, der erste nach Afrika, der zweite nach Karakatai an den Hof Bogakans und der dritte, der gen Norden zog, in das chinesische Reich gelangt war. Noch immer von dem Bilde Hurschids erfüllt und bewegt, trat er hier in der Hauptstadt des Reiches in die Werkstatt eines Bildnismalers, der besonders als Frauenmaler einen Namen hatte. Und er sah hier mehrere Gemälde dieser Art, von denen einige nach dem Leben, andere nach der Einbildungskraft des Künstlers gemalt waren.. Aber obwohl alle liebliche Gebilde darstellten, war doch kaum eines darunter, das einige entfernte Züge von den Reizen der Prinzessin von Persien aufwies. Kafur, so hieß dieser dritte umherirrende Hauptmann, stieß, als er sie betrachtete, tiefe Seufzer aus und vergoß einen Strom von Tränen. Der Maler fragte ihn um die Ursache seiner Betrübnis, und Kafur machte ihm eine so glänzende und zugleich so rührende

Schilderung von der Schönheit Hurschids und ihren Wirkungen, daß der chinesische Maler nichts davon glauben wollte. Um ihn jedoch zu überzeugen, versicherte der Perser, wenn er nur malen könnte, so wollte er ihm Zug für Zug diese wunderbare Schönheit vor Augen stellen, von der ihm Kopf und Herz erfüllt war. Da erbot sich denn der Maler, ihn in die Geheimnisse seiner Kunst einzuweihen.

Kafur nahm dies Erbieten mit großem Vergnügen an, und bald ward er dank seiner angeborenen Anlagen und der Heftigkeit der Leidenschaft, die ihn begeisterte, derartig geschickt, daß er in der Tat Hurschids Bildnis in einer Weise anfertigte, die eine treffende Vorstellung von ihrer Schönheit gab. Der Maler war so entzückt ob des gelungenen Unternehmens seines Schülers, daß er dieses Meisterwerk am Hofe von Nanking, von dem er manchmal Aufträge erhielt, vorzeigen zu müssen glaubte.

Der Prinz Behram aber, des Kaisers Sohn, ward von diesem Bildnis besonders angezogen; er befragte den neuen Künstler über das Urbild, das er dargestellt hatte; und alles, was er hörte, entflammte ihn für das göttliche Wesen. Und er vernahm, daß es die Tochter des Königs Siaûr von Persien war, und bat seinen Vater, den Kaiser von China, für ihn um sie zu werben.

Die Mandarine und die Schüler des Konfuzius wurden zur Beratung dieser Angelegenheit versammelt; da unter ihnen nun sehr unterrichtete Männer waren, so sagten die dem Beherrscher von China, die Schönheit der Prinzessin von Persien sei allerdings weltberühmt; aber man wisse, daß sie sich nicht vermählen wolle; sie habe schon Bogakan, den König von Karakatai, ausgeschlagen, und das habe dem

Tatarenfürsten das Leben gekostet, dieweil er hartnäckig darauf bestanden habe, sie zu besitzen.

Der Kaiser fürchtete demnach auch für seinen Sohn und wollte ihm eine so bedenkliche Brautwerbung ausreden; der verliebte Prinz aber ließ sich nicht abschrecken. Er erwiderte, daß zweifelsohne das plumpe Wesen und die scheußliche Gestalt Bogakans seine Abweisung verursacht habe; er dagegen hoffe, durch ein ganz anderes Benehmen einen besseren Erfolg zu haben, und erklärte, er wolle selbst nach Persien reisen, als Erbe eines Reichs, dessen Beherrscher der Freund und Verbündete des Sultans zu werden wünsche; weit entfernt, mit Heereskraft oder mit Drohungen zu kommen, wolle er Geschenke darbringen und Feste geben, die, unterstützt von seiner Jugend und Gestalt, ihm die Gunst Siaûrs und seiner Tochter selbst erwerben könnten; und obwohl die Perser insgemein blaue Augen und schwarze Haare, eine bräunliche Gesichtsfarbe und Adlernasen hätten, so dürfte ein junger chinesischer Prinz mit kleinen geschlitzten und blinzelnden Augen und kurzer Stumpfnase und breiter und flacher Stirn und weißer Haut und blonden Haaren in Persien doch für eine seltene und anziehende Erscheinung gelten. Kurz, der Prinz überredete alle um so leichter, als die Mandarine, die einer weisen und sanften und menschlichen Staatskunst huldigten, in Behrams Unternehmen nichts sahen, was das Reich China in einen widerwärtigen und blutigen Krieg verwickeln konnte.

Er reiste also mit einem zahlreichen, doch keineswegs furchtbaren Gefolge ab. Als er dann an die Grenze kam, schickte er eine feierliche Gesandtschaft voraus, die seine Ankunft verkündigen sollte.

Dieser Vorgang versetzte Siaûr in neue Verlegenheit. Er

hatte dem Prinzen von Mauretanien unter der Bedingung sein Wort gegeben, daß er seine Abkunft nachweise, und solches war bislang noch nicht geschehen; der Prinz hatte versprochen, sich binnen dreier Monate wieder einzustellen, und zehn waren bereits verstrichen, ohne daß man ein Wort von ihm gehört hatte. Man begreift leicht, wie sehr Hurschid darüber betrübt war; sie fing an zu glauben, daß ihrem Geliebten ein Unglück begegnet und daß er auf dem Wege durch die afrikanischen Wüsten gar umgekommen sei. Die Wesire Siaûrs dagegen wiederholten ihm unablässig, man sehe nun wohl, daß der junge Mann, dem er sein Wort gegeben habe, ein Abenteurer sei, dieweil er nicht wage, ihm wieder unter die Augen zu treten.

Unter solchen Umständen glaubte der Sultan, er dürfe die Werbung des Prinzen von China nicht gänzlich von der Hand weisen; er ließ ihn also in seinen Palast kommen; und nachdem er ihn mit aller dem Erben eines so großen Reiches angemessenen Pracht aufgenommen und seinen Antrag angehört hatte, erklärte er ihm die Verlegenheit, in der er sich befand, und endigte mit der Zusicherung, daß, wenn im Verlauf eines Jahres der Prinz von Mauretanien nicht wieder erschiene, er dem neuen Bewerber seine Tochter bewilligen wollte.

An dieser Frist fehlten nur noch sechs Wochen, und die Ungeduld des Prinzen von China ließ sich diesen Aufschub gefallen. Mittlerweile unterließ er es nicht, der schönen Prinzessin täglich Geschenke darzubieten, die merkwürdiger durch ihre Seltsamkeit waren als durch ihren wahren Wert; bald waren es lackierte Kästchen und Fächer, gemalte Stoffe von Peking und Kaminschirme und Kaisertee von der besten Ernte; bald Ninsingwurzeln, Fasane und andere

Vögel mit glänzendem Gefieder, auch trockene und eingemachte Früchte, Geschirr und Hausrat von Porzellan und nickende Pagoden und Affen von allen Farben. Alles dies brachte man nach dem Palast, den die Prinzessin Hurschid bewohnte, nachdem man ihr angekündigt hatte, daß sie ihn nicht verlassen dürfte, solange ihr geliebter Ferahschad abwesend wäre.

Die verhängnisvolle Frist war beinahe abgelaufen, als man eines Nachts dem Sultan meldete, daß sich eine zahlreiche und auf ungewöhnliche Weise gekleidete und bewaffnete Schar in geringer Entfernung von der Hauptstadt und dem Palast der Prinzessin gelagert habe.

Siaûr sandte Kundschafter hin, und man berichtete ihm, es sei der König von Numidien mit seinem Gefolge, der ebenfalls um des Sultans Tochter würbe. Dieses Königreich war nicht einmal dem Namen nach in Persien bekannt, und man konnte nicht ahnen, daß es dasselbe war, das der Prinz von Mauretanien erobert hatte. Bei dieser Neuigkeit verdoppelte sich die Verlegenheit Siaûrs; er schickte Gesandte an den fremden König, wer er nun auch sein mochte, und ließ ihn bitten, ihm die Ehre zu erweisen und in seinen Palast zu kommen; doch man antwortete ihm, der große König der Numidier achte es seiner Würde nicht für angemessen, selbst eine Bitte zu tun, bevor er der Gewährung versichert wäre; er wolle demnach bis dahin durch Gesandte unterhandeln lassen.

In der Tat begann am nächsten Tage ein numidischer Gesandter die Unterhandlung in einem Ton, der wohl zu erkennen gab, daß sein Herr nicht gesonnen war, eine abschlägige Antwort anzunehmen. Der gute König von Persien bekannte, daß er schon durch zwei nacheinander gegebene Zusagen gebunden war. Der Unterhändler antwortete, daß man, was die erste Zusage anginge, bald von ihr entbunden sein werde, dieweil das gesetzte Ziel beinahe verstrichen sei; und was die zweite Zusage anginge, so achte er sich für wichtig genug, daß man sie seinetwegen zurücknehme. Man versetzte, der Prinz von China habe infolge der ihm gewordenen Zusicherung schon seit sechs Wochen täglich der Prinzessin Geschenke gesandt, die sie mit Bewilligung, ja auf Befehl ihres Vaters annähme. Der afrikanische Gesandte sagte darwider, wenn es nur darauf ankäme, so erbiete sich sein Herr, binnen einigen Tagen ein Fest zu geben, dessen Pracht alle die übertreffen solle, die der Prinz von China gegeben habe oder noch geben könne; zugleich wolle er durch ein einziges Geschenk alle von Behram dargebrachten Geschenke an Wert und Kostbarkeit überbieten.

Man teilte dem Prinzen von China die Anerbieten und Forderungen des Königs von Numidien mit; der aber zweifelte nicht, in diesem Wettstreit der Liebeswerbung obzusiegen, dieweil er ein gebildetes und in allen Künsten wohlunterrichtetes Volk beherrschte, die Numidier dagegen durchaus wild und roh erschienen. Die Herausforderung wurde also angenommen und die Tage für die beiden Feste anberaumt.

Der Platz dazu war vor dem Palaste Hurschids, so daß die Prinzessin, ihre Mutter, die Sultanin, und ihre Frauen alles durch ihre Gitterfenster sehen konnten. Unter diesen Fenstern hatte man ein prächtiges, im Halbkreise aufsteigendes Gestühl errichtet, wo Siaûr und seine Wesire und sein ganzer Hofstaat sich niederließen. Behram verlangte, daß sein Fest erst mit anbrechender Nacht beginnen sollte, und sein

Nebenbuhler erwählte sich dieselbe Zeit für den nächsten Tag.

Das chinesische Fest war herrlich, obgleich der Prinz nur kurze Zeit zur Vorbereitung gehabt hatte; aber er war mit allem versehen, was nötig war, um es höchst annehmlich zu machen. Der ganze Platz war von einer Säulenhalle in chinesischer Bauart umgeben; die Zieraten derselben waren mit buntfarbenen Glaslampen behängt, die, plötzlich durch ein Lauffeuer zu gleicher Zeit entzündet, einen Anblick gewährten, der mit Recht den lauten Beifall der ganzen Versammlung verdiente. Im Hintergrunde des Platzes aber, dem Palast gegenüber, stand ein in etwas wunderlichem Geschmack gebauter, sehr reich verzierter chinesischer Pavillon. Der war anfangs nicht erleuchtet, dieweil von dort aus eine Anzahl Raketen und Schwärmer aufstiegen, die die glänzendste und wunderbarste Wirkung taten. Sie bildeten Sonnen und Sterne und Garben und Blumensträuße aller Art; es erschienen sogar zur allgemeinen Bewunderung Drachen, die sich in der Luft bekämpften. Als das chinesische Pulver im Feuerwerk erschöpft war, stand in einem Augenblick, wie durch einen Zauberschlag, der ganze chinesische Pavillon erleuchtet da. Die Zieraten, mit denen er überladen war, schienen nur dazu bestimmt, ein durchsichtiges Gemälde über dem Pavillon mit dem Bildnis Hurschids, wie sie, von einer Sternenkrone umstrahlt, von Luftgeistern getragen, emporschwebt, noch glänzender ins Licht setzen zu sollen. Bei diesem Anblick verdoppelte sich das Freudengeschrei und das Beifallsklatschen; die ernsthaften Perser riefen einstimmig: »Herrlich! Prächtig! O wie reizend, wie schön sie ist! Sie lebe, lebe hoch!«

Als so der ganze Platz erleuchtet war, sah man bald aus dem

Pavillon Züge von Tänzern und Tänzerinnen hervortreten und seltsame Tänze aufführen, in denen alle Mitspielenden Pagoden vorstellten, teils zu Fuß, teils auf allerlei Ungeheuern aus bemalter und vergoldeter Pappe reitend; alle schienen ihre Huldigungen und sogar Opfer dem Bildnis Hurschids und ihr selbst darzubringen, indem sie sich dem Palaste näherten. Das Fest dauerte bis tief in die Nacht, und Behram mit seinen Chinesen trug rauschenden Beifall davon.

Am folgenden Morgen räumte man den Platz von allem, was zu dem chinesischen Feste gedient hatte, mit Ausnahme des erhöhten Gestühls, auf dem der Sultan und sein Hof gesessen hatten; und dem König von Numidien wurde gemeldet, daß er nunmehr die Anstalten zu seinem Feste treffen könnte. Diese waren sehr einfach; und ihre Einfachheit eben erregte Verwunderung. Die Afrikaner errichteten einen Zaun rings um den Platz, und nichts deutete an, daß er erleuchtet werden sollte. Sie rückten ihr Lager näher an den Palast heran und schlugen das Zelt ihres Fürsten an derselben Stelle auf, wo der chinesische Pavillon gestanden hatte. Dieses Zelt war in der Tat prächtig und so, wie es einem großen Könige ziemte, jedoch schien man seinen Zieraten nichts Neues und Außerordentliches hinzugefügt zu haben.

Mit anbrechender Nacht aber wurde auf ein gegebenes Zeichen eine Hülle von festem Stoff, die den Knopf auf dem Dache des königlichen Zeltes bedeckte, weggezogen, und man sah den prächtigen Karfunkel erstrahlen, von dem, als dem köstlichsten Kleinod im Schatze des Königs von Mauretanien, schon die Rede gewesen ist. Im Augenblick wurde der ganze Platz von einem milden Schein erleuchtet, der den Augen wohltat, ohne sie zu blenden.

Man kann sich wohl denken, daß die schöne und zärtliche Hurschid diese Art der Erleuchtung viel angenehmer fand als all die bunten Lampen und Schwärmer des Prinzen von China und daß sie solches augenblicklich als das Zeichen ihres geliebten Ferahschad erkannte.

Siaûr und seine Wesire fingen auch an, die Entwicklung zu ahnen, als man auf beiden Seiten des großen Zeltes Numidier heraustreten sah, lebendige Löwen mit ihren Löwinnen und jungen Löwen vorführend, die alle vollkommen gezähmt waren und, als sie an Hurschids Fenster kamen, sie ehrerbietig grüßten und sich ruhig auf der einen Seite des Platzes in eine Reihe stellten. Ihnen folgten ebenso viele Tiger und Panther und Leoparden, die ebenso zahm und mit noch mehr Zierlichkeit und Leichtigkeit der Prinzessin ihre Huldigung darbrachten.

Sodann erfolgte ein Tanz, von Straußen ausgeführt; und hierauf hörte man eine Art Konzert von mannigfaltig abgestuften Zischtönen: die Instrumente dieser Musik waren nämlich Schlangen von den verschiedensten Farben; numidische Reiter auf prächtigen Rossen hielten diese Schlangen in den Händen und schwangen sie gegeneinander, ohne sich jedoch Schaden zu tun.

Endlich erfolgte die große Auflösung des Ganzen, auf die man durch die bisherigen Vorspiele höchst gespannt war; die Wände des Zeltes sanken plötzlich nieder, und man erblickte auf einem von Gold und Edelsteinen funkelnden Thron den königlichen jungen Helden, der auf der Stelle für den Prinzen von Mauretanien erkannt wurde. Zugleich begann ein afrikanischer Sängerchor ein glänzendes Vorspiel zur Einleitung eines persischen Liedes, das der Prinz oder vielmehr der König von Numidien mit wohllautender und mächtiger Stimme sang, so daß es bis in den Palast hinein tönte. Es lautete aber also:

»Erkenne, o Sultan, Afrikas König, – Willig erfülle dann dein Versprechen.

Anbetungswürdige Hurschid, o edle Prinzessin, – Ferahschad, dem zärtlichen, schuldest du die Hand.

O Karfunkel du, glänzender Edelstein, köstlicher Schmuck des väterlichen Thrones, – Minder Licht strahlst wahrlich du aus

Als ein einziger Blick Hurschids, der Flammen erzeugt: - Ihrer Augen Glanz muß jeder andre weichen.

Alles erkennet die Macht der göttlichen Hurschid: – Unermeßlicher Wüsten gar grimme Bewohner vergessen die frühere Wildheit:

Schmeichelnd naht sich der Löwe, es seufzet der Tiger.

Würdest verwandeln in blühende Wonnegefilde, schöne Hurschid, ja du, die brennende Wüste.

Wenn die Schönheit den Wohnsitz verändert, sind Frühling und Liebe in ihrem Gefolge.«

Es läßt sich nicht beschreiben, welch tiefen Eindruck dieser begeisterte Gesang auf alle Perser und insonderheit auf Siaûr und Hurschid machte. Noch niemals wurde ein Fest zu so allgemeiner Befriedigung gegeben und beendigt. Selbst der Prinz von China sah sich zu dem Geständnis gezwungen, daß Ferahschads Fest das seinige weit übertroffen habe; er entschuldigte sich durch gewisse Umstände, die er nicht habe voraussehen können. Übrigens verzichtete er auf die Hoffnung, die Prinzessin von Persien zu erhalten, ja er verlangte nicht einmal, sie zu sehen, nachdem er von dem Unheil vernommen hatte, das ihre Blicke bei denen anrichten konnten, die sie nicht heilen wollte. Und er reiste mit prächtigen Geschenken, die Siaûr ihm verehrte, heim nach China.

Man feierte nun mit der größten Pracht Ferahschads Hochzeit mit Hurschid. Darnach reisten die beiden glücklichen Gatten zusammen nach Afrika, und ihre Nachkommenschaft herrschte mehrere Jahrhunderte hindurch über diesen Teil der Welt.

DIE GESCHICHTE VON DEN DREI UNGLÜCKLICHEN

Es ist im ganzen Morgenlande wohlbekannt, daß Harun al Raschid, Bagdads Kalif, oft in Begleitung seines Günstlings und Wesirs Dscha'afar nächtens verkleidet durch die Gassen und Vorstädte Bagdads wanderte. Dabei lernte er nun manche Unregelmäßigkeiten kennen, die der Wachsamkeit seiner Wachtleute entgangen waren, und war imstande, sie zu unterbinden.

Eines Nachts nun sah er im Mondenschein drei Männer vor einer Tür stehen, die ihrer Kleidung und ihrem Aussehen nach dem Bürgerstande anzugehören schienen und sich vertraulich und ernsthaft unterhielten. Unbemerkt trat er zu ihnen und vernahm, wie sie sich mit den bittersten Worten ob ihres Mißgeschicks beklagten, das nach der Behauptung eines jeden nicht seinesgleichen hatte.

Sprach der erste: »Kann ein Muselmann unglücklicher sein als ich? Möge der Prophet doch fortan seinem auserwählten Volke nimmer gnädig sein, wenn ich nicht von früh bis spät von Sorgen und Kummer verfolgt werde! Denn ich habe einen Nachbarn, der einzig darauf sinnt, mir mein Gewerbe zu verleiden und mir an meinem Ansehen und Vermögen zu schaden; Allah scheint ihn nur deswegen mit ungewöhnlichen Geistes- und Leibeskräften ausgestattet zu haben, auf daß er mir jede Hoffnung auf Gewinst, jede Aussicht auf Vergnügungen nimmt.«

»Ach, wahrlich, dein Zustand ist beklagenswert,« sprach der zweite darwider, »doch um wie vieles mehr ist es meiner; du hast nur um deine Tage zu jammern, des Nachts kannst du in wohligem Schlummer auf deinem Pfühle liegen und dich trösten und deines Nachbarn, deiner Leiden und deiner selbst vergessen, ich aber habe keinen Augenblick Ruhe; voller Plage verstreichen meine Tage, und die Nächte sind noch schlimmer. Denn ach, ich habe ein Weib, das mich unaufhörlich quält; bei der Arbeit, beim Essen, und gar noch im Bette peinigt mich ihre Anwesenheit und verwundet mich ihre Zunge; und ich lebe in unablässiger Qual und habe nicht eher denn im Grabe Ruhe zu erhoffen.«

Sagte der dritte: »Geduldig habe ich euch beiden zugehört, doch finde ich, daß ich weit mehr Ursache zur Betrübnis habe als jeder von euch oder ihr beide zusammen. Denn ich habe einen liederlichen und ruchlosen und verderbten Sohn, den ich trotz aller Mahnungen und Strafen von Laster zu Laster taumeln sehe, bis er vollends ein Abscheu der menschlichen Natur geworden ist, und muß jede Stunde gewärtig sein, daß ihn des Propheten Rache oder die Gesetze unseres Landes grausam zunichte machen werden.«

Nachdem die drei Männer einander also ihr Leid geklagt hatten, boten sie sich gute Nacht, und jeder ging nach Hause.

»Sorge nun zu erfahren, o Dscha'afar,« sprach der Kalif zu seinem Günstling, »wer die drei Männer sind, und laß sie morgen früh im Diwan meiner Befehle harren.«

Dscha'afar aber gehorchte seinem Gebieter, und zitternd erschienen die drei Muselmanen, von der Wache zum Palast geleitet, wo ein jeder, ohne zu ahnen, welches Verbrechens man ihn bezichtigte, seinen Kopf zu verlieren oder zum mindesten Stockhiebe auf die Fußsohlen zu bekommen fürchtete.

Als der Diwan versammelt war und der Sultan, umgeben von den Imamen und Emiren und Großen seines Reiches, auf seinem Throne saß, befahl er mit lauter Stimme, die drei Unglücklichen vorzuführen.

Sprach Harun al Raschid zu dem ersten: »Mich deucht, o Freund, du sagst selbst, dein Zustand sei höchst unglücklich; erzähle doch den Weisen, die du hier vor mir siehst, deiner Leiden Ursache!«

Anfangs aber suchte der Mann Ausflüchte; als dann jedoch der Wesir auf den Henker deutete und ihm erklärte, daß der Kalif einen Teil ihres Gespräches mit angehört habe, wiederholte er, daß er tatsächlich der unglücklichste aller Menschen wäre, dieweil ihm ein boshafter Nachbar unausgesetzt nachstelle.

»Greift den Burschen,« befahl der Kalif zornigen Tones den Schergen, »und gebt ihm fünfzig Streiche auf die Fußsohlen!« Ganz erstaunt sahen sich die Imame und Emire und Großen seines Reiches an, doch keiner wagte etwas darwider zu sagen. Nun rief der Kalif, der in gleichmütiger Ruhe dasaß, den zweiten Unglücklichen vor:

»Was sagst du, o Freund?« redete Harun al Raschid ihn an; »dem Scheine nach verweigert Mohammed auch dir, dich anzulächeln.«

Der Mann war ganz betreten ob seines Nachbarn Züchtigung und wußte nicht, was er machen sollte, und hätte gern geschwiegen; doch von der gebietenden Stimme genötigt und fürchtend, seine Hartnäckigkeit könne noch schlimmere Folgen als Fußsohlenstreiche nach sich ziehen, gestand er mit zitternder Stimme, daß ihm Tag und nächtens ein böser Geist, in Gestalt seines zanksüchtigen Weibes, unerträgliche Qualen bereite.

Sprach der Kalif zu seinen Leuten: »Faßt den Burschen und gebt ihm alsobald fünfzig Streiche auf die Fußsohlen!« Wieder blickten die Imame und Emire und Großen des Reiches einander erstaunt an, jedoch bewahrten sie das tiefste Stillschweigen.

Dann wurde der dritte Mann auf des Kalifen Befehl vorgeführt. »O Muselman, laß nun auch du deine Leidensgeschichte hören!« sagte Harun al Raschid in einem etwas weniger einschüchternden Tone zu ihm.

Sagte aber der Mann: »O Beherrscher aller Gläubigen, ich sehe, daß du bereits alle die Leiden kennst, die mein Herz quälen; trotzdem wiederhole ich auf deinen Befehl ohne Zögern, daß ein unwürdiger Sohn das Unglück meiner Mannesjahre und nun die Qual meines Alters ist.«

»Nehmt den Ehrenmann«, sagte der Kalif darwider, »und reicht ihm unverzüglich tausend Golddinare!« Abermals sahen sich die Imame und Emire und Großen des Reiches verwundert an, doch wagten sie nicht, die Ursache solcher höchst auffälligen Aussprüche des Kalifen zu erforschen.

Nachdem sie aber der Kalif einige Augenblicke mit höchstem Wohlgefallen angesehen hatte, stand er von seinem Thron auf und sprach also: »Die Urteile, die ich soeben gesprochen habe, scheinen manchen von euch, o Muselmanen, hart und streng und allen unerklärlich zu sein, vernehmt daher meine Beweggründe und erkennt die Güte und

Gerechtigkeit eures Gebieters. Es ist nur ein Gott, und Mohammed ist sein Prophet. Dürfen sich Muselmanen in heftigen Klagen gegen Allah ergehen, dieweil sie Kummer und Verdruß haben, den sie selbst abstellen können? Soll der hochheilige Prophet mit Klagen und Tränen beschwert werden, die einzig und allein die Faulheit und der Kleinmut seiner Diener verursachen? Der Fall des ersten Mannes, den ich mir vorführen ließ und nach Verdienst bestrafte, klagte die Güte der Vorsehung und gleichzeitig die Gerechtigkeit meiner Herrschaft eines Übels wegen an, das er tatsächlich selbst hätte beseitigen können. Hat er nun zugestandenermaßen einen bösen, ungerechten Nachbarn, konnte er da nicht seinen Wohnort ändern und an andrer Stelle sein Kaufmannsgewerbe treiben? Ebenso unangebracht war das Wehgeschrei des zweiten: weshalb denn Allah und seinen Propheten anrufen, wenn es bei ihm selbst stand, seinen Leiden ein Ziel zu setzen? Er hatte ein böses und ruchloses Weib; warum geht er denn da nicht unverzüglich zum Kadi, läßt ihr einen Scheidebrief geben und schickt sie fort?

Was aber den dritten Mann angeht, so prüft euer eignes Herz und erkennt meine Gerechtigkeit an. Wer kann einem ungeratnen Kinde entgehen? Welcher Wohnungswechsel, welche richterliche Entscheidung vermag uns von solchem Herzeleid zu befreien? Unaufhaltsam folgt es uns und quält uns selbst in der Einsamkeit, es vergiftet unser Mahl und scheucht den Schlaf von unserm Pfühl. Mitleid ist die geringste Gnade, die wir in solchen Fällen erteilen können, und Freigebigkeit nicht mehr als Gerechtigkeit.«

Die Imame und Emire und Großen des Reiches aber waren nicht länger verwundert und priesen laut die Weisheit des Kalifen.

DIE GESCHICHTE
VON DEM MANN UND DEM GEISTE

Ein sehr einfältiger Mann hatte das Unglück, mit einem garstigen Weibe verheiratet zu sein, das obendrein noch sehr boshafter und hadersüchtiger Gemütsart war. Nach langjährigen Qualen nun war die Geduld des Mannes endlich erschöpft; er wünschte ihr oft den Tod, aber vergebens. Schließlich faßte er eines Tages den Plan, sie an die Meeresküste zu bringen und sich ihrer auf einmal zu entledigen, indem er sie in das Meer stürzte. Sprach er zu seinem Weibe: »Komm, o mein Stern, laß uns zusammen an die Mündung unseres Baches ins Meer gehen und unsere Gewänder dort waschen!«

Er packte die Kleidungsstücke auf seinen Rücken, und sie gingen wohlgemut dem Bache zu; während die Frau nun mit dem Waschen der Gewänder beschäftigt war, paßte der Mann eine günstige Gelegenheit ab und stieß sie ohne viel Umstände ins Meer. Nachdem er solches getan hatte, hielt er es für ratsamer, sein Land zu verlassen und sein Glück anderswo zu versuchen.

Eines Tages auf seiner Wanderschaft aber trat ein Geist vor ihn hin, der so erstaunlich groß war, daß, obschon seine Füße auf dem Erdboden standen, sein Kopf bis in die Wolken hineinragte; der nun reckte seine Arme aus, griff den Unglücksmann beim Nacken und fragte ihn, welche Todesart er für sich vorzöge.

Sprach der Geist zu ihm: »O Brüderchen, soll ich dich gegen die Felsen schmettern oder in Stücke hauen oder ins Meer werfen?« Da sagte der Unglücksmann darwider: »O mein Gebieter, was für ein Verbrechen habe ich denn begangen?«

»Was für ein Verbrechen?« entgegnete der Geist, »tust wohl gar, als wenn du es nicht wüßtest?« »Nein, bei meinem Leben, o Herr, ich weiß es nicht«, versetzte der Mann. »Warst du es nicht,« fuhr der Geist fort, »o mein Freundchen, der den alten Drachen, die scheußliche alte Sau, ins Meer warf? Warst du es nicht, der die Fluten des Meeres mit ihrem Aase verunreinigte und die Geister der Tiefe nötigte, vor dieser Verpestung ihre Wohnsitze zu verlassen?« Sagte der Mann: »Wie, auch du fliehst vor dem scheußlichen Luder, meinem Weibe?« »Freilich tue ich solches«, sprach der Geist. »Ist es nun recht und billig,« fuhr der Mann fort, »mich strafen zu wollen, dieweil ein Wesen deiner Art ihre Gegenwart nicht ertragen kann? Wenn du es vor ihr nicht aushalten kannst, wie sollte ich's da können?« Sagte der Geist darwider: »Daran dachte ich nicht; du hast recht, ich will dein Freund sein und mit dir reisen.«
In des Geists Gesellschaft setzte nun der Mann seine Wanderschaft fort, bis sie in einer herrlichen Stadt anlangten, die ein großer und mächtiger König beherrschte. Als sie unter dem Tore durchgingen, sprach aber der Geist zu seinem Begleiter: »Was würdest du dazu sagen, wenn ich dich zum Wesir des Königs hier machte?« »Zum Wesir, ach, wie wäre das möglich?« erwiderte der Mann. »Ja, es steht in meiner Macht,« sprach der Geist, »und es soll wahrlich geschehen. Ich will mich nämlich in eine ungeheure Schlange mit zwei ekelhaften Köpfen verwandeln und mich um des Sultans Tochter ringeln; und wenn auch das ganze Reich in Waffen wider mich stünde, soll es doch niemandem gelingen, sie von mir zu befreien. Zweifelsohne wird den Sultan die Angst und die Liebe zu seiner Tochter veranlassen, öffentlich bekanntzugeben, daß der, der seine Tochter von der

Schlange befreie, sie zur Gemahlin haben solle. Da nun mußt du, o mein Freund, mit einem Schaikhgewand bekleidet, hinzukommen und dich erbieten, die Sultanstochter zu befreien; sowie du nahe kommst, löse ich mich wie schmelzendes Blei auf und werde unsichtbar.«

Der Mann kam der Weisung des Geistes nach. Öffentlich wurde bekanntgegeben, wer die Sultanstochter von einer ungeheuren zweiköpfigen Schlange befreie, die sich ihr um den Leib geringelt habe, solle die Prinzessin zum Weibe haben. Der als Schaikh verkleidete Mann trat in den Palast, erbot sich, solches zu tun, und wurde in den Harim geleitet.

Als er in das Gemach trat, erblickte er die wie eine Huri schöne Prinzessin von den Schlingen einer ungeheuren Schlange umwunden. Der Sultan aber und sein Wesir hielten sich in der Ferne und erwarteten ungeduldig den Ausgang der Dinge. Doch der Mann trat zu ihr, und zur Stunde löste sich die Schlange von dem Nacken der Prinzessin los, zerfloß wie schmelzendes Blei und verschwand. Wie aus der Tiefe des Grabes erhob sich die Prinzessin, und der Mann murmelte noch einige Gebete über ihrem Haupt. Allerorten herrschte große Freude, und ehe noch der Tag zur Neige ging, ward die Prinzessin mit ihrem Befreier vermählt und die Hochzeit vollzogen.

Folgenden Tages nun erschien der Geist dem Manne wieder im Palaste des Sultans, seines Schwiegervaters; sowie ihn der Mann sah, fiel er vor ihm nieder und küßte voller Demut seine Hand. Sprach der Geist zu ihm: »Jetzt, o mein Freund, verlange ich eine Gefälligkeit von dir.« Fragte der Mann: »Und was forderst du von mir?« »Ich bin nun willens,« fuhr der Geist fort, »mich um die Wesirstochter, in die ich mich verliebt habe, zu ringeln. Unterstehe dich aber nicht, sie ebenso wie die Sultanstochter zu befreien, sonst, verlaß dich darauf, wird es dich augenblicklich mitsamt deiner jungen Gemahlin das Leben kosten!« »Ich gebe dir mein Wort, daß ich solches nicht tun will«, sagte der Mann darwider. Groß war der Aufruhr und Lärm andern Tages im Palast und im Harim des Wesirs; und als man sich nach der Ursache erkundigte, erfuhr man, daß dieselbe Schlange, die die Sultanstochter umringelt, nun auch die Wesirstochter umstrickt habe. Als der Sultan solches vernahm, sagte er: »Oh, dem Übel ist bald abzuhelfen; ich brauche nur den Schaikh, meinen Schwiegersohn, hinzuschicken, und sie wird alsobald durch sein Erscheinen von ihrem Ungemach befreit werden.« Bald hernach kamen Boten zu dem neuen Schaikh und forderten ihn in des Sultans Namen auf, zu gehen und auch die Wesirstochter zu befreien. »Nun und nimmer,« rief der Mann aus, »eher will ich mich hängen lassen als einen Schritt in dieser Angelegenheit tun!« »Aber weshalb denn nicht? Kann ihr doch niemand weiter helfen als du«, versetzten die Boten darwider. Als der Sultan solches hörte, befahl er seinem Schwiegersohn, auf der Stelle hinzugehen. Doch abermals weigerte sich der, aus dem Hause zu gehen; der Sultan aber schickte ihm einen dritten Boten mit diesen Worten: ›Wenn du, o mein Sohn, nicht stehenden Fußes aufbrichst und dem armen Mädchen hilfst, sollst du des Todes sterben. Hat denn nur eine Fürstentochter Anrecht auf deine Menschenliebe und Großmut?‹ ›Da bin ich wahrlich in einer schönen Verlegenheit,‹ sagte der Mann zu sich selbst, ›gehe ich hin und helfe der Wesirstochter, bringt mich der Geist um mein Leben, gehe ich aber nicht hin, läßt mich der Sultan des Todes sterben!‹ Schließlich machte er sich auf nach dem Wesirspalast und wurde dort in den Harim geleitet, allwo er den Geist in der Gestalt der Schlange um den Leib der unglücklichen Jungfrau geringelt sah. Als nun der Mann näher trat, flüsterte ihm der Geist mit gedämpfter Stimme zu: »Vergiltst du also meine Freundschaft?« Antwortete ihm der Mann ebenso leise: »Ich will dich durchaus nicht veranlassen, deinen gegenwärtigen Aufenthaltsort aufzugeben, sondern dir einen Liebesdienst erweisen.« Rief der Geist erzürnt: »Was für einen Liebesdienst?« Sprach der Mann weiter: »Die Frau, derentwegen wir unsere Wohnsitze aufgegeben haben, ist wieder aus dem Meere herausgekommen; schon weiß sie, wo wir stecken, ist hinter uns her und nähert sich bereits. Nur aus Freundschaft komme ich und bringe dir diese Nachricht.« Als nun der Geist solches vernahm, wechselte er die Farbe, begann heftig zu zittern und wisperte mit zager Stimme: »O mein lieber Freund, wo weilt sie denn?« Antwortete der Mann: »Sie wird im Augenblick hier sein!« »Wenn dem so ist,« sagte da der Geist, »dann lebe wohl, o Bruder, ich beurlaube mich und mache mich fort!« Mit solchen Worten ließ er von der Wesirstochter ab und enteilte zur Minute.

DIE GESCHICHTE VON DEM GESCHLAGENEN SULTAN

Eines Abends traf ein Sultan, der nach seiner Gewohnheit die Gassen seiner Hauptstadt, nur von seinem Wesir begleitet, durchwanderte, am Eingang eines Basars auf einen Mann von ehrwürdigem Aussehen. Der Fürst aber grüßte ihn höflich; und der Unbekannte, der nahe bei seiner Haustür stand, erwiderte den Gruß und sprach: »Ich bitte dich und deinen Begleiter, in mein Haus zu kommen, habe die Freundlichkeit, o Herr, und nimm eine herzliche Einladung zum Nachtmahl bei mir an!« Ohne zu zögern, gingen der Sultan und sein Wesir mit, und der Fremde benahm sich sehr höflich gegen sie und erwies ihnen besondere Aufmerksamkeit. Reichlich ward der Tisch besetzt und das Essen alsogleich aufgetragen, es bestand aber aus fünfhundert verschiedenen Schüsseln, und der Hausherr bat seine Gäste, Platz zu nehmen und seiner Bewirtung Folge zu leisten. Der Sultan war erstaunt ob der Üppigkeit und Verschwendung auf der Tafel; und wie er sah, daß außer ihm und seinem Wesir und ihrem Gastgeber niemand weiter zugegen war, sprach er also zu diesem: »O Herr, zweifelsohne hast du noch andere Gäste eingeladen.« Sagte der Hausherr: »Nein, ich habe niemanden eingeladen.« »Warum dann diese Verschwendung an Speisen?« fragte der Sultan darwider; »wie verträgt sich solches mit der Lebensart eines Mannes deinesgleichen?«

Darauf versetzte der Gastgeber dem Sultan einen kräftigen Faustschlag, der ärger denn Feuer brannte, und sprach zu dem Fürsten: »O Freund, bist du denn gezwungen, all das aufzuessen? Iß, soviel du magst, und laß den Rest stehen!«

Der Sultan flüsterte nun dem Wesir zu: »Ich tat freilich unrecht, denn ich habe den Mann durch meine unbescheidene Frage gereizt, mich zu schlagen; doch, bei Allah, wenn du kein Mittel ersinnst, wie ich ihm den erhaltenen Hieb schicklich zurückgeben kann, soll es dich gewiß und wahrhaftig dein Leben kosten!« Erwiderte der Wesir: »O Gebieter, du mußt ihn auf morgen zum Nachtmahl in deinen Palast laden und ihm ein Mahl anbieten, das dieses hier in jeder Beziehung an Pracht und Üppigkeit übertrifft, und wenn er es sich dann beifallen läßt, irgendeine Bemerkung darüber zu machen, so kannst du ihm den erhaltenen Hieb zurückzahlen.« Der Sultan aber befolgte den Rat seines Wesirs, der ihm zusagte, und lud den Unbekannten zu sich ein.

Etwas betroffen und verlegen trat der Mann andern Abends in den Sultanspalast ein; der Sultan nun nahm ihn freundlich und höflich auf, wodurch er sicherer wurde. Nach einiger Zeit ward das Nachtmahl aufgetragen und die Tafel mit tausend Schüsseln bedeckt. Der Sultan setzte sich und forderte seinen Gast zum Niedersitzen auf; der tat es und sagte gefaßten und ruhigen Tones: »Allahs Wille geschehe! So muß es in der Tat sein; möge der Himmel immerdar die Fülle deiner Tafel segnen! Hier herrscht ein Überfluß von Gerichten, doch Überfluß ist etwas Schönes und ergötzt das Auge, ehe er den Magen zufriedenstellt.« Und er ließ es sich gut schmecken; hernach aber rief er wie zur Danksagung: »Gelobt von seinem Volke sei Allah, der Allmächtige!«

Da raunte der Kalif seinem Wesir zu: »So gelingt es nicht. Wie kann ich einen Mann schlagen, der so vernünftig redet? Findest du keinen schicklichen Vorwand, daß ich ihm den Hieb heimzahlen kann, schlage ich dich wahrlich tot!« Sagte der Wesir dagegen: »O mein Fürst, wenn er sich vom Mahle erhebt und dann die Hände waschen will, mußt du so tun, als wolltest du ihm diensteifrig das Wasser selbst aufgießen; sagt er dann: ›Um keinen Preis, o Herr, Allah verhüte, daß du dich selbst so erniedrigen sollst, wahrlich, solches darf nicht sein!‹, so kannst du ihm für diese unpassende Weigerung sicherlich einen derartigen Hieb versetzen, wie es dir beliebt, und dazu sagen: ›O Freund, soll ich erst von dir lernen, was meine Pflicht ist? Unterstehst du dich, mir zu widersprechen?‹ Der Sultan willigte darein; und als der

Gast zum Händewaschen aufstand, trat der Herrscher alsogleich herzu und ergriff das Gefäß, um seinem Gast Wasser über die Hände zu gießen. Sagte der Fremde: »Allah segne dich, o Herr; ich bin entzückt ob deiner Herablassung; möge der Himmel alle deine Unternehmungen segnen!« Nach solchen Worten sah sich der Fürst gezwungen, dem Gaste wirklich Wasser über die Hände zu gießen, ließ sich jedoch dabei deutlich merken, daß er im Innern darüber ärgerlich und erbost war.

Darnach wurde der Kaffee herumgereicht; der Kalif aber sprach noch einmal leise mit seinem Wesir und sagte: »Wenn du nicht sofort ein Mittel zu meiner Befriedigung ersinnst, gebe ich auf der Stelle Befehl, dich aufzuknüpfen; solches schwöre ich bei Allah. Nicht genug, daß mich der Mann gezüchtigt hat, ich muß mich auch noch so erniedrigen und ihm Waschwasser über seine Hände gießen!« Erwiderte der Wesir: »O Herr, er muß sich nun bald entfernen, halte dir einen Bambusstock in Bereitschaft, rufe deiner jüngsten Sklaven einen, und wenn der Fremde fortgehen will, so laß deinen Stock kräftig auf dem Rücken des Sklaven tanzen; sagt der Fremde dann: ›Um Allahs und um meinetwillen, o Herr, verzeihe dem armen Sklaven und züchtige ihn nicht so unbarmherzig!‹, so kannst du ihm den Schlag zurückgeben und dabei sagen: ›Ist das nicht mein Sklave, o Herr? Ist Züchtigung nicht zur Erziehung nötig? Unterstehst du dich, mir zu widersprechen?‹«

Abermals tat der Kalif nach dem Rate des Wesirs und schlug den Sklaven, als sich der Fremdling entfernen wollte. Der aber sagte hierzu: »Sehr recht, o Herr, handelst du; schlag ihn nach Noten. Züchtigung ist das beste Erziehungsmittel, und sollte der junge Sklave dabei des Todes sterben, so ist das Allahs Wille.« Jetzo trat aber der Wesir ungeduldig an den Fremden heran und sprach zu ihm: »Um Gottes willen, o Freund, habe doch wenigstens etwas Mitleid und tritt für den armen Sklavenjüngling ein, du kannst doch nicht so hartherzig sein!«

Auf solche Worte versetzte der Fremdling dem Wesir einen Schlag, der noch zehnmal kräftiger war als der, den der Sultan erhalten hatte, und sagte: »Wie, wagst du es, dich in solche Sachen zu mischen? Ist der Bursche nicht ein Sklave, und erzieht ihn sein Gebieter nicht väterlich?«

Da brach der Sultan in ein schallendes Gelächter aus und sprach: »Nun verzeihe ich euch beiden, nachdem es meinem Wesir nicht besser ergangen ist als mir selbst!«

DIE GESCHICHTE VON DEN DREI DERWISCHEN

Drei Derwische verabredeten einst eine Reise miteinander und traten daher an einen Schiffseigner heran, der von Syrien nach Zypern segeln wollte, und baten ihn um einen Platz auf seinem Schiffe. Der war nicht darwider, verlangte jedoch, daß ihm jeder Derwisch einen Golddinar dafür bezahlen sollte.

Da sagte der älteste der Derwische zu ihm: »Nein, wir können dir unmöglich Geld dafür geben.« »Und warum nicht?« fragte der Eigner. »Weil wir heilige Männer und gewisser göttlicher Gaben teilhaftig sind.« antwortete der Derwisch. Der Eigner entgegnete: »So laßt doch hören, was das für göttliche Gaben sind!« »Nun, ich bin befähigt, einen Gegenstand in der Entfernung einer Jahresreise zu erkennen«, sagte der älteste der Derwische. »Ich aber«, rief der zweite Der-

wisch, »kann ebensoweit hören, wie unser Bruder sieht.« Darauf fragte der Eigner den dritten Derwisch: »Und du, welche göttliche Gabe besitzest du denn?« »O Herr,« antwortete der, »ich bin ein Ungläubiger.«
»Du ein Ungläubiger?« erwiderte der Eigner, »packe dich, ich führe ein Schiff, das dem Sultan gehört, und darf wahrlich keinen Ungläubigen an Bord nehmen. Deine Gefährten sollen mit mir fahren, du jedoch mußt zurückbleiben.« Hierauf versetzten die beiden andern Derwische: »Ach Herr, wir bitten um Vergebung, aber ohne unseren Bruder können wir unmöglich reisen; wir müssen mitsammen fahren oder aber alle drei hierbleiben.« »Wenn es sich so verhält,« sagte darauf der Schiffseigner, »so will ich in Anbetracht der göttlichen Gaben, deren ihr teilhaftig seid, den Unglauben eures Bruders übersehen und euch alle drei aufnehmen.«
Die drei Derwische schifften sich nun ein; dem Fahrzeuge aber wehte ein günstiger Wind. Als die drei Derwische auf der Fahrt mit dem Eigner auf Deck saßen, sprach der älteste der Derwische: »Siehe da, die Sultanstochter von Indien sitzt am Fenster ihres Palastes und hält eine Stickerei in der Hand!« »Pest über deine Augen,« rief der zweite Derwisch dazwischen, »die Nadel ist ihrer Hand in diesem Augenblick entglitten, und ich höre, wie sie auf den Boden fällt.« Da sprach der dritte Derwisch zum Schiffseigner: »O Herr, soll ich nun ein Ungläubiger sein oder nicht?« Antwortete der: »Komm mit mir in meine Koje, ich will mich fortan auch mit dir zum Unglauben bekennen!«

DIE GESCHICHTE VON BASEM, DEM GROBSCHMIED

Als Harun al Raschid eines Nachts an einer ungewöhnlichen Schlaflosigkeit litt und gar keine Ruhe finden konnte, sandte er schließlich nach seinem Wesir Dscha'afar; der kam alsobald und warf sich nach seiner Gewohnheit vor seinem Gebieter nieder, indem er ihm ein langes Leben und eine glückselige Herrschaft wünschte. »O Beherrscher der Gläubigen, was gebietet mein Fürst zu dieser späten Nachtstunde?« fragte er ihn. Sprach der Kalif darwider: »Ich leide an einer solchen Schlaflosigkeit, daß ich meine Augenlider nicht ein einziges Mal schließen konnte.« »So laß uns denn, o mein Gebieter,« schlug ihm der Wesir vor, »nach dem Tatarengarten, deinem Lieblingsaufenthaltsort, gehen, allwo wir uns an Bäumen und Blumen erfreuen, wo wir dem Gezwitscher der Vögel lauschen und Veilchenduft riechen können.« Sprach der Kalif: »Nein, der Vorschlag sagt mir nicht zu.« »Beliebt es deiner Erhabenheit etwa,« fuhr der Wesir fort, »in einen deiner Paläste der Vorstadt zu wandern, um dich dort an den Gemälden und Bildern aus vergangenen Tagen zu ergötzen?« »Auch solches ist mir zuwider«, sprach der Kalif. Hub der Wesir von neuem an: »Wollen wir etwa in deine Sammlung von Naturseltenheiten gehen, vielleicht wird dich ihre Betrachtung zerstreuen.« Sprach der Kalif: »Nein, auch das wird mich nicht unterhalten können.« »Nun denn, o Herr,« fragte der Wesir weiter, »was sagst du dazu, wenn wir durch die Basare und Straßen Bagdads gingen? Da würde sich wohl etwas finden, was deinen Mißmut zerstreut.« »Der Vorschlag ist ganz nach meinem Sinn,« rief der Kalif und sprang auf, »laß uns sogleich aufbrechen!«

Und beide verkleideten sich als Kaufleute; Dscha'afar holte auch noch des Kalifen Schwertträger und Scharfrichter, den Negersklaven Masrur, herzu, und nachdem sich der gleichfalls verkleidet hatte, verließen sie zu dritt den Palast durch eine Geheimpforte und durchstreiften Bagdads Straßen.
Als sie endlich an die Ecke einer abseits gelegenen Gasse kamen, blieb der Kalif stehen, denn die Stimme eines singenden Mannes drang an sein Ohr; und wie er umherblickte, sah er den Widerschein eines Lichtes aus einem oberen Gemach, das gar hell erleuchtet zu sein schien. Er näherte sich mit seinen Gefährten dem Licht; sie erkannten nun ganz deutlich auf einer gegenüber aufragenden Hauswand den Schatten eines Mannes, der dem Anschein nach ein Glas in der Hand schwenkte. Sie standen still und hörten den Mann ganz fröhlich singen. Jetzt sagte der Kalif zu seinem Wesir: »Mir ist ganz klar, daß meine Unruhe in dieser Nacht nur eine Unterhaltung mit dem Burschen hier, der sich so seines Lebens freut, zu dämpfen vermag. Klopfe alsogleich an die Tür!« befahl er Masrur.
Masrur trat nun heran und pochte bescheiden an. Alsobald hörte der Mann in dem oberen Gemache das Geräusch und trat an das Fenster und rief hinunter: »Welcher Schuft klopft zu so unzeitiger Stunde an meine Pforte?« Dscha'afar aber blickte hinauf und antwortete ganz höflich: »O Mann, wir sind fremd in dieser großen Stadt; die Nacht hat uns überrascht; wir haben uns verlaufen und befürchten, daß wir den Wachtleuten in die Hände fallen, die uns sicherlich, wenn wir auf sie stoßen, übel begegnen werden. Daher bitten wir dich im Namen Allahs, öffne uns deine Tür und nimm uns bei dir auf; sicherlich wird dir Allah deine Menschlichkeit lohnen!« Entgegnete der: »Solches werde ich fein bleiben

lassen, ihr seid eine Bande unverschämter Landstreicher. Ich merke wohl, daß ihr darauf hinauswollt, in mein Gemach zu kommen, um euch mein Essen und meinen Wein schmecken zu lassen, wenn ich euch aufgenommen habe. Macht, daß ihr ein Haus weiterkommt!« Hierüber brach Harun al Raschid in ein herzhaftes Gelächter aus und sagte dann darwider: »Wahrlich, o Mann, wir sind nichts als Kaufleute!« Fragte der oben: »Sagt an, habt ihr schon zur Nacht gegessen oder nicht?« »Allah sei gelobt, wir haben längst und reichlich Abendbrot gegessen«, erwiderte der Kalif freundlich. »Wenn dem also ist,« sagte der nun, »mögt ihr heraufkommen, doch erlaube ich es nur unter der Bedingung, die merkt euch gut: was ihr mich auch immer tun seht, ihr sollt euch nicht unterfangen, den Mund zu öffnen und zu reden, sollte euch auch alles, was ihr von mir hört, gar sehr mißfallen.« Antworteten die drei: »Wir versprechen dir, o Herr, in deinem Gemache stumm und taub zu sein.« Da nun kam der Mann die Treppe herunter und öffnete die Tür; der Kalif aber und seine beiden Begleiter folgten ihm in sein Zimmer. Wie sie dann eintraten, sahen sie einen blumengezierten Tisch, auf dem ein fast noch voller Krug Weines und mancherlei Früchte und gebratene Speisen und Eingemachtes und Zuckerwerk standen. Ohne jeden Umstand setzte sich der Mann nieder und goß einen vollen Becher Weines hinunter. »Geht da in die Ecke und verhaltet euch ruhig«, sagte er zu den Gästen. Schweigend gehorchten die; hierauf fing er wieder an: »O ihr Burschen, woher kommt ihr, und wohin geht ihr?« Antwortete der Wesir bescheidenen Tones: »Wir sind Kaufleute aus Mosul und waren dieser Tage bei einigen Kaufleuten hier in Bagdad zu Gast; und als wir mit unsern Gastgebern reichlich geschmaust und gezecht hatten, verließen wir heute mit sinkender Nacht unsere Freunde, verfehlten jedoch den Weg nach unserem Khan, wo wir Unterkunft gefunden hatten, und verirrten uns dann in diese Gasse. Wir sahen den Widerschein des Lichts aus deinem Gemach und hörten deine Stimme; da nun sagten wir zueinander: ›Wir wollen um Gastfreundschaft und Nachtlager in diesem Hause bitten und, wenn es Morgen wird, mit Allahs Willen heimkehren.‹ Sagte der Hausherr darwider: »Beim Himmel, solches glaube ich nicht. Ich sage euch, ihr seid gar keine Kaufleute, sondern Schmierensteher und Diebe, die in die Häuser biederer Leute eindringen und zu unzeitigen Stunden Einlaß zu erlangen suchen. Du da,« fuhr er fort und wandte sich an den Wesir, »o du Dickwanst, o du Misthaufen von Kaldaunen, mit deinem Katzenbart, ich lasse mich hängen, wenn mir jemals ein Schuft von spitzbübischerem Aussehen begegnet ist!« Sprach er dann zu Masrur: »Und auch du, o du Mohrenfratze, o du Schlotterwanst, was siehst du mit solch gierigen Falkenaugen auf mein Mahl und meinen Wein? Beim Himmel! Einer von euch soll es wagen, nur ein Fingerglied nach meinen Happen auszustrecken, und ich zerschlage euch allen die Knochen im Leibe und jage euch zum Teufel!«

Nach solchen Worten sprang er hastig auf und holte aus einer Ecke des Gemaches einen ungeheuren Prügel herbei, den er unter den Arm nahm, und setzte sich alsogleich wieder an seinen Tisch. Raunte der Kalif seinem Wesir zu: »Denke, bitte, irgend etwas aus, auf daß wir des Mannes Namen und Gewerbe herausbekommen!« »Bei Allah, o Gebieter,« entgegnete der furchtsame Wesir, »wollen wir diesen Rüpel nicht in Ruhe lassen? Sicherlich ist er des

Weines voll, und wenn er uns seinen Prügel um die Ohren schlägt, sind wir abgefertigt, und kein Hahn kräht darnach!« »Sei doch nicht so furchtsam, o Dscha'afar!« sprach der Kalif; »ich muß seinen Namen und Stand erfahren!« Da erwiderte der Wesir: »Dringend, o Herr, bitte ich dich, entschuldige mich; laß uns keine Fragen an ihn stellen!« »Ich fordere Gehorsam und bestehe darauf, seinen Namen zu erfahren und weshalb er die Nacht auf solche Weise verbringt!« sagte der Kalif darwider.

Während sie so miteinander redeten, fuhr der Gesell mit Trinken fort und bekam mit der Weile eine etwas rosigere Laune und fragte in einem freundlicheren Ton: »Was redet ihr Burschen da?« Als Dscha'afar ihn nun höflicher sprechen hörte, glaubte er, seine Frage wagen zu dürfen, und fing an: »O guter Bruder, wir redeten miteinander von deiner Güte, dieweil du uns ins Gemach hast eintreten lassen; und so bitte ich dich denn bei aller Gastfreundschaft, uns zu sagen, wem wir so zu Dank verpflichtet sind. Welches ist dein Name und dein Stand, und womit ernährst du dich?« »Heda, halt, habe ich euch nicht geboten, daß ihr nichts sagen noch fragen sollt?« entgegnete der Mann, »schert euch fort und geht eurer Wege, sag ich euch, der Böse möge euch geleiten! Du bittest mich bei aller Gastfreundschaft, sage doch, wann begann denn diese Gastfreundschaft zwischen mir und dir? Wahrlich, eine Freundschaft wie die unsrige muß recht lange währen!« Darauf versetzte der Wesir: »Möge Allah unsere Freundschaft segnen! Wir sitzen doch seit geraumer Zeit in deinem Gemach, und du hast uns freundlich behandelt; wir kamen in dein Haus, und du gewährtest uns eine Zuflucht; um unsern Verpflichtungen dir gegenüber die Krone aufzusetzen, fehlt allein noch, daß du uns deinen Namen und Stand angibst und warum du die Schlafenszeit also verbringst; und solches wäre ein würdiger Gipfel deiner Freundlichkeit.« »Nun, wenn ich mich doch dazu hergeben soll,« sagte der Gastgeber darwider, »euch mein Geheimnis anzuvertrauen und meine Lebensgeschichte zu erzählen, so wage es bei der Strafe des Todes niemand, mich zu unterbrechen oder mir zu widersprechen.« »Unweigerlich wollen wir solches befolgen«, antworteten die. Fuhr jener mit einer gemachten äußern Würde fort: »So vernehmet denn, daß ich Basem heiße und meines Gewerbes ein Grobschmied bin. Ich liebe Scherz und Unterhaltung und bin ein mutiger Held; mein Körper ist sehnig und stark, und mein Vertrauen auf Allah verschafft mir den notwendigen Vorrat an Wein und Speise. Wer mich so in Zorn bringt, daß ich ihm eins um die Ohren gebe, dem dröhnen sie wahrlich zwölf Monde lang!« ›Allah bewahre uns vor seinem Zorn!‹ sprachen die drei bei sich selbst. »Wie, wagt einer mir zu widersprechen?« fragte Basem; »bei Allah, wer es tut, den schicke ich zum Bösen!« ›Der Himmel schütze uns vor solch einem Burschen!‹ sprach der Kalif bei sich. Nachdem Basem wieder einen vollen Becher hinuntergeschüttet hatte, fuhr er also fort: »O liebe Gäste, jeden Tag arbeite ich als Grobschmied, und stets noch habe ich bis zum Abendgebet fünf Dirhems verdient; mit denen gehe ich in den Basar, handle für einen Dirhem Fleisch ein, einen zweiten Dirhem lege ich in Wein an, noch ein anderer geht für Wachskerzen, einer für Nüsse und Kuchen und Früchte drauf, und für den letzten kaufe ich Öl für meine Lampe und zwei Brote; kurz, ich sorge immer dafür, daß auch nicht ein einziger Asper für den kommenden Tag übrigbleibt. So verbringe ich Tag für Tag mein Leben in unveränderlich gleicher Weise. Am Abend komme ich in meine Wohnung zurück und bringe alles in Ordnung, wie ihr seht: zünde die Kerzen an, reinige meine Lampe, setze mich zu Tisch und esse etwas von dem Gebratenen, dann nehme ich meinen Krug vor; und niemals sehe ich einen Gast bei mir. Auf euer Wohl, o ihr Männer! So, abwechselnd einen Happen essend oder Wein trinkend, verlängere ich das Mahl die Nacht durch und freue mich meines Daseins. Am Morgen aber gehe ich wieder meinem Tagewerk nach, und auf diese Weise verstreicht Tag um Tag. Da habt ihr Herren Kaufleute oder Gauner, oder was ihr sonst seid, meine ganze Lebensgeschichte!«

Harun als Raschid und Dscha'afar konnten nicht umhin, Basems Erzählung seiner Lebensweise zu bewundern, und sprachen: »Wahrlich, das muß man zugeben, du bist ein Mann von entschlossenem Gemüt und führst eine merkwürdige Lebensart; dein Fernbleiben von jeder Geselligkeit bewahrt dich vor mancher Unannehmlichkeit.« Sprach Basem: »Freilich; so habe ich nun schon zwanzig Jahre gelebt; jede Nacht strahlte mein Gemach im Lichterglanz, und mein Tisch war stets so besetzt, wie ihr seht; noch nie bin ich dabei belästigt oder unterbrochen worden.« »Doch was dann, o mein Freund,« sagte der Wesir darwider, »wenn dir morgen der Kalif das Handwerk legte und einen Befehl ergehen ließe, daß jeder Grobschmied, der binnen dreier Tage seine Werkstatt öffnete und darin arbeitete, unfehlbar gehängt werden soll? Könntest du dein Zimmer dann auch noch erleuchten und in Leckerbissen und erlesenem Weine schwelgen?« Sagte Basem darauf: »Niemals möge der Himmel dein Herz mit froher Botschaft erfreuen! Bei Allah, nichts als Widerwärtiges habt ihr zu melden! Eben erst habe ich euch gewarnt, mir nicht mit euren Voraussetzungen und üblen Vorbedeutungen zu kommen. Zwanzig Jahre habe ich nun ruhig und sicher vor Überfluß und Mangel zugebracht, und jetzt kommt ihr in dieser Nacht und neckt mich und sucht mein Gemüt mit euren unangenehmen Einflüsterungen zu verwirren. Aber ich sage euch im Namen Allahs: Steht auf und verlaßt mich! Wie konnte ich nur so albern sein und euch in mein Haus hereinlassen und euch das Geheimnis meines Lebens offenbaren!«

»O mein lieber Freund Basem,« versetzte darauf der Wesir, »wir spaßen bloß mit dir. Nach deiner Erzählung hast du nun schon zwanzig Jahre lang ununterbrochen so gelebt, und noch niemals hat der Kalif solch einen Befehl erlassen; sei überzeugt, um alles in der Welt möchten wir dir keinen unangenehmen Augenblick verschaffen. Aber gesetzt den Fall, es ereignete sich einmal, was würdest du dann machen, weil du niemals einen Dirhem für den kommenden Tag übrigläßt?«

Solche Worte brachten Basem, der während dieser Zeit mit Trinken fortfuhr und mehr und mehr berauscht ward, völlig in Zorn, und er rief aus: »O du Schurke, wie, du wagst es, deine unheilkündenden Worte nochmals zu wiederholen? Bei Allah, ihr seid widerwärtige Unglücksvögel; und sollte der Kalif morgen wirklich nach euren Worten handeln, dann soll euch, so wahr mir Hussein, Mohammeds Tochtermann, helfe, die ganze Welt nicht vor meinen Armen schützen; das schwöre ich euch! Und ich würde euch unfehlbar in allen Winkeln Bagdads aufstöbern und samt und sonders ermorden!« Um bei diesen Worten nicht hell aufzulachen, mußte der Kalif sich den Mund mit seinem Mantelzipfel verstopfen.

Hierauf verabschiedeten sie sich von ihm und gingen fort; unterwegs aber sagte der Kalif: »Wahrlich, es sollte mich wundern, wenn ich morgen kein Mittel fände, um wieder mit meinem Freunde, dem Grobschmied, zusammenzukommen.«

Der Morgen dämmerte bereits, als der Kalif mit seinen Gefährten durch die Geheimpforte wieder in den Palast trat. Harun legte sich nun zu Bett, doch nach kurzem Schlummer weckte ihn der anbrechende Morgen. Er stand auf, verrichtete sein Morgengebet und ging in den Saal des Diwans; die Emire und Wesire, die Beamten und Großen seines Reiches scharten sich um ihn, aber seine Gedanken waren noch ganz bei den Erlebnissen der vergangenen Nacht. Er rief daher seinen Wesir Dscha'afar heran und sprach zu ihm: »Schick zu dem Wali der Stadt und laß in allen Straßen Bagdads verkündigen, daß in den nächsten drei Tagen kein Grobschmied seine Werkstatt auftun noch bei Todesstrafe darin arbeiten darf.« Dschalod ibn Dschaleb aber, der Statthalter von Bagdad, trug Sorge, daß die Verfügung des Sultans mit dem größten Gepränge verkündet ward. Sechs Herolde mit stattlichem Gefolge verbreiteten des Kalifen Willen in den verschiedenen Stadtvierteln; das Volk wunderte sich darob und gehorchte.

Wie gewöhnlich kam Basems Meister am frühen Morgen in seine Werkstatt und wollte sie schon mit einigen seiner Leute aufmachen, als er den Befehl des Sultans verkündigen hörte, daß jeder Grobschmied an seiner Haustür aufgeknüpft werden sollte, der in den nächsten drei Tagen seine Werkstatt offenhielte und darin arbeiten ließe. Da nun sagte Basems Meister zu seiner Leute einem: »Hier, nimm den Schlüssel und komm am vierten Tage wieder!«

Was Basem nun anging, so war der nach dem Fortgang seiner Gäste in tiefen Schlaf versunken und wachte nicht eher auf, als bis die Sonne hoch am Himmel stand. Er sprang auf und ging wie gewöhnlich nach seiner Werkstatt, ohne um des Kalifen Verbot zu wissen. Als er näher kam, sah er den Lehrjungen draußen sitzen und die Schmiede verschlossen. Sprach er zu dem: »O du Tagedieb, warum öffnest du die Tür nicht? Ist das Schloß vielleicht in Unordnung, so will ich alsogleich die Faust ballen und mit einem Hieb die Riegel sprengen; oder sollte der Fensterladen nicht aufgehen, so will ich mit den Fingern die Nägel aus den Haspen ziehen!« Im Augenblick kam der Meister hinzu und sagte: »Es liegt wahrlich nicht am Schlosse!« »Zum Henker, warum sitzt denn der Bube draußen?« schrie Basem. Sprach der Meister darwider: »O Basem, entweder bist du betrunken oder schläfst noch; hast du denn nicht von dem Befehl des Kalifen gehört?« »Von was für einem Befehl des Kalifen?« fragte Basem, »ich weiß um keinen!« Antwortete der Meister: »Nun, der Statthalter hat eben verkündigen lassen, daß jeder Grobschmied, der in den nächsten drei Tagen seine Werkstatt öffnet und darin arbeiten läßt, an seiner Haustür aufgeknüpft werden soll; wenn du es nicht glauben willst, komm und versuch's!« Als Basem solches vernahm, fiel ihm unwillkürlich das Werkzeug aus den Händen, und seine nächtlichen Gäste und ihre Reden fielen ihm wieder ein; er sprach aber zu sich selbst: ›Könnte ich diese Schurken nur auffinden und meinen Grimm an ihnen austoben! Die Spitzbuben nahmen nur den Fall an, und siehe, nun ist er da; und wiesen nur darauf hin, und der unselige Augenblick ist schon eingetroffen!‹ Während Basem bestürzt dastand und nicht wußte, was tun, sprach sein Meister zu ihm: »Warum, o Basem, bist du so verwirrt? Du hast doch nicht Weib noch Kind, noch sonst irgend jemand, für den du zu sorgen hast, außer für dich selbst. Ich unglücklicher Mann dagegen bin Hausvater; wo soll ich ohne Arbeit diese drei Tage über Brot für meine Familie hernehmen? Solches Geschick trifft mich um deinetwillen, wahrlich, das sehe ich ein; kommst du nicht Morgen für Morgen halb betrunken zur Arbeit? Du hast uns den Fluch erwirkt, dieweil du seit zwanzig Jahren keine Nacht verstreichen läßt, ohne deinen Bauch voll des Weines zu füllen! Geh aus meinen Augen und laß dich nimmer wieder hier blicken, geh, du Leckerzahn, und bettle die drei Tage!«

Hierauf schimpfte er noch weiter auf Basem, der ganz bestürzt und in tausend Gedanken verloren dastand und dann, ohne eine Antwort zu geben, fortging. »O Allah,« rief er aus, nachdem er eine Weile zugegangen war, rieb sich seine Hände und biß sich die Lippen blutig, »kämen mir doch meine spitzbübischen Gäste in die Quere! Ihre Reden sind in Erfüllung gegangen. Seit der Stunde ihres Besuches und ihrer Prophezeihung schwante mir, daß es heute einen Unglückstag für mich gäbe!« Und er wanderte eine Zeitlang durch die Gassen, ohne zu wissen, was er beginnen konnte. Zufällig kam er an einem Badehaus vorbei und trat ein, um ein Bad zu nehmen. Als er hineinging, traf er auf einen Badediener, der sich Kaled nannte und früher bei Basem bedienstet gewesen war; der aber hatte ihn freundlich behandelt und ihn in seine jetzige Stellung gebracht. Kaled erkannte alsogleich den alten Freund, ging auf ihn zu, grüßte ihn und küßte seine Hand: »Willkommen, o Hadschi Basem,« sagte er, »o mein Freund und Gönner, steht dir etwas zu Diensten?« Antwortete Basem: »Ach, der hartherzige Kalif Harun al Raschid hat das Gewerbe der Grobschmiede unterbunden und gedroht, jeden von uns aufknüpfen zu lassen, der in den nächsten drei Tagen arbeitet. Du weißt doch, o Kaled, daß ich für heute abend keinen einzigen Asper übrighabe; und soll ich auch nur einmal von meiner alten Gewohnheit abstehen, wird es mir ja großes Unglück bringen, des bin ich sicher. Leider verstehe ich mich nun auf kein anderes Handwerk.« »Hab keinen Kummer, o Basem«, erwiderte Kaled; »im Falle der Not kannst du sicherlich in den Badestuben arbeiten und die Gäste bedienen und ihnen die Glieder reiben und den Kopf mit Seife und Lifey (was eine Salbe aus Dattelpalmenrinde ist) waschen. Du kannst hier drei Tage bei uns arbeiten und dann wieder deiner Beschäftigung nachgehen.«

Leicht ließ Basem sich bereden; Kaled band ihm nun einen Schurz um, versah ihn mit einem Leinentuch, drei Schermessern, einem Stein zum Gliederreiben und mit Seife und Lifey. Bald hernach kamen einige Badegäste, und Kaled ließ sie von Basem bedienen. Basem aber verrichtete das Geschäft nach bestem Können. Der erste, den er bediente, gab ihm zwei Dirhems, ein zweiter gab ihm einen, mehrere gaben diese oder jene Scheidemünze, kurz, er hatte seine fünf Dirhems beisammen, wie er sie als Grobschmied täglich verdient hatte, ehe noch das Abendgebet heran war. Sowie er diese Summe beisammen hatte, jauchzte er und rief: »Was schiert mich noch der Kalif? Von nun an will ich nicht mehr als Grobschmied arbeiten, nein, mit Allahs Hilfe nichts anderes denn Badediener sein, solches ist gar lustig und bequem und auch zehnmal leichter als Schmiedearbeit!« Dann legte er sein Gewand an, eilte nach Hause, nahm Krug und Teller und Korb und ging sogleich auf den Markt. Er kaufte hier für einen Dirhem Hammelfleisch und ließ es in seiner Schüssel beim Garkoch zubereiten; dann erstand er für einen Dirhem Wein; den dritten legte er in Blumen und Wachskerzen an; Pistaziennüsse erhandelte er für den vierten, und Früchte und leckeres Backwerk; den fünften endlich ließ er wechseln und handelte dann Sesamöl für seine Lampe, gewöhnliches Öl für seine Leuchter und zwei Brote ein. Als er all diese Einkäufe erledigt hatte, kehrte er zu dem Garkoch zurück, bei dem er sein Hammelfleisch schon fertig auf der Schüssel vorfand. Nun aber ging er, über sein gutes Glück frohlockend, mit allen Einkäufen nach Hause, wo er um Sonnenuntergang ankam.

In seinem Gemache angelangt, zog er sein Gewand aus, räumte auf und steckte die Lampe an und schmückte seinen Tisch. Dann stellte er sein Abendessen und Wein und Früchte auf, setzte sich nieder und sagte, indem er sein Glas füllte: »Solches trinke ich zur Beschämung meiner elenden Gäste; gebe es der Himmel, daß ich in dieser Nacht wieder mit ihnen zusammenkomme!«

Als der Abend hereingebrochen war, sandte der Kalif, der an gar nichts anderes als nur an Basem dachte, nach seinem Wesir Dscha'afar und sprach zu ihm: »Ich denke gerade daran, wie wohl der arme Schlucker von Grobschmied die Nacht verbringen mag!« Erwiderte der Wesir: »Ich glaube, o Herr, daß er, Trübsal blasend, beim leeren Kruge mit leerem Magen sitzt.« »Laß Masrur alsogleich kommen,« befahl der Kalif, »wir wollen nochmals zu dritt zu ihm gehen und ihm zu unserer Belustigung einen Besuch abstatten.« Sagte der Wesir darwider: »Wahrlich, o Herr, ich glaube, wir täten besser daran, nicht hinzugehen; es könnte ihm beifallen, einem oder dem andern von uns übel aufzuspielen.« »Ich will es, daß wir hingehen!« sprach der Kalif. Abermals verkleideten sie sich und brachen auf. Wie sie nun wieder in die entlegene Gasse einbogen, erblickten sie den Widerschein des Lichtes und Basem mit dem Becher in der Faust, und beim Nähertreten hörten sie ihn ebenso lustig wie in vergangener Nacht singen. Rief der Kalif: »Bei Allah, an unseres Freundes Zustand scheint sich nichts geändert zu haben; seinetwegen verboten wir den Grobschmieden die Arbeit, solches hat jedoch anscheinend keine Störung seines Gewerbes hervorgebracht. Du mußt es nun fertigbringen, daß wir wieder eingelassen werden, auf daß wir unsern Spaß noch einmal haben.« »Das ist wahrlich, o Gebieter, ein bedenklicher Handel«, sagte der Wesir darwider, »und könnte uns Gefahr bringen; hat er uns gestern schon hart zugesetzt, so wird er es heute wohl noch viel schlimmer machen.« Da der Kalif keinen Widerspruch gelten ließ, klopfte Masrur an die Tür. Gerade in diesem Augenblick gedachte Basem, dem der Wein schon zu Kopf gestiegen war, seiner Gäste und wünschte, daß sie das Glück wieder herführen möchte; als er nun an die Pforte pochen hörte, trat er alsogleich an das Fenster und rief mit zorniger Stimme: »Wer ist denn da?« Antwortete Dscha'afar: »Deine Gäste von gestern abend.« Basem schaute hinunter und erblickte wahrlich seine drei Gäste. »Ich lasse euch nicht ein, schert euch zum Galgen!« rief er hinab. »Beim hohen Allah, den lieben langen Tag habe ich euch aufgepaßt, um euch windelweich zu prügeln; und jetzt bedarf ich euer nicht mehr, ihr wollt mich ja doch nur foppen!« Entgegnete der Wesir: »O erhabener Basem, wir haben wirklich und wahrhaftig keine bösen Absichten und sind heute nacht nur ge-

kommen, um uns aus Freundschaft nach deinem Wohlergehen zu erkundigen, denn wir haben von des Sultans unbegreiflichem Befehl gehört, daß die Grobschmiede ihr Handwerk nicht betreiben sollen; und in unserer Sorge möchten wir erfahren, ob er dir auch Schaden gebracht hat. Daher öffne uns, bitte; und wir verpflichten uns auch, dich durch keine unpassende Rede ärgern zu wollen.« »Ärgert mich nur, wenn ihr's könnt; aber paßt auf, was hinterdreinkommt!« sagte Basem darwider, »ich will euch abermals aufnehmen.« Und kam herunter und schloß die Tür auf; doch der Wein war ihm schon sehr zu Kopfe gestiegen, und er war fast betrunken. Seine Gäste aber stiegen mit ihm die Treppe hinauf und setzten sich in eine Ecke des Gemaches.
Da sagte Basem: »O ihr Burschen, ihr kennt doch meine Lebensweise; da steht mein Essen und mein Nachtisch, und hier steht mein Wein. Keiner von euch soll auch nur einen Tropfen von ihm abhaben, reicht er doch kaum für mich allein!« Wandte er sich gegen den Kalifen: »O du Flegel mit deinem kohlschwarzen Bart und dem Schafsgesicht, was schielst du so nach meinen Früchten?« »Wir haben nicht den Wunsch, o Herr,« antwortete der Kalif, »dein Essen zu kosten, und sind nur gekommen, um zu hören, wie es dir geht, und uns deiner Unterhaltung zu erfreuen. Haben wir doch den ganzen Tag nur von dir gesprochen und uns über das Verbot, so die Grobschmiede angeht, gewundert und zugleich auch empört.« »Wegen euch ereignete sich all das«, entgegnete Basem, »und ist die Frucht eures unzeitigen und unheilvollen Geschwätzes. Ausdrücklich untersagte ich euch, in meinen Angelegenheiten herumzuschnüffeln, ihr unterließet es jedoch durchaus nicht und wagtet gar zu sagen, der Kalif könne vielleicht dies und jenes tun; und bei

Allah, die Himmelspforten wurden wider mich geöffnet! Hütet euch wohl, solches rate ich euch, wieder etwas laut werden zu lassen, was etwa geschehen könnte!« »O Herr, wir wollen dir wahrhaftig nicht lästig fallen, aber erzähle uns doch, bitte, wie es möglich wurde, daß du dir das vor dir Stehende verschaffen konntest!« Sagte Basem darwider: »Wie ich euch gestern mitteilte, lebe ich seit zwanzig Jahren so. Als ich nun heute vernahm, daß den Grobschmieden die Arbeit untersagt sei, ging ich, das gebe ich zu, mit gar schwerem Herzen von der Werkstatt weg. Doch Allah hat mir ein andres Gewerbe verschafft, und ich habe in einer Badstube als Aufwärter bedient, dessen Verrichtungen mich ein guter Bekannter lehrte, und verdiente noch vor dem Abendgebet fünf Dirhems mit solcher Beschäftigung. Mit diesem Gelde verfuhr ich so, wie ihr es seht, kaufte Speisen und Obst und Wein und bin wieder Basem. Allah sorgt für mich! Dem Kalifen drehe ich eine Nase; möge der Teufel alle Kalifen und Grobschmiede holen! Als Badewärter will ich leben und sterben; das Gewerbe ist zehnmal angenehmer als das des Grobschmieds; und Bäder kann der Kalif nicht verbieten!«

Der Kalif gab dem Wesir zu verstehen, daß er sich mit Basem in einen Wortwechsel einlassen sollte. Fing der Wesir an: »O Hadschi Basem, was würdest du denn machen, wenn der Kalif den Gebrauch der Bäder untersagte?« Antwortete Basem: »Sagte ich euch nicht, daß ihr überlästige und aufdringliche Burschen seid? Schwort ihr nicht bei Allah, euch nicht mehr mit meinen Angelegenheiten zu befassen? O du Dickwanst, o du elender Misthaufen mit dem Katzenbart, habe ich dir nicht ausdrücklich untersagt, noch solch ein unheilschweres Wort auszusprechen?» Dscha'afar wandte sich in diesem Augenblick gegen den Kalifen, sah, wie der gar fröhlich lachte, und sprach bei sich: ›Jaja, der Scherz scheint meinem Gebieter herrlich zu gefallen!‹ »Gib dich zufrieden, o Herr,« entgegnete er Basem höflich auf seine Rede, »wir machen doch nur Spaß; wenn wir dich in irgend etwas beleidigt haben, so vergib uns bitte!« »Hol euch alle dieser und jener,« sagte Basem darwider, »wer könnte euch wohl gerne sehen! Ehe ihr kamt und mich störtet, lebte ich ruhig und glücklich; seit zwanzig Jahren habe ich jeden Abend so verbracht, bis ihr ungebeten hereinkamt, um mich zu narren und mein Vergnügen zu stören. Doch ich will nicht länger Grobschmied sein; mag ihnen der hochweise Kalif nur immerzu ihr Handwerk unterbinden, wenn's ihm behagt. Allah hat mir ein andres Gewerbe zugewiesen; dem Kalifen zum Trotz soll mir das Bad meine gewohnte lustige Lebensweise erhalten; möge dem Kalifen ein Stück Knoblauch in die Nase fahren!« Darauf füllte er sein Glas, hielt es gegen das Licht, daß es durchschimmerte, und sang sich ein Lied. Sprach dann: »Wahrlich, es ist recht, den Kalifen zu foppen, er gedachte mich aufzuziehen und mit leerem Magen ins Bett zu schicken; doch was schiert mich jetzt der Kalif!« Sprach der zu sich: ›Wart, o Freundchen, dich will ich schon noch klein kriegen; morgen in der Frühe lasse ich alle Bäder sperren, es soll mich wahrlich wundern, was du dann morgen abend treibst.‹ Abermals füllte Basem sein Glas, blinzelte hindurch und sang sich ein andres Lied. »Dies Lied klingt fröhlicher als das erste,« sprach der Kalif zu seinem Wesir, »er ist ein lustiger Bursche, und seine Lieder verstehen es, mir, so verdrossen ich auch bin, eine heitere Laune zu geben.« Bald sang Basem, bald trank er oder naschte von seinem Nachtisch oder klatschte in die Hände.

Seine Lieder aber waren fröhlich und verliebt und spaßhaft, manchmal sang er auch eine Klageweise. Gegen Morgen war er völlig trunken, und seine Gäste verabschiedeten sich von ihm. Sprach der Wesir zu ihm: »O Hadschi Basem, wir wollen dich bald wieder besuchen!« Erwiderte Basem jedoch: »Geht zum Bösen; ihr kommt ja doch nur, um mich zu plagen, auch bringt euer Anblick nichts Gutes!«
Die aber gingen, lachend ob ihres wunderlichen Abenteuers, fort und kamen wieder durch die Geheimpforte in den Palast. Der Kalif hielt am Morgen nun einen feierlichen Diwan und ließ den Befehl verkündigen, daß bei Strafe der Kreuzigung alle Bäder in Bagdad für drei Tage geschlossen sein sollten. Das Volk aber erstaunte in höchstem Staunen und war sehr bestürzt; einer sagte zum andern: »Was mag das bedeuten? Gestern wurde den Grobschmieden die Arbeit untersagt, heute werden die Bäder geschlossen, vielleicht dürfen morgen die Khane nicht geöffnet werden; alles müssen wir Allah anheimstellen!« Haruns Bad machte den Anfang, dann wurde das der Sultanin Subaidah geschlossen und darauf Dscha'afars Bad. Als auch das Bad, in dem Basem am vorigen Tage gearbeitet hatte, zugemacht war, blieb sein Besitzer traurig unter der Tür sitzen. Die Badewärter aber hatten sich um Kaled geschart und überhäuften ihn mit Vorwürfen und sagten zu ihm: »Jener Basem ist dein Freund; du hast uns da einen sauberen Burschen herzugeführt, dessen unglückliches Geschick nun auch uns trifft!« Während sie also sprachen, kam Basem, der sich kaum von seiner nächtlichen Feier erholt hatte, des Weges; unter seinem Arm trug er seine Badegeräte; und wie er so einherschritt, hörte man ihn ausrufen: »Kein anderes Gewerbe als das eines Badewärters will ich von nun an treiben!« Er wußte

nicht um das Vorgefallene und ging nach dem Badehaus; als er aber an seiner Pforte anlangte, sah er sie verschlossen und die Leute traurig unter ihr sitzen. So verdrossen sie auch waren, sie konnten sich doch eines Gelächters über Basem nicht erwehren und sprachen zu ihm: »Wie, du willst das Bad öffnen, solches willst du tun?« »Gewiß will ich das«, erwiderte Basem, worauf Kaled entgegnete: »Ja, willst du denn hinterdrein an der Badehaustüre gekreuzigt werden?« »Was, zum Teufel, soll das heißen?« fragte Basem. Antwortete Kaled: »Du tust, als wenn du nichts von der Bekanntmachung gehört hättest; der Kalif hat bei Strafe der Kreuzigung das Offenhalten aller Bäder Bagdads für die nächsten drei Tage verboten!« Als Basem solches vernahm, stand er ganz bestürzt da, dann aber rief er aus: »Bei Allah, was hat das zu bedeuten?« Sprach der Badehalter: »Alles geschieht durch dich; gib dich mit deinem Handwerk ab und mische dich nicht in anderer Kram. Schon dreißig Jahre lang bin ich hier Badehalter, und niemals hat uns ein derartiges Verbot betroffen, bis du dein niederträchtiges Gesicht unter uns sehen ließest. Gestern ward das Grobschmiedehandwerk verboten, heute werden alle Bäder geschlossen. Bei Allah, mach dich fort!« Ganz bestürzt ging Basem fort und sprach mit wachsendem Ingrimm zu sich selbst: ›Alles dies haben meine elenden Gäste auf dem Gewissen; was ihnen nur in den Sinn kommt, trifft sicherlich ein. Sie sollen die Sterne am hellichten Tage zählen, wenn ich wieder mit ihnen zusammenkomme! Was soll ich nun beginnen?‹ fuhr er fort, als er heimgekommen war und von Gedanken bestürmt dasaß; ›nicht einen Asper habe ich im Beutel, Grobschmiedearbeit darf ich nicht verrichten, das Bad ist geschlossen; wer sagt mir nun, was ich tun soll?‹ Und als er dann seiner Gäste gedachte, ballte er voll Ingrimm seine Fäuste und nahm sich vor, sie in allen Straßen Bagdads zu suchen. Hiermit verbrachte er einen Teil des Tages und lief vergebens umher und sprach bei sich selbst: ›Heute muß ich ohne Abendbrot zu Bette gehen, denn ich habe keinen Braten und kein Obst und keinen Wein und keine Lichter!‹ Hierauf ging er nach seinem Hause, kleidete sich an, wand seinen Turban würfelförmig um den Kopf, nahm sein Feiertagsgewand und sprach: ›Ich will es verkaufen und mich für den Erlös wie gewöhnlich versorgen!‹ Auf seinem Wege kam er an einer Moschee vorüber, und er sprach zu sich: ›Hier will ich meine Wuzu-Waschung vornehmen und beten, daß solches Mißgeschick aufhören und mein Gewerbe wieder hergestellt werden möge.‹ Er trat in die Moschee ein, verrichtete seine Waschung und sagte sein Gebet auf. Wie er nun mit seinem Gewand unterm Arm wieder in die Vorhalle kam, hatte sich seine Wut auf seine Gäste um ein weniges gedämpft; er warf seine Kleider über die Schulter und blieb eine Weile stehen, dieweil er unschlüssig war, nach welchem Basar er sie zum Verkauf tragen sollte.

Als Basem nun so dastand, kam ein Weib daher, das ihn, wie sie den stattlichen und handfesten Burschen mit seinem Turban um den Kopf so dastehen sah, für einen Makil oder Gerichtsdiener des Kadis hielt, und sprach zu ihm: »Sage mir bitte, o Herr, bist du ein Makil?« Antwortete Basem, indem er die Augen im Kopfe umherrollte: »Ich bin, wenn's dir beliebt, kraft der Bestallung und Ernennung durch den Kadi der Kadis ein mächtiger Makil oder, wenn du's lieber siehst, gar ein Richter, der hier Recht sprechen und Zwistigkeiten schlichten kann, und habe die Macht, zu scheiden und

zu bestätigen; kurz, ich vermag alles, was immer du verlangst; setze mir nur dein Anliegen auseinander!« »O Hadschi, das sind der Worte gar viele«, sagte das Weib darwider; »ich habe eine gerechte Klage gegen meinen Schuldner.« Sprach Basem: »Laß hören, wer dein Schuldner ist, auf daß ich ihn vor den Kadi führen kann, der in seinem Glanze zu Gerichte sitzt und nicht seinesgleichen auf Erden hat. Nimm mich zu deinem Makil an; für zwei Drittel eines Dinars will ich deine Sache gewinnen, wenn dein Gegner unrecht hat. Aber auch im Gegenteil will ich dein Unrecht zu Recht machen. Komm nur mit mir nach dem Makami oder Gerichtshaus meines Viertels, und ich hafte dir dafür, dein Schuldner soll dir gerecht werden!« Sprach das Weib: »Ich habe eine Klage wider meinen Mann; er ist mir seit fünfen der Jahre die Gewänder schuldig und außerdem noch fünf Dinare und einen Asper für Ausgaben, wie es deutlich aus meinem Heiratsvertrage hervorgeht. Auch ist er sehr nachlässig in der Erfüllung seiner Pflichten gegen mich und schläft öfters außer dem Hause.« »Welches Gewerbe betreibt dein Mann?« fragte Basem. »Ei, er ist Schuhmacher«, erwiderte das Weib. »So, ein Lederrecker; na, bei Allah, dem will ich den Kopf zurechtrecken!« sagte Basem darwider. Sprach die Frau: »Wär es nicht besser, o Hadschi, wenn wir in dem Makami meine Klage niederschreiben ließen und vom Kadi den Befehl zur Vorladung des Beklagten erlangten?« »Das ist unnötig, glaube es mir nur«, fuhr Basem fort; »zur schnelleren Erledigung der Geschäfte hat mich der Kadi ermächtigt, in seinem Namen zu unterzeichnen.«
Darauf nahm er sie bei der Hand und führte sie nach dem Gerichtssaal, ging aber allein hinein und kam nach einer Weile wieder heraus: »Wenn du dich mir gegenüber er-

kenntlich zeigst,« sprach er zu ihr, »so sollst du sehen, was ich für dich tun will; ehe noch eine Stunde herum ist, soll dein Mann in sicheren Gewahrsam gebracht sein!« Hierauf löste die Frau von ihrer Goldschnüre, die sie um den Kopf trug, zwei Dirhems los und reichte sie Basem. Der aber ergriff sie mit solcher Gier, wie ein Habicht auf eine Beute stößt, und sagte dabei zu sich selbst: ›Nun bin ich wieder Basem, Allah sorgt für mich!‹

Sie gingen jetzt zusammen nach der Kaisarijah, wo der Mann des Weibes war. Bevor Basem aber eintrat, zog er seinen Turban in die Höhe, rückte ihn sorgsam zurecht und entblößte seine Arme, um sich noch mehr das Aussehen des Beamten zu geben, den er vorstellen wollte. Das Weib bezeichnete ihm seinen Ehemann, und er sah ein hageres und bleiches und winziges Männchen, das gerade sein Freitagsgebet verrichten wollte. Ohne ein Wort verlauten zu lassen, nahm ihn Basem samt dem Teppich, auf dem er kniete, auf den Arm und wollte ihn forttragen. Rief das Männchen aus: »O Hadschi, o Hadschi, bei Allah, was soll das bedeuten?« Antwortete Basem: »Du sollst nur den erhabenen Gesetzen Ehrfurcht und Gehorsam bezeigen!« »Schone meiner,« flehte der Schuhmacher, »und setze mich wieder auf die Erde, auf daß ich mein Obergewand und meine Pantoffeln anziehen kann. Bei meinem Kopf und meinen Augen, ich will mit dir gehen, aber trage mich nicht so dahin!« Jetzt setzte ihn Basem mit seinem Teppich auf den Boden, während sich alles Volk aus der Kaisarijah um sie her drängte. Der Gefangene fragte nun Basem, wer denn sein Kläger sei. Antwortete der: »Dein Weib ist dein Kläger, und ich bin der ihr zugeordnete Makil. Die Klage wider dich lautet auf fünfzig (wie er anstatt fünf sagte) Dinare und die ihr seit fünfzig Jahren zukommenden Kleidungsstücke!« Da rief der arme Schuhmacher aus: »Bei Allah, wir sind erst seit fünf Jahren verheiratet, sieh, wie kann sie da von mir Gewänder für fünfzig Jahre beanspruchen, sintemal ich selbst doch kaum vierzig Jahre alt bin?« »Nichts weiß ich von alledem; du und deine Frau, ihr mögt es vor dem Kadi abmachen«, entgegnete Basem darwider, und er ging darauf mit ihm nach dem Makami, die Frau aber schritt vor ihnen her; als sie kaum den halben Weg hinter sich hatten, wandte sich der Mann gegen Basem und sprach zu ihm: »O Hadschi, laß mich, bitte, ein paar Worte mit dir reden!« Antwortete Basem zuversichtlichen Tones: »Ja, sprich immerhin ihrer zwanzig!« »Glaube mir,« fuhr der Gefangene fort, »alles, so mein Weib wider mich angeführt hat, rührt lediglich von ihrer Eifersucht her; durch einen unglücklichen Zufall ward ich im Nachbarhause so betrunken in letzter Nacht, daß ich nicht heimgehen konnte und schlief, wo ich war. Solches aber ist der wahre Grund ihrer Wut; wenn wir erst diese Nacht wieder zusammen in einem Bette schlafen, werden wir bald Frieden schließen, und sie wird morgen früh vergnügt aufstehen. Darum, o weiser Hadschi, bitte ich dich dringend um dein Fetwa!« »Was für ein Fetwa?« fragte Basem darwider. »Du sollst nur geruhen, ein Geschenk von mir anzunehmen, und mich entwischen lassen. Nach dem Abendgebet will ich zu meiner Frau zurückkehren, und es wird alles glücklich ablaufen, darauf verlasse dich. Nimmst du mich aber jetzt, so erbost wie sie ist, mit ihr vor den Kadi, so werde ich sicherlich gefangengesetzt. Deshalb bitte ich dich bei Allah, stehe von deinem Makilamt ab und laß mich laufen!« Sprach Basem zu sich selbst: ›Was, der Teufel, habe ich schließlich mit diesem Weibe zu tun? Es ist vernünftiger, diesem Freunde auch etwas abzunehmen und ihn seinem Gewerbe nachgehen zu lassen!‹ Und er sagte würdevoll zu dem Verklagten: »Aber sieh, o Herr, ein solches Fetwa will auch bezahlt sein!« Darauf bot der Schuhmacher Basem demütig drei Dirhems an, die der alsogleich in seinem Gürtel in Sicherheit brachte. Darauf gingen sie ihren Weg noch ein Weilchen weiter; und als sie an eine Stelle kamen, wo ein großes Gedränge war, trennten sie sich, und ein jeder ging einen andern Weg. »Beim Himmel, alles geht gut,« sagte Basem, »ich habe nun wieder fünf Dirhems in der Tasche, bin wieder Basem, und Allah sorgt für mich!«

Nachdem nun Basem den Schuhmacher hatte laufen lassen, veränderte er seinen Turban und streifte die Ärmel wieder herunter, nahm dann seine Gewänder von der Schulter und setzte sich auf einen Stein vor einer Schule. Währenddem hatte das Weib seinen Weg nach dem Makami in dem Glauben fortgesetzt, daß ihr Mann ihr noch mit dem Makil folgte, und war voller Freude, einen Makil gefunden zu haben, der ihr so bald Gerechtigkeit verschaffen wollte. Als sie sich nun einmal umsah und weder den Makil noch ihren Gatten hinter sich erblickte, stieß sie ein Geheul wie bei einem Leichenzuge aus und rannte gleich einer Verrückten hin und her. Schließlich sah sie den auf dem Stein sitzenden Basem, stürzte auf ihn zu und rief mit lauter Stimme: »Wo, wo ist mein Schuldner, mein Mann?« Antwortete Basem feierlichen Tones: »Was schiert mich dein Mann und Schuldner? Geh deines Weges und laß mich zufrieden!« Bei solchen Worten geriet das Weib in hellen Zorn und rief aus: »Wie, bist du nicht der Makil?« »Du lügst,« erwiderte Basem mit erhobener Stimme, »du lügst, o du ungebärdige alte

Vettel! All mein Lebtag bin ich Grobschmied gewesen!« Hierauf packte das Weib Basem, und ihn festhaltend, rief sie mit gar lauter Stimme: »Herbei, o ihr Gläubigen, mein Schuldiger, mein Schuldiger!« Alsobald scharte sich eine große Menge Volkes um sie und fragte, was los sei. Erzählte das Weib: »Wißt, daß dieser Makil zwei Dirhems von mir erhalten hat, auf daß er meinen Schuldiger zum Makami führe. Wir kamen zu dritt bis auf diesen Platz, wo er sich zweifelsohne hat bestechen lassen, dieweil er seinen Gefangenen freigab. Und jetzt, o ihr Gläubigen, ruht all meine Hoffnung auf Allah und euch«, endigte sie, kläglich weinend. Einige der Umstehenden aber sahen sich den Angeschuldigten etwas näher an und riefen dann aus: »O Frau, dieser ist Basem, der Grobschmied, und kein Makil, wir kennen ihn schon sehr lange, du mußt dich geirrt haben!« Sprach Basem: »O ihr lieben Leute, dies ungebärdige alte Weib hat mich angepackt und will mich mit aller Gewalt zu einem Makil machen!« Das arme Weib war nun noch übler daran als vorher, denn jetzt traten einige der Umstehenden hinzu, die ihr Vorwürfe machten; und andere trieben ihren Spott mit ihr, noch andere schalten sie, dieweil sie sich an einem armen Manne vergriff, und zwangen sie, ihn freizugeben, und wieder andere lachten aus vollem Halse. Einer aber sprach: »Sie hat des Guten zuviel getrunken«, ein andrer meinte: »Sie ist wahnwitzig«, während ein dritter sagte: »Sie treibt den Spaß gar zu weit!« Das arme Weib war ganz bestürzt, wußte nicht, was zu tun war, und ging nach Hause. Als Basem sich solcherart des alten Weibes entledigt hatte, sah er auf seine fünf Dirhems und rief aus: »Bei Allah, als Makil will ich leben und sterben! Was, für den Ausspruch zweier Worte erhalte ich zwei Dirhems, für das Fassen eines Schuldners drei Dirhems? Dann erhalte ich gewiß für einen Falscheid zwanzig und für das Betrügen eines Gläubigen fünfzig Dirhems! Ja, als Makil will ich leben und sterben!« Eilends ging er nun in den Basar und kaufte seiner Gewohnheit nach seine Vorräte ein, dann erleuchtete er sein Gemach, aß und trank und sang und dankte Allah, daß er ihn in den Stand gesetzt hatte, sein gewohntes Leben zu führen.

Während Basem nun also beschäftigt war, dachte der Kalif seiner oft und brannte darauf, zu erfahren, welchen Erfolg das Schließen der Bäder gehabt hatte. Sprach er zu Dscha'afar: »Mich soll wundern, was mit unserm Freunde Basem geschehen ist; es muß ihm jämmerlich ergehen, im dunklen Gemach muß er ohne Abendessen beim leeren Kruge sitzen. Ich bin willens, ihn aufzusuchen!« »Laß uns um Himmels willen, o mein Gebieter, da bleiben, wo wir sind!« sagte Dscha'afar darwider, »schon zweimal hat uns Allah den Fängen dieses reißenden Wolfes entrissen, der uns bei bester Laune gar so schrecklich bedrohte; was haben wir nun erst, da er wild ist, zu befürchten!« »Dennoch habe ich mich entschlossen, ihn diese Nacht aufzusuchen«, entgegnete der Kalif. Erwiderte der Wesir: »Ach, o Beherrscher der Gläubigen, der Krug geht so lange zu Wasser, bis er bricht!« »Schweig, ich fordere Gehorsam!« rief der Kalif aus.

Wiederum also verkleidet, gingen der Kalif und Dscha'afar mit Masrur durch die Geheimpforte des Palastes hinaus, fanden Basems Gemach wie immer erleuchtet und erblickten seinen Schatten mit dem Becher in der Faust an der gegenüberstehenden Wand, kurz, dem Anschein nach alles wie bisher. Auf des Kalifen Geheiß klopfte Dscha'afar an die Haustür. »Wer ist denn da?« rief Basem hinunter.

Antworteten die: »Deine Gäste, die Kaufleute aus Mosul!« »Weder Gruß noch Willkomm sage ich euch«, erwiderte Basem; »wenn ihr nicht eures Weges zieht, sollt ihr, bei Allah, die finsterste Nacht sehen, die ihr je erlebt habt!« Sagte Dscha'afar: »O Bruder, wir haben dir wahrlich nur zwei Worte zu sagen, laß uns doch nur ein!« Als Basem aus seinem Fenster blickte und sie an seiner Tür stehen sah, rief er hinunter: »He, was wollt ihr denn von mir? Geht, sage ich euch, nie habt ihr mir etwas Gutes gebracht; alle Grobschmiede und Badehalter Bagdads sind durch euch zugrunde gerichtet.« Dscha'afar aber tat, als wüßte er nicht um das Vorgefallene, bat nur um Einlaß und sagte: »Wir haben den ganzen Tag bis auf diesen Augenblick in unsrer Herberge in Geschäften zugebracht und wissen nichts von den Vorgängen in der Stadt.« »Habt ihr wirklich verschlafen, was heute geschehen ist?« »Wahrlich, wir wissen nichts und bitten dich um Allahs willen, erzähl es uns!« Erwiderte Basem: »Nun, so bitte ich euch um Allahs willen, kommt die Treppe heraufspaziert, auf daß ich es euch kundtue und wissen lasse. Doch nur unter solcher Bedingung: erstens, daß ihr nicht treulos an mir handelt und Zaubereien gegen mich anstellt, denn alles, was ihr bisher ausgesprochen habt, hat sich ereignet, als wenn es in Stein gemeißelt ward, und zweitens: niemand soll mich durch unzeitiges Reden unterbrechen oder aufregen!« Nach geschlossenem Pakte wurden sie die Treppe hinaufgelassen, fanden in der Stube alles wie gewöhnlich angeordnet und nahmen schweigend ihre Ecke ein. »Nun, o meine Gäste,« hob Basem zu reden an, »sagt mir, so wahr ihr auf Allahs Gnade hofft, wißt ihr gar nichts von dem, was heute vorgefallen ist und was der Querkopf, der Kalif, angezettelt hat?« Kaum konnten sich seine Zuhörer das Lachen verbeißen und baten ihn, weiterzusprechen. Da sagte Basem: »Aus seinem struppigen Bart und seinem dummen Gehirnkasten heraus hat er den königlichen Befehl ergehen lassen, daß alle Bäder Bagdads für drei Tage geschlossen sein sollen. Wie ich euch gestern erzählte, hatte ich den Beruf eines Badeknechts ergriffen; da hat mich solch verdammter Befehl wieder brotlos gemacht und in solche Not versetzt, wie niemals zuvor ein Menschenkind erfahren hat noch jemals erfahren wird, denn ich wußte mir durchaus keinen Rat, wie ich mir nun mein Abendessen verschaffen sollte.« »Warum gingest du denn nicht nach des Kalifen oder der Sultanin Subaidah Badehaus?« fragte der Kalif. »Ach, die beiden wurden noch eher als alle andern geschlossen«, antwortete Basem. »Wahrlich, es war ein unheilschwangerer Tag! Das Volk erstaunte in höchstem Staunen, und die unendliche Menge der Badewärter sah dem Hunger entgegen. Gleichwohl, o liebe Gäste,« fuhr er fort, »hat mich die Vorsehung nicht im Stich gelassen, sondern warf mir fünf Dirhems in den Weg, mit denen ich mein Nachtmahl, das ihr hier seht, allen denen, die mich hassen oder beneiden, und dem Kalifen und all seinem Gefolge zum Trotz einkaufte!« ›Wart, o mein Freund,‹ sprach der Kalif zu sich, ›dich werde ich wohl noch einmal klein kriegen!‹

Hierauf füllte Basem seinen Becher und hielt ihn eine Weile gegen die Flamme der Wachskerze, trank ihn aus und nickte seinen Gästen zu und hub wieder an: »So gefällt es mir gut, o meine lieben Gäste: Ihr riecht nicht an meinen Blumen, rührt mein Mahl nicht an und regt mich auch nicht mit üblen Widerreden auf; und fürwahr, mein Vorrat langt gerade hin, um meinen Bauch zu befriedigen!« Rief Masrur aus: »Möge es Allah geben, daß er nimmer genug kriegt! Möge er einem so gierigen Schlucker weder Essen noch Trinken bescheren! Beim Himmel, noch nie sind wir mit einem so eigennützigen Menschen zusammengekommen!« Kaum hatte Basem solche Worte vernommen, als er sich mit wütender Gebärde gegen Masrur wandte und rief: »O du elender und lumpiger Schuft, den Allahs Hand schwarz gezeichnet hat, was habt ihr Schufte denn noch jemals mitgebracht? Niemals möge euch der Himmel segnen, darum bitte ich! Es hätte sich wahrlich gehört, daß ihr irgendein Geschenk vor euch herschicktet; doch ihr seid jämmerliche Burschen, dem salzigen Meerwasser gleich, das niemandem zum Trunke dienen kann. Mit euch hat sich noch nimmer etwas hierher verirrt, das die Zähne beschäftigt, noch fiel es euch je bei, ein Abendessen mitzubringen, um es hier zu verzehren. Ihr gebt euch für Kaufleute aus, aber ihr seid die knickerigsten Schurken, die Allah jemals geschaffen hat!«

Der Kalif konnte sich nicht mehr eines herzhaften Lachens enthalten und sagte dann leise zu Dscha'afar: »Wahrlich, der Mann hat einige Berechtigung, sich zu beklagen, drei Nächte schon sind wir mit leeren Händen gekommen; o Dscha'afar, rede ihm freundlich zu und versprich ihm Besserung auf morgen abend!« Sprach dann Dscha'afar demütigen Tones: »O Hadschi Basem, vergib bitte, was geschehen ist! Wir verdienen allerdings Tadel, doch wollen wir morgen ein so prächtiges Abendessen mitbringen, daß wir dadurch unseren Fehler gutzumachen hoffen.« Sprach Basem darwider: »Ein prächtiges Abendessen? O ihr Geizhälse, ihr lügt, ich glaube auch nicht ein Wort von dem, was ihr redet! Wie sagt das Lied? ›Vor Durst verschmachten eure Zechgenossen, und an eurem Tische vergehen die

Gäste vor Hunger; räudig ist euer Hund, und eure Türe ist der Gastfreundschaft verschlossen.‹« Der Kalif aber konnte sich ein unmäßiges Gelächter nicht verbeißen. Basem wandte sich wieder seinem Wein zu, und ohne sich um seine Gäste zu kümmern, fuhr er mit Tafeln fort, bis er allem Anscheine nach betrunken war. »O Dscha'afar,« sagte der Kalif, »unser Freund scheint beinahe fertig zu sein; es ist an der Zeit, von ihm zu hören, wie er heute zu den fünf Dirhems gekommen ist.« Sagte der Wesir sehr kleinlaut: »O Hadschi Basem!« »Was willst du, alter Katzenbart?« fragte der. »O Hadschi, wir nehmen lebhaften Anteil an allem, was dich angeht, und sind betrübt, wenn's dir schlecht, fröhlich, wenn's dir gut geht.« »Schon recht, was gibt es denn, was willst du von mir?« Sagte Dscha'afar: »Wir möchten gern wissen, wie es dir ergangen ist, als du heute früh alle Bäder verschlossen fandest.« »So, einmal will ich's euch noch erzählen, doch nur unter der Bedingung, daß ihr nicht von dem sprecht, was ich euch sage.« Dscha'afar versicherte ihm, daß er nichts zu befürchten habe, dieweil sie im Begriffe ständen, Bagdad zu verlassen. Darnach erzählte ihnen Basem auf das weitschweifigste all seine Abenteuer des Tages und endigte mit solchen Worten: »Wenn's ihm gefällt, mag nun der Kalif auch den Makami schließen und das Volk zum Aufstande reizen, ich habe mich entschlossen, mit Allahs Hilfe als Makil zu leben und zu sterben!« Nun füllte er noch einmal seinen Becher und goß ihn nach seiner Gewohnheit hinunter, fing dabei zu rülpsen an und sagte: »Und dies dem Kalifen in den Bart!« Sagte der Kalif bei sich selbst: ›Morgen will ich an diesem Trunkenbold ein Beispiel aufstellen, daß alle Leute Bagdads zu reden haben sollen!‹

Als der Kalif andern Morgens, umgeben von seinen Emiren

und Wesiren und seinem Hofstaat, auf dem Throne saß, trat sein Großwesir Dscha'afar in den Saal, warf sich vor dem Throne nieder und wünschte seinem Gebieter ein langes und frohes Leben. Sprach der Kalif zu ihm: »O Dscha'afar, sende unverzüglich in meinem Namen einen Befehl an den Makami, man soll eine genaue Musterung der Makils aufstellen, auf daß das Volk nicht von denen betrogen wird, die sich eigenmächtig in dies Amt eingedrängt haben. Alle schon länger Angestellten sollen mit Erhöhung ihres Soldes bleiben; doch die, die erst seit kurzem im Dienste sind und sich ohne Empfehlung selber eingedrängt haben, sollen mit Hieben auf die Fußsohle bestraft und fortgejagt werden.« Alsogleich wurde dem Befehl des Sultans entsprechend verfahren.

Unterdessen erwachte Basem auf derselben Stelle, an der ihn seine Gäste in der Nacht gelassen hatten, als bereits die Sonne aufgegangen war, aus dem Schlafe und sprach zu sich selbst: ›Ich habe heute gar übel mein Morgengebet verschlafen!‹ Dann zog er sich an, wand sich seinen Turban sorgfältig um und rief beim Bartkämmen aus: »Gib, o gütiger Himmel, daß ich als Makil lebe und sterbe!« Er brach auf und verschloß seine Tür, ging nach dem Makami und gesellte sich dort den Makils zu, die bei der Sitzung des Kadis zugegen waren. Als dem Kadi des Kalifen Befehl überreicht wurde, erhob er sich von seinem Sitze, küßte das Papier zum Zeichen seiner Ehrfurcht und seines Gehorsams und legte es auf seinen Kopf; dann aber sagte er: »Laßt die Geräte zur Bastonade, den Filk (der dazu dient, die Hiebe von den Schenkeln abzuhalten) und die Ruten, herbeibringen; alle Makils sollen vortreten, wenn sie aufgerufen werden!« Basem, der auf alle Vorgänge hier sehr achtgab, sprach bei sich selbst: ›O Allah, was bedeutet alles solches, was soll hier vor sich gehen?‹ Der zuerst aufgerufene Makil machte eine Verbeugung und stand mit gekreuzten Armen und zum Boden gesenkten Augen vor dem Kadi. Der aber fragte ihn: »Wie heißest du, wie dein Vater und Großvater? Welchen Sold hast du, und auf wessen Empfehlung bekamst du dein Amt?« Trat der Makil zwei Schritte vorwärts und entgegnete: »Mein Name ist Magid, der meines Vaters Salem und der meines Großvaters Napha; mein Sold beträgt drei Dinare und jährlich ein Amtskleid. Ich erbte mein Amt von meinen Ahnen und wurde von dem und dem empfohlen.« Daraufhin bewilligte ihm der Kadi eine Aufbesserung und hieß ihn sich seitwärts stellen, um dem Nachfolgenden Platz zu machen.

Sagte Basem bei sich selbst: ›Bis auf den heutigen Tag war eine solche Musterung der Makils ganz unerhört auf der Welt. Allein bei Allah, dem Allgütigen, ist Trost und Rettung! Was soll nun mit mir geschehen?‹

Aus diesen Erwägungen wurde Basem durch des Kadis Ruf aufgeschreckt, doch regte er sich nicht, bis er zum zweiten Male rief. »Wie heißest du?« fragte der Kadi. »Basem, der Grobschmied!« »Da du Grobschmied von Beruf bist, seit wann bist du denn da ein Makil geworden?« Antwortete Basem: »Ehegestern erst bin ich eingetreten; aber, o Kadi,« setzte er hinzu, »ich bin ein Mann von merkwürdigen Fähigkeiten; wenn es dir beliebt, kann ich Kadi oder Makil oder ein weiser andächtiger Mann mit einem geräumigen Bauche sein!« Bei solchen Worten konnten sich weder der Kadi noch die Zuhörer eines Gelächters enthalten. Doch Basems Schenkel wurden alsogleich in den Filk geschlossen, und er empfing die vom Kalifen angeordneten Fußsohlenhiebe.

Nach diesem Ungemach kehrte er nach Hause zurück und setzte sich zerschlagen und schwermütig nieder, um seine Lage zu bedenken. Bald aber ward er wieder guten Mutes, stand auf und gürtete seine Lenden, nahm ein Stück von einem alten Palmbaum, das die Gestalt eines Schwertes hatte, und versah es mit einem Gehenk, rückte seinen Turban zurecht und sagte: »Habe weder Herrn noch Freund jetzt in der Stadt und muß deshalb meinen Lebensunterhalt anderswo suchen! Wie, soll ich heute nacht etwa ohne meine gewohnte Mahlzeit schlafen gehen? Nein, die ganze Welt steht mir offen!« Jetzt machte er sich auf, verließ seine Wohnung und wanderte aus einer Straße Bagdads in die andere und war auf nichts als darauf bedacht, wie er sein Nachtmahl erwerben könnte. Als er nun so breitbeinig einherging, bald mit dem linken, bald mit dem rechten Arm schlenkerte und einen Mandelbaumzweig in der Hand trug, sah ihn jedermann für einen Bildar an, der irgendeinem vornehmen Manne zugehörte. In Gedanken versunken und ohne zu wissen, wohin er ging, befand er sich zu guter Letzt auf einem Marktplatz, allwo eine große Menschenmasse zwei kämpfende Männer umstand. Sobald er vernommen hatte, was vorging, gebrauchte er seinen Mandelzweig und bahnte sich schleunigst einen Weg durch das Gedränge; da man ihn aber für einen Untergebenen des Kalifen hielt oder auch die Kraft seines Armes fürchten mochte, wichen alle Menschen vor ihm aus. Wie er sich den Streitenden näherte, sah er sie, mit Blut und Staub bedeckt, noch im wütenden Handgemenge, dieweil es keiner der Umstehenden gewagt hatte, sie auseinanderzubringen. Als Basem nun dahinterkam, welchen Eindruck seine riesige Gestalt auf die Volksmenge machte und daß

man ihn gar für einen Bildar hielt, faßte er mit der einen Hand den Griff seines Holzschwertes und schwang mit der anderen seinen Mandelzweig, trat dann zwischen die Streitenden, und nachdem er beiden Teilen einige Hiebe versetzt hatte, machte er ihrer Prügelei ein Ende.
Nun erschien der Schaikh des Marktes, und da er Basem für einen Bildar hielt, gab er ihm fünf Dirhems mit dem Auftrag, die beiden Händelsüchtigen vor den Kalifen zu führen, auf daß sie als Störer der öffentlichen Ruhe bestraft würden. Nachdem Basem das Geld in seinem Gürtel untergebracht hatte, brummelte er vor sich hin: »Ich bin wieder Basem, Allah sorgt für mich!« Dann packte er die beiden Übeltäter und hob sie von der Erde auf und nahm unter jeden Arm einen von ihnen und schritt gemächlich mit ihnen dahin. Eine große Volksmenge aber zog ihm nach und bestand darauf, daß die beiden Streitenden sich versöhnten und entlassen würden; mit scheinbarem Widerwillen gab Basem schließlich nach, wennschon er froh war, ihrer auf solche Weise ledig zu werden. Als er dann wieder allein war, sprach er zu sich selbst: ›Das geht ja wider alles Erwarten gut; die fünf Dirhems sind sicherlich ein Geschenk Allahs; wahrlich, es steht fest, daß ich all meine Lebtage Bildar sein und bleiben will. Bei Allah, jetzt will ich meine Genossen im Palast aufsuchen!‹
Im Dienste des Kalifen aber standen dreißig Bildare, deren zehn stets drei Tage über Dienst zu tun hatten und dann von den nächsten zehn abgelöst wurden. Gemäß seiner Absicht wanderte Basem nun nach dem Palast und reihte sich unter die Bildare. Doch fand er sie in jeder Beziehung sehr verschieden von sich; sie waren zierlicher als er gebaut, und ihre reichen Gewänder von den mannigfaltigsten Farben

gaben ihnen, wenn sie in einer Reihe standen, das Aussehen eines Blumenbeetes in einem Garten. Sprach er bei sich selbst: ›Wie, diese weibischen Knaben sind die Bildare des Kalifen? Sie ähneln mir nicht, mein Gewand würde ihnen wenig anstehen, und ich möchte nicht in ihrem stecken, dieweil es schlecht zu ihrem Amte zu passen scheint.‹ Obwohl er beim Anstellen dieses Vergleiches eine Art von Verachtung empfand, konnte er es doch nicht unterlassen, sie des öfteren anzublicken. Zur selbigen Zeit aber betrachtete ihn deren Befehlshaber, der Basem für den Bildar eines Emirs hielt, der zu Besuch in den Palast gekommen war, dieweil es zu Hause nichts für ihn zu tun gab. Als er diese Vermutung seinen umstehenden Gefährten gesagt hatte, fuhr er fort: »Wir müssen diesen Fremdling als unseren Gast betrachten; wenn wir nicht irgendeine lohnende Verrichtung für ihn ausfindig machten, würde man zu unserer Schmach sagen, daß ein Amtsgenosse zu unserm Besuch in den Kalifenpalast gekommen wäre, ohne daß der Erste der Bildare imstande gewesen sei, ihm einen Nutzen zu verschaffen.« Erwiderten seine Gefährten: »O Hauptmann wenn du es für gut befindest, großmütig zu sein, so brauchst du uns wahrlich nicht erst darum zu befragen!«

Hierauf ging der Erste der Bildare zu dem Schreiber der Schatzkammer und ließ an einen reichen Zuckerbäcker den Befehl oder die Weisung ausfertigen, alsogleich zu erscheinen und die Summe von fünftausend Dirhems zu bezahlen, die er aus verschiedenen Gründen, die in der Vorladung angegeben waren, schuldig sei. Und da hierzu die Unterschrift des Wesirs nötig war, so wußte er sich auch die zu verschaffen; ging mit diesem Papier nach dem Orte zurück, allwo Basem noch immer stand, und rief ihm zu:

»Heda, o Bruder, heda, o Bildar!« Fragte Basem ganz erstaunt: »Rufst du mich?« »Ja«, entgegnete der Erste der Bildare. »Ich bin bereit, deinem Befehl nachzukommen«, sagte Basem darwider und trat voll großer Ehrerbietung vor ihn hin. Sprach der Erste: »Ich wünsche deine Freundschaft zu erwerben und bitte dich, dieses Papier der Schatzkammer mit der Unterschrift des Wesirs zu Meister Othman zu tragen und ihn zur Bezahlung der fünftausend Dirhems aufzufordern. Du kennst dein Amt,« fuhr er fort, »und wenn er sich aufführt, wie es sich gehört, so nimm, was er dir anbietet; und gehe in Frieden nach Hause. Solches tun wir nur, um dir zu dienen und einen Freund zu ehren, der uns zu besuchen gekommen ist.«

Dieser neue Glücksumstand stieg Basem nicht wenig zu Kopfe; er hielt es nun gar unter seiner Würde, zu Fuß zu gehen, und bestieg einen der Esel, die in den Straßen zu vermieten stehen, befahl dem Eseltreiber, sich nach der Wohnung des Zuckerbäckers umzusehen, und erfuhr sie bald, denn Meister Othman verstand sich auf sein Gewerbe und hatte ein hübsches Haus und einen geräumigen Laden und großen Zulauf von Käufern.

Basem ritt nun auf seinem Esel, der nicht halb so dick wie er selbst war, gemächlich durch die Straßen, bis er bei der Werkstatt anlangte, wo Meister Othman ruhig dasaß und seine Leute beaufsichtigte. »Ich bin Basem, der Grobschmied,« sprach er, der Zuckerbäcker aber achtete seiner nicht, »und habe meine Gefährten und meine anderen Geschäfte bloß deshalb verlassen,« fuhr er fort, »um dich aufzusuchen und dir anzukündigen, daß du dich unverzüglich nach dem Palast zu begeben und das Geld mitzunehmen hast, das du der Schatzkammer schuldest und von dem du keinen Asper Erlaß hoffen darfst. Dies Schriftstück enthält den Befehl des Wesirs, sofort zu erscheinen; und dieweil du die Ehre hast, des Kalifen Schuldner zu sein, wirst du gut daran tun, dich alsogleich aufzumachen und mir nach dem Palaste zu folgen und die fünftausend Dirhems mitzunehmen!« Othman erhob sich jetzt von seinem Sitz und betrachtete Basem aufmerksamer, näherte sich ihm dann sehr demutsvoll und nahm das Papier in Empfang, das er zuerst küßte und darauf auf seinen Kopf legte. Jetzt aber sagte er zu Basem unterwürfig und in den demütigsten Ausdrücken: »O Vortrefflichster aller Bildare, Allah hat mich durch deinen Besuch über die Maßen beglückt! Ich bin nichts anderes denn dein Diener und Sklave, und weit entfernt von der Beredsamkeit deiner Zunge, vermag ich dir nur zu sagen, daß alles seine Richtigkeit hat und ich alles tun werde, so du irgend verlangst. Mittlerweile aber laß dich erbitten, abzusteigen.«

Gleichzeitig befahl er seiner Gesellen einem, Basem von dem Esel zu helfen. Mit gemachter Würde wandte sich Basem nun an den Eseltreiber, reichte ihm einen halben Dirhem und entließ ihn. Dann schnaufte er heftig und wischte sich die Stirn, als wenn er erhitzt wäre. Der Zuckerbäcker aber nötigte Basem, den Sitz einzunehmen, den er selbst innegehabt hatte, und ließ heimlich zehn Pfund Kabab aus dem Basar holen und es in dünne Fladen einlegen. Inzwischen breitete er ein Tellertuch über Basems Knie aus und setzte ihm Orangenschnitten mit gestoßener Minze und einen Kuchen aus Zuckerteig und etwas Honig vor. Sprach Othman: »O Erster aller Bildare, ich bitte dich, geruhe einen Imbiß bei mir einzunehmen, auf daß die Galle nicht zu stark an deinem Magen zehre, dieweilen in der

Küche etwas Besseres hergerichtet wird!« Und er gab darnach einem seiner Untergebenen einen Wink, worauf der alsobald ein großes Gefäß voll Scherbett aus dem abgezogenen Wasser der gelben Wasserlilie, das mit in Rosenwasser aufgelöstem Moschus untermischt wurde, bereitete und es seinem Meister brachte, der es Basem darreichte. Der Bildar jedoch spielte den großen Herrn und tat so, als hätte er keine Lust zu frühstücken; da fing Othman wieder an und sagte: »O Erster aller Bildare, bei Allah und dem Jüngsten Gericht beschwöre ich dich, koste etwas von diesem Scherbett und von den vor dir stehenden Gerichten, sollte es auch noch so wenig sein. Wenn du meiner untertänigen Bitte nicht nachkommst, wahrlich, so schwöre ich dir, mich durch dreimaliges ›Ich verstoße dich‹ von meinem Weibe zu scheiden.« Sagte Basem darwider: »Halt, halt, o Bruder, auf daß du deinen Eid nicht brechen oder deine Frau verstoßen sollst, so will ich deinem Wunsche nachkommen; aber ich habe wahrhaftig keinen Hunger, denn ich frühstückte schon mit meinen Gefährten im Palast, bevor ich den Auftrag an dich erhielt. Die Speisen aber stammten aus des Kalifen Küche, und es waren zehn Tische hergerichtet, und auf jedem standen drei Geflügel, deren jedes auf andere Art zubereitet war. Ich bin noch ganz satt davon und kann kaum Atem holen!« Entgegnete Othman: »O Erster aller Bildare, ich sehe ein, wenn du es tust, so geschieht es lediglich aus Gefälligkeit. Mache mich glücklich und koste etwas von dem vor dir Stehenden; wahrlich, du zeigtest dich bereits sehr nachgiebig!« »Nun denn, um dir zu Gefallen zu sein!« sprach Basem; und damit ergriff er das Gefäß, das mehrere Maß Scherbetts enthielt, mit einer Hand und trank es leer zum Erstaunen des Zuckerbäckers, der nicht ahnte, daß sein Gast seiner Gewohnheit nach jede Nacht das doppelte Maß Weines hinuntergoß. Als aber Basem ihm das leere Gefäß zurückgab, glaubte der bei sich, der Trinker müsse der leibhaftige Teufel in eigener Person sein.

Der Kabab und zwei lange Semmeln machten nun ihre Aufwartung; unser Basem schlang sie hinunter wie ein Heißhungriger und blickte nicht eher auf, als bis er völlig reinen Tisch gemacht und auch das verschlungen hatte, was ihm zuerst als eine Magenstärkung vorgesetzt wurde. Mehr und mehr erstaunte Meister Othman und sprach bei sich selbst: ›Dieser Mann hat schon im Palast gefrühstückt, was hätte er erst bezwungen, wenn er nüchtern gekommen wäre, ich glaube gar, nicht ein ganzer, mit Gefüllsel versehener und so gebratener Esel würde ihn satt gemacht haben. Wollte der Himmel, daß ich mich seiner erst auf gute Art entledigen könnte!‹ Darnach besorgte der Zuckerbäcker sein Geschäft und seine Kunden bis zum Nachmittagsgebet, als das in einer Garküche bestellte Mittagsmahl, das aus drei reichlich gefüllten Vögeln bestand, hereingebracht und dem Meister übergeben wurde, der es in gehöriger Ordnung dem Gaste vorsetzte und dabei sprach: »O Erster aller Bildare, wir haben dich heute wahrhaftig hungern lassen, aber ich hoffe, du wirst in deiner Güte unsere klägliche Bewirtung entschuldigen!« Sagte Basem gleichzeitig darwider: »Das hat nichts zu sagen; aber ich wollte, daß wir uns beizeiten aufmachen, auf daß wir zum Palast kommen, ehe die Schatzkammer geschlossen wird, denn ich muß meinem Gebieter Antwort bringen!« Versetzte Meister Othman: »Du bist ungemein nachsichtig gegen mich gewesen und hast vom Morgen bis zum Nach-

mittagsgebet Geduld mit mir gehabt, gewähre mir noch die eine Bitte: Sprich diesem ärmlichen Mahl, das vor dir steht, zu. Darnach wird alles, mit Allahs Willen, gut gehen!«
Ohne sich weiter nötigen zu lassen, verzehrte Basem nun die drei Vögel, trank noch ein Gefäß voll Scherbett dazu und wischte sich dann, ohne einen Ton zu sagen, seine Finger ab. ›Ich muß mir diesen Mann vom Halse schaffen,‹ sprach Meister Othman zu sich selbst, ›oder er frißt mich auch noch auf!‹ Er ging darauf in sein Hintergemach, füllte eine große Tüte aus festem Papier mit allerhand trockenem Zuckergebäck und wickelte in ein anderes Papier zwanzig Dirhems ein. Damit ging er wieder zu Basem und sprach zu ihm: »O Gebieter, flehentlich bitte ich dich, du wollest geruhen, dieses kleine Geschenk an Zuckerzeug, das ich hier vor dich lege, anzunehmen und mich deiner Gnade zu würdigen. Das Geschäft ist in den letzten Tagen schlecht gegangen, doch wird es bald wieder besser gehen, und dann werde ich die ganze Summe auf einmal überbringen können; und du weißt wohl, wenn ich sie nur teilweise ablieferte, würde ich ins Gefängnis kommen und Hiebe auf die Fußsohlen versetzt kriegen, deswegen muß ich deine Großmut und Güte abermals anflehen, auf daß du mir erlassest, an solch glückseligem Tage mit dir zu gehen. Nimm auch, bitte, diese Tüte voll Zuckerzeug für deine kleinen Kinder mit und verschmähe dieses Papier nicht, das zwanzig Dirhems für ein Bad enthält!«
Sobald das Klingen von zwanzig Dirhems in Basems Ohren tönte, fühlte er sich sehr geneigt, Othman zu willfahren; und er war scharfsinnig genug, um aus den Worten des Obersten der Bildare bei der Übergabe des Befehls zu erkennen, daß die angebliche Schuldforderung ganz unbe-

gründet und nur ein Vorwand war, um ihm einige Dirhems zu verschaffen. Auch fiel ihm bei, daß ihm der Oberste der Bildare befohlen hatte, dem Zuckerbäcker nicht weiter zuzusetzen, wenn er sich anständig gegen ihn betrüge; so sprach er denn sehr glimpflich mit Othman, der seine Freundlichkeiten zehnfältig erwiderte. Zu guter Letzt sagte Basem: »O Meister Othman, ich rate dir, weder morgen noch übermorgen, noch die ganze Woche, noch diesen Monat, noch dieses Jahr aus dem Hause zu gehen, und wenn das Jahr abgelaufen ist, wirst du es gar nicht mehr nötig haben, in den Palast zu kommen!«

Nach solchen Worten ging Basem mit dem Zuckerzeug in der Hand seinem Hause zu; es war bereits gegen Sonnenuntergang, und er sprach zu sich selbst: ›Ich bin wieder Basem, Allah sorgt für mich! Welche Torheit war es, Bagdad verlassen zu wollen! Wo sollte es mir sonst so gut ergehen? Heute morgen fünf Dirhems, nachmittags ihrer zwanzig, macht alles in allem fünfundzwanzig!‹ Dann richtete er die Augen gen Himmel und fuhr fort: ›O Allah, laß Basem in keinem anderen Berufe sterben denn als Bildar! Möge er so jeden Tag gebraucht werden, wie es dir gefällt! Doch bei Allahs geheimem Ratschluß, ich will in der Lebensweise, an die ich seit zwanzig Jahren ununterbrochen gewöhnt bin, nichts ändern. Warum sollte ich es auch tun, da ich jetzt, außer einem einträglichen Amt, fünfundzwanzig Dirhems besitze?‹ Ganz vertieft in solche Betrachtungen, trat Basem in sein Haus, vertauschte sein Gewand mit dem Werktagskleide und ging mit seinen Schüsseln und seinem Krug nach dem Basar. Sprach er bei sich selbst: ›Da ich heute fünfundzwanzig Dirhems habe, will ich jenen aufdringlichen Schuften aus Mosul, die sich so unaufgefordert in anderer Leute Sachen mischen, zum Verdruß meinen gewöhnlichen Tagessatz verdoppeln!‹ Er wandte daher dieses Mal zehn Dirhems auf, indem er die Anzahl der Kerzen verdoppelte und zwei Dochte in jede Lampe steckte, so daß sein Zimmer glänzender denn je zuvor erleuchtet war. Als er alles schön geordnet hatte, ließ er sich fröhlich nieder, trank seinen vollen Becher dreimal aus und vergaß dabei nicht, ihn dreimal gegen das Licht zu halten, um die schöne Farbe seines Weins zu bewundern. »Ich bin wieder Basem,« sprach er, »der große Allah sorgt für mich!« Darauf füllte er seinen Becher zum vierten Male, setzte ihn auf den Tisch und sang, ohne sich noch der im Makami erhaltenen Hiebe zu erinnern, einen Vers eines seiner Lieblingslieder, bevor er den Wein hinuntergoß.

Doch es ist an der Zeit, Basem bei seinem Weine zu lassen und zum Kalifen und seinen beiden Gefährten Dscha'afar und Masrur zurückzukehren. Es hatte aber der Kalif bis zum Spätnachmittag mit Reichsgeschäften zu tun; doch als zur Nacht Dscha'afar und Masrur vor ihm erschienen, sprach er zu seinem Großwesir: »In welchem Zustand, meinst du, wird sich der arme Basem jetzt befinden?« »Ohne Zweifel, o mein Gebieter, in dem eines Unglücklichen, der in dem Makami geprügelt worden ist und Hiebe auf die Fußsohlen bekommen hat. Sein Gemach ist nicht mehr erleuchtet, er sitzt tiefbetrübt da, und der matte Schein seiner Lampe dient ihm nur dazu, ihm seinen leeren Becher und seinen unbesetzten Tisch sowie die Dunkelheit seines sonst so strahlend hellen Gemaches zu zeigen. Wahrscheinlich ergeht er sich gerade in diesem Augenblick in Verwünschungen gegen uns und ersieht keine Gelegenheit, solche Not von sich abzuwälzen.« Sprach der Kalif: »Ich trage großes Verlangen, ihm heute nacht den üblichen Besuch abzustatten, um zu sehen, wie er sich in sein Ungemach schickt, und ihn über die Entbehrungen seiner ihm gewohnten Üppigkeit klagen zu hören, die er nach seiner Aussage schon zwanzig Jahre lang ohne eine einzige Unterbrechung fortsetzt, aber zweifelsohne heute nacht hat aufgeben müssen.« »O Beherrscher der Gläubigen,« sagte Dscha'afar darwider, »möge Allahs Segen nun und immer über dich kommen; doch laß dich bewegen, heut nacht zu bleiben, wo du bist und gebietest. Denn wenn uns jener Mann schon in der Fülle seines Wohllebens kaum höflich behandelte, was dürfen wir erst von seiner Grobheit erwarten, wenn er von Kummer und Entbehrung und Hunger bedrängt wird?« Sagte der Kalif: »Zwar stimmt das alles, aber trotzdem kann ich dem Verlangen, ihn zu besuchen, nicht widerstehen.« »Wenn es denn sein muß,« erwiderte der Großwesir, »so laß uns wenigstens Lebensmittel mit uns nehmen, um seinen Hunger zu stillen; denn das Sprichwort sagt: ›Gibst du dem Munde Nahrung, so blickt das Auge freundlich drein‹, und die Hauptursache seiner Unzufriedenheit mit uns war, daß wir ihm noch nicht das geringste, das auch nur einen Asper wert ist, mitbrachten.« »Ihn füttern?« unterbrach Masrur Dscha'afars Rede, »möge nur Iblis ihn mit einem Dolche füttern! Wie hat sich der filzige Schlucker gegen uns benommen? Jede Nacht trank er seinen Wein und verschlang seine Speisen und schwatzte dazwischen mit uns, aber nie bot er uns auch nur einen Bissen an!« Der Kalif aber achtete Masrurs Worte nicht, sondern wandte sich gegen Dscha'afar und sprach: »Ich billige deinen Rat sehr; der arme Schelm muß in Ermanglung jeder Speise gar hungrig sein; nimm also alles mit, so dir gutdünkt.«

Dscha'afar bestellte alsobald fünf frisch gebratene Geflügel und eine große Schüssel mit mancherlei Speisen; und als alles fertig war, verließen die drei Kaufleute aus Mosul wieder durch die Geheimpforte den Palast. Wie sie aber Basems Behausung von weitem sahen, erstaunten sie in höchstem Staunen ob des Lichterglanzes, der heller denn je von seinen Fenstern herabstrahlte; und als sie nahe herankamen, fanden sie ihren Freund in seiner gewöhnlichen Verfassung, und die ersten Worte, die ihnen von ihm ins Ohr klangen, waren: »Ich bin wieder Basem, Allah sorgt für mich!« Der Kalif stellte sich unter das kleine Fenster über der Tür und sagte zu Dscha'afar: »Der Trunkenbold foppt mich gar trefflich; all unsere Vorkehrungen macht er zunichte und ermüdet meine Anstrengung, denn wir waren nicht fähig, ihm auch nur eine einzige Nacht seine Schwelgerei zu verwehren. Doch brenne ich vor allem darauf, zu erfahren, wodurch er sich in den Stand gesetzt hat, diese Nacht noch mehr Glanz denn jemals zu zeigen. Laßt uns lauschen, ob wir etwas von dem hören können, was er in seiner Trunkenheit ausplaudert!«

Und in diesem Augenblick begann Basem ein langes und fröhliches Lied, das er zur großen Freude des Kalifen gar trefflich sang. Sobald er das Lied beendigt hatte, pochte Dscha'afar auf seines Gebieters Geheiß an die Tür. Rief Basem mit lauter Stimme: »Wer ist denn da? Schon wieder eine Störung, haben mich denn jene Schufte aus Mosul noch nicht genug geplagt? Niemals möge ihnen Allah gnädig sein!« »Nicht doch, o Hadschi Basem,« sagte Dscha'afar in begütigendem Tone darwider, »o du Perle der Männer, o du Sohn der Großmut!« Basem erhob sich von seinem Sitz und trat an das Fenster, erkannte alsbald seinen gewöhnlichen

Besuch und rief ihnen zu: »Weder erwünscht noch willkommen seid ihr mir; eure Gegenwart ist mir verhaßt. Geht mit eurem verwünschten Einmischen in andrer Leute Angelegenheiten! Trollt euch, sage ich, und wenn ihr mit euren unheilverkündenden Gesichtern nicht alsobald abzieht, komme ich, bei Allah, die Treppe hinunter und breche euch Arme und Beine! Was wollt ihr denn von mir, daß ihr mich nicht eine Nacht in Frieden laßt?« Sprach Dscha'afar: »O Hadschi Basem, wir schwören dir bei Allah, dem Allmächtigen, wir haben dir ein kleines Mahl mitgebracht und bitten dich freundlich, uns deine Tür öffnen und es annehmen zu wollen!« »Es ist euch nötiger als mir,« fuhr Basem fort, »ich sitze hier mitten im Überfluß und habe gutes Fleisch und Geflügel und Zuckerwerk und Früchte und alles übrige in größerer Fülle denn je, dieweil ich heute mehr Geld eingenommen habe, als ich sonst nur in fünf Tagen zu verdienen pflegte. Aber geht und haltet euch ferne von mir und seht mir nicht in die Augen, denn fiele es euch einmal ein, den großen Nil zu besprechen, würde sein Lauf stillestehen, so neidisch seid ihr auf die Glückseligkeit der Menschen. Zwar sagt ihr, ihr habt etwas mitgebracht, aber, bei Allah, solches widerspräche ganz eurer Art, und eure engherzigen Seelen sind dessen nicht fähig; ihr sagt nur so, um mich zu versuchen, auf daß ich meine Tür öffne und ihr euch hier über meine Lebensweise aufhalten könnt. Ich habe euch weiter nichts zu sagen; ziehet also hin in Frieden!« Sagten die darauf: »Wenn du uns keinen Glauben schenkst, o Hadschi Basem, und uns deine Tür nicht öffnen willst, so laß doch einen Korb aus dem Fenster herab, in den wir alles legen können, was wir mitgebracht haben!« Das ließ er sich gefallen, und nachdem er die Speisen hinaufgezogen hatte, trug er sie hinein, um sie bei Lichte zu besehen. Als er nun die fünf Geflügel und all die andern Gerichte erblickte, brach er in ein schallendes Gelächter aus und sprach laut zu sich selbst: »Das ist ja herrlich!« Darnach trat er wieder ans Fenster und rief hinunter: »Heda, o ihr Leute aus Mosul, habt ihr diese Vögel von den Dieben Bagdads gekauft oder den Straßenkehrern weggeschnappt? Denn ich kenne euch gar zu gut, als daß ich glauben könnte, ihr hättet eurem Geize einen solchen Stoß gegeben und drittehalb Dirhems für jeden Vogel bezahlt!« Antworteten sie: »Wahrhaftig, o Hadschi Basem, die Vögel sowohl wie die andern Gerichte sind wahrlich aus des Kalifen Küche!« »Wie,« rief Basem erbost darwider, »genügt es nicht, daß ihr mir eine verdammte Lüge sagt, müßt ihr auch noch den Namen des Kalifen dareinmischen und eure Speisen mit seinen vergleichen? Obgleich ihr schon eure Gaben dargebracht habt, so geht doch eures Weges; und damit Allah befohlen!« »Wie können wir fortgehen, ohne eingelassen zu werden,« entgegnete Dscha'afar, »da wir doch lediglich deshalb gekommen sind, um Abschied von dir zu nehmen, bevor wir morgen nach unserer Heimat zurückreisen!« »Nimmer möge euch der Himmel glücklich heimkommen lassen,« erwiderte Basem, »ihr habt meine Antwort bereits vernommen, und wenn ihr euch nicht augenblicklich wegschert, so will ich einen Schauer auf euch hinabsenden, das schwöre ich euch bei meinem Haupte!« Als Dscha'afar nun merkte, daß sich Basem anschickte, seine Drohung wahrzumachen, suchte er sie abzuwenden und sprach: »Sei versichert, o Hadschi, daß wir uns nach der heutigen Nacht nimmermehr bei dir eindrängen wollen; wir sind nur gekommen, um, wie's sich gebührt, als Freunde von dir Abschied zu nehmen.« Sagte

Basem darwider: »Ich brauche euer Abschiednehmen gar nicht, noch weiß ich von irgendeiner Freundschaft zwischen uns; aber das weiß ich wohl, nicht eher soll euch meine Tür aufgemacht werden, als bis jeder von euch einen feierlichen Eid geleistet hat, daß ihr mich durch euer naseweises Einmischen in meine Angelegenheiten nicht ärgern und nach dieser Nacht die Ruhe meines Hauses nicht weiter stören wollt!«

Als alle drei solches geschworen hatten, wurde ihnen die Tür geöffnet, und sie folgten Basem die Treppe hinauf in sein Gemach, allwo sie alles in größter Üppigkeit fanden; als sie hier ein Weilchen gesessen hatten, währenddem Basem allein einige Becher leerte, sprach der Kalif leise zu Dscha'afar: »Ich brenne darauf, zu erfahren, woher diese Fülle stammt; es muß heute wahrlich etwas Außergewöhnliches vor sich gegangen sein; suche ihn zu bestimmen, daß er es uns erzählt!« Erwiderte Dscha'afar: »Besser wäre es, o Beherrscher der Gläubigen, wir warteten, bis ihm der Wein noch mehr zu Kopf gestiegen ist; augenblicklich ist er noch nicht in der Laune, uns Antwort zu geben.«

Basem fuhr fort mit Trinken, ohne sich um die Gäste zu bekümmern, bis ihn der Kalif ersuchte, er möchte sie doch mit einigen seiner lustigen Schwänke und muntern Lieder erfreuen, da es doch die letzte Nacht ihrer Zusammenkunft wäre. »Herzlich gern«, entgegnete Basem und fuhr fort: »O meine Gäste, ihr müßt wissen, daß der Frühling, die Blüte der Jahreszeiten, und die Tage der Rosen die wonnevollsten aller Zeiten sind. Vor alters hat schon Hippokrates, der große Arzt, gesagt, daß jeder, der sich des Lenzes nicht freut und nicht den entzückenden Hauch der Frühlingslüfte empfindet, von krankhafter Leibesbeschaffenheit sein muß und des Arztes bedarf. Einige der persischen Weltweisen vergleichen den Frühling mit der Schönheit eines Antlitzes: ein Lächeln, das herrliche Zähne enthüllt; Hoheit und Ebenmaß der Gestalt, Anmut der Bewegung, Großmut des Herzens und Freundlichkeit des Gemüts!« Nach solcher ernsthaften Rede unterhielt Basem seine Gäste mit einer Menge lustiger Trinklieder und vergaß nicht, zwischendurch seinen Becher zu leeren und an den Rosen zu riechen, mit denen sein Tisch bestreut war und auf die seine Lieder häufig anspielten.

Der Kalif aber unterhielt sich prächtig, und Basem war so gut gelaunt, daß es schon spät war, als Harun al Raschid seinen Wesir wieder aufforderte, Basem nach den Ereignissen des Tages zu fragen. Dscha'afar tat sein möglichstes, um dem Kalifen auszureden, sich der Gefahr auszusetzen, daß Basem, der jetzt gerade so vergnügt und auf dem Höhepunkt der Lustigkeit war, plötzlich wütend würde; doch der Kalif war unbeugsam, und Dscha'afar mußte gehorchen und fing an: »O Hadschi Basem, es ist heute das letzte Mal, daß es uns gestattet ist, dich zu belästigen, denn morgen verlassen wir Bagdad; aber ehe wir fortgehen, wünschen wir sehr zu wissen, was heute vorgegangen ist und diese ungewöhnliche Festlichkeit verursacht hat; wir schwören hiermit, keine weitere Frage an dich zu tun!« Nicht sobald hatte Basem solches Anliegen vernommen, als seine Augen anfingen, Feuer zu sprühen, und seine Augenlider sich weit öffneten; sein Hals aber schwoll auf, und sein Blut pochte hörbar in allen Adern. Und er schrie in äußerster Wut: »O ihr erbärmlichen Schufte, o du Kaldaunensack mit dem alten Katzenbart, mehr als deine Genossen ärgerst und erbost du mich! Alsogleich werde ich aufstehen und dich erwürgen oder deinen Schädel spalten!« Dscha'afar aber antwortete auf solche Drohung bittenden Tones: »O Hadschi Basem, glaube uns, wenn wir dir versichern, daß wir deine Güte und Gastfreundlichkeit mit dem größten Danke anerkennen. Wir stehen im Begriff, für immer von dir zu scheiden, und wünschen, daheim nur Gutes von dir zu erzählen und zu bewirken, daß auch andere Leute dich preisen. Morgen um diese Zeit sind wir schon fern von Bagdads Mauern, laß uns also...« Unterbrach ihn Basem: »Daß ihr verflucht seid, bei Allah! Wie ein Fürst habe ich seit zwanzig Jahren gelebt, bis ich eure verwünschten Gesichter sah, die meinen Frieden störten und mich in Unruhe stürzten. Seitdem bin ich Tag für Tag von einem Gewerbe zum anderen, von einer Beschäftigung zur anderen getrieben worden; und alles solches kommt von dem bösen Einfluß eurer neidischen Augen her. Doch ich mache mir nichts daraus, denn immer noch bin ich Basem, und Allah sorgt für mich! Am heutigen Tage«, fuhr er fort, »sind mir so seltsame Abenteuer zugestoßen, wie sie nie zuvor noch in Zukunft jemals einem Sterblichen begegnen werden.« »Ich beschwöre dich bei Allah und dem Jüngsten Gericht,« sagte Dscha'afar darwider, »erzähle uns diese Abenteuer!« »Verlangt ihr das wirklich?« Antwortete Dscha'afar: »Ja, wahrlich!« »So will ich euch denn«, redete Basem weiter, »unter Allahs Schutze alles erzählen; nicht um eure Herzen zum Mitleid mit meinen Unfällen zu rühren, sondern auf daß ihr die seltsamen Fügungen des Lebens bewundert. Wisset denn, o meine Gäste, ich stand heute früh später auf als gewöhnlich und war voll des freudigen Gedankens, daß ich nun ein Makil sei. Und ging nach dem Makami und fand den Diwan schon versammelt.« Darnach erzählte er alles, was er erlitten hatte.

»Und nach diesem Unfall, o meine Gäste,« fuhr Basem fort, »ging ich nach Hause, kaum wissend, wo ich ging, und voll des Unmutes gegen ganz Bagdad und das Leben selbst. ›Der Kalif, dieser Querkopf, und ich‹, sprach ich zu mir selbst, ›können nimmer an ein und demselben Orte leben‹, und so beschloß ich, ihm Bagdad zu lassen und mein Glück anderswo zu versuchen. Hier, wo ich jetzo gar fröhlich sitze, saß ich niedergedrückt von Betrübnis und Verzweiflung, denn ich wußte nicht, wohin ich mich wenden sollte, und hatte keinen Asper in der Tasche. In solch kläglichem Zustande blieb ich wohl eine Stunde lang, dann sprang ich auf, um mich zum Abmarsch zu rüsten. Ich nahm einen Mandelzweig, der mir dazu diente, meine Gewänder aufzuhängen, und gab ihm die Form eines Schwertes, steckte ihn in eine alte Scheide, die ich zufälligerweise liegen hatte, und wickelte ein Stück Wachstuch um den Griff. Hierauf wand ich um meinen gewöhnlichen Turban noch einen andern, verdickte ihn durch ein Stück Filz und stutzte ihn sorgsam mit rings aufgebauschten Ecken. Dann trennte ich die Ärmel von meinem Rock und zog ihn vorn auf, umgürtete mich mit meinem Schwertgehenk und stülpte den dickwulstigen Turban auf den Kopf. In solchem Aufzug nun verließ ich mein Haus; und als ich so mit dem Mandelzweig unterm Arm einherschlenderte, hielt mich das Volk für einen der Bildare des Kalifen. Ich kam so nach der Kaufhalle der Waffenschmiede, wo sich gerade zwei Kerle balgten, die schon ganz von Blut überströmt waren. Die Zuschauenden wagten sich nicht einzumischen, ich aber trieb sie mit meinem Mandelzweig auseinander, und der Schaikh des Marktes reichte mir fünf Dirhems, auf daß ich die beiden Übeltäter zu ihrer Bestrafung nach dem Kalifenpalast hinbrächte. Ich nahm das Geld als eine erwünschte Beisteuer zu meiner Reise, ging mit meinen beiden Gefangenen weg, ließ sie aber unterwegs entwischen. Da ich nun in der Nähe des Palastes war, trat ich hinein und sah in einem Saal den Großwesir Dscha'afar sitzen, der, bei Allah, im Gesichte einige Ähnlichkeit mit dir, du Schmerbauch, hat, und auch sein Wanst ist völlig dem deinen ähnlich. Welch Unterschied besteht aber sonst zwischen dir und ihm! Er steht bei dem Beherrscher der Gläubigen hoch in Ehren, du jedoch bist ein armseliger Bursche, der sich in fremder Leute Angelegenheiten mischt, ein Gast, der sich unaufgefordert eindrängt, wo er nicht willkommen ist!« Basem beschloß seine Erzählung mit einem umständlichen Bericht von seinem Empfang im Laden Meister Othmans, des Zuckerbäckers, und von seinen Geschenken.

Basems Gäste hatten seiner Geschichte aufmerksam gelauscht und fanden sie tatsächlich seltsam genug. Sprach Dscha'afar darauf: »O Hadschi, ich gestehe, du sagst mit Recht, daß kein anderer vor dir erlebt hat, was dir heute begegnet ist!« Entgegnete Basem: »Ja, und all dieses Gute ist mir dem Kalifen zum Trotz widerfahren. Als ich den Meister Othman verließ,« fuhr er fort, »ging ich nach dem Basar, erstand von allem mir Nötigen das Doppelte und erleuchtete mein Gemach, wie ihr seht. Der Kalif, der dumme Patron, kann mir doch weder mein Haus verschließen noch durch seine Befehle meine Lust verwehren!« Nachdem er freudestrahlend solches verkündet hatte, füllte er seinen Becher und sang ein Lied; darauf trank er seinen Wein aus und aß etwas von seinem Kabab, dazu einige Pistaziennußkerne. Sodann füllte er seinen Becher abermals, hob ihn dreimal gegen das Licht und sang dazu den

Vers eines Trinkliedes. Beim Trinken eines zweiten Bechers aber sagte er: »Dies dem Kalifen zum Possen! Ich habe heute mein Geld und mein Zuckerwerk bekommen und habe Geflügel gegessen. Bei Allah, als Bildar will ich leben und sterben!«

Den Kalifen ergötzte die Art, wie Basem seine Geschichte erzählte, außerordentlich, und er lachte bei mehreren Stellen herzhaft. ›Er ist ein unverwüstlicher Glückspilz,‹ sprach er bei sich selbst, ›dennoch will ich morgen ein Mittel zu seiner Demütigung und Beschämung finden!‹

Es war bereits um Mitternacht, als der Kalif und seine beiden Begleiter aufstanden, um sich förmlich von Basem zu verabschieden. »Wir bitten dich um die Erlaubnis, nach Hause gehen zu dürfen«, sprachen sie. Erwiderte Basem, ohne sich vom Flecke zu rühren: »Ihr seid eure eigenen Herren; die Erlaubnis steht bei euch selbst. Allah bedrohe den mit Unheil, der sich euren Besuch wünscht. Möge euch nichts Gutes begegnen!«

Die Kaufleute aber konnten sich des Lachens ob dieses gesegneten Abschiedes nicht enthalten und ließen ihm beim Hinuntersteigen der Treppe freien Lauf; nachdem sie die Haustür hinter sich verschlossen hatten, kehrten sie wie gewöhnlich nach dem Palaste zurück.

Am folgenden Morgen nach Sonnenaufgang sprang Basem, den Schlaf aus den Augen reibend, auf und sagte: »Ein neuer Tag! Eine neue Bescherung! Beim Himmel, als Bildar will ich leben und sterben!« Dann legte er sein Gewand an, wie am Vortage, kämmte seinen Bart, stutzte seinen Schnauzbart und ging weg, ohne zu ahnen, was seiner harrte. Bei seiner Ankunft im Palast stellte er sich, ohne weitere Umstände zu machen, unter die zehn Bildare, die den Tagesdienst hatten.

Als der Kalif in den Diwan kam, suchten seine Augen Basem unter den Bildaren, und alsogleich erkannte er ihn, wie verkleidet er auch war, und rief nun Dscha'afar, der sich sofort vor ihm niederwarf, und sagte zu ihm: »O Dscha'afar, siehst du dort unseren Freund Basem? Jetzt sollst du gleich sehen, wie ich ihm Angst einjagen will!« Darauf wurde der Erste der Bildare aufgerufen, und nachdem er sich vor dem Kalifen verbeugt hatte, stand er schweigend da; der aber sprach zu ihm: »Wie groß ist die Zahl deiner Leute?« Antwortete ihm der Erste: »Alles in allem dreißig Mann, von denen zehn drei Tage Dienst im Palaste haben und nach Verlauf dieser Zeit von zehn andern abgelöst werden, so daß abwechselnd stets dieselbe Zahl im Dienste ist.« Fuhr der Kalif fort: »Ich will die heute Anwesenden alle sehen und mustern.« Der Hauptmann hob beide Hände über seinen Kopf und verneigte sich zum Zeichen seines Gehorsams bis auf den Boden und trat zurück; sodann wandte er sich gegen die Tür und rief mit schallender Stimme: »O ihr Bildare! Der Beherrscher der Gläubigen befiehlt, daß alle, so gegenwärtig sind, vor ihn treten sollen!« Dem Befehl wurde auf der Stelle nachgekommen, und mit den übrigen stellte sich auch Basem im Saale auf; doch war er nicht ohne Unruhe und sprach bei sich selbst: ›Der Himmel sei mir gnädig, was soll das alles bedeuten? Gestern wurde beim Kadi gezählt und gemustert und heute beim Kalifen ebenfalls. Bei Allah, solches gibt den Essig auf das gestrige Baumöl!‹ Der Kalif aber fragte jetzt den ihm zunächst stehenden Bildar: »Wie heißest du?« Antwortete der: »Achmed, o mein Gebieter!« »Wessen Sohn bist du?« »Abdallahs Sohn.« »Welchen Sold erhältst du, o Achmed?« »Zehn Golddinare monatlich, dazu fünfzehn

Pfund Hammelfleisch und ein vollständiges Gewand jährlich.« »Bist du schon lange im Dienst oder erst seit kurzem?« »Ich folgte meinem Vater, der ihn zu meinen Gunsten niederlegte, und bin mit dem ehrenvollen Amte sehr zufrieden.« Sprach der Kalif: »Du bist seiner würdig; laß nun den nächsten vortreten!« Der folgende Bildar warf sich vor dem Kalifen nieder und stand dann zur Antwort bereit da. »Wie nennst du dich, wie heißt dein Vater und wieviel beträgt dein Sold?« Antwortete der: »O Beherrscher der Gläubigen, ich heiße Khalid und bin Madscheds Sohn; mein Großvater hieß Salim und war Renims Sohn. Wir haben dieses ehrenvolle Amt schon seit Abbas, deines Stammvaters, Zeiten inne. Ich erhalte zwanzig Golddinare, außerdem Hammelfleisch und Mehl und Zucker und Granatäpfel in herkömmlichem Verhältnisse. Es ist jetzt schon manches Jahr, daß mein Haus gemächlich von diesem Solde gelebt hat, der vom Vater auf den Sohn vererbt ist.« »Stelle auch du dich abseits und laß einen andern vortreten!«
Während der Kalif die Bildare so musterte, geriet Basem, je näher die Reihe an ihn kam, mehr und mehr in Angst. ›Guter Allah,‹ sprach er zu sich selbst, ›das folgende Unglück ist noch immer schlimmer als das vorhergehende; bis auf den heutigen Tag war so etwas wie diese Musterung ganz unerhört. Hier gibt es keine andere Rettung und Hilfe als bei Allah! Bei Allah, dieser Handel ist noch zehnmal schlimmer als der bei dem Kadi! O schwarze Unglücksstunde!‹ fuhr er mit seinem Selbstgespräch fort; ›ei, Basem, weshalb verließest du gestern Bagdad nicht? Da sieh nun die Früchte deiner Entschlußänderung! Nichts als Unheil kommt über dich! Nun wird sich der Kalif nach deinem und deines Vaters Namen und nach deiner Besoldung erkundigen; was willst

du ihm antworten, wenn er nun darnach fragt? Wenn du antwortest: ›Mein Name ist Basem, der Grobschmied‹, wird er da nicht ausrufen: ›O du Spitzbube, wer machte dich zum Bildar? Wer bist du, der du es wagst, meinen Palast zu verunreinigen, indem du dich unter meine Bildare mischest?‹ Wehe mir, hier gibt es keinen Trost und keine Hilfe als bei Allah!‹ Der Kalif beobachtete fortwährend Basem in seiner Angst und hatte Mühe, sich nicht zu verraten; mehrmals mußte er gar sein Schweißtuch in den Mund stopfen, um sich das Lachen zu verbeißen, oder sein Gesicht abwenden, um sich nicht zu verraten.

Der letzte der Bildare war nun gemustert; alle standen beisammen auf einer Seite, und Basem blieb allein auf der anderen in Furcht und Zittern und mit gesenkten Augen und ganz verstörtem Wesen. Nur mit äußerster Anstrengung konnte der Kalif das Lachen zurückhalten, als er ihn vortreten hieß. Der Befehl mußte dreimal wiederholt werden, denn Basem stand wie erstarrt am Boden angenagelt da. Der Erste der Bildare weckte ihn schließlich durch einen Rippenstoß und sagte: »O du Kerl, antworte dem Beherrscher der Gläubigen!« Basem fuhr wie aus dem Traume auf und fragte hastig: »Was soll es denn?« Fragte der Kalif: »Wie heißest du?« Fragte Basem ganz bestürzt: »Meinst du mich, o Herr?« »Jawohl, dich meine ich!« Basem wollte hierauf vortreten, aber seine Glieder versagten ihm fast den Dienst, er tat einen Schritt vorwärts und wieder einen zurück, bis er nahe genug herangeschlottert war, um Rede zu stehen. Seine Gesichtsfarbe war ganz gelb geworden, seine sonst so bewegliche und scharfe Zunge zitterte; und er stand völlig ratlos da und wußte nicht, was er sagen sollte, starrte zu Boden und kratzte sich, wo es ihn nicht juckte.

Der Kalif aber, der Basems Zustand erkannte, mußte sich alle Gewalt antun, um nicht laut aufzulachen; und während er mit Basem redete, mußte er sich wiederholt umdrehen und sein Tuch vor den Mund halten. Und der Kalif fragte ihn nun nach seinem und seines Vaters Namen und seiner gegenwärtigen Besoldung und wie er zu seinem Amte gekommen war. Da fragte Basem: »Sprichst du zu mir, o Hadschi Kalif?« Der antwortete ruhig: »Ja!«

Dscha'afar jedoch, der neben seinem Gebieter stand, sagte zornigen Tones zu Basem: »O du Lump von Bildar, antworte dem Beherrscher der Gläubigen auf der Stelle und rede ehrfurchtsvoller, oder mein Schwert soll dir alsobald in den Nacken fahren!« Grenzenlos war jetzt Basems Bestürzung; sein Gesicht wurde noch fahler als zuvor, und seine Zunge zitterte. ›Bei Allah,‹ sprach er bei sich selbst, ›das Mißgeschick weicht nicht von mir, um auch einmal jemand anders heimzusuchen. O du Unglückseliger, alles hast du zu erwarten außer dem Leben; denn nun ist der Augenblick gekommen, in dem du entlarvt wirst, und sicher wird dir der Kalif den Kopf herunterschlagen lassen. Allah allein bleibt mir, und in ihm allein ruht meine Hoffnung!‹ Nach einer Weile sprach er zu dem Kalifen, der inzwischen seine Fassung wiedergewonnen hatte, und antwortete ihm hastig: »Ja, ja, o Hadschi Kalif, ich bin ein Bildar, der Sohn eines Bildars, und meine Mutter war ein Bildar vor mir!« Weder der Kalif noch sein Wesir noch irgendeiner der Anwesenden konnte sich bei solch toller Antwort ein Lachen verkneifen. »Du bist also ein Bildar, der Sohn eines Bildars, und dein Sold beträgt zwanzig Golddinare und fünf Pfund Hammelfleisch, und das ist dein jährliches Einkommen?« Antwortete Basem: »Ja, ja, o Beherrscher aller Gläubigen, der Himmel verleihe dir dafür seinen Segen!« »Diese Besoldung, die sich von deinem Großvater und Vater auf dich vererbte, hast du nun. Schön! Jetzt wähle dir drei andere Bildare aus, die dir nach dem Blutturme folgen sollen, und bring mir alsogleich vier Straßenräuber her, die darin sitzen und schon ihre Schuld eingestanden haben!« Hier widerrief der Wesir, es würde wohl besser sein, den Wali, den Oberaufseher des Gefängnisses, zu beauftragen, die Gefangenen vorzuführen; und der Kalif stimmte dem zu. Nach einiger Zeit trat der Wali mit den vier Gefangenen herein, denen die Arme auf den Rücken gebunden und die Köpfe entblößt waren. Es waren dies aber Straßenräuber, die nicht nur auf der Heerstraße geraubt, sondern dabei auch wider Allahs Gebot gemordet hatten. Als sie nun vor dem Kalifen standen, fragte er sie, ob sie zu jener Bande gehörten, die sich solcher Freveltaten schuldig gemacht habe. Die aber sagten: »O Beherrscher der Gläubigen, wir waren von Allah verlassen und vom Bösen besessen und sind Mitschuldige ihres Verbrechens; aber wir erscheinen hier voller Demut und Reue vor dem Gebieter der Gläubigen.« Erwiderte der Kalif: »Ihr seid Verbrecher solcher Art, für die es kein anderes Mittel denn das Schwert gibt!« Und er befahl hierauf den drei von Basem bestimmten Bildaren, jeder solle einen Gefangenen greifen und ihm das Gewand aufschlitzen, dann die Augen verbinden, das Schwert ziehen und der weiteren Befehle warten.

Die drei Bildare verneigten sich und sprachen: »Wir sind bereit, Allah und dir zu gehorchen!« Und jeder von ihnen ergriff einen von den Gefangenen und ließ ihn mit gebundenen Armen und verhüllten Augen in einiger Entfernung niederknien. Darauf stellten sich die Bildare mit gezückten

Schwertern hinter die Gefangenen und sagten: »O Beherrscher der Gläubigen, sollen wir zuhauen?« Während nun die drei Bildare, jeder mit seinem Gefangenen, also dastanden, stand Basem in angstvollen Erwägungen versunken. ›Solches fehlte noch,‹ sprach er bei sich selbst, ›jeder neue Unfall ist immer noch schlimmer als der vorige. Bei Allah, nun ist der Tod unvermeidlich!‹ In diesem Augenblick rief der Kalif ihm zu: »Du da, bist du nicht meiner angestellten Bildare einer? Warum führst du deinen Gefangenen nicht fort, wie es deine Gefährten getan haben?« Basem mußte nun notgedrungen gehorchen, legte Hand an den vierten Gefangenen, band ihm die Hände auf den Rücken, schlitzte ihm das Gewand auf und band ihm ein Tuch vor die Augen; darnach trat er, ohne freilich das Schwert zu ziehen, hinter ihn. ›Ich bin verloren,‹ dachte er bei sich, ›wie kann ich mein Schwert gebrauchen? Alsobald wird es als ein Palmholzstab erkannt werden, ich werde ein Spott aller Leute, und der Kalif läßt mir den Kopf herunterschlagen. In welch unseliger Klemme sitze ich!‹ Er löste hierauf sein Schwert vom Gürtel, faßte den Griff mit der rechten Hand und hielt das Schwert mit der Scheide im linken Arme. Der Kalif ergötzte sich gar weidlich an diesen Gebärden, rief ihm dann aber zu: »O Bildar, warum ziehst du dein Schwert nicht aus der Scheide, wie es deine Genossen getan haben?« Sagte Basem darwider: »Es ist nicht gut, daß ein blankes Schwert dem Beherrscher der Gläubigen die Augen blende!« Der Kalif schien sich mit dieser Antwort zu begnügen, wandte sich gegen den ersten Bildar und befahl ihm, den Streich zu tun; augenblicklich lag das Haupt vom Rumpfe getrennt. »Gut getroffen, Achmed!« sagte der Kalif und ließ ihm alsogleich ein Geschenk reichen und seinen Sold erhöhen. »Jetzt,

Othman,« sprach er zu dem zweiten Bildar, »richte du deinen Missetäter!« »Ich bin bereit zu gehorchen«, antwortete ihm Othman, schwang mit auswärts gebogenem Arme sein Schwert, und mit einem Hieb flog der Kopf eine Strecke von der Schulter weg. Der Kalif lobte seine Geschicklichkeit und sprach ihm die gleiche Belohnung wie dem vorigen zu. Dann wurde der dritte Übeltäter enthauptet, und der Bildar empfing dieselbe Gnadenbezeigung wie seine Genossen.

Jetzt wandte sich der Kalif zu Basem und sagte: »Nun, mein bestallter Bildar, jetzo richte du deinen Missetäter hin, wie es deine Genossen taten, und verdiene dir die gleiche Belohnung!« Doch Basem stand in Gedanken versunken oder vielmehr in einer Art Betäubung da, bis Masrur zu ihm trat und ihn in die Seite stieß und ihm ins Ohr flüsterte: »Antworte dem Beherrscher der Gläubigen sofort und vollstrecke seinen Befehl, oder dein eigener Kopf wird dir alsobald vom Rumpfe fliegen wie die Köpfe der Wegelagerer!« Basem schreckte aus seinem Hinbrüten auf, richtete den Kopf hoch und sagte: »Ja, ja, o Beherrscher der Gläubigen!« Da rief der Kalif abermals: »Schlage deinem Gefangenen den Kopf herunter!« Sagte Basem darwider: »Bei meinem Kopfe und meinen Augen, es soll geschehen!« Dann näherte er sich dem noch lebenden Übeltäter und sprach zu ihm: »Es ist das Geheiß des Sultans, daß ich dir den Kopf herunterschlagen soll. Bist du gefaßt, dein Glaubensbekenntnis herzusagen, so tue es, denn dies ist die letzte Stunde, die dir Allah noch zu atmen vergönnt!« Der Missetäter sagte hierauf vernehmlich sein muselmanisches Glaubensbekenntnis her.

Basem aber streifte seinen rechten Ärmel bis zum Ellenbogen auf, rollte seine Augen fürchterlich und ging so dreimal um den Missetäter herum, während er ihn aufforderte, seinen

Glauben zu bekennen, und ihn damit tröstete, daß es so Allahs Fügung und dieser Tag von der Vorsehung zu seinem Scheiden aus der Welt bestimmt sei. Und er fügte hinzu: »Wenn du hungrig bist, will ich dich satt machen; bist du durstig, will ich dir zu trinken geben; bist du aber unschuldig, so sage mit lauter Stimme: ›Ich bin unschuldig!‹« Der Kalif beachtete genau alles, was Basem vornahm, und ergötzte sich weidlich an seiner Unbefangenheit. Der Übeltäter rief jedoch mit lauter Stimme: »Ich bin unschuldig!« »Du lügst,« entgegnete Basem, »doch habe ich ein Geheimnis, das ich nur dem Kalifen offenbaren will.« Und er trat hierauf zu dem Kalifen, küßte den Boden und sprach: »O Beherrscher der Gläubigen, höre nur zwei Worte von mir an: Ich führe ständig einen Schatz bei mir, der schon lange in meiner Familie ist. Mein Vorfahr erbte ihn von seinem Vorfahren, mein Vater von seinem Vater; meine Mutter erbte ihn von meinem Vater, und von meiner Mutter kam er an mich. Es ist dieses Schwert,« – und damit legte er es vor dem Kalifen nieder – »in dem ein Zauber verborgen ist. Die Macht dieses Zaubers aber ist höchst wunderbar, o Hadschi Kalif«, redete er weiter; »ist dieser Mann unschuldig, so verwandelt sich dieses Schwert, wenn es gezückt wird, in Holz, ist er aber schuldig, so fährt ein Feuerstrahl daraus hervor, der seinen Hals zerschmettert, als wenn er ein Rohr wäre!« »Nun denn, so laß uns die Probe des Wunders sehen,« sagte der Kalif, »schwinge dein Schwert gegen den Übeltäter!« Antwortete Basem: »Ich bin bereit und gehorche!« Dann trat er wieder zu dem Missetäter, nahm eine Stellung ein, als wenn er den letzten Befehl vollstrecken wollte, und sprach: »Befiehl, o Hadschi Kalif!« Wiederholte der Kalif: »Schlag dem Missetäter den Kopf herunter!« Basem zog jetzt sein hölzernes Schwert aus der Scheide und rief mit frohlockender Stimme zur Belustigung und Verwunderung aller, die anwesend waren, aus: »Unschuldig, o mein Gebieter!« Als sich das Gelächter gegeben, das er erregt hatte, wandte sich Basem gegen den Kalifen und sprach: »O Hadschi Kalif, dieser Mann war unschuldig verurteilt, laß ihn in Freiheit setzen!«

Nachdem der Kalif befohlen hatte, den Gefangenen zu befreien, rief er den Ersten der Bildare vor sich und sprach zu ihm, indem er auf Basem hinwies: »Laß diesen Mann alsogleich mit der üblichen Besoldung auf die Liste deiner Leute setzen!« Darnach befahl er, daß Basem mit einem vollständigen Amtsgewand ausgestattet werden sollte, und ließ ihm ein Geschenk von hundert Golddinaren reichen. Auch Dscha'afar und Masrur machten ihm Geldgeschenke, so daß sich Basem, der Grobschmied, auf einen Schlag in einen reichen Mann verwandelt sah. Er ward auch bald des Kalifen Genosse bei seinen besonderen Belustigungen und stieg mit der Zeit bis zur Würde des Ersten der Bildare des Kalifen empor.

KURZE GESCHICHTEN UND ANEKDOTEN

Abdallah ibn Eselam, einer von den ersten Rechtgläubigen, hatte einen Freund namens Zeid, den er mehr als einmal zur Annahme des wahren Glaubens aufgefordert hatte, doch immer ohne Erfolg. Eines Tages, als er in die Moschee ging, erblickte er ihn zu seinem nicht geringen Erstaunen unter den Moslems. Er fragte ihn, was ihn denn zur Annahme des Islams bewogen habe, da ihn des Freundes Zureden nicht hatte bewegen können; Zeid bekannte, daß die überaus große Sanftmut des Propheten ihn auf den wahren Weg gebracht habe, und erzählte ihm die Veranlassung seiner Bekehrung folgendermaßen:

»Ich las eines Tages im Buche der Weisheit, als ich eben den Ruf zur Moschee vernahm. ›Ich will doch auch hingehen,‹ dachte ich bei mir, ›um zu sehen, ob Mohammed dem Bilde eines Weisen entspricht.‹ Ich setzte meine Besuche mehrere Tage hindurch fort, und hingerissen von dem Strome seiner Beredsamkeit, bewunderte ich doch noch weit mehr seine außerordentliche Sanftmut. Einmal, mitten in der Predigt, kam ein Araber auf einem Dromedar angetrabt. Er sprang herab, und als ein wahrer Beduine schrie er alsogleich den Propheten, ohne die geringste Rücksicht auf ihn oder seine Zuhörer zu nehmen, an: ›Mein Stamm‹, schrie er, ›sendet mich zu dir; wir haben deinen Glauben angenommen, allein wir haben nichts zu essen, rette uns!‹ Der Prophet wandte sich in seiner gewöhnlichen Milde gegen Ali und sprach: ›Ist uns etwas geblieben von unserm Vorrat?‹ Als der mit Nein antwortete, schritt ich hervor und sagte: ›Ich will dir Geld leihen, o Mohammed, bis auf die Dattelernte.‹ Der Prophet nahm das Geld und gab es dem Beduinen. Als die Zeit der Dattelernte herangekommen war, ging ich über Feld und fand den Propheten, der eben bei einem Grabe ein Totengebet verrichtete. Ich ging mit vieler Unverschämtheit auf ihn los und packte ihn hart an: ›O Sohn Abdallahs,‹ schrie ich, ›gib mir Geld oder Datteln, und bestiehl ehrliche Leute nicht um ihr Hab und Gut!‹

In diesem Augenblick hörte ich ein Geschrei hinter mir. Ich sah mich um, und es war Omar, der schon das Schwert gezogen hatte, um mir den Kopf zu spalten. Der Prophet hielt ihn zurück. ›O Omar,‹ sagte er, ›hier bedarf es nicht des

Schwertes, sondern der Datteln. Geh und befriedige den Mann, und gib ihm zwanzig Bündel mehr für den Schrecken, den du ihm eingejagt hast.‹ Omar steckte das Schwert weg; ich aber konnte solcher Milde und Sanftmut nicht länger widerstreben, sondern ging in mich und ward Moslem.«

Omar machte eines Nachts selbst die Runde in Medina und kam an ein verfallenes Gebäude, allwo er eine Stimme und seinen Namen hörte. Er ging hinzu, und siehe da, es war ein Weib mit zwei Kindern, das in einem übers Feuer gesetzten Kessel Wasser umrührte und dabei immer: »O Allah, verschaffe mir Recht bei Omar!« wiederholte. »Was machst du denn hier, und was hat dir Omar getan?« redete sie der Kalif an. »Er hat meinen Mann in den Krieg gesandt und mich zur Witwe und meine Kinder zu Waisen gemacht. Und ich habe nichts, sie zu ernähren, und rühre das Wasser um über dem Feuer, um sie wenigstens eine Zeitlang mit der Hoffnung auf Nahrung zu täuschen und ihr Geschrei zu stillen.« »Warte hier,« sprach Omar, »bis ich wiederkomme!« Und er ging in die Stadt und lud sich selbst zwei Säcke auf, in deren einem Reis, in dem andern aber Fleisch und Brot war. So beladen kam er an den Ort, allwo er das arme Weib gelassen hatte. Nach verzehrter Mahlzeit nahm er statt der leeren Säcke die beiden Kinder auf die Arme und ging mit ihnen der Stadt zu. »O Weib,« sagte er, »beklage dich nun nicht mehr über Omar, er hat sich selbst diese Last auferlegt, um die Last seiner Schuld abzutragen. Künftig sorgt er für dich und deine Kinder!«

Omar ibn al Khattab, der Kalif, ersuchte eines Tages den Tapfersten seiner Tapferen, Amru, den Sohn Modikorbs, des Zobeiditen, ihm von der größten Feigheit und von der größten Tapferkeit, die ihm in seinem Leben vorgekommen sei, zu erzählen.

»Ich war eines Tages«, erzählte Amru, »auf die Jagd ausgegangen. Da fand ich auf der Heide ein Pferd an einen Pfahl gebunden, eine Lanze senkrecht in die Erde gesteckt und einen Menschen daneben ins Gras gelagert. Er spielte mit seinem Schwertgehenk. ›Habe acht,‹ rief ich ihm zu, ›du bist ein Kind des Todes!‹ ›Und wer bist du?‹ fragte er mich mit halberstickter Stimme. ›Ich bin Amru, der Sohn Modikorbs, des Zobeiditen, der Held, weitberühmt unter den arabischen Stämmen!‹ Kaum hatte ich diese Worte vollendet, als der Mann einen Schrei ausstieß und seine Seele von sich gab. Und solches ist das Beispiel der größten Feigheit, die mir je vorgekommen ist.

Ein andermal tummelte ich mein Pferd auf der Heide, bald rechts, bald links, ohne bestimmten Zweck. Ich begegnete einem blühenden Jüngling, der von Jemama herkam. Er grüßte mich und ich ihn, und ich fragte dann nach seinem Namen. ›Ich bin‹, sprach er, ›Haress, Saads Sohn.‹ ›Habe acht,‹ rief ich ihm zu, ›du bist ein Kind des Todes!‹ ›Und wer bist du, o Elender, der du so zu prahlen wagest?‹ ›Ich bin Amru, der Sohn Modikorbs, berühmt unter allen Arabern!‹ ›Dein Stammbaum soll dich nicht retten!‹ rief er, und wir rannten mit vorgehaltenen Lanzen gegeneinander. Ich stieß ihn gerade auf die Brust, aber der Stoß prallte ab, und ich empfing einen mächtigen Hieb auf das Haupt. ›Laß ab,‹ rief er, ›o Amru, nimm dies als Lehrgeld; ich will mich nicht mit deinem Blute beflecken.‹ Ich war gedemütigt und hätte den Tod tausendmal der Schande vorgezogen. Dreimal brachen wir unsere Lanzen, dreimal ward ich auf dieselbe Weise gedemütigt. Endlich bat ich ihn, mein Freund zu sein. ›Ich brauche deine Freundschaft nicht‹, erwiderte er, und dieses Wort demütigte mich mehr denn alles Vorhergehende. Doch ließ ich nicht von zudringlicher Vorstellung ab. ›Unglück über dich!‹ sprach er, ›du weißt nicht, daß mein Weg gerade in den blutigen Tod führt.‹ ›Es sei,‹ entgegnete ich, ›ich will ihn Hand in Hand mit dir wandeln.‹ Wir ritten einen ganzen Tag lang miteinander, des Abends kamen wir an ein Zelt. ›Siehst du,‹ sprach er, ›o Amru, dort ist das Zelt des blutigen Todes. Nun steige ab und halte mir mein Pferd, auf daß ich mich vorbereiten kann; oder willst du es lieber, so halte ich deines.‹

Ich ließ es mir gefallen, den Stallknecht zu machen, und hielt sein Pferd. Er ging gegen das Zelt und rief eine Jungfrau heraus, die schönste, die ich jemals gesehen habe, und setzte sie auf ein Kamel, und indem er mir den Zügel in die Hand gab, sprach er: ›Führe sie, ich werde sie geleiten, oder wenn du es lieber willst, so geleite du sie, und ich werde sie führen.‹ Ich nahm geduldig den Zügel des Kamels und führte es. So zogen wir die ganze Nacht. Gegen Tagesanbruch fragte mich der Jüngling: ›O Amru, siehst du etwas?‹ ›Ich sehe Reiter von weitem in grauender Dämmerung.‹ ›Sind es deren viele,‹ fuhr er fort, ›so hat es nichts zu sagen, sind es aber wenige, so ist der blutige Tod unter ihnen.‹ ›Nun sehe ich deutlicher, es sind deren nur vier.‹ ›Wohlan, halte die Rechte des Weges, ich halte die Linke.‹ Die vier Reiter aber kamen näher und näher. Es waren der Vater der Jungfrau und ihre drei Brüder. Sie grüßten uns, wir sie. ›Leiste auf meine Tochter Verzicht!‹ rief der Greis dem Jüngling zu. ›Wenn ich sie lassen wollte,‹ erwiderte dieser, ›so hätte ich sie nicht entführt!‹ Der erste der Brüder des Mädchens rannte nun auf ihren Entführer los und blieb tot auf den ersten Lanzenstoß. Dasselbe Los hatten die beiden andern Brüder. Der Vater beweinte den Tod seiner drei Söhne und bat den Jüngling noch einmal inständig, von seiner Tochter abzulassen. ›Wenn ich von ihr ablassen wollte, hätte ich sie nicht mitgenommen!‹ war seine Antwort. Nun stürzten sie beide aufeinander los. Der Greis riß mit seiner Lanze die Brust des Jünglings auf, der jedoch spaltete den Kopf des Greises. Sie fielen zu gleicher Zeit. Der Kampf hatte mir vier Lanzen und vier Pferde verschafft. Die Jungfrau, sei es, daß sie mehr den Tod ihres Vaters und ihrer Brüder als den ihres Geliebten rächen zu müssen glaubte, sei es, weil sie lebenssatt war, stürzte sich jetzt auf mich. Ich mußte mich wider meinen Willen gegen ihre Stöße verteidigen. Sie fiel unter den meinigen. Solches war der Vorgang der blutigen Vernichtung, das Beispiel der größten Tapferkeit, das mir auf meinen Zügen vorgekommen ist.«

Omar machte eines Abends in Medina als Kalif selbst die Runde. Aus einem Hause, dessen Tor gesperrt war, tönte ihm gedämpfter Lautenschall entgegen. Er stieg auf das Dach und sah einen Mann, der mit einer Buhlerin sang und trank und koste. »O Nichtswürdiger,« rief ihm Omar von der Terrasse aus zu, »dir ist's nicht genug an einer einfachen Übertretung des Gesetzes, sondern Weib und Wein und Saitenspiel mußt du vereinen, auf daß du dreifache Schuld auf dich ladest!« »O Fürst der Rechtgläubigen, wenn du deinen heiligen Eifer ein wenig mildern möchtest, so hätte ich dir auch ein Wort zu sagen!« »Sprich!« »Wenn ich dreifache Schuld auf mich geladen habe, so hast du's nicht minder; denn der Koran spricht: ›Hütet euch, den Ausspäher zu machen!‹ – du aber kamst als solcher. Weiter: ›Geht durch die Türen ins Haus hinein!‹ – du bist durchs Dach hereingekommen; und endlich: ›Wenn ihr ein Haus betretet, so grüßt seine Bewohner!‹ – du aber bist ohne Gruß hereingekommen!«

Omar, der Kalif, bestieg eines Tages den Gebetstuhl, in der einen Hand den Koran, in der andern das Schwert. Seine ganze Rede bestand aus zwei Worten: »Was brauch ich euch zu sagen? Denen, die auf dem geraden Wege wandeln, genüget Allahs Wort, der Koran, die andern aber soll das Schwert grademachen. Inschallah!«

Muawijah ibn Sufjan, der erste Kalif aus der Familie der Umaijaden, saß an einem der heißesten Sommertage auf dem umschatteten Balkon seines Palastes zu Damaskus, den die Luft von vier Seiten durchstrich. So genoß er einiger Kühle in der größten Hitze des Mittags.
Er sah hinaus ins Freie und hinunter in die Stadt. Dort sah er nichts als den Wasserschein, der von den Feldern aufstieg, hier den Sonnenglanz, der von den weißen Mauern und den Terrassen der Häuser widerschien. Endlich erblickte er einen Mann, der ganz allein in den leeren Straßen gegen den Palast heraufkam. Mit großen Schritten arbeitete er sich durch den Staub vorwärts, den er mit seinem Schweiße begoß.
»Könnt ihr euch etwas Unangenehmeres denken,« sprach der Kalif zu den Hofleuten, die ihn umgaben, »als in dieser Stunde des Tages auszugehen?« Einer der Anwesenden nun bemerkte alsobald, daß dieser arme Mann sich in großer Not befinden und gekommen sein dürfte, um eine Gnade

beim Kalifen zu suchen. »In diesem Falle soll er alsogleich hereingelassen werden!« sprach Muawijah.
Er erschien und warf sich zu den Füßen des Kalifen nieder, der ihn fragte, woher er sei und was er wolle. Es war ein Araber aus dem Stamme Temim und war gekommen, Gerechtigkeit am Fuße des Thrones zu suchen wider die Ungerechtigkeiten und die Unterdrückungen des Statthalters Merwan, des Sohnes Alhokms. »Ich hatte«, sprach er weinend, »ein Weib, das ich von ganzer Seele liebte. Sie war die Freude meiner Augen und mir mehr wert als alle meine Kamele. Die Hungersnot des letzten Jahres fraß mein Hab und Gut auf; mir blieb nichts übrig, um meine Freunde zu bewirten. Als mein Schwiegervater die schlimme Lage, in die ich geraten war, vernommen hatte, nahm er seine Tochter mit Gewalt zurück. Ich brachte meine Klage bei deinem Statthalter Merwan an, dem Sohne Alhokms. Statt mir Gerechtigkeit widerfahren zu lassen, schickte er mich ins Gefängnis und begehrte, ich solle mich von meinem Weibe scheiden, auf daß er es nehmen könne. Ich weigerte mich standhaft; desungeachtet nahm er sie mit Gewalt zur Frau, und erst nach vollbrachter Hochzeit und nachdem ich tausend Foltern ausgestanden hatte, ließ er mich wieder los. Der erste Gebrauch, den ich von meiner Freiheit mache, ist, daß ich, o Fürst der Rechtgläubigen, zu deinen Füßen um Gerechtigkeit flehe!« Muawijah konnte die Regungen eines gerechten Zornes gegen seinen Statthalter nicht unterdrücken. Er schrieb ihm eigenhändig einen strengen Verweis und sandte einen besonderen Abgeordneten aus, um das Weib des Arabers zu holen. Merwan, der Sohn Alhokms, vergoß Tränen bitterer Reue beim Empfange des Handschreibens und schied sich sogleich von der Beduinin und

flehte um die Verzeihung des Kalifen. Dieser verzieh und befahl, die Beduinin vorzuführen.

Er sah ein Weib von außerordentlicher Schönheit; er sprach mit ihr und ward bezaubert von ihrem Geist und ihrer Beredsamkeit. Und er machte dem Araber den Vorschlag, sein Weib mit der schönsten Sklavin des Harims zu vertauschen und obendrein eine ansehnliche Summe Geldes zu nehmen.

Der Araber stieß ein erbarmungswürdiges Geschrei aus: »Um die Schätze des Kalifats«, sprach er, »würde ich mein Weib nicht geben; ob der Ungerechtigkeit des Statthalters habe ich beim Kalifen geklagt, und der Fürst der Rechtgläubigen ist noch ungerechter! Ich suche wider ihn Zuflucht am Throne des Weltenrichters!«

»Ich will dir kein Unrecht tun«, sprach Muawijah, »und will die Wahl deinem Weibe Saad lassen, sie selbst soll entscheiden zwischen mir und dir. Sprich denn, o Saad, was du lieber willst, den Fürsten der Rechtgläubigen in all seiner Macht und Herrlichkeit oder Merwan, den Statthalter, mit seiner himmelschreienden Ungerechtigkeit, oder den Beduinen mit seiner Armut und mit dem Elend der Wüste!« »O Fürst der Rechtgläubigen,« antwortete die Beduinin, »mich blendet nicht der Schimmer des Thrones, allwo ich keinen Freund finden würde. Mein Gemahl ist mein alter und treuer Freund, mit dem ich die Tage des Unglücks verleben will, wie ich mit ihm die Tage des Glücks verlebt habe!«

Den Kalifen rührte die Treue dieses Beduinenpaares, er schenkte ihnen tausend Dirhems und sandte sie vergnügt und glücklich in die Wüste zurück.

Abdorrahman Hatebi meldet von der Tochter Abu Selmas, des berühmten Geschichtenerzählers, folgendes Abenteuer:

»Ich befand mich eines Tages auf meinem Spaziergange vor einem herrlichen Palast und befahl meinen Sklaven, den Teppich auszubreiten, und zwar auf der steinernen Estrade vor dem Tor des Palastes, um das, sagte ich, was ich den Tag über geschrieben hatte, bei mir überlesen zu können. Durch den Torweg hindurch sah ich im Hofe fünfzig Sklavinnen in grüner Seide gekleidet mit goldenen Gürteln, eine schöner als die andere, und in ihrer Mitte eine Dame, deren Schönheit die ihrer Sklavinnen bei weitem übertraf. Die nun vertrieb sich die Zeit mit Schießen nach dem Ziele. Der Bogen war aus Gold, die Pfeile mit kostbaren Steinen besetzt. Sie hatte mich kaum erblickt, so rief sie ihren Sklavinnen zu: ›Wer ist der Fremde? Schließet das Tor zu, ziehet den Vorhang vor.‹ Ich war halb verzweifelt und brannte vor Ungeduld, zu erfahren, wem der Palast gehöre, und gab meiner Sklaven einem den Auftrag, sich nach dem Namen des Eigentümers zu erkundigen, und ich vernahm, er gehöre Dunje, der Tochter Abu Selmas, des berühmten Geschichtenerzählers; sie habe hunderttausend Dinare von ihrer Mutter geerbt, und von vielen Emiren und Wesiren zum Weibe begehrt, habe sie bisher ihre Hand standhaft ausgeschlagen, denn sie ziehe dem Ehestande das freie Leben als Mädchen vor und vertreibe sich die Zeit mit Jagen und Fischen, Spaziergängen und Scheibenschießen. Nach dieser eingeholten Nachricht aber blieb ich sitzen, wo ich war, bis Abu Selma selbst nach Hause kam. ›Ich befinde mich hier,‹ redete ich ihn an, ›um deine Tochter zum Weibe zu begehren; du kennst mein Herkommen und meinen Stand.‹ ›Ich weiß,‹ antwortete er, ›daß du, wie ich, in gerader Linie vom Blute des Propheten herstammest, denn sonst würde ich mir ein Gewissen daraus machen, deinen Antrag nur anzuhören.

So habe ich zwar nichts darwider, aber die Schwierigkeit kommt von meiner Tochter selbst, die sich nicht vermählen will. Um dich indessen zu befriedigen, will ich ihr den Vorschlag machen!‹ Er lüftete den Vorhang und ging in den Hof hinein. ›O meine Tochter,‹ hörte ich ihn sprechen, ›ich traf vor der Tür einen jungen, wohlgebildeten Menschen von guter Familie an.‹ ›Was will er, o mein Vater? Will er eine Sklavin kaufen? Gefällt ihm vielleicht der meinigen eine? Befindet er sich in Geldverlegenheit?‹ ›Nichts von alledem, o meine Tochter, er begehret dich zur Gemahlin!‹ ›Er ist närrisch, und du auch, o mein Vater. Denn wie oft habe ich dir nicht gesagt, daß ich von solchen Vorschlägen nichts hören will.‹ Abu Selma kam beschämt und zornig zurück. ›Du hast nun mit eigenen Ohren gehört,‹ sprach er, ›was für ein Wildfang sie ist.‹ ›Tut nichts zur Sache,‹ antwortete ich, ›gib sie mir immer zum Weibe, ich werde ihrer schon noch Meister werden.‹ Der Schaikh, dessen Geduld durch die Weigerung seiner Tochter schon längst erschöpft war, gab meinem Vorschlag Gehör und versprach, noch selbigen Abends meinen Heiratsvertrag zu unterschreiben und seine Tochter außer der Erbschaft mit zwanzigtausend Dinaren auszustatten.

Wir sprachen noch zusammen, als eine Sklavin herauskam und zum Schaikh sagte: ›Gruß zuvor von meiner Herrin, sie hat sich endlich entschlossen, in den Stand der Ehe zu treten; aber erst in einem Monat, von heute angefangen. Dann komme der Bräutigam; aber mit dem Mute Antars, mit der Herzhaftigkeit Modikorbs und mit Alis Tapferkeit bewaffnet.‹ Diese Botschaft hätte leicht einen andern als mich zurückgeschreckt, mich entflammte sie nur mit neuer Begier. Dreißig Tage nach dieser Unterredung ging ich ins

Bad, ließ mich scheren und mir die Nägel abschneiden, wie sich's für einen Bräutigam geziemt, und setzte mich zu Pferde und begann den Zug gegen den Palast hin.
Zehn schwarze und ebensoviel weiße, in Goldstoff gekleidete Verschnittene kamen mir entgegen. Sie hielten goldgestickte Tücher in den Händen, womit sie die Stirn meines Pferdes abwischten; und küßten darnach seinen Huf. Mein Gefolge blieb an dem ersten Tor zurück, ich aber setzte meinen Weg ins Innere des Palastes fort. Zu beiden Seiten standen zweihundert in reiche Stoffe gekleidete Sklavinnen mit silbernen und goldenen Gürteln. Die mit silbernen Gürteln hielten silberne Rauchfässer in der Hand, denen Moschus- und Ambraduft entströmte; die goldumgürteten sandten mir aus goldenen Rauchfässern Wolken von Aloedampf entgegen. Ich ging durch ihre Mitte in einen großen Saal, worinnen elf Ruhebetten mit den reichsten Stoffen aufgepolstert standen. Kaum hatte ich mich niedergelassen, so vernahm ich Pantoffelgeschlürf. Ein von Edelsteinen schimmerndes Weib mit einem brillantenbesetzten Dolch in der Hand nahte sich mir, von zwei schönen reichgekleideten Zofen begleitet. Ich dachte, es sei die Braut, und stand vom Ruhebett auf. ›Meine Herrin wird gleich kommen; erlaube mir unterdessen, mich niederzusetzen‹; und mit diesen Worten nahm sie ihren Platz auf einem der elf Ruhebetten ein. Acht andere von Edelsteinen schimmernde Frauen, jede einen brillantenbesetzten Dolch in der Hand, kamen und setzten sich wie die erste auf die anderen Ruhebetten. Endlich hörte ich Freudengeschrei und Segensrufe, wie wenn der Fürst der Rechtgläubigen im Prunk durch die Straßen von Bagdad einherzieht. Es war die Braut, wie der Kalif in einen fürstlichen schwarzen, gold-

gestickten Mantel gekleidet, mit einem brillantenbesetzten Degen umgürtet. Zweihundert Sklavinnen, die alle schwarz ausgestattet waren, folgten ihr auf dem Fuße nach. Wir standen alle auf und bewillkommten sie, wie man den Kalifen bewillkommt, mit dem Gruß: ›Heil dir, o Fürstin der Rechtgläubigen, Allahs Barmherzigkeit und Allahs Segen über dich!‹

Sie nahm ihren Platz auf dem elften Ruhebett ein und winkte uns niederzusitzen. Ich ließ zwei große mit Silber und Gold gefüllte Vasen, die auf meinem Zuge vor mir hergetragen worden waren, herbeibringen. Sie teilte das Gold unter ihre vertrauten Zofen und das Silber unter ihre Sklavinnen aus. Diese brachten schöne Waschgefäße aus Gold und Silber herbei; wir wuschen uns die Hände und trockneten sie in musselinenen und gestickten und durchdufteten Tüchern ab. Hierauf ward der Tisch gebracht, der, so wie die Schüsseln, aus einer einzigen Kristallplatte bestand.

Die Gerichte hatten alle möglichen Farben und Wohlgerüche: Orangen und Granatblüte, Ambra und Sandel, Safran und Moschus. Das Mahl ward beendigt und der Scherbett herumgereicht. Nun gingen zur rechten und linken Seite des Saales zwei Türen auf, und man erblickte schwarze Vorhänge, die mit Gold und Perlen bestickt waren. Hinter diesen tönten zwei Silberstimmen, die im Wechselgesange das Glück der Liebe priesen. Ich setzte mich zu meiner Braut, deren Augen wie Sonnen funkelten und deren Busen durch den schwarzen Flor wie der Stern der Liebe durch die schwarze Nacht hindurchschimmerte.

Ich wollte ihr einen Kuß rauben. Bei der Bewegung, die ich dazu machte, rief sie ihren Vertrauten zu: ›Auf, o ihr Mädchen!‹ Und alsogleich stürzten diese mit ihren brillantenbesetzten Dolchen auf mich los.

›Ich will nicht,‹ rief sie, ›daß ihr ihn verwundet, aber wohl, daß ihr ihn züchtigt.‹ Sie schlugen und stießen nun mit den diamantenen Knöpfen der Dolche unbarmherzig auf mich los. Ich verlor all meine Besinnung, und als ich wieder zu mir kam, fand ich mich allein im Saale, allwo ich die Nacht für einen Bräutigam sehr schlecht zubrachte. Am Morgen kamen die Sklavinnen, um mich zu fragen, ob ich nicht ins Bad gehen wollte, wie dies der Gebrauch ist nach der Hochzeitsnacht. ›Weswegen ins Bad,‹ fragte ich, ›vielleicht um mir die Schläge vom Rücken zu waschen?‹ Nun verrichtete ich das Morgengebet und kleidete mich in ein sehr reiches Gewand, das ich mir aus meinem Hause hatte kommen lassen.

Ich ward in einen anderen Saal geführt, der gelb ausgeschlagen, sonst aber wie der gestrige eingerichtet war. Die neun Frauen nahmen ihren Platz auf den Ruhebetten ein, und endlich erschien mein Weib wie gestern im Staate des Kalifen.

Alles ging vor sich wie am Abend vorher. Zwar hatte ich mir bestens vorgenommen, dem Rausch der Begierden zu widerstehen, als aber hinter den Vorhängen die zwei Zauberkehlen den Wechselgesang der Liebe anstimmten, da zog's mich unwiderstehlich zu meiner Gebieterin hin. Sie rief ihre Mädchen zu Hilfe, und diese mißhandelten mich noch unbarmherziger als gestern. Ich mußte den Wundarzt holen lassen und war kaum nach sieben Tagen wieder imstande, dem Hochzeitsfeste beizuwohnen. Indes hatte mir dieser Zeitraum dazu genügt, ein Mittel zu ersinnen, wodurch dem Spiel ernstlich ein Ende gemacht wurde. Mein

Arzt hatte mir ein Schlafmittel von aromatischen Kräutern gegeben. Als nun der Scherbett herumging, warf ich das Mittel geschickt in den Becher, und es brachte bald seine Wirkung hervor.

Als die Türen aufgingen und der Gesang ertönte, fühlte ich mich stärker denn jemals vom Taumel der Liebe ergriffen. Ich umarmte meine Geliebte, die kaum ihr schmachtendes Auge offenhalten konnte. Mit halberstickter Stimme sprach sie die Worte: ›Zu Hilfe, o Mädchen!‹ Diese wollten herbeistürzen, konnten sich aber kaum aufrechthalten vor Schlaf und Taumel. Ich ward leicht mit ihnen fertig, indem ich eine nach der andern zurück und zur Türe hinausschob, die ich hinter ihnen schloß. Nun hatte ich mit niemand zu kämpfen als mit meiner Gebieterin. Der Kampf aber war süß und währte lange.

Ich brachte sie in ihr Gemach und legte mich in dem meinigen nieder, allwo ich denn den Rest der Nacht über köstlich schlief. Am Morgen kamen die Sklavinnen, mich ins Bad einzuladen. ›Von Herzen gern,‹ antwortete ich, ›heute weiß ich, warum ich ins Bad gehe.‹ Nach dem Bade begab ich mich ins Gemach meiner Gemahlin. Sie kam mir entgegen, küßte mir die Augen und sprach: ›O mein Herr und Gebieter, ich konnte bisher nicht glauben, daß ein Mann meiner Meister werden könne; da es nun aber einmal so gekommen ist, füge ich mich darein als deine gehorsame Magd.‹ Ich aber umarmte sie und erneuerte oft die Freuden der Brautnacht; denn in zehn Jahren hatten wir sieben Kinder.«

Amru, der Sohn Rebias, der Fürst der Dichter, der Vetter des Kalifen Abd al Malik, erzählte von sich selbst die folgende Geschichte:

»Ich las eines Tages ganz ruhig in meinem Hause, als sich ein altes Weib bei mir melden ließ. ›Ich will dir‹, sagte es, ›Gelegenheit verschaffen, die größte Schönheit unter der Sonne zu schauen, doch unter der Bedingung, daß du ihr nicht zu nahe trittst und daß deine Worte bescheiden und wohlabgemessen sind.‹ Ich beschwor es auf den Koran. Und dann mußte ich mir die Augen verbinden lassen, und sie führte mich eine geraume Zeit in mancherlei Richtungen, bis sie mir die Binde abnahm.

Ich befand mich aber in einem prächtigen Zelt aus rotem Sammet mit großen goldenen Blumen, voll der schönsten Sklavinnen. Ein Sitz von Ebenholz stand für mich bereitet. Und ich hatte mich noch nicht von meinem Erstaunen erholt, als ein Vorhang aufrauschte und eine Dame von überirdischer Schönheit sich an meiner Seite niedersetzte. Wir kosten und sangen die ganze Nacht hindurch. Gegen Morgen sang sie eins meiner Lieder, das mit dem Verse anfängt: ›Sie, deren schwellender Busen‹. ›Wer ist diese Schönheit mit schwellendem Busen?‹ fragte sie. ›Ich kenne sie nicht,‹ antwortete ich, ›es ist ein luftiges Dichtergebilde oder, wenn man lieber will, eine Gazelle.‹

›O Lügner‹, rief sie, indem sie mir einen derben Backenstreich gab; ›so seid ihr alle, ihr andern Dichter. Dein Lied ist weitberühmt in Hidschas und Irak und Syrien, und du behauptest, es handle allein von einem Luftgebilde. O Sklavinnen, schafft mir den Lügner vom Halse!‹ Man verband mir die Augen und führte mich nach meinem Hause.

Am folgenden Tage abermaliger Besuch des alten Weibes und wiederholter Vorschlag. Ich ging die Bedingungen ein und beschwor sie auf den Koran. Die Binde ward mir in einem schwarzen, mit Gold durchstreiften Zelt abgenommen. Meine Dame erschien, von ihren Sklavinnen umgeben, setzte sich neben mir nieder und begann wie gestern die Unterredung.

Die Stunden verflossen wie die der vorigen Nacht unter Sang und Scherz. Endlich fragte sie mich: ›Wer ist der Verfasser des bekannten Liedes:

Hast du mich jüngst gesehn – In der Mitte dreier Schönen?‹

›Ich bin's‹, antwortete ich. ›Nun, wer sind die drei Schönen?‹ ›Auf meine Ehre!‹ erwiderte ich, ›ich kenne sie nicht, und, sie leben nur im Liede.‹ ›So also,‹ fiel sie mir in die Rede, ›wenn kein wahres Wort daran ist, was unterstehst du dich, mit Gunstbezeugungen dich zu brüsten, die du nicht erhalten hast? Da, o Lästerer!‹ Und sie gab mir einen derben Backenstreich. ›O Sklavinnen, entfernt ihn von meinem Angesichte!‹

Ich kam in mein Haus mit verbundenen Augen und brennenden Wangen. ›Verzweifle nicht‹, sprach das alte Weib im Weggehen. Ich warf mich aufs Bett nieder, aber kein Schlaf kam in meine Augen.

Am andern Tage erschien das alte Weib früher als gewöhnlich und fragte nach meinem Wohlbefinden und ob ich nicht Lust hätte, zu meiner Dame zurückzukehren. Ich beschwor dieselben Bedingungen auf den Koran, sann zugleich aber auf ein Mittel, die Wohnung meiner Schönen ausfindig zu machen. Ich färbte meine linke Hand mit Safran, und als wir uns an der Tür befanden, fuhr ich mit der Hand auf dem Türflügel herum, als ob ich nach der Öffnung tappte.

Die Binde ward mir abgenommen, und ich befand mich in einem Zelt von grünem Atlas mit großen silbernen Blumen. Die Dame kam, setzte sich neben mich und lachte nicht wenig, als sie sah, daß meine Wange noch von dem gestrigen Backenstreich brannte. Wir unterhielten uns von tausenderlei Gegenständen und von Abenteuern aus Jemen und Hidschas, von den merkwürdigen Begebenheiten der arabischen Geschichte und von der Liebe und ihren Süßigkeiten. Ich glaubte mich wahrhaftig ins Paradies versetzt. Endlich fragte sie mich: ›Wem gehören die bekannten Verse zu:

Die Sänfte ging vorüber, – Ich sah sie nicht, ich hört ihr
Kosen,
Da lüftete der Wind den Schleier – Und wehte Wohlduft
von der Wangen Rosen.‹

Ich bekannte mich zum Verfasser. ›Und wer ist denn die Schöne in der Sänfte, die du nicht sahst, sondern nur hörtest, und mit der du, wie das Lied ausgeht, in der Sänfte glücklich warst?‹ ›Habe Mitleiden mit mir,‹ sprach ich, ›o schönste der Herrinnen! Ich habe nichts hierauf zu antworten, als was ich schon gestern und vorgestern gesagt habe!‹ ›Also so lästerst und verleumdest du die Frauen! Du bist ein Nichtswürdiger, der ihrer Gesellschaft nicht wert ist; o Sklavinnen, züchtigt ihn, wie er es verdient!‹ Sie fielen über mich her mit Fäusten und Nägeln, zerschlugen und zerkratzten mich auf eine erbarmungswürdige Weise, und das alte Weib übernahm mich mit verbundenen Augen. Aber statt mich diesmal in mein Haus zu begleiten, hörte ich, daß sie auf der Straße einen Menschen anredete, ihm Geld und den Auftrag gab: ›Geh und führe diesen Mann mit verbundenen Augen in das Haus Amrus, des Sohnes Rebias, des Dichters, der ein großer Taugenichts ist und dessen Schwelle ich nicht mehr betreten will.‹

Ich konnte den Augenblick nicht erwarten, in mein Haus zu kommen, und warf mich aufs Bett, ohne ein Auge zu schließen. Was mir begegnet war und auch der Schmerz der empfangenen Schläge hielten den Schlaf von meinen Wimpern fern.
Mit Tagesanbruch versammelte ich alle meine Sklaven, gab ihnen den Auftrag, das Haus oder das Zelt ausfindig zu machen, dessen rechter Türflügel mit Safran gefärbt war, und versprach dem Entdecker tausend Dinare. Noch vor Mittag kam einer derselben mit freudigem Gesicht gelaufen. ›Gute Nachricht, o Gebieter, ich habe die Tür gefunden, deren rechter Flügel mit einer in Safran getauchten Hand bezeichnet ist.‹ ›Richtig!‹ rief ich voll Freuden, zahlte ihm die tausend Dinare aus und ließ mich an Ort und Stelle führen.
Wie groß war nicht mein Erstaunen, als ich sah, daß das bezeichnete Zelt eines der Zelte der Prinzessin Merwe war, der Tochter des regierenden Kalifen Abd al Malik! Alsogleich ließ ich meine Zelte in der Nähe aufschlagen und schlenderte lange genug herum, um von der Prinzessin bemerkt zu werden. Sobald sie sah, daß sie entdeckt war, kam sie heraus und lüftete den Schleier und sagte: ›Sieh da, o Amru, hast du keine Lust, dein Abenteuer zu besingen? Wenigstens läufst du nicht Gefahr zu lügen und hast nicht nötig, die Bilder aus der Luft zu greifen wie deine erdichteten Schönen.‹
Ich sagte alsogleich aus dem Stegreif mehrere Verse her, die mir die zärtlichste Liebe eingab und die bald in jeglichem Munde waren. Das Gerede, das sie verursachten, und das Gerücht von der Verlegung meiner Zelte drang gar bald bis in das Serail des Kalifen, der damals in Damaskus

residierte. Er aber berief seine Tochter zu sich, und ich machte diese Reise in ihrem Gefolge. Doch die Glut der Leidenschaft verzehrte mich, und ich war sehr krank, ohne es zu wissen.

Zwei Tagereisen von Damaskus kamen Abgesandte, um der Prinzessin zu melden, der Kalif mit allen Prinzen seines Hauses komme ihr entgegengezogen. Der Zug kam bald nachher an.

Der Kalif stieg ab und ging ins Zelt, beglückwünschte die Prinzessin zu ihrer glücklichen Ankunft und sagte: ›O meine Tochter Merwe, du mußt nach der Sitte deinen Einzug bei Nacht halten, auf daß dich niemand sieht.‹ ›Sehr wohl, o mein Vater! Mir ist's übrigens wirklich einerlei, ob mich die Leute sehen oder nicht sehen.‹

Beim Herausgehen erblickte er meine Zelte und fragte, wessen sie wären. ›Amrus, des Sohnes Rebias‹, war die Antwort. Ich nahte mich und grüßte den Kalifen nach hergebrachter Sitte mit den Worten:

›Heil und Allahs Erbarmen über dich, o Fürst der Rechtgläubigen!‹ ›Weder Heil noch Erbarmen über dich‹, antwortete der Kalif. ›Und warum, o mein Vetter, behandelt mich deine Erhabenheit so unfreundlich?‹ ›O Unglücklicher, du hast doch meine Tochter mit deinen Versen in üblen Ruf gebracht!‹, und er sagte die Verse auf, die ich aus dem Stegreif gedichtet hatte, als die Prinzessin aus dem Zelt kam. ›Vergebung, o Fürst der Rechtgläubigen, die Verse gehen die Prinzessin nichts an, sie sind an eine erdichtete Schönheit gerichtet, die, wie deiner Erhabenheit bekannt ist, nur in dem Hirn der Dichter lebt.‹ ›Du lügst‹, sprach der Kalif lachend, aber dann auf einmal mit veränderter Gesichtsfarbe und in sehr ernstem Tone: ›Hast du ein Weib?‹ ›Ich kenne nur eine, und das ist deine Tochter, o Fürst der Rechtgläubigen‹, antwortete ich mit großem Mute. ›Nun, so nimm sie denn,‹ fuhr der Kalif fort, ›ich vermähle sie dir.‹ Trunken vor Freude rief ich aus: ›Wie verdiene ich so großes Glück, ich Sklave des Fürsten der Rechtgläubigen, ich, der ich nur eine Klinge aus dem Waffenschatze seiner Macht bin! Wie bin ich wert befunden worden dieser Verbindung mit dem größten Herrscher unserer Zeit?‹ ›Das Sprichwort sagt,‹ antwortete der Kalif darwider, ›wer um den Schleier fragt, der kauft ihn‹; und er ließ auf der Stelle Kadis und Zeugen rufen, um den Heiratsvertrag der Prinzessin abzufassen. Er gab ihr fünfzigtausend Dinare zur Aussteuer. Die Hochzeit ward auf der Stelle gefeiert. Ich lebte drei Jahre mit ihr, die glücklichsten meines Lebens, dann starb sie und hinterließ mir drei Perlenangebinde zum Angedenken, die mich ins Grab begleiten werden.«

Der Kalif Wassik Billab war einer der sanftmütigsten Menschen seiner Zeit. Ein Dichter, der eine Satire wider ihn verfertigt hatte, kam, um von ihm eine Gnade zu begehren. Aber durch einen Mißgriff zog er statt der Bitt- die Stachelschrift aus der Tasche und reichte sie hin. Der Kalif aber, der den Irrtum bemerkte, gab ihm die Satire zurück und begnügte sich, ihm zu sagen: »Sei behutsamer, auf daß dir solches mit keinem anderen begegnet, der weniger bereit ist, zu verzeihen und Gnaden zu erteilen, als der Kalif.«

Der Kalif Abd al Malik ibn Marwan gab seinem Statthalter Hadschdschadsch, dem Sohne Jusufs, den Auftrag, ihm die drei schönsten Sklavinnen, die er finden könnte, zu senden. Hadschdschadsch nun wandte sich an die drei berühmtesten

Sklavenhändler des Reichs, die ihm alsobald die drei größten Schönheiten, die sie ausfindig gemacht hatten, zuführten. Hier folgt die Beschreibung ihrer Vorzüge, die Hadschdschadsch dem Kalifen einsandte und die sich aus den geheimen Archiven des Kalifats bis auf unsere Zeit erhalten hat:

›Die erste hat funkelnde Augen und schön gerundete Arme. Ihr Busen sproßt und treibt wie die Rosenknospen in den ersten Tagen des Frühlings; ihre Schenkel leuchten wie polierter Alabaster im Mondenschein; sie ist weiß wie geglättetes Silber.

Die zweite ist ein Beispiel des schönsten Ebenmaßes aller Glieder. Der süße Ton ihrer Stimme würde Kranke heilen und Tote zum Leben erwecken. Sie ist eine anziehende Braunhaarige.

Die dritte hat die Augen der Gazelle, die Gesichtsfarbe der Rose, den Wuchs der Zypresse und den Wohlgeruch des Moschus, ihr Haar ist schwärzer als Ebenholz, die Zähne sind weißer als Elfenbein. Ihre Wimpernhaare sind soviel Pfeile, die die Herzen durchbohren, und das Mal auf ihrer Wange ist dunkel wie das Korn des Lebens auf der glänzenden Flur des Paradieses.‹

Hadschdschadsch übergab die drei Sklavinnen, nachdem er sie besichtigt und beschrieben hatte, den drei Sklavenhändlern mit dem Befehl, sie wohlverwahrt dem Kalifen zuzuführen. Einer der drei Kaufleute aber, alt und gebrechlich wie er war, bat, der Reise enthoben zu werden und statt seiner seinen Sohn stellen zu dürfen, was Hadschdschadsch gern gewährte. Unterwegs nun lüftete der Wind auf einen Augenblick den Vorhang der Sänfte, und der junge Mensch ward auf der Stelle sterblich verliebt in die ihm von seinem Vater anvertraute Schöne. Er aber sang aus dem Stegreif:

»*Selbst durch den Schleier dringt der Pfeil ins Herz, – Und es zerbricht aus übergroßem Schmerz.*

Es birst die Erde vor dem Sonnenfeuer, – Wiewohl es sich verbirgt im Wolkenschleier.«

Eine überaus wohltönende Stimme antwortete aus der Sänfte:

»*Verräter ist der Tag, die Scheelsucht wacht! – Vertraue dein Geheimnis nur der Nacht!*«

Der junge Mann verstand den Wink und wollte ihn benutzen, sobald es dunkel geworden war. Und er machte den Versuch, seine Schöne zu entführen, aber von seinen Gefährten entdeckt und eingeholt, ward er auf ein Kamel gebunden und als ein Verbrecher bis in den Palast des Kalifen mitgeführt.

Abd al Malik ließ sich die Sklavinnen vorführen und überlas zugleich die Beschreibung ihrer Vorzüge, die ihm Hadschdschadsch eingesandt hatte. Bei den ersten beiden traf alles auf ein Haar ein; die dritte aber hatte nicht, wie es in der Beschreibung hieß, die Farbe der Rose, sondern sie war blaßgelb.

»Was ist das?« fragte der Kalif erzürnt die Sklavenhändler. Sie warfen sich ihm zu Füßen, baten im voraus um Gnade und erzählten ihm dann die Liebesgeschichte des jungen Mannes. Des Kalifen Zorn ging in Mitleid und Rührung über. Statt den Liebhaber als Majestätsverbrecher zu bestrafen, machte er ihm die Sklavin mit all ihrem Staate zum Geschenk.

Die Verliebten waren außer sich vor Freude und Entzücken. Sie durchschwärmten die Nacht in den inbrünstigsten Umarmungen. Des Morgens fand man beide tot einander in den Armen; das Übermaß der Leidenschaft hatte sie getötet. Man erstattete hiervon Bericht dem Kalifen, der sich nicht wenig ob dieses außerordentlichen Abenteuers verwunderte und gar nicht begreifen konnte, wie es möglich war, aus Liebe zu sterben.

Hadschdschadsch, der Sohn des Jusuf, hatte eines Abends große Gesellschaft. Desungeachtet ward ihm die Zeit lang, und er sprach zu Khalid, dem Sohn Gersafas: »Geh in die Moschee und suche uns jemanden, der durch Erzählungen die Zeit kürze. Es ist eben Gebetstunde, und es kann dir nicht fehlen, deinen Mann zu finden.« Khalid ging in die Moschee, grüßte den ersten jungen Menschen, der ihm aufstieß, und lud ihn ein, sich mit ihm in den Palast zu begeben. Der Jüngling nahm die Einladung an, und sie traten beide in den Gesellschaftssaal. »Liest du den Koran?« fragte Hadschdschadsch den Fremden. »Ja, und ich weiß ihn auswendig.« »Bist du mit den arabischen Dichtern bekannt?« »Ja, von Anfang bis Ende«, war die Antwort; und er sagte einige der schönsten Stellen. »Nun, da es dir, wie ich sehe, an Wohlredenheit und Sachkenntnis nicht fehlt, so erzähle uns etwas; indessen soll man dir zum Lohn eine Sklavin und viertausend Dirhems bereiten. »Des Himmels Segen über den Kalifen und seinen Statthalter!« antwortete der Jüngling; »ich wüßte nichts Außerordentlicheres zu erzählen als meine eigene Geschichte.« »Nun, so erzähle sie denn der versammelten Gesellschaft!«

»Ich verlor sehr jung meinen Vater und ward erzogen in dem Haus meines Oheims. Der hatte ein überaus schönes Mädchen zur Tochter, mit der ich die ersten Jahre der

Jugend verlebte und die ich, ohne es zu wissen, liebte. Als sie heranwuchs, bewarben sich viele Freier um ihre Hand, und mir ward damit alle Hoffnung genommen, sie jemals zu bekommen. Der Kummer brachte mich aufs Krankenlager; mitten unter den Ausbrüchen von Fieberphantasien ersann ich folgenden Ausweg, um zu meinem Ziele zu gelangen: Ich füllte einen Sack mit Sand und Erde an, und in einem Augenblick, wo ich wußte, daß ich beobachtet ward, vergrub ich ihn mit vieler Sorgfalt und unter Herumspähen, als sollte es nicht gesehen werden, unter meinem Kopfkissen, um glauben zu machen, es sei ein heimlicher Schatz. Dann ließ ich meinen Oheim rufen und sagte ihm: ›Ich besitze einen heimlichen und sehr ansehnlichen Schatz, den ich in der Wüste gefunden, und fürchte, der Tod übereilt mich, ehe ich ihn jemand entdeckt habe, oder man bestiehlt mich. Gib mir daher, ich bitte dich, eine Wache von zwölf Personen und leihe mir unterdessen tausend Dinare, um die Kosten meiner Krankheit zu berichtigen, auf daß ich nicht nötig habe, meinen Schatz ans Licht zu bringen und ihn anzuzeigen.‹ Mein Oheim glaubte fest, was ich ihm gesagt hatte, und erzählte es seinem Weibe wieder. Diese, die mich für steinreich hielt, hatte nun nicht die geringste Einwendung wider meine Verbindung mit ihrer Tochter und ließ mir durch ihren Gemahl einen Vorschlag machen. ›Ich habe es nie gewagt,‹ antwortete ich, ›meine Augen bis zu deiner Tochter zu erheben, um so weniger, als ihr Betragen gegen mich meine Wünsche nicht im mindesten begünstigte.‹ ›Oh, das hat nichts auf sich, das Mädchen fürchtete sich nur vor ihrer Mutter; nun wird es sich schon geben.‹ Alsogleich versammelte man den Stamm, und die Hochzeit ward noch selbigen Abends gefeiert.

Die folgenden Tage überhäufte mich mein Schwiegervater mit Geschenken. Er hatte für mehr als zehntausend Dirhems Kleider und Schmuck gekauft, alles in der Hoffnung auf einen reichlicheren Ersatz aus dem Schatze. Endlich begehrte er, ihn zu sehen. Alsogleich ließ ich Träger kommen, um den Sack auszugraben und zu meinem Schwiegervater zu bringen, der, wie ihr euch denken könnt, nicht wenig zornig gewesen sein muß, als er Sand statt Gold fand. Ich bin unterdessen so klug gewesen, mit meinem Weibe die Flucht zu ergreifen; und ich irre nun seitdem in Moscheen herum, ohne daß ich weiß, wie das Ende sein wird.«

Hadschdschadsch befahl, dem Erzähler die Sklavin zu übergeben und zehntausend Dirhems zu verabreichen, die am nächsten Morgen ausgezahlt werden sollten. Der junge Mann war voll der Freude und eilte zu seiner Gattin, die zu ihrer Mutter nach Hause zurückgekehrt war. Er stürzte zur Tür hinein und rief, daß er zehntausend Dirhems in der Schatzkammer guthabe. Als Mutter und Tochter dies hörten, erhoben sie ein großes Geschrei, dieweil sie glaubten, er sei von Sinnen gekommen. Der Vater dachte, es sehe mit den zehntausend Dirhems nicht besser aus als mit dem Schatze, und ließ den Schwiegersohn als einen Betrüger binden. Er mochte ihnen noch so oft seine Geschichte mit Hadschdschadsch erzählen, es half nichts. Die einen glaubten, es sei ein Fiebertraum, die andern, es sei eine Erfindung.

Hadschdschadsch, der den jungen Mann nicht wiederkehren sah, sein Geld zu holen, ließ ihn suchen.

Der Gefundene erzählte, was ihm von neuem begegnet war und wie also das Ende seiner Geschichte noch viel sonderbarer sei als der Anfang.

Hadschdschadsch überhäufte ihn mit neuen Geschenken.

Hadschdschadsch, der Sohn Jusufs, ist berühmt in der arabischen Geschichte durch seinen unersättlichen Blutdurst. Man sagt, daß er als neugeborenes Kind die Brust seiner Mutter Caria nicht habe nehmen wollen. Haress Ben Kelde riet den Eltern, eine schwarze Ziege zu schlachten und das Kind mit ihrem Blute zu tränken. Dies geschah drei Tage lang, am vierten aber säugte die Mutter das Kind. Die arabischen Geschichtsschreiber vertreten die Meinung, Satanas selbst habe diesen Rat gegeben, und erklären hieraus des Tyrannen seltsame Blutgier, der nur wenige der bezeichneten Schlachtopfer durch außerordentliche Freimütigkeit oder kalte Verachtung des Todes entgingen.
Eine solche Ausnahme war die folgende: Bei einem öffentlichen Gastmahl bemerkte Hadschdschadsch, daß ein Beduine die Schüsseln mit Halwa auf das gierigste leerte. »Wer sich Halwa nimmt, ist des Todes!« donnerte Hadschdschadschs Stimme, und all die Hände, die auf die Schüssel zugefahren waren, erstarrten auf dem Wege. Der Beduine allein konnte die den Bewohnern der Wüste angeborene Freßlust nicht verleugnen. Nachdem er einige Zeit unbeweglich geblieben war, rief er: »O Emir, ich empfehle dir mein Weib und meine Kinder!« und fiel mit Hast über die Schüssel her. Hadschdschadsch sank vor Lachen auf den Rücken und ließ die Drohung unvollzogen. –
Hadschdschadsch hatte soeben die Flammen eines Aufruhrs mit Strömen von Blut gelöscht. Unter den eingebrachten Gefangenen ward ein freies arabisches Weib ihm vorgeführt. »Warst du es nicht,« fuhr sie Hadschdschadsch voll Grimm an, »warst du es nicht, die gestern noch das Volk empörte und zum Mord meiner Krieger wild entflammte?« »Du hast es gesagt, ich war's«, antwortete das arabische Weib. »Ihr

habt es gehört«, sprach Hadschdschadsch, indem er sich zu seinen Wesiren umwandte; »was ist nun euer Urteilsspruch über die Schuldige?« »Eile,« riefen sie einstimmig, »sie hinzurichten!« Das Weib aber lachte hell auf. »Was lachst du?« fragte Hadschdschadsch. »Darüber, daß die Wesire deines Bruders, des ägyptischen Bedrückers Pharao, doch bessere Menschen waren als die deinen.« »Wieso?« fragte Hadschdschadsch. »Als Pharao«, antwortete die Araberin, »sie befragte, was mit Moses und Aaron zu tun sei, sprachen die: ›Heb sie auf für andere Zeiten.‹ Die deinigen aber raten dir, mit der Hinrichtung zu eilen!« Die Freimütigkeit gefiel dem Tyrannen, und statt den Blutbefehl zu erlassen, gab er ihr eine Anweisung auf die Schatzkammer.

Was hältst du von Hadschdschadsch?« fragte der Tyrann einen Beduinen, auf den er unerkannt in der Wüste stieß. »Daß er ein Bedrücker und Tyrann ist!« »Nun, wenn's so ist, warum führst du denn nicht Klage wider ihn am Thron des Kalifen Abd al Malik, des Sohnes Marwans?« »Der ist um kein Haar besser, wenn nicht schlimmer. Allahs Fluch über beide!« Jetzt kam das Gefolge des Statthalters angeritten, und der Beduine erkannte seinen Mann. »Höre, o Emir,« sprach er, »das Geheimnis, das ich dir soeben anvertraute, bleibt unter uns; wenn auch Allah etwas davon wissen sollte, so weiß er's besser.« Hadschdschadsch mußte ob der sinnreichen Wendung lachen und beschenkte den Beduinen.

Hainand, der Geschichtsschreiber, erzählt: »Ich stand in großer Gunst bei Walid, dem Sohne Abd al Maliks. Als sein Bruder Jesid den Kalifenstuhl bestieg, floh ich nach

Kufa, allwo ich die große Moschee zu meinem Aufenthaltsort auserwählte. Siehe da, ein Bote Mohammeds, des Sohnes Jusufs Et-takfi! Er kündete mir an, er habe ein Schreiben des Kalifen erhalten, der ihm befehle, mich in das Serail zu führen. Wir setzten uns zu Pferde, und er gab mir einen Beutel von tausend Dinaren für die Unkosten der Reise. Am achten Tag nach unserer Abreise langten wir zu Damaskus an. Der Abgesandte holte die Erlaubnis zu meinem Empfange ein und führte mich dem Kalifen vor. Ich fand ihn in einem Saale von rotem Granit, dessen Decke ein Zelt aus rotem Damast war. Die Vorhänge waren aus roter Seide, und roter Damast bildete die Bekleidung des Fußbodens. Alles war rot, und neben dem Kalifen standen zwei ebenfalls rot gekleidete Sklavinnen, in der einen Hand goldene Becher, in der andern Hand kristallene Gefäße mit rotem Weine haltend.

Ich grüßte ihn und wünschte ihm Glück als Kalif, und er gab mir den Gruß zurück. Dann sprach er: ›Nahe, und sage mir, ob du weißt, warum ich dich holen ließ.‹ ›Nein, o Fürst der Rechtgläubigen.‹ ›Ich sandte nach dir, um aus dem Schatz deines Gedächtnisses einige Verse zu holen, deren Anfang mir entfallen ist, von denen ich aber nur so viel weiß, daß sie mit dem Worte Kanne endigen.‹

Ich fing an, meinen Versvorrat im Gedächtnis durchzugehen, und erinnerte mich endlich einiger Verse eines alten Königs aus Jemen, die also lauten:

Früh sind die Tadler und die Neider aufgewacht! – Es schelten
mich so Feind als Freund mit Vorbedacht.

Was kümmert's mich! es grünet frisch im Morgentau die Tanne, –
Das Mädchen hält den Morgenwein in goldner Kanne.

›Bei Gott,‹ rief Jesid aus, ›das sind gerade die Verse, die ich im Sinne hatte!‹ und begehrte zu trinken. Er befahl der Sklavin, auch mir einzuschenken, was sie dreimal tat, so daß mir alle Sinne vergingen. ›Dreimal,‹ sprach ich, ›o Fürst der Rechtgläubigen, ist meine Vernunft schon davongelaufen.‹ ›Nun, was wünschest du denn, um sie noch ein viertes Mal zu verlieren?‹ ›O Herr, eine der beiden Sklavinnen, die zu deiner Seite stehen, wäre solches zu bewirken mehr als hinreichend.‹ ›Nun, du sollst sie alle beide haben, mit ihrem ganzen Anzug, und hunderttausend Dirhems obendrein.‹ Ich wußte nicht mehr, wie mir geschah, indem ich alles für einen Traum hielt. Am nächsten Morgen aber zog ich mit dem versprochenen Geschenk nach Kufa, allwo ich seitdem ein vergnügtes Leben führe.«

Ein Sänger sang eines Tages in Gegenwart des Kalifen Jesid die folgenden Verse:

»*Wenn ich aus Sehnsucht tot zu Boden stürze, – Weckt deine*
Schönheit mich vom Tode auf;
In meiner Seele brennt der Liebe Würze, – Die hält den Leib
vor der Verwesung auf.«

Dem Kalifen gefielen die Verse; er fragte, wem sie zugehörten. Man wußte es nicht. »So geht und holt mir den Zeheri, der weiß es gewiß!« Es war schon Mitternacht vorbei, und Zeheri war eben nicht ganz ruhig, als man ihn um diese Stunde zum Kalifen rief. »Sei unbesorgt,« redete ihn Jesid an, »ich will nur wissen, wem die Verse zugehören, die soeben gesungen wurden.« »O Herr, der Verfasser ist Achus.« »Wo ist er denn?« »Er schmachtet seit langem im Gefängnis.« Jesid befahl, ihn freizulassen, und ließ ihm noch ein Geschenk von vierhundert Dirhems verabfolgen. Auch Zeheri ward belohnt.

Ebaseid Eleshedi erzählt: »Ich ging eines Tages zu dem Kalifen Sulaiman, dem Sohn Abd al Maliks. Er saß in einem Saal, dessen Wände mit rotem Marmor, dessen Boden mit grünem Sammet belegt war. Vor den Fenstern des Saales, der mitten im Garten lag, rauschten Flieder und Quellen ins Lied der Nachtigallen und ins Gekose der Turteltauben. Am Kopf und zu den Füßen des auf ein Ruhebett hingestreckten Kalifen standen Mädchen, eine schöner als die andere. Die Sonne sank eben unter, und Rubinenglut durchfloß den smaragdenen Schmelz der Bäume, deren Äste sich zum Wohllaut der Vögel wiegten.

›Heil dir,‹ sprach ich, ›o Fürst der Rechtgläubigen, o Nachfolger des Propheten, Allahs Barmherzigkeit und Segen komme über dich!‹ Der Kalif hob sein Haupt und sprach: ›O Ebaseid, wünsche mir Frieden und Ruhe in solcher Zeit.‹ ›Allah möge dir Frieden und Ruhe schenken und ihren Preis dazu!‹ ›O Ebaseid, und was wünschest denn du dir?‹ ›O Herr, ich wünsche mir nichts als einen rubinroten Trank in spiegelndem Kristall; aber kredenzt müßte er mir werden durch das schönste und leichtgeschürzteste Mädchen von Bagdad, und ich möchte ihn aus ihrer hohlen Hand trinken und dann den Mund an ihrem Arme abwischen.‹

Sulaiman schwieg, aber Funken des Zornes sprühten aus seinen Augen. Grimmig rollten die, und die schönen Sklavinnen zitterten. Endlich hob er das Haupt empor und sprach: ›O Ebaseid, deine letzte Stunde ist gekommen, und ich lasse dir wahrlich den Kopf vor die Füße legen, wenn du mir nicht alsogleich in Wahrheit gestehest, wie du zu diesem Wunsche gekommen bist, der gewiß nicht ohne außerordentliche Veranlassung deinem nüchternen Gehirn entdampfte!‹ ›Deine Erhabenheit hat es erraten. Ich saß am Thron deines Bruders Saad, des Sohnes Abd al Maliks, als sich die Pforten öffneten und ein Mädchen aus dem Palast trat, das war zart und luftig wie eine Gazelle, die dem Netze des Jägers entwischt. Es war gekleidet in ein feines durchsichtiges Hemd von alexandrinischer Seide, das den schönen Busen weder drückte noch schmückte, sondern Form und Farbe gleich verriet. Goldene Fußbänder aber klirrten an den Knöcheln, deren Weiße vom roten Saffian der Pantoffeln wie weißer Sammet abstach. Ihre Brauen hatten Bogen gespannt über den mit Zauberei erfüllten Augen. Die Wangen waren aus weißen und roten Rosenblättern aufgehaucht, und der Mund schien ein aufgeschnittener Pfirsich, aus dem Blut träufelt.

Sie sprach für sich im Gehen: ›Was klaget die Laute, was lärmet das Tamburin? Was flötet die Nachtigall, was seufzet die Rose? Ach! Liebe und Leben, wie bitter und kurz! Das Herz pocht, der Verstand grollt, der Geist ermattet, die Kraft erstirbt. Ein langer Schlaf senkt sich herunter auf die Müden. Allahs Segen über die, so getrennt leben, aber doch vereint sterben! Ach wie schön, wenn sich das Glück durch List und die Liebe nach Wunsch fände; wie glücklich wäret ihr nicht alsdann, o ihr Männer! o ihr Frauen! Doch wer hat Anka gesehen auf dem Gipfel des Gebirges Kaf?‹

Als sie ausgesprochen hatte, redete ich sie an: ›O Mädchen, bist du eine Menschentochter oder eine Dschinnijah? Ein irdisches oder ein himmlisches Geschöpf? Dein hoher Geist, dein tiefes Gefühl haben mir Herz und Sinne geraubt!‹ Sie verhüllte dann ihr Gesicht mit den Ärmeln ihres Hemdes, als ob sie mich nicht vorher schon gesehen hätte. ›Verzeih,‹ sprach sie, ›o du Schönredner, traurig ist die Stunde, allwo sich das Herz allein ergießt und kein Vertrauen als die Luft ansprícht!‹ Sie kehrte um und entfloh. Und bei Gott, o Fürst der Rechtgläubigen, seitdem schwebt mir ihr Bild in jedem Augenblick vor den Augen. Ich kann nichts Gutes genießen, ohne mich an sie zu erinnern, ich kann nichts Schönes sehen, ohne ihrer eingedenk zu sein.‹

›Deine Beschreibung, o Ebaseid,‹ sprach der Kalif, ›hat meinen Unwillen versöhnt, und ich fühle mich dir wieder in Gnaden gewogen, wiewohl sich mein gefaßter Verdacht mit Gewißheit bestätigt hat. Ich dachte alsogleich, es müßte ein außerordentliches Geschöpf gewesen sein, dem es gelang, einen Kopf wie deinen, o Ebaseid, in helle Flammen zu setzen. Ich dachte, dies müßte nur meiner Delfa möglich sein, und so ist es, Delfa ist's, die du gesehen hast, mein Liebling Delfa, von der mit Recht der Dichter singt:

Delfa, du bist ein einzger Rubin aus Bedachschans Minen,
Der aus dem Säckel das Geld fürstlichen Käufern entlockt.
Tausendmal tausend und mehr geb ich für dich mit Vergnügen,
Liebst du nur immer auch mich, den, der am teuersten zahlt.
Immer von Liebe beseelt, wird dir ein ewiges Leben,
Denn der Haß allein wird von dem Grabe gedeckt.‹«

Abulfaredsch von Ispahan erzählt, daß unter der Regierung des Kalifen Hischam, des Sohnes Abd al Maliks, der Schreiber Junis eine sehr schöne Sklavin kaufte. Nachdem er sie in allem, was den Geist und den Körper bildet, hatte unterrichten lassen, war sie wenigstens hunderttausend Dirhems wert. Er zog mit ihr gegen Damaskus, und die Karawane machte an einem nicht fern von der Stadt gelegenen Orte ihren gewohnten Halt. Ein junger und wohlgebildeter Mann kam von der Stadt geritten, grüßte den Schreiber und begehrte zu essen und zu trinken als sein Gast.

Er blieb bis gegen Abend und fragte endlich, warum Junis mit der Karawane gen Damaskus gezogen sei. »Um meine Sklavin zu verkaufen!« »Wie teuer?« »Hunderttausend Dirhems.« Der junge Mensch handelte bis auf die Hälfte herunter, verpflichtete sich, das Geld am nächsten Morgen zu bringen, und sprach dem Schreiber mit so vieler Wohlredenheit zu, daß der ihm die Sklavin auf der Stelle übergab. Sobald sie aber abgeführt war, reute es ihn des dummen Streiches, seinen Schatz einem Unbekannten auf sein bloßes Gesicht und ohne andere Sicherheit übergeben zu haben. Er durchwachte die ganze Nacht in der größten Ungeduld. Mit Tagesanbruch erschienen zwei Sklaven, die nach ihm fragten. Sie sagten ihm, der junge Mensch, der gestern gekommen, sei Walid ibn Jesid, der Thronerbe des Kalifats. Junis folgte den beiden Sklaven in den Palast Walids. Der Prinz fragte, ob es ihn nicht schon gereut habe, seine Sklavin einem Unbekannten verkauft zu haben. Junis, der nichts Beleidigendes antworten wollte, erwiderte, er habe in den Edelmut und Hochsinn, den des Prinzen Gesichtszüge aussprächen, festes Vertrauen gesetzt. »Das nicht betrogen werden soll«, fiel ihm der Prinz ein. »Wenn es dich nicht gereuet, deine Sklavin einem Unbekannten anvertraut zu haben, so hat es mich schon zehnmal seit gestern gereut, daß ich mit ihr so davongeeilt bin. Nun wollen wir den Kauf mit etwas kälterem Blute schließen.« Junis dachte, der Prinz würde ihm die Sklavin zurückgeben. »Du läßt sie mir für fünfzigtausend Dirhems, wie gestern, nicht wahr?« »Ja.« »Hier ist das Geld, und hier, für die Unruhe, die ich dir durch ihre vorschnelle Entführung hätte verursachen können, fünfzigtausend andere Dirhems.« Der Schreiber kehrte zufrieden aus Damaskus zurück.

Mansur ließ einen rechtlichen Mann, der verdächtigt ward, als verhehle er Schätze und Waffen, die dem Stamme der Umaijaden gehörten, vor sich rufen und befahl ihm, dieselben dem Staat zu überliefern. »Bist du, o Fürst der Rechtgläubigen, der Erbe des Stammes der Umaijaden?« »Ich bin es nicht.« »So hast du kein Recht, was meinen Händen anvertraut worden, abzufordern.« »Aber die Fürsten aus dem Stamme der Umaijaden waren Tyrannen, die sich mit dem Hab und Gut der Diener Allahs bereicherten.« »Je nun, da ist erst zu beweisen, daß die mir anvertrauten Schätze ein Teil des mit Unrecht erpreßten Raubes sind, denn die Söhne der Umaijaden waren reich an eigenem Vermögen.«
Mansur blieb lange in stilles Nachdenken versunken, endlich fragte er den Beklagten: »Hast du nichts nötig von mir?« »Ja, o Herr! ich begehre eine Gnade.« »Rede!« »Ich bitte, daß der Ankläger, der mich beschuldigt, Schätze der Söhne der Umaijaden zu verhehlen, vor meinen Augen erscheine, denn ich schwöre dir, daß ich keinen Dirhem habe. Die Antwort aber, die ich gab, kam aus dem lebendigen Gefühle von Recht und Billigkeit, das allen meinen Worten und Taten zur Richtschnur dient und den deinigen zur Richtschnur dienen soll.«
Der Ankläger erschien. »Dieser Mensch ist mir Geld schuldig,« rief der Angeklagte, »hier ist sein Schuldschein, den er sich einzulösen geweigert.«
Der Angeber gestand nicht nur die Schuld, sondern auch die Falschheit seiner Angabe ein. Der Gläubiger zerriß den Schuldschein mit den Worten: »Es wäre mir leid, daß du solchen Bettels willen noch einmal den falschen Angeber machen solltest.«
Mansur, der sich oft dieses Zuges erinnerte, sagte, er habe

nie etwas Edleres gesehen als die Freimütigkeit und die Großmut dieses Mannes.

Dscha'afar al Mansur bat den Richter Ibn Sinli, ihn öfters mit der Erzählung sonderbarer Fälle, die ihm in Ausübung seines Amtes aufstießen, zu unterhalten. Eines Tages nun, als der Richter den Kalifen sehr verdrießlich sah, erzählte er ihm die folgende Anekdote:
»Ein altes Weib mit gekrümmtem Rücken, das sich kaum, auf seinen Stock gestützt, halten konnte, kam, um Gerechtigkeit zu begehren wider eine ihrer Verwandten. Ich ließ diese vorrufen. Es war ein junges rundes Weib, deren Busen und Wuchs dem Enthaltsamsten den Mund wäßrig gemacht hätte. Sie setzten sich beide, und die Alte wollte die Klage beginnen, als die Junge bat, daß sie zuerst sprechen und sich entschleiern dürfte. Die Alte erhob Einspruch darwider und machte viel Lärmens. Ich erlaubte der Jungen, sich zu entschleiern und zu sprechen. Sie lüftete den Schleier und, beim Propheten!, kein schöneres Gesicht habe ich je gesehen; das Licht des Paradieses strahlt nicht heller von den Wangen der Huris, als ihre Schönheit mir in die Augen strahlte. Sie legte ihren Schleier auf eine sehr verführerische Weise zurecht und begann dann folgendermaßen:
›Allah segne den Richter! Die Klägerin ist meines Vaters Schwester, die nach seinem Tode meine Erziehung bis ins mannbare Alter übernahm. Sie fragte mich, ob ich mich vermählen wollte, und auf mein Ja schlug sie mir einen Wechsler aus Kufa vor, den ich nahm und mit dem ich glücklich zusammen lebte. Meines Vaters Schwester war neidisch auf das Glück unserer Ehe und nur darauf bedacht, es zu stören. Sie hatte aber eine Tochter, die eben mannbar

geworden war und die sie meinem Gemahl so oft unter die Augen führte, bis er sie zur Frau begehrte. Meine Verwandte willigte in das Begehren unter der Bedingung ein, daß mein Gemahl sich von mir scheiden und ich mich den Befehlen seiner neuen Frau unterwerfen sollte. ›Wohlan,‹ sprach mein Gemahl, ›ich scheide mich von dir zum ersten, zum zweiten, zum dritten Male.‹ Er hielt hierauf Hochzeit mit meiner Base, und aus der gebietenden Herrin war ich nun die Magd meiner Nachfolgerin geworden. Nicht lange hernach verließ meines Vaters Schwester das Haus, um einen besonderen Haushalt zu führen, und sie führte mich mit sich hinweg. Ihr Gemahl, der lange abwesend gewesen war, kam um diese Zeit von seinen Reisen zurück. Da er mich oft genug sah, verliebte er sich in mich und begehrte mich endlich zum Weibe. Ich willigte in sein Begehren unter der Bedingung, daß er sich von meines Vaters Schwester scheiden und sie mir unterwerfen solle. ›Dein Wille geschehe,‹ sprach er, ›ich scheide mich von ihr zum ersten, zum zweiten, zum dritten Male.‹ Nun ging die Wirtschaft anders, ich herrschte im Hause, und meines Vaters Schwester mußte gehorchen. Bald darauf starb aber mein Oheim und zweiter Gemahl und hinterließ mir eine Erbschaft von sechstausend Dirhems. Nachdem ich die Trauer abgelegt hatte, kam mein erster Gemahl, mich zu besuchen. ›Ich habe dich immer‹, sprach er, ›wie meine Seele geliebt; tausendmal habe ich den unglücklichen Tag verwünscht, allwo ich mich von dir getrennt. Ich fliege in deine Arme zurück, wenn du ein zweites Mal mit mir zusammen leben willst.‹ ›Warum nicht,‹ antwortete ich, ›aber unter der Bedingung, daß du dich von deinem jetzigen Weibe scheidest und daß sie mir untergeben ist.‹

›Ich scheide mich von ihr‹, sprach er, ›zum ersten, zum zweiten, zum dritten Male; sie sei künftig deine Magd.‹ So war ich denn die Gebieterin meiner Base und meines Vaters Schwester, der beiden Gemahlinnen meiner Gatten.‹

›Alles dieses ist wahr, Wort für Wort,‹ redete die Alte dazwischen, ›sie hat für mich gesprochen und sich selbst angeklagt. Habe ich denn kein Recht, Genugtuung dafür zu fordern, daß sie mir und meiner Tochter unsere Männer geraubt und uns zu ihren Mägden gemacht hat?‹ Der Fall schien mir sehr verworren, und ich wußte nicht, wie ich entscheiden sollte. Unstreitig war eine Übertretung des Gesetzes hier mit unterlaufen. Der Oheim hätte seine Nichte nicht heiraten sollen. Aber er war tot, und keine Klage konnte daher statthaben wider ihn. Ich entschied, daß die Alte frei sein, ihre Tochter in die Rechte einer rechtmäßigen Gemahlin treten und diese mit dem jungen Weibe teilen sollte.

Dies, o Herr,« so endete der Richter Ibn Sinli seine Erzählung, »ist einer der seltsamsten und merkwürdigsten Fälle, die mir je in Ausübung meines Amtes vorgekommen sind.«

Der Kalif Al Mutasim saß auf dem Balkon seines Palastes und sah einen armen Greis, der sich mit tausend Mühen fortschleppte, einen Esel, der mit Wasserschläuchen beladen war, vor sich hertreiben.

Der Kalif ließ ihn rufen und fragte ihn, wie es käme, daß er unter so mühseligem Tagewerk sein Leben so weit gebracht habe, während die Reichen und Wohllebenden in der Blüte der Jahre stürben. »Die Ursache ist,« sagte der

Wasserträger, »dieweil uns Armen aus dem Schlauche des Lebens alles tropfenweise zusickert, während die Reichen den Schlauch auf einmal öffnen und den Strom der Lebenskraft ausgießen.« Dem Kalifen gefiel die Antwort, und er machte ihm ein ansehnliches Geschenk, um seines Alters besser zu pflegen. Wenige Tage hernach erfuhr der Kalif den Tod des Wasserträgers. »Wahrlich,« sprach er, »der Mann hatte so unrecht nicht und hat nun die Wahrheit seines Wortes durch Leben und Tod bestätigt!«

Dscha'afar al Mansur, der Kalif, hatte ein so glückliches Gedächtnis, daß er jedes Gedicht, das er einmal gehört hatte, auswendig wußte. Er besaß eine Sklavin, die alles Vorgesagte Wort für Wort wiederholen konnte, nachdem sie es zweimal gehört hatte, und einen Sklaven, der jedes Gedicht nach dreimaligem Anhören zu wiederholen wußte.

Er war ein großer Liebhaber der Wissenschaften, für deren Gönner er gern gelten mochte; zugleich aber war er so außerordentlich geizig, daß ihm der Name Dewaniki oder Pfennigknicker geblieben ist. Sooft ihm ein Dichter ein Werk darbrachte, befahl er, sein Gedicht in Gold abzuwägen, vorausgesetzt, daß es neu und nicht aus gestohlenen Gedanken zusammengesetzt war. Las nun der arme Dichter sein Lob-und-Preis-Gedicht vor, so wiederholte es der Kalif alsogleich vom Anfang bis zum Ende und sagte: »Das ist ja etwas Uraltes! Du siehst, daß ich es schon längst auswendig gewußt habe!«

Der erstaunte Dichter erkühnte sich manchmal, untertänigst zu erinnern, daß das wohl eine glückliche und außerordentliche Naturgabe Seiner Erhabenheit sein möchte, ein einmal gehörtes Gedicht Wort für Wort wiederholen zu können. Hierauf sagte Al Mansur: »Nicht im geringsten; diese Verse kennt ja jedes Kind! Siehst du dort die Sklavin und den Sklaven, sie haben es mir schon mehr als einmal wiederholt!« Damit forderte der Kalif diese auf, das Gehörte wiederzugeben, was sie kraft ihres guten Gedächtnisses leicht tun konnten, indem es die Sklavin zweimal: aus dem Munde des Dichters nämlich und dem des Kalifen, der Sklave dreimal: aus dem Munde des Dichters, des Kalifen und der Sklavin, gehört hatte. So kam es denn, daß der arme Dichter, ganz erstaunt ob dieses ohne sein Wissen begangenen Diebstahls, mit leeren Händen abzog und nicht einmal den geringen Preis des Gewichtes in Gold davontrug.

Asmai, dem diese unwürdige Behandlung seiner Zunftgenossen zu Herzen ging, beschloß, diese und sich selbst am Kalifen zu rächen. Er verfertigte ein kurzes Gedicht, das sich aus den schwersten Worten und härtesten Silben, die die arabische Sprache hat, zusammensetzte, verkleidete sich als Beduine und kam auf einem Kamel in das Serail des Kalifen gezogen. Der Kalif setzte ihm die bekannten Bedingungen: »O Bruder Araber! Wenn dein Gedicht dein eigen ist, so wäge ich's mit Gold auf, wenn nicht, so erhältst du keinen Dirhem.« Nun sagte Asmai die folgenden Verse auf:

»Das Bülbülbül der Nachtigall – Schlug hoch und tief im Herz.
Die Blumenflur! der Wasserfall! – Ein Schelmenaug voll Scherz!
Ich sagte: ›Du gebietest mir, – Mein Schatz, mein Schätzelein!
Wie mancher sehnet sich nach dir, – O mein Gazellelein!‹
Ich pflückte Rosen durch den Kuß – Von ihrem Angesicht.
Ich sagte: ›Gib mir Kuß auf Kuß!‹ – Sie aber wollte nicht.
Sie sagte: ›Nein! mitnichten! nein!‹ – Da schritt ich für und für;

Da neigte sich das Mägdelein, – Erzürnt auf die Manier.
Sie schrie und weinte, oh! und ach! – Und weh! und ach! und ei!
Ich sagte: ›Weine nicht, gib nach, – Man sieht die Perlenreih‹
Als sie ein wenig stiller ward, – Verlangt ich mehr als Kuß,
Verlangte, weil sich alles paart, – Der Liebe Vollgenuß.
Sie sagte: ›Ist's um diese Zeit? – Wohlan, so trink und iß!‹
Sie machte mir den Wein bereit, – Den Wein, wie Honig süß.
Ich nöselte den Balsamduft – Der Blumenfluren ein,
Es schien, als duftete die Luft – Von Würzenägelein.
Die Laute schlug: trallalala, – Die Trommel: dum, dum, dum,
Die Tänzer sprangen hopsasa, – Das Dach ging um und um.
In Quittenblättern aufgetischt – Erschien das frohe Mahl;
Zu Turteltauben Girren mischt – Den Klingklang der Pokal.
Allein am Morgen, o der Scham!, – Kam es zum Eselsritt,
Auf einem Esel, der halb lahm – Gleich einer Schildkröt schlich.
Das Volk lief mir in Haufen nach, – Kliff, klaff, kliff, klaff, kliff, klaff,
Rundum ward das Getümmel wach, – Piff, paff, piff, paff, piff, paff!
Ich aber ritt in vollem Trab, – So gut ich konnt, davon
Und stieg zuletzt am Hofe ab, – Am großen Königsthron.
Man gab mir einen roten Rock – Zum Lohn und Ehrenstrauß,
Dann sprengt ich über Stein und Stock – Zu Bagdads Tor hinaus.
Ich selbst, Asmai, (habt Respekt!) – Geborn in Mosuls Wall,
Hab dieses Liedlein ausgeheckt – Gleich einer Nachtigall.«

Der Kalif hatte das Lied der vielen Lautmalereien und harten Silbenversetzungen wegen viel zu schwer gefunden, um es einmal anhörend aufsagen zu können; er sah den Sklaven und die Sklavin an, die kein Wort davon behalten hatten.

Schließlich sprach er verdrießlich: »Nun, so gib dein Gedicht her, auf daß ich es mit Gold aufwiege.« »Sogleich, erlaube mir, daß ich es ablade.« »Wie, ein Gedicht abladen? Was ist das?« »Ja, du sollst es gleich sehen, o Fürst der Rechtgläubigen.« Das Kamel ward vorgeführt; seine Last aber war eine Säule, auf der das Gedicht eingegraben war. Der Kalif konnte nicht anders als Wort halten, und er mußte den Stein mit Gold aufwiegen.

Endlich breitete Asmai den Mantel, mit dem er das Gesicht eingehüllt hatte, auseinander und sprach: »Du siehst, ich bin kein Asmai aus der Wüste, sondern der Asmai deines Hofs, o Fürst der Rechtgläubigen, der sich unterstanden hat, deine Erhabenheit hierdurch zu erinnern, daß man den armen Poeten ihr Brot nicht stehlen darf.«

Harun al Raschid sah einen Greis, der einen Baum pflanzte. »O Alter,« sprach er, »das Bauen ginge noch hin, aber was soll das Pflanzen in deinen Jahren? Wie alt bist du denn?« »Dreißig Jahre.« »Du lügst.« »Nicht doch, o Herr, denn ich rechne die Jahre nicht, die unter der Regierung der Umaijaden verflossen, ich zähle meine Lebensjahre vom Anfange der Regierung deines Stammes.« »Wie magst du aber pflanzen, ohne Hoffnung, die Frucht zu sehen?« »Ich pflanze für die Nachkommen, wie die Vorfahren für mich gepflanzt haben.« Der Kalif schenkte ihm tausend Dinare. »O Fürst der Rechtgläubigen,« sprach der Alte, »durch ein Wunder deiner Gnade hat der Baum, der erst in zwanzig Jahren Früchte bringen sollte, schon jetzt getragen!«

Harun al Raschid hatte geträumt, alle seine Zähne seien ihm ausgefallen. Er ließ einen Traumdeuter kommen und fragte, was der Traum zu bedeuten habe. »Allah wolle dich vor allem Unglück bewahren«, sagte der Ausleger; »der Traum bedeutet, daß du alle deine Verwandten sterben sehen wirst!« Der Kalif, erzürnt ob der üblen Auslegung, ließ ihm hundert Stockstreiche verabreichen und einen andern Ausleger rufen. Dieser antwortete auf die Frage, was der Traum bedeute: »Der Himmel wolle allen deinen Anverwandten ein langes Leben verleihen! Aber der Traum bedeutet, daß du sie alle überleben wirst!« Der Kalif ließ ihm hundert Dinare geben. Im Grunde hatte der eine Ausleger dasselbe wie der andre gesagt. So sehr kommt es an auf Art und Wendung!

Abu Nowas und Zeineddin ibn al Wardi, zwei der berühmtesten Hofdichter des Kalifen, unterhielten sich eines Tages miteinander von Gespenster- und Satansgeschichten. Nachdem sie lange darüber in Prosa gesprochen hatten, dichtete der erste die Erzählung des folgenden Abenteuers aus dem Stegreif:

»*Es kam in einer Nacht zu meinem Bette – Fürst Satan, wie er lebt und leibt.*

Er sagte: ›Ei! hast du ein liebes Mädchen, – Mit dem man sich den Schlaf vertreibt?‹

Ich sagte: ja. Er sprach: ›Hast du ein Weinlein, – Von Adams Zeiten eingelegt?‹

Ich sagte: ja. Er sprach: ›Hast einen Sänger, – Der Steine durch Gesang bewegt?‹

Ich sagte: ja. Er sprach: ›Hast einen Tänzer, – Dem Alkohol die Wimpern schwärzt?‹

Ich sagte: ja. Er sprach: ›Hast du ein Knäblein, – Das willig mit dir kost und scherzt?‹

Ich sagte: ja. Er sprach: ›So schlaf, ich will dich weihen – Zum Tempel, zur Kaaba aller Schelmereien.‹«

Zeineddin ibn al Wardi entgegnete:

»Ich schlief, da kam zu meinem Bett der Teufel – Mit tief durchdachter Höllenlist.

Er sprach: ›Hast du vielleicht ein Opiatchen, – Das süßen Schlaf in Glieder gießt?‹

Ich sagte: nein. Er sprach: ›Hast du kein Weinchen, – Das Feuer durch die Adern sprüht?‹

Ich sagte: nein. Er sprach: ›Hast keinen Sänger, – Des Lied die Herzen nach sich zieht?‹

Ich sagte: nein. Er sprach: ›Hast du kein Mädchen – Mit einem hellen Mondgesicht?‹

Ich sagte: nein. Er sprach: ›Hast keine Leier, – Um die ein Blumenkranz sich flicht?‹

Ich sagte: nein. Er sprach: ›So schlafe fühllos fort! – Du Block von Holz und Stein verdienst kein ander Wort.‹«

Ein andermal befand sich Asmai beim Kalifen an einem der längsten Winterabende, um ihm die Zeit zu kürzen. »Wer ist deine Bettgefährtin?« fragte der Kalif. »Ich habe keine, o allergnädigster Herr, und bringe meine Nächte allein auf meinem kalten Lager zu.« »Das ist nicht, wie es sein sollte; der Himmel schickt dir dieser Tage an einem gewiß eine Bettgenossin, unterdessen kannst du für heute schlafen gehen.« Asmai empfahl sich und ging nach Hause. Aber kaum hatte er sich niedergelegt, als ein großes Getümmel vor seiner Tür entstand: Sänften und Fackeln und Sklavinnen und Träger. Er wußte nicht, was das zu bedeuten hatte, und machte die Tür auf, und siehe da, es war die Erste Favoritin, von Sängerinnen und Tänzerinnen begleitet, die da kam, um auf Befehl des Kalifen dem Dichter für diese Nacht Bettgesellschaft zu leisten.

Asmai fühlte sich beim Anblick so vieler Schönheiten von Entzücken durchbebt, wußte aber nicht, wie er sich benehmen sollte bei ihrem Empfange. Die Favoritin riß ihn sogleich aus der Verlegenheit, indem sie ihren Sklavinnen Musik zu machen und das Nachtmahl zuzubereiten befahl. Asmai mußte trinken, und zwar von den besten Weinen aus dem Keller des Kalifen. Nach dem Nachtmahl ließ sie Brautgewänder bringen für sich und für Asmai, bekleidete sich mit dem verführerischen Nachtgewand und winkte den Sklavinnen, sich zu entfernen, »Komm,« sprach sie, »o Asmai!«, indem sie zuerst ins Bette stieg.

Der arme Asmai stieg hinein, von Begier und von Furcht zugleich ganz außer sich. Denn wie sollte er solchem Reiz widerstehen, und wie sollte er seinen Kopf retten, wenn er sich vermäße, des Kalifen Kleinod zu berühren? Er legte sich an das äußerste Ende des Lagers, ohne sich zu rühren. Die Favoritin ließ nichts unversucht an Liebkosungen, um ihn aus seiner Fassung zu bringen. Es war umsonst, er blieb wie erstarrt, ohne sich zu regen und zu bewegen, halbtot vor Lust und Furcht. Die Favoritin wurde böse, daß ihre Reizungen fruchtlos blieben, und fing an, ihn mit Schimpfworten zu geißeln, die aber nicht mehr Wirkung taten als ihre Liebkosungen. Gegen Morgen klatschte sie in die Hände, um ihre Sklavinnen zu rufen. »Bringt mir«, sprach sie, »eine Badkufe und Wasser und Leintücher!« Asmai zitterte, rührte sich aber nicht. Als die Sklavinnen zurückgekommen waren, befahl sie: »Nehmt die Totenwaschung vor, und verrichtet das Grabgebet, denn Asmai ist eine Leiche!« Die Sklavinnen verstanden den Wink, fielen über

Asmai her, warfen ihn in die Kufe, rieben und rauften ihn unter dem wehmütigsten Klagegeheul. Umsonst wehrte er sich nach Kräften. Endlich gelang es ihm, sich aus ihren Händen zu retten und mit dem Leichentuch, das sie über ihn geworfen hatten, davonzulaufen. In diesem Aufzug stellte er sich dem Kalifen vor, der vor Lachen bersten wollte, als er die Geschichte vernahm, zugleich aber die Höfischkeit des Dichters, der die Favoritin nicht hatte berühren wollen, sehr gut zu würdigen wußte. Er kaufte sie um fünfzigtausend Dinare los.

Asmai erzählt: »Ich war eines Tages hinausgezogen in die Wüste, um seltsame Abenteuer aufzusuchen. Weiße Mauern blinkten mir entgegen wie das weiße Gefieder einer Taube, und ich ging hinein und fand ein leeres Gebäude, wo nur Raben und Schakale hausten und der Wind durch Fenster und Türen heulte. Endlich glaubte ich eine menschliche Stimme zu vernehmen, aber sie kam mir so wild und fürchterlich in die Ohren, daß ich mein Schwert zog, dieweil ich sonst nicht sicher zu sein glaubte, und mit gezogenem Schwerte herumging. Ich fand einen Mann auf der Erde sitzen, der in einer Hand einen Stab, in der andern ein Bildwerk hielt. Er schlug mit seinem Stabe die Erde und weinte und sagte aus dem Stegreif:

›*Messias, gib mir Wunderkraft, – Zu bändigen die Leidenschaft!*
Denn wenn ich nicht den Tod erflehe, – ich wie der Rauch im Wind vergehe.‹

Ich trat dann schnell vor ihn hin, ohne daß er es gewahr ward, und grüßte ihn; er hob den Kopf und gab mir den Gruß zurück und fragte: ›Woher bist du, und wer hat dich an diesen Ort gebracht?‹ ›Allah, der Herr‹, sprach ich. ›Da hast du recht,‹ antwortete er, ›denn auch Gott der Herr hat mich hier in dieser Einsamkeit von den Menschen abgesondert.‹

›Was machst du denn‹, fragte ich ihn, ›mit dem Bildwerk in deinen Armen?‹ ›Oh, meine Geschichte ist seltsam und mein Abenteuer wunderbar!‹ Ich bat ihn, mir das Ganze zu erzählen und keinen Umstand zu verheimlichen. ›Wisse,‹ fing er seine Erzählung an, ›ich bin aus dem Stamme der Banu Tamim, und zwar aus demjenigen, der sich zur christlichen Religion bekennt. Dieses Bildnis hier stellt meine Base dar, mit der ich von zarten Kindesjahren an auferzogen ward. Wir liebten uns, ihr Vater aber, der nichts von unserer Liebe wissen wollte, verwahrte sie unter strenger Aufsicht.

Desungeachtet fand ich Mittel, sie zu sehen. Als ich mich nun eines Tages allein bei ihr befand, klopfte mein Oheim an der Tür. Sie versteckte mich schnell unter ein Ruhebett, ging und machte die Tür auf. ›Wo ist mein Neffe, der Diener des Messias?‹ donnerte der Onkel. ›Ich habe ihn wahrlich nicht gesehen.‹ ›Ich aber habe seine Stimme bei dir gehört!‹ ›Du hast geträumt, o mein Vater!‹ ›Bei Gott, bekenne die Wahrheit und lüge nicht, sonst soll dich der Allmächtige in Stein verwandeln!‹ ›Ja, wenn ich lüge.‹ Mein Oheim hob nun die Augen und Hände zum Himmel auf und sprach: ›O Gott, der du der Herr bist der Vor- und Nachzeit, wenn du weißt, daß meine Tochter lügt, so verwandle sie in harten Stein!‹ Alsogleich, schrecklich zu erzählen, erstarrten ihre Glieder. Dies ist die Statue, die ich Tag und Nacht seit vierzig Jahren in meine Arme schließe. Ich nähre mich von den Kräutern der Wüste und trinke von ihren salzigen Quellen. Des Samums brennender Odem ist kühlender Hauch im Vergleich mit dem Flammenhauch meiner Seele, und der Sand, der dir unter den Füßen glüht, scheint mir erfrischender Tau.‹

Dann sagte er weiter aus dem Stegreif:

›*Bei Gott, der Herzen enget und erweitert, – Der heitre Tage trübt und trübe heitert,*
Der Lebende zur Erde tot hinstrecket, – Die Toten in das Leben auferwecket,
Bei Gott, dem Ewigen, es macht die Liebe – Das Trübe heiter und das Heitre trübe,
Sie tötet und erwecket dann zum Leben, – Der Herr hat seine Allmacht ihr gegeben.‹

Hierauf stand er auf und lief wie rasend umher, seine Kleider warf er von sich, und die Augen rollten wild in seinem Kopfe herum; dann kam er auf mich zu und sprach:

›O Sohn des Weges, dir will ich nun drei Verse sagen, und wenn ich entschlafen bin, so sollst du mich und diese Statue begraben und die drei Verse als Inschrift auf mein Grab setzen:

Ihr, so nicht glaubt, daß Liebe tötet, – Kommt her zu meiner Grabesstätte,
Ich wandelte in diesem Dom – Durch vierzig Jahre, ein Phantom,
Bis in des Lebens leerer Wüste – Der Tod mich endlich freundlich grüßte.‹

Als er ausgesprochen hatte, sank er mit der Statue nieder, die er fest mit seinen Armen umklammerte.

Und er tat einen großen Schrei und gab den Geist auf. Ich aber nahm meinen Mantel, um ihn damit statt eines Leichentuches zu umwickeln, und begrub ihn samt der Statue. Auf das Grab schrieb ich die oben angeführten Verse und besuche es noch jährlich einmal, nicht ohne tiefe Rührung.«

Asmai erzählt: »Auf meinem Wege nach der Wüste des Stammes Banu Saad kam ich nach Bassorah in den Tagen der Herrschaft Khalids, des Sohnes Abdallahs al Kapseri. Und ich fand den Palast angefüllt mit einer Menge Volks, die sich um einen Jüngling von schöner und edler Gestalt drängte. Und fragte, was der Auflauf bedeute, und man sagte mir, er sei ein Dieb, der die vorige Nacht eingebrochen habe. Khalid, der Statthalter, heftete die Augen auf ihn mit Wohlgefallen und befahl dem Haufen abzutreten, um ihn allein über seine Schuld auszuforschen. ›Die Sache ist,‹ antwortete der Jüngling, ›wie sie sagen, und verhält sich, wie sie es angeben.‹ ›Und was konnte dich denn zu dieser Tat bewegen, dich, dessen edle schöne Gestalt die Ankläger Lügen straft?‹ ›Die Begierde nach Reichtum und das von Allah dem Herrn verhängte Schicksal brachte mich zu Falle.‹ ›Dein Aussehen, deine Sitten, alles spricht für dich und bestärkt mich in der Meinung, daß du durch irgendeinen außerordentlichen Notfall dazu gezwungen worden bist, zu außerordentlicher Hilfe deine Zuflucht zu nehmen.‹ ›Suche mich nicht zu retten, o Fürst, und vollstrecke das Gesetz des Herrn. Richte mich nach den Werken meiner Hände; Allah der Herr ist nicht ungerecht gegen seine Diener.‹ Khalid schwieg, lange nachdenkend, und sagte dann: ›Dir steht frei, deine Aussage im Angesicht der Zeugen umzuändern, denn ich halte dich für keinen Dieb. Vertraue mir deine Geschichte an, und du darfst meines Stillschweigens gewiß sein.‹ ›Laß dir, o Fürst, nichts anderes in den Sinn kommen, als was ich bereits bekannte und gestand; ich habe dir nichts anderes zu vertrauen. Ich brach in das Haus ein, man ergriff mich und schleppte mich vor dich, meine verdiente Strafe zu empfangen.‹ Khalid befahl der Wache, ihn zu ergreifen, und ließ den Gerichtsausruf ergehen. Da schrien die Ausrufer durch ganz Bassorah: ›Wer schauen will, was das Gesetz verhängt über die Diebe, finde sich morgen am Richtplatz ein, allwo die Hand fallen wird, die fremdes Gut entwendet hat.‹

Als der Jüngling in Ketten gelegt war, hörten ihn die Wächter im Kerker singen:

›*Khalid wollte mich erschrecken – Mit dem Drohn, die Hand mir abzuhauen,*
Falls ich sollte nicht entdecken, – Was mir niemand darf im Herzen schauen.
Mögen sie den Spruch vollstrecken, – Rett ich nur hierdurch die Ehr der Frauen!‹

Man hinterbrachte die Worte dem Statthalter, und dieser ließ den Jüngling spät abends noch zu sich rufen, um sich mit ihm zu unterhalten. Er fand, daß seine geistige Bildung seiner Gestalt entsprach und daß er in allen schönen Künsten bewandert war.

›O junger Mensch,‹ sprach Khalid, ›ich bin überzeugt, du bist kein Verbrecher und es hat mit deinem Diebstahl eine andere Bewandtnis. Morgen, wenn die Ankläger zum letzten Male auftreten und die Richter zum letzten Male sprechen werden, kannst du dich noch retten, wenn du nur eine wahrscheinliche Ausflucht vorbringst, die dem Gesetze ausbeugt; sagt doch selbst der Prophet: ›Beugt den Strafgesetzen durch Zweifel aus!‹ ‹ Hierauf sandte er ihn ins Gefängnis zurück.

Am folgenden Morgen versammelte sich ganz Bassorah auf dem Richtplatz, um die Vollstreckung des Urteils zu schauen. Khalid und die Vornehmsten der Einwohner kamen zu Pferde, die Richter folgten ihnen auf schön gezäumten Mauleseln. Der Jüngling ward vorgeführt in Ketten, und kein weibliches Auge blieb bei seinem Anblick trocken. Rundum erscholl Weinen und Wehklagen; Khalid sah sich gezwungen, Stille zu gebieten, und redete dann den Jüngling folgendermaßen an: ›Diese Leute klagen dich aus Irrtum an, du habest gestohlen; was sagst du hierauf?‹ ›Ich sage, sie haben recht, o Fürst! Ich brach in ihr Haus ein mit dem Vorhaben, zu stehlen.‹ ›Vielleicht hast du gerechte Forderungen an die Eigentümer des Hauses?‹ ›Ich habe keine.‹ ›So hattest du wenigstens Helfer?‹ ›Mitnichten, ich trage die ganze Schuld allein.‹ Der erzürnte Khalid gab dem Jüngling einen Backenstreich und rief den Henker, daß er durch das Abhauen der Hand die gesetzmäßige Strafe vollzöge. Schon lag die Hand ausgestreckt auf dem Blocke, schon war der Arm des Henkers zum Streiche erhoben, da brach mit Jammer und Zetergeschrei aus den Reihen der Frauen ein junges Mädchen hervor und warf den Schleier zurück und erschien wie der Vollmond in Regenwolken. Es erhob sich ein allgemeines Geschrei bei ihrem Anblicke. ›Halt ein, halt ein, o Fürst,‹ rief sie, ›mit der Vollstreckung des Urteils, halt ein, und lies zuvor diese Bittschrift!‹ Mit solchen Worten reichte sie ihm ein Papier dar, auf dem die folgenden Verse geschrieben waren:

Halt, Khalid, halt! du bist betrogen! – Es kam von meiner Brauen Bogen
Der Pfeil des Unheils angeflogen; – Lies hier, was sonst verborgen bliebe,
Es machte ihn die reinste Liebe – Zum Ehrenretter, nicht zum Diebe.

Khalid las die Verse mit Rührung und ließ das Mädchen alsogleich vor sich kommen, damit es ihm die ganze Ge-

schichte ausführlich erzähle. Sie gestand, der Jüngling brenne schon seit langem von Liebe, die sie nicht unerwidert lasse. Vorgestern habe er sich ins Haus gestohlen, und mit Steinwürfen habe er das abgeredete Zeichen gegeben. Vater und Brüder hätten es gewahrt und sogleich eine Untersuchung vorgenommen. Da der Jüngling nicht mehr entfliehen konnte, griff er nach einigen Stücken Zeuges, die ihm unter die Hände kamen, dieweil er lieber als Dieb ergriffen und bestraft werden als den guten Namen seiner Geliebten ins Geschrei bringen wollte. Khalid war entzückt ob des hohen Sinnes und der edlen Großmut des Jünglings, küßte ihn auf die Stirn, ließ den Vater des Mädchens vorrufen und sprach zu ihm: ›O Schaikh, ich war nahe daran, an diesem Jüngling ein ungerechtes Urteil vollstrecken zu lassen. Allah der Herr hat mich davor bewahret; ich habe ihm zehntausend Dirhems bei der Schatzkammer angewiesen und ersuche dich nun um die Erlaubnis, ihn mit deiner Tochter vermählen zu dürfen.‹ ›Von ganzem Herzen, o Fürst!‹ antwortete der Vater des Mädchens. Khalid dankte ihm dafür und nahm alsogleich die Vermählung vor mit aller Feierlichkeit und nach der gewohnten Formel: ›Ich vermähle dich mit diesem Mädchen nach ihrem und ihres Vaters Willen; sie bringt dir zehntausend Dirhems mit.‹
Und der Jüngling antwortete nach dem Brauche: ›Ich nehme das Mädchen zur Frau an mit dem genannten Hab und Gut.‹
Khalid ließ alsogleich das gezählte Geld in silbernen Geschirren in das Haus des Jünglings bringen. Ganz Bassorah war im Taumel der Freude. Wo das beglückte Paar vorüberzog, regnete es aus allen Fenstern Zuckerwerk und Mandeln auf sie, und der Tag endete ebenso freudig, als er traurig begonnen hatte.«

Asmai, der gern jede Gelegenheit benutzte, von den Beduinen etwas Lustiges zu erzählen, erzählt auch das folgende Geschichtchen:

»Die Oberhäupter eines angesehenen Stammes hatten mich zu sich in die Wüste geladen, um mich nach Vermögen zu bewirten. Man trug ganz in Fett schwimmende Mehlklöße auf. Ein Beduine kam, kauerte sich auf die Erde nieder und fing mit solcher Hast an zu fressen, daß ihm die Mehlklöße das Maul stopften und die Butter von seinem Barte herabrann. Um mich über ihn lustig zu machen, sagte ich:

›*Lieblich bist du anzuschaun, harthäutige Saubohn – Sieh!*
Die Kamele der Heid laufen sich müde nach dir.‹

Nachdem er eine Weile geschwiegen hatte, sprach er: ›Ei, ei, die Rede ist weiblich, aber der Gegensatz ist männlich. Höre ihn nun aus meinem Munde:

Saubohn selber bist du, und zwar in dem Hintern des Bockes,
Wenn er in der Herd schwänzelnd nach Ziegen sich dreht.‹

›So,‹ sagte ich, ›du verstehst dich also auch auf das Dichten?‹ ›Wie sollte ich nicht? Die Dichtkunst ist mein Schoßkind, und du siehst in mir ihren leibhaften Vater und ihre lebendige Mutter.‹ ›Nun,‹ entgegnete ich, ›möchtest du mir nicht ein paar Reime auffinden?‹ ›Recht gern; sag an, auf was?‹ Ich dachte lange auf den schwersten Reim der arabischen Sprache und fand endlich keinen schwereren als den folgenden:

›*Weißt du, daß Gott der Herr erschuf – Im Paradies den reinsten Suff?*

Sage mir,‹ sprach ich, ›was ist denn ein Suff?‹

Er antwortete:

›*Ein Suff ist jeder Trunk, es sei – Aus Weinglas oder Wasserkuff.*‹

›Sage mir,‹ sprach ich, ›was ist denn ein Kuff?‹

Er antwortete:

›*Daran zu denken macht mir kalt, – Mich friert! He, gebt mir einen Muff!*‹

›Sage mir,‹ sprach ich, ›was ist denn ein Muff?‹

Er antwortete:

›*Es wärmt der Muff im Winter dich, – Wenn du vor Kälte zitterst. Uff!*‹

›Sage mir,‹ sprach ich, ›was ist denn dieses Uff?‹

Er antwortete:

›*Uff ist der Ausbruch des Gefühls, – Wenn es voll Langerweil wird stuff.*‹

›Sage mir,‹ sprach ich, ›was ist denn dieses Stuff?‹

Er antwortete:

›*Stuff heißet stumpf; die Stumpfen reizt – Die Kastagnette und das Duff.*‹

›Sage mir,‹ sprach ich, ›was ist denn ein Duff?‹

Er antwortete:

›*Duff heißt Trommel, die man schlägt, – Zum Beispiel so: piff, paff; piff, puff!*‹

Und indem er dies sagte, versetzte er mir zugleich einige tüchtige Stöße, vermutlich aus Furcht, daß ich ihn noch weiter um die Erklärung des Puff fragen könnte, die er mir ungefragt auf das handgreiflichste gab. Seine Laune gefiel mir, und ich lud ihn ein, denselben Abend zu mir zum Essen zu kommen. Er nahm die Einladung an, und ich führte ihn in mein Haus.

Ich, meine Frau, meine beiden Söhne und meine beiden Töchter, zusammen sieben, setzten uns zum Mahle nieder. Es ward ein Rebhuhn aufgetragen. ›Mache du die Austeilung, o Bruder Beduine‹, sprach ich zu meinem Gaste. Er sprach: ›Der Kopf gebührt dir als dem Haupte der Familie, die Flügel den Mädchen als den Fittichen, und die Füße den Söhnen als den Schenkeln des Hauses, der Steiß der Hausfrau aus guter Ursach, und das Gerippe dem Beduinen!‹ Hierauf kam eine Tracht von fünf Hühnern, und ich redete abermals meinen Gast um die Austeilung an. Er fragte mich, ob er sie in gleichen oder ungleichen Zahlen machen sollte. ›In gleichen‹, sprach ich. ›Nun, da kommt auf dich und dein Weib ein Huhn, eines auf deine zwei Söhne, eines auf deine zwei Töchter und zwei auf mich.‹ ›Nein,‹ sprach ich, ›diese Austeilung gefällt mir nicht, mache sie lieber in ungleichen Zahlen.‹ ›Nun also, da kommt auf dich und deine zwei Söhne ein Huhn, eines auf deine zwei Töchter und ihre Mutter und drei auf mich. Weißt du eine bessere Austeilung, so mache sie.‹ Ich aber war's zufrieden, ließ ihm die drei Hühner und schämte mich, von einem Beduinen zu Mittag in der Dichtkunst und beim Nachtmahl in der Arithmetik übertroffen worden zu sein.«

Ein ehrwürdiger Greis mit langem Silberbart, ganz in ein weißes Tuch gewickelt, kam im Galopp auf einem schön aufgezäumten Rappen angeritten. An der Brücke hielt er still und fing an, Trauer- und Lobgedichte zu Ehren der Barmekiden aufzusagen, deren Freigebigkeit und andere Tugenden er bis in den Himmel erhob. Die Wache bemächtigte sich seiner alsogleich und führte ihn dem Kalifen vor, dem er sich mit heiterem und unbefangenem Gemüt darstellte. Der Kalif fuhr ihn mit zorniger Stimme an: »Hast du nicht den öffentlichen Ausruf vernommen, der alles Lob der Barmekiden verbietet, und weißt du nicht, daß es sich um dein Leben handelt?« »Ich weiß es, o Kalif, deswegen habe ich mir auch dies Lobgedicht zum Schwanengesang gewählt. Ich bin gekommen, um zu sterben; sieh hier meine Reisegeräte!« Er schlug das weiße Tuch auseinander, das er um den Leib gewickelt hatte; es war ein Leichentuch, mit dem er sich zu seinem Begräbnis im voraus versehen hatte.

Harun al Raschid verwunderte sich ob des so festen und entschiedenen Entschlusses, dem Tode entgegenzugehen, und war neugierig, die Ursache einer so treuen Anhänglichkeit an das Haus der Barmekiden kennenzulernen, und er verlangte, der Greis solle ihm seine Geschichte erzählen; dieser erzählte sie also:

»Ich bin, o Fürst der Rechtgläubigen, in Bassorah gebürtig, allwo ich meinen Vater früh verlor. Er hatte mir eine sehr ansehnliche Erbschaft hinterlassen, von der ich den bestmöglichen Gebrauch machte, zu meinem und meiner Freunde Vergnügen. Als ich mich eines Tages mit zehn von ihnen in einem Garten belustigte, fing einer an, der Stadt Kairo und dem Nil und der Insel Rausah eine Lobrede zu halten. Ein anderer machte eine Beschreibung von Damaskus und seinen herrlichen Umgebungen; ein dritter besang Schiras und die persischen Täler; und ein vierter erwähnte Bagdads und seiner Herrlichkeiten. Alsogleich vereinigten sich alle zehn im Lobe seiner Paläste und Gärten; sie priesen die Gastfreiheit seiner Einwohner und die Freigebigkeit der Barmekiden. Wir beschlossen einstimmig, nach Bagdad zu reisen, und setzten unseren Beschluß ins Werk. Dort stiegen wir im Safranviertel ab und brachten beiläufig zwei Monate in Ergötzungen aller Art zu, ohne den Khan zu verlassen, allwo wir abgestiegen. Da sprach nun ich zu meinen Gefährten: ›Aber warum sind wir denn nach Bagdad gekommen, wenn wir immer im Hause sitzen wollen? Ebensogut hätten wir in Bassorah bleiben können; ich dächte, es wäre Zeit, uns ein wenig unter die Leute zu mischen und Bekanntschaften zu machen.‹ Am folgenden Tage ging ich auch wirklich aus, von meinen Sklaven begleitet.

Kaum war ich durch ein paar Straßen gekommen, als ich einem Menschen begegnete, der in ein antiochisches Hemd gekleidet war und einen Stock mit einem großen silbernen Knopf in der Hand trug. Er grüßte mich, und ich erkannte in ihm einen Sklavenhändler, der alle Jahre seiner Geschäfte wegen nach Bassorah kam. Er führte mich in sein Haus, ließ mich auf einen Stuhl, der aus Stahl bestand, niedersitzen und hieß eine Sklavin herauskommen, die an Schönheit alles, was ich je gesehen habe, übertraf. ›Bring ihr das Wiegenkind!‹ sagte der Kaufmann zu einem Sklaven. Dieser ging und brachte einen Sack von Goldstoff, aus dem die schöne Sklavin ihre Laute zog, die sie drückte und herzte und dann auf den Schoß nahm, als ob es ihr Kind wäre. Sie spielte und begleitete sich selbst mit einer Zauberstimme, die Tote zum Leben erwecken konnte. Ich kaufte das Mädchen um zehntausend Dinare. Als ich mit ihr in mein Haus gekommen war, sprach sie: ›Ich bin deine Sklavin, o mein Herr und Gebieter, aber habe nur ein wenig Geduld. Ich gehörte der Gemahlin Dscha'afars, des Barmekiden, an, die mich an diesen Sklavenhändler verkaufte, und bin schwanger und erflehe nur die einzige Gnade, mich bis nach meiner Entbindung nicht zu berühren.‹ Nach derselben lebten wir in der größten Vertraulichkeit. Ich hatte ein Schiff auf dem Tigris gemietet, an dessen Bord ich die heißesten Tage in angenehmer Kühlung verlebte.

Eines Tages aber erschien ein Staatsbote, um mich zu

Sulaiman ibn Seini, einem der obersten Serailbeamten, zu holen. ›Ich höre,‹ sprach er, ›daß du die und die Sklavin besitzest.‹ ›Ja, und ihr Kind obendrein; denn sie ward bei mir entbunden, und ich habe sie erst nach ihrer Entbindung berührt.‹ ›Schon gut‹, sprach er und hieß mich gehen. Gegen Abend bestiegen fünfzig Sklaven mit gezogenen Schwertern mein Schiff und führten mich ab samt meiner Familie, die aus meiner Mutter, aus meiner unverheirateten Schwester, aus der Sklavin und ihrem Kinde bestand. Man brachte uns in den Palast Dscha'afars, des Barmekiden; die Sklavin ward weggeführt, ich aber, meine Mutter und meine Schwester mit der größten Achtung behandelt.

Indessen ward uns die ehrenvolle Gefangenschaft gar bald langweilig. Wir gingen eines Tages bis an die alte Brücke, allwo der Garten aufhört. Dort fanden wir eine Karawane, die nach Rahba zog und an die wir uns alsogleich anschlossen. Nachdem wir etliche Meilen zurückgelegt hatten, fingen meine Mutter und meine Schwester, die von Müdigkeit erschöpft waren, an zu weinen. Drei Reiter, die sich unser erbarmten, nahmen uns auf ihre Pferde hinter sich und brachten uns glücklich nach Rahba. Ich durchstrich die Straßen der Stadt, um einen Nahrungszweig zu suchen, und blieb dann vor dem Gewölbe eines ehrwürdigen Greises stehen. ›O mein Vater,‹ sagte ich, ›wie verdienen hier die Fremden ihr Brot?‹ ›Durch Arbeit‹, antwortete er; ›geh nur ins Gewölbe meines Nachbars, des Schmiedes, es wird dir gewiß an Verdienst nicht fehlen!‹ ›Aber ich habe nie einen Hammer angerührt!‹ ›Tut nichts zur Sache, wirst es schon lernen.‹ Er gab mir einen Jungen, der mich zum Schmied führte und mich ihm im Namen seines Herrn anempfahl. ›Ist gut,‹ sprach der Schmied, ›hier ist Amboß und Hammer;

aber es heißt Tag und Nacht arbeiten, und du erhältst dann alle vierundzwanzig Stunden zwei Dirhems.‹ Zwei Dirhems waren viel für mich in der Lage, in der ich mich befand. Abends kaufte ich um einen Dirhem Brot und um einen Dirhem Braten und versorgte damit meine Mutter und Schwester. ›Bei Allah, so bist du gar ein Schmied geworden!‹ sagte meine Mutter weinend. Nach einem leichten Nachtmahl kehrte ich zur Esse zu ück, um meine Schmiedearbeit von neuem zu beginnen. Ich und ein anderer Junge hämmerten Eisen auf dem Amboß.

Mein Mitgeselle, den der Schlaf überwältigte, hob seinen Hammer nachlässig. Unser Meister ergrimmte über diese Faulheit und rief ihm zu: ›O Taugenichts, wirst du wohl arbeiten!‹ und schleuderte einen glühenden Nagel auf ihn, den er soeben aus dem Feuer gezogen hatte. Der Nagel traf den Jungen an der Schläfe, und er stürzte zu Boden. Bei diesem Anblick ergriff der Meister die Flucht und ließ mich allein in der Werkstatt zurück. Was sollte ich als Fremdling in der Stadt und mitten in finsterer Nacht tun? Ich verließ die Werkstatt und wollte, so gut ich konnte, forttappen; da erblickte ich Fackelschein. Es waren die Wachtleute, die die gewöhnliche Runde machten; und sie kamen auf mich zu, ehe ich flüchten konnte. ›Was machst du hier zu dieser Stunde?‹ ›Ich arbeitete in der Schmiede.‹ ›Laß sehen, was!‹ Sie fanden meinen Mitgesellen tot und ergriffen mich alsogleich als den Mörder. Man ließ mich gar nicht zur Rede kommen, und es war mir unmöglich, meine Unschuld zu verteidigen. Ich ward in den Kerker geworfen und früh am Morgen zum Blutgerüst geführt. Meine Mutter und Schwester wußten nichts davon, aber eine Menge Volks, groß und klein, begleitete mich zur Gerichtsstätte.

In dem Augenblick, als der Scharfrichter das Schwert aufhob und ich in einem kurzen Gebet meinen Geist Allah empfahl, drängte sich der Schmied durch die Menge herzu und schrie laut, daß ich unschuldig und er der Täter sei. Ich erweckte des Mitleid des Volkes, das mich kurz vorher mit Verwünschungen bedeckt hatte. Der eine gab mir ein Gewand, der andere einen Schal, der dritte einen Ring. Bereichert durch diese Geschenke, kehrte ich zu meiner Mutter und Schwester zurück, die viele Tränen vergossen, als sie die Begebenheit vernahmen. ›Allah sei Lob,‹ sagten sie, ›der dich von der Blutstätte gerettet hat, während wir in den Armen des Schlafes lagen! Aber was sollen wir länger hier tun? Laß uns all diese Geschenke verkaufen und morgen mit der Karawane nach Damaskus abreisen.‹ Der Vorschlag war vernünftig, und wir reisten folgenden Morgens ab.

Als wir in Damaskus angekommen waren, schlugen wir wie alle Armen, die keine Wohnung zu bezahlen imstande sind, unser Lager in der Vorhalle einer Moschee auf. Meine Mutter und Schwester weinten. Ich tröstete sie damit, daß wir ja noch nicht alles uns bestimmte Glück genossen und also wohl noch manches Glück zu erwarten haben dürften. Ein Greis und zwei junge Leute, die eben mit ihrem Gebet fertig geworden, betrachteten uns mit teilnehmender Miene und fragten uns, wer und woher wir seien. Ich erzählte ihnen ohne Hehl alles, was mir begegnet war. Darob verwunderten sie sich sehr und verließen uns, kamen aber bald darauf wieder, um uns zu sich zu laden. Wir wurden in einen großen Palast mit fünfzehn Pforten aus Elfenbein, die in goldenen Angeln rollten, geführt.

Oberhalb des großen Einganges aber stand mit goldenen Buchstaben geschrieben:

Gastfreundlich Haus, es soll dir des Raums allein – Zuwenig für die Gäste sein!

Ein herrlicher Garten umgab den Palast; der Greis saß auf einem Sitz zwischen Palmen und Feigenbäumen und befahl seinen Sklaven, uns alsogleich ins Bad zu führen. Das Bad war im Hause. Man gab mir seidene, mit den köstlichsten Wohlgerüchen durchduftete Gewänder. Der Greis und seine beiden Söhne baten mich, ihnen noch einmal meine Begebenheiten zu erzählen, was ich gern tat, und zu ihrer abermaligen großen Verwunderung. Man trug alsdann ein Mahl auf, das das des Kalifen an Verschwendung übertraf.

Nachdem wir die Hände gewaschen hatten, begaben wir uns in einen großen Saal, allwo goldene und silberne Trinkgeschirre auf Schenktischen zur Schau standen. Sie waren mit Rosen- und Moschus- und Tamarinden-Scherbetts gefüllt. Andere Gefäße wieder waren gefüllt mit Datteln, in Zucker eingemacht, und mit vielen Arten von Halwa oder Zuckerwerk. Mir fehlte nichts zur vollkommenen Zufriedenheit als meine Mutter und meine Schwester. Wie groß war meine Freude, als ich sie um Mitternacht, allwo ich mich zurückzog, in meinem Zimmer fand. Sie waren in Goldstoff gekleidet und weinten, aber diesmal vor Freude, und erzählten mir, daß, bald nachdem ich fortgegangen, zehn Sklavinnen sie abgeholt, ins Bad geführt und dann wie mich bewirtet hätten. In der Frühe machte ich dem Alten meine Aufwartung; und dieses Leben lebte ich zehn Tage lang. Am elften fragte mich mein Gastgeber zum dritten Male nach meiner Geschichte; und als ich vollendet hatte, sprach er: ›Sei guten Mutes, o mein Sohn, wenn Allah etwas will, so erleichtert er die Wege dazu. Künftighin bleibst du bei

mir, betrachte dies Haus als dein eigenes, mich als deinen Vater, meine Söhne als deine Brüder. Gib einem von ihnen deine Schwester zur Frau, und ich werde dir meine Tochter geben!‹ ›Ich bin zu allem bereit‹, war meine Antwort.
Nach einer Weile hielten ein Maulesel und vier Pferde im Hofe still. Es war ein Kadi und vier Zeugen zur Abfassung der Eheverträge. Die nun wurden aufgesetzt und unterschrieben und die zweifache Hochzeit drei Tage hernach vollzogen. So lebte ich fünf Monate lang in Damaskus. Als ich eines Tages eben durch die Stadt spazierenging, bemerkte ich eine außerordentliche Bewegung und Tätigkeit auf den Straßen. Ich erkundigte mich nach der Ursache und hörte, Jahja, der Sohn Khalids, der Vater Dscha'afars, des Barmekiden, sei nach Damaskus gekommen. ›Weh mir,‹ dachte ich, ›er ist gewiß gekommen, um mich wegen der Sklavin hinrichten zu lassen!‹
Ich fragte überall nach der Ursache seiner Ankunft und vernahm, er sei der Luftveränderung wegen gekommen, die ihm von den Ärzten angeraten sei; er hätte seine Zelte vor der Stadt aufgeschlagen, und alles hätte sich hinbegeben, um ihm aufzuwarten und an den gewöhnlichen Proben seiner weitberühmten Freigebigkeit teilzunehmen.
Ich verfügte mich in mein Haus und erzählte den Frauen meines Harims, was ich soeben gehört hatte, und machte ihnen den Vorschlag, auszugehen, um Jahja, den Barmekiden, kennenzulernen. Sie begleiteten mich, und als wir ins Zelt traten, fand ich dort meinen Schwiegervater mit seinen Söhnen, die dort ihre Aufwartung machten. ›Wer bist du, o mein Sohn?‹ fragte Jahja. ›Ich bin‹, antwortete ich, ›ein armer Fremdling und bin der Mann aus Bassorah, der deinem Sohne nicht unbekannt ist.‹ Bei diesen Worten

stieß Jahja einen großen Schrei aus. ›Allah sei gelobt,‹ rief er, ›der uns die Gelegenheit an die Hand gibt, das dir zugefügte Unrecht wieder gutzumachen! Deine Sklavin ist mit einem Sohn von dir entbunden worden, den der meinige aufzieht und mit Geschenken überhäuft!‹ Diese Nachricht machte das Maß meiner Freude voll. Jahja blieb vierzig Tage in Damaskus. Am einundvierzigsten zog ich mit ihm nach Bagdad. Die Großen der Stadt aber kamen uns entgegen, und wir stiegen in Jahjas Palast ab.

Abends begaben wir uns alle nach dem Palast des Wesirs Dscha'afar. Der fragte seinen Vater, wer ich sei. ›Ein Mensch,‹ antwortete er, ›der sich über dich zu beklagen hat und am Tage des Gerichts von dir Rechenschaft fordern wird.‹ ›Allah sei mein Zeuge,‹ sprach der Wesir, ›daß ich mein Lebtag gegen niemand wissentlich unrecht getan als gegen jenen Mann aus Bassorah, dem ich seine Sklavin weggenommen habe.‹ ›Nun, das ist er!‹ Dscha'afar tat einen lauten Schrei, nahte sich mir alsdann und sprach: ›Deine Sklavin, die von dir schwanger war, als sie zu mir kam, ist unberührt geblieben, du sollst sie alsogleich mit ihrem Kinde sehen!‹

Man führte mich in einen abgesonderten Flügel des Palastes, allwo ich meine Sklavin von zirkassischen und nubischen Mädchen umgeben fand, die das Kind besorgten. Sie selbst, von Edelsteinen strahlend, saß auf einer Art von Thron. Sie flog in meine Arme und bestätigte die Wahrheit der Worte Dscha'afars und erzählte mir tausend Züge der größten Freigebigkeit und Großmut, womit er sie behandelt hatte. Der Wesir selbst überhäufte mich an diesem Tage mit Geschenken an Gewändern und Pferden und Sklaven von zehntausend Dinaren Wert. Desgleichen überhäufte er mit

Geschenken meinen Schwiegervater und seine Söhne und erlaubte uns nicht, Bagdad zu verlassen. Er ließ mir Rechnung ablegen über die Verwaltung meiner Güter in Bassorah, über die er seit dem Tage, wo ich unsichtbar geworden, einen eigenen Verwalter gesetzt hatte; und seit jenem Tage bis zu seinem Tode habe ich seiner innigsten Freundschaft genossen.

Glaubst du wohl, o Fürst der Rechtgläubigen, noch länger, daß dein Verbot mir Furcht einflößen und die Stimme der Dankbarkeit in meinem Herzen ersticken kann?«

Der Kalif war gerührt und blieb lange Zeit in tiefes Nachdenken versunken, die Reue über Dscha'afars Hinrichtung aber fiel schwer auf sein Herz.

Er befahl, dem Greis ein Ehrengewand zu geben und zehntausend Dinare auszuzahlen. »Nicht wahr, o Fürst der Rechtgläubigen, wenn ich dir diese Geschichte nicht erzählt hätte, würdest du mir das Lob von Dscha'afars Freigebigkeit nach seinem Tode nicht verziehen haben? Und siehe, das Geschenk selbst, das ich von dir erhalte, ist nichts als eine Wirkung der Freigebigkeit Dscha'afars, dieweil ich es sicherlich ohne die Erzählung seiner schönen Tat nicht erhalten hätte.«

Der Kalif weinte und ließ den Leib Dscha'afars begraben. Sein Grab ward nicht weniger besucht als sein Palast, da er noch lebte.

Einige Zeit nach der Hinrichtung des Barmekiden und dem Erlöschen seiner Familie befand sich Asmai, der Lieblingsdichter Harun al Raschids, mit ihm auf einem Jagdausflug. Sie kamen an einem halbverfallenen Palast vorbei, der den Barmekiden gehört hatte, an dem sich folgende Inschrift befand:

Freundliches Haus! es spielet die Welt mit ihren Bewohnern;
Sind sie einmal verstreut, werden sie nimmer vereint.
Die, so Gutes getan, sind längst zu den Vätern versammelt,
Und es lebt nur noch, wer nichts nützet der Welt.

Den Kalifen rührte der Sinn der Inschrift, und er befahl seinem Begleiter Asmai, ihm einige Züge von der Freigebigkeit des Barmekiden zu erzählen. »Ich horche und gehorche auf Kopf und Augen, das ist soviel als von ganzem Herzen gern«, antwortete Asmai. »Zuerst will ich dir, o Fürst der Rechtgläubigen, einen Zug erzählen, mit dem mich Ali ibn Saher bekannt gemacht hat. Ich will ihn selbst reden lassen und mich seiner Worte bedienen.

›Da ich‹, sprach er, ›in Bagdad ein sehr lustiges Leben auf sehr großem Fuße führte, so hatte ich in wenig Jahren für fünfzigtausend Dinare Schulden gemacht. Unvermögend, dieselben zu bezahlen, sollte ich von meinen Gläubigern im Tigris ertränkt werden, nach dem Gesetz, das diese Strafe über mutwillige Verschwender verhängt. In dem Augenblick, wo ich in den Fluß gestürzt werden sollte, ging Dscha'afar, der Barmekide, vorbei. Er erkundigte sich nach meinen Umständen und trug meinen Gläubigern ein Kapital von hunderttausend Dinaren an, mit dem sie nach Kum und Kaschan in Seidenwaren Geschäfte machen und sich nach und nach von den Interessen des Kapitals (dessen Eigentumsrecht sich Dscha'afar vorbehielt) bezahlt machen könnten. Meine Gläubiger nahmen den Vorschlag an und verdoppelten die Summe gar bald durch den Erfolg ihrer Geschäfte.

Sie behielten die Hälfte, und die andere Hälfte überließ Dscha'afar mir, so daß ich sie als Kapital neuen Unternehmungen zugrunde legen und dann den Gewinst mit ihm teilen sollte. In weniger als vier Jahren aber hatte ich siebenmalhunderttausend Dinare gewonnen, die ich Dscha'afar brachte und ihn bat, mir davon nach seinem Gutbefinden zu geben. Er schenkte mir das Ganze und setzte hinzu, er habe sich das Eigentum des Kapitals nur in der Absicht vorbehalten, um mich zu neuen Unternehmungen anzuspornen und mir einen besseren Wirtschaftsgeist einzuflößen.‹

Dies«, fuhr Asmai fort, »erzählte mir Ali, der Sohn Sahers; von dem folgenden Vorgange aber war ich selbst Zeuge.

Ich befand mich mit Al Fasl, dem Sohne Jahjas, des Barmekiden, auf einem Jagdausflug, als wir von ferne einen Beduinen auf uns zureiten sahen. ›Der kommt zu mir‹, sagte Al Fasl. ›Wieso,‹ fragte ich, ›und wie weißt du das?‹ ›Dieweil‹, antwortete er, ›ihm sonst niemand zu essen geben würde als ich.‹ Als der Beduine die Zelte sah und den Lärm des Gefolges hörte, glaubte er, dies könne kein andrer als der Kalif sein. Er stieg ab und stellte sich dem Barmekiden vor.

›Heil dir, o Fürst der Rechtgläubigen, und Allahs Segen und Barmherzigkeit über dich!‹ ›Zuviel, zuviel,‹ sprach der Fürst, ›kürze deine Rede.‹ ›Also, Heil dir, o Fürst!‹ ›Nun hast du's getroffen, setze dich.‹ Der Beduine setzte sich, und Al Fasl fragte ihn: ›Woher kommst du, o Bruder Araber?‹ ›Von der äußersten Spitze Kosaas.‹ Al Fasl wandte sich gegen mich und fragte mich nach der Entfernung zwischen Irak und der äußersten Spitze Kosaas. ›Es sind‹, antwortete ich ihm, ›achthundert Meilen.‹ ›Und warum, o Bruder Araber, kommst du von so weit her?‹ fragte Al Fasl weiter. ›Ich komme, um die Großen und Edlen und Freigebigen aufzusuchen, deren Ruhm sich bis in unser Land verbreitet hat; ich meine die Barmekiden.‹ ›O Bruder Araber, die Barmekiden sind eine große Familie, deren jegliches Glied sich durch Züge von Freigebigkeit auszeichnet. Du mußt, wen du suchst, näher bestimmen.‹ ›Meine Wahl ist getroffen, ich komme zum großmütigsten und freigebigsten von allen, zu Al Fasl, dem Sohne Jahjas, dem Sohne Khalids; denn wie ich höre, ist er stets von einer Schar Dichter und Redner und Gelehrter umringt.‹ ›Bist du denn ein Dichter?‹ ›Nein.‹ ›Ein Redner?‹ ›Nein.‹ ›Ein Gelehrter?‹ ›Nichts weniger.‹ ›Wie kannst du denn auf Al Fasls Freigebigkeit rechnen, ohne eine einzige Eigenschaft zu besitzen, die dir hierauf einiges Recht geben könnte?‹ ›Ich habe mein ganzes Vertrauen auf einen Doppelvers gesetzt, den ich ihm zu Ehren verfertigte.‹ ›Nun, laß hören, und ich will dir im voraus sagen, ob du dir damit etwas bei Al Fasl verdienen kannst.‹

›*Siehe, es war schon längst verloren auf Erden die Großmut.*
Die Verlorene nahm Al Fasl als Gast bei sich auf.‹

›Aber, o Bruder Araber, wie, wenn Al Fasl dir sagte, er habe dies Distichon schon irgendwo gelesen oder gehört?‹ ›So würde ich ihm auf der Stelle das folgende hersagen:

Seinen Kindern empfahl der Vater der Menschen die Großmut,
Aber Al Fasl allein hat sie von Adam geerbt.‹

›Aber wie, o Bruder Araber, wenn Al Fasl auch wider diesen Doppelvers, als einen gestohlenen, Einwendungen macht?‹ ›So würde ich ihm aus dem Stegreif hersagen:

Jahjas Sohn, es gebührt dir vor allen Ehre und Lobpreis,
Denn die Tugend hast du dir aus dem Himmel geholt.‹

Diesen Gedanken kleidete der Beduine drei- bis viermal in verschiedenes Silbenmaß ein, worauf sich Al Fasl zu erkennen gab und dann weiter fragte, was er von ihm wünsche. ›Zehntausend Dirhems‹, sprach der Araber. Antwortete der Fürst: ›Du sollst ihrer zehnmal zehntausend haben!‹ und er befahl seinem Schatzmeister, das Geld auszuzahlen. Dieser machte Einwendungen wider die Anweisung und stellte vor, es wäre eine gar zu große Verschwendung, einem Beduinen hunderttausend Dirhems für ein Distichon auszuzahlen, das vielleicht obendrein noch gestohlen sei. Man müßte prüfen, meinte er, ob der Araber wirklich aus dem Stegreif zu dichten imstande sei, und er riet daher dem Barmekiden, dem Beduinen mit dem Tode zu drohen, wenn er nicht sogleich etwas aus dem Stegreif dichtete. ›Ist er's nicht imstande, so schwöre ich,‹ sagte der Schatzmeister, ›daß ich ihm, ungeachtet deines Befehls, o Fürst, nur einen Teil der hunderttausend Dirhems auszahlen werde.‹ Der Barmekide nahm seinen Bogen und Pfeil und drohte, den Beduinen auf der Stelle zu durchbohren, wenn er ihm nicht etwas aus dem Stegreif hersagte. Dieser entgegnete mit dem Verse:

›Kühn entschwirrte der Pfeil dem goldenen Bogen der Großmut,
Immerhin durchbohr meine Armut damit.‹

Al Fasl konnte sich des Lachens nicht enthalten und befahl seinem Wesir, dem Araber zweimalhunderttausend Dirhems auszuzahlen.

Der Araber konnte nichts weiter als vor Rührung und Dankbarkeit weinen. ›Sind das Freudentränen,‹ fragte Al Fasl, ›die dir der Glanz des Goldes auspreßt?‹ ›Nein, wahrlich nicht,‹ antwortete der Beduine, ›sondern es sind die Tränen, die mir der Gedanke abzwingt, daß Menschen wie du in die Finsternis des Grabes steigen, allwo das Licht der Großmut nicht leuchtet.‹«

Einer der gewöhnlichen Gesellschafter und Vertrauten von Harun al Raschid erzählte: »An einem umwölkten, regnerischen Morgen gab uns Al Raschid den Bescheid, wegzugehen und drei Tage in unserem Hause zu bleiben. Die andern Gesellschafter gingen jeder ihren Weg, und ich verfügte mich nach der Wohnung meines Meisters, Ibrahim von Mosul. ›Was macht dein Herr?‹ fragte ich den Türhüter. ›Geh nur hinein,‹ sprach er, ›wenn du es wissen willst.‹ Ich ging hinein und fand ihn, im Vorsaal sitzend, mit einer Flasche Wein und einer Kanne Wasser vor sich.

›O Meister,‹ sprach ich, ›laß den Vorhang des Harims kein Hindernis sein, der uns den Genuß der schönen Stimmen deiner Sängerinnen entzieht.‹ ›Nun, so setze dich,‹ sprach Ibrahim, ›du findest mich ganz verstört. Ich erwachte, wie du siehst, um des Morgentrunks zu genießen, als ich vernahm, eine fremde Sängerin sei gekommen, die meinigen zu besuchen. Ich gab mir alle mögliche Mühe, sie zu besitzen, aber fruchtlos. Umsonst habe ich ihr bis jetzt hunderttausend Dirhems geboten.‹ ›Ei, so gib, was du geboten hast, und biete noch mehr, du bringst es ja bald wieder auf einer andern Seite ein.‹ ›Du hast recht,‹ sprach er, ›mich verdrießt es aber der Mühe, diese Summe jetzt von allen Seiten aufbringen zu sollen, ich möchte sie mir auf eine leichtere Art verdienen. Geh, nimm den Griffel und schreibe, was ich dir ansage:

Kummer und Gram vertreiben den Schlaf von den süßen Augen,
Jahjas Großmut allein senket denselben ins Aug.

Mit diesem Vers verfüge dich zu Jahja, dem Barmekiden, erzähle, was du gesehen hast, und begehre, daß er den Vorhang des Harims lüften lasse, auf daß du den Gesang dieser Worte seine Sklavin Demanir lehren könntest, die dessen allein würdig ist.‹

Ich tat, wie mir befohlen, und sang die Worte der genannten

Sklavin einigemal vor, bis die sie auswendig wußte. Jahja befahl sogleich, für mich zehn- und für Ibrahim hunderttausend Dirhems auszuzahlen. Da es schon spät war, ging ich nicht mehr zum Meister, sondern nach meiner Wohnung, allwo ich mit meinen eigenen Sklavinnen lustig war. Am Morgen aber brachte ich die hunderttausend Dirhems zu Ibrahim, den ich wie am vorigen Tage beim Morgentrunk fand. Er hieß mich andere Worte und andere Musik schreiben, die ich wieder zu Jahja trug und dafür das Doppelte des gestrigen Lohnes erhielt.«

Maamun, der Kalif, ging eines Tages an Subaidah, der verwitweten Gemahlin des Kalifen Harun al Raschid, seines Vaters, vorbei. Sie murmelte etwas zwischen den Zähnen. »Wie, fluchst du mir vielleicht noch, o Fürstin,« fragte der Kalif, »dieweil ich deinen Sohn, Mohammed al Amin, hinrichten ließ?« »Nein, wahrhaftig nicht, o Fürst der Rechtgläubigen!« »Nun, was war es denn, was du murmeltest?« Subaidah weigerte sich lange, endlich sprach sie: »Ich wiederholte nur mein täglich gewohntes Sprichwort: ›Allah verdamme die Zudringlichen!‹« »Und warum das?« forschte der Kalif weiter. »Dringe nicht in mich, o Fürst der Rechtgläubigen, du möchtest hören, was dir mißfiele.« Aber je mehr sich Subaidah zu sprechen sträubte, desto zudringlicher ward der Kalif.

»Ich spielte«, fing Subaidah endlich an, »eines Tages mit deinem Vater, dem Kalifen, Schach; wir zankten uns, wer es besser spiele. Er schlug mir vor, daß, wer die erste Partie verlöre, sich allem, was ihm der Sieger auferlegen würde, bequemen sollte. Ich ging darauf ein. Der Kalif, dein Vater, gewann. Er befahl mir, mich nackt auszuziehen und dreimal die Runde des inneren Palasthofes zu machen. Ich mußte mir's gefallen lassen, so hart die Buße auch war. Wir erneuerten dieselbe Verabredung für die zweite Partie. Dein Vater verlor. Ich befahl ihm, der häßlichsten Küchenmagd für eine Nacht meinen Platz auf seinem Lager einzuräumen. Er sträubte sich aus allen Kräften und bot mir den Tribut von Syrien und Ägypten an, um sich von der Strafe loszukaufen. Es half nichts, ich blieb taub gegen alle seine Vorstellungen, und je mehr er sich wehrte, desto zudringlicher ward ich. Er mußte mir in die Küche folgen, und ich selbst wählte die letzte und verworfenste Küchenmagd aus, um sie ihm in sein Schlafgemach zu führen. Bald hernach ward sie Mutter, und du, o Fürst der Rechtgläubigen, bist die Frucht dieser Umarmungen. Wäre ich minder zudringlich gewesen, so hätte dein Vater nicht Schach gespielt, und du wärest nicht zur Welt gekommen und hättest deinen Bruder, den rechtmäßigen Thronerben, nicht aus dem Wege geräumt. Von der Zudringlichkeit alles Unglück! Allah verdamme die Zudringlichen!« »Allah verdamme die Zudringlichen!« rief der Kalif und begab sich fluchend und mit Schande bedeckt von hinnen.

Ibrahim, der Sohn Al Mahdis, lebte nach erhaltener Verzeihung Maamuns beständig im Palast des Kalifen. Eines Tages, als er in den Straßen von Bagdad allein herumstrich, erblickte er an einem halb aufgemachten Fenster eine kleine weiße und runde, allerliebste Hand, in die er auf der Stelle verliebt ward. Nun sann er auf eine List, sich ins Haus hineinzustehlen. Er fragte beim Nachbarn nach dem Namen des Hausherrn und auch nach dem Namen zweier Gäste, die eben ankamen, um an einem Fest, zu dem sie geladen waren, teilzunehmen.

Ibrahim grüßte sie ganz unbefangen, und indem er sie nach ihrem Befinden fragte, ging er mit ihnen ins Haus. Der Gastgeber glaubte, dieser Fremde sei ein Freund seiner Freunde und grüßte ihn als solchen, wies ihm einen Ehrenplatz an und überhäufte ihn mit Aufmerksamkeitsbezeugungen sowohl beim Mahle als im Gesellschaftssaal, wohin man sich nach beendigtem Mahle begab.

Eine Sklavin, die schön war wie der volle Mond, kam mit einer Laute in der Hand und sang:

»*Liebend hangen meine Augen – An dem schönsten Ideal.*
Ach, ich fürchte, daß sie saugen – Blut aus ihrem Schönheitsmal.
Ohne sie zu sehn und kennen, – Geb ich ihr mein Herz als Pfand.
Ach, um ewig zu entbrennen, – Ist genug die schöne Hand!«

Ibrahim, dem diese Worte aus der Seele gesungen waren, konnte sein Entzücken nicht verbergen. Indessen war die Sängerin keineswegs die Schönheit, deren kleine weiße und runde, allerliebste Hand einen so tiefen Eindruck auf sein Herz gemacht hatte. Er dachte, daß die Sängerin ihn vermutlich beobachtet haben müsse, als er auf der Straße, in Liebe zur kleinen weißen und runden, allerliebsten Hand versunken, unbeweglich nach dem Fenster hinstarrte, und daß sie diesen Umstand glücklich benutzte, um die schönen Verse aus dem Stegreif zu dichten, die, durch den Zauber ihrer Stimme und der Laute gehoben, alle Zuhörer zur einstimmigen Bewunderung hinrissen. Ibrahim, der selbst ein sehr guter Tonkünstler war, nahm die Laute und entlockte ihr melodische Töne, die Seele und Verstand bezwangen. Den Hausherrn entzückte die Begabung seines neuen Bekannten, und er bat ihn, allein zurückzubleiben, nachdem sich die Gäste nach Hause begeben hätten. Als sie nun allein waren, fragte ihn der Hausherr um seinen Namen und hörte nicht auf, in ihn zu dringen, bis er sich ihm zu erkennen gegeben hatte. »Träume ich oder wache ich?« rief der Hausherr; »welches unerwartete Glück für mich, o mein Prinz! Wenn du mich würdigst, den Rest der Nacht mit mir zuzubringen, so will ich wahrlich alles aufbieten, sie dir so angenehm zu machen, wie es in meinen Kräften steht!« Ibrahim dankte ihm für seine Güte; und in der Folge der Unterredung erzählte er ihm die Begebenheit mit der kleinen weißen und runden, allerliebsten Hand. Der Hausherr klatschte dreimal in die Hände und wandte sich dann gegen die Seite, allwo der Vorhang des Harims war, und rief: »Kleidet euch an und kommt heraus!« Alsobald erschienen vierzig Schöne in reichstem Schmucke. Eine nach der andern ließ ein Paar Hände sehen, eines schöner als das andere, deren natürliche Schönheit durch den Glanz der Diamanten und Smaragden und Rubinen, mit denen sie beringt waren, ungemein erhöht ward. Aber die kleine weiße und runde, allerliebste Hand, die das Herz Ibrahims erobert hatte, war nicht darunter. Er teilte diese für ihn so traurige Entdeckung dem Herrn des Hauses mit. »Meinen ganzen Harim«, sprach er, »haben wir gemustert, nur meine Schwester ist zurückgeblieben; sie soll aber gleich kommen!« Sie kam und war die Schönheit mit der kleinen weißen und runden, allerliebsten Hand, in die Ibrahim sich so sterblich verliebt hatte. Alsogleich wurden zehn Zeugen gerufen, in deren Gegenwart der Hausherr seine Schwester als Frau verschrieb an Ibrahim, den Sohn Al Mahdis, mit einem Heiratsgut von zwanzigtausend Dirhems.

Diese von Ibrahim dem Kalifen Maamun zu rechter Zeit

erzählte Geschichte rettete einem jungen Menschen das Leben, der ein mit zehn Männern besetztes Schiff in der Meinung bestiegen hatte, daß diese zu irgendeinem Feste führen, an dem er ungeladen teilnehmen könnte. Diese Leute aber waren Räuber, die gefangen vor den Kalifen gebracht und alle zum Tode verurteilt wurden. Der junge Mensch, der angab, als Schmarotzer mitgefahren zu sein, hätte keinen Glauben gefunden, wenn nicht Ibrahim dem Kalifen aus eigener Erfahrung erzählt hätte, daß solche Stückchen nichts Ungewöhnliches seien. Der Kalif verzieh dem jungen Menschen, und es fand sich, daß es der Sohn Ibrahims und der Dame mit der kleinen weißen und runden, allerliebsten Hand war.

Einen Menschen, der, ohne geladen zu sein, sich in eine Gesellschaft einzuschleichen und durch seine Gaben gesellschaftliche Unterhaltungen zu verschönen weiß und deshalb die Ehre, daran teilzunehmen, verdient, einen solchen geistreichen, liebenswürdigen Tischfreund, den mancher mit dem unedlen Namen eines Schmarotzers oder Tellerleckers betiteln würde, nennen die Araber Tofail; und da besonders unter der Herrschaft Haruns und Maamuns die Kunst gesellschaftlicher Unterhaltung in höchster Blüte stand, so sind auch aus dieser Zeit verschiedene Anekdoten von solchen ungebetenen Gästen auf uns gekommen.
So lebte in damaliger Zeit zu Kufa ein junger Mensch von äußerst glücklichen Anlagen und sehr feiner Bildung, die ihn zum geistreichsten und liebenswürdigsten Gesellschafter machten. Er besaß ein außerordentliches Gedächtnis und hohe natürliche Beredsamkeit. Die schönsten Stellen arabischer Dichter waren ihm geläufig, und in der Geschichte

war er vollkommen bewandert. Es entging ihm keine Gelegenheit, den Reichtum seiner Belesenheit und seines Witzes geltend zu machen, überall fand er die glücklichsten Beziehungen und Anspielungen auf, und über sein ganzes Wesen war eine sich immer gleiche heitere Laune ausgebreitet.

Er hatte seine schönsten Jahre und sein ganzes Erbe in der besten Gesellschaft von Kufa verlebt, und da ihm von seinem Genuß und Reichtum nichts als das immer rege Spiel seiner Geisteskräfte und eine heitere Gemütsstimmung übriggeblieben waren, so beschloß er, nach Bagdad zu reisen, um dort sein Glück zu versuchen. Er stieg in einem der größten Khane ab und mischte sich alsogleich in den Kreis von Fremden und Einheimischen, die sich mit den Neuigkeiten des Tages herumtrugen. Für heute gab es nichts Wichtigeres, als daß der Kalif Maamun beschlossen hatte, diesen Tag mit seinem Bruder Al Mutasim ganz allein, das heißt: bloß im vertrautesten Kreise des Harims, zuzubringen. Der junge Mann nun faßte schnell den kühnen Entschluß, sich als dritter in die Gesellschaft des Kalifen und seines Bruders zu stehlen und auf diese Art entweder sein Glück zu machen oder den Kopf zu verlieren. Alsogleich suchte er von seinen Bekannten, deren er eine Menge in Bagdad antraf, die nötigsten Kleidungsstücke zu einem glänzenden Hofanzug zu entlehnen, von diesem Unter- und Überkleid, von jenem Schal und Turban, vom dritten Gürtel und Säbel.

Als er sich ausstaffiert hatte, ging er ins Bad, ließ sich scheren und kneten und salben. Von da begab er sich, ein wenig vor Sonnenuntergang, gerade nach dem Palaste Mutasims, wo er sich durch den Torhüter als einen Abgesandten des Kalifen ansagen ließ. Er wurde vorgelassen und sprach: »O Herr, der Fürst der Rechtgläubigen grüßt dich und fragt dich, ob du deines Versprechens, den heutigen Abend allein mit ihm in heitrer Gesellschaft zuzubringen, vergessen habest.« »Nein, wahrlich nein! Ich habe es nicht vergessen; aber mein Nachmittagsschlaf verspätete mich heute ungewöhnlich.« »So eile nun, o Herr, denn der Fürst der Rechtgläubigen hat mir den Auftrag gegeben, nicht von deiner Seite zu gehen, bis ich dich in seine Gegenwart gebracht habe.«

Mutasim befahl nun, die Pferde vorzuführen, wusch und kleidete und parfümierte sich und machte sich auf den Weg in Begleitung des Jünglings, den er für einen der vertrautesten Zechgenossen des Kalifen ansah und mit dem er sich sehr gern unterhielt, so schön und süß war seine Rede, so einnehmend seine Sitten.

Sie kamen bis an das Tor des Palastes, allwo der Jüngling mit Mutasim abstieg und mit ihm das innerste Gemach des Kalifen betrat. Dort setzte er sich, als ob er immer da zu Hause gewesen wäre, zwischen Mutasim und dem Kalifen nieder, der ihn für einen der vertrautesten Zechgenossen und Gesellschafter seines Bruders hielt. Das Gespräch begann, der Jüngling aber wußte so geschickt den Ball der Rede zu schlagen, daß der Kalif und Mutasim mit Vergnügen seinem hochschwebenden Fluge zusahen. Vom Größten bis zum Kleinsten, vom Ernstesten bis zum Leichtesten, alles umfaßte sein Geist, über alles goß er das Schimmerlicht seines Witzes aus und ordnete die mannigfaltigsten Einfälle zu einem schönen Ganzen. Seine Worte waren so viele durchbohrte Perlen, die er an dem Faden des Gespräches zum allerschönsten Hals- und Armschmucke zusammenzureihen wußte. Der Kalif war entzückt von seinem unbekannten Gast und konnte seinem Bruder, der ihm den mitgebracht hatte, nicht genug Dank wissen und erwartete nun mit Ungeduld die Gelegenheit, ihm den zu bezeigen. Indessen kam die Stunde des Essens heran. Die Gerichte wurden aufgetragen, und nach aufgehobenem Mahle befahl Maamun, daß die Sklavinnen des Harims unentschleiert hervortreten sollten.

Sie sangen und spielten. Da war kein Ton und keine Weise, in der der Jüngling unerfahren gewesen wäre, was denn die Hochachtung des Kalifen für ihn nicht wenig erhöhte. Endlich kam der Augenblick, wo ein dringendes Bedürfnis den jungen Menschen zwang, sich zu entfernen. Er wußte wohl, daß er, sobald er den Rücken gewendet hatte, auch entdeckt sein würde, und hielt sich für verloren; indessen hatte er doch Mut genug, wieder zurückzukommen. Während seiner Abwesenheit hatten sich Maamun und Mutasim zugleich mit Fragen angefallen, wer denn des andern Freund und Zechgenosse sei? Keiner wußte Bescheid, und nun war der ungeladene Fremdling entdeckt.

Maamun fuhr im ersten Zorne gewaltig auf und schickte die Sklavinnen des Harims augenblicklich hinweg. Als der Jüngling zurückkam, die Mädchen auf der Flucht und den Kalifen voller Grimm erblickte, wandte er sich mit festem und ruhigem Ton an den Bruder des Kalifen. »O Ebi Ishak,« – dies war sein Vorname – redete er ihn an, »das ist wider ein gegebenes Wort, so sind wir nicht eins geworden, daß du mir wieder einen deiner gewöhnlichen Streiche spielen und dem Fürsten der Rechtgläubigen der Himmel weiß was für Mücken in den Kopf setzen sollst.« Dann fuhr er fort, sich gegen Maamun wendend: »So macht er's mir immer, o

Herr, und stürzt mich durch seine Scherze in Abgründe, aus denen ich mich oft nur mit tausend Nöten rette.« Dann wieder zu Mutasim: »So hör doch auf und mache des Scherzens ein Ende; ich beschwöre dich beim Haupte des Fürsten der Rechtgläubigen!« Als Maamun soviel Festigkeit und Zuversicht sah, wußte er selbst nicht, wie er daran war und wer von beiden die Wahrheit redete, der Zechgenosse oder Mutasim. Er beschwor diesen, ihm doch die Wahrheit zu sagen, und Mutasim schwor ihm hoch und heilig, daß er den jungen Menschen heute zum ersten Male gesehen habe. Dieser hingegen strafte ihn Lügen mit Beteuerungen und umständlichsten näheren Angaben von Orten und Gelegenheiten, allwo sie beisammen gewesen sein sollten. Maamun mußte lachen und wußte sich nicht anders aus dem Zweifel zu helfen, als daß er dem jungen Menschen Verzeihung verhieß, wenn er ihm die Wahrheit gestehen wolle. Er gestand; und Maamun gefiel sich so gut in seiner Gesellschaft, daß er die Sklavinnen des Harims wieder zurückkommen ließ. Dann begehrte er, er solle ihm ohne Hehl das Merkwürdigste erzählen, was ihm auf seinem Wege von Kufa nach Bagdad begegnet war. Sogleich sagte der Jüngling aus dem Stegreif:

»Ich hatte eine lange Nacht – Schlaflos im Khane zugebracht.
Ich dacht über manches her und hin, – Ich fand nicht Ruhe noch Gewinn.
Auf einmal öffnet sich das Tor, – Ich horchte hin mit leisem Ohr;
Es war des Wärters Weib; sie sprach: – ›Bist du umsonst die Nacht durch wach,
So brich mir meinen Lohn nicht ab – Und gib mir, was noch jeder gab.

Du läßt die kleine Zelle leer; – Die Zeiten, leider, sind so schwer,
Drum zahle du auch mir den Lohn; – Das übrige versteht sich schon.‹«

Der Kalif lachte, als ob er bersten wollte, und stampfte vor Vergnügen mit den Füßen auf die Erde. »Nun, ist dir kein weiteres Abenteuer begegnet?« »Ja, o Herr! Kaum hatte ich den Khan verlassen, als ich auch den Weg verlor und mich in die Notwendigkeit versetzt sah, alle, die mir begegneten, um die rechte Straße zu fragen. Dies gab mir ein paar Verse ein, die ich vor mich hin in den Bart brummte:

Beklagenswert ist wohl des Fremdlings Los, – Der sich hinauswagt in die Welt, die weite;
Er fragt und fleht umsonst so klein wie groß, – Daß jemand ihn die wahre Straße leite.

Ein schönes Mädchen, das eben vorbeiging, antwortete sogleich aus dem Stegreif:

›*Die Führerin, o Fremdling, will ich sein – Und gerne dich die wahre Straße leiten,*
Doch wiß, der Weg ist eng, das Tor ist klein, – Es brauchet festen Fuß, nicht auszugleiten.‹

Zugleich warf sie mir in einem Papier zehn Dirhems zu, mit denen ich in den Stand gesetzt ward, meine Schuld in dem Khane abzutragen und meine Reise fortzusetzen.«

Maamun war so zufrieden mit den gesellschaftlichen Gaben des Jünglings, daß er ihm hundert Dirhems auszahlen ließ und ihn unter die Zahl seiner vertrautesten Zechgenossen aufnahm. Er ward berühmt unter dem Namen ›Tofail Mutasim‹ und verfertigte mehrere kleine Gedichte moralischen und ästhetischen Inhalts, deren eines Maamun auf den Vorhang des Harims sticken ließ.

Maamun liebte vor vielen andern seiner Sklavinnen eine, Nesim oder Zephryne genannt. Sie war beständig in seinem Geleit, sowohl in der Stadt wie auf dem Lande. Doch mußte sie zuletzt einer neuangekommenen griechischen Sklavin weichen, die den Kalifen für sich einnahm. Zephryne verzehrte sich in Kummer und Schmerz, aber sie klagte nicht. Am neuen Jahrestag, wo alles dem Kalifen Glück wünschte und Geschenke brachte, erschien auch sie mit einem Becher aus Kristall, der mit einem gestickten Tuche bedeckt war. Im Kristall aber war diese Inschrift eingegraben:

Trinke, mein Freund, in langen Zügen den Becher der Liebe,
Lasse für mich darin nur ein Tröpflein zurück.

Der Kalif war bezaubert vom schönen Gedanken wie vom Gefühle, das ihn ausgesprochen hatte, und versprach der Geberin, noch diesen Abend den Becher in ihrer Gesellschaft zu leeren; und hielt Wort.

Diese Inschrift ward in der Folge berühmt und findet sich daher noch heute auf Bechern, Gläsern und anderen Trinkgeschirren eingegraben.

Ahmed ibn Mohammed Elrariri erzählt von Dschennet, der Tochter Abdorrahmans, des Haschemiten, daß sie das reichste und wohlerzogenste Mädchen gewesen sei aus dem Stamme der Söhne Haschims. Das Feuer hätte ihre Schätze nicht verheeren, die Steine ihrer Beredsamkeit nicht widerstehen können.

Eines Tages ging sie zum Kalifen Maamun, den sie heimlich auf das heftigste liebte. Maamun saß in einem Saal, den er selbst hatte erbauen lassen und der an Pracht und Herrlichkeit alle Bauwerke der vorigen Kalifen bei weitem übertraf.

Alle Tiere des Meeres und der Erde waren da in Stein gehauen oder in Gold gegossen zu sehen. Die Wände waren gelber Damast und die Vorhänge chinesischer Seidenstoff. Vierhundert Sklavinnen, in die echtesten und reichsten Stoffe gekleidet, waren zum Dienst dieses Saales bestimmt. Gleicher Wuchs, gleiche Haare, gleiche Kleidung; alle schienen nach demselben Vorbilde geformt. Zweihundert standen zur rechten und zweihundert zur linken Seite.

»O Dschennet,« redete Maamun die Tochter Abdorrahmans an, »hatte dein voriger Gemahl oder dein Vater oder irgendein anderer Kalif einen Saal gleich diesem an Pracht und Schmuck und Dienerschaft?« »O Fürst der Rechtgläubigen,« antwortete sie, »der Himmel friste dir dein Leben und den Genuß dieser Herrlichkeit! Alles entspricht deiner Würde und Erhabenheit; doch möchtest du dich eines Tages herablassen und deine Dienerin Dschennet eines Besuches würdigen, so würde sie dich in einer Gesellschaft empfangen, wie du noch keine gesehen, und dir einen Wein darbieten, wie du noch keinen getrunken hast!« »O Dschennet,« antwortete Maamun, »ich nehme deine Einladung an, doch unter der Bedingung, daß ich den Kadi Jahja, den Sohn Ektems,« (der sich eben gegenwärtig befand) »mitbringen darf, denn ohne ihn, wie du weißt, genieße ich kein gesellschaftliches Vergnügen.« »Schon recht, o Fürst der Rechtgläubigen.« Dann zog sie eine goldene Dose hervor, die mit dem reinsten Moschus gefüllt war, und reichte sie dem Sohne Ektems mit den Worten hin: »Nimm, o Jahja! Dies sei dein Lohn zum voraus für die Mühe, den Fürsten der Rechtgläubigen morgen abend zu mir zu führen.« »Gern, sehr gern«, erwiderte Jahja, der Sohn Ektems, und Dschennet verließ den Saal des Kalifen.

Am folgenden Tage saß Maamun zu Gericht in feierlicher Versammlung. Als die Sonne sich zum Untergang neigte, trat Jahja vor den Thron und sprach: »Erinnere dich, o Fürst der Rechtgläubigen, des gestern gegebenen Versprechens!« Alsogleich hob Maamun die Versammlung auf. Sie verkleideten sich beide als Kaufleute, bestiegen zwei große und schöne ägyptische Esel und machten sich auf den Weg nach dem Hause Dschennets. Sie klopften leise an das Tor, und Dschennet, die sie alsogleich an ihrem Klopfen erkannte, kam selbst, um ihnen das Tor zu öffnen.

Sie ging vor ihnen her und führte sie durch den Garten in ein Lusthaus, das von vier Säulen aus rotem Granit getragen wurde. Die Gesimse waren aus Gold. Über dem Eingang war die folgende Inschrift mit Perlen ausgelegt:

Mein Inneres erfüllet sich mit reiner Lust, – Mein freundliches Gespräch bewegt die süße Brust.

Das Gold der Söhne Haschims strahlt mir vom Gesicht; – Vielleicht gefällt es dir, vielleicht gefällt es nicht.

Wohlredenheit, o Fremdling, ist der Geist, – Der in mir lebt und mich zu dir hin reißt.

»O Jahja,« sagte Maamun, »hast du irgendeines Kalifen Lusthaus gesehen, das sich mit diesem vergleichen könnte?« Die Fußteppiche waren mit Perlen gestickt, die Deckenwölbung aus einem Zelte von Goldstoff geformt. Auf dem Boden standen große japanische Gefäße, aus denen Moschus, Ambra, Kampfer, Safran und Sandelholz ihre Wohlgerüche sandten, so daß man keinen einzelnen Geruch zu unterscheiden vermochte, sondern in einem Meer von Blütengerüchen zu schwimmen glaubte. Dschennet führte sie hernach an eine Balustrade, wo alle wohlriechenden Blumen des Morgenlandes dufteten und blühten. Maamun wähnte sich in ein Zauberland versetzt. Bald hierauf brachte man den Tisch aus jemenischem Onyx. Jeder Fuß war aus einem einzigen Stück gearbeitet. Der Tisch ward gedeckt mit Speisen der mannigfachsten Farben und des köstlichsten Geschmackes, zu gleicher Lust der Augen und des Gaumens. Sie aßen, und Maamun schwor, er habe nie so vortrefflich gespeist und seine Küche vermöge nichts Ähnliches zu liefern.

Nun ward das Wasser zum Händewaschen in goldenen Kannen und Waschbecken gebracht, und nach beendigtem Mahle erschien der Wein. Schöne Jünglinge aber kredenzten ihn in Gefäßen aus syrischem Kristall. Es war der köstlichste Rebensaft, leicht wie die Luft, rot wie Rubin, brennend wie Ingwer. Dschennet nahm die Becher aus den Händen der Jünglinge und setzte sie ihren Gästen vor, die gar nicht aus dem Taumel des Vergnügens kommen wollten. »Wahrlich,« sagte Maamun, »so habe ich noch nie getrunken!« Dann kamen zwei Sklavinnen, in Seidenzeug von Kufa gekleidet, mit goldenen Gürteln und ägyptischen Schleiern und persischen Kronen auf dem Haupte. In ihrem Schoß hielten sie zwei Lauten, denen sie die süßesten Töne entlockten, die sie mit noch süßeren Gesängen begleiteten. »O Dschennet,« rief Maamun, »wohl mit Recht trägst du deinen Namen, denn durch dich genießen wir der Freuden des Paradieses.«

»O Fürst der Rechtgläubigen,« sagte Jahja, »etwas fehlt uns doch noch zur Vollkommenheit der Paradiesfreuden.« »Was denn, o Jahja?« »Das Vergnügen der Jagd.« »Da hast du recht,« sagte Maamun, »Dschennet muß uns auch noch das Vergnügen der Jagd verschaffen.« Dschennet führte sie in den Garten, der im eigentlichsten Sinne ein Paradies genannt zu werden verdiente.

Pfauen, Rebhühner, Turteltauben, Gazellen, alles lebte hier in der größten Vertraulichkeit beisammen. Die Nachtigallen kosten in den Rosengebüschen, und die Quellen murmelten leise ins Flüstern der Winde. Hundert Sklavinnen erschienen, alle zwar gleich gekleidet, jedoch eine schöner als die andere. Goldene Gürtel hielten ihre schwellenden Busen zusammen, und Perlenschnüre, in die schwarzen Flechten des langen Haares geflochten, schleppten ihnen auf dem Boden nach. »Seht hier,« sprach sie zu ihnen, indem sie auf Maamun und Jahja wies, »seht hier die Jäger!«
Die Sklavinnen verstanden den Wink und verstreuten sich ins Gebüsch, wie scheue Gazellen sich vor den beiden Gästen flüchtend, die sie aber umsonst verfolgten. »Siehst du, o Jahja, das Wildbret,« sagte Maamun, »ich wollte es wohl erjagen, aber ich müßte einen guten Spürhund haben.« »Den Spürhund«, sagte Jahja, »hast du schon in mir gefunden; bleibe nur am Anstand stehen, so will ich die Fährte des Wildes schon verfolgen.« Jahja lief und erjagte ein Mädchen, das er dem Kalifen als Wildbret zuführte.
»Ei,« sagte Dschennet, »wenigstens mußt du bekennen, o Fürst der Rechtgläubigen, daß ich nicht eifersüchtig bin.« Maamun verstand den Wink und sagte zu seinem Gefährten: »Nun bleibe du als Jäger am Anstand, und ich will als Hund das Wild aufjagen.« Jahja lachte laut und gehorchte. »Wir wollen sehen,« sagte Dschennet, »was du erjagen wirst, o Jahja; was es immer sei, mich wird wenigstens die Eifersucht nicht plagen!« Sprach's und sprang davon wie ein flüchtiges Reh, Maamun hinter ihr her, und gar bald hatte er sie ergriffen.
»O Fürst der Rechtgläubigen,« sprach Jahja, »das Fest würde nicht vollkommen sein, wenn du seine Geberin nicht zum

Weibe nehmen wolltest. Keinen schicklicheren Begleiter hättest du mitnehmen können als mich, der alsogleich den Heiratsvertrag aufsetzen und ausfertigen kann.« »Beim Propheten«, schwor Maamun, »und bei meinen erlauchten Ahnen aus der Familie Abbas, ich verlasse den Garten nicht eher, als bis ich sie zum Weib genommen habe. Setze nur gleich den Vertrag auf; ich gebe ihr als Morgengabe eine Million Dinare, dazu hundert Ortschaften obendrein als Nadelgeld!« Jahja, der Sohn Ektems, setzte als Oberkadi den Vertrag auf der Stelle auf und erhielt dafür von Dschennet zur Belohnung zehntausend Dinare. Die Vermählung ward noch selbigen Abends vollzogen, und die Frucht der Hochzeitsnacht war Abbas, nicht unwert des Namens seines Geschlechts und seiner Eltern.

Isaak, der Sohn Ibrahims, der bekannte Lautenspieler des Kalifen, erzählt: »Beständig an die Gesellschaft des Kalifen gekettet, fing ich an, sie lästig zu finden, und suchte mich eines Tages aufs Feld hinaus zu retten, um wenigstens einige freie Augenblicke zu genießen.

Meinen Dienern befahl ich, daß, wenn ein Bote vom Kalifen oder von jemand anderem käme, sie antworten sollten: sie wüßten nicht, wo ich hingegangen wäre. Der Tag war heiß, und ich legte mich bald unter eine Laube, um auszuruhen. Es kam ein Sklave, der einen Esel führte, auf dem ein schönes Mädchen saß. Schön gewachsen, schön angezogen; ich dachte, es müsse eine Sängerin sein. Sie ritt an mir vorbei in ein benachbartes Haus; ich stand auf und ging vor dem Tor auf und nieder. Zwei schöne junge Leute kamen und grüßten mich; ich gab ihnen den Gruß zurück; sie gingen ins Haus und ich mit ihnen, sie in der Meinung lassend, als sei ich wie sie geladen worden, während der Hausherr glaubte, sie hätten mich mitgebracht. Man setzte uns zu trinken und zu essen vor, und das schöne Mädchen, das ich gesehen hatte, trat mit einer Laute in der Hand aus dem Harim heraus. Sie sang und begleitete ihr Lied mit zauberischen Akkorden. Der Hausherr fragte seine beiden Freunde, wer ich wäre, sie ihn. Es fand sich, daß ich ein ungebetener Gast war; nichtsdestoweniger behandelte man mich sehr freundlich aus Rücksicht für die geistvolle Art, mit der ich die Gesellschaft zu unterhalten versuchte. Der Becher ging im Kreise herum, und die Sängerin sang:

›*Deiner denk ich, Ommi Schasie, – Seh dich nah vorüberziehn,*
Während die Kamele trinken – An dem Brunnen in der Wüste.
Deine glatten Zähne glänzen – Wie des Sandes Spiegelkörner,
Und von deinem Angesichte – Strahlt des Mittags Flammenhitze.‹

Hierauf zerstreute sich die Gesellschaft, um das Gebet zu verrichten, dessen Stunde eben ausgerufen worden war. Während sie sich entfernt hatte, nahm ich die Laute und stimmte sie auf eine ganz andere Weise nach sonst ungewöhnlichen Tonverhältnissen. Als die Sklavin zurückkam und das Instrument in die Hand nahm, fragte sie alsogleich: ›Wer hat es gestimmt?‹ ›Nicht daß ich wüßte‹, antwortete ich. ›Ei wohl,‹ sagte sie, ›ein Meister der Kunst hat die Saiten geregelt.‹ Ich gestand, daß ich es getan hatte. ›Nun,‹ sprach sie, ›so spiele du auch.‹ Ich spielte einige meiner besten Weisen zum Entzücken der Gesellschaft. ›Ich schwöre bei Allah, dem Lebendigen,‹ rief der Hausherr aus, ›du bist ein Meister in der Kunst, entdecke uns nun deinen Namen.‹ Ich nannte mich und bekannte zugleich, daß, während der Kalif meiner harrte, ich mich weggestohlen und bloß um des

schönen Mädchens willen den Eingang ins Haus versucht hätte. ›Wohlan,‹ sprach der Hausherr, ›ich mache dir einen Vorschlag: bleibe eine Woche bei uns, um die Vermählung mit der Sängerin, die du verlangst, zu feiern.‹
Ich blieb eine Woche bei ihnen, während mich der Kalif Maamun aller Orten suchen ließ, ohne meine Spur zu entdecken. Nach sieben Tagen verließ ich das gastfreundliche Haus und nahm die Sklavin mit mir. Dann ritt ich in das Serail, allwo mir der Kalif ein ›Weh dir!‹ zurief. Ich erzählte ihm aber meine Geschichte von Anfang bis zu Ende, und sie gefiel ihm so gut, daß er meinen freigebigen Gastfreund mit hunderttausend Dirhems beschenkte.«

Erzähl mir eine Geschichte wider den Schlaf und wider die Langeweile«, sagte der Kalif eines Tages zu Masrur, dem obersten Aufseher des Harims. »O Fürst der Rechtgläubigen,« antwortete Masrur, »für jetzt fällt mir nichts ein, was deiner Erhabenheit würdig wäre; doch bringe ich dir einen alten Sklaven vom Serail deines Vaters, in dessen Gesellschaft dir die Zeit nicht lang werden soll.« Der alte Diener ward vorgeführt, küßte dreimal die Erde vor den Füßen des Kalifen und begann folgende Erzählung:
»Der Vater deiner Erhabenheit, weiland Kalif Harun al Raschid, glorreichsten Angedenkens, war ein großer Liebhaber der Jagd. Und den ganzen Tag über ging's über Stoppeln und Moor, bergauf, talein in vollem Rennen. Ich hinter ihm her; oft vor der Hitze des Tages, vor Müdigkeit und Hunger verschmachtend. Eines Tages gab mir einer der Palastbeamten drei in Honig eingesottene Datteln, ein treffliches Mittel sowohl wider Hunger als Durst; des ward ich froh und bewahrte meine Datteln wie einen Talisman wider

das Ungemach der Jagd. Und ich erspähte den Augenblick, allwo der Kalif ein wenig voranritt und mich nicht zu bemerken schien, um eine der Datteln zum Munde zu bringen. Aber kaum hatte ich sie über die Lippen gebracht, als mich der Kalif rief. Ich spie die Dattel aus und gab meinem Esel die Sporen, um den Kalifen zu erreichen. ›Sage mir,‹ sprach er, ›hat dein Esel schon alle Zähne, oder fehlt ihm vielleicht noch einer?‹ ›Er hat sie alle vollzählig, o Fürst der Rechtgläubigen!‹ war meine Antwort.
Eine kurze Zeit darnach blieb ich wieder zurück und versuchte mein Glück mit der zweiten Dattel. Aber kaum hatte sie den Mund berührt, so rief mich der Kalif. Ich war gezwungen, die Dattel wegzuwerfen, und gab meinem Esel die Sporen. ›Ist dein Esel arabischer oder ägyptischer Abkunft?‹ fragte Harun. ›Er ist aus Jemen, o allergnädigster Herr‹, erwiderte ich mit verbissenem Unmut und kehrte auf meinen Platz zurück.
Hunger und Durst, nicht gestillt, sondern nur durch des Honigs Süßigkeit gereizt, plagten mich mehr denn zuvor, und ich versprach mir, wenigstens die dritte Dattel glücklich hinabzubringen. Doch der Versuch mißglückte. Kaum hatte ich sie zwischen den Zähnen, so rief mich auch schon wieder der Kalif, und ich mußte im vollen Trab zu ihm reiten. ›Um wieviel hast du deinen Esel gekauft?‹ fragte Harun. ›Verdammt,‹ dachte ich bei mir selbst, ›sei mein Esel und sein Verkäufer!‹, und dann mit dem abgemessensten und ehrfurchtsvollsten Tone: ›Er kostet mich gerade acht Dinare, o Fürst der Rechtgläubigen!‹ Der Kalif konnte sich des Lachens nicht erwehren, und ich kam abends hungriger und durstiger als jemals in den Palast zurück.
Nachdem ich mich durch Speise und Trank gelabt hatte,

wandelte ich umher in den Galerien des Palastes und in den hohen Gängen des Harims, aus denen schon der letzte Schimmer der Abendröte verschwunden war. Lieblicher Gesang ertönte aus einem der Frauengemächer. Ich ging der Stimme nach und sah durch das Schlüsselloch den Kalifen, der seinen Arm um den Nacken der schönen Sängerin gelegt hatte. Der Kalif war zudringlich, sie aber bat ihn, sie zu verschonen, dieweil, wenn Subaidah, die Gemahlin Haruns, den geringsten Verdacht hegte, sie auf ewig unglücklich sein und den Genuß des Augenblicks mit tausend Martern bezahlen würde. Harun bot all seine Beredsamkeit auf, die schöne Sklavin zu beruhigen; besonders habe es heute keine Gefahr mit Subaidah, denn sie sei in der Frühe auf ein nahe gelegenes Lusthaus verreist. In diesem Augenblick schlug ich mit einem großen Knotenstock an die Tür. Die Sklavin fuhr erschrocken auf: ›Um Allahs willen, das ist die Fürstin!‹ Der Kalif suchte sie erst zu beruhigen und fragte dann: ›Wer da?‹

›Es ist‹, antwortete ich, ›Ibad, der allergetreueste Sklave deiner Erhabenheit. Ich hatte heute früh auf die Frage, ob mein Esel alle Zähne habe, geantwortet, er habe sie vollzählig; nun aber, bei ganz genauer Untersuchung seines Maules, fand ich wirklich, o Fürst der Rechtgläubigen, daß ihm noch zwei fehlen.‹ ›Verdammt sei dein Esel und du,‹ rief der Kalif, ›laß mich in Frieden!‹

Die schöne Sklavin war äußerst furchtsamer Natur und wollte lange nichts von des Kalifen Anträgen hören. Endlich ließ sie sich doch nach und nach herbei. Das Gespräch ward lebhafter, dann einsilbig, und sie waren auf gutem Wege, als ich wieder und weit stärker als das erstemal an die Tür klopfte. ›O Subaidah! Subaidah!‹ rief die schöne Sklavin und sprang erschrocken auf. Der Kalif hielt sie beim Saum des Gewandes zurück, zog sie zu sich aufs Lager nieder, und nachdem er sie ein wenig beruhigt hatte, fragte er: ›Wer da?‹

›Dein allergetreuester Diener Ibad, o Beherrscher der Rechtgläubigen. Du fragtest mich, ob mein Esel arabischer oder ägyptischer Abkunft sei? Ich sagte nun, er sei aus Jemen; aber nach den genauest eingezogenen Erkundigungen ist er aus Oberägypten gebürtig!‹ ›Verflucht sei der Esel,‹ schalt der Kalif, ›scher dich fort!‹

Die schöne Sklavin zitterte noch lange, und es brauchte vieler Mühe und Zeit, bis sie sich wieder den Liebkosungen Haruns hingab. Endlich wich die Furcht der Begier, und der Augenblick war da, allwo Harun glücklich werden sollte; da schlug ich zum drittenmal mit Gewalt an die Tür. Die Sklavin konnte sich nicht fassen vor Schrecken. Mit Mühe hielt sie der Kalif in seinen Armen zurück. ›Das ist die Fürstin, ganz sicher‹, rief sie; und der Kalif fragte: ›Wer da?‹

›Dein allergetreuester Diener Ibad‹, antwortete ich. ›Ich hatte gesagt, mein Esel koste acht Dinare; nun habe ich mich gar sehr geirrt, denn ich finde soeben in meinem Ausgabenbuch, er kostet nur sieben und einen halben.‹ ›Geh zur Hölle, du und dein Esel‹, fluchte der Kalif; ›daß weder du noch sein Verkäufer jemals hätte leben mögen!‹

Nun wollte die schöne Sklavin von nichts mehr hören. Harun al Raschid verschwendete lange seine Beredsamkeit, bis er sie wieder in Fassung brachte. Endlich gab sie seinen Worten Gehör und war daran, seine Wünsche zu erfüllen. Da ertönte mit der ersten Morgendämmerung von dem Turm der Moschee des Serails der Gebetsruf. Dies war das Zeichen für den Kalifen, den Harim zu verlassen und das

Morgengebet zu verrichten. So begab er sich denn unverrichteter Dinge von der schönen Sklavin hinweg und bezahlte mir auf solche Weise die drei in Honig gesottenen Datteln.«

Wer da suchet, der findet; und wer anklopft, dem wird aufgetan‹, sagt ein arabisches Sprichwort. »Das will ich versuchen«, sagte ein junger Mensch, der es oft genug von seinem Lehrer hatte wiederholen hören, und machte sich auf nach Bagdad und stellte sich dem Wesir vor. »O Herr,« sprach er, »ich habe lange genug ein stilles und abgeschiedenes Leben geführt, dessen ich nun überdrüssig bin, und habe stets meinen Willen bekämpft und mir nie etwas ernstlich zu wollen erlaubt. Dieweil mein Lehrer mir aber gar zu oft wiederholt hat: ›Wer da suchet, der findet; und wer da anklopft, dem wird aufgetan‹, so habe ich mir in den Kopf gesetzt, etwas recht ernstlich zu wollen, und zwar nichts Geringeres als die Tochter des Kalifen zum Weibe.«
Der Wesir glaubte, der arme Mensch sei verrückt, und hieß ihn ein andermal wiederkommen. Er kam alle Tage, ohne sich abweisen zu lassen. Einmal traf es sich, daß sich der Kalif selbst unerkanntерweise beim Wesir befand, als der junge Mensch wiederkam. Er hörte nun sein sonderbares Begehren mit Erstaunen an; dieweil aber Seine Erhabenheit eben nicht in der Laune war, ihm den Kopf abschlagen zu lassen, so sprachen Höchstdieselben: Eine Prinzessin sei keine Kleinigkeit, wer sie nun verdienen wolle, müsse sich ihrer auch durch irgendeine außerordentliche Gabe oder Unternehmung würdig zeigen. Vor undenklichen Jahren sei ein Kristall in den Tigris gefallen: wer ihn brächte, dem sei die

Hand der Prinzessin bestimmt. Der Jüngling nahm des Kalifen Zusage und ging an das Ufer des Tigris.

Er hatte nichts als ein Geschirr, mit dem er Wasser ausschöpfte, das er am Ufer ausgoß; darnach verrichtete er sein Gebet. Dies tat er vierzig Tage lang. Die Fische, die ihn alle Tage wiederkommen und dasselbe tun sahen, fingen an, unruhig zu werden. Sie hielten Staatsrat darüber. »Was will der Mann?« fragte der Altvater der Fische. »Den Karfunkel, der seit so vielen Jahren im Schlamme des Tigris liegt.« »Ich rate euch,« sagte der Altvater, »liefert ihm den aus, denn wenn er den festen Willen und ernstlichen Vorsatz hat, ihn zu finden, so wird er, das sag ich euch, eher den Tigris ausschöpfen als von seinem Vorhaben abstehen!« Die Fische fürchteten aufs Trockene zu kommen und warfen den Karfunkel ins Geschirr des Jünglings, der alsobald die Tochter des Kalifen zur Frau erhielt. Es kann viel, wer ernstlich will.

Asad al Daulat erhielt vom chinesischen Kaiser eine Sklavin zum Geschenk, die ihn durch leidenschaftliche Liebe bald so beherrschte, daß er der Regierungsgeschäfte vergaß. In einem Augenblick, wo sein Pflichtgefühl erwachte, wollte er die Sklavin entfernen, aber er fühlte, es sei ihm unmöglich, sich von ihr zu reißen, solange sie lebte. Und er befahl, daß man sie in den Tigris werfe. Mit dem nächsten Morgen kam die Reue; der Vollstrecker des Urteils sollte der Sklavin folgen, allein er hatte sie und mit ihr sein Leben gerettet. Nun ging es wie bisher, die Leidenschaft brannte heftiger denn jemals. Die Regierungsgeschäfte wurden vernachlässigt, das Volk schrie laut wider Asad al Daulat. Da entstand ein fürchterlicher Kampf in seiner Seele zwischen

Liebe und Pflicht. Keiner seiner Untergebenen, das wußte er, würde das Todesurteil vollziehen wollen, um nicht seines zu verdienen. Er faßte den fürchterlichen Entschluß, selbst der Henker seiner Geliebten zu werden, und stürzte sie mit eigener Hand aus den Fenstern des Palastes in die Fluten des Tigris. Lange Zeit hernach blieb er eingeschlossen, von Schmerz und Reue gefoltert; die Reichsgeschäfte gingen ihren Gang fort, und das Volk war zufrieden.

Die neuere arabische Geschichte nennt als die Freigebigsten Abdullah, den Sohn Dscha'afars, Gorabat al Ussa und Kis, den Sohn Saads. Man stritt sich zu ihrer Zeit darum, wer von diesen dreien wohl der Freigebigste sei, und stellte Wetten darauf an. Der, der sich für Abdullah erklärt hatte, ging als erster zu ihm ihn und fand ihn, wie er eben den Fuß in den Steigbügel setzte, um eine Reise zu machen. »Was willst du?« fragte ihn Abdullah. »Ich bin ein armer Sohn des Weges.« Alsogleich zog Abdullah den Fuß aus dem Steigbügel zurück und schenkte ihm das Kamel und eine herrliche Klinge, die er von Ali hatte, außerdem noch viertausend Dinare als Reiseunkosten. Jetzt ging der Freund zu Kis, Saads Sohn, um ihn auf die Probe zu stellen, und fand ihn schlafend vor. Der Sklave an der Tür fragte, wer er sei und was er wolle. »Ich bin ein Sohn des Weges, dem der Faden ausgegangen ist, das ist: ein Reisender ohne Geld.« »Es ist nicht nötig,« sprach der Sklave, »meinen Herrn aufzuwecken; nimm diesen Beutel mit siebenhundert Dinaren. Es ist das einzige Geld, das uns im Hause geblieben ist. Nimm das Kamel und die Ausrüstung, die dir beliebt!« Als Kis erwachte und von seinem Sklaven vernahm, wie er ganz in seinem Sinne gehandelt hatte, schenkte er ihm dafür die Freiheit. Der dritte, der auf Gorabat al Ussa gewettet hatte, begegnete ihm, als er sich eben von zwei Sklaven aus dem Hause in die Moschee führen ließ, denn er war blind. »Ich bin«, redete er ihn an, »ein Sohn des Weges, dem der Faden ausgegangen ist.« Sogleich zog der Blinde seine Hände von den Wegweisern ab und rief: »Ach, das Schicksal hat mich meiner Reichtümer beraubt, es hat mir nichts gelassen als diese beiden Sklaven, die meine Schritte durch die ewige Finsternis leiten, die meine Augen umnachtet. Nimm sie, sie können dir von einigem Nutzen sein!« Alle Bitten des Fremden, sich der Sklaven nicht zu berauben, waren umsonst. Er tappte nach der Mauer, um seinen Weg nach Hause zu finden, und er ward durch das einstimmige Urteil derer, die über den Vorrang der Freigebigen gewettet hatten, für den Freigebigsten seiner Zeit erkannt.

Ein gastfreundlicher Mann bewirtete einst drei Tage lang einen Bekannten und entschuldigte sich bei dessen Weggehen über die Mängel der Bewirtung, wiewohl er alles aufgeboten hatte, was in seinen Kräften stand, um ihm den Aufenthalt der drei Tage angenehm zu machen. »Es ist schon gut«, sagte der andere; »aber wenn du zu mir kommst, will ich dich besser bewirten als du mich.« Der Fall trat bald hernach ein; allein der Gast sah nicht das geringste von besonderer Vorbereitung und verwunderte sich darob nicht wenig. Der Gastgeber, der dessen gewahr ward, half ihm aus dem Traume: »Sagte ich nicht, ich würde dich besser bewirten als du mich? Du machtest tausend Vorbereitungen in deinem Hause, als ob ich ein Fremder wäre, ich keine, dieweil ich dich als ein Mitglied meiner Familie ansehe.« – Die wahre Gastfreundschaft besteht in der ungezwungenen Aufnahme unserer Freunde ohne besondere Umstände.

Abuanassr Thelebi erzählt: »Ein Geizhals aus Kufa hatte gehört, daß es in Bassorah einen noch größeren Geizhals gäbe, bei dem er in die Schule gehen könnte. Er begab sich dahin und führte sich selbst ein als einen Anfänger in der Kunst, geizig zu sein, der von einem so großen Meister lernen wolle. ›Willkommen!‹ sprach der Geizhals von Bassorah; ›wir wollen sogleich auf den Markt gehen, um einzukaufen.‹ Sie gingen zum Bäcker: ›Hast du gutes Brot?‹ ›Zu dienen, o meine Herren, frisch und weich wie Butter!‹ ›Du siehst,‹ sprach der Mann aus Bassorah zu dem aus Kufa, ›daß Butter besser ist als das Brot, das damit verglichen wird, und wir werden besser tun, uns mit Butter zu behelfen.‹ Sie gingen zum Händler und fragten, ob er gute Butter habe. ›Zu dienen, Butter, frisch und schmackhaft wie das köstlichste Olivenöl!‹ ›Du hörst,‹ sprach der Wirt zum Gaste, ›die beste Butter wird dem Öl verglichen, das um vieles vorzüglicher sein muß.‹ Nun gingen sie zum Ölverkäufer: ›Hast du gutes Öl?‹ ›Vom besten, klar und hell wie Wasser!‹ ›Ei, ei,‹ sagte der Geizhals von Bassorah zu dem von Kufa, ›so ist also Wasser die beste Kost. Ich habe in meinem Hause eine ganze Kufe voll, womit ich dich herrlich bewirten will!‹ Und wirklich setzte er seinem Gast nichts als Wasser vor, dieweil es besser sei als Öl, wie Öl besser als Butter und Butter besser als Brot sei. ›Gottlob,‹ sagte der Geizhals aus Kufa, »ich habe meine Reise nicht umsonst gemacht, sondern etwas Tüchtiges gelernt.‹«

Ein Bürger aus Kufa zankte sich eines Tages ganz gewaltig mit seinem Nachbarn. Man brachte die streitenden Parteien auseinander und fragte sie um die Ursache ihres Zankes. »Dieweil mich die Leute einen Geizhals schelten,« sprach der eine, »kaufte ich um einen Dirhem einige Markbeine, sog das Mark aus und warf die Beine vor die Tür, auf daß die Leute sähen, daß ich gegessen, und mich mit ihren Spottreden verschonen sollten. Da kommt mein sauberer Nachbar und nimmt die Beine vor meiner Tür weg und legt sie vor seine nieder, um sich in guten Leumund zu bringen und mich im bösen zu erhalten. Nun sprechet Recht, o Hadschi Kadi!« Der Kadi war der geeignetste von der Welt, denn er war selbst ein Geizhals, der es noch weiter als die streitenden Parteien in der Kunst gebracht hatte. »Du«, sagte er zum Beklagten, »hast gefehlt, dir fremdes Eigentum zuzueignen und die Beine vor des Nachbarn Tür wegzunehmen; zur Strafe dafür sollen sie vor deiner liegenbleiben. Und du, o Blödsinniger,« fuhr er fort, indem er sich zum Kläger wandte, »begreifst du denn nicht, daß die Meinung der Leute, du äßest nichts, bei weitem die vorteilhaftere ist? So läufst du keine Gefahr, Gäste zu bekommen, die sich bei deinem Nachbarn einfinden können, wenn die Meinung gang und gäbe wird, daß er Mahlzeit hält. So sei er bestraft für seinen Diebstahl!«

Zwei lustige Köpfe verabredeten sich, einen Richter, der ein Teriaki oder Opiumesser und kein Freund von langen Prozessen war, zu narren. Der Kläger forderte hundert Dinare, die er dem Beklagten geliehen haben wollte. »Hast du sie empfangen?« fragte der Richter. »Ja, o Herr, aber ich kaufte in der Folge dafür auf des Klägers Rechnung Baumwollsamen, den ich ihm richtig übergeben habe.« »Verhält sich die Sache so?« fragte der Richter den Kläger. »Ja, o Herr, als aber die Saatzeit herbeigekommen war, gab ich ihm den ganzen Samen wieder zurück.« »Das ist wahr,« wandte der

Beklagte ein, »aber als die Erntezeit gekommen war, erntete mein Gegner den Ertrag des ganzen Feldes, worauf die hundert Dinare Baumwollsamen ausgesät waren.« »Ist das richtig?« fragte der Richter bei dem ersten an. »Ja, so ist's,« antwortete er, »aber ich belud mit der ganzen Ernte auf meines Gegners Rechnung ein Schiff, das nach Alexandrien segelte.« »Was ist damit geschehen?« fragte der Richter den andern. »Die Baumwolle wurde dort verkauft und der reine Ertrag davon, gerade hundert Dinare, meinem Gegner eingehändigt.« »Was hast du darauf zu erwidern?« fuhr der Richter fort. »Nichts,« war die Antwort, »als daß ich um das Geld Rübensamen kaufte.« »O ihr abgefeimten Spitzbuben!« rief der Richter, »möchtet ihr nicht auch noch Rüben säen und ernten?« und jagte sie fort.

Ein Schulmeister ging auf den Markt in der Absicht, durch seine Rednerkunst ein Paar Pantoffeln umsonst zu erhalten. »Was kostet dieses Paar?« »Zwölf Dirhems.« »O Freund, du bist von der Sekte Mulhad, die die zwölf Monate verehrt.« »Nun, so gib elf.« »Ei, das riecht nach Aberglauben an Josephs Brüder.« »Zehn.« »Das hieße der zehn Jünger des Propheten spotten.« »Aber neun.« »Bist du vielleicht ein Jude, der an die neun Gebote Mosis glaubt?« »So will ich sie dir denn um acht geben.« »Allah behüte! Das ist die Zahl der Engel, die nach der Schrift den Thron Allahs tragen.« »Nun, sieben wenigstens.« »Scheust du dich nicht, so öffentlich die Lehre der Sabäer, die soviel auf die Sieben halten, zu bekennen?« »So bleiben wir denn bei sechs stehen.« »Da bin ich zu gewissenhaft, denn das ist die Zahl der Schöpfungstage.« »Aber wenigstens fünf.« »Das ist ja die heilige Zahl der gesetzmäßigen täglichen Gebete.« »Nun, so schließen wir mit vier ab.« »Nein, den vier rechtgläubigen Sekten will ich nicht zu nahe treten.« »Drei.« »Was, kannst du vergessen, daß die Religion die Zahl drei durch die Monate Redsched, Schaban und Ramasan heiligt?« »Nun, wie ich sehe, soll ich auf eins heruntergehen.« »Gottloser Atheist. Eins ist nur Allah.« Der Schuster, ein von Natur abergläubischer Mensch, sagte: »Nimm die Pantoffeln in Allahs Namen hin, sonst verleidest du mir meinen Glauben noch ganz und gar!«

Ein ausgehungerter Beduine ging an einem Araber vorüber, der soeben seine Mahlzeit hielt, von der er einen guten Bissen zu erhaschen hoffte. »Woher, o Beduine?« fragte der Araber. »Von den Zelten deines Stammes.« »Hast du meinen Sohn Osman nicht gesehen?« »Er springt herum wie ein junger Löwe.« »Was macht seine Mutter?« »Sie brüstet sich in ihren neuen Gewändern und wird von Tag zu Tag sichtbar fetter.« »Und mein rothaariges Kamel?« »Oh, es befindet sich vollkommen wohl und läuft wie der Blitz.« »Und mein treuer Hund?« »Der läßt keinen Wanderer ruhig vorbeiziehen und bellt, daß es eine wahre Freude ist.« »Und mein Haus?« »Das steht fester und prangt herrlicher denn je!«
Als der Beduine sah, daß der Frager unterdessen fast mit der Mahlzeit fertig geworden war, ohne ihm einen Bissen anzubieten, änderte er seinen Plan, um auf eine andere Weise zu dem so sehnlich erwünschten Mittagsmahl zu gelangen. Ein Hund lief vorbei. »Welch ein Unterschied,« rief der Araber voll Wohlbehagen aus, »welcher Unterschied zwischen diesem und meinem Hunde!« »Ja freilich, wenn er noch lebte!« rief der hungrige Beduine aus. »Wie, ist er nicht mehr?« fuhr der Araber auf, »und hast du mich zuvor hintergangen?« »Ich wollte«, erwiderte der Beduine, »dir

nicht die Eßlust verderben. Er ist freilich nicht mehr; und das, dieweil er sich am Fleische deines Kamels überfressen hatte.« »O der Himmel! auch mein Kamel tot? und wie starb es denn?« »Es ward am Grabe deiner Gemahlin, der Mutter Osmans, geschlachtet.« »Großer Gott! auch mein Weib verloren! welch ungeheures Unglück! An was starb sie denn?« »Aus Verzweiflung über den Tod deines Sohnes.« »O Unglücklicher! was sagst du, mein Sohn?« »Ja, dein Sohn wurde vom Hause erschlagen, das über ihm zusammenstürzte.«
Der Araber warf sich verzweiflungsvoll zur Erde nieder und wälzte sich im Sande, während der Beduine ruhig den Überrest der Mahlzeit verzehrte.

In indischen Büchern findet sich die folgende Geschichte aufbewahrt:
Ein Dieb stahl sich in die Werkstatt eines Goldstoffwirkers, wo er sich versteckt hielt, um bei einbrechender Nacht seinen Anschlag auszuführen. Der Meister, der mit einem angefangenen Gewebe fertig werden wollte, arbeitete die ganze Nacht hindurch und wiederholte von Zeit zu Zeit eine Art von Stoßgebetlein: »O mein Herr und Allah, bewahre mich vor Zungenfall!« Der Dieb, der sich nicht hervorzubrechen getraute, harrte die ganze Nacht geduldig aus, und während der Meister sein Morgengebet verrichtete, bei dem das ›O Herr, o mein Allah, bewahre mich vor Zungenfall!‹ nicht vergessen ward, ging der Dieb seiner Wege.
Der Meister begab sich mit dem vollendeten Goldstoff in das Serail, der Dieb ihm nach. Jener breitete seine Arbeit vor dem Könige aus, und nachdem er sie lange angepriesen

hatte, beschloß er endlich seine Lobrede damit, daß er sagte: »Solch ein Stoff findet sich nicht wieder. Deine Erhabenheit wird wohl daran tun, ihn im Schatze aufbewahren zu lassen, auf daß er dereinst bei deinem Leichenbegängnis zum Bahrtuch diene.« Der König, der über Worte von solch unglücklicher Vorbedeutung aufgebracht war, befahl, den Stoff zu verbrennen und den Meister hinzurichten. Der anwesende Dieb konnte sich des Lachens nicht enthalten. Der König wollte die Ursache wissen, und der Dieb bat im voraus um Verzeihung, die ihm denn zugesagt ward. Dann erzählte er, wie der Stoffwirker die ganze Nacht gebetet habe, Allah möge ihn vor Zungenfall bewahren, und sich dessen doch nicht habe erwehren können. Der König verzieh beiden.

Ebulaina brachte eines Tages dem Kalifen Al Mahdi ein Gedicht dar. Der Kalif erlaubte ihm, eine Gnade zu begehren als Belohnung für seine Verse. Der Dichter begehrte einen Jagdhund. Al Mahdi geriet in Zorn: »Begehre,« sprach er, »was dir not ist.« »Ich weiß am besten, o Herr, was mir not ist, und begehre einen Jagdhund.« Der Kalif ließ einen bringen. »Nun bitte ich um ein Pferd, auf daß ich bei meinen Jagdpartien nicht zu Fuß zu laufen brauche.« Al Mahdi gab ihm eine Stute. »O Herr, nun bedarf ich eines Stallknechts, des Pferdes zu warten.« Der Kalif schenkte ihm einen Ägypter. »O Fürst der Rechtgläubigen, wo soll ich jagen? Weise mir zu Gnaden ein Jagdrevier an.« Al Mahdi verschrieb ihm ein Landgut mit dem dazu gehörigen Jagdrevier. »Aber nun brauche ich jemanden, der mein Haus leitet.« Er erhielt einen Sklaven. »Und wovon soll ich nun mit meiner Familie leben?« Der Kalif schenkte ihm

Palmwälder und fragte ihn: »Ist dir vielleicht noch etwas not?« »Ja,« sprach Ebulaina, »das Glück, deine Huld zu besitzen, o Fürst der Rechtgläubigen, und die Erlaubnis, dir für alle diese Gnaden die Hand küssen zu dürfen.« »Die sei dir gewährt,« sprach Al Mahdi, »und noch obendrein, was du zu begehren vergessen hast und was, wie mich deucht, zu einem glücklichen Leben nicht weniger not ist: eine schöne Sklavin aus meinem Harim!«

Ein Moslem, ein Christ und ein Jude reisten zusammen. Auf dem Wege fanden sie einen Dinar. Sie wurden aber darüber uneins, wie sie ihn teilen sollten. Der Jude machte den Vorschlag, man solle Mehl und Butter und Zucker für ihn kaufen, um eine Art Halwa oder Zuckerwerk daraus zu machen, das sie dann gemeinschaftlich verzehren würden. Der Vorschlag ward mit Beifall angenommen. Als das Halwa fertig war, sprach der Jude: »Da wird es wieder Streit über die größeren und kleineren Teile geben. Ich denke, o meine Freunde, wir täten am besten, wenn wir uns niederlegten und schliefen und träumten. Das Halwa werde dann dem, der am schönsten geträumt hat, zuerkannt!« Die andern zwei gingen auch auf diesen Vorschlag ein. Während sie schliefen, aß der Jude das Halwa auf und legte sich dann ruhig nieder. Nachdem sie aufgewacht waren, erzählte der Moslem, ihm sei im Traume der Prophet erschienen, habe ihn ins Paradies geführt und ihm all seine Herrlichkeiten gezeigt. Bei dieser Gelegenheit machte er eine lange und breite Beschreibung der Rosenmatten und der Wohlgerüche, der Milch- und Honigquellen und der schönen Knaben und der Huris, mit schwarzen Augen und immer erneuter Jungfräulichkeit.

»Das ist prächtig,« schrie der Jude, »du hättest verdient, das Halwa zu essen.« Der Christ erzählte hierauf, wie ihm der Herr Jesus erschienen, ihn für seine Sünden zur Hölle verdammt und ihm ihre Pein gewiesen habe, die er denn auch auf das schaudervollste beschrieb. »Das ist ein sehr interessanter Traum,« rief der Jude aus, »der auch des Halwas nicht unwürdig gewesen wäre. Mir aber, o meine Freunde, erschien Moses und sprach zu mir: ›Dein Reisegefährte, der Moslem, ist im Paradiese, und der andere, der Christ, in der Hölle, aus der man nicht wieder auf die Erde zurückkehrt. Verzehre denn immer das Halwa, auf daß es nicht verderbe‹; und diesem Rate bin ich treulich nachgekommen!«

Dschahis war in seine Stiefmutter verliebt, die ebenso schön und dumm wie er geistreich und häßlich war. Um sie sich willfährig zu machen, ersann er folgende List: Er brachte ihr einen Brief von ihrem Vater, der sie zu sich einlud, dieweil er auf dem Totenbett läge und sie noch einmal zu sehen wünschte. Dschahis trug sich an, sie zu begleiten, und sein Antrag ward angenommen. Sie schnürte ihr Bündel, und Dschahis machte sich unterdessen fort, um auf der Straße, die sie einschlagen mußten, an gewissen Orten Lebensmittel zu vergraben. Am folgenden Morgen ward die Reise angetreten. Sie waren schon eine Zeitlang in der größten Hitze geritten, als die Stiefmutter einige Erfrischungen verlangte. Dschahis entschuldigte sich, er habe vergessen, etwas mitzunehmen, sie müsse also bis zum nächsten Dorfe Geduld haben.
In diesem Augenblick flog ein Rabe krächzend vorüber. »O du Lügner!« schrie Dschahis. »Wen schiltst du einen

Lügner?« fragte die Stiefmutter. »Diesen Raben, der mir weismachen will, unter jenem Baume seien Fische, Brot und Limonen vergraben.« »Wie verstehst du denn das?« »Oh, ich habe gar viel gelernt, wiewohl ich noch jung bin. Durch Zufall habe ich eine Grammatik und ein Wörterbuch der Vogelsprache gefunden und verstehe sie nun so ziemlich.« Das Weib, das sehr hungrig war, dachte, der Rabe könnte wahr geredet haben, und bat ihren Begleiter, haltzumachen und unter dem Baume nachzugraben. Sie fanden Fische und Brot und Limonen, und die Stiefmutter hielt ihren Sohn für einen großen Gelehrten.

Nachdem sie eine Weile weitergezogen waren, flog ein anderer Rabe krächzend vorüber. »Ei, o du Erzlügner!« rief Dschahis. »O mein lieber Herr Sohn, was spricht er denn? Man muß dies ehrliche Volk nicht so leicht Lügner schelten.« »Wenn wir ihm Glauben beimessen sollten,« sprach Dschahis, »so fände sich dort unter jenem Baume ein Braten und eine Pastete.« Die Stiefmutter drang darauf, haltzumachen, und sie fand alles richtig, wie es der Rabe gesagt hatte. Sie glaubte, ihr Sohn sei ein großer Heiliger, und küßte ihm ehrfurchtsvoll die Hände. Sie hatte sehr gut gespeist, aber nichts zu trinken gehabt und hätte vor Durst vergehen mögen. Bald darauf krächzte ein anderer Rabe. »Ei, o du Spitzbube!« rief Dschahis. »O lieber Herr Sohn, tu dem ehrlichen Gesicht kein Unrecht; glaube mir, diese Raben sind Apostel der Wahrheit. Was sagt er denn?« »Dort unter jenem Baume seien Flaschen mit Wein und Scherbett vergraben.« Es war richtig so; sie tranken vom besten Wein und lagen noch hingestreckt im hohen Grase, als ein vierter Rabe über ihren Köpfen krächzte. »Ei, o du schändlicher Lügner! ei, o du gottloser Betrüger!« schrie Dschahis ganz erbost. »Verleumde nicht so den guten Raben,« sagte die Stiefmutter, »seine Worte sind ja richtig und wahr wie der Koran. Was sagt er denn?« »Oh, ich schäme mich, es nur zu wiederholen, wiewohl ein großes Unglück mit im Spiele ist!« Dschahis weigerte sich lange und stellte sich sogar, als ob er weine aus Scham und Betrübnis. Endlich, auf vieles Bitten, rückte er mit der Sprache heraus: »Wenn du, o liebste Frau Stiefmutter, so sagt der Rabe, mich nicht auf der Stelle umarmst, so stirbt in diesem Augenblick dein Vater und dein Kind!« Was war zu tun? An der Glaubwürdigkeit des Raben war unmöglich zu zweifeln. Dschahis behauptete zwar, es schicke sich nicht; je mehr er sich aber weigerte, desto dringlicher bat ihn die Stiefmutter, das Leben ihres Vaters und ihres Kindes zu retten. Sie küßte ihm Hände und Füße und gab nicht nach mit Bitten, bis er sie dreimal umarmt hatte.

Dschahis war der Sohn eines Schulmeisters. Sein Vater schickte ihn eines Tages auf den Markt, einen Kalbskopf zu kaufen. Er kaufte einen, aber ehe er damit nach Hause kam, aß er die Zunge, die Augen, die Ohren und das Hirn weg. »Wo sind die Augen?« fragte der Vater. »Es war blind, dieses Kalb«, antwortete der Sohn. »Und die Ohren und Zunge?« »Es war taubstumm von Natur.« »Und das Gehirn?« »Oh, es hatte keins, denn es war der Schulmeister unter den Kälbern.« »So trage den Kopf wieder zurück und bring mir das Geld!« »Das kann ich nicht, o Herr Vater, denn der Kauf ist gesetzmäßig und in aller Regel geschlossen!«

Dschahis begegnete einer schönen Frau, die ihm winkte, ihr zu folgen. Er hoffte, des höchsten Glückes teilhaftig zu werden. Sie stand vor der Werkstätte eines Malers still und sprach: »So wie dieser leibt und lebt«, und verschwand. Dschahis war wie aus den Wolken gefallen und fragte endlich den Maler, was dies sagen wolle. »Diese Frau hatte soeben ein Bild des Teufels bei mir bestellt; ich entschuldigte mich damit, daß ich ihn noch nie gesehen habe; sie versprach, ihn mir zu zeigen, und siehe, sie hat Wort gehalten!«

DIE GESCHICHTE VON DER REISE DER DREI JUNGEN SÖHNE DES KÖNIGS VON SARANDIB

Vor alters lebte im Orient, und zwar im Lande Sarandib, ein großer und mächtiger König mit Namen Dscha'afar, der hatte drei Söhne im Kindesalter. Dieweil er nun einsah, daß er sie als Herren von großer Macht zurücklassen müßte, beschloß er als ein weiser und liebevoller Vater, sie auch mit all den Tugenden versehen zurückzulassen, die einem Fürsten geziemen. Dieserhalb zeigte er großen Eifer, in seinem ganzen Lande etliche Männer zusammenzubringen, die sich in den verschiedensten Wissenschaften auszeichneten; und nachdem er ihnen ein geräumiges und großes Gemach, wie es ihrem Stande angemessen war, bezeichnet hatte, in das auch niemand anderes eintreten durfte, überließ er ihnen die sorgfältige Erziehung seiner Söhne, zumal er vermeinte, daß er seinen Söhnen nichts Köstlicheres zu bieten vermöchte, als sie derart unterrichten zu lassen, auf daß man sie als seiner würdig erkennen könnte. Da sind nun die Lehrmeister dem gegebenen Befehl, die Söhne zu unterrichten, mit solch großem Eifer nachgekommen, jeder in seinem Fache, um dem Befehl ihres Herrn genugzutun, daß sie die Söhne, die mit dem besten Verstande begabt waren, in kurzer Zeit in der Wissenschaft und den Dingen, die für Fürsten so wertvoll sind, über alle anderen ihres Alters und Standes weise und gelehrt machten. Als dem König dies eines Tages gemeldet wurde, konnte er nicht glauben, daß sie so bald solch große Fortschritte gemacht hatten, und beschloß, sich selbst durch eine Probe davon zu überzeugen; und nicht lange darauf rief er seinen ältesten Sohn zu sich und redete ihn solcherart an:

»Du weißt, o mein Sohn, wie lange ich die Last einer so großen Herrschaft und die Leitung eines so weiten Reiches getragen und nach Maßen meiner Kraft über meine Völker und Untertanen immer sorgsam und mit solcher Liebe und Barmherzigkeit regiert habe, daß ich um soviel Größeres leisten konnte, als es der Wille Allahs durch mich ja auszuführen vermochte. Jetzt nun bin ich zu so hohem Alter gekommen, daß es billig ist, wenn ich, nachdem ich so lange Zeit um das Wohl meiner Untertanen und der meiner Herrschaft angehörigen Staaten Sorge getragen habe, den kurzen Lebensabend, der mir noch bleibt, zu Betrachtungen meiner selbst und des Heils meiner Seele verwende. Ich habe beschlossen, mich in ein nicht gar zu fernes Kloster zurückzuziehen, allwo ich in aller Stille meiner Sünden und der meiner Seele zugefügten Beschädigungen gedenken und wegen ihrer möglichst große Reue tragen kann, auf daß ich die Verzeihung des Allmächtigen erlange und von ihm für jede Beleidigung Ablaß bekomme. Dieweil nun du mein ältester Sohn bist, habe ich dich vor mich rufen lassen, um dir kundzutun, daß du mir in meiner Herrschaft und in der Verwaltung dieses Reiches nachfolgen sollst. Ich bitte dich besonders, dir deine Brüder wie deine eigenen

Söhne angelegen sein zu lassen und sie immer mit der Sorge behandeln und mit der Liebe umarmen zu wollen, die ihnen zukommt; des weiteren, daß du jedem die gleiche Gerechtigkeit zuteil werden lässest und bei allen deinen Handlungen die göttliche Erhabenheit vor Augen habest und mit Milde und Liebe die Untertanen und Völker deiner Staaten beherrschest und dich besonders derer, die in armen und kläglichen Verhältnissen sind, immer annehmest. Ehre mit jeder Art von Ehre die alten und gebrechlichen Menschen, strafe die Bösen und Verruchten. Tu dein möglichstes, stets die Gesetze und Anordnungen der göttlichen Erhabenheit und dieses Reiches vor Augen zu haben!«

Nicht genugsam konnte sich der kluge und weise Sohn ob solcher Reden und Ratschläge seines Vaters wundern; und nachdem er ihm erst seine Ehrfurcht bezeigt hatte, antwortete er ihm solchermaßen:

»O mein Gebieter, ich habe deinen Rat und Beschluß, den du mir auszuführen auferlegt hast, auf das trefflichste verstanden. Dieweil es mir aber tadelnswert zu sein scheint, daß ich zu deinen Lebzeiten herrschen und dein Reich innehaben soll, und ich auch weiß, daß ich niemals ein Auge von solcher Größe finden kann, das das Strahlenauge überstrahlt, und daß ich keinen Glanz finden kann, der dem der Sonne gleicht, wenn du lebst, der du das Strahlenauge und die Sonne deiner Herrschaft bist, so meine ich denn, kommt es auch keinem andern zu, die zu besitzen und zu herrschen. Und wiewohl ich nun all das, was du mir aufträgst, pünktlich ausführen möchte, mag es jedoch niemals geschehen, daß ich dir noch bei deinem Leben, dem unser Herr lange und glückliche Jahre hinzufügen möge, in der Herrschaft nachfolgen soll. Wenn es aber dereinst geschieht, daß der

Herrgott dich zu sich ruft, will ich mir solches zu Herzen nehmen und gemäß deinen weisen und heiligen Ratschlägen gebieten, so gut ich es nur vermag, und mich der Gerechtigkeit befleißigen und das Reich in Furcht vor der göttlichen Erhabenheit beherrschen und verwalten!«

Ob solcher Antwort seines klugen Sohnes ward der König gar sehr getröstet und fröhlich, da er bei dieser ersten Prüfung in ihm die Tugend gefunden hatte, die einen weisen und maßvollen Fürsten ziert; und indem er zur Stunde die Zufriedenheit seines Herzens verbarg, gab er seinem Sohne den Abschied; er wollte auch die andern beiden der gleichen Prüfung unterwerfen und rief den zweiten alsogleich vor sich, redete zu ihm die gleichen Worte wie zum ersten und erhielt von ihm solche Antwort:

»O mein Gebieter, lang und glücklich möge deine Herrschaft währen, und es möge dir unser Herrgott Noahs Alter verleihen; sage mir bitte, ob eine Ameise, die eben ihr kleines Kämmerlein verläßt, imstande ist, ein großes Reich zu beherrschen und zu verwalten? Was bin ich anders als ein schwaches und kleines Ameislein? Wie könnte ich die Sorge um ein so großes Reich auf mich nehmen? Hat des ferneren mein Bruder, dein ältester Sohn, der dir rechtmäßig in der Herrschaft folgen muß, nicht ein frisches und gesundes Leben?«

Mit solch schneller und kluger Antwort seines zweiten Sohnes war der König außerordentlich zufrieden, und er dankte dem Herrgott demütiglich und frommen Herzens, daß er ihn zum Vater solcher Kinder gemacht hatte; er beurlaubte dann auch diesen von sich und ließ den jüngsten Sohn vor sein Angesicht treten und trug ihm die gleiche Rede vor, die er schon den beiden andern vorgetragen hatte; der Jüngling aber antwortete und begann solcherart zu sprechen:

»Wie kann ich, o mein Gebieter, dem die göttliche Erhabenheit viele glückselige Lebensjahre verleihen wolle, wie kann ich, sage ich, der ich noch ein zartes Knäblein bin, eine so schwere und wichtige Sorge auf mich nehmen? Ich komme mir vor wie ein kleiner Wassertropfen, dein Reich aber scheint mir einem weiten und unendlichem Meere zu gleichen, wie sollte es da möglich sein, daß ich ein so großes Reich nach Gebühr verwalten könnte? Da du aber weißt, daß ich noch ein Kind bin, so spottest du meiner und legest mir etwas so Gewichtiges auf, um einen Spaß mit mir zu treiben. Wenn ich auch noch ein Kind bin, o Gebieter, habe ich doch, Gott sei Dank, soviel Verstand, daß ich mein Können und meine Kräfte und meine Schwäche kenne und merke, daß du jedenfalls Spaß mit mir treibst. Sintemal solches nicht zutreffen sollte, habe ich dann nicht zwei ältere Brüder, denen du die Last der Herrschaft aufbürden könntest?«

Ob dieser klugen Antwort des Knaben staunte der Vater in höchstem Staunen, und da er in ihm eine solche Geistesschärfe entdeckte, ward er dessen unsagbar froh.

Nachdem er nun auf solche Weise durch das stattgefundene Gespräch mit allen seinen drei Söhnen den großen Fortschritt erfahren hatte, den sie in der Wissenschaft gemacht, und die klugen Gedanken und verständigen Antworten, die sie gegeben hatten, beschloß er, auf daß sie in aller Weisheit vollkommen würden, sie auszuschicken, die Welt anzusehen, um die Verschiedenheit und die Gebräuche und Sitten vieler Völker mit demselben Eifer zu schauen, mit dem sie sich schon den Inhalt der Bücher und die Unterweisungen der Lehrer zunutze gemacht hatten. Und nachdem er sie andern Tages vor sich entboten hatte, heuchelte er, über die Maßen erzürnt zu sein, und tat, als ob er schwer daran trüge, daß keiner ihm hatte gehorsamen wollen, um die Last seines Staates auf sich zu nehmen, und redete also zu ihnen:

»Da keiner von euch meinen Befehl hat ausführen wollen, wessen ich mich wahrlich nicht versehen hatte, so macht, daß ihr in einem Zeitraum von acht Tagen außerhalb der Grenzen meines Reiches seid, sintemal ich keine ungehorsamen und verruchten Kinder mehr in ihm haben will!«

Ob solches Ereignisses waren die Söhne gar sehr betrübt; und da sie dem Willen ihres Vaters gehorchen wollten, begaben sie sich alsogleich auf die Reise, gingen aus seinem Königreiche hinaus und kamen in das Land eines großmächtigen Kaisers mit Namen Behram-Gur. Als sie nun auf der Reise nicht weit von seiner Hauptstadt waren, stießen sie eines Tages auf einen Kameltreiber, dem ein Kamel entflohen war; sie wurden von ihm gefragt, ob sie vielleicht eines auf dem Wege gesehen hätten; und dieweil sie die Fußtapfen und die Losung eines solchen Tieres auf der Straße gesehen hatten, nahmen sie sich vor, zu sagen, daß sie es auf dem Pfade angetroffen und – auf daß er ihnen Glauben schenkte, denn sie waren kluge und weise Jünglinge – daß sie auch viele Zeichen des verlorenen Kamels gesehen hätten. Alsogleich sprach der älteste: »Sage mir, o Bruder, ist das Kamel, das du verloren hast, nicht blind auf einem Auge?« Und als der Kameltreiber geantwortet hatte, daß das seine Richtigkeit habe, fuhr der zweite fort und sprach: »Sage mir, fehlt ihm nicht außer dem blinden Auge auch noch ein Zahn im Maule?« Nachdem der Kameltreiber das zugegeben hatte, wurde er vom dritten befragt: »Sage doch, hinkt es zufällig auch?« Und als der Kameltreiber auch das bestätigt hatte, sagten sie: »Deinem Kamel sind wir wahrlich, es ist nicht lange her, auf der Straße begegnet und haben es ein gut Stück hinter uns gelassen.« Des nun ward der Kameltreiber gar fröhlich und dankte den drei Brüdern und suchte auf ihre Worte hin einen Weg von gut zwanzig Meilen das Kamel auf der Straße, konnte es jedoch nicht finden. Da nun kehrte er müde und kummervoll um und fand die Jünglinge folgenden Tages nicht weit von dem Orte, wo er sie verlassen hatte, trinkend an einem klaren Quell, zum Essen gelagert. Und hier klagte er ihnen, daß er sein Kamel nicht wiedergefunden habe, und sagte zu ihnen: »Ich bin gut zwanzig Meilen den Weg entlanggewandert, der mir von euch gewiesen wurde, habe aber vergebens solche Anstrengung erduldet, alldieweil ich mein Tier nicht wiederfinden konnte; und da ich von euch die untrüglichsten Zeichen gehabt habe, kann ich wahrlich nicht glauben, daß ihr mich nur äfftet.«

Hierauf antwortete ihm der älteste Bruder: »An den Zeichen, die wir dir angegeben haben, kannst du wohl ersehen, ob wir dich geäfft haben oder nicht; auf daß du aber schließlich keine schlechte Meinung von uns hast, will ich dir noch ein anderes Zeichen angeben; dein Kamel war auf der einen Seite mit einer Last Butter, auf der andern aber mit Honig beladen.« »Und ich«, fuhr der zweite fort, »sage dir, daß auf deinem Kamele ein Weib saß«; »und dieses Weib,« sprach der dritte, »auf daß du erkennst, wir sagen dir die Wahrheit, war sicherlich schwanger.«

Als der Kameltreiber solche Worte hörte, fing er um der vielen und zutreffenden Anzeichen willen, die die Jünglinge angaben, zu glauben an, daß sie ihm das Kamel gestohlen, zumal er es auf dem von ihnen bezeichneten Wege nicht hatte finden können. Er beschloß, sich Genugtuung zu verschaffen und die Jünglinge anzuklagen, daß sie ihm sein Kamel auf der Straße gestohlen hätten, und ging vor den Richter und klagte die drei Brüder hart des begangenen Diebstahls an; die aber wurden in das Gefängnis geworfen.

Solche Tat kam dem Kaiser zu Ohren, der einigen Verdruß darüber hatte, zumal er über die Maßen eifrig darauf bedacht war, daß man in seinem Reich sicher und ohne Furcht vor Räubereien wandern möchte; darob sehr aufgebracht, ließ er die drei Jünglinge andern Tages vor sein Angesicht kommen und auch den Kameltreiber rufen, da er von ihm in Gegenwart der Jünglinge über den ganzen Vorfall in Kenntnis gesetzt werden wollte. Als er genug von dem Kameltreiber erfahren hatte, auch was für gewisse Kennzeichen des verlorenen Kamels die Jünglinge angegeben, wandte er sich ganz zornig gegen diese und redete sie solcherart an:

»Ihr habt nun die Anklage des Kameltreibers gehört und verstanden; wegen der von euch angegebenen Kennzeichen glaube ich wahrlich, daß ihr ihm sein Tier gestohlen habt, dieweil er es trotz seines sehr großen Eifers auf dem Wege, den ihr ihm gewiesen, nicht hat wiederfinden können. Und es ist gerecht, daß ihr um solcher Missetat willen des Todes sterbet; nichtsdestoweniger habe ich beschlossen, da ich von Natur aus mehr zur Milde als zur Strenge neige, Gnade vor Recht ergehen zu lassen, aber ihr sollt unverzüglich das gestohlene Kamel herausgeben; wofern solches nicht ohne jede Verzögerung geschieht, sollt ihr morgen beizeiten wie Räuber eines schändlichen Todes sterben!«

Als die Jünglinge die Worte und den Beschluß des Kaisers vernommen hatten, waren sie ein wenig ob solchen Ausgangs betrübt; sich jedoch mit ihrem reinen Gewissen und ihrer Unschuld tröstend, antworteten sie ihm solcherart: »O Gebieter, wir sind drei Wandersleute, die sich aus keinem andern Grunde auf der Wanderschaft befinden, als um verschiedene Länder und die Wunder zu sehen, die sich in dieser Welt antreffen lassen; und zu solchem Zwecke sind wir hier. Als wir in dein Land gekommen waren, stießen wir nicht gar fern von dieser Stadt auf den hier anwesenden Kameltreiber, der uns fragte, ob wir zufällig ein Kamel, das er verloren habe, auf dem Wege gesehen hätten; da wir nun nichts weiter auf der Straße gesehen hatten als die vielen Anzeichen des verlorenen Kamels, antworteten wir Scherzes halber, daß wir ihm begegnet seien. Und auf daß er unsern Worten, die wir ihm über sein Kamel sagten, Glauben schenkte, beschrieben wir es dem Kameltreiber genauer, und zufällig stellten sich die Angaben als richtig heraus; und als er auf dem von uns gewiesenen Wege das gestohlene Kamel nicht wiederfinden konnte, hat er uns ungerechterweise beschuldigt, daß wir ihm sein Tier geraubt haben. Und hat uns hierher vor dein Angesicht geführt und uns beleidigt, wie du siehst. Solches aber, was wir sagen, ist die Wahrheit. Sollte es sich aber anders zugetragen haben, so sind wir einverstanden, daß du uns des Todes sterben läßt, den du über uns verhängst; wie hart und grausam er auch immer sein mag.«

Als der Kaiser die Worte der Jünglinge gehört hatte, vermochte er nicht zu glauben, daß die sechs dem Kameltreiber angegebenen Zeichen zufällig alle hätten richtig sein können, und sprach zu ihnen: »Ich glaube wahrlich nicht, daß ihr drei Propheten, sondern vielmehr drei Straßenräuber seid, die die Leute ermorden, die ihnen auf der Straße begegnen; und darum meine ich solches, alldieweil ihr euch nicht auch nur in einem der sechs Zeichen, die ihr dem Kameltreiber angegeben habt, irrtet.« Also redend, ließ er sie wieder ins Gefängnis bringen.

Es begab sich inzwischen, daß ein Nachbar des Kameltreibers in eigenen Geschäften über Land ging und das verlorene Tier auf der Straße wiederfand; er erkannte es und brachte es nach seiner Rückkehr seinem Herrn zurück. Wie nun der Kameltreiber sich seines Irrtums bewußt wurde und bei sich bedachte, in welch großer Gefahr die Jünglinge schwebten, lief er unverzüglich zum Kaiser und ließ ihn wissen, daß er sein Kamel wiedergefunden habe, und bat ihn gar demütiglich und inständig, die unschuldigen Jünglinge aus dem Gefängnis herauszulassen. Als der Kaiser solches Geschehen vernahm, schmerzte es ihn sehr, die unglücklichen Jünglinge eingekerkert zu haben, er freute sich aber über die Maßen, daß er ihnen noch nichts Arges zugefügt hatte, und gab Befehl, sie alsogleich aus dem Gefängnis zu holen und vor sein Angesicht zu bringen, was ohne eine Verzögerung von seinen Dienern ausgeführt wurde. Zuerst entschuldigte er sich, sie auf die falsche Anklage des Kameltreibers hin eingekerkert zu haben; hierauf verlangte er zu wissen, wie sie die Zeichen des verlorenen Tieres hatten erraten können, und bat sie gar sehr, ihm solches offenbaren zu wollen.

Da nun die Jünglinge dem Kaiser deswegen in jeder Weise genugtun wollten, sagte der älteste zu ihm: »O Gebieter, daß das verlorene Kamel auf einem Auge blind war, schließe ich daraus: Als wir die Straße entlangwanderten, auf der es auch gegangen war, sah ich, wie an ihrer Ränder einem das Gras, das magerer war als das, was am andern Wegrande wuchs, völlig niedergetreten und abgefressen war, während es am andern Rande noch vollständig unberührt stand. Daraus schloß ich, daß es auf dem Auge blind ist, da es die Seite, allwo das fette Gras wuchs, nicht hatte sehen können, dieweil es sonst wohl statt des fetten das magere würde haben stehen lassen.«

Fuhr der zweite fort und sagte: »O Herr, daß diesem Kamel ein Zahn fehlte, habe ich daran gemerkt, daß sich alle paar Schritte auf dem Wege einige Bissen gekautes Gras vorfanden, die so groß waren, daß sie durch den Spalt, den ein solcher Tierzahn einnimmt, fallen konnten.«

»Und ich, o Gebieter,« hub der dritte an, »erkannte, daß das verlorengegangene Kamel lahmte, dieweil ich nur die Tapfen von drei Füßen des Tieres deutlich eingedrückt fand; der vierte schien mir aber, soviel ich aus den Spuren ersehen konnte, nachzuschleifen.«

Ob des Verstandes und der Klugheit der Jünglinge wunderte sich der Kaiser über die Maßen und wünschte zu hören, wie sie die drei andern Zeichen hatten in Erfahrung bringen können, und bat sie inständigst, ihm auch das erzählen zu wollen. Um seiner Bitte vollständig Genüge zu tun, sagte der Jünglinge einer:

»O Gebieter, daß das Tier auf der einen Seite mit Butter, auf der andern Seite mit Honig beladen war, habe ich daran gemerkt: auf der Strecke von gut einer Meile sah ich auf der einen Straßenseite unzählige Ameisen, die das herabgeträufelte Fett begehrten, auf der andern aber zahllose Mücken, die gierig dem Honig nachgingen.« »Und daß eine Frau auf ihm saß,« sprach der zweite, »schließe ich daraus: ich sah die Spur, wo sich das Kamel hingekniet hatte, und daselbst auch die Spur eines menschlichen Fußes, der mir der einer Frau zu sein schien, doch ich schwankte, dieweil er auch der eines Knäbleins sein konnte; als ich solches bei mir überlegte, sah ich, daß bei der menschlichen Spur Wasser gelassen war, und kauerte mich über besagten Harn nieder und wollte ihn riechen, und alsogleich wurde ich hitzig von fleischlicher Lust ergriffen, was bewies, daß der Fuß einer Frau angehörte!«

Der dritte aber, der behauptet hatte, die Frau sei schwanger gewesen, sagte: »Ich mutmaße es aus der Spur der Hände, die ich da in der Erde sah; dieweil sie, um die Last des Körpers, nachdem sie geharnt, wieder aufzurichten, ihrer Hände bedurfte.«

In grenzenlose Verwunderung versetzten die Worte der Jünglinge den Herrscher; und sie flößten ihm infolge ihres Verstandes eine unglaubliche Achtung ein, und er beschloß, sie in jeder Weise liebzuhaben und sie dergestalt zu ehren, wie es ihrem seltenen Werte angemessen war. Er ließ ihnen in seinem eigenen Palast ein köstliches Gemach herrichten und bat sie herzlich, daß sie es zufrieden wären, einige Zeit bei ihm zu verharren, indem er sie der höchsten Achtung versicherte, die er ihres schlagfertigen und hohen Verstandes wegen gefaßt hatte.

Wie sich nun die Jünglinge derart von einem so großen Fürsten geehrt sahen, sagten sie ihm seiner großen Höflichkeit halber vielmals Dank und beschlossen, auf das schnellste jedem seiner Wünsche Genüge zu leisten. Nun wurden sie vom Kaiser selbst in die hergerichteten Gemächer geführt und nach Schicklichkeit herrlich behandelt. Und es verstrich kein Tag, an dem der Kaiser nicht wenigstens drei

Stunden mit ihnen verschiedene Gespräche führte und an ihrer großen Klugheit und ihrem raschen Verstande herzliche Freude hatte; zu oftenMalen versteckte er sich auch in einem ihrem Gemache anliegenden Raume und hörte sie immer von hohen Dingen reden, ward ihrer froh und ging so hinweg. Und gab Befehl, daß die Jünglinge von seiner eigenen Tafel gespeist würden; eines Tages nun, als es zur Essenszeit war, ließ er ihnen ein fettes Lamm, unter vielen andern köstlichen Speisen, und einen Krug herrlichen Weines darbieten und zog sich in den Nebenraum zurück, um ihren Gesprächen mit viel Vergnügen zu lauschen.

Als jetzo die um den Tisch sitzenden Jünglinge das Lamm zu verzehren und den Wein zu trinken begannen, den der Kaiser ihnen hatte zustellen lassen, sprach der älteste: »Wahrlich, ich glaube, daß der Weinstock, von dem dieser Wein stammt, der uns da heute als etwas ganz Besonderes vorgesetzt ist, auf einem Grabe steht, und kann mir nicht denken, daß es sich anders verhält.« »Und was mich angeht,« sagte der zweite, »so können mich alle Weisen der Welt nicht anders bereden, als daß dieses Lamm, das da heute vor uns steht, mit Hundemilch genährt ist.« Es dauerte nicht lange, und es hub der dritte zu sprechen an: »Gar sehr, o Brüder, schmerzt mich eine Sache, die ich heute morgen bemerkt habe, und sie besteht darin, solches konnte ich aus einigen Zeichen entnehmen: der Herr, von dem wir diese vielen Höflichkeiten empfangen haben, hat einen Sohn seines Wesirs um begangener Missetat willen töten lassen; sein Vater trachtet nun nur darauf, wie er, um seines Sohnes Tod zu rächen, seinen Herrn ums Leben bringen kann.«

Die Reden der Jünglinge aber hatte der Kaiser gar wohl vernommen und ward ob der Aussage des dritten gar sehr bestürzt und trat in ihr Gemach ein, verbarg aber den Kummer seines Herzens. Er sagte zu ihnen: »Welch schöne Gespräche führet ihr?« Nach bemeldetem Respekt aber sagten sie ihm, daß sie zur Stunde nichts Bedeutendes besprochen hätten; und da das Mahl beendigt war, wollten sie sich erheben. Der Fürst aber bat sie mit vielen Worten, daß sie ihm ihre Gespräche mitteilen möchten, und gestand ihnen, daß er sie, ehe er eingetreten war, gehört hatte. Da sie ihm nun die Wahrheit weder verbergen mochten noch konnten, erzählten sie ihm der Reihe nach alles, was sie beim Essen gesprochen hatten.

Als er bei ihnen in solcher Weise einige Zeit verweilt hatte, zog er sich in sein Gemach zurück und ließ alsogleich den vor sich kommen, der für seinen Keller zu sorgen hatte, und fragte ihn, in welchem Teile des Landes der Wein hergestellt sei, den er heute morgen den Jünglingen übersandt habe. Nachdem er alles erfahren, ließ er den Herrn des Weinberges zu sich rufen; und als der vor seinem Antlitze stand, fragte er ihn, ob der Weinberg, der in seiner Obhut war, von alters her ein Weinberg oder ob er erst neuerdings aus Brachland oder ungepflegten Ländereien zur Kultur hergerichtet wäre; da hörte er denn, daß dort, wo sich zur Stunde ein Weinberg befand, der so köstliche Weine lieferte, zweihundert Jahre früher ein Friedhof und eine Begräbnisstelle für Tote gewesen sei. Als der Kaiser solches erfahren hatte und überzeugt war, daß es wahr sei, was der Jüngling darüber gesprochen hatte, wollte er sich auch noch über die Aussage des zweiten vergewissern, sintemal es nicht erforderlich war, daß er jemanden nach der Rede des dritten befragte, dieweil er wußte, daß er selbst den Sohn seines Wesirs seiner Missetaten wegen hatte töten lassen. Er gab

also Befehl, daß der Hirt seiner Herde herbeigerufen würde, und fragte ihn, mit welcher Art Weidefutter er das Lamm gemästet habe, das er an diesem Tage für seine Tafel geschlachtet; der nun ward bleich, und am ganzen Körper zitternd, antwortete er, daß das Lamm, das noch sehr jung gewesen, keine andere Nahrung als die Milch der Mutter bekommen hätte; doch es merkte der Kaiser an der Furcht, in der er den Hirten sah, daß er nicht wahr gesprochen hatte, und sagte zu ihm: »Ich merke nur zu genau, daß du mir etwas vorlügst, daher versichere ich dir, offenbarst du mir nicht zur Stunde die Wahrheit, lasse ich dich alsogleich eines grausamen und herben Todes sterben!«
»Ach, o Gebieter,« sagte der Hirt darwider, »möge es dir gefallen, mir das Leben zu schenken; ich will dir gewißlich alles erzählen.« Als der ihm solches versprochen, fuhr er fort: »O Gebieter, als das Lamm noch ganz klein war und die Mutter eines Tages auf dem Felde weidete, entfernte sie sich um ein weniges und wurde mir von einem Wolfe geraubt; und da zufällig in jenen Tagen die Hündin, die ich als Wache der Herde halte, auch ihre Jungen geworfen hatte, wußte ich mir keinen bessern Rat, das kleine Lamm nähren zu lassen, als es an die Zitzen der Hündin zu legen; und es ward von ihr so gut aufgezogen, daß ich es für eine deiner würdige Speise hielt, und schlachtete es und brachte es dir heute morgen und gab es deinem Haushofmeister.«
Als der Kaiser dies vernommen, begann er wahrlich zu glauben, daß die mit solch tiefem und würdigem Verstande begabten Jünglinge mit prophetischem Geist ausgestattet wären; und nachdem er den Hirten entlassen hatte, kehrte er zu den Jünglingen zurück und sprach solcherart

zu ihnen: »Alles, was ihr mir erzählt habt, trifft zu und läßt mich glauben, dieweil ich in euch eine so edle und hohe Tugend finde, wie es die Kunst des Wahrsagens ist, daß sich drei Menschen euresgleichen auf der ganzen Welt nicht finden lassen. Aber sagt mir doch bitte, was für Anzeichen habt ihr heute bei Tische gehabt, daß ihr euch das mir Erzählte habt denken können?«

Da nun antwortete ihm der älteste: »Daß der Wein, o Herr, den du uns heute bringen ließest, von Reben stammte, die auf einem Grabe wuchsen, habe ich also gemerkt: ich fühlte nämlich, als ich noch nicht das erste Glas ausgetrunken hatte, zumal ja immer das Herz des Menschen durch den Wein froh und lustig zu werden pflegt, daß ich alsbald von einer tiefen Traurigkeit und Schwermut befallen wurde; daraus schloß ich, daß der Wein, der eine solche Wirkung in mir hervorbrachte, wahrlich an keinem andern Platze als auf einem Friedhof gewachsen sein könnte.« »Und als ich«, fuhr der zweite fort, »einige Bissen von dem Lamm gegessen hatte, fühlte ich gegen die Gewohnheit einen Salzgeschmack im Munde und fand ihn voll des Schaumes; daraus schloß ich, daß das Lamm mit keiner andern Milch als mit der einer Hündin ernährt worden sein könnte.« »Und da es mich deucht, o Herr,« hub der dritte an, »daß du mit lebhaftem Verlangen von mir zu hören erwartest, wie ich habe merken können, daß deines Wesirs Gemüt voll des Hasses gegen deine kaiserliche Person ist, so wisse denn: Als du gestern ob der Züchtigung der Missetäter einen Rat hieltest, befanden wir uns bei dir, und ich sah, wie dich dein Wesir mit vom Zorn verzerrtem Antlitz und mit bösem Auge ansah und, vom Durste gepeinigt, Wasser zum Trinken verlangte, das seine Leber erfrischen sollte; daraus ersah ich, daß du ihm keine geringere Beleidigung zugefügt hattest als den Tod seines Sohnes.«

Da der Kaiser nun erfahren hatte, daß die Jünglinge in jeder Sache wahr gesprochen, ward er darob über die Maßen beunruhigt und antwortete ihm: »Ich bin fest überzeugt, daß die Sache geradeso ist, wie du sie mir erzählt hast, und daß mein Wesir keinen andern Gedanken mit sich herumträgt, als wie er mich töten kann, um seinen Sohn zu rächen, den ich billigerweise seiner Vergehen halber zum Tode verurteilte; aber was kann ich ihm antun, um aus seinem Munde ein Bekenntnis zu erlangen? Sintemal ich glaube, daß er mir niemals etwas eingestehen wird, so großen Martern ich ihn auch aussetze. Wenn ich aber kein Geständnis aus seinem Munde habe, werde ich ihn gerechterweise auch nicht verurteilen können. Da ich dich jedoch mit dem besten Verstande begabt weiß, meine ich, daß du hierzu ein Mittel finden kannst.« »Das Mittel«, sagte der Jüngling darwider, »ist zur Hand, o Gebieter, wenn du meinem Rate folgen willst: Wie ich habe sagen hören, hat dein Wesir eine Bettgenossin, die er sehr liebhat und der er auch jedes seiner Geheimnisse anvertraut. Du mußt Mittel und Wege finden, dieses Mädchen wissen zu lassen, du seiest derartig in Liebe zu ihr entbrannt, daß du zu sterben vermeintest, und es gäbe nichts, was du ihretwegen nicht tun wolltest, um ihr einzig deine Liebe zu versichern; dieweil nun der größere Teil der Weiber lange Haare und kurzen Sinn zu haben pflegt, wird die Schöne, wenn sie dies erfahren hat, sich leicht überzeugen lassen, daß du den Wunsch habest, sie möchte dir ihre Liebe zum Geschenk machen. Da du ihr Fürst und ihr Herr bist, glaube ich, daß sie sofort in deinen Machtbereich kommt; und auf solche Weise wirst du sicherlich jeden

Anschlag, den dein Wesir gegen deine Person im Schilde führt, aus ihrem eignen Munde erfahren.«

Außerordentlich gefiel dem Kaiser der Rat des Jünglings; und nachdem er eine kluge und weise Botin gefunden hatte, heuchelte er ihr gegenüber, die Bettgenossin seines Wesirs auf das feurigste zu lieben, und schüttete ihr sein ganzes Herz aus und befahl ihr, daß sie ihm unverzüglich solchen Dienst leisten solle. Die nun kam seinem Auftrage schnell nach und fand Gelegenheit, mit dem Weibe zusammenzukommen, offenbarte ihr die Gefühle ihres Herrschers und sagte, daß er sie leicht in seine Gewalt bekommen könnte, indem er entweder den Wesir tötete oder wahrlich bewirkte, daß sie eines Tages von seinen Dienern geraubt würde; da solches aber die Tat eines Tyrannen und die keines gerechten und menschlichen Fürsten wäre, wolle er keine Gewalt anwenden und bäte sie auf das freundlichste, es möge ihr gefallen, ihm zuzustimmen. Als nun das Weib des Wesirs die Worte der Botin gehört hatte, bat sie sie unzählige Male, sie möchte in ihrem Namen dem Kaiser der Liebe wegen, die er zu ihr trüge, unendlichen Dank erstatten und zu ihm sagen, daß sie, da sie ein Weib von geringer Herkunft wäre, sich höchlichst erstaune, dieweil er sich mit seinem Begehren so tief herabließe; nichtsdestoweniger aber wäre sie zu jeder seiner Freuden bereit; da sie jedoch von dem Wesir scharf bewacht würde, so wüßte sie kein einziges Mittel, solches ins Werk zu setzen, das nicht von ihm entdeckt werden könnte. Nun solle sie ihr zuerst schwören, keinem andern als dem Kaiser zu offenbaren, was sie ihr jetzt anvertrauen wolle. Und es schwor ihr nun die Botin hoch und heilig, schweigsam zu sein, und sie begann solcherart zu reden: »Du mußt wissen, daß der Wesir, in dessen Gewalt ich bin, gegen den Kaiser, unsern Herrn, einen bösen und grausamen Anschlag unternehmen will; und er gibt sich mit keinem andern Gedanken ab, als wie er ihn töten kann, und hat einen vergifteten Trank hergestellt und erwartet die Gelegenheit, ein Gastmahl zu veranstalten, um ihm dabei den Tod zu geben; die einzige Mitwisserin solcher Dinge aber bin ich; obschon ich es mir vorgenommen hatte, den Kaiser auf irgendeine Weise um ein so schweres Verbrechen wissen zu lassen, hat sich mir nichtsdestoweniger bis jetzt noch keine Gelegenheit dazu geboten; nun sollst du dem Kaiser alles, was du eben gehört hast, offenbaren und ihm sagen, daß, wenn das Mahl zu Ende ginge, das ihm der Wesir geben wird, ihm der eine Kristallschale mit einem Getränk darreichen würde, er solle es aber um keinen Preis davon trinken, da es ganz von Giften durchsetzt sei, doch möchte er es ihm selbst zu trinken geben; indem er ihn um seines Verbrechens willen bestraft, gibt er ihm den Tod und befreit mich aus den Händen eines so elenden Verräters; und auf solche Weise hat er mich immer zu seinem Wohlgefallen.«

Als die Botin alles sorgsam angehört hatte, was ihr von dem Weib des Wesirs erzählt wurde, nahm sie Urlaub von ihr und begab sich unverzüglich wieder zum Fürsten und teilte ihm alles der Reihe nach mit. Nun hatte der in diesen Tagen gerade einen großen Sieg über einen mächtigen und großen König gewonnen, der willens gewesen war, ihm sein Reich zu nehmen. Bei dieser Gelegenheit nahm er sich vor, zum Zeichen der Freude ob eines solch großen Sieges, den vornehmen Dienern seines Staates, unter denen der Wesir die erste Stelle einnahm, Geschenke darzureichen; so glaubte er denn, wenn er ihn fürstlich beschenkte, gäbe er ihm damit einen Grund, das auszuführen, was er schon beschlossen hatte. Daher machte er ihm nun ein kostbares Geschenk und wurde von ihm bei dieser Gelegenheit wenige Tage später zu einem königlichen und prächtigen Feste geladen.

Da nun ging er in das Haus des Wesirs und ward von ihm mit großer Fröhlichkeit und Freude aufgenommen, und nachdem er reiche und große Geschenke erhalten, setzte er sich an den Tisch, der mit den köstlichsten Speisen besetzt war; und Musik und Gesang verschönten das Mahl; als man aber zum Aufbruch vom Mahle bereit war, bot der Wesir dem Kaiser mit eigner Hand eine Kristallschale voll eines duftenden Trankes an und sagte solche Worte: »O Gebieter, da du, ein so großer und hoher Herr, dich herabließest, mein, deines niedrigen Dieners, Mahl zu beehren, habe ich mich mit all meiner Kraft bemüht, dir eine deiner Person würdige Speise und Nahrung vorzusetzen; daher habe ich auch diesen Trank bereiten lassen, dessengleichen man auf der ganzen Welt nicht finden kann; sintemal außer den vielen Kräften, die in ihm wohnen und die alle aufzuzählen viel zu langwierig sein würde, sich nichts finden läßt, das besser als er die menschliche Leber zu erfrischen vermag, möchte ich ihn deiner Kaiserlichen Erhabenheit darbieten.«

Hieran merkte der Kaiser, daß es der Gifttrank war, den der Wesir laut der Mitteilung seines eignen Weibes vor kurzem hergestellt hatte, und er antwortete ihm in solcher Weise: »Wie ich weißt auch du, daß ich vor nicht langer Zeit deinen Sohn begangener Missetaten halber habe töten lassen; so ist es denn wahrscheinlich, daß du um seines Todes willen eine maßlos hitzige und entzündete Leber hast;

daher würde ich mich wenig liebevoll dir gegenüber bezeigen, wenn ich dich dieses Trankes beraubte, der so große Wohltat bewirken kann. Nimm ihn also herzlich an, ich mache ihn dir zum Geschenk, dieweil ich erfahren habe, daß er dir heilsam ist, weshalb du ihn denn auch zur Stunde und in meiner Anwesenheit trinken sollst!«

Ob solcher Rede des Kaisers wurde der Wesir über die Maßen betrübt, und weil er nun fürchtete, sein Anschlag sei fehlgeschlagen, sprach er darwider: »Da dieser Trank, o Gebieter, so köstlich wie selten ist, meine ich, daß er nicht mir, sondern deiner Kaiserlichen Erhabenheit zukommt!«

Der Kaiser aber wiederholte ihm: da er ihn wertschätze und ihn wie sich selbst liebe, solle er die Liebe und Verehrung, die er zu jeder Zeit für ihn gefühlt hätte, erkennen. Er sagte: »Ich weiß, daß du seiner bedarfst, und wofern ich dir diesen Trank wegnähme, würde ich wahrlich keine meiner Zuneigung zu dir würdige Handlung begehen; und es ist gewiß, daß er dir den größten Segen zu bringen vermag, während er mir, dessen Leber nicht weiter erhitzt ist, nicht von Nutzen sein kann.«

Als der Wesir nun den Widerstand sah, den sein Gebieter ihm leistete, und merkte, daß er den ihm dargebotenen Trank selbst trinken mußte, zweifelte er nicht, daß sein Verrat entdeckt war, und sprach: »O Gebieter, in die Grube, in die ich dich stürzen wollte, bin ich selbst gefallen; dieweil ich dich aber immer als einen von Natur zur Milde neigenden Herrscher gekannt habe, darf ich hoffen, daß du mir meinen Fehler verzeihen wirst, da ich dir eine Warnung für dein sehr wichtiges Leben geben will. Wenn du irgend jemandes Sohn des Todes hast sterben lassen, solltest du seinem Vater nimmer erlauben, daß er in deiner Nähe verweilt; wisse, da du meinen Sohn begangener Missetaten halber hast töten lassen, habe ich trotz der vielen Güte und der Geschenke, die du mir deswegen gemacht hast, meines großen Seelenschmerzes nicht entraten und dich niemals sehen können, ohne daß sich all mein Blut empörte und mir der Gedanke, dir den Tod zu geben, kam; und wiewohl ich von dir zahllose Ehren und Guttaten empfangen habe und du meinen Sohn eines gerechten Todes hast sterben lassen, mischte ich trotzdem ungerechterweise diesen Gifttrank, alldieweil ich auf solche Weise meines Sohnes Tod rächen zu müssen glaubte.«

Nachdem der Kaiser so den schwarzen Plan seines Wesirs gehört hatte, schenkte er ihm das Leben, verbannte ihn aber alsogleich aus seiner Nähe und zog all seine Habe ein und ließ ihn wissen, er solle innerhalb dreier Tage die Grenzen seines Königreichs verlassen. Er sagte hierauf dem Allmächtigen heißen Dank, dieweil er ihn aus einer solch großen Gefahr befreit hatte. Hierauf begabte er das Weib, das ihm den schweren Verrat entdeckt hatte, reichlich und verheiratete sie mit einem seiner ersten Emire. Nach solchem Geschehen suchte er die Jünglinge auf, erzählte ihnen den ganzen Ausgang des Mahles bei seinem Wesir, und als er sie königlich beschenkte, sprach er zu ihnen: »Da ihr mit solcher Klugheit und so hohem Verstande begabt seid, daß ihr so viele Dinge habt erraten können und mein Leben aus den Händen des ungerechten und bösen Wesirs befreitet, zweifle ich nicht, daß ihr auch in einer großen Sache, die ich jetzt vorhabe, Rat schaffen könnt. Ich glaube wahrlich, daß ihr mir solches nicht abschlagen werdet, habe ich doch heute schon bei einer Angelegenheit, die für mein Leben wichtig war, die große Liebe entdeckt, die ihr zu mir fühlt!«

Als sie ihm nun ihre Hilfe in jeder Sache alsogleich angetragen hatten, hub er an und sprach: »Es wurde von alten Weisen dieses Königreichs, die meine Vorgänger jederzeit hochgeachtet haben, eine Art Spiegel erfunden, den sie den Spiegel der Gerechtigkeit nannten, sintemal er die Eigenschaft hatte, daß, wo zwei zusammen einen Prozeß führten und der Richter sie in ihn hineinblicken ließ, dem, der ein Unrecht begangen hatte, alsogleich das Gesicht schwarz wurde und der, der sich wahrhaft verteidigte, seine gewöhnliche Farbe beibehielt und erfolgreich vom Richter fortging. Daher bedurfte man von Stund an der notwendigen Zeugen nicht; und dank der Tugend, die dem Spiegel innewohnte, lebte man so ruhig und friedlich, daß man das Reich hier dem Paradiese selbst vergleichen konnte. Wem nun für seinen Betrug das Antlitz schwarz wurde, der konnte durch kein andres Mittel in seinen früheren Zustand wieder zurückversetzt werden, außer daß man ihn in einen ziemlich tiefen Brunnen hinunterließ, allwo er nur mit Brot und Wasser das Leben fristen und hier vierzig Tage verweilen mußte. Nach solcher Buße ward er aus dem Brunnen gezogen und vor das Volk gestellt; und wenn er jetzo seine Sünden bekannte, erhielt er seine frühere Hautfarbe wieder. Aus Furcht vor dem Spiegel nun lebte man in großer Ruhe, und ein jeder war mit seinem Zustande zufrieden, und man beschäftigte sich mit Feldwirtschaft; das Land aber trug vielfältig, und jeder arme Kaufmann oder Fremdling, der hierherkam, kehrte reich in sein Vaterland zurück. Und die Feinde des Landes hielt der Allmächtige mit aller Macht fern, und jeder erfreute sich viele Jahre lang eines ruhigen und glücklichen Lebens.

Zu diesen Zeiten lebte mein Großvater, der zwei Söhne,

meinen Vater und meinen Oheim, hatte; als die jedoch nach seinem Ableben der Herrschaft wegen miteinander haderten, geschah es, daß mein Vater Sieger blieb. Um aber eine Gelegenheit zu haben, sich an seinem Bruder zu rächen, bemühte sich mein Oheim, daß er ihm den Spiegel raubte; und mit ihm flüchtend, brachte er ihn nach Indien. Dort war eine Jungfrau Königin, die die Regierungssorgen einem ihrer Wesire übertragen hatte; dieser Jungfrau nun ward der Spiegel von meinem Vatersbruder überreicht und ihr dabei des ausführlichen seine Wunderkraft mitgeteilt, die er aber außer in unserm Reiche anderswo nicht zu zeigen vermochte. Es ließ sich aber seit einigen Tagen in der Hauptstadt dieses Landes, die am Meere gelegen ist, bei Sonnenaufgang eine große und geöffnete rechte Hand auf dem Meer blicken, die sich erst bei Sonnenuntergang von dem Platz, an dem sie herausgekommen war, fortbewegte und sich mit herniedersinkender Nacht der Küste näherte und einen Menschen ergriff und ihn mit sich ins Meer nahm; und solches tat sie unablässig. Nun war seit der Zeit eine große Zahl Menschen in diesem Lande also verlorengegangen. Deswegen beschloß das traurige und sehr betrübte Volk, der Hand den Spiegel an der Meeresküste entgegenzustellen, da man glaubte, man könnte sie hierdurch vielleicht besänftigen. Und als man ihn der Hand entgegengetragen hatte, empfing man solche Wohltat: hatte die Hand anfangs täglich einen Menschen mit sich genommen, so nahm sie nunmehr keinen Menschen mehr, sondern ein Pferd oder ein Rind.

Mit dem Verlust dieses Spiegels aber verlor unser Land seine frühere Glückseligkeit; und da mein Vater unablässig darauf bedacht war, ihn wiederzubekommen, schickte er seinen

Gesandten an die Königin und ließ ihr einen großen Schatz anbieten, wenn sie willens wäre, ihn zurückzugeben. Und er versuchte sie dazu auf die mannigfaltigste Weise zu überreden und bewies ihr, daß der Spiegel ihrem Lande wahrlich keinen Nutzen bringen könnte, wohingegen er unser Reich in seinen früheren Zustand und seine Ruhe zurückversetzen würde.

Als jedoch der Gesandte mit seiner Rede nichts Günstiges erreichte, kehrte er zurück und sagte, daß um der Wohltat willen, die das Reich von Stund an durch den Spiegel empfangen hätte, dieweil seit einigen Tagen die Hand statt eines Menschen ein Pferd oder ein Rind mit sich forttrüge, seine Königin ihn nur dann wieder ausliefern wollte, wenn von meinem Vater irgendein Heilmittel für den Schaden, den die Hand anrichtete, gefunden würde; sollte er ihr Reich aber von solchem Unheil befreien können, wollte sie ihm den Spiegel willigen Herzens zurückgeben, sintemal ihre Vorväter doch lange mit unseren Vorfahren befreundet gewesen wären. Da nun mein Vater kein Mittel dagegen zu finden vermochte, stellte sich auch die frühere Ruhe nicht wieder ein.

Dieweil ich euch nun als Männer kenne, die mit hohem und edlem Verstande begabt sind, so glaube ich wahrlich, daß ihr, wenn ihr euch in dieser Angelegenheit bemühen wolltet, jenes Land von dem Übel der Hand befreien und mir den Spiegel und damit die Ruhe und Glückseligkeit meines Reiches wieder verschaffen könntet; und wenn ihr solches tut, verspreche ich, euch zu Besitzern eines großen Schatzes zu machen.«

Als die Jünglinge die Erzählung und das Anliegen des Gebieters vernommen hatten, versprachen sie ihm alsogleich, der vielen Höflichkeiten und Ehren wegen, so er ihnen erwiesen hatte, nach Indien zu reisen und sich nicht eher wieder vor seinem Angesicht einzufinden, wofern sie ihm nicht zugleich den Spiegel mitbrächten.

Der darob über die Maßen erfreute Kaiser gab ihnen einige seiner vornehmsten Großen zur Begleitung und sandte sie nach Indien.

Nach ihrer Abreise führte er, da er hoffte, den Spiegel auf jeden Fall dank den scharfsinnigen Urteilen der Jünglinge zurückzubekommen, ein äußerst heiteres Leben; und Musik und Gesang ergötzten ihn sehr, und aus allen Teilen seines Reiches ließ er die besten Sänger und Lautenspieler kommen, die er auf das reichste begabte, und vertrieb sich mit ihnen all die Zeit in den Gärten und auf den Jagden, indem er mit grenzenlosem Verlangen der Jünglinge Rückkehr erwartete. Es ereignete sich nun eines Tages, daß ein Kaufmann, der mit seinen Waren dorthin gekommen war und hörte, wie sehr sich der Fürst an Sang und Spiel ergötzte, und auch von den großen Geschenken vernahm, die er deswegen zu machen pflegte, eine Sklavin von so einziger Schönheit besaß, die in jeder Art von Musik derartig ausgezeichnet war, daß sie jeden in dieser Kunst zu der Zeit übertraf. Solches ließ er ihn wissen und wurde alsogleich vor ihn gerufen; er befahl ihm aber, er sollte das Mädchen, das Dilirama mit Namen hieß, vor sein Angesicht führen, auf daß er den hohen Wert ihrer musikalischen Kunst zu prüfen vermöchte. Seinem Befehl nun wurde von dem Kaufmann ohne eine Verzögerung nachgekommen. So kam denn die in köstliche Gewänder gekleidete Jungfrau mit ihrem Herrn vor Behram-Gur, der, als er ihre seltene Schönheit sah und ihr liebliches Spiel und ihren Sang vernahm, den sie in seiner Gegenwart hören ließ, von hitziger Liebe zu ihr ergriffen wurde; und nachdem er dem Kaufmann eine große Summe Geldes hingezählt hatte, kaufte er sie und ließ sie in reiche und kostbare Gewänder kleiden. Und war so über die Maßen von Liebe zu der Jungfrau ergriffen, daß er, wenn er der Staatsgeschäfte ledig war, immer nur mit ihr zusammen sein wollte. Als er nun eines Tages mit ihr auf die Jagd zog und auf einen Hirsch traf, wandte er sich zu Dilirama und sprach: »Siehst du den Hirsch? Alsogleich werde ich ihn mit einem Pfeil durchbohren, deshalb sage mir, an welcher Stelle du ihn erschossen haben willst; wenn du mir das gesagt hast, will ich ihn wahrlich an der Stelle treffen!« Hierauf antwortete sie: »Ich, o Gebieter, bin der festen Überzeugung, daß du ein so tüchtiger Schütze bist, daß du den Hirsch an der Stelle, wo du es willst, auch triffst; da du aber wünschst, ich soll angeben, welchen Schuß du tun sollst, so wird es mir lieb sein, wenn du dem zu treffenden Tier mit einem einzigen Schuß einen der Läufe mit dem Ohr zusammenheftetest.« Dilirama aber bildete sich ein, daß es der Fürst nicht ausführen könnte, da es ein Ding der Unmöglichkeit sei. Behram-Gur, der mit einem edlen und hohen Verstande begabt war, versprach jedoch, den Auftrag der Jungfrau alsogleich auszuführen; nahm einen Bogen mit Kügelchen zur Hand, drückte ab und traf mit den Kügelchen das Ohr des Hirsches, der sich nun des schmerzenden Schusses halber, wie es unvernünftige Tiere zu tun pflegen, das Ohr kratzte. Hierauf nahm der Kaiser unverzüglich einen Bogen mit Pfeilen, schoß ihn ab und heftete dem Hirsch, der sich immerfort kratzte, mit einem Schuß den Lauf ans Ohr. Dies setzte jeden seiner Edlen in maßlose Verwunderung, und sie sahen darin ein Zeichen von Behram-Gurs hoher und scharfsinniger Urteilskraft; da nun wandte sich der Kaiser frohen Antlitzes gegen die Jungfrau und sagte: »Was sagst du, o Dilirama, meinst du, daß ich deiner Forderung genuggetan habe?« Hierauf erwiderte sie lächelnd solcherart: »Ich meine, o Herr, daß du einen solchen Schuß niemals hättest tun können, wenn du nicht den Hirsch und mich auf gleiche Weise mit dem Bogen mit Kügelchen getäuscht hättest; doch mit dem Betrug, dessen du dich bedientest, hätte auch ein anderer Mensch den Lauf mit dem Ohr des Hirsches zusammenheften können.« Als der Kaiser solche Worte hörte, schien es ihm, daß sie allzu scharf seien und daß sie seine Ehre befleckten, sintemal sie die Ersten seines Gefolges gar deutlich vernommen hatten. Und sosehr er in Liebe zu ihr entbrannt war, wurde er nichtsdestoweniger plötzlich von heftigem Zorn ergriffen und war des Glaubens, daß er seine Ehre wahren müßte, und befahl seinen Dienern, sie sollten die Jungfrau alsogleich entkleiden und ihr die Hände auf den Rücken binden und sie in einen nicht weit entfernten Wald führen, allwo sie nächtens das wilde Getier verschlingen könnte. Als die Diener dies ungesäumt ausgeführt hatten, schleppten sie die unglückliche und heftig jammernde Jungfrau in den Wald und überließen sie dort dem wilden Getier; kehrten zu ihm zurück und berichteten, daß sie dem Befehle voll nachgekommen wären. Nachdem Behram-Gur solches vernommen hatte, begab er sich, von Liebe und Zorn heftig gepeinigt, ganz traurig und betrübt in die Stadt zurück.

Schließlich überraschte Dilirama, die mit gebundenen Händen im Walde zurückgeblieben war, die Nacht; bitterlich weinend und sich Allah empfehlend, ging sie auf vielen

Wegen, indem sie erwartete, daß von irgendeiner Seite ein wildes Getier kommen könnte, um sie zu verschlingen; und so wandernd, kam sie auf die Hauptstraße, und es gefiel Allah, daß um Sonnenuntergang eine Schar Kaufleute, die nach der Herberge zogen, die nicht weit davon entfernt war, die Jungfrau in ihrem traurigen Zustande weinen hörten. Da nun ging der älteste von ihnen der Stimme nach und näherte sich ihr; sah sie, und da sie jung und schön war, hatte er das größte Mitleid mit ihr und band ihr die Hände los und bekleidete sie notdürftig und führte sie mit sich nach der Herberge. Und er fragte sie, woher sie stammte und worauf sie sich verstünde, wie und von wem sie aufgezogen und gebunden und aus welchem Grunde sie in solches Unglück und Elend geraten wäre; doch konnte er nichts von ihr erfahren, außer daß sie sich auf Musik verstünde. Daher ließ sich der Kaufmann vom Wirt eine Laute geben und legte sie der Jungfrau in die Hand; als er aber die Lieblichkeit und Gewandtheit ihres Spiels und Gesanges hörte, ward er ganz betroffen und von ihrer Kunst entzückt; und er nahm sie an Tochter Statt an und führte sie in sein Land.

Behram-Gur aber war inzwischen in die Stadt zurückgekommen, und da die Liebe mehr Macht über ihn hatte als der Zorn, bereute er es, der Jungfrau so hart zugesetzt zu haben, und beschloß, sie mit all seiner Macht wiederzuerlangen; er rief daher seine Diener vor sich, die im Walde nach seinem Befehl gehandelt hatten, und hieß sie mit einer großen und wohlbewaffneten Schar, um sich vor dem wilden Getier zu schützen, aufsitzen und alsogleich in den Wald zurückkehren und sich alle Mühe geben, auf daß sie die Jungfrau wiederfänden; und sie sollten sie mit ihren Gewändern bekleiden und ihr die Hände losbinden und sie vor sein Angesicht führen. Dieser Auftrag wurde schnellstens von den Dienern befolgt; ohne Säumen stiegen sie zu Pferde und begaben sich in den Wald; doch wie sehr sie auch die ganze Nacht über alle Teile des Waldes durchstreiften, sie konnten Dilirama, die von dem Kaufmann aufgelesen war, nicht wiederfinden. Als sie nun andern Tages zum Kaiser zurückkehrten und er erfuhr, daß sie trotz der Sorgfalt, mit der sie den Wald nach allen Seiten hin durchsucht hatten, sie nicht hätten wiederfinden können, glaubte er, da das Land ziemlichen Überfluß an wildem Getier hatte, daß sie wahrlich von ihm aufgefressen sei. Ob solcher Begebenheit ward er trauriger, denn je ein Mensch auf der Welt; und von einer heftigen Schwermut ergriffen, kam eine gar schwere Krankheit über ihn, die ihm vollends den Schlaf raubte, so daß man ihn durch die besten Heilmittel, die man ihm einflößte, nicht zu heilen vermochte. Da ihn der Gram verzehrte, so erwartete man tagtäglich sein Ableben. Hierob trugen alle Großen seines Landes Kummer und waren über die Maßen betrübt, kamen zusammen und beratschlagten miteinander und beschlossen, sintemal die Ärzte ihrem Herrn das Leben nicht retten konnten, ihn, wenn es möglich wäre, mit Speisen hinzuhalten, bis die drei Brüder aus Indien zurückkehrten, wohin sie gereist waren, um den Spiegel zurückzuholen; denn sie glaubten zuversichtlich, daß von ihnen, die an Verstand Überfluß hatten, ein Mittel gegen Behram-Gurs Krankheit würde gefunden werden.

Als nun diese drei Brüder in Indien angekommen waren, ließen sie einen Tag, ehe sie zusammen mit den Großen des Kaisers, die sich in ihrer Begleitung befanden, in die Hauptstadt einzogen, seine Königin wissen, wie gemäß der früher getroffenen Abmachung zwischen Behram-Gur und ihr von diesem einige Männer ausgewählt worden wären, die zuversichtlich hofften, ein Rettungsmittel vor der Hand zu finden, die solch großen Schaden in ihrem Lande anrichtete, und wenn sie solches ausgeführt, sollte man ihnen den Spiegel ausliefern, auf daß sie ihn ihrem Gebieter wiederbringen könnten. Dieserhalb befänden sie sich in der Nachbarstadt; und sie sollte das, was ihr genehm sei, befehlen. Als die Königin solche Nachricht erhalten hatte, erfüllte sie so große Freude, daß sie deswegen ein großes Fest veranstaltete und befahl, man sollte den Jünglingen mit einem großen Gefolge der Vornehmsten ihres Landes etwa zehn Meilen entgegenziehen. Vor der Königin nun angelangt, wurden sie fröhlichen Angesichts von ihr empfangen, dann in einen sehr prächtigen Palast geleitet, wo ihrer ein königliches Mahl wartete; und nachdem ihnen ihr Reisegewand abgenommen war, setzten sie sich mit den Ersten der Königin zu Tisch. Und als sie sich hier in weisen Gesprächen verschiedenen Inhaltes ergangen hatten, verließen sie, da es schon zu später Stunde war und sie durch den langen Weg ziemlich ermüdet waren, mit gutem Urlaub die Großen der Königin, um sich auszuruhen. Nachdem sie sich folgenden Morgens zeitig erhoben hatten, wurden sie von den Wesiren der Königin in deren Namen aufgesucht und mit den köstlichsten Weinen und einigen sehr prächtigen Speisen beschenkt; und von ihnen über die lange Dauer des Schadens aufgeklärt, den die Hand ihrem Lande zufügte, sprachen sie solcherart zu ihnen:

»Der Kaiser Behram-Gur, der begierig ist, seinen Spiegel wiederzuerlangen, der gemäß des zwischen ihm und eurer Königin abgeschlossenen Vertrages in deren Hand ist, hat uns in diese Gegenden geschickt, auf daß wir ihn ihm zurückbringen, wenn wir erst dieses Reich von dem großen Schaden befreit haben, den ihm beständig die Hand, die jeden Tag auf dem Meere erscheint, zufügt.« Dessen, sagten die Wesire, sei die Königin gar sehr zufrieden, und wenn das Land von dem Unheil der Hand befreit wäre, sollte ihnen unverzüglich der Spiegel ausgeliefert werden. Und sie schieden von den Jünglingen, die sie aufforderten, andern Tages zeitig wiederzukommen, alldieweil sie mit ihnen zum Meergestade zu gehen wünschten, wo sie sich derartig bemühen wollten, bis die Hand nicht mehr zu sehen wäre und dem ganzen Lande keinen Schaden mehr tun könnte.

Als sich diese Nachricht in der Stadt verbreitete, erregte sie bei jedwedem unglaubliche Freude und Bewunderung; und da man wußte, daß folgenden Morgens die Jünglinge zum Meere wandern wollten, begab sich eine unzählige Menschenmenge des Nachts vor die Stadt nach dem Platz, wo sie sich einfinden mußten. Am Morgen kamen die Wesire in Begleitung des ganzen Hofes zum Palast der Jünglinge, die mit ihnen zusammen aufbrachen; und bei Sonnenaufgang am Strande angelangt, sahen sie die geöffnete rechte Hand aus dem Meere erscheinen. Da nun stellte sich der älteste der Brüder ihr alsogleich gegenüber und hob seine Hand, den zweiten und dritten Finger aufrecht haltend, die drei übrigen aber hielt er geschlossen und nach unten. Als er das getan hatte, tauchte die Hand, die so großen Schaden angerichtet hatte, unverzüglich ins Meer und wurde niemals wieder von irgendwem gesehen. Angesichts dessen stand das Volk, das sich zu dem gegenwärtigen Schauspiel eingefunden hatte, in großer Verwunderung; und die Königin wurde sehr schnell von diesem Ereignis benachrichtigt. Die aber war hocherfreut und über die Maßen zufrieden und hieß die Jünglinge, die noch am Meeresstrande verweilten, mit großer Feierlichkeit und Ehrerbietung am Stadttore mit dem Befehl empfangen, daß sie, ehe man sie in den ihnen angewiesenen Palast führe, vor ihrem Angesichte erscheinen sollten. Man kam nun ihrem Geheiß nach und führte alsobald die Jünglinge nach ihrer Rückkehr in die Stadt in den königlichen Palast vor die Königin; die aber empfing sie mit großer Ehre und Feierlichkeit und bat sie, sie möchten es zufrieden sein und ihr das große Geheimnis, mit dem sie ein so hohes Wunder bewirkt hätten, offenbaren. Da nun wollte der Jüngling, der die Hand auf dem Meer verjagt hatte, der Königin Bitte erfüllen und entfernte sich so weit mit ihr von dem Volk, das anwesend war, daß es seine Worte nicht zu hören vermochte. »Wisse denn, o Königin,« sprach er zu ihr, »sobald ich heute morgen die offene Hand über dem Meer erblickte, habe ich gedacht, daß sie nichts anderes sagen wollte als: ›Wenn fünf Menschen mit einem Willen gefunden werden könnten, so möchten sie wohl die ganze Welt unter ihre Gewalt bringen‹; alldieweil die Hand aber verstanden sein wollte und sich niemand bislang fand, der solches zu lösen vermochte, hat sie beständig deinem Volke so schweren Schaden und Unbill zugefügt. Ich nun, der ich mit Allahs Hilfe das erriet, fand mich am Strande ein, und ihr gegenüber die Hand hochreckend, hielt ich den zweiten und dritten Finger nach oben, die andern aber geschlossen und nach unten: da tauchte sie nun aus Scham ins Meer unter, dergestalt, daß sie nicht wieder erscheinen wird; denn da sie anzeigen wollte, daß sich fünf Menschen mit einem Wollen zu Herren der ganzen Welt aufschwingen könnten, bewies ich ihr, daß sie sich täuschte und daß nicht fünf, sondern zwei, die mit gleichem Willen gefunden würden, solches und noch größeres zuwege bringen könnten.« Diese Worte hörend, erstaunte die Königin gar sehr und schloß daraus, die Jünglinge müßten mit edlem und hohem Verstande begabt sein. Die aber nahmen Urlaub und kehrten, von den Großen des Landes begleitet, in ihren Palast zurück.

Hiernach versammelten sich die Wesire um die Königin, und über die Rückgabe des Spiegels an Behram-Gur der empfangenen Wohltat wegen beratend, sagte der älteste von ihnen: »Unzweifelhaft haben die Jünglinge, soviel man bis zu dieser Stunde sehen kann, das Land von einem schweren Unheil befreit, doch was sichert uns davor, daß schließlich nicht zu irgendeiner Zeit die Hand wiederkommt und uns abermals in den ersten Jammer zurückversetzt? Daher scheint es mir gut, daß wir solches, ehe der Spiegel zurückgegeben wird, reiflich erwägen müssen.« Sprach die Königin darwider: »Wir können und dürfen das Behram-Gur gemachte Versprechen nicht außer acht lassen; was aber die Sicherheit angeht, daß die Hand unser Land nicht mehr belästigen soll, so habe ich dazu ein gutes Mittel, und das ist dies: Der König, mein Vater, glückseligen Angedenkens, der mich als Herrin eines so großen Staates zurückgelassen hat, sprach zu mir, ehe er aus diesem Leben schied, unter vielen Ermahnungen, die er mir gab: ›O meine Tochter, alldieweil dir nach meinem Ableben die Herrschaft zukommen muß, werden wahrlich viele Fürsten und große Herren, um sie zu erlangen, alles aufbieten, um dich zum Weibe zu bekommen; sintemal nun aber die Reiche sich nicht minder durch Weisheit als auch durch Kraft zu erhalten und zu vergrößern pflegen, so trage ich dir auf, daß du niemanden zum Gatten nehmen sollst, der nicht eines der beiden Dinge (die er mir zur Stunde sagte) zu raten versteht; wenn du aber einen findest, der es dir auflösen kann, dem sollst du dich vermählen.‹ Nun glaube ich, die drei Jünglinge, die Brüder sind, müssen, ihrem adligen Aussehen nach zu urteilen, die Söhne eines großen Fürsten sein; gehe also einer von euch zu ihnen und zwinge sie durch Eidschwur, ihre Abstammung zu offenbaren; da wird man, glaube ich, erfahren, daß sie einem edlen Geschlecht entsprossen sind; und den von ihnen will ich zum Gatten haben, der eines von den beiden Dingen, so mir mein Vater gesagt hat, zu lösen vermag. Und ich glaube auch wahrlich, daß solches zutreffen wird, dieweil sie mir mit hohem Verstande und viel Klugheit begabt zu sein scheinen. Wenn nun auf diese Weise einer von ihnen als mein Gatte bei mir zurückbleibt, haben wir nicht mehr zu fürchten, daß die Hand unserm Volke jemals wieder irgendwelchen Schaden zufügen kann.« Da den Wesiren der Königin Vorschlag gar sehr gefiel, ging folgenden Tages einer von ihnen zu den Jünglingen, und nachdem er eine Zeitlang bei ihnen verweilt hatte, ließ er sie in einer langen Rede solches hören: da sie das Land von dem Übel der Hand befreit hätten, könne das nur geschehen sein, dieweil sie mit hohem Verstande und Klugheit geboren wären; und es wünsche nun die Königin gar sehr, zu erfahren, wer und wessen Söhne sie wären, und sie bitte sie inniglich, ihr solches zu offenbaren. Doch die Jünglinge, die bis zur Stunde keinem ihre Geschichte hatten anvertrauen wollen, antworteten, sie wären die drei Söhne armer und gemeiner Leute, die in Behram-Gurs Stadt wohnten. Auf solche Worte entgegnete der Wesir, daß weder die Königin noch irgendein anderer das glauben könnte um ihres adligen Aussehens und ihrer hohen Klugheit und Gelehrsamkeit willen, und sagte: »Dieweil ich gewißlich weiß, daß man mir schwerlich glauben wird, ihr möchtet armer und gemeiner Leute Kinder sein, und auf daß ich dieses Anlasses wegen niemanden anders zu belästigen habe, so seid es zufrieden, mir zu schwören, daß eure Worte, die ihr mir gesagt habt, auf Wahrheit beruhen; denn wenn ich der Königin berichte, dieses sei mir von euch durch einen Schwur bekräftigt worden, so wird sie euren Worten wahrlich völligen Glauben schenken.« Als sie sich nun zu einem Eidschwur gezwungen sahen, berieten sie ein wenig untereinander; da sie in die Enge getrieben worden waren, beschlossen sie, die Wahrheit zu offenbaren, und bekannten dem Wesir, daß sie Dscha'afars, des Königs von Sarandib, Söhne wären, und gestanden alles, so ihnen bis auf diesen Tag zugestoßen war, und bekräftigten es durch einen Eidschwur.

Als die Königin solches vernommen hatte, ward sie über die Maßen froh und zufrieden und glaubte, wenn sie jedenfalls einen der Jünglinge zum Gatten bekäme, würde sie ihr Land für immer von dem Unheil der Hand befreien. Sie ließ sie folgenden Tages vor ihr Angesicht kommen und sprach also zu ihnen: »Wie ich euch bis zur Stunde um des scharfsinnigen Urteils und eurer hohen Weisheit und der großen Wohltat willen, die ihr meinem Lande angetan habt, indem ihr es von der räuberischen Hand befreitet, in höchster Verehrung gehalten habe, so ehre und achte ich euch jetzt, wo ihr mir eröffnet habt, daß ihr eines so großen Fürsten Söhne seid, mehr denn alle andern, zumal ich weiß, wie bei euch der Adel des Blutes von großem Wissen begleitet ist. Und dieweil ich gemäß dem zwischen mir und Behram-Gur bestehenden Vertrage verpflichtet bin, den

Spiegel auszuliefern, so muß und will ich mein Wort halten. Zu welcher Zeit ihr daher wollt, daß ich ihn euch gebe, wird er immer zu eurem Belieben stehen. Sintemal ihr nun so vornehmer Herkunft entsprossen seid, kann ich nicht umhin, zu glauben, daß ihr zugleich auch mit großer Höfischkeit begabt seid, und will euch um einen weiteren Beweis eurer hohen Klugheit bitten, der eurer Gelehrsamkeit würdig ist; aber ehe ich euch sage, worum es sich handelt, verlange ich, daß ihr ihn mir nicht zu verweigern versprecht.« Nachdem die Jünglinge zur Antwort gegeben hatten, daß sie bereitwilligst allen ihren Aufträgen nachkommen wollten, sagte sie darwider: »Ich war noch ein Kind; und bevor der König, mein Vater, gepriesenen Angedenkens, aus dem Leben ging, hörte ich ihn oft mit seinen Ratgebern reden, es sei freilich möglich, daß ein Mensch in einem Tage ein ganzes Salzlager essen könne, aber er habe gleichwohl niemals jemanden finden können, der solches zu tun imstande gewesen sei. Da ich euch nun als so klug und weise kenne, meine ich, ihr könntet mir dieses Rätsel wohl lösen, und bitte euch herzlich darum.« Auf solche Worte erwidernd, sagte der zweite Bruder: »O Königin, da ich dein heißes Verlangen sehe, solches lösen zu können, sage ich dir, es ist ein leichtes, ein ganzes Salzlager an einem Tage aufzuessen, und biete mich an, das zu deinem Gefallen zu tun.«

Darob geriet die Königin in große Verwunderung; dieweil sie aber des Jünglings hohen Verstand kannte, gab sie ihren Großen Befehl, daß er folgenden Tages die Probe machen sollte. Die nun führten den Auftrag aus und standen am Morgen zeitig auf und gingen nach dem Palast der Jünglinge und führten sie nach dem Lager, wo das Salz war, und be-

fahlen hier den Dienern, es zu öffnen, was unverzüglich ausgeführt wurde. Es trat aber der Jüngling ein, und eine Fingerspitze seiner Hand mit Speichel anfeuchtend, legte er sie auf das Salz und hob einige Körnchen auf, verzehrte sie, und sich gegen die Großen wendend, sagte er, sie möchten das Lager schließen, er habe sein Versprechen der Königin gegenüber völlig eingelöst. Hierob erstaunten alle in höchstem Staunen und sagten, sie könnten nicht glauben, daß der Jüngling auf solche Weise dem gegebenen Versprechen nachgekommen wäre; er aber fügte noch hinzu, sie sollten die Königin nur von dem, was er getan, unterrichten, da er sich seines Auftrags auf das beste entledigt hätte.
Als die Königin solches von ihrem Vornehmsten hörte, hieß sie den Jüngling vor ihr Antlitz treten; und als er vor sie hingetreten war und sie ihn gefragt hatte, wie das zu verstehen sei, daß er mit vier einzelnen Salzkörnchen, die er gegessen, seinem Versprechen genuggetan zu haben vermeine, sagte er, daß jedweder, der mit seinem Freunde soviel Salz äße, wie er auf dem Lager in den Mund genommen hätte, und doch noch nicht der Freundschaft Aufgaben und Pflichten erkennen könnte, es auch nicht erfahren würde, wenn er zehn Lager, geschweige denn eines aufgegessen hätte; solches aber hätte er vermocht, und deshalb glaube er seinem Versprechen völlig nachgekommen zu sein.
Diese Antwort befriedigte die Königin über die Maßen, sintemal es ihr vorkam, als habe ihr Vater das unter der Lösung des Rätsels gemeint; sie lobte den Jüngling seines scharfen Verstandes halber gar sehr und sprach: »Etwas andres bleibt mir noch; wenn ihr mir das zu deuten vermögt, will ich euch eher für Götter als für Menschen halten!«
Und hierauf antwortete denn der jüngste Bruder: »Gebe

mir das Herz der Königin auf, soviel ihm immer gefällt, ich will es zufriedenstellen.« Nachdem sie befohlen hatte, daß er sich folgenden Tages wieder im Palast einfinden sollte, und er zur bestimmten Stunde gekommen war, ließ sie alle aus ihrem Gemach hinausgehen und behielt nur ihren ersten Wesir und den Jüngling bei sich zurück. Sie öffnete ein Kästchen, nahm fünf Eier heraus und sagte, sich gegen den Jüngling wendend: »Das hier sind, wie du siehst, fünf Eier; und in diesem Gemach befinden wir drei uns allein. Da nun deine beiden Brüder so große Prüfungen in meinem Reiche bestanden haben, so wage ich zu glauben, wenn auch noch du diese fünf Eier, ohne eines zu zerbrechen, zwischen uns in drei gleiche Teile zu teilen vermagst, daß man auf der ganzen Welt nicht drei Menschen finden kann, die euch an Verstand gleichkommen.« Sagte der Jüngling darwider: »Etwas Leichtes hast du, o Königin, mir da aufgetragen!« Und alsogleich die Eier der Königin aus der Hand nehmend, legte er drei vor ihr nieder, gab eines dem Wesir und behielt eines für sich. »Da sind, o Königin,« sprach er, »drei gleiche Teile, ohne eines zu zerbrechen.« Als sie nun dem Jünglinge sagte, daß sie solches nicht glauben könnte, wofern er nicht eine andere, genauere Erklärung abgäbe, bat der sie gar sehr um Verzeihung und sprach: »Die Teile sind in der Weise gleich, daß dein Wesir und ich, einer wie der andere, zwei Eier in der Hose haben, du aber keines; von den fünf, die du mir gegeben hast, habe ich dir drei, dem Wesir eines und das andere mir selbst zugeteilt; nun hat jeder drei, und ich habe sie recht unter uns drei verteilt.«

Solche Antwort gefiel der Königin über die Maßen gut; sie ward aber über und über rot und erklärte dem Jüngling, daß sie sehr zufrieden sei; der nahm Urlaub von ihr und kehrte in seinen Palast zurück. Sie nun blieb mit ihrem Wesir allein und sagte zu ihm, dieweil es dem hohen Allah gefallen habe, daß einige Jünglinge, eines so mächtigen Königs Söhne, in ihr Land gekommen wären und die ihnen vorgelegten Fragen, auf die sie bis zur Stunde von vielen, die sie darum gefragt habe, keine Lösung habe erhalten können, ihr so schnell zu beantworten gewußt hätten, so wäre sie entschlossen, der Ermahnung ihres Vaters gemäß, einen von ihnen zum Gatten zu erwählen; da nun alle drei mit so hohem Verstande begabt wären, sagte sie, würde ihr der am meisten zusagen, der ihr das Salzrätsel mit so großer Klugheit gelöst habe.

Als der Wesir solchen Beschluß guthieß, trug sie ihm auf, er solle sich andern Morgens bei den Jünglingen einstellen, und nachdem er ihnen vor allem die Ermahnung ihres Vaters verkündigt habe, sollte er ihren Wunsch offenbaren und den in ihrem Namen zum Gatten begehren, der ihr das Rätsel des Salzes aufgelöst habe. Der Wesir führte nun den Auftrag aus, stellte sich bei den Jünglingen ein und verkündigte ihnen sattsam den Wunsch der Königin und begehrte den in ihrem Namen zum Gatten, der ihr das Salzrätsel zu lösen gewußt hatte. Darob erstaunten die in höchstem Staunen und konnten kaum glauben, daß die Worte des Wesirs auf Wahrheit beruhten; sie berieten erst eine gute Weile untereinander und beschlossen, eine so hohe Ehre anzunehmen. Und es rief der, dem sie sich zu vermählen gedachte, den Wesir vor sich und sagte, da ihnen von der Königin so viele Liebeszeichen bewiesen wären und er so sehr von ihr verlangt würde, sei er bereit, sich ihr zu vermählen; und er ließe ihr deswegen in seinem und seiner Brüder Namen herzlichen Dank sagen; dieweil es nun aber billig wäre, daß sie dem Willen des Königs, ihres Vaters, folgten, obwohl sie von ihm des Landes verwiesen wären, hätten sie beschlossen, in sein Land zu ziehen, um ihn als gehorsame Söhne um alles wissen zu lassen und mit seiner gütigen Erlaubnis alsogleich zur Hochzeitsfeier zurückzukehren.

Als die Königin solchen Beschluß der Jünglinge vernommen hatte und daß sie in die Eheschließung einwilligten, ließ sie sie mit dem Wesir vor ihr Antlitz kommen, und nachdem heimlich zwischen ihnen Treue geschworen war, gab sie den Auftrag, daß ihnen der Spiegel unverzüglich übergeben würde, auf daß er von ihnen, der zwischen ihr und Behram-Gur bestehenden Vereinbarung gemäß, zurückgebracht würde und sie in ihr Land gehen könnten, woher sie, nachdem der König von der Vermählung in Kenntnis gesetzt worden wäre, mit seinem Segen zu der Hochzeitsfeier zurückkehren sollten. So empfingen denn die Jünglinge den Spiegel und reisten freudig und über die Maßen froh und von der Königin mit köstlichen Geschenken begabt ab, kamen in kurzer Zeit in Behram-Gurs Land, und als der von ihrer Rückkehr hörte und daß sie den Spiegel zurückbrächten, geschah es, obwohl er sich seines Leidens wegen in keinem guten Zustand befand, nichtsdestoweniger, daß er ein wenig froh wurde; und er glaubte, es könnte von ihnen, die er mit so hohem Verstande begabt wußte, ein Mittel gegen sein Ungemach gefunden werden. Sobald also die Jünglinge in der Königsstadt angelangt waren, erschien der erste Wesir vor des Königs Angesicht, küßte ihm zuerst die Hände, und nachdem er sein Übel gar sehr bedauert hatte, berichtete er ihm des ausführlichen von der Wiedererlangung des Spiegels und den im Lande der Königin abgelegten

Proben der Jünglinge und daß sie offenbart hätten, daß sie Dscha'afars, des Königs von Sarandib, Söhne wären, und von der beschlossenen Heirat. Als der Kaiser Behram-Gur solches vernommen hatte, ließ er sie alsogleich vor sich treten und sagte ihnen unendlichen Dank des Spiegels halber, den sie zurückgebracht hatten; und ihnen das Mißgeschick erzählend, das ihm durch Diliramas Schuld zugestoßen war, bat er sie, sie möchten es zufrieden sein, mit ihrem Verstand und ihrer Weisheit irgendein Heilmittel für seine Krankheit zu finden, sintemal er überzeugt wäre, wenn sie ihm nicht helfen könnten, müsse er in kurzer Zeit aus dem Leben scheiden, dieweil er bis zu dieser Stunde keinen Menschen zu finden vermocht, der ihm für sein Leiden ein Heilmittel zu geben gewußt hätte. Als der König seine Rede beendigt hatte, trugen die Jünglinge ob der Ursache seines Leidens schweren Kummer; es entgegnete ihm aber der älteste: »Auch noch gegen dieses Übel, o Gebieter, wollen wir wahrlich schnell ein Mittel finden, und es ist dieses: Nicht gar weit von dieser Stadt liegt eine sehr große und sehr heitere Ebene; sie soll das Mittel sein, durch das du deine frühere Gesundheit wiedererlangen wirst; lasse dir dort sieben sehr schöne und verschiedenartig bemalte Paläste bauen, und verweile dort eine ganze Woche, indem du in jedem von ihnen, mit dem Montage beginnend, eine Nacht ruhst.« »Und außerdem«, hub der zweite an, »schicke sieben deiner Gesandten in sieben Teile der Welt, von wo sie sieben Jungfrauen, Töchter der größten Fürsten, die sie dort vorfinden, herbeibringen sollen; und in jeden Palast eine führend, sollst du mit ihnen in köstlichen und gefälligen Gesprächen die Wochenfrist verbringen.«

Als er mit Sprechen aufgehört hatte, fuhr der dritte fort:

»Gib auch Befehl, daß in den sieben Hauptstädten deines Reiches ausgerufen wird, der beste Geschichtenerzähler, der in jeder von ihnen zu finden ist, solle vor dein Antlitz kommen, sintemal du sie mit den kostbarsten Geschenken begabt in ihre Heimat zurückschicken wolltest, nachdem sie dir eine schöne Geschichte erzählt hätten.«

Da nun befahl Behram-Gur, daß die drei von den Jünglingen vorgeschlagenen Dinge unverzüglich ausgeführt würden; und nachdem er die Herstellung der Paläste befohlen hatte, geschah es, daß in kurzer Zeit alles vollendet wurde; und als die sieben Paläste erbaut waren, ließ man sie reich ausschmücken und in jeden eine Jungfrau und einen Geschichtenerzähler hineingehen. Gemäß dem Rat der Jünglinge ließ er sich an einem Montagmorgen in einer Sänfte in den ersten Palast bringen, der mit Silber verziert war, während er selbst und sein ganzes Gefolge silberne Gewänder angelegt hatten. Hier nun legte er sich auf ein prächtiges und reiches Lager, dieweil er infolge seines Leidens schwach und völlig kraftlos war, und befahl der Jungfrau, vor sein Antlitz zu treten, und unterhielt sich mit ihr des längeren in verschiedenen und ergötzlichen Gesprächen. Als dann die Abendstunde herangekommen war, ließ er den Geschichtenerzähler kommen, und wie der vor ihn hintrat, wurde ihm von der Wesire einem aufgetragen, er solle eine schöne Geschichte erzählen. Nachdem der aber den Auftrag erhalten hatte, küßte er erst dem Kaiser die Hand und begann dann in solcher Art:

»Es herrschte ehemals im Lande Bekhâr ein weiser und kluger muselmanischer Kaiser, der vier Frauen hatte, deren eine seines Oheims Tochter, die andern drei aber großer Fürsten Töchter waren. Und dieweil er nun ein Mann von großer Gelehrsamkeit war, pflegte er große Höfischkeit und große Liebesbeweise den Tugendliebenden zu bezeigen; sowie er nur erfahren hatte, daß solche in sein Land gekommen waren, wurden sie von ihm mit prächtigen und reichen Geschenken geehrt. So kam es denn, daß sich stets eine große Menge solcher Leute bei ihm befand, mit denen er sich in der Zeit, in der er von Staatsgeschäften frei war, über mannigfaltige und die Tugend angehende Dinge unterhielt. Als er eines Tages nun mit einem ausgezeichneten Philosophen, der im Ruf eines über die Maßen weisen Mannes stand, über die schönen und wunderbaren Wirkungen in der Natur sprach, bat er ihn, er möchte ihm irgendein Wunder, das solches dartue, erzählen, denn er dachte sich, dieweil der ein schon hochbejahrter und sehr weiser Mann wäre, könnte er irgend etwas Merkwürdiges von ihm erfahren. Und täuschte sich hierin auch nicht; da ihm der Philosoph willfahren wollte, hub er also an: ›O Gebieter, sintemal ich dich so begierig sehe, irgendein merkwürdiges Geheimnis der Natur kennenzulernen, will ich dir eines erzählen und habe zeit meines Lebens nie ein größeres gehört noch gesehen: Vor nicht langen Jahren befand ich mich im Abendlande, wohin ich gezogen war, um es kennenzulernen, und überzeugte mich auf das genaueste, daß sich in diesem Lande viele mit hohem und edlem Verstande begabte Menschen finden. Es begleitete mich aber ein weiser und erfahrener Jüngling, mit dem ich in einer Stunde unter den Stunden in eine Stadt ging; und bei den verschiedenen Gesprächen, die wir auf dem Wege ob der bemerkenswerten Dinge in der Natur zu führen pflegten, ereignete es sich nun, daß er zu mir sagte, er kenne ein Wunder, das alle andern überträfe, es sei aber dieses: er könne jedesmal nach seinem Gefallen, wenn er ein Tier irgendwelcher Art getötet hätte, nach einigen Worten, die er über dem Körper des toten Tieres gesprochen hätte, mit seinem lebendigen Geiste in dieses hineinschlüpfen; den eigenen Leib aber lasse er tot liegen, und das getötete Tier würde mit seinem Geiste wieder lebendig; und wenn er in ihm, solange es ihm gefiele, verweilt hätte, stelle er sich wieder mit dem Tierkörper über seinen eignen, und dieselben Worte sprechend, kehre er mit seinem lebendigen Geiste wieder in diesen zurück, das vernunftlose Tier aber falle tot nieder, wie es zuerst gewesen wäre, er jedoch befände sich wieder in seinem früheren Zustand. Solches nun schien mir unmöglich zu sein; und als er sah, daß er mich schwer davon überzeugen konnte, machte er in meiner Gegenwart die Probe. Und ich, der ich niemals ein größeres Wunder gesehen hatte, bekam den sehnlichsten Wunsch, es zu erlernen; und da ich dem Jüngling viele Dienste geleistet hatte, so erreichte ich durch meine inständigen Bitten, daß er es mich nach einer langen Frist lehrte und mir genugtat.‹ Als der Philosoph solches dem Kaiser erzählt hatte, sprach der zu ihm: ›Wie könnte ich über solch eine unmögliche Sache urteilen, ohne eine Probe, die mich überzeugte, zu sehen?‹ Antwortete der Philosoph: ›Machen wir doch den Versuch, auf daß du siehst, daß solches wohl möglich ist; lasse mir zur Stunde ein vernunftloses Tier hierherbringen, und du sollst alles sehen!‹ Nachdem der Kaiser alsogleich einen Sperling hatte holen lassen, wie es der Philosoph angegeben hatte, erstickte der ihn und warf ihn zu Boden, sprach mit leiser Stimme einige Worte über ihm und fiel plötzlich tot zur Erde, und der wieder lebendig gewordene Sperling begann durch das Gemach, in dem sie sich befanden, zu fliegen; und nach einer guten

Frist kehrte er auf den Körper des toten Philosophen zurück, zwitscherte etwas über ihm, und indem er den Philosophen auferweckte, blieb er tot, wie er es vorher gewesen. Als der Kaiser, sobald der Philosoph wieder vor ihm stand, seine lebhafte Verwunderung hierob geäußert hatte, entbrannte er in heißestem Verlangen, ein solch großes Geheimnis zu erlernen; und da er den Philosophen gar sehr bat, wagte der es nicht, einem so großen Fürsten etwas abzuschlagen, und eröffnete ihm alles auf das genaueste. So ward der nun eines wunderbaren Geheimnisses Meister und ließ sich fast jeden Tag einen Vogel holen; und wenn er ihn getötet und mit seinem Geiste in ihn geschlüpft war, ließ er seinen eignen Körper tot liegen, und nachdem er sich, solange es ihm gefiel, ergötzt hatte, kehrte er von neuem mit seinem Geiste in seinen Körper zurück, und den Vogel tot lassend, ging er aus ihm heraus. Und mit dieser Kunst die Gemüter vieler seiner Untertanen prüfend, strafte er die Bösen und belohnte die Guten mit vielen Geschenken und erhielt sein Reich in Ruhe und Frieden. Als solches Geschehen sein Wesir gemerkt hatte, der wußte, wie teuer er seinem Herrn war, unterhielt er sich eines Tages mit ihm, wie er dieser Kunst teilhaftig geworden wäre, und fing an zu erzählen und bewies ihm, daß er über einige seiner Geheimnisse (mit seiner Hilfe) unterrichtet wäre, und bat ihn inständigst, er möchte ihm auch das offenbaren. Da ihn nun der Kaiser sehr liebte und darum bereit war, ihm auf jede Weise gefällig zu sein, zeigte er es ihm und machte dem Wesir alsogleich einen Versuch vor und war begierig, ihn darin auf das betse zu unterweisen. Es ereignete sich nun eines Tages, daß der Wesir zusammen mit seinem Gebieter auf die Jagd gegangen war und sie sich ein gut Stück von den andern, die in ihrem

Gefolge waren, entfernten und auf zwei Hirschkühe stießen, die sie töteten; und es schien dem Wesir die beste Gelegenheit zu sein, einen bösen Vorsatz, den er seit langem in seinem Herzen verborgen trug, ins Werk zu setzen. Und sprach zum Kaiser: ›Ach, o mein Gebieter, wollen wir nicht mit unserem Geist in diese beiden Hirschkühe schlüpfen, sintemal wir so fern von der Begleitung sind, und ein wenig dahinspringen und uns auf diesen grünen Hügeln ergötzen?‹ Antwortete der Kaiser: ›Du hast wahrlich einen guten Gedanken, und sicherlich werden wir durch einen derartigen Spaziergang ein großes Vergnügen haben.‹ Nach solchen Worten stieg er vom Pferde und band es an einen Baum, stellte sich dann alsogleich über eine der toten Hirschkühe und sagte die Worte des Geheimnisses, und nachdem er mit seinem Geist in die Hirschkuh geschlüpft war, ließ er seinen Leib hier tot liegen. Als der Wesir das sah, sprang er sofort vom Pferde, trug keine Sorge, es anzuknüpfen, und stellte sich über den toten Körper des Kaisers, sagte ebenfalls die Worte des Geheimnisses und ließ seinen eignen Körper tot auf der Erde liegen, schlüpfte mit seinem Geist in den des Kaisers, und auf dessen Pferd steigend, kehrte er zu dem Gefolge zurück; und als er wieder in die Stadt kam, ward er von jedermann, da er den Körper und die Gestalt des Herrschers hatte, als der Kaiser verehrt. In dem Kaiserpalast angelangt, erkundigte er sich sehr eifrig bei vielen seiner Vornehmen nach seinem Wesir; es fand sich aber niemand, der ihn gesehen hatte. Darob trug er großen Kummer und gab vor, zu glauben, daß er von dem wilden Getier, das im Buschwerk hauste, verschlungen wäre, als er sich von dem Gefolge entfernt hätte. Von Stund an leitete und beherrschte er das Reich und verrichtete alle Dinge so, wie es der wahre

Kaiser zu tun pflegte; doch dieweil es dem hohen Allah nicht gefällt, daß ein Betrug lange verborgen bleibt, ereignete es sich, daß er, als er bei drei der Frauen seines Gebieters gelegen hatte, auch bei der liegen wollte, die die Tochter des Oheims des Kaisers war; und als er sich in der vierten Nacht nach der Rückkehr von der Jagd zu ihr legte, merkte sie, wie ganz anders er sie liebkoste, als es der Kaiser gewöhnlich zu tun pflegte; und da sie wußte, daß ihr Gebieter das Geheimnis, mit dem Geiste in den Leichnam jedweden·Tieres zu schlüpfen, kannte, fiel ihr bei, daß sich der Wesir nach der Jagd nicht wieder eingefunden habe; und als ein Weib von bestem Verstande merkte sie alsogleich um den Betrug und das dem Kaiser zugestoßene Unglück. Obwohl der Wesir ganz den Körper des Kaisers hatte, sprang sie doch sofort vom Lager, und indem sie tat, als ob sie nichts von dem Betruge gemerkt hätte, sprach sie zu ihm: ›Kurz ehe du dich zu mir legtest, habe ich, o Gebieter, ein großes und erschreckliches Gesicht gehabt, das zu offenbaren mir gegenwärtig verboten ist. Darum habe ich mir ernstlich vorgenommen, keusch zu leben. Dieses Ereignisses wegen bitte ich dich herzlich, mir nachzugeben und nicht mehr zu mir zu kommen, um bei mir zu liegen; wenn du mich aber nicht erhören willst, will ich mich eher selbst umbringen denn deinem Willen nachkommen!‹ Wiewohl solche Worte dem falschen Kaiser gar sehr mißfielen, fürchtete er dennoch, dieweil er das Weib über die Maßen liebhatte, es würde sich töten, wenn er sich nicht des Liegens bei ihr enthielte, und da ihm das Sprechen darüber auch verboten war, begnügte er sich einzig damit, sich darüber zu wundern und alles bei sich zu erwägen; nichtsdestoweniger versah er alle übrigen Geschäfte des Reiches, so wie es einem wahren und gerechten Kaiser zukommt. Dieser aber, um auf ihn zurückzukommen, war in eine Hirschkuh verwandelt und wurde von allem möglichen Mißgeschick ereilt; er ward von den männlichen Hirschen verfolgt und von andern wilden Tieren zu often Malen gar sehr gestoßen und beschloß, um so vieles Unglücks willen zu fliehen und sich von jedem Getier fernzuhalten und allein zu wandern. So nun fand er eines Tages einen Papageien, der vor kurzem gestorben war, im Felde liegen, und da er glaubte, kein so mühseliges Leben mehr führen zu müssen, wenn er mit seinem Geist in den Leichnam dieses Tieres schlüpfte, sprach er über ihm die Worte, die solche Wirkung hervorbrachten, und alsobald ließ er die Hirschkuh tot auf der Erde liegen und ward Papagei; und sich zu vielen andern Papageien gesellend, ereignete es sich, daß er auf einen Vogelsteller aus seiner Hauptstadt stieß, der die Netze zum Vogelfangen aufgespannt hatte; und da er sich einredete, wenn er sich von ihm fangen ließe, könne er vielleicht seine frühere Gestalt wiedererlangen, begab er sich an einen Platz, wo er von dem Netze bedeckt werden mußte, und wurde dann auch auf solche Weise von dem Vogelfänger in Gemeinschaft mit vielen andern Vögeln und Papageien gefangen. Und als er zusammen mit den andern in einem großen Käfig untergebracht war, schickte sich der Vogelsteller von neuem an, die Netze zu legen. Da nun zog er, der mit Vernunft und Weisheit begabt war, mit dem Schnabel ein Hölzchen heraus, das die Tür des Käfigs geschlossen hielt, und öffnete sie; während alle andern Vögel entflohen, blieb er allein in dem Käfig zurück. Nicht lange Zeit hernach kam der Vogelsteller nach dem Platze zurück, wo der Käfig aufgestellt war, und als er sah, daß durch die Flucht der Vögel die Mühen dieses Tages vergeblich gewesen waren, ward er ganz traurig und trat herzu, um die Tür zu schließen, auf daß der Papagei, der ihm noch blieb, nicht auch noch entflöge; er wurde aber von dem mit weisen und klugen Worten getröstet. Hierob äußerte er lebhafte Verwunderung, und es schien ihm unmöglich zu sein, daß ein frisch gefangener Papagei mit solcher Klugheit zu reden verstünde, und er tröstete sich gänzlich, sintemal er glaubte, für diesen eine große Summe Geldes lösen zu können. Darauf ließ er sich mit ihm in ein Gespräch ein, und als er sah, daß er ihm kluge Antworten gab, löste er die Netze und legte sie zusammen; und mit dem Papageien der Stadt zugehend, unterhielt er sich mit ihm auf dem Wege über viele Dinge; und da er merkte, daß das Tier sehr vernünftige und weise Reden führte, begann er zu glauben, er könne mit ihm viel Reichtum erwerben. Wie er dann in die Stadt und auf den Markt gekommen war, begegneten ihm seiner Freunde einige, und als er mit ihnen zu reden begann, entstand nicht weit von ihnen ein großer Lärm, und es fragte der Papagei seinen Herrn, was für ein Getümmel da wäre. Und nachdem der es von den Umstehenden erfahren hatte, sagte er, es wäre da eine berühmte und sehr schöne Dirne, die in der vorhergehenden Nacht geträumt habe, daß sie bei einem Vornehmen der Stadt geschlafen; diesem sei sie auf dem Markte begegnet und habe ihn beim Gewand ergriffen und verlange hundert Dinare von ihm, indem sie sage, daß sie um einen geringeren Preis noch niemals bei einem andern Manne geschlafen habe. Dieweil sich aber der Vornehme hierzu nicht verstehen wolle, sei dieser Lärm entstanden. Als der Papagei das gehört hatte, sprach er: ›Dies ist fürwahr ein böser Handel, zumal sie darum so hitzig miteinander streiten; und wenn du sie zu mir kommen läßt, werde ich sie wahrlich miteinander aussöhnen können.‹ Da nun der Vogelsteller wußte, mit welch großer Klugheit der Papagei begabt war, überantwortete er den Käfig, in dem er saß, seiner Freunde einem, dem er auf dem Markte begegnet war, und ging eilends dorthin, wo das Getümmel war; und nachdem er den Lärm, den der Vornehme und die Dirne schlugen, mit Worten ein wenig gedämpft hatte, nahm er sie bei der Hand und führte sie an den Käfig und sagte zu ihnen: ›Wenn ihr es zufrieden seid, euch in diesem Streit dem Urteil des Tieres hier zu unterwerfen, so glaube ich wahrlich, daß es gerecht zwischen euch richten wird.‹ Ob solcher Worte hatten die Umstehenden großen Spott, dieweil es ihnen unmöglich erschien, daß ein vernunftloses Tier das, was der Vogelsteller gesagt hatte, zu tun vermöchte. Der Vornehme aber, der solch ein Wunder sehen wollte, wandte sich zu der Dirne und sprach: ›Wenn du es zufrieden bist, will ich mich, auf mein Wort, dem Richterspruch, den der Papagei über unsern Handel fällen wird, fügen.‹ Als sich die Dirne auch hiermit zufriedenzugeben versprach, näherten sie sich dem Käfig; da fragte sie denn der Papagei zuerst nach ihrem Zwiste; und nachdem er alles aus ihrem Munde vernommen hatte, auch daß sie mit dem Urteil, das er ihnen spräche, zufrieden sein wollten, gab er Befehl, daß ein großer Spiegel vor seinen Käfig gebracht würde. Solches wurde alsogleich ausgeführt; dann ließ er sie vor den Spiegel treten, und nachdem der auf einen Tisch gelegt war, sagte er zu seinem Herrn, daß er den Spiegel mit dem rechten Fuß halten sollte; dann wandte er sich an den Vornehmen und verlangte, er solle alsogleich die von der Dirne geforderten hundert Dinare auf den Tisch legen. Dessen freute die sich und war über die Maßen froh, denn sie glaubte schon ihren Beutel mit ihnen bereichert zu haben; der Vornehme aber legte sie traurig vor dem Spiegel nieder. ›Und du, o Weib,‹ sprach der Papagei, ›rühre nicht die Dinare an, die du auf dem Tische aufgezählt siehst, sondern nimm die hundert, die in dem Spiegel so funkeln; sintemal dein Zusammensein mit dem Vornehmen ein Traum war, so ist es billig, daß der Lohn, den du dafür verlangst, einem Traume ähnlich ist.‹ Ob solchen Urteils war das Volk, das sich dazu eingestellt hatte, sehr erstaunt und konnte kaum glauben, was es doch mit eignen Augen gesehen, daß ein vernunftloses Tier einen solchen Urteilsspruch mit so großer Klugheit gefällt hatte, So wurde denn der Name des Papageien in der ganzen Stadt berühmt und bekannt.

Als solches nun der Kaiserin zu Ohren kam, meinte sie, in dem Tier, das mit so hoher Vernunft und Klugheit begabt sei, müsse sich der Geist des Kaisers, ihres Gatten, befinden, und gab Befehl, daß der Papagei mitsamt dem Vogelsteller alsogleich vor sie gebracht werden sollten. Und es ward dies von den Dienern ausgeführt; und als der Vogelsteller in dem Serail angelangt war, wurde er unverzüglich vor das Angesicht der Kaiserin gebracht. Nachdem sie ihn lange über den Fang und die Klugheit des Tieres befragt hatte, ließ sie ihn wissen, daß sie ihn, falls er damit einverstanden wäre, ihn ihr zu verkaufen, zu einem so großen Herrn machen wolle, daß er nicht mehr auf den Vogelfang auszugehen brauche. Als die Kaiserin diese Worte gesagt hatte, sprach er: ›Wir, o Herrin, der Vogel und ich, sind in deiner Macht; und die höchste Gunst, die ich von dir erbitten kann, ist: du möchtest ihn von mir als Geschenk annehmen, sintemal ich deine Huld höher schätze als den Reichtum, den ich mir mit ihm erwerben könnte.‹ Ob solcher Worte geriet die Kaiserin in große Verwunderung und konnte kaum glauben, daß der Vogelsteller mit so edler Gesinnung begabt war; sie nahm den Papagei an und ließ alsogleich seinem Herrn ein Jahrgeld von fünfhundert Dinaren seiner Freigebigkeit wegen verschreiben. Nachdem sie dem Vogel einen kostbaren Käfig hatte machen lassen, setzte sie ihn hinein und ließ ihn in ihr Gemach bringen; und mit ihm über verschiedene Dinge redend, pflegte sie den größten Teil des Tages also zuzubringen. Als nun der Papagei einen Zeitraum von zwei Monaten Tag und Nacht bei der Kaiserin zugebracht und niemals gesehen hatte, daß der falsche Kaiser bei ihr lag, wurde er darob froh und über die Maßen fröhlich, obschon er sich in einem so traurigen Zustande befand. Eines Morgens aber unterhielt sie sich mit ihm zu einer Zeit, da sie sich allein in ihrem Gemache befand, und es sprach die Kaiserin zu ihm: ›Ich merke wahrlich, o mein kluges und weises Tier, daß du dich mit mir über die verschiedensten Dinge mit viel Verstand und Weisheit unterhältst, dieserhalb kann ich nicht glauben, daß du vernunftlos bist, vielmehr halte ich es für gewiß, daß in dir der Geist eines edlen Menschen weilt, der durch Zauberkunst in einen Papagei verwandelt ist; da ich solches nun wahrlich glaube, bitte ich dich gar sehr, mir gegenüber offen zu sein.‹ Als die Kaiserin solche Worte beendet hatte, konnte sich der Fürst der großen Liebe halber, die er für sein Weib hegte, nicht länger zurückhalten und erzählte ihm die ganze Geschichte von Anfang an und wie er sich durch den Verrat seines treulosen und schändlichen Wesirs in einem so unglücklichen und so elenden Zustand befand. Hierauf antwortete die Kaiserin, daß sie solches an der ungewohnten Weise, in der sie der falsche Kaiser umarmt, wohl gemerkt habe; und wie sie ihm den Schwur getan, ehe sie bei ihm liege, wolle sie sich mit eigener Hand den Tod geben. Sprach der Papagei: ›Wenn du willst, kannst du sofort eine Heilung für alles finden und mich in meinen früheren Zustand zurückversetzen und an dem elenden und treulosen Wesir eine vollständige Rache nehmen.‹ Da sie dies mehr als alles andere wünschte, bat sie ihn, ihr die Weise, wie sie es tun könnte, anzugeben. Antwortete das Tier: ›Wenn sich der falsche Kaiser mit meinem Körper dir nähern will, zeige ihm ein heiteres und fröhliches Gesicht und fange an, ihn zu liebkosen, und sage zu ihm: ›Wahrlich, ich kann mich dem unglücklichsten Weib, das es auf der Welt gibt, vergleichen, alldieweil ich dich liebe, sosehr ich es nur kann, und doch nicht imstande bin, mich deiner zu erfreuen, wie ich es früher zu tun pflegte, infolge des Argwohnes, der, was deine Person angeht, in mir erregt ist: seit langer Zeit nämlich sehe ich dich nicht mehr mit deinem Geiste in den Leichnam irgendeines Tieres schlüpfen und in ihm zu deinem Vergnügen herumspringen, wie du es ehedem zu tun pflegtest; dieserhalb nun glaube ich vor Kummer zu sterben.‹ Da er nun keine andere Sache, als bei dir zu liegen, sehnlicher wünscht, darf man glauben, daß er alsogleich, um dich zufriedenzustellen und dir auf solche Weise zu versichern, daß er der wahre Kaiser ist, mit seinem Geiste in irgendein totes Tier schlüpfen und dir somit Gelegenheit geben wird, dich bitter für seine Treulosigkeit zu rächen; denn sobald er das tut, öffne mir den Käfig, dann kann ich auf meinen toten Körper fliegen; und mit dem Geiste in ihn zurückkehrend, werde ich meinen früheren Zustand wiedererlangen, und wir werden nach dem Ereignisse ein frohes und ruhiges Leben führen.‹

Nachdem das Tier also geredet hatte, handelte die Kaiserin unverzüglich nach seinem Rate. Als nämlich am Abend desselbigen Tages der Kaiser in ihr Gemach trat und sich mit ihr, wie er es zu tun pflegte, über verschiedene Dinge unterhielt, fing sie an, ihm die Rede, die ihr von dem Papagei vorgesagt war, zu halten. Er aber, der nichts sehnlicher als ihre Gunst und Liebe zu erlangen wünschte, sprach zu ihr: ›Groß Unrecht wahrlich, o Weib, hast du dir und mir allzu lange angetan, zumal meine Person aus solchem Grunde bei dir in Verdacht geraten ist, denn in der ersten Stunde, wo du mich das hättest hören lassen, würde ich den Zweifel von dir genommen haben; doch soll man mir alsogleich eine Henne bringen, auf daß ich dich sehen lasse, wie sehr dich dein Argwohn bis auf diese Stunde getäuscht hat.‹ Und nachdem solcher Befehl unverzüglich gegeben war, brachte man ihnen eine lebende Henne in das Gemach; und jedweder ward nun beurlaubt, und sie schlossen sich allein mit dem Papagei zusammen in das Gemach ein. Da nahm der falsche Kaiser die Henne und erdrosselte sie mit eigner Hand, und über ihrem Körper die Zauberworte sprechend, schlüpfte er mit seinem Geiste in sie, während sein eigener Körper tot auf dem Boden liegenblieb. Als die Kaiserin das sah, öffnete sie ohne Verzug den Käfig des Papageien, der aber flog über den toten Körper und kehrte kraft der Worte mit seinem Geist in ihn zurück; der Papagei aber blieb tot. Hierob war die Kaiserin über die Maßen froh, und Freudentränen weinend, hielt sie den wahren Kaiser, ihren Gatten, lange umarmt. Darauf nahm der die Henne, die, ihr Unglück ahnend, hin und wider lief, und riß ihr den Kopf ab und warf sie in das Feuer, das in dem Gemach brannte. Auf daß aber niemand im Serail etwas merkte, gaben sie vor, der Papagei sei gestorben, und gingen aus dem Gemach und sagten für den folgenden Tag für die Frauen und Vornehmen ein Fest an. Nach diesem beurlaubte der Kaiser die drei andern Frauen, die er hatte; die aber, die seines Oheims Tochter war, behielt er; und er leitete nach solch großem Unglück sein Reich mit ihr in höchster Ruhe, und sie lebten lange in Freude und Wonne.« –

Als nun der Geschichtenerzähler, der Behram-Gur erzählte, mit seiner Geschichte zu Ende gekommen war, wurden ihm vom Kaiser reiche Geschenke gemacht, sintemal er sehr große Freude an den berichteten Ereignissen gehabt hatte; und nachdem jener Urlaub erhalten hatte, kehrte er reich in seine Heimat zurück.

Es hatte sich aber Behram-Gur durch die ihm erzählte Geschichte ein wenig erholt, und er fing an zu glauben, daß der Rat der Jünglinge ihm dazu nützlich gewesen wäre. Daher ließ er sich ihrer Bestimmung gemäß am Dienstagmorgen beizeiten in der Sänfte in den zweiten Palast bringen, der ganz mit Purpur geschmückt war, und sein ganzes Hofgesinde und er selbst war in gleicher Farbe gekleidet. Und ließ die Jungfrau aus dem zweiten Himmelsstriche vor sein Antlitz kommen, und nachdem er sich mit ihr eine gute Zeit über viele Dinge unterhalten hatte, gab er Befehl, daß der zweite Geschichtenerzähler erscheinen sollte. Der nun trat vor ihn hin und küßte seine Hand und wurde von dem Wesir aufgefordert, seine Geschichte zu erzählen. Da begann er denn nach empfangenem Auftrage in solcher Weise:

»In der alten Stadt Benefzuva herrschte einst ein großmächtiger König, dem viele Länder und Landstriche unterworfen waren; und dieweil er ein Mann von großer Macht war, ließ er sich inmitten dieser Stadt einen sehr großen

Palast zu seiner Behausung erbauen, den er nachtsüber von hundert wilden und grimmigen Hunden bewachen ließ, die außerdem auch noch die zum Tode Verdammten zu fressen pflegten. Dieser König aber hatte einen einzigen Sohn, der außer vielen andern Tugenden, mit denen er begabt war, alle Genossen seines Alters in der Kunst des Bogenschießens übertraf. Sintemal er nun der einzige Sohn war, beschloß der Vater, ihm ein Weib zu geben, um Kinder von ihm zu sehen, auf daß er Erben in seinem Reiche habe. Daher rief er ihn eines Tages vor sich und ließ ihn um seinen Entschluß wissen und sagte ihm auch, es seien ihm vieler großen Herrscher Töchter dazu angetragen. Als Antwort hierauf hatte ihm der Sohn gesagt, er wolle ihm in allem zu Willen sein; und hatte ferner untertänig gebeten, wenn er vermählt werden solle, möchte er es zufrieden sein, ihm die Wahl zu überlassen. Alldieweil er, wenn er ein Weib nehmen müßte, die ganze Zeit seines Lebens mit ihm zu verbringen habe, so wolle er dasjenige, das seinen Augen wohlgefällig wäre, und kein anderes nehmen. Des war der Vater wohl zufrieden, doch konnte er keines, das dem Sohne zusagte, finden. Darob war er über die Maßen betrübt und wußte nicht, was er in dieser Sache zu tun vermöchte, und führte ein recht trauriges und schmerzensreiches Leben. Nun hatte sein Wesir eine sehr schöne und kluge Tochter; und es ereignete sich, daß ihre Amme, die ein verständiges, kluges Weib war, nachdem sie erfahren hatte, man könnte keine Jungfrau finden, die dem Jüngling wohlgefällig wäre, sich einredete, daß ihm die Wesirstochter ihrer großen Schönheit halber gefallen möchte. Als sie gelegentlich bei ihm war, gab sie ihm zu verstehen, wenn er die Tochter ihres Herrn gesehen hätte, die an Klugheit und Gestalt alle andern ihres

Alters überragte, würde er sie, des sei sie überzeugt, zum Weibe begehren. Solchen Worten lieh der Jüngling ein Ohr und bat die Amme inständigst, sie möchte ihm verraten, wie er sie sehen könnte. Antwortete die in solcher Weise: ›Der Wesir, mein Gebieter, pflegt seine Tochter jeden Sonntag auf die Jagd zu schicken, auf daß sie zum wenigsten an diesem Tage einiges Vergnügen habe, nachdem sie sich die ganze Woche über mit tugendsamen Arbeiten beschäftigt hat. Wünschst du sie nun zu sehen, so kann das sehr leicht geschehen, wenn du uns am nächsten Sonntag ins Feld folgen willst.‹ Solcher Worte wegen sagte der Jüngling der Amme herzlichen Dank und offenbarte sich einem einzigen seiner Gefährten. Mit diesem setzte er sich nun am Sonntag zu Pferde; und sie schickten sich an, den Frauen des Wesirs, die zur Jagd ausritten, von weitem zu folgen. Es war ungefähr drei Meilen von der Stadt ein berühmtes und altes Bethaus; als hier die Jungfrau, die der Jüngling vermöge der Zeichen der Amme erkannte, mit ihrer Gefolgschaft angekommen war, sah sie auf dem Minarett zwei Tauben; und da sie einen Bogen zur Hand hatte, setzte sie sich in Bereitschaft, mit Kügelchen auf sie zu schießen. Als aber der Jüngling, der ganz weit von ihr entfernt war, solches sah, nahm er alsogleich auch den Bogen zur Hand und schoß ihn vor ihr ab, und eine der Tauben, die durch seinen Schuß getötet wurde, fiel zur Erde, die andere aber flog erschreckt auf; in der Luft jedoch ward auch sie von der Jungfrau mit einer Kugel getötet. Hierob verwunderte sich der Königssohn höchlichst; und da er ihre Geschicklichkeit erkannt hatte, sandte er ihr, um ihr zu beweisen, daß sie einen besseren Schuß als er getan, durch seinen Pferdehalter die Taube, die er getötet hatte, als Geschenk und ließ ihr sagen, dieweil sie den kunstgerechtesten Schuß abgegeben, habe sie sie gewonnen. Als nun die Jungfrau die edle Handlung des Jünglings erfuhr, konnte sie nicht dulden, daß sie von jemand an Höflichkeit übertroffen wurde, und gab die Taube dem Pferdehalter zurück und trug ihm auf, daß er seinem Herrn in ihrem Namen für die erwiesene Güte danken sollte, und machte ihm auch ihre Taube zum Geschenk. Nachdem der Stallsklave seinen Auftrag ausgeführt hatte, erwog der Königssohn den Wert und die Klugheit der Jungfrau bei sich; und wiewohl er ihr Gesicht noch nicht gesehen hatte, verliebte er sich über die Maßen heftig in sie. Und er beschloß, auf irgendeine Weise ihr Gesicht zu sehen, und stieg vom Pferde und verbarg sich hinter einem Busch, nicht weit von der Begleitung des Mädchens. Nahe bei dem Busch war ein sehr schöner und klarer Quell, und da die Jungfrau den Anstrengungen der Jagd zufolge großen Durst litt, so entschleierte sie ihr Antlitz und ließ sich in einem Krügelchen Wasser schöpfen; und als der Jüngling sie auf solche Weise gesehen hatte, ward es ihm gewiß, daß ihm die Amme die Wahrheit gesagt, wenn sie von ihrer Schönheit und Tugend gesprochen hatte, und er beschloß, sie zum Weibe zu nehmen, und offenbarte sein Vorhaben alsogleich seinem Vater. Es ward aber der König über die Maßen froh und zufrieden, sintemal er schon die Hoffnung aufgegeben hatte, ein seinem Sohne wohlgefälliges Weib zu finden. Er rief seinen Wesir vor sich und verkündete ihm das Verlangen des Jünglings; nachdem unter ihnen im geheimen die Ehe abgemacht war, verschoben sie ihre Bekanntgabe auf eine gelegenere Zeit. Den Jüngling nun, der das Mädchen heftig liebte, erfüllte darob eine erstaunliche Freude, und nichts wünschte er sehnlicher, als bald die Hochzeit zu feiern. Da es Allah gefiel, wurde der König kurze Zeit darnach von einer heftigen Krankheit ergriffen und starb für dieses Leben. Nach seinem Tode nun folgte ihm sein Sohn in der Herrschaft; als der alles vorgesehen hatte, was zur Ruhe der Stadt und seiner Untertanen nötig war, wurde die Vermählung mit einem Fest bekanntgegeben, und er führte die junge Braut in den Königspalast; und nachdem hier die Hochzeit feierlich gefeiert war, wollte er bei seinem Weibe liegen. ›O Herr,‹ sagte dieses, ›obschon ich weiß, daß ich dir zu gehorsamen habe und es billig ist, dir beizustimmen, will ich dir trotzdem, ehe ich zugebe, daß du dich zu mir legst, einen ehrbaren Wunsch vortragen. Und der besteht darin, du wollest es zufrieden sein, dieweil du mich zum Weibe genommen hast, neben deinen Namen den meinigen auf das Geld prägen zu lassen.‹ Solchem Begehren, das seiner Ehre schaden konnte, glaubte der König nicht nachkommen zu dürfen und sprach zu ihr: ›O Weib, wenn es einer der Könige, die meine Vorgänger im Reiche gewesen, getan hat, kannst du sicher sein, daß ich wegen meiner großen Liebe zu dir nicht allein solches, sondern noch viel größere Dinge tun werde, und kannst dich gar leicht davon durch Proben überzeugen. Sintemal das aber meines Wissens weder in diesem noch in einem andern Reiche Brauch gewesen ist, so gib dich zufrieden und entschuldige mich; denn da ich mehr auf die Ehre als auf irgendeine andere wichtige Sache achtzugeben habe, so kann ich dir deine Bitte nicht erfüllen.‹ Auf solche Worte aber antwortete sie: ›O Gebieter, ich hätte wahrlich nicht geglaubt, daß du meine erste Bitte, die ich an dich getan, abschlagen würdest; dieweil ich aber daraus ersehe, wie wenig teuer ich dir bin. zumal du meinen ehrenwerten Wunsch nicht erfüllt hast, so wisse, ich will eher den Tod erleiden als zugeben, daß du bei mir liegst. Denn wenn du, wie du gesagt hast, ein Auge auf deine Ehre haben mußt, so ist es billig, daß ich ebenso auf meine achte.‹ Diese Erklärung der Königin versetzte den König in sehr große Betrübnis, und er beschloß zu versuchen, ob er mit List bewerkstelligen könnte, daß sie von ihrem Begehren abstünde. Als er sich nun mit ihr eines Tages des langen über seine Liebe zu ihr unterhalten hatte, sprach er: ›O Weib, da du in Wahrheit mein Weib bist, aber nicht willst, daß ich Beilager mit dir halte, ich ließe denn neben meinen auch deinen Namen auf die Münzen prägen, so tust du damit großes Unrecht; auf daß du aber siehst, wie ich dir in allen Dingen gern zu Gefallen sein möchte, so will ich ihn wahrlich auf die Münzen prägen lassen, wenn du mit Bogen und Pfeil in der Hand die Probe nachtust, die du mich ablegen siehst.‹ Sintemal sie sich hinreichend auf das Bogenschießen verstand, da sie diese Kunst von Jugend an unablässig geübt hatte, war sie damit einverstanden. Nun führte der König sie eines Abends nach dem Essen in ein geräumiges Gemach, an dessen Ende er ein nicht sehr großes Becken aufzustellen befahl, das er sie erst sehen ließ; hierauf sagte er, daß er drei Pfeile hineinschießen wollte, und ging mit ihr an das andere Ende des Gemaches. Und nachdem er Befehl gegeben hatte, daß die Lichter entfernt werden sollten, nahm er den Bogen zur Hand und schoß drei Pfeile hinein, und wenn sie das Becken trafen, hörte man deutlich den Klang. Als er solches getan, nahm die Königin den Bogen zur Hand und schoß auch drei Pfeile ab, den Klang des ersten aber vernahm man, den zweiten und dritten Pfeil hörte man jedoch nicht auftreffen. Und es war der König über die Maßen zufrieden und fröhlich und vermeinte, daß der zweite und dritte Pfeil das

Becken nicht getroffen hätten, und sprach zu sich selbst: ›Nun bin ich ledig des Wunsches meiner Frau und werde hiernach nicht mehr von ihr belästigt werden, und sie kann sich nicht länger weigern, bei mir zu liegen.‹ Er ließ die Lichter herbeibringen und sah seine drei Pfeile, die er hatte aufschlagen hören, an drei Stellen des Beckens haften, und den ersten, den die Königin geschossen, mitten zwischen ihnen; die andern beiden aber sah er an seinem Schafte haften. Hierob geriet er in große Verwunderung und stand ganz verwirrt und schmerzerfüllt da. Aber obwohl er es selbst gesehen hatte, daß die Königin einen so guten Schuß getan, wollte er trotzdem ihrem Wunsche keinesfalls willfahren; und da er einsah, daß es seiner Ehre nicht anstünde, etwas Versprochenes unerfüllt zu lassen, gab er anderen Tages vor, von einer gewissen Krankheit ergriffen zu sein. Da nun die Königin, die weise und verständig war, ihn nicht belästigen wollte, verlangte sie von Stund an nicht von ihm, ihren Namen auf den Münzen zu sehen, sondern war ganz besorgt um seine Gesundheit. Nun ereignete es sich in jenen Tagen, daß aus einer Nachbarstadt des Reiches die Nachricht kam, eine große Anzahl Einhörner richte dort vielen Schaden an; da glaubte denn der König, der listig war, auf solche Weise könne er sich der Schuld, in der er bei seiner Gemahlin stand, entledigen. Und indem er sich ein wenig wohler zu fühlen vorgab, sagte er zur Königin, daß er, wenn er erst ganz gesundet sei, mit ihr dorthin reisen wollte, allwo die Einhörner sich aufhielten, um zu sehen, auf welche Weise er die Gegend von ihnen befreien könnte. So ließ er denn nicht lange darnach vernehmen, daß er seine frühere Gesundheit wiedererlangt habe, und am folgenden Tag, als er nach seiner geheuchelten Krankheit aufgestanden war, ließ er seinen Großen verkünden, daß sich jedweder in drei Tagen aus seinem Hause zu einem Befehl einzufinden habe, dieweil er nach der von den Einhörnern heimgesuchten Stadt verreisen wolle. Als nun zu der angesagten Frist jedermann bereit war, machte er sich mit der Königin und seinem ganzen Gefolge auf den Weg, und die Beschwerden des Weges mit schönen und heitern Gesprächen vertreibend, kamen sie nach gar nicht langer Zeit in die Gegend, allwo die Einhörner hausten; und nachdem man sich hier in einer der Städte zwei Tage lang niedergelassen hatte, um sich von den Mühen der Reise zu erholen, gab der König allen seinen Leuten, die die benachbarten Gefilde bewohnten, den Befehl, Zelte aufzuschlagen, sintemal er nicht mehr in der Stadt, sondern außerhalb verweilen wollte, um die Einhörner dieser Gegend zu jagen. Solchem Gebot kam jedermann alsogleich nach; alle lagerten sich im Felde und ritten gemäß dem königlichen Befehl nach verschiedenen Seiten und töteten eine große Anzahl Einhörner mit Pfeilen. Eines Tages nun, als er sich mit der Königin im Felde aufhielt, sah er ein Männchen und ein Weibchen dieser Tiergattung, und dieweil der junge König sehr listig war, glaubte er, sich zur Stunde von der Verpflichtung, die er seinem Weibe gegenüber hatte, ihren Namen auf die Münzen zu prägen, befreien zu können. Und sich zu ihr wendend, sprach er: ›O Weib, ich weiß, daß ich die Wette verloren habe, als wir mit Pfeilen nach dem Becken schossen, und daß ich deinen Namen auf die Münzen prägen lassen muß, aber der Krankheit, die mich damals überkam, und unserer plötzlichen Abreise in diese Gegend wegen habe ich meine Schuld bis jetzt nicht bezahlen können. Ich verspreche dir aber, wenn du es mit deiner Kunst derart einzurichten verstehst, daß das Männchen der Tiere, die wir da sehen, weiblich, das Weibchen aber männlich wird, dann will ich, sobald wir in unsere Königsstadt zurückgekehrt sind, keine andere Sache eher tun als die, wegen der ich wahrlich dein Schuldner bin!‹ Auf diese Worte antwortete die Königin, wenn er zu tun vermöchte, was er ihr zumutete, würde auch sie das an den Einhörnern Verlangte alsogleich ausführen; und wenn das nicht geschähe, so wollte sie ihn seines Versprechens ihr gegenüber entbinden. Nun war der König über die Maßen erfreut und fröhlich und antwortete, er sei mit den festgesetzten Bedingungen einverstanden, nahm den Bogen zur Hand und schoß mit einem Pfeil das Tier, das nicht männlich war, auf den Schwanz, und als es des schmerzenden Schusses wegen mit den Beinen in die Luft ausschlug, durchbohrte er ihm alsogleich den Nabel mit einem zweiten Pfeil, der bis in die Mitte des Körpers eindrang, und das zurückbleibende Ende, das man von außen sehen konnte, glich dem männlichen Gliede eines solchen Tieres. Darauf schoß er unverzüglich mit einem Pfeil das Männchen an den Ort, an dem sich die weibliche Natur befinden würde, und der Öffnung der Wunde wegen ließ es sich mit einem Weibchen vergleichen. Und sich gegen die Königin wendend, sprach er: ›Nun ist es an dir, o Weib, den Beweis zu liefern, ob du bessere Schüsse als ich abgeben kannst!‹ Als er dies gesagt, nahm sie den Bogen zur Hand und schoß mit dem ersten Pfeil dem Männchen das Horn hinweg, daß es zur Erde fiel, den zweiten Pfeil aber schoß sie in die Stirne des Weibchens, also daß aus dem Männchen ein Weibchen, (die von Natur des Hornes beraubt sind) und aus dem Weibchen ein Männchen wurde. Als nun der König solche Schüsse sah, merkte er, daß er seinem Weibe den Wunsch, ihren Namen mit auf die Münzen prägen zu lassen, nicht abschlagen konnte, was er aber aus Achtung vor seiner Ehre keineswegs tun wollte; und geriet in grimmen Zorn, dieweil er sich durch ihre Gewandtheit und Klugheit überwunden sah, und beschloß, sie auf irgendeine Weise des Todes sterben zu lassen. Doch um sich zur Stunde nichts merken zu lassen, kehrte er in das Zelt zurück und befahl heimlich seiner Wesire einem, er solle in künftiger Nacht in das Zelt der Königin eindringen, sie in aller Stille fesseln und nach der Königsstadt bringen und ohne einen Verzug den hundert wilden und wütigen Hunden, die nächtens in den Gräben seinen Harim zu bewachen pflegten, vorwerfen, auf daß die sie zerrissen. Alsogleich wurde solches von dem Wesir ausgeführt; die arme Jungfrau ward in aller Stille nach der Königsstadt gebracht und dem grausamen Befehl des Königs gemäß den Hunden zum Fraße vorgeworfen. Indessen, sein unmenschlicher Plan ging nicht in Erfüllung; da sie mit den Hunden vertraut war und ihnen, als sie seine Gattin geworden war, Fressen vorgesetzt und sich mit ihnen angefreundet hatte, wurde ihr von ihnen liebreich begegnet, und nachdem sie einen Stein gelockert hatte, der vor einer Öffnung des Grabens lag, floh sie durch diese heil und gesund aus der Stadt. Und bis zum Sonnenaufgang wandernd, kam sie in einem Dorfe, nicht gar weit von der Stadt, in eines armen Landmanns Haus, der das Brot für seine Familie mit Hilfe eines Affen gewann; der nun fragte sie nach ihrer Herkunft, sie antwortete ihm, daß sie eine arme Fremde sei, die einen Herrn in dieser Gegend suche. Da nun hatte der Landmann großes Mitleid mit dem Mädchen, und als er sah, daß sie sehr schön von Angesicht war, nahm er sie gern auf, und jeden Tag liebte er sie mehr, der vielen Tugenden halber, die er an ihr sah, und nahm sie an Tochter Statt an; er ging aber mit seinem Affen in die Orte, um den Lebensunterhalt zu gewinnen, und mit den Seinen zusammen ernährte er sie gar liebreich. Nicht lange Zeit darnach kam der König in seine Hauptstadt zurück und hörte von dem Wesir, daß er seinen Auftrag ausgeführt hatte; und er fing an, seine grausame Tat tief zu bereuen, und führte ein trauriges und schmerzensreiches Leben. Und nicht lange darnach überkam ihn aus dieser Ursache eine schwere Krankheit, für die man kein Heilmittel zu finden vermochte, und es zeigten sich an ihm schon des unvermeidlichen Todes offenbare Zeichen. Solches vernahm man in den der Stadt benachbarten Orten; und es gelangte auch der Königin zu Ohren, die sich in des Landmanns Hause befand. Die aber wußte, daß dem Könige, ihrem Gatten, den sie herzlich liebhatte, das alles um ihretwillen zustieß, und beschloß, irgendein Heilmittel für ihn zu ersinnen; und nachdem sie den Landmann in Kenntnis gesetzt hatte, daß sie den König heilen und ihn damit eine große Summe Geldes gewinnen lassen wollte, sprach sie zu ihm: ›Geh in das Serail und lasse seine Vornehmsten hören, wenn man auch bis zu dieser Stunde kein Heilmittel für des Königs Leiden hätte finden können, so wolltest du ihm doch wahrlich seine frühere Gesundheit wieder verschaffen.‹ Und es fragte sie der Landmann, welche Art Heilmittel er ihm reichen sollte. Sagte sie: ›Ich glaube unzweifelhaft, wie man ja auch öffentlich redet, sein Übel rührt von nichts anderem her als von tiefer Schwermut und traurigen Gedanken; deshalb hat er nichts weiter nötig, als sich zu zerstreuen. Wenn du nun vor seinem Antlitze stehst, sprich zu ihm: ›O Gebieter, ich kenne die Art deiner Krankheit sehr gut und hoffe, daß ich dich baldigst mit Gottes Hilfe von ihr befreien kann. Du findest innerhalb der Vorstädte deiner Residenz eine große Zahl schöner und lustiger Gärten, wähle den geräumigsten davon aus und lasse dir dort ein Zimmer zu ebener Erde erbauen; in das soll man dich alsogleich bringen, wenn du es mit allen für deine königliche Person erforderlichen Sachen hast versorgen lassen; dahin will ich dir folgen und deinem Leiden ein schnelles Ziel setzen.‹ Fuhr die Königin zum Bauern redend fort: ›Wenn du ihm das gesagt hast und er deinen Rat befolgt, so nimm deinen Affen mit dorthin, der, seine gewohnten Späße machend, ihn in Heiterkeit und Lachen erhalten soll, und er wird die frühere Gesundheit völlig wiedererlangen.‹ Der Landmann achtete gar wohl auf diese Worte und säumte nicht lange und ging nach der Stadt, und nachdem er dem Könige gesagt, was ihm die Jungfrau angegeben hatte, antwortete der, in dem Verlangen, geheilt zu werden, daß alles, was von ihm erwähnt worden wäre, falls er dadurch von der heftigen Krankheit befreit werden könnte, alsobald ausgeführt werden sollte; und so rief er den Aufseher seines Serails und trug ihm auf, in einem der schönsten Gärten, die sich nahe bei der Stadt befänden, unverzüglich für seine Person ein Lusthaus herstellen zu lassen. Als dies der Aufseher alsogleich ausgeführt hatte, ließ sich der König am folgenden Tag in einer Sänfte dorthin tragen; und als er da angekommen war, hörte er der Nachtigallen und anderer Vögel Gesang und befand sich in einem sehr lustigen Garten, also daß er sich ein wenig erheiterte und in kurzer Zeit sehr viel wohler zu werden schien. Es hatte nun auch der Landmann seinen Affen hierhergebracht und führte ihn vor den König und merkte schon, daß sich dessen Herz bereits etwas erquickt hatte, dieweil er den Ort gewechselt, und hielt es für gewiß, daß er bald seine frühere Gesundheit wiedererlangen würde. Und nachdem er vor des Königs Augen einige Späße mit dem Affen vorgeführt hatte, was ihm häufig genug ein Lachen entlockte, führte er das Tier in die Küche, die im Freien war, und band es in der Fensterecke des Gemaches an und kehrte allein zum Könige zurück und begann sich mit ihm über viele heitere Dinge zu unterhalten. Und als ihnen auf solche Weise die Zeit angenehm vergangen war, glaubte der König in der Küche ein Geräusch zu vernehmen, und an das Fenster tretend, sah er den Affen, der dort allein war, sich einem Topfe nähern, in dem auf dem Feuer zwei feiste Kapaune für des Königs Mund brutzelten, und sah dem zu; dieweil der Affe sich aber allein in dem Raume wußte, hob er den Topfdeckel hoch und zog der Kapaune einen hervor und setzte sich hin und schickte sich an, ihn zu verzehren, als eine große Gabelweihe, die den Raub gesehen hatte, herabstieß und dem Affen den Kapaun aus den Pfoten riß und mit ihm in die Lüfte flog; der Affe aber blieb über die Maßen betrübt zurück. Und er beschloß, wenn ihm Gelegenheit geboten würde, sich bitter zu rächen, und setzte sich still in eine Küchenecke und wartete, ob sich die Gabelweihe wohl wieder einfände. Als er nach einiger Zeit die Augen hob, sah er sie um die Küche fliegen, und da er klug und listig war, näherte er sich wieder dem Topfe und zog den andern Kapaun heraus und tat so, als wolle er sich setzen und ihn verzehren, da kam die Gabelweihe hinzu und ließ sich auf den Affen herab; und indem sie glaubte, ihm auch den zweiten noch rauben zu können, ward sie von ihm, der nur darauf wartete, alsogleich ergriffen und getötet. Und er begnügte sich nicht damit, ihr den Tod gegeben zu haben, sondern rupfte sie, so gut er es verstand, und setzte sie in dem Topfe mit dem zweiten Kapaun, den er herausgezogen hatte, auf das Feuer. Bei diesem Schauspiel geriet der König ob der Schlauheit des Affen in die größte Verwunderung und hatte seine Freude daran und belustigte sich sehr. Nicht lange hernach kehrte der Koch in die Küche zurück und wollte nachsehen, wie es um das Essen des Königs stand; er trat an den Topf heran und fand ihn offen, worüber er sich sehr verwunderte, und nahm den Löffel zur Hand, da er glaubte, die Kapaune herausnehmen zu müssen, und fand die unglückliche Gabelweihe darinnen. Ob diesen Vorfalls ward er sehr bestürzt und wußte nicht, wie solches hatte geschehen können; er wurde sehr ärgerlich und wußte auch nicht, was für Fleisch er dem Könige, seinem Gebieter, vorsetzen sollte, der seiner Krankheit wegen keine andere Speise als Kapaunen zu essen pflegte, und ward ganz traurig, was dem König, der dem ganzen Vorgange vom Fenster aus zugesehen hatte, so großes Vergnügen bereitete, daß er, von seiner heftigen Schwermut befreit, wahrlich seine frühere Gesundheit wiedergefunden zu haben glaubte. Und er wollte es nicht dulden, daß sich der Koch länger darüber aufregte, und erzählte ihm die Schlauheit des Affen und das Mißgeschick der Gabelweihe von Anfang an und ließ sich in kurzer Zeit eine andere Mahlzeit bereiten. Als er nun solcherart beim Gesange der Vögel und bei den Possen, die der Bauer fortwährend in seiner Gegenwart mit dem Affen treiben mußte, ein heiteres Leben geführt hatte, erholten sich seine schwachen Kräfte völlig wieder, und er beschloß, in die Stadt zurückzukehren. Und rief den Landmann vor sich und fragte ihn, wer ihn das

Geheimmittel, mit dem er seine Gesundheit wieder hergestellt, gelehrt habe. Der nun antwortete, er kenne es seit langer Zeit; der König wollte es jedoch nicht glauben, sintemal er ihm ein einfältiger Mensch von schlichtem Gemüte zu sein schien, und zwang ihn, die Wahrheit zu bekennen. Da gestand er ein, daß ihn solches eine Jungfrau, die in seinem Orte einen Herrn gesucht und zufällig in sein Haus gekommen sei, gelehrt habe. Nun befahl der König, der eine so große Wohltat empfangen hatte, dem Landmann alsogleich, er sollte sie andern Tages, ohne einen Mißgriff zu begehen, nach der Stadt, wohin er zurückkehren würde, und vor sein Angesicht bringen, auf daß er sie alle beide zufrieden und froh von sich in ihre Heimat zurückschicken könnte. Der Landmann kam dem Befehl des Königs nach und kehrte in sein Haus zurück und erzählte der Königin alles und ließ sie die besten Gewänder, die er auftreiben konnte, anziehen und führte sie andern Tages in das Gemach vor den König, ihren Gatten. Der aber betrachtete sie gar genau; und es schien ihm, daß sie der Königin, seiner Gattin, gänzlich gleiche. Sprach er zu ihr: ›Sage mir aufs Wort, o kluge Jungfrau, wer und wessen Tochter du bist!‹ Hierauf antwortete sie solcherart: ›Ich, o Gebieter, bin dein unglückliches Weib, das du den grimmigen Hunden, die in der Nacht deinen Palast bewachen, hast vorwerfen lassen; du hast stets geglaubt, daß ich von ihnen aufgefressen wäre; die aber haben mich nicht angegriffen, sondern mich gar sehr umschmeichelt, alldieweil ich ihnen seit der Stunde, wo ich dein Gemahl ward, Fressen zu geben und freundlich mit ihnen umzugehen pflegte. Dann bin ich durch eine Öffnung in dem Graben des Palastes aus der Stadt geflohen und habe mich in das Haus dieses guten Landmanns begeben, der mich – ihm sei Dank dafür – an Tochter Statt annahm. Als ich hier nun kurze Zeit verweilte, kam die Nachricht von deiner Krankheit; und wie ich ernstlich darüber nachdachte, ihre Ursache zu ergründen, begann ich zu glauben, du hättest vielleicht deinen grausamen Spruch bereut, den du über mich verhängtest, und wärest deswegen einer so schweren und gefährlichen Krankheit verfallen. Da ich nun erkannte, daß es keine andere Rettung für dein Leben gab, als dich froh zu machen, beschloß ich, die du zu einem grausamen Tode verurteiltest, dich aus der gewissen Lebensgefahr zu befreien, und habe das Mittel, durch das du das verlorene Heil wiedergewannest, durch diesen guten Mann in Anwendung gebracht.‹

Bei diesen Worten der guten Königin konnte sich der König nicht der Tränen erwehren und umarmte die Jungfrau und bat sie um seines großen Fehlers willen um Verzeihung. Und da er von ihr sein Leben zurückerhalten hatte, nahm er sie als sein Weib an und ließ nicht nur ihres hohen und höfischen Verstandes halber nach seinem Worte ihren Namen auf die Münzen prägen, sondern hörte auch in allen Geschäften des Reiches auf ihren Rat. Und nachdem er bald ein herrliches Fest angeordnet hatte, dieweil er mit seinem Leben zugleich auch sein Weib wiedererlangt, machte er dem Landmann den ganzen Ort, in dem er gewöhnlich wohnte, zum Geschenk. Dieser aber sagte der Königin schönen Dank und kehrte, aus einem armen Landmann ein reicher Herr geworden, in großer Freude in sein Dorf zurück.« –

Große Freude und zugleich Verwunderung ob der seltsamen Zwischenfälle in der erzählten Geschichte erregte die von dem Geschichtenerzähler vorgebrachte Erzählung in Behram-Gur, und als er die List des Affen und das Mißgeschick der Gabelweihe erfuhr, konnte er sich eines Gelächters nicht erwehren; und darob waren seine Großen über die Maßen froh; und als sie sahen, daß ihr Fürst mit jedem Tage an Gesundheit zunahm, befahlen sie in seinem Namen, daß jedweder folgenden Tages, nämlich am Mittwoch, in den dritten Palast, der mit mancherlei Farben ausgeschmückt war, kommen sollte. Als nun das ganze Gefolge dem Befehl nachgekommen war, ließ sich der Kaiser, sobald es Tag geworden, mit Kleidern angetan, die der Farbe des Palastes entsprachen, dorthin bringen. Und hier unterhielt sich Behram-Gur in ergötzlichen Gesprächen mit der Jungfrau, die er da vorfand. Wie er nun gespeist und ein wenig der Ruhe gepflogen, hieß er den dritten Geschichtenerzähler vor sein Angesicht kommen und befahl ihm, er sollte seine Geschichte erzählen; der aber begann solcherart:

»Es liegt in Indien eine Stadt am Meer mit Namen Dahab und ist einem reichen und großen Götzendiener untertan, der den Löwen anbetet. Es hatte aber dieser Herrscher an seinem Hofe verschiedene Künstler von großer Vortrefflichkeit, und unter andern einen Goldschmied, dem man um der großen Fertigkeit in seiner Kunst willen keinen andern in der ganzen Welt gleichstellen konnte. Und dieweil er stets ein neues und wunderbares Werk zu machen pflegte, kam sein Gebieter einst auf den Gedanken, einen großen goldenen Löwen von ihm herstellen zu lassen. Und er rief ihn vor sein Angesicht und ließ ihm zehntausend Lasten Goldes des Landes reichen, aus denen er ihm einen sehr schönen Löwen zu machen auftrug. Als nun der Goldschmied eine so große Menge Goldes erhalten hatte, richtete er seine Gedanken auf nichts anderes, als einen Löwen von so großer Vortrefflichkeit herzustellen, daß niemand etwas an ihm aussetzen könnte. Nachdem er sich solches vorgenommen hatte, schuf er in einem Zeitraum von zehn Monaten einen Löwen, dem es, um lebendig zu sein, nur an Atem fehlte; und da er ein ungeheures Gewicht hatte, brachte er einige Räder unter den Tatzen an, so daß er ganz leicht von zehn Männern, wohin man wollte, gezogen werden konnte. Dieses Werk gefiel dem Könige seiner Vortrefflichkeit wegen gar sehr, und jeder, der es sah, konnte sich nicht genug darob verwundern und kaum glauben, daß es von Menschenhand hergestellt war. Es wollte nun der Herr die hohe Kunst des Goldschmieds nicht unbelohnt lassen, darum setzte er ihm ein Jahrgeld von tausend und mehr Goldstücken aus. Solche Freigebigkeit des Herrn aber erweckte den lebhaften Neid vieler Goldschmiede, die in der Stadt waren; die nun gingen oft zu dem Löwen hin, um ihn zu betrachten und, wenn sie irgendeinen Fehler des Künstlers entdecken könnten, Widerspruch zu erheben, um sich damit den Dank des Gebieters zu erwerben. Unter diesen war einer, der mit hohem und spitzfindigem Verstande begabt war, und da er nichts Tadelnswertes an dem Löwen finden konnte, dünkte es ihn, daß der bei seiner Größe und seinem Umfange keine zehntausend Lasten Goldes enthalten könnte; solches schien ihm eine gute Gelegenheit zu bieten, den Goldschmied seines Einkommens zu berauben und sich den Dank seines Herrn zu erwerben. Mit diesen Gedanken ging er stets um; aber dieweil er nicht glaubte, daß der Herr, um sich von dem Diebstahl des Goldschmieds zu überzeugen, dieses Tierbild, das so vollkommen war, in Stücke schlagen ließe, war er sehr betrübt; und soviel er auch nachdachte, wußte er doch nicht, auf welche Weise man soviel Gold wägen könnte. Eines Tages nun, als er sich mit seinem Weibe unterhielt, sagte er, daß niemand ein Mittel, den Löwen zu wägen, wüßte, wodurch man den Herrn von dem begangenen Diebstahl des Goldschmieds überzeugen und wahrlich das ihm ausgesetzte Jahrgeld und den Dank des Herrn erwerben könnte. Als die Frau solche Worte hörte, antwortete sie ihrem Gatten: ›Ich bin der festen Überzeugung, daß ich dir dieses Geheimnis bald offenbaren kann, wenn du mich handeln läßt.‹ Hierauf sagte er, wenn sie solches zuwege brächte, würden sie sicherlich ein frohes und glückliches Leben führen können. So richtete sie es denn ein, mit dem Weibe des Goldschmieds, mit dem sie zu vielen Malen zusammenzukommen pflegte, eine enge Freundschaft zu schließen, indem sie glaubte, auf diese Weise ihre Absicht leichter erreichen zu können. Und sie traf sie oft beim Gebete vor dem Löwen; und sich mit ihr über verschiedene Dinge unterhaltend, sagte sie ihr, wie glücklich sie sich schätzen müßte, das Weib eines Mannes zu sein, der dem Gebieter seines großen Wertes halber so teuer wäre; hierauf bewunderte sie die Schönheit des Löwen und sprach zu ihr: ›Eine einzige Sache habe ich an dem ausgezeichneten Werk, das in jeder Beziehung von hoher Vollendung ist, auszusetzen; denn daß man das Tier nicht wägen kann, scheint mir ein Mangel zu sein, und wenn es diesen nicht hätte, ließe sich wahrlich unter unserm Himmel kein Werk finden, das man ihm vergleichen könnte!‹ Solche Worte hatten des Goldschmieds Weib ein wenig verdrossen, da es nicht hören mochte, daß der von ihrem Gatten geschaffene Löwe einen Fehler hätte, und sie antwortete der Frau, wenn ihm auch die andern solchen Vorwurf machten, wäre sie nichtsdestoweniger überzeugt, daß ihr Gatte ihn auch zu wägen verstünde. ›Und wenn wir uns ein andermal treffen,‹ sagte sie, ›hoffe ich dir deinen Zweifel nehmen zu können.‹ In ihr Haus zurückgekehrt, erwartete sie voller Verlangen die Nacht, zumal sie glaubte, zu keiner besseren Zeit solches von ihrem Gatten erfahren zu können, da dieser bisweilen launenhaft war. Als nun die Nacht und die Stunde des Schlafengehens nahte, legten sie sich beide zu Bette. Und hier begann das Weib ihren Mann zu umarmen; und mit ihm über die Vortrefflichkeit des Löwen, den er gemacht, plaudernd, setzte sie ihm in einer langen Rede auseinander, daß sie keinen andern Fehler an ihm habe finden können, denn daß man ihn, da er aus Gold und von hohem Werte wäre, seines großen Gewichtes wegen niemals habe wägen können. ›Und da du ihn wahrlich‹, sprach sie zu ihrem Manne, ›mit so hoher Kunst gemacht hast, daß man ihn mit Rädern, die du unter seinen Tatzen angebracht hast, leicht überallhin fahren kann, so vermagst du sicherlich mit deiner Klugheit auch für diesen Fehler eine Abhilfe zu schaffen.‹ Solche Worte hörte der Goldschmied nicht gern, erstens dieweil er fürchtete, wenn er seinem Weibe sein Geheimnis offenbarte, könnte eines Tages sein Diebstahl entdeckt werden, dann aber auch, dieweil es ihm schien, wenn er ihr das Mittel verheimlichte, könnte er an Ansehen bei ihr sehr viel verlieren. ›Ich habe mir vorgenommen,‹ sprach er, ›das Geheimnis keinem Menschen zu enthüllen; sintemal du aber mein Weib bist und ich dich so lieb wie meine Seele habe, will ich es dir nicht verborgen halten. Versprich mir jedoch, daß du es zu keiner Zeit einem andern Menschen entdecken willst, dieweil nämlich, wenn es anders geschieht und jemand um mein Geheimnis weiß, nicht nur mein Ruhm dadurch verringert wird, sondern auch du hinfort weniger unter allen Weibern geachtet und geehrt werden wirst.‹ Nachdem die Frau ihrem Manne zugesichert hatte, niemals zu irgendwem davon sprechen zu wollen, hub der Goldschmied also an: ›Du weißt, wie leicht man den Löwen auf Rädern überallhin fahren kann; wenn nun jemand sein Gewicht feststellen will, braucht er ihn nur ans Meer zu fahren und in ein Schiff zu laden; und wenn er nun im Schiffe ist und man außen am Schiff bezeichnet, wie tief es ins Meer hinabtaucht, und den Löwen dann wieder hinausschafft und es von neuem bis zu dem Zeichen mit Steinen oder andern Lasten beschwert, die man dann wägt, so kann jedermann leicht das Gewicht des Goldes, das er schwer ist, ausrechnen.‹ Als das die Frau vernommen hatte, versprach sie ihrem Gatten, ein so wichtiges Geheimnis vor jedermann hüten zu wollen. Sobald es Tag geworden war, erhob sie sich nichtsdestoweniger, da Weiber gewöhnlich einen kurzen Verstand haben, von der Seite ihres Mannes und ging fort zum Gebet und begegnete hier ihrer Freundin, des andern Goldschmieds Weib, dem sie alles, so ihr der Gatte anvertraut hatte, sagte; und bat sie ernstlich, daß sie zu keinem andern davon sprechen möchte; nachdem die ihrer Freundin das versprochen hatte und sie noch ein wenig beieinandergeblieben waren, kehrte jede in ihre Wohnung zurück. Hier erzählte des andern Goldschmieds Weib, die ihrer Freundin versprochen hatte, das Geheimnis, wie man den Löwen wägen könnte, zu wahren, ihrem Manne, froh und über die Maßen fröhlich, unverzüglich alles, was jene gesagt hatte, und ermahnte ihn, alsogleich aufzubrechen und den Gebieter um den begangenen Diebstahl wissen zu lassen. Das auch ohne die Ermahnungen seiner Frau zu tun, hatte der Goldschmied längst beschlossen und ging folgenden Morgens beizeiten nach dem Palast des Gebieters und ließ ihn durch seiner Kämmerlinge einen wissen, daß er ihm eine wichtige Sache mitzuteilen habe. Und als er vorgelassen wurde, offenbarte er ihm den von dem Goldschmied begangenen Diebstahl und erklärte ihm, wie man solches nachweisen könnte; er erbat dann Urlaub von ihm und kehrte nach Hause zurück. Hierauf ließ der Herrscher den Goldschmied, der den Löwen hergestellt hatte, vor sich kommen und war willens, ihn irgendwohin außerhalb der Stadt zu schicken, um sich ohne sein Wissen von dem überzeugen zu können, wessen er angeklagt war, und entsandte ihn in einigen Geschäften des Palastes nach einem Ort, der eine Tagereise von der Stadt entfernt lag; und in derselben Nacht, in der er aus der Stadt ging, ließ der Gebieter gemäß der Angabe den Löwen an das Meer bringen und wägen; es stellte sich aber heraus, daß mehr denn zweihundert Gewichte Goldes von dem Goldschmied geraubt waren. Da nun erzürnte der Herrscher heftig und war gar übel zufrieden, und sobald der Goldschmied aus dem Orte zurückkehrte, ließ er ihn festnehmen und vor sein Angesicht führen und erinnerte ihn an die Wohltaten, die er ihm erwiesen, und die Ruchlosigkeit und den Raub, den er begangen hatte. Er gab dann Befehl, daß man ihn auf die Höhe eines Turmes, der nicht weit von der Stadt war, führen sollte, aus dem er, nachdem die Pforte vermauert wäre, nicht mehr hinausgehen könnte, auf daß er hier Hungers sterbe oder sich gar von der Höhe des Turmes hinabstürze und sich selbst töte. Dies ward alsogleich von den Dienern ausgeführt; solches Geschehen aber brachte seinem Weibe, das die Ursache allen Übels war, dieweil sie ihrer Freundin das Geheimnis, wie man den Löwen wägen könnte, anvertraut hatte, Qual und über die Maßen schweren Kummer. Als sie nun schmerzensreicher denn ein anderes Weib war, ging sie folgenden Morgens beizeiten heftig weinend nach dem Turm und stellte hier mit ihrem Manne ein großes Klagen an und gestand ihm, daß sie die Ursache solchen Elends wäre, da sie der treulosen und verräterischen Freundin die Weise, wie man den Löwen zu wägen vermöchte, offenbart hätte. Der Gatte jedoch, der in dem Turme eingemauert war und in kurzer Zeit des Todes sterben zu müssen glaubte, sagte zu seinem Weibe: ›Die Tränen sind jetzt überflüssig; da du ja wohl einsiehst, meinen Tod verursacht zu haben, und dieweil es billig ist, wenn du allein mich von ihm befreist, so lasse mich durch Taten wissen, daß du mich wahrhaft liebst und deine große Übeltat bereust. Du siehst, ich bin auf dieser Turmhöhe gezwungen, entweder Hungers zu sterben oder mich von ihr hinabzustürzen und mir damit selbst den Tod zu geben; nun bist du mit all deinem Können verpflichtet, mir zur Rettung meines Lebens zu verhelfen. Kehre alsogleich nach der Stadt zurück, aus der du viele lange und sehr dünne Seidenfäden holen sollst; binde diese vielen Ameisen an die Beine; die sollst du dann an die Mauer setzen und ihren Kopf mit Butter beschmieren, dieweil sie die gar sehr lieben; und wenn sie ihren Geruch verspüren, werden sie immer höher kriechen, da sie vermuten, dann der Butter nahe zu kommen. So darf ich dann hoffen, daß wenigstens eine von ihrer großen Zahl heraufkommt. Wenn das, so es Allah gefällt, zutrifft, werde ich wahrlich in wenigen Stunden mein Leben retten können; zumal, wenn du mit den dünnen Seidenfäden auch starke geholt hast, die du an die dünnen binden sollst; und die will ich heraufziehen; und an sie sollst du dann ein dünnes Seil knüpfen, wodurch es möglich wird, daß ich ein starkes nach oben ziehen und mit einer Winde an der Höhe dieses Turmes anbinden kann; und alle Sachen sollst du heimlich mit dir aus der Stadt bringen, mittels ihrer will ich mich aus der gewissen Todesgefahr befreien.‹ Als nun die schmerzensreiche Frau solche Worte vernommen hatte, tröstete sie sich ein wenig, ging unverzüglich nach der Stadt zurück und fand sich nach wenigen Stunden mit allen von dem Gatten geforderten Dingen wieder am Turme ein und brachte alles nach der gegebenen Anordnung zur Ausführung. Es traf ein, daß er den Strick und die Winde nach nicht allzulanger Zeit heraufziehen konnte, und nachdem er an einem dicken Balken, der dort war, die Winde befestigt hatte, ließ er um die erste Stunde der Nacht ein Seilende hinab und befahl seiner Frau, sie solle es sich um den Leib binden, sintemal sie nicht die Kraft habe, wenn er sich hinunterlassen wolle, das Seilende mit den Händen festzuhalten; so nun würde er sich ganz sacht durch das Gegengewicht ihres Körpers hinablassen, und wenn er auf dem Boden wäre, würde er sie mit dem Ende des Strickes, mit dem er sich umwunden habe, ganz sacht herablassen. Solches wurde alsogleich von der Frau, die nichts weiter als die Rettung ihres Mannes im Sinne hatte, ausgeführt, und sich das Seilende um den Leib schlingend, gab sie so dem Manne Gelegenheit zu einer sicheren Lebensrettung. Wie er nun unten auf der Erde und die Frau auf der Höhe des Turmes angelangt war, sagte er, sie solle auf den Turm steigen und das Seilende, an das sie angebunden war, herabwerfen, dieweil er ein Holzbrett hineinspannen wolle, auf dem sie, wenn sie sich das Seil von neuem umschlänge, wie auf einem Holzpferde sitzend ganz sicher nach unten kommen könne. Wie die Frau aber, um den Worten ihres Mannes zu gehorsamen, das Seilende nach unten warf, nahm er es in grimmem Zorne und zog es ganz von der Winde herunter; und nach der Höhe des Turmes schauend, sprach er, da sein Herz voll Bitterkeit gegen das Weib war, das ihn einer so großen Gefahr ausgesetzt hatte: ›O du böses und verruchtes Weibsbild, da, wo du jetzt bist, sollst du wahrlich durch mich sterben, alldieweil es gerecht ist, daß du des Todes sterben sollst, den mir der Herrscher dank deiner Zunge zugedacht hat!‹ Um hier von keinem angetroffen zu werden, hob er nach solchen Worten das Seil auf, das er aus der Winde gezogen hatte, und warf es zusammen mit den Seidenfäden und dem dünnen Strick, der mit dazu geholfen hatte, ihn vom Turm herunterzulassen, in einen Bach in des Turmes Nachbarschaft. Hierauf wanderte er die ganze Nacht über, auf daß er nicht von irgendwem gefangengenommen und abermals mit Gewalt vor den Herrn geführt würde, und kam in einen ziemlich weit von der Stadt entfernt liegenden Ort, allwo er niemandem bekannt war; seine Frau hatte er auf der Höhe des Turmes schmerzerfüllt und sehr erschrocken zurückgelassen. Die aber glaubte, hier sicher sterben zu müssen, und brachte die ganze Nacht in bitterem Weinen zu; und wie der Tag erschien, schrie sie nach Hilfe und Rettung. Viele Reisende nun, die durch diese Gegend kamen, hörten ihr wildes Geschrei an. Bald aber gelangte die Botschaft an den Herrn, daß auf dem Turm, allwo er den Goldschmied des Todes sterben zu lassen gedächte, sich dessen Weib befände, das gar bitterlich weinend die Vorübergehenden um

Hilfe und Rettung anflehte. Da befahl er seinen Dienern alsogleich, sie sollten nach dem Turme gehen und sie in seinen Palast bringen. Solches ward unverzüglich von ihnen ausgeführt; und als die Frau vor dem Gebieter erschienen war, erzählte sie ihm des breiten das ihr zugestoßene Unglück. Als der Herrscher des Goldschmieds Klugheit und die List, mit der er sein Weib betrogen, erfahren hatte, konnte er sich des Lachens nicht enthalten und ließ selbigen Tages in der Umgebung des Turmes verkündigen, wenn der Goldschmied vor sein Angesicht träte, sollte er für sein Vergehen Verzeihung erlangen. Die Nachricht aber kam dem Goldschmied zu Ohren; er ging nun ganz froh und heiter in die Stadt zurück und zeigte sich vor seinem Herrn, der sich von ihm die ganze Geschichte noch einmal ausführlich erzählen ließ und sich darob vor Lachen schüttelte. Und er ließ dessen Weib vor sich kommen, versöhnte es mit dem Gatten und verzieh diesem sein Vergehen. Hierauf vermachte er dem andern Goldschmied, der den Diebstahl offenbart hatte, ein Besitztum bei der Stadt, von dessen Erträgen er seine ganze Familie ernähren konnte, und nachdem er auch den Frieden zwischen den beiden Goldschmieden hergestellt hatte, schickte er sie zufrieden und fröhlich in ihre Häuser zurück.« –

Es läßt sich nicht sagen, wieviel Vergnügen Behram-Gur und jedem, der die Erzählung mit anhörte, der seltsame Possen, den der gute Goldschmied seinem Weibe gespielt hatte, bereitet hat. Nachdem der Geschichtenerzähler geendigt, begann man einen lieblichen Tanz aufzuführen, und da er Behram-Gurs Herz genugsam erfreute, ward er für ihn die Ursache noch besseren Wohlbefindens. Dieweil es nun ziemlich spät war, wurden die Tische hergerichtet;

und nach eingenommenem Mahl ging ein jeder in sein Gemach, um sich auszuruhen. Und als der folgende Morgen, nämlich der Donnerstag, angebrochen war, bekleidete sich das ganze Gefolge, da der vierte Palast mit gelben Verzierungen geschmückt war, mit Gewändern in derselben Farbe und begab sich alsbald dahin. Nach seiner Ankunft dort unterhielt sich Behram-Gur wie gewöhnlich eine gute Zeit lang mit der Jungfrau, die hier war; und nach der Mahlzeit ließ er den vierten Geschichtenerzähler vor sich kommen, und er befahl ihm, auch irgendein schönes Geschehnis zu erzählen. Als der aber dem Fürsten die schuldige Ehrfurcht erwiesen hatte, gab er seiner Geschichte solchen Anfang:

»Es lebte einst in der alten Stadt Bagdad ein Sultan, der einen Sohn hatte mit Namen Rammo; als dessen Mutter, die Sultanin, gestorben war, nahm sein Vater eine andere Frau. Die aber achtete weder ihrer noch ihres Gatten Ehre; und es merkte der Jüngling, daß sie gar sehr in den Wesir seines Vaters verliebt war. Hiervon sprach er jedoch zu niemandem; doch um die Ehre des Vaters über die Maßen besorgt, wachte er, so vorsichtig er es nur konnte, über ihr Tun und Lassen. Als er nun wahrnahm, daß sie eines Tages mit dem Wesir in den Garten ging, folgte er ihnen heimlich, und sich hinter einem Buschwerk versteckend, sah er, daß sie sich bei einem frischen Quell, der im Garten war, niederlegten und sich dann mehrere Male fleischlich erkannten. Da nun ward er von heftigem Zorn ergriffen und wußte nicht, was er tun sollte; und wie er aus dem Gebüsche hervortreten und aus dem Garten gehen wollte, wurde er von ihnen gesehen. Darob gerieten die beiden in großen Schrecken, und da sie nicht daran zweifelten, daß der Jüngling seinem Vater ihre Missetat entdecken würde, beschlossen sie, den Jüngling des Vergehens, das sie begangen, bei dem Vater zu bezichtigen. Als Rammo nun den Garten verlassen hatte, kehrten auch sie schnell in den Palast und in ihre Gemächer zurück. Und zu ziemlich später Stunde desselbigen Tages ließ der Sultan etlicher Geschäfte halber den Wesir rufen, und da er ihn ganz nachdenklich sah, sprach er zu ihm: ›Sag mir bei deiner Ehre, was dir jetzt durch den Kopf geht, da ich dich ganz gegen deine Gewohnheit schwermütig und traurig dastehen sehe!‹ Antwortete der Wesir: ›O Gebieter, ich darf niemandes Ankläger sein, auch ziemt sich dies bei dem Amte nicht, das ich bei dir verwalte; wofern ich dir aber ein großes Verbrechen nicht offenbare, beleidige ich dich schwer und verdiene die Ehre wenig, dein Freund zu sein.‹ Solches von dem Wesir vernehmend, drang der Sultan darauf, ihm alles alsogleich zu offenbaren. Sprach der Wesir: ›Da du es willst, muß ich freilich deinem Befehle gehorsamen. Wisse denn, ich habe gar viele Male bemerkt, daß dein Sohn leidenschaftlich in die Sultanin verliebt ist, und habe es gar viele Male mit eigenen Augen gesehen, wie er, um sie fleischlich zu erkennen, ihr wild und heftig zugesetzt hat; und erst gestern habe ich einen heftigen Streit zwischen ihnen solcher Ursache wegen gesehen; auf daß du dich aber besser darüber unterrichtest, geh zu der Sultanin, die, wenn du ihr erzählst, was ich gesehen habe, dir sicherlich alles alsogleich offenbaren wird, auf daß sie nicht länger die Unverschämtheit des verworfenen Jünglings zu erleiden braucht.‹ Als der Wesir seine Rede beendigt hatte, war der Sultan ganz ergrimmt und hatte das Herz voller schwarzer Gedanken der Beleidigung halber, die ihm sein Sohn zugefügt, und ging in das Gemach seines Weibes und traf sie bitterlich weinend an und fragte sie nach dem Grunde ihres Schmerzes. Da nun tat sie, als ob sie ihm nichts sagen wollte, und bat ihn, er möge von ihr gehen und sie ihrem traurigen Zustande überlassen. Er aber, der die Ursache ihres Kummers von dem Wesir gehört hatte, tröstete sie mit liebreichen Worten und bat sie gar innig, sie möchte ihm den Grund ihrer Not erzählen. ›Da du mir solches befiehlst,‹ sprach das schlechte und elende Weib, ›so wisse, o Gebieter, daß man bei niemandem auf der Welt Treue finden kann. Allah ist mein Zeuge, daß ich das große Ungemach, das ich dir jetzt erzählen will, um deiner und meiner Ehre willen ewiglich habe für mich behalten wollen; doch da du mir gebietest, ich soll dir mein großes Mißgeschick offenbaren, so wisse denn, ich werde seit vielen Tagen von deinem ruchlosen und verderbten Sohne gar heftig verfolgt, dieweil er will, daß ich in meine Unehre mit ihm einwilligen soll, und deswegen hat er mich gar viele Male hart und grausam geschlagen. Und gestern nun, als ich, um mich etwas zu trösten, allein in den Garten trat, ward ich von dem verbrecherischen Jünglinge, der hier hinter einem Buschwerk versteckt lag, angegriffen; und Allah weiß es, mit wie großer Schwierigkeit ich seinen Händen entronnen bin. Daher darfst du dich nicht verwundern, wenn ich ein so trauriges und beschwerliches Leben führe und in beständigem Kummer und bitteren Tränen lebe.‹ Als nun der Sultan auch durch seines schlechten Weibes Worte der gerechten Anklage versichert wurde, die sein Wesir gegen den unglücklichen Jüngling erhob, tröstete er sie mit vielen Worten und versprach ihr, daß sie fürderhin weder aus dieser noch aus einer andern Ursache von seinem Sohn belästigt werden sollte. Er verließ sie und rief den Wesir zu sich und befahl ihm, er solle andern Tages mit dem frühesten seinem Sohn den Kopf vom Rumpfe trennen. Solcher Spruch dünkte dem treulosen Wesir zu grausam. Sprach er: ›Ach, o Gebieter, zu strenge und grausame Rache willst du an deinem Sohne nehmen, denn nicht mit Erfolg hat er seinen gottlosen und unehrenhaften Willen durchgesetzt. Mir nun scheint er grausam genug für seine Übeltat bestraft zu sein, wenn du ihn aus dem Lande vertreibst und ihn zu ewiger Verbannung verurteilst. Solchen Rat konnte der Sultan, der vor Wut und Zorn außer sich war, nicht billigen, und erst nachdem ihm der treulose Wesir mit vielen Worten zugesetzt hatte, willigte er schließlich darein. Und folgenden Morgens ließ er seinen unschuldigen Sohn wissen, daß er binnen acht Tagen die Grenzen seines Landes zu verlassen habe, und ließ ihm sagen, er solle niemals wieder, bei Strafe seines Lebens, zurückkehren. Der Jüngling aber glaubte, er sei beim Verlassen des Gartens zufällig von dem schlechten Wesir und der ruchlosen Sultanin gesehen worden und das sei die Ursache seines Unglücks; er nahm einige seiner Geschmeide und Ringe und zog unverzüglich aus dem väterlichen Lande; und ganz traurig einherziehend, kam er nach sieben Tagen in einen Ort, der einem andern Fürsten unterworfen war, allwo er drei wandernde Jünglinge fand, denen er sich zugesellte. Und als sie nun folgenden Tages auf dem Wege waren, hörte der Königssohn bei einer langen Unterhaltung, die sie miteinander führten, wie der Wanderer einer sagte, daß er ein Geheimnis wüßte, das ihn alle andern Menschen sehen ließe, ihn selbst aber unsichtbar mache; und vom zweiten vernahm er, daß er eines wüßte, das bewirkte, daß die Geister jederzeit zu seinen Diensten herbeieilten; und vom dritten, er wisse einige Worte, sooft er die spräche, würde sein Gesicht dem eines jeden, den er nur wollte, ähnlich, und ein anderes Wort sprechend, könnte er jeden, den er nur wollte, einschläfern. Dieweil der Prinz aber ihre Worte schlechterdings nicht glauben konnte, sprach er zu ihnen: ›Und wie kann ich mich von der Wahrheit eurer Aussagen überzeugen; habt ihr nicht etwas Unmögliches erzählt?‹ Alsogleich erwiderten die Wanderer: ›Auf daß du glaubst, was wir gesagt haben, wollen wir dich einen Beweis dessen sehen lassen.‹ Und unverzüglich legten alle drei in seiner Gegenwart von dem, wessen sie sich rühmten, eine Probe ab. Darob verwunderte sich der Jüngling gar sehr und sprach zu ihnen, da solche Künste des Truges voll wären, täten sie gut daran, sie zu vergessen; und sie sollten sich ihrer nicht mehr bedienen. Hierauf antworteten sie, daß sie sich ihrer zu keiner Zeit bedienten, außer wenn sie erlittenes Unrecht rächen wollten. Sprach er zu ihnen: ›Dieweil ich nun weiß, daß Rache meistens Nutzen und Gewinst bringen soll, so will ich euch Geschenke machen, auf daß ihr in Zukunft gänzlich von eurer Kunst ablassen könnt und kein Geld mehr nötig habt.‹ Und er zog aus seinem Mantelsack den größten Teil der Geschmeide, die er bei sich trug, und verteilte sie in gleichen Teilen unter sie und ließ sich versprechen, daß sie sich von nun an ihrer Künste nicht mehr bedienen wollten. Auf daß sie aber nicht glaubten, er habe die Juwelen vielleicht irgendwo gestohlen, erzählte er ihnen, wessen Sohn er sei, und offenbarte ihnen sein Mißgeschick und den Verrat des treulosen Wesirs und der schlechten Sultanin. Darob waren sie gar sehr verwundert und erkannten an seinem Gesicht, daß er wahrlich eines großen Fürsten Sohn war, dankten ihm für die empfangenen Geschenke, so gut sie es vermochten, und brachten ihm alle drei ihre Künste bei, auf daß er sich ob des zugefügten Verrates rächen könnte, und versprachen ihm, sie wollten sich ihrer in Zukunft nirgendwo mehr bedienen. Als nun der Jüngling die drei Künste erlernt hatte und erkannte, daß er sich mit ihnen an dem verruchten Wesir und der elenden Stiefmutter rächen könnte, nahm er Abschied, nachdem er einige Tage bei den drei Wanderern zugebracht und oft die von ihnen gelernten Künste versucht hatte, und verließ sie. Er wollte seine Rache ins Werk setzen und dem Vater seine Unschuld offenbaren; und sich der Kunst bedienend, die bewirkte, daß die Geister ihm zur Hilfe kamen, behielt er einen von ihnen zurück und beurlaubte die andern alle; dem nun befahl er, er solle ihn am Abend desselbigen Tages in die Stadt seines Vaters bringen; es gehorchte der aber unverzüglich; und nachdem er ihn in die Stadt des Sultans und vor seinen Palast gebracht hatte, ging der Jüngling für diese Nacht in das Haus eines alten Weibes. Folgenden Morgens nun stand er zeitig auf und bediente sich der zweiten Kunst und ging aus dem Hause und sah jedermann und wurde von niemandem gesehen. Er trat zur Stunde des Empfangs in den Palast des Sultans und sah seinen Vater und den schlechten Wesir, der mit ihm sprach. Da packte ihn ein grimmer Zorn, und er befahl dem Geiste, der sich zu seinem Dienst eingestellt hatte, er solle dem Wesir zwei kräftige Backenstreiche geben. Der aber, des Befehles gewärtig, schlug ihn so heftig ins Gesicht, daß er zu Boden fiel. Und als ihm die Seinigen wieder aufgeholfen hatten, wurde er von neuem von dem Geiste mit solcher Wucht geschlagen, daß er ein gut Stück Zeit betäubt blieb. Da sich der Vorfall in des Sultans Beisein ereignete, hatte der großes Mitleid mit dem Wesir, denn er liebte ihn gar sehr, und befahl seinen Dienern, sie sollten ihn alsogleich in sein Haus bringen. Dann rief er die geschicktesten Ärzte der Stadt vor sich, und nachdem er sich des langen mit ihnen über den seinem Wesir zugestoßenen Unfall unterhalten hatte, vermeinten die, daß des Übels Ursache die überflüssigen Säfte oder eine andere Krankheit, die in seinem Leibe wohne, sei, und beschlossen, ihm einen Trank zu geben, mit dem sie ihn von seiner Krankheit befreien zu können glaubten. Bei solchem Beschluß jedoch war der Jüngling immer zugegen gewesen, ohne von jemandem gesehen zu werden, und hieß den Geist den tückischen Wesir abermals schlagen, sobald er den Trank eingenommen hätte. Als nun die Ärzte folgenden Tages mit dem frühesten ihm den Trank hergebracht und er ihn getrunken hatte, ward er in ihrer Gegenwart so heftig von dem Geiste ins Gesicht geschlagen, daß alles wieder zur Nase herauslief; und es läßt sich nicht beschreiben, welchen Schmerz und Kummer das dem Sultan und auch seinem Weibe, das über die Maßen in Liebe zu dem Wesir entbrannt war, bereitete. Doch nicht zufrieden damit und um sich noch bitterer für das empfangene Unrecht zu rächen, zog sich der Jüngling ein Weibergewand an und machte sein Gesicht dem eines alten Weibes ganz ähnlich, ging in das Haus des Wesirs, und nachdem er seine Frauen umarmt hatte, sagte er ihnen, da er von der Art seiner Krankheit gehört habe, sei er hierhergekommen und wolle ihn gewißlich in jeder Weise von ihr befreien. Als die nun durch solche Worte ein wenig getröstet waren, führten sie ihn vor den Wesir, und nachdem er eine gute Zeit mit ihm über die Art seiner Krankheit und einige andere Zufälle gesprochen hatte, versprach er ihm ganz zuversichtlich, daß er ihn an einem einzigen Tage durch ein Geheimmittel heilen wolle. Hierfür dankte der ihm gar herzlich und versprach ihm für den Fall der Heilung reiche Geschenke. Dieweil es aber schon zu später Stunde war, nahm der Prinz Urlaub und sagte, er würde sich kommenden Morgens zu guter Zeit hier wieder einstellen. Nachdem sich infolgedessen das ganze Haus des Wesirs ein wenig getröstet hatte, erwartete man voller Verlangen den nächsten Morgen. Nun kam des Sultans Sohn zu der angegebenen Stunde in der Gestalt jenes alten Weibes vor den Wesir und trug einen nicht zu großen Eisenstempel bei sich und sprach: ›O Herr, dieser Stempel, den du hier siehst, soll dir ohne einen andern Trank deinen früheren Gesundheitszustand wiedergeben.‹ Er gab Anweisung, daß man im Gemach ein Feuer anfachte, und fuhr fort: ›Es ist nötig, daß du dir den Stempel auf die Hinterbacken drücken läßt; und wenn dich das nicht gänzlich von deiner Krankheit befreit, bin ich es zufrieden, hart bestraft zu werden, als ein böses und verruchtes Weib.‹ Darwider sagte der Wesir, daß, wenn er sich auf den Hinterbacken stempeln ließe, solches ihm viel Unehre einbringen könne; nichtsdestoweniger sei er damit einverstanden, das und noch mehr zu erdulden, um seiner schweren Krankheit ledig zu werden. Da nun legte der Jüngling den Stempel ins Feuer und machte ihn ganz glühend und drückte dem Wesir einen Stempel auf die Hinterbacken, gab dann alsogleich dem Geiste den Befehl, ihn nicht mehr zu schlagen, und nahm Urlaub; und indem er fortging, sagte er, er wollte erst in acht Tagen wiederkommen, in welcher Zeit er wohl merken könnte, daß ihm sein Mittel Heilung verschafft habe. Und kam zu dieser Zeit abermals in gewohnter Weise in das Haus des Wesirs und traf ihn gesund und munter an und ward von ihm mit reichen Geschenken begabt. Und dieweil es dem Wesir klar war, es möchte ihm viel Verdruß einbringen, wenn es bekannt würde, daß er auf den Hinterbacken gestempelt war, bat er ihn dringend, er sollte mit niemandem über das an ihm angewandte Heilmittel reden. Und er nannte ihn dann seine Mutter und wünschte, er möchte sich immerdar mit seinen Frauen und Töchtern unterhalten, und zeigte ihm alles, was er an Kostbarkeiten besaß. Es hatte aber der Jüngling beschlossen, sich in jeder Beziehung an dem treulosen Wesir zu rächen, und trat durch die Kunst, andere zu sehen, ohne ihnen sichtbar zu sein, nicht einmal, sondern zu vielen Malen in das Gemach der jungen Töchter des Wesirs und erkannte alle drei nicht einmal, sondern zu vielen Malen fleischlich, kehrte aber des Morgens mit dem frühesten immer in seine Wohnung zurück. Als sich die Jungfrauen aber solches Geschehen untereinander mitgeteilt hatten, so erzählten sie, wennschon ihnen das Vergnügen durchaus nicht mißfallen hatte, doch alles ihrer Mutter, die darob über die Maßen schmerzensreich ward und solches Unglück alsogleich ihrem Gatten eröffnete. Der nun meinte, dies habe ein Geist angerichtet, und ließ das alte Weib, das der Liebhaber seiner Töchter war, zu sich rufen, und als er der Alten sein Mißgeschick erzählt hatte, bat er sie dringend, da sie ihn von einer so schweren Sucht befreit hätte, möchte sie ihm auch, wenn sie es könnte, ein Heilmittel hierfür angeben. Wie ihm nun Rammo zur Antwort gegeben hatte, er wollte erst mit den Mädchen sprechen und es dann, wenn es möglich sei, verursachen, daß sie nicht mehr belästigt würden, ließ der

Wesir diese mit der Alten in ein Gemach treten. Und nachdem sie sich von ihnen hatte erzählen lassen, wie es ihnen ergangen war, berichtete sie dem Wesir, daß der Geist, der seiner Meinung nach seine drei Töchter derart behandelt habe, ein Jüngling sei, der die Kunst verstünde, sich unsichtbar zu machen, und in solcher Weise in das Gemach der Jungfrauen nach seinem Belieben eingetreten sei und an diesen seine Lust gestillt habe. Und fuhr fort, daß sie auch hiergegen alsogleich ein Mittel gefunden habe. Als sie der Wesir darum inständig gebeten hatte, rief sie die Jungfrauen zu sich und gab ihnen ein mit einigen Worten beschriebenes Blatt mit der Weisung, sobald sie sich in der Nacht von irgend jemandem belästigt fühlten, sollten sie ein großes Feuer in dem Gemach anfachen, und wenn sie das ihnen gegebene Blatt hineingeworfen hätten, würden sie hier den Jüngling, der ihnen so große Belästigung bereitet habe, deutlich sehen. Dann ging Rammo von ihnen; und als endlich die Nacht hereingebrochen war, kehrte er durch die Kunst, von niemandem gesehen zu werden, in das Gemach der Jungfrauen zurück; sobald die nun schlafen gingen, legte er sich seiner Gewohnheit gemäß zwischen sie. Sie aber wurden dessen gewahr und standen auf und fachten ein großes Feuer an und warfen das Schriftstück der Alten hinein, da sahen sie denn Rammo, den sie nicht als den Sultanssohn erkannten, und führten ihn in das Gemach des Vaters; als er dort eintrat, veränderte er mittelst der Kunst, der er gebot, sein Gesicht und wurde auch von dem Wesir nicht erkannt. Der wollte ihn jetzt angreifen, Rammo befahl aber dem Geiste, er solle ihm einen heftigen Schlag ins Gesicht versetzen; der nun schlug ihn auf den gegebenen Befehl hin derartig heftig, daß er zu Boden fiel. Wie er dann in seinen Schmerzen wieder auf dem Lager lag, glaubte er, daß nicht der Geist, von dem ihn die Alte befreit hatte, sondern der Jüngling geschlagen habe, und gab seinen Dienern Auftrag, daß sie ihm andern Tages mit dem frühesten den Kopf vom Rumpfe herunterschlagen sollten. Da nun nahmen ihn die Diener aus den Händen der Wesirstöchter und führten ihn in ein Nebengemach, um dem Befehl ihres Herrn nachzukommen. Als sie dort waren, bediente sich Rammo der Kunst, auf die er sich verstand, und ließ sie einschlafen und streifte die Fesseln ab und schnitt allen Bart und Haare ab und kehrte in sein Haus zurück. Mit Tagesanbruch aber ging der Wesir nach dem Orte, wo seine Diener waren, und fand sie dort alle betrübt und niedergeschlagen und ihres Bartes und ihrer Haare beraubt vor. Darob über die Maßen erstaunt, fragte er sie, ob sie den Übeltäter getötet hätten, und nachdem er alles Geschehene auf das genaueste erfahren hatte, ging er ganz verwirrt und traurig von ihnen. Und er ließ alsogleich die Alte vor sich rufen und erzählte ihr sein Mißgeschick. Sagte Rammo zu ihm: ›Ich merke wahrlich zur Stunde, o Herr, daß solches die gemeinsame Handlung eines Menschen und eines Geistes ist; fürchte jedoch nichts, denn ich hoffe auch von diesem Übel mit einigen Beschwörungen baldige Abhilfe schaffen zu können.‹ Und er befahl dem Geist, er sollte den Wesir nicht weiter schlagen; und auch er belästigte die Töchter mehrere Tage lang nicht. Da sich nun der Wesir in einem ziemlich ruhigen Zustand befand, vergaß er des vergangenen Übels gänzlich und begann von neuem, sich mit der Sultanin der Liebe zu erfreuen. Das sehend, erzürnte sich Rammo heftig und gab dem Geiste Auftrag, kommende Nacht in des Wesirs Palast zu gehen und seiner Töchter schönste von dem Lager zu nehmen und zu ihm zu bringen. Der Geist nun gehorsamte Rammo alsogleich und trug die schönste der Wesirstöchter an seine Seite; als die Jungfrau ob solchen Begebnisses sehr betrübt war, sprach Rammo zu ihr: ›Fürchte dich nicht, denn ich bin ein Mensch und liebe dich herzlich; und wisse, ich bin Rammo, des Sultans Sohn, deshalb mußt du nicht so betrübt sein, dieweil du mir zur Seite liegst.‹ Hierauf antwortete sie, daß, wer er auch sei, sie sich ihm in keiner Weise fügen wollte. Sprach Rammo zu ihr: ›Auf daß du erkennst, in welch heißer Liebe ich zu dir entbrannt bin und wie ich deine Ehre achten will, bin ich willens, dich zum Weib zu nehmen, und verspreche dir bei meinem Worte, daß du mein Weib werden sollst; doch darfst du solches ohne meinen Willen niemandem offenbaren.‹

Diese Worte waren der Jungfrau wohlgefällig, sie umarmte ihn und verbrachte diese Nacht in Freuden mit ihm. Er nun erhob sich am Morgen beizeiten und befahl der Jungfrau, sie sollte bis zu seiner Rückkehr das Bett nicht verlassen; er nahm dann die gewohnte Gestalt der Alten an, und auf dem Wege nach dem Palast des Wesirs stieß er auf dessen Boten mit einem Auftrage an ihn. Als er nun vor des Wesirs Angesicht stand, sprach der zu ihm: ›Du weißt, o meine Mutter, wieviel Unheil mir binnen weniger Tage widerfahren ist, von dem hast du mich aber stets dank deiner großen Güte befreit. Doch jetzt ist eines über mich gekommen, das größer ist denn alle andern, sintemal mir in vergangener Nacht nicht etwa ein Gewand, nein, eine Tochter geraubt ist, weswegen ich und mein Weib, Allah weiß es, tiefbetrübt sind. Wenn du jetzt, wie du mich von allem andern Ungemach befreit hast, auch dieses von mir nimmst, will ich dir tausend Golddinare zum Geschenk machen.‹ Darwider sagte Rammo, daß er ihnen nicht um Goldes, sondern um der Liebe willen, so er zu ihnen hegte, die Tochter gar bald wiederverschaffen wollte; er nahm Urlaub und kehrte in sein Haus zurück, und mit der Kunst, die er wußte, schläferte er die Tochter ein und befahl dem Geist, sie mit Anbruch der Nacht in den Wesirspalast zurückzubringen. Und es hörte dann folgenden Morgens der Wesir von seinen andern Töchtern, daß sie ihre Schwester wiederbekommen hätten, und ward unbeschreiblich getröstet und zufrieden. Und ließ alsogleich das alte Weib vor sich kommen und sprach zu ihm: ›O meine Mutter, ich sehe wahrlich und muß es offen bekennen, daß ich dir das Leben und die Ehre und das Heil meines ganzen Hauses verdanke; und deshalb biete ich dir nach deinem Gefallen frohen Herzens der großen Schuld wegen, in der ich bei dir stehe, alles an, was in meiner Gewalt ist.‹ Als ihm Rammo dafür vielmals gedankt hatte, sprach er: ›Nichts anderes, o Herr, als deine Gunst und Liebe wünsche ich zu erlangen, denn ich glaube wahrlich, daß ich bei deiner großen Höfischkeit jederzeit meine Notdurft alsogleich von dir erhalten werde.‹ Sich mit solchen Worten von ihm verabschiedend, ging er fort. Der Wesir aber verbrachte einige Tage ohne eine Belästigung und widmete sich wieder von neuem, alles geschehenen Elends vergessend, der gewohnten Lust mit der schlechten Sultanin. Das merkte Rammo, der auf nichts anderes acht hatte, und geriet in gar heftigen Zorn und ward von wildem Grimme ergriffen. Sprach bei sich selbst: ›Es tut not, daß ich mich an dem schlechten und treulosen Wesir bitter und nachdrücklich räche, dieweil er sich durch keinen Unfall, der ihm zugestoßen ist, von seiner

Aufführung, die meinem Vater, dem Sultan, solch große Unehre einträgt, abbringen läßt.‹ Er ging unter der gewohnten Gestalt des alten Weibes aus seinem Hause und traf auf einen ziemlich bejahrten Mann; an den trat er heran und befreundete sich mit ihm und lud ihn bald zum Essen ein und führte ihn in sein Haus; und sich eines Tages mit ihm über die Armut unterhaltend, sprach er zu ihm: ›O mein Bruder, sintemal ich dich große Armut leiden sehe, will ich dir etwas angeben, was dich wahrlich in einem einzigen Tage reich machen wird, sofern du darnach handelst!‹ Hierfür dankte der gute Mann Rammo gar herzlich und drang in ihn, er möchte ihm solches Mittel alsogleich offenbaren. Da sprach Rammo zu ihm: ›Du weißt, daß der Sultan an jedem Donnerstage der Woche jedweden Menschen öffentlich zu empfangen pflegt, und dieser Audienz muß sein Wesir immer beiwohnen. Zu diesem Gerichtstage des Gebieters gehe also und rede den Wesir, der bei dem Sultan in so hohem und ehrenvollem Ansehen steht, mit lauter Stimme an: Er sei dein Sklave und du seiest des Glückes ledig, und er möge dich, der du sein Herr wärest, nicht vergessen, und er solle dir, wie es billig sei, zu deiner Notdurft einige Hilfe gewähren. Und wenn er dich nun verspottet und dich ob solcher Worte wie einen Narren aus dem Gerichtstage vertreiben will, wende dich an den Sultan; und sollst also zu ihm sprechen: ›O Gebieter, ich verlange mein Recht von dir und bitte dich, du wollest nicht dulden, daß mich dein Wesir, dessen Herr ich wahrlich bin, mit so bezeichnender Ungerechtigkeit behandelt und als Dank für die vielen Tugenden, die ich ihn zur Zeit, als ich ihn auf dem Marktplatze eingehandelt, in seiner Jugend gelehrt habe und mittelst derer er bei dir zu so hohem Ansehen gelangt ist, mich nunmehr, wo ich arm bin und ihn um eine Unterstützung angehe, so schmählich aus deiner Gegenwart verjagt. Und wenn du mir vielleicht nicht glauben willst, daß ich die Wahrheit erzähle und daß er mein Sklave ist, so gebe ich dir dies als Zeichen an: als ich ihn kaufte und einen Muselman aus ihm machte, habe ich ihn mit meinem Stempel auf den Hinterbacken gestempelt, und wenn es sich anders verhält, bin ich es zufrieden, jedes harten Todes, den du über mich verhängen magst, zu sterben.‹ Wenn der Wesir, sagte Rammo zu dem guten Manne, ›die Worte hört, die ich gesagt habe, wird er glauben, daß du die Wahrheit sprichst, denn ich habe mit eignen Händen seine Hinterbacken, als er und ich allein in seinem Gemache waren, vor etlichen Tagen gestempelt. Um der Schmach nun zu entgehen, dem Richter seine Hinterbacken zeigen zu müssen, wird er dich beiseite rufen und, auf daß du nicht weitergehst und ihm noch mehr Schmach antust, dich reichlich beschenkt fortschicken, dessen versichere ich dich.‹ Da nun ward der gute Alte über die Maßen zufrieden und froh, zeigte sich am Tage des Empfanges vor dem Richterstuhl des Sultans und setzte alles, so ihm von dem alten Weibe beigebracht war, genau ins Werk. Es wurde aber der Wesir vor Scham rot und rief den Alten beiseite, und auf daß er nicht weiterredete, schickte er ihn mit einer großen Summe Geldes von sich. Doch auch diese Schmach hatte er nicht lange hernach wieder vergessen, und er setzte seine verliebten Unternehmungen mit der Sultanin, in die er über die Maßen hitzig verliebt war, fort. Als Rammo dies letzthin merkte, konnte er des Wesirs Unverschämtheit nicht länger dulden und beschloß, dem Sultan alles zu offenbaren. Und die Gestalt eines alten Weibes annehmend, ließ er folgenden Morgens zeitig den Sultan um einen geheimen Empfang bitten und zeigte sich vor ihm und sprach: ›O Gebieter, sintemal ich als deine gute Untertanin glaube, um deine Ehre nicht weniger Sorge als um meine tragen zu müssen, habe ich beschlossen, da ich einen großen Verrat entdeckt habe, den ich zu vielen Malen deinen Wesir an dir verüben sah, dir alles alsogleich zu offenbaren, auf daß du dich von deinem schlechten und ruchlosen Diener befreien kannst. Wisse denn, daß zur Stunde die Sultanin, deine Gemahlin, an der Seite deines treulosen Wesirs auf dem Lager liegt und mit ihm verliebte Spiele treibt. Und wiewohl ich solches zu vielen Malen gesehen habe, habe ich doch niemals glauben können, daß das schlechte Weib, das ich mit dem Wesir sah, die Sultanin war, bis ich mich zu dieser Stunde davon überzeugte. Da nun wagte ich es nicht, dir solche Missetat länger zu verbergen. Auf daß du nun nicht glaubst, ich erzähle dir eine Lüge, so komm mit mir, und du sollst alles, was ich dir erzählte, mit deinen eignen Augen sehen.‹ Da nun ging der Sultan mit Rammo und wurde von ihm in ein Gemach des Palastes geführt, allwo in einem Kämmerchen auf einem schönen Lager der ruchlose Wesir mit dem schlechten Weibe in enger Umarmung aufgefunden wurde. Als dies der Sultan sah, ward er heftig von Zorn und Wut ergriffen und beschloß, solche Missetat streng zu ahnden. Doch da er gar sehr fürchtete, die Alte möchte es jemand anderem erzählen, bat er sie herzlich, so lange bei ihm zu bleiben, bis er den Wesir und sein Weib eines grausamen Todes habe sterben lassen, und gab Auftrag, daß die Alte in einem seinem Gemach benachbarten Raume bewacht würde. Aber Rammo, dem es nun an der Zeit zu sein schien, seinem Vater seinen Irrtum zu entdecken, sintemal er ihn so ungerechterweise aus seinem Reiche vertrieben hatte, ließ ihn durch die, die ihn bewachten, um eine Unterredung bitten; und sich vor ihm in der Gestalt des alten Weibes zeigend, ließ er alle andern hinausgehen, so daß sie beide allein blieben. Und er offenbarte ihm, daß er sein Sohn Rammo war, und legte die Gestalt ab, in der er vor ihm stand, kehrte in seine frühere Gestalt zurück und wurde von seinem Vater erkannt; und er erzählte ihm die Geschichte von Anfang an und erwähnte die Künste, die er von den drei Wanderern gelernt hatte; und erinnerte ihn an die falsche Anklage des treulosen Wesirs und der ruchlosen Sultanin. Dann verkündete er ihm die Strafen, die er zu vielen Malen dank der erlernten Künste über den schlechten Menschen verhängt hatte, und bat ihn gar herzlich, er möchte ihn und die ruchlose Sultanin aus dem Lande jagen und ihnen das Leben schenken, insonderheit, dieweil er die Wesirstochter zum Weibe genommen, die ihn inständigst gebeten habe, sie doch nicht durch den Tod ihres Vaters in ewige Betrübnis zu bringen. Nachdem Rammo also gesprochen, konnte sich der Sultan der Freudentränen nicht erwehren und herzte ihn innig; und allem Rachegefühl zum Trotz, das er gegen den Wesir und die Sultanin auf dem Herzen hatte, überließ er alle Rache seinem Sohne. Der nun verjagte alsogleich den treu osen Wesir und die schlechte Sultanin aus dem väterlichen Reich und beraubte sie jeder Notdurft; und er feierte mit aller Pracht seine Hochzeit; und als nicht lange hernach der Tod zu seinem Vater trat, machte dieser ihn zum Herrn seines Staates; und er lebte ein langes und ruhiges und glückliches Leben.« – Überaus gut gefiel Behram-Gur die von Rammo verfolgte

Weise, sich an dem treulosen Wesir und der schlechten Sultanin zu rächen, die ihn ihres eignen Vergehens beim Vater bezichtigt hatten und dafür so hart bestraft wurden. Und nachdem er sich über solche Freveltat ein wenig mit seinen Vornehmen unterhalten hatte, befahl er, daß folgenden Tages das ganze Gefolge nach dem fünften Palast, der ganz in grünen Farben gehalten war, in gleichfarbener Kleidung kommen sollte. Als dem jedweder nachgekommen war, gelangten sie hier alle zur dritten Stunde des Tages an.

Und es unterhielt sich der Kaiser eine gute Zeit gar lieblich mit der Jungfrau, die hier war, und labte sich an den köstlichsten Speisen; darnach hieß er den fünften Geschichtenerzähler vor sich kommen, der um die Ursache, wegen deren er gerufen wurde, wußte; und er begrüßte den Sultan ehrerbietigst und begann also:

»Es lebte im Lande Choten ein berühmter und ausgezeichneter Weiser, der sich gar sehr auf mechanische Künste verstand, vor allem aber ein hervorragender Goldschmied war und jeden seiner Zeit überragte. Und außer vielen andern schönen Werken, die er beständig anfertigte, bildete er eines Tages eine silberne Bildsäule mit solcher Kunst, daß sie jedesmal, wenn vor ihr eine Lüge gesagt wurde, alsogleich zu lachen anfing. Das nun kam dem Fürsten der Stadt zu Ohren, der ein Muselman war, und er wollte sie sehen; und nachdem er die große Kunst, die sie bewirkte, gar sehr bewundert hatte, ließ er den Weisen um die Bildsäule bitten, indem er ihm eine große Summe Goldes dafür anbot. Der Weise aber, der des Geldes nicht achtete, schenkte sie ihm, um sich, was er sehr wünschte, bei seinem Fürsten beliebt zu machen. Dieses Bildes halber ließ der Fürst bei seinem

Palast ein großes und sehr schönes Serail bauen, das vier Flügel hatte; die Ecke des einen aber lag über einem Flusse, die des andern über dem Stall, die des dritten über der Küche und die des vierten über dem Keller des Fürsten; und er ließ dort vier sehr reiche Wohnungen herstellen. In diesem Serail nun ließ er das Bildnis auf einem Sockel aufrichten, und wenn er seiner Geschäfte ledig war, pflegte er hier zu often Malen zu lustwandeln; und sich mit seinen Vornehmen über verschiedene Dinge unterhaltend und im Gespräche eine Lüge fallen lassend, reizte er die Säule zum Lachen; hierob pflegte der Fürst große Freude zu haben. Es war nun dieser Fürst ein Mann von seltener Weisheit und in mannigfaltigen Wissenschaften geübt. Und hatte bei vielen Schriftstellern gelesen, welch ein boshaftes und treuloses Tier das Weib ist; so hatte er sich denn schon in frühen Jahren vorgenommen, niemals ein Weib nehmen zu wollen. Solches schmerzte alle ihm unterworfenen Völker gar sehr, sintemal sie einen Erben von ihm zu haben wünschten, der ihm in seinem Reiche nachfolgte, dieweil er ein tugendhafter Fürst und jedwedem sehr teuer war. Es traten eines Tages aber vier von den ersten seiner Vornehmen vor sein Antlitz und versuchten ihn mit vielen Reden zu überzeugen, daß, wenn auch der größere Teil der Weiber voll des Betruges sei und sie auch sehr unvollkommene Tiere wären, man doch auch weise und gute unter ihnen finden könnte; und schlossen damit, daß er schon darum ein Weib nehmen müßte, um einen Erben zu haben. Nach solchen und vielen andern Reden, die ihn dazu bestimmen sollten, sagten sie auch, daß, wenn er das Weib auch nur für ein treuloses Tier hielte, er unter acht oder zehn die Auswahl treffen sollte, auf die Weise könnte

es leicht geschehen, daß er ein gutes fände, das er als Gattin heimführen könnte, auf daß er einen Erben für sein Reich zeugte. Obwohl solche Worte den Absichten des Fürsten ganz entgegengesetzt waren, erweckten sie doch einen Widerhall in seinen Ohren; und er beschloß, einen Versuch zu machen, um nicht billigerweise seines großen Starrsinns wegen von seinen Völkern getadelt zu werden. Nun hatte er von der Schönheit und den guten Eigenschaften vierer Jungfrauen, Töchtern von vier großen, ihm befreundeten Herren, gehört und schickte vier Abgesandte zu denen, um jene zu erbitten; diese nun, von ihnen mit reichen Geschenken begabt, führten ihrem Fürsten in kurzer Zeit die Jungfrauen zu. Sie aber wurden von ihm herzlich und mit großer Ehrerbietung aufgenommen; und er gab Auftrag, daß jede von ihnen eine von den vier bezeichneten Wohnungen innehaben sollte, die in den Flügeln des Serails, allwo sich das Bildnis befand, hergestellt waren.
Und als es zu später Stunde war, ließ er sich eine von ihnen ins Gemach führen und begann sie zu liebkosen; und sich mit ihr über verschiedene Dinge unterhaltend, legte er die Hand auf einen Korb mit Rosenblättern, den er bei sich hatte, und nahm einige Blätter heraus; und wie er sie der Jungfrau auf den Busen streuen wollte, geschah es, daß ihr ein ganz kleines Rosenblättchen ins Gesicht fiel; da nun gab sie vor, um des Stoßes vor die Stirne willen gar gewaltigen Schmerz zu spüren, und heuchelte alsogleich eine Ohnmacht. Hierob ward der Fürst ziemlich bestürzt, rief seiner Diener einige und ließ Essig herbeischaffen; und ihn mit Rosenwasser mischend, hielt er ihn der Jungfrau unter die Nase und feuchtete ihre Stirn damit an und rieb sie, bis ihr die Besinnung wiederkehrte. Und nachdem sie ein wenig

ausgeruht hatte, erhob sie sich schließlich; und es nahm sie der Fürst bei der Hand und führte sie ganz sachte an das Fenster des Gemaches, allwo sie mit den Augen gegen das Bildnis stand, das er lachen sah; und alsogleich ward ihm der Betrug klar und die Verstellung, die die Jungfrau ins Werk gesetzt hatte, indem sie vorgab, von dem Stoß vor die Stirn ohnmächtig geworden zu sein. Nichtsdestoweniger ließ er sich nichts anmerken. Und mit ihm über dieses Mißgeschick redend, lehnte sie sich an das Fenster, plötzlich aber hob sie die Hände vors Gesicht und bedeckte es; solches tat sie, dieweil sie vorgeblich das Bildnis für einen Mann hielt, womit sie dem Fürsten zeigen wollte, es ziemte sich nicht, daß sie von jemand anderem als ihm gesehen würde. Doch da er sich ihres ersten Betruges schon vergewissert hatte, wollte er auch den zweiten erfahren und drehte sich nach dem Bilde um und sah es lachen. Nun ward ihm klar, daß sie eine schlimme Jungfrau voll des Betruges war; auf daß sie aber nicht merkte, daß er hinter ihre Täuschung gekommen war, schlief er die Nacht bei ihr. Und er erhob sich folgenden Morgens beizeiten und umarmte sie und schickte sie in ihre Behausung, die über dem Stalle lag, zurück. Dann ging er nach muselmanischer Sitte ins Bad, wusch sich und gab Auftrag, man solle eine andere der Jungfrauen vor sein Angesicht führen. Er ging ihr fröhlichen Antlitzes bis in seinen Hofraum entgegen und nahm sie bei der Hand und führte sie in sein Gemach. Er trug aber ein mit Hermelin besetztes Gewand; so geschah es denn, daß er sie beim Umarmen um den Hals faßte und ihre Brüste mit dem Hermelinfell berührte. Da sagte sie, daß ihr solches ein großes Unbehagen bereite. ›O weh,‹ sprach sie, ›o Herr, entferne dich bitte ein wenig, dieweil ich fühle, wie das Fell deines Gewandes heftig in die Haut sticht und mir schweres Unbehagen verschafft!‹ An solchen Worten erkannte der Fürst die Bosheit und den Trug der Jungfrau; er wandte sich gegen das Bild und sah es lachen und ward ihrer Täuschung inne. Doch verbarg er das und sagte darwider: ›Du hast wahrlich einen sehr zarten Körper, und sintemal dir solches Mißbehagen aus dem Fell meines Gewandes zu erwachsen scheint, kann ich mir wohl denken, daß, wenn dein Körper so beschaffen ist, dein Antlitz noch viel zarter sein muß.‹ Also zu ihr redend, näherte er sich ihr mit einem Spiegel, der in dem Gemache hing, und stellte sich vor ihn, so daß sie ihn sehen mußte, und als sie ihn nun doppelt sah, hielt sie alsogleich die Hände vors Gesicht. Wie sie aber der Fürst fragte, aus welchem Grunde sie das täte, antwortete sie: ›Dieweil es sich nicht ziemt, daß ich von einem andern Manne als dir gesehen werde.‹ Diesen Betrug merkte der Fürst, drehte sich nach dem Bilde und sah es lachen. Dessenungeachtet verstellte er sich, da er die Nacht mit der Jungfrau schlafen wollte. Und stand am Morgen beizeiten auf und schickte sie in ihre Wohnung, die über der Küche lag, zurück; trat dann in das Bad, und nachdem er sich hier ein wenig aufgehalten hatte, gab er Befehl, daß ihm die dritte Jungfrau zugeführt würde. Als die vor seinen Augen erschien, umarmte er sie fröhlichen Antlitzes und trat mit ihr in den Palastgarten; und sich in das frische Gras setzend, unterhielten sie sich über allerlei Dinge. Hier war nun ein sehr schöner See, der der verschiedenen Fischarten wegen, die in ihm schwammen, gar lieblich zu betrachten war. Wie die Jungfrau jedoch an ihn herantrat, zog sie plötzlich einen Schleier vor das Antlitz; und vom Fürsten gefragt, weshalb sie das täte, antwortete sie: ›Dieweil es in diesem See männliche Fische gibt;

und es ziemt sich nicht für mich als Frau, von ihnen gesehen zu werden.‹ An solchen Worten merkte der Fürst, daß sie nicht besser war als die beiden ersten; er wollte sich dessen aber vergewissern, und sich gegen das Bild wendend, sah er es lachen. Nicht weit davon auf diesem See lag auch ein kleines und sehr schönes Schiffchen mit gehißten Segeln und vielen geschnitzten Holzfiguren, das zur Zierde des Sees hergestellt war und hier festlag; es war einem großen Schiffe ähnlich, das auf hohem Meere segelt. Nun kam es, daß der Wind es bald nach dieser, bald nach jener Seite trieb, bis es unterging. Die Jungfrau sah es, gab vor, ohnmächtig zu werden, und fiel zu Boden; und als sie wieder zu sich gekommen war und vom Fürsten um die Ursache ihrer Angst gefragt wurde, antwortete sie: ›Als ich das Schiffchen mit den Seeleuten, die sich in ihm befanden, untergehen sah, überkam mich der größte Kummer.‹ Da nun der Fürst die Schlechtigkeit und den Betrug der Jungfrau bedachte, die vorgab, der Holzfiguren wegen, die mit dem Schiffe untergegangen waren, ohnmächtig geworden zu sein, richtete er die Augen auf das Bild und sah es lachen, und es ward ihm gewiß, daß er sich nicht getäuscht hatte. Aber dennoch ließ er die Jungfrau nichts merken, umarmte sie und schlief die Nacht bei ihr. Er schickte sie am Morgen zeitig in ihre Behausung zurück, die über dem Flusse hergestellt war, und ließ, nachdem er das Bad verlassen, die vierte vor sich führen. Als die vor seinem Angesicht stand, wollte sie sich ihm aus Ehrfurcht nicht nähern, da nahm er sie bei der Hand und begann sie gar sehr zu liebkosen. Er sah sie jedoch ganz ehrbar und mit guten Sitten begabt, glaubte aber dennoch, daß sie den andern ähnlich und schlecht sei, und wandte die Augen gegen das Bild und sah es nicht lachen, alldieweil sie wahrhaft gut und ehrbar war. Als er die Nacht auch bei ihr geschlafen hatte, schickte er sie morgens in ihre Wohnung, die über dem Keller lag, zurück. Da er nun aber diese Jungfrau um ihrer Bescheidenheit und tiefen Ehrfurcht willen, nach der Begebenheit mit den drei andern zu schließen, für eines armen und gemeinen Mannes und nicht für eines Fürsten Kind hielt, wollte er nicht mehr bei ihr schlafen. Es geschah aber, daß er eines Abends in das Gemach derer ging, die vorgegeben, durch das in ihr Gesicht geflogene Rosenblatt ohnmächtig geworden zu sein; und er legte sich nach dem Mahle zu ihr, und nachdem sie verschiedene Gespräche gepflogen, schlief er ein; und als er nach einer Weile aufwachte und die Jungfrau neben sich zu finden glaubte, merkte er, daß sie nicht auf dem Lager war. Darob verwunderte er sich gar sehr und stand alsogleich auf, nahm das Licht und suchte sie sorgsam in allen Ecken des Gemaches, fand aber alle Türen desselben geschlossen, außer der, die in den Stall führte; die sah er offenstehen. Da nun packte ihn ein wilder Zorn; er nahm den Säbel und ging durch die Tür, die er offen fand, nach dem Stalle; er hörte die Jungfrau heftig schreien; und sich in einem Winkel verbergend, sah er, wie sie der Stallsklave mit Fäusten und Füßen tüchtig bearbeitete, dieweil sie ihn hatte warten lassen. Und sie weinte bitterlich und entschuldigte sich, daß sie des Herrn wegen, der diese Nacht bei ihr geschlafen hätte, nicht eher habe kommen können, und sagte, sobald er eingeschlafen, wäre sie aufgestanden und in aller Eile hierhergekommen, und bat ihn gar flehentlich, er möchte mit Schlagen aufhören. Solches hörend, ward der Fürst von unsäglichem Zorn ergriffen und konnte sich kaum bezwingen, daß er nicht beide tötete; doch gedachte er seiner Würde und wollte seine Rache an dem schlechten Weibe für eine andere Zeit aufsparen und sprach bei sich selbst: ›O verruchtes Weibsstück, wie kannst du so harte Schläge aushalten, wenn dein Gesicht so zart ist, daß du vor meinen Augen, von einem Rosenblatt getroffen, ohnmächtig wirst?‹ Und er sagte sich, daß die große Kunst des Bildes nicht täuschte. Dann ging er von da fort und legte sich wieder aufs Lager; und um auch der anderen Schlechtigkeit sehen zu können, sprach er hierüber mit niemandem. Und folgenden Tages zur gewöhnlichen Stunde ging er zu der Jungfrau, der das Gemach über der Küche angewiesen war, unterhielt sich mit ihr bis in die Späte mit mancherlei Gesprächen, und als das Mahl zubereitet war, setzten sie sich allein zu Tisch und vertrieben sich hier ein gut Stück Zeit mit ergötzlichen Gesprächen. Und die Tafel aufhebend, gab der Fürst vor, einzuschlafen; und als er so einen Zeitraum von zwei Stunden verharrte, glaubte die Jungfrau, daß er wahrhaftig eingeschlafen wäre. Und sie stand auf und öffnete die Tür des Gemaches und ging in die Küche; der Fürst jedoch, der durchaus nicht schlief, sondern auf alles achtete, folgte ihr ganz sacht und sah, wie die Jungfrau, sobald sie die Küche betreten hatte, innig von dem Koch geküßt wurde, der sie bei der Hand nahm und auf einen Haufen Dornbüsche legte und verliebte Spiele mit ihr trieb. Hierob war er sehr verwundert, daß die da, der das Hermelingewand, das ihre Brüste leicht berührt hatte, so große Belästigung bereitete, daß sie beinahe eine Ohnmacht bekam, nichts spürte, als sie auf einem Dornenhaufen lag. Sprach er: ›Die da ist wahrlich ebenso schlecht und verrucht wie die andere; und nun sehe ich, welch wahres Urteil das Bild auch über sie gefällt hat!‹ Nichtsdestoweniger überging er alles mit Schweigen und legte sich wieder nieder und erwartete mit brennender Neugier die folgende Nacht, um auch die dritte prüfen zu können. Nun stand er des Morgens beizeiten auf und hatte bis zur Stunde der Vesper keinen andern Gedanken, als wie er die ruchlosen Weiber bestrafen könnte. Er ließ jetzt die dritte, die in dem Gemach über dem Fluß wohnte, vor sein Antlitz kommen, und wiewohl er von ihr nichts Besseres, als er bei den anderen gesehen hatte, erwartete, so begann er sie doch zu liebkosen und unterhielt sich bis zur Nacht mit ihr in ergötzlichen Gesprächen; und nachdem die Tafel hergerichtet war, setzten sie sich zum Mahle. Sie hörten einige sehr schöne Musikstücke an und gingen dann schlafen; und es lag der Fürst nicht gar lange bei ihr, dieweil er sich sehnlichst auch von ihrer Schlechtigkeit zu überzeugen wünschte; und sagte zu der Jungfrau, er wäre müde, und heuchelte, ruhen zu wollen. Als er sie leicht davon überzeugt hatte und sie nun glaubte, er wäre in Wahrheit eingeschlafen, erhob sie sich nach der Weise der anderen leise von seiner Seite, öffnete ganz sacht den Ausgang und trat aus dem Gemach und ging eine Treppe, die nach dem Fluß führte, hinunter. Dort angekommen, entkleidete sie sich und legte die Gewänder auf ihren Kopf, nahm ein großes Tongefäß, das leer dastand, legte es unter die Arme, um nicht zu ertrinken, und schwamm nach der andern Flußseite. Dort wurde sie denn von einem Landmann in Empfang genommen, der sie gar innig umfaßte, und sie lagen auf dem Flußdamme beieinander und ergötzten sich ein gut Stück Zeit in verliebter Weise. Diese Handlung hatte der Fürst ganz deutlich gesehen, sintemal auch er das Bett verlassen hatte und ihr heimlich an den Fluß gefolgt war; und er fand, daß sie ebensoschlecht wie die andern war, hatte sie doch geheuchelt, eines kleinen Schiffchens halber, das sie auf dem See infolge des Windes hatte untergehen sehen, ohnmächtig zu werden, und sich auch das Gesicht verhüllt, auf daß es die männlichen Fische nicht sehen könnten; und es hatte das Bild mit seinem Lachen wahrlich bewiesen, daß sie voll des Betruges und der Bosheit war. Trotzdem verlor er kein Wort darüber und kehrte in sein Gemach zurück und legte sich aufs Lager, mit großem Verlangen den folgenden Tag erwartend, um die vierte derselben Probe zu unterwerfen, die er mit den drei andern angestellt hatte. Er erhob sich des Morgens mit dem frühesten und gab sich bis zur Vesperstunde mit seinen Geschäften ab und befahl dann, daß die Jungfrau vor ihm erscheinen sollte; als er sich mit ihr im Garten bis gen Abend in mancherlei Gesprächen ergangen hatte, setzten sie sich an das Mahl, das gar köstlich aufgetragen war, ergötzten sich nach ihm an der herrlichsten Musik und an Gesängen und legten sich nieder. Und hier, nach mancherlei Gesprächen, die sie geführt, heuchelte der Fürst, eingeschlafen zu sein; leise stand die Jungfrau von seiner Seite auf und kleidete sich an und nahm ein Büchlein zur Hand und ging in ein Nebengemach, um zu beten. Der Fürst aber, der alles sah, bildete sich ein, daß auch sie ihn betrügen wollte, legte geräuschlos seine Gewänder an und folgte ihr; und als er sie beten sah, wollte er dennoch nicht glauben, daß sie gut war. Doch als er da ein wenig verweilt hatte, kam sie mit ihrem Gebet zu Ende und ging auf den Ausgang des Gemaches zu; da kehrte denn der Fürst, um nicht von ihr gesehen zu werden, auf sein Lager zurück, sie aber begann sich auszuziehen und legte sich ihm ganz leise wieder zur Seite. Dennoch vermochte er noch nicht glauben, daß sie brav war, denn er meinte, sie wollte ihn mit dem Scheine der Frömmigkeit täuschen; und er beschloß im stillen, die drei folgenden Nächte bei ihr zu schlafen, und behielt sie diese ganze Zeit über bei sich und überzeugte sich, daß sie in Wahrheit eine ehr- und tugendsame Jungfrau war, denn er hatte sie beständig im Gebet verharren sehen. Und er erwählte diese bei sich zu seinem Weibe; die Beleidigungen der anderen aber wollte er auf das strengste ahnden. Er besaß unter vielen wilden Tieren, an denen er einen großen Überfluß hatte und die er zu Schauspielen, indem er sie miteinander kämpfen ließ, zu verwenden pflegte, einen schrecklichen und grausam wilden Maulesel. Und berief eines Abends spät seine Diener, und mit ihnen in dessen Stall gehend, gab er Auftrag, sie sollten ihn aus dem gewöhnlichen Stalle dorthin bringen, allwo seines Wissens das schlechte Weib hindurchzugehen pflegte. Solches ward von ihnen ausgeführt; auf daß ihn nun nicht der Stallsklave von dem Platz, an den er ihn hatte bringen lassen, hinwegführte, befahl er den Dienern, diese Nacht zusammen mit dem Stallsklaven in dem Stalle zu bleiben. Der Fürst kehrte jetzt in sein Gemach zurück und gab Auftrag, daß die Jungfrau, die in ihrer Behausung über dem Stall weilte, zu ihm kommen sollte. Die aber kam dem Befehl nach und erschien alsogleich vor des Fürsten Angesicht; der empfing sie mit heiterer Miene und setzte sich mit ihr zu Tische, nachdem er ein köstliches Gastmahl hatte zubereiten lassen; und sie unterhielten sich hier eine gute Zeit mit Gesängen und Musik; und als es nach beendigtem Mahle schon zu ziemlich später Stunde war, faßte sie der Fürst bei der Hand und führte sie mit sich zum Schlafen. Und sowie er sich niedergelegt hatte, schien er müde zu sein und heuchelte Schlaf. Wie das elende Weib solches inne ward, nahm sie ihre Gewänder, denn ihr lag der Stallsklave im Sinn, und erhob sich leise von dem Lager, wie sie es das vorige Mal getan hatte, und ging die Treppe hinab, die in den Stall führte, und im Glauben, der Stallsklave erwarte sie an der untersten Stufe, wie er es das vorige Mal getan hatte, schickte sie sich an, sich dem wilden Maulesel zur Seite zu legen; als der das aber merkte, bearbeitete er sie mit Füßen und Zähnen so heftig, daß er ihr in einer kurzen Spanne Zeit einen bitteren und grausamen Tod bereitete. Als nun solches andern Tages die Diener, die bei dem Stallsklaven geblieben waren, dem Fürsten mitteilten, war er über die Maßen froh darob, wennschon er sich darüber tief zu betrüben schien. Und dieweil er die beiden andern auch sterben zu lassen gedachte, ließ er die Jungfrau vor sich kommen, die ihr Gemach über der Küche hatte, und speiste mit ihr wie mit der andern, die das Maultier getötet; und er unterhielt sich freundlich mit ihr, und als es zu später Stunde war, legte er sich mit ihr aufs Lager. Nun hatte er aber seiner vertrauten Diener einen beauftragt, augenblicklich die vier obersten Stufen der Treppe, die in die Küche führte, hinwegzunehmen, was vollkommen ausgeführt wurde. Als er nun des längeren verliebte Gespräche mit der Jungfrau geführt hatte, heuchelte er Schlaf. Sie aber, die schlecht war und nicht den Fürsten, sondern den Koch liebte, erhob sich ganz sacht von seiner Seite, nahm ihre Gewänder unter den Arm und ging nach der Küche; und bei der Treppe angelangt, setzte sie den Fuß auf, um hinabzusteigen, fand aber keine Stufen und fiel hinab; da die Treppe aber hoch war, brach sie alle Knochen und verschied alsobald aus diesem Leben. Darob war der Fürst gar froh und heiter, doch zeigte er dem, der ihm solche Kunde brachte, großen Kummer deswegen.

Und dieweil nur noch die dritte zu seiner Rache übrig war, ließ er sie folgenden Tages in der Späte zu sich rufen; wie sie vor ihm stand, umfing er sie herzlich und speiste mit ihr, wie er es mit den beiden andern getan hatte, und unterhielt sich mit ihr bis zur Stunde des Schlafengehens in mancherlei Gesprächen; doch dann legten sie sich aufs Lager. Nun hatte er aber einem vertrauten Großen aufgetragen, die Tonvase zu rauben, die sie unter die Arme zu nehmen pflegte, um mit heiler Haut über den Fluß zu kommen, und auf denselben Platz, wo sie lag, eine andere ihr ganz gleiche zu legen, die ungebrannt war. Das hatte der sorgfältig ausgeführt. Als nun der Fürst bei dem falschen Weibe lag und sich mit ihm lange über verliebte Dinge unterhalten hatte, wie er es das erstemal getan, stellte er sich eingeschlafen. Sowie die Jungfrau das merkte, nahm sie ihre Gewänder, ging aus dem Gemach hinaus und eilte an den Fluß, legte ihre Kleider auf den Kopf und nahm das Gefäß, das ungebrannt war, und legte es im Glauben, es sei das gewohnte, unter die Arme und stieg in den Fluß, allwo das Gefäß, das ungebrannt war, untertauchte; und sie ertrank alsobald. Solches ward dem Fürsten andern Tages gemeldet; da war er hocherfreut, dieweil er sich an den drei schlechten und ruchlosen Weibern so streng gerächt hatte. Nun wollte er seinen Willen erfüllen und nahm die vierte Jungfrau, die dem Gebet ergeben war, um der Güte und seltenen Tugend willen, die in ihr wohnten, zum Weibe und feierte höchst feierlich die Hochzeit; und da er mit ihr in kurzer Zeit drei Söhne zeugte, waren seine Untertanen, die Nachkommen von ihm zu sehen wünschten, gar sehr getröstet. Und er verrichtete den ganzen Tag über mit seinem Weibe tugendsame Werke, und sie lebten viele Jahre ein ruhiges und glückliches Leben.« –

Wiewohl der Kaiser großes Mitleid mit den drei schlechten Weibern der harten und grausamen Todesart wegen hatte, die von dem muselmanischen Fürsten über sie verhängt worden war, so tadelte er doch ihre Missetat und schalt auch heftig auf die Untreue der Frauen. Und nachdem er hiervon zu reden aufgehört hatte, gab er Auftrag, daß sich sein Gefolge folgenden Morgens, am Samstage, in brauner Gewandung, denn mit dieser Farbe war auch der sechste Palast gänzlich verziert, dort einfinden sollte. Dann machte er sich Samstag früh beizeiten mit allen seinen Großen auf den Weg, und sie kamen nach einer Frist von drei Stunden in dem Palast an. Dort fand er die Jungfrau, nahm sie bei der Hand und unterhielt sich ein wenig mit ihr über mancherlei Dinge und setzte sich dann an den Tisch, der mit den köstlichsten Gerichten überreich besetzt war. Als er nun nach dem Essen in seinem Gemach der Ruhe gepflogen hatte, ließ er den sechsten Geschichtenerzähler vor sich entbieten. Der nun erschien vor seinem Angesicht, machte ihm eine demütige Verbeugung und begann seine Geschichte in solcher Art zu erzählen:

»In Kergan, meinem weit von hier liegenden Vaterlande, das um der Schönheit seiner Gärten und klaren Quellen willen über die Maßen lieblich ist, liegt eine Stadt am Meer mit Namen Lissar, in der ehemals ein großer muselmanischer König lebte. Der nun behandelte die Bürger und die Fremden gar freundlich und ward in einer kurzen Zeitspanne sehr berühmt, weswegen seine Stadt immer voll der christlichen und sarazenischen Handelsleute war. Diesem König nun folgte nach seinem Tode sein Sohn in der Herrschaft; der aber besaß nichts von der Tugend seines Vaters und war jedwedem der Bosheit seiner Sinnesart wegen lästig und wurde bitterlich von seinen Untertanen und den Fremden gehaßt. Aus solchem Anlaß nun hatte ein großer Teil der Kaufleute die Stadt verlassen, und nur wenige blieben in ihr; und unter diesen befanden sich zwei Greise, die treue Freunde waren, Leute von großer Ehre und Besitzer großer Schätze. Die waren Christen und ehrten die Gebote Gottes; und wenn sie Kinder gehabt hätten, würden sie ein gar frohes und beschauliches Leben gelebt haben. Als sie sich nun eines Tages darob beklagten, machten sie am Schluß ihres Gespräches ab, wenn ihnen zu irgendwelcher Zeit Kinder geboren würden und das eine ein Knabe, das andere aber ein Mädchen wäre, wollten sie sie miteinander vermählen. Und nicht lange hernach wurden ihre Wünsche erfüllt, denn fast am gleichen Tage gebaren zu ihrer größten Zufriedenheit ihre Gattinnen, die eine einen Sohn, den man Firischte rief, die andere eine Tochter, die Gul genannt wurde, Kinder von wahrhaft wunderbarer Schönheit. Sie erzogen aber diese bis zu der Zeit, allwo sie in die Schule gehen konnten, tugendhaft und vertrauten sie dann einem weisen und frommen Manne an, auf daß sie lesen und gute Sitten lernten. Und es mangelte ihnen nicht an Verstand; dieweil sie Kinder waren, die mit den schönsten Eigenschaften begabt, lernten sie alles, was sie der weise Lehrer lehrte; und wiewohl sie noch in einem zarten Alter standen, liebten sie sich doch so zärtlich, daß nicht einer von dem andern lange getrennt sein konnte. Es verstand sich aber ihr Lehrer außer seiner Gelehrsamkeit noch auf die Kunst, aus Rosen oder auch aus andern Blumen so geschickt Sträuße zusammenzustellen, daß er solcherart leicht das Gesicht jedweden Mannes oder jedweder Frau nachbildete. An dieser Kunst erfreuten sich die Kinder gar sehr und zeichneten sich auch in ihr, wie in jeder andern Kunst, so aus, daß sie in ihr binnen kurzem ihren Lehrmeister bei weitem überragten. Als nun das Mädchen ein Alter von zwölf Jahren erreicht und jetzt alles, was diesem Alter an Gelehrsamkeit gebührt, gelernt hatte, nahm sie der Vater aus der Schule und überließ sie in seinem Hause der mütterlichen Fürsorge. Hierüber wurde Firischte trauriger, als es jemals ein andrer gewesen ist; und wie er sich von der, die er so heiß liebte, getrennt sah, glaubte er vor Kummer sterben zu müssen. Der verließ ihn ein ganzes Jahr über nicht; und wie ihn eines Tages die Liebe zu ihr ganz besonders heftig quälte, beschloß er, ihr dies auf irgendeine Weise kundzutun. Und er stellte aus Rosen und andern Blumen mit solcher Kunst einen Strauß zusammen, daß man ihr Gesicht in ihm, als wenn es lebte, erblickte; und ließ ihr den heimlich durch seinen Diener überreichen. Als nun Gul von ihrem Firischte, den sie mehr als jeden andern liebhatte, etwas so Seltenes und eine so edle Gabe erhalten hatte, küßte sie sie zu often Malen und lief alsogleich in den Garten, allwo sie viele Blumen pflückte, stellte in einem Strauß Firischtes lebendes Bild her und ließ ihm den durch den gleichen Diener überbringen. Wiewohl Firischte diesen Strauß mit großer Freude sah, so wurde er doch nicht lange hernach der großen Liebe wegen, die er fühlte, von einer schweren Krankheit befallen. Der Vater merkte aber, daß das Übermaß der Liebe, die der Sohn zu Gul gefaßt, solches verursacht hatte, und ging unverzüglich zu ihrem Vater und fand sie aus dem gleichen Grunde in dem gleichen Zustand. Sprach er zu ihm: ›Wir wollen, o lieber Freund, unsere Abmachungen einhalten. Deine Tochter ist jetzt mannbar geworden, und Firischte ist bereit, sie zum Weibe zu nehmen. Daher bitte ich dich herzlich, daß wir ihre Hochzeit baldmöglichst feiern, auf daß wir sie, die sich so hitzig lieben, vom gewissen Tode befreien.‹ Solches zu tun, war Guls Vater sehr bereit und veranstaltete ein großes Fest, und die Hochzeit wurde feierlich gefeiert. Und dieweil das Mädchen von bewunderungswürdiger Schönheit war, kam das Gerücht davon dem Könige alsbald zu Ohren; und wiewohl er sie nicht gesehen hatte, hatte er doch soviel Rühmens von ihrer Schönheit machen hören, daß er sie zu sehen beschloß. Er ließ alsogleich Firischtes und Guls greise Väter vor sich entbieten und trug ihnen auf, am selbigen Tage ohne einen Verzug die Kinder, deren Hochzeit sie feierten, vor sein Antlitz zu führen. Zu diesem Befehl waren die guten Väter bereit und kamen mit den jungen Leuten, die reich, wie es ihren Verhältnissen entsprach, gekleidet waren, in den königlichen Palast. Sie wurden vor den König geleitet; und sobald sich dieser von der Schönheit der Braut überzeugt hatte, die ihm noch größer zu sein schien, als es der Ruf verkündete, ward er in hitziger Liebe zu ihr ergriffen und wandte sich gegen Firischte und sprach: ›Ich befehle dir wahrlich, dir eine andre Jungfrau zu suchen, denn dieses Mädchen hier hast du mir abzutreten, dieweil ich beschlossen habe, es für meine Vergnügen dazubehalten; solltest du aber in einem Zeitraum von drei Tagen nicht darnach gehandelt haben, so lasse ich dir, das wisse, alsogleich den Kopf vom Rumpfe herunterschlagen!‹ Solche Worte bereiteten Firischte gar bösen Kummer; er antwortete dem Könige: ›O Gebieter, seltsam und hart fürwahr dünkt mich dein Ansinnen zu sein; auf daß du aber schnell deinen grausamen Vorsatz ausführen kannst, obwohl ich weder Mord noch Totschlag begangen habe, und dieweil ich einen solchen Tod, den du über mich verhängst, nicht verdiene, so höre, daß ich lebend meine Braut weder dir noch einem andern Menschen zu überlassen willens bin.‹ Solcher Antwort wegen hielt sich der Fürst für schwer beleidigt, dieweil er nämlich seinen Bruder getötet hatte, dessen Sohn er, ehe sein Vater aus diesem Leben verschieden war, nach dessen Befehl seiner einzigen Tochter hatte verheiraten sollen. Solche Missetat hatte er nun begangen, um nicht seines Vaters Befehl nachkommen zu müssen, und hatte seinen Neffen und seine eigene Tochter, die dessen Weib werden sollte, zu ewigem Gefängnis verurteilt. Und sich als Mörder und durch Firischtes Antwort des Todes würdig fühlend, sprach er bei sich selbst: ›Da ich meinen Bruder getötet habe, will der hier mit seinen Worten sagen, daß nicht er, sondern ich, der ich ein Mörder bin, die Todesstrafe verdiene.‹ Sintemal er nun ein Herz voll der bösen Anschläge hatte, befahl er seinen Dienern, man sollte Firischte binden und einkerkern und folgenden Morgens mit dem frühesten ins Meer werfen. Dann wandte er sich gegen den Vater des Mädchens und sprach: ›Und du sollst, solange ich dich nichts andres hören lasse, deine Tochter, die ich in wenigen Tagen nach meinem Glauben zur Frau nehmen will, bei dir bewachen.‹ Und nach seiner Rede beurlaubte er die unglücklichen und schmerzensreichen Väter, die sich ob solchen Ereignisses in großer Verwirrung befanden, aus seiner Gegenwart. Als er nun allein war, wollte er doch, obwohl er heiß in Liebe zu Gul entbrannt war, sintemal noch ein Fünkchen Billigkeit in ihm wohnte, mit seinen Weisen ob der ihm von Firischte gegebenen Antwort des Rates pflegen. Er gebot ihnen, vor ihm zu erscheinen, und erzählte ihnen der Ordnung gemäß den ganzen Handel und hieß sie, ihre Meinung darüber zu äußern. Wie die

Weisen also des Königs Wunsch gehört und genugsam merkten, daß er wider Firischte keine Ursache hatte, antwortete ihm der älteste von ihnen solcherart: ›O Gebieter, ich halte es für das beste, wenn der Christenjüngling seiner Fesseln entledigt wird; sintemal er keinen Mord begangen hat, würde es ungerecht sein, ihn des Todes sterben zu lassen. In unserm Gesetze steht geschrieben, daß Mohammed am Tage des Gerichtes alle Muselmanen, so einem zinszahlenden Christen ein Unrecht zufügen, feindlich und mit seinem schwersten Zorne verfolgen will.‹ Obwohl solche Worte den König in große Furcht versetzten, wollte er dennoch nicht von seinem grausamen Vorhaben lassen und berief seine Diener aufs neue vor sich und trug ihnen auf, den unglücklichen Firischte folgenden Morgens ins Meer zu versenken. Der gerechte Gott jedoch wachte über dem unschuldigen Jüngling, und er wollte den ungerechten Richtspruch des Königs zunichte machen und auch den unglücklichen und schmerzensreichen Vater trösten und fand in solcher Weise ein Mittel zu seiner Errettung: Es hatte nämlich Firischtes Lehrer einen Sohn mit Namen Dschasimin, der außer vielen andern Tugenden sich auch gar trefflich auf die Kunst verstand, dank der Kraft einer Rute unterirdische Gänge zu machen, die sich binnen kurzer Frist drei oder vier Meilen Wegs erstreckten; und wenn er die dickste Mauer mit ihr durchbrochen hatte, konnte er sie wieder derart herstellen, daß kein Mensch, er mochte noch so gescheit sein, jemals etwas davon merkte. Als dieser Jüngling in der Späte desselbigen Tages, an dem Firischte solches Mißgeschick zugestoßen war, von einer langen Reise zurückgekommen war und das grausame und ungerechte Urteil des Königs vernahm, beschloß er, ihn, den er herzlich liebhatte, mittels seiner Kunst aus dem Elend zu befreien. Und er ging in das Haus von Firischtes Vater, und ihm solches mitteilend, tröstete er ihn gänzlich. Wie nun die Nacht hereingebrochen war, ging Dschasimin an den Ort, allwo Firischte eingekerkert lag, nahm die Rute zur Hand und machte unter der Erde einen Gang nach dem Gefängnis und fand hier, nachdem er dessen Mauer durchbrochen hatte, den Jüngling, der in frommen Gebeten die Zeit verbrachte. Er rief ihn und nahm ihn bei der Hand und bat ihn nach einer langen Unterhaltung, er möchte guten Mutes sein, und versprach ihm, er würde sich noch mit den größten Freuden seiner lieben Gul erfreuen. Er zog ihn in solcher Weise aus dem Gefängnis und versetzte die Mauer wieder in ihren früheren Zustand und führte Firischte zu seinem alten und schmerzensreichen Vater, der seinen Sohn, als er ihn erblickt hatte, vor übergroßer Freude weinend, umarmte. Dieweil nun der Tag nahte und es nicht Zeit war, sich in langen Gesprächen zu ergehen, wandte er sich gegen Dschasimin und begabte ihn mit den Gaben, die der großen von ihm empfangenen Wohltat entsprachen, und bat ihn gar sehr: nachdem er Firischte vom Tode befreit habe, nun auch darum Sorge tragen zu wollen, ihn an einem Orte der Stadt bis zu der Zeit zu verbergen, wo man andere Mittel, ihn zu befreien, habe. Hiermit war Dschasimin sofort einverstanden; und nachdem er von dem Greise eine gute Summe Geldes erhalten und einige Vorräte eingepackt hatte, deren sie zu ihrem Unterhalt bedurften, mietete er ein Haus, das nächst der Stadtmauer lag, und führte Firischte dorthin. Als nun der Tag am frühsten war, wollten die Diener des Königs nach seinem Befehl handeln, gingen leise dem Gefängnis zu und traten ein, fanden aber Firischte nicht. Sie zündeten auch viele Lichter an, um zu sehen, ob es irgendwo beschädigt wäre, sahen es aber ganz und unversehrt. Ob dieses Ereignisses ganz erstaunt, eilten sie alsogleich zu den Wesiren des Königs und erzählten es ihnen; die nun waren höchlichst verwundert und legten solches verschieden aus. Die einen meinten, wenn das Gefängnis an keiner Stelle erbrochen wäre, hätte sich um der Unschuld des Jünglings willen ein Wunder ereignet; dem nun stimmten andere nicht bei und sagten, daß die Christenleute voll der Listen wären und dem Könige Firischtes Rettung zuschieben würden, dieweil er wider das muselmanische Gesetz in seinem gefällten Urteile verharrt hätte. Da sie jedoch das grausame Gemüt des Königs kannten, der, wenn es ihm beifallen konnte, daß die Diener Firischte um Geldes willen hätten entfliehen lassen, diese mit einem grausamen Tode bestrafen würde, so beschlossen sie, es ihm nicht zu offenbaren. Und befahlen den Dienern, sie sollten einen andern des Todes würdigen Übeltäter aus dem Gefängnis ziehen und in das Meer werfen und alsogleich dem Könige berichten, daß sie des Morgens mit dem frühesten Firischte den Tod gegeben hätten. Als die solches unverzüglich ausgeführt und dem Könige über Firischtes Tod Bericht abgelegt hatten, ward der darob unsagbar fröhlich und heiter. Dann ließ er Guls Vater mitteilen, er sollte seine Tochter vor ihn bringen; da ja ihr einstiger Gatte Firischte von ihm des Lebens beraubt wäre, so wollte er sie jetzt nach seinem Gesetze heiraten. Der furchtsame Alte fürchtete nun, was seiner Meinung nach Firischte zugestoßen, könnte auch über seine Tochter und ihn kommen, wenn er sich nicht alsobald dem Könige fügte; er ließ ihn daher wissen, daß seinem Wunsche gemäß ihm nicht nur seine Tochter, sondern auch alles, was in seiner Macht wäre, zur Verfügung stünde. Als sich aber die unglückliche und schmerzensreiche Jungfrau in einen so unseligen Zustand versetzt sah und erfuhr, daß der, der ihren geliebten Firischte eines so grausamen Todes hatte sterben lassen, sich ihrer erfreuen wolle, fing sie bitterlich zu weinen an und ward so verzweifelt, daß sie beschloß, sich selbst das Leben zu nehmen. Sie nahm ein Messer und wollte sich damit entleiben, doch wurde sie von einer Tochter ihrer Amme, die Akil mit Namen hieß und immer um sie war, daran gehindert. Die nun schmälte sie deswegen gar sehr und bewies ihr, welch großer Fehler die Verzweiflung wäre und daß ihre Seele, wenn sie sich selbst getötet hätte, zur Strafe ewiglich in dem höllischen Feuer verweilen müßte. Und Akil brachte sie mit diesen und andern Reden von ihrem schwarzen Vorhaben ab und sagte auch noch, sie könnte den Worten nicht leicht Glauben schenken, die der Tyrann in der Stadt hätte verbreiten lassen, daß er Firischte umgebracht habe, was sie auf keinen Fall glauben wollte. Antwortete ihr die weinende Gul: ›Ich erkenne wahrlich, o liebe Akil, da du solche Sorgfalt darauf verwendest, mich zu trösten, daß du mich bei der übergroßen Liebe, die du zu mir hegst, auf alle Fälle von meinen Todesgedanken abziehen willst. Aber sage mir doch um Himmels willen, wenn ich mir nun nicht selbst den Tod gebe und ein so trauriges Leben ohne meinen vielgeliebten Gatten weiterlebe, scheint es dir da recht zu sein, daß ich meine Jungfrauenschaft einem so grausamen und gottlosen Tyrannen, der noch dazu unserm Glauben feind ist, zum Geschenk machen soll?‹ Sagte Akil darwider: ›Nein, o niemals will ich dich dazu ermutigen, denn dann würde ich weder dir noch unserem Christenglauben, mit dessen Hilfe wir hoffentlich ein Mittel gegen solches Unglück finden werden, von Herzen zugetan sein. Du weißt doch, daß unser Beichtvater von jedermann um seines guten und heiligen Lebens willen geachtet wird, ihn wollen wir, falls es dir recht ist, alsogleich zu uns kommen lassen. Er wird uns, dessen bin ich sicher, wenn wir ihm unsere Not und unser Anliegen mitgeteilt haben, mit Gottes Hilfe einen nützlichen und guten Rat geben!‹ Diesen Vorschlag ließ sich die schmerzensreiche Gul gefallen; und sie gaben Auftrag, daß der Beichtvater alsogleich gerufen würde. Wie sie ihm alles erzählt und ihn gebeten hatten, ihnen in solch großem Elend einen Rat geben zu wollen, wandte er sich gegen die weinende Jungfrau und sprach also: ›O meine liebe Tochter, wenn uns großes Übel widerfährt, dürfen wir niemals verzweifeln, sondern sollen uns an Christum wenden und ihn flehentlich bitten, daß er uns eine Hilfe senden möge, sintemal er niemanden, der auf ihn baut, im Stich läßt. Fürs erste nun wollen wir, ihr und ich, gemeinsam mit Gebeten und Fasten Gottes, des Herrn, Zorn zu besänftigen suchen und ihn bitten, wenn er uns unsere Sünden verzeiht, uns eine Hilfe in solch großer Not gewähren zu wollen. Wenn es nun zutrifft, daß du, o Gul, vor den König geführt wirst, so sollst du, nachdem du ihm die schuldige Ehrfurcht erwiesen hast, also zu ihm sagen: ›O Gebieter, alldieweil ich nun in Wahrheit einsehe, daß ich dir nach deinem Beschluß vermählt werden soll, bitte ich dich bei der großen und vollkommenen Liebe, die du zu mir hegst, gar herzlich, mir die erste Gunst, die ich von dir fordere, nicht verweigern zu wollen; die aber besteht darin, daß du, ehe du Hochzeit mit mir feierst, mir vierzig Tage gewähren mögest, in welchem Zeitraume ich, in irgendeinem Gemach deines

Palastes bewacht, meiner Geschäfte etliche verrichten kann.‹ Solches wird er dir wahrlich, wenn Gott der Herr es zugibt, nicht abschlagen, da er dich inbrünstig liebt. Wenn du das nun von ihm erlangt hast, sollst du in das Gemach gehen, das er dir anweisen läßt, und tausend Vaterunser den Tag über beten und die vierzig Tage fasten. Hast du das getan, wirst du, des bin ich sicher, des großen Unglücks, in dem du dich zu dieser Stunde befindest, ledig werden.‹ Als der Beichtvater solche Worte gesprochen hatte, waren Gul und Akil unbeschreiblich zufrieden mit seinem Rate, und nachdem er ihnen seinen Segen gegeben, nahm der heilige Mann Urlaub von ihnen und ging fort. Nicht lange Zeit hernach kam eine große Schar reichgekleideter Frauen im Auftrage des Königs in das Vaterhaus der Jungfrau, um sie feierlich nach dem Palaste des Königs zu geleiten; die aber wurden frohen Antlitzes von Gul empfangen und verweilten einige Zeit bei ihr. Dann machte sie sich zusammen mit ihrer treuen Akil, von ihrer schmerzensreichen Mutter und den alten Frauen des Königs geleitet, auf nach dem königlichen Palast. Als der König davon in Kenntnis gesetzt war, stieg er alsogleich die Treppe des Palastes hinunter und erwartete sie auf dem Hofe mit einem ehrenvollen Geleit seiner Großen. Sie stand nun vor seinem Antlitze und führte aus, was ihr von dem Beichtvater angegeben war, und bat ihn um die Frist von vierzig Tagen. Der König gewährte ihr solches fröhlicher Miene und rief seinen Schatzmeister, ließ ihr ein prächtiges Geschenk an gar kostbarem Edelgestein machen und gab den Auftrag, daß sie heimlich mit ihrer Akil in ein Gemach, das im Garten des königlichen Palastes an einem Orte war, den man Gulistan nannte, geführt und dort die ausbedungene Frist über bewacht würde. Nicht weit von diesem Orte, in einer andern Behausung, hielt er auch seine eigene Tochter gefangen; und es hatte zu ihr kein anderer Mensch außer einer alten Frau Zutritt, der er die Sorge um den Garten übertragen hatte, dieweil sie eine große Meisterin in der Gartenpflege war. Hier nun brachte die schmerzensreiche Gul alle Tage in Bitten und Gebeten nach dem Rate des Beichtvaters zu; und es geschah, daß sich die Königstochter, der die Alte Guls Ankunft offenbart hatte, vornahm, sie sprechen zu wollen, und ließ ihren Vater inständig darum bitten; der aber gab ihrem Wunsche willig nach. Und sie ließ es Gul durch ihrer Sklavinnen eine wissen und wurde von der fröhlichen Antlitzes empfangen und aufgenommen. Wie sie sich nun eine gute Zeit mit ihr über mancherlei Dinge unterhalten hatte, erzählte Gul ihr auch in einem langen Gespräch ihr Mißgeschick von Anfang an. Da die Königstochter, die großes Mitleid mit ihr hatte, einsah, mit welch großer Offenheit ihr Gul ihr eigenes Unglück erzählt, ließ sie sie auch um den Tod ihres Oheims und die Gefangenschaft ihres Verlobten wissen und welch lange Zeit sie ihr Vater hier in Gewahrsam hielt. Und sie schlossen innige Freundschaft miteinander und verbrachten einen großen Teil des Tages zusammen; und dieweil Gul durch das Mittel, das ihr der Beichtvater angegeben hatte, sich bald aus den Händen des Tyrannen zu befreien hoffte, so wollte sie es auch seiner Tochter kundgeben, auf daß sie sich ebenso befreien könnte. Als sie sich daher eines Tages des längeren über mancherlei Dinge miteinander unterhalten hatten, sprach Gul zu ihr: ›Dieweil ich in Wahrheit weiß, daß ich mit Gottes Hilfe durch ein Mittel, das mir mein Beichtvater, ein Mann von gutem und frommem Lebenswandel, anvertraut hat, bald aus den Händen des ruchlosen

Königs entkommen und in meinen früheren Zustand zurückversetzt werden werde, schmerzt es mich gar sehr, daß du in deiner Gefangenschaft verbleiben sollst; wenn du mir nun versprichst, es niemals jemandem weiterzusagen, will ich es dir auch offenbaren, und bin überzeugt, wenn du es in Anwendung bringst, wirst du bald für deine Leiden eine Heilung gewinnen.‹ Die Königstochter sagte ihr nun gar herzlich Dank und versprach, niemandem etwas davon mitteilen zu wollen, und bat sie inständigst, es ihr zu enthüllen, auf daß auch sie sich aus ihrem jetzigen elenden Zustande befreien könnte. So teilte es ihr Gul denn unverzüglich mit; da gelobte sie, wenn sie sich und ihren Verlobten mit solchem Mittel aus der Gefangenschaft befreien würde, sich zu Gott bekennen zu wollen; und wenn sie in ihren früheren Zustand zurückversetzt würde, wolle sie sich alsogleich taufen lassen. Und sie dankte Gul für die große Höfischkeit, mit der sie an ihr gehandelt, und kehrte in ihr Gemach zurück und fing alsobald zu fasten an und tausend Vaterunser aufzusagen. Als sich Gul schon mehrere Tage mit solchen Dingen beschäftigt hatte, glaubte sie eines Nachts den unglücklichen Firischte im Traume zu sehen, der mit ihr ihr gemeinsames Unglück beklagte und sie gar innig bat, da sie ja die Ursache seines so großen Mißgeschicks wäre, möchte sie ihn wenigstens mit einem ihrer Rosensträuße, aus dem man ihr Gesicht erkennte, trösten. Sie aber konnte in solchem Traume nicht lange liegen; und um des Kummers willen, den sie ob Firischtes Worten empfand, alsogleich aufwachend, rief sie Akil, ihre Gefährtin, zu sich und erzählte ihr alles der Ordnung gemäß. Wie diese aber Gul schmerzlich darüber weinen sah, versuchte sie sie mit vielen Reden bis zur Morgenröte zu trösten. Zu dieser Zeit nun pflückte das alte Weib, das die Obhut über den Garten hatte, ein Körbchen voll frischer Rosen und wand einen gar schönen Strauß daraus und brachte ihn Gul, um ihn ihr in des Königs Namen zu schenken. Die aber nahm ihn fröhlichen Antlitzes an und trug ihr auf, dem Gebieter herzlich deswegen zu danken. Da sie solches nun für ein gutes Zeichen ansah, sprach sie zu der Alten: ›O meine Mutter, ich kann wahrlich nicht leugnen, daß dieser Rosenstrauß, den du mir gebracht hast, schön und kunstreich gebunden ist; doch wenn ich ein Körbchen voll der Rosen bekommen könnte, wollte ich dich einen schönen Strauß sehen lassen, der den, den du mir gebracht hast, an Schönheit bei weitem übertreffen sollte.‹ Da nun die Alte, die eine große Meisterin in dieser Kunst zu sein glaubte, begierig war, zu sehen, was die Jungfrau darin zuwege brachte, ging sie alsogleich fort, um Rosen zu pflücken, und brachte sie alsobald Gul, die, um sich selbst zu trösten und um Firischtens Traumwunsch zu erfüllen, sich vor einen Spiegel stellte, und, sich selbst betrachtend, ihr eigenes Gesicht mit solcher Meisterschaft mit dem Strauße bildete, daß es hier jedweder erkennen konnte. Darauf ließ sie das alte Weib vor sich kommen und gab ihr den Strauß und sprach: ›Schenke ihn dem, dem du ihn am liebsten gibst. Sobald die Alte ihn erblickte, fand sie, daß er schön und herrlich sei und den ihren bei weitem übertraf; und sie argwöhnte, wenn sie den in Guls Namen dem Könige brächte, würde sie vielleicht ihres Jahrgeldes, das ihr die Sorge um den Garten einbrachte, verlustig gehen und es würde der Jungfrau, die in dieser Kunst wohlbewandert war, zugesprochen werden. Daher wollte sie ihn nicht nur dem Könige nicht geben, sondern beschloß auch – da sie fürchtete, daß er eines Tages von selbst die Kunstfertigkeit der Jungfrau bemerken würde –, um nicht von ihr des Jahrgeldes beraubt zu werden, in den Gärten der Stadt nachzusehen, ob sie einen Meister finden könnte, der Gul überträfe. Und sie tat solches mit großem Eifer, sintemal sie sich notwendig ihren Ruhm und ihr Jahrgeld erhalten wollte. Dieweil sie aber niemanden zu finden vermochte, der sich erkühnte, bessere Sträuße als die Guls zu binden, war sie recht traurig; und als sie nun nach dem Gulistan ging, begegnete ihr wie von ungefähr Dschasimin, und sobald der den Strauß in der Hand der Alten erblickte, erkannte er, daß ihn Firischtes Weib gewunden hatte. Und er sprach: ›Ach, o meine Mutter, verkaufst du mir etwa diesen Rosenstrauß?‹ Antwortete sie ihm: ›Ja, aber unter zehn Dinaren will ich es nicht tun!‹ Und es heuchelte der Jüngling, darob groß verwundert zu sein, und sagte darwider, wenn sie ihm zwei Dinare zahlen wollte, würde er sie einen schöneren Rosenstrauß als diesen sehen lassen. Hierauf war die Alte über die Maßen begierig und antwortete: ›Ich bin es wahrlich zufrieden, nicht zwei, nein fünf Dinare zu zahlen, wenn du mir keinen schöneren, sondern einen ebenso gebundenen Rosenstrauß verkaufst!‹ Damit war Dschasimin einverstanden und nahm unsäglich fröhlich die Alte bei der Hand und führte sie in das Gemach, wo Firischte war. Als sie vor dessen Antlitz gekommen waren, näherte sich Dschasimin seinen Ohren und sprach: ›Sei nun aber fröhlich, denn ich bringe dir gute Zeitung!‹ Um solcher Worte willen stand der Jüngling alsogleich auf und wandte sich gegen das Weib und sah seiner Gul Strauß in ihrer Hand, und wie er vernommen hatte, was zwischen Dschasimin und ihr abgemacht worden war, sagte er zu ihr: ›O meine Mutter, sowie du mir ein Körbchen mit

Rosen bringst, will ich dir einen bei weitem schöneren Strauß als den deinigen zeigen!‹ Das nun wünschte die sehnlicher denn etwas anderes, um nicht mehr Guls Fertigkeit fürchten zu müssen; sie ließ ihren Strauß da und eilte fort, die Rosen alsogleich zu beschaffen. Und nachdem Firischte den Strauß mehr denn tausendmal geküßt hatte, schrieb er ein paar Zeilen an Gul und offenbarte ihr sein Gefängnis und alle ihm bis zu diesem Tage zugestoßenen Ereignisse und bat sie flehentlich, auch ihm ihr Ergehen und den Ort, allwo sie weilte, mitteilen zu wollen, sintemal er leicht dank Dschasimins Kraft, die ihn vom Tode errettet hätte, zu ihr kommen könnte. Er barg dann das Schreiben in ein Schilfrohr und erwartete die Rosen holende Alte; und sobald die mit ihnen zu Firischte zurückgekommen war, nahm er das Schilfrohr in die Hand und umwand es mit einem so wohlgeordneten Rosenstrauß, daß man sein und seiner Gul lebendiges Abbild zu sehen glaubte, und stellte die Rosen mit einer solchen Kunst zusammen, daß dieser Strauß den von Gul bei weitem an Schönheit übertraf. Und ihn der Alten darbietend, sagte er: ›Ich schenke dir, o meine Mutter, den ganzen zwischen dir und meinem Gefährten übereingekommenen Preis und will keine andere Bezahlung von dir, als daß du den Strauß, den ich dir jetzt schenke, dem Meister, der den gebunden, für den du zehn Dinare fordertest, zeigen sollst, auf daß er erfährt, daß sich in dieser Stadt auch andere Leute finden lassen, die noch schönere Sträuße als er winden können.‹ Solches versprach die Alte Firischte und sagte ihm um der empfangenen Güte willen vielen Dank und ging ganz heiter und froh von ihm. Sie kam vor die Jungfrau und sprach: ›Nun sieh ein wenig her, o Jungfrau, ob ich wohl einen schöneren Strauß als du gewunden habe!‹ Gul erkannte alsogleich das Werk ihres Gatten und ward ganz getröstet, dieweil sie dadurch erfuhr, daß er nicht gestorben war, und antwortete ihr: ›Ich kann es nicht leugnen, daß dieser Strauß schöner ist als der, den ich dir gegeben habe. Aber wenn du ihn mir lassen und Rosen holen willst, so sollst du am kommenden Morgen einen noch viel schöneren sehen.‹ Da nun die Alte um jeden Preis entschlossen war, zu sehen, was die Jungfrau zu binden verstand, ließ sie ihr den Strauß und ging, dieweil es schon zu später Stunde war, von ihr. Wie nun Gul allein war, fing sie aus Freude darüber, daß ihr Gatte noch am Leben war, bitterlich zu weinen an und rief ihre Gespielin Akil alsogleich herbei und umarmte sie gar herzlich und sprach zu ihr: ›Freue dich mit mir, Gott hat begonnen, unsere Gebete zu erhören!‹ Und sie erzählte ihr, wie sie erfahren hatte, daß Firischte noch lebte, und zeigte ihr den Rosenstrauß, den er ihr durch die Alte geschickt hatte. Und sie wies unsäglich zufrieden Akil den Strauß, und die nahm ihn in die Hand und sah, daß er um ein durchbohrtes Schilfrohr gewunden war, und es nun beschauend, erblickte sie sofort die von Firischte geschriebenen Zeilen. Und zeigte sie Gul, die aber zog sie aus dem Rohre heraus und las alles, so Firischte zugestoßen war, und ward seines Lebens wegen vollauf beruhigt. Wie Gul die Gelegenheit sah, ihrem Gatten auf die von ihm gewiesene Art ihr Ergehen mitteilen zu können, berichtete sie ihm alsogleich in einem Schreiben alle ihre Erlebnisse und ließ ihn den Ort, wo sie war, wissen und legte das Schreiben in ein kleines Rohr, wie es Firischte getan hatte, und erwartete dann mit großer Sehnsucht den kommenden Tag. Sobald es hell wurde, kam die Alte mit den Rosen zu ihr. Aus ihnen stellte Gul, die sie fröhlichen

Antlitzes empfing, um das Rohr, in das sie das Schreiben gesteckt hatte, einen Strauß zusammen, der an Schönheit den Firischtes bei weitem übertraf, und gab ihn der Alten, die ihn unbeschreiblich verwundert ob ihrer Kunstfertigkeit forttrug. Als nun derselbe Argwohn, dem sie früher verfallen war, wieder über sie kam: der König möchte sie ihres Jahrgeldes berauben, wenn ihm Guls Geschicklichkeit in dieser Kunst offenbar würde, ging sie zu Firischte zurück und nahm gleichzeitig mit dem Strauß auch ein Körbchen voller Rosen mit, auf daß er einen schöneren Strauß machte. Sie kam vor sein Angesicht und reichte ihm den Strauß und die Rosen dar und sprach: ›O mein Sohn, da ich weiß, daß der dir eben gebrachte Strauß deinen an Kunst und Schönheit übertrifft, bringe ich dir zugleich Rosen mit, auf daß du einen noch schöneren herstellen kannst und der Meister erkennt, daß dein Wert größer ist als seiner.‹ Und Firischte vernahm der Alten Worte und war ihr sehr dankbar; und er nahm den Strauß der Jungfrau, den er alsogleich erkannte, und sagte zu der Alten, sie sollte des Abends spät zu ihm zurückkommen, um den Strauß, den er machen wollte, abzuholen. Da nun nahm sie Urlaub von ihm und ging fort und ließ ihn hier allein mit Dschasimin. Und sobald sie den Fuß über die Schwelle gesetzt hatte, zog Firischte Guls Schreiben aus dem Schilfrohr und unterrichtete sich völlig über ihr Ergehen und den Ort, allwo sie verweilte. Darauf stellte er aus den Rosen, die ihm die Alte gebracht hatte, einen Strauß zusammen, der alle andern an Schönheit übertraf, und gab ihn ihr des Abends. Sie aber erkannte wahrlich, daß man keinen schöneren binden konnte; und deshalb kehrte sie frei von der Furcht, die sie anfänglich schwer bedrückt hatte, ganz zufrieden in ihr Haus zurück. Wie nun

Firischte über die Maßen froh und heiter war, sintemal er Nachrichten von seiner Gul erhalten und auch erfahren hatte, wie innig er von ihr geliebt wurde, beschloß er, sie auf alle Fälle wiederzuerlangen, und bat seinen Dschasimin inständigst, ihm dabei behilflich sein zu wollen. Der aber antwortete ihm solcherart: ›Du mußt wissen, o Herr, daß nahe bei dem Orte, allwo die Jungfrau verweilt, ein großer und sehr schöner Palast steht, der einem gewissen Kaufmann gehört, der dem Könige viel Geld schuldet und dessen Besitztum jetzt öffentlich vom Staate verkauft werden soll. Wenn du dich nun entschließen kannst, ihn zu erwerben, könnten wir da leicht unsere Absicht ausführen.‹ Diesen Plan lobte Firischte gar sehr und sagte zu Dschasimin, er solle ihn um jeden Preis erwerben. Der aber gab sich alsogleich für einen fremden Kaufmann aus und ging zu den Wesiren des Königs und ließ sie wissen, er sei mit einem Gefährten aus fernem Lande hergekommen, um sich hier des längeren aufzuhalten, und kaufte den Palast mit dem Gelde, das er von Firischtes Vater empfangen hatte. Er stattete ihn reich mit allem aus und ging unverzüglich mit Firischte hinein, um ihn zu bewohnen. Und mittels der Kraft der Rute machte er einen unterirdischen Weg bis zu dem Gemach, in dem sich Gul befand, und kam ganz leise mit seinem Herrn dorthin. Als nun aber Firischte seine Gattin wiedergefunden, die des langen Fastens und der vielen Gebete wegen matt auf dem Bette lag und ein wenig ausruhte, legte er sich zu ihr und fing vor Freude bitterlich zu weinen an und umfing sie inniglich. Die Jungfrau aber wachte auf, und wie sie ihren herzlieben Gatten sah, glaubte sie zu träumen und sagte kein Wort. Doch wie er sie gar süß umarmte und mit ihr zu sprechen begann, geschah es, daß

Gul einsah, ihr Gatte stände nicht im Traume vor ihr. Und sie vernahm von ihm, auf welche Weise er mit Dschasimin dorthin gekommen war, und ward unbeschreiblich froh. Sie unterhielten sich dann in süßen Gesprächen mit Akil, die über die Maßen fröhlich ob solchen Ereignisses war, und sie gingen auf dem von Dschasimin bereiteten Gange in den erworbenen Palast; und als sie sich hier eine gute Zeit aufgehalten hatten, sprach Firischte, sich gegen Dschasimin wendend, solcherart: ›O lieber Dschasimin, dieweil es Gott also gefallen, daß ich deiner Kunst zufolge mit der zusammen bin, nach der ich herzlich Verlangen trug, und daß wir unser Vorhaben gänzlich erfüllt haben, scheint es mir gut zu sein, um der Grausamkeit des gottlosen Tyrannen zu entfliehen, mit Gul und Akil von hier aufzubrechen und in irgendein sichereres Land zu gehen, allwo wir ein ruhiges Leben leben können.‹ Darwider aber sprach der also: ›O mein Herr, ich bitte dich gar herzlich, mir die Sorge darum überlassen zu wollen, sintemal ich schon seit langem beschlossen habe, was wir in diesem Falle tun müssen; und ich weiß, daß ihr mit meinem Entschluß völlig zufrieden sein werdet.‹ Zu solchen Worten schwieg Firischte und überließ Dschasimin alle Sorge in dieser Angelegenheit. Der nun ging, als der folgende Morgen angebrochen war, um die Missetat des Königs streng zu ahnden, in dessen Palast und wurde von ihm empfangen; und nachdem er mit ihm als ein neuer Kaufmann viele schöne Gespräche geführt, lud er ihn für den kommenden Tag in den Palast ein, den er kürzlich vom Staate gekauft hatte. Der König aber gab seine Zusage; Dschasimin beurlaubte sich von ihm und kehrte mit der größten Freude der Welt zu Firischte und Gul zurück und unterwies sie alsobald in allem, was sie kommenden Tages zu tun hatten. Es kam nun der König zur festgesetzten Stunde mit einem einzigen Sklaven in den Hof, und als er die Treppe des Palastes hinansteigen wollte, da kam ihm Dschasimin entgegen und empfing ihn mit der gebührenden Ehrerbietung. Dann traten sie in den Saal, allwo sich Firischte und Gul aufhielten; es sah aber der König plötzlich die jungen Leute, die auf ihn zuschritten, wie es ihnen Dschasimin angegeben hatte, um ihn ganz ehrerbietig zu begrüßen und ihm die Hände zu küssen. Er nun, der darob ganz verwirrt ward, dieweil er sie zu erkennen glaubte, sprach bei sich selbst: ›Die hier scheint wahrlich mein Weib zu sein, und der da kann nur ihr erster Gatte Firischte sein, den ich ins Meer werfen ließ; und wenn es sich nicht so verhält, so träume ich sicher.‹ Indem er tat, als ob er nicht darauf geachtet hätte, sprach Dschasimin: ›O Gebieter, sage doch bitte, warum du so gedankenvoll dastehst?‹ Darwider sprach der König, der sich über das, was er hier sah, vergewissern wollte: ›Mir ist eben, ich weiß nicht was, in den Sinn gekommen, weswegen ich alsogleich in mein Haus zurückkehren muß; ihr aber sollt inzwischen nicht fortgehen, dieweil ich mich in kurzer Zeit wieder bei euch einfinden werde.‹ Solches sagend, ging er unverzüglich fort. Da nun Dschasimin meinte, er wolle in den Gulistan gehen, um zu sehen, ob sich Gul dort befände, ließ er die alsogleich ihre alten Gewänder anlegen und führte sie auf dem unterirdischen Gange in ihr Gemach. Nicht lange hernach traf hier der König ein; und als er die Jungfrau fand, geriet er in unsägliches Erstaunen. Er unterhielt sich ein weniges mit ihr; und ganz voll des Staunens und der Verwunderung hatte er ein groß Verlangen, die Jungfrau, die er vorher erblickt hatte, von neuem zu sehen, und kehrte in Dschasimins Palast zurück. Dorthin war auch Gul vor ihm zurückgekehrt; und mit den früheren Gewändern bekleidet und mit Edelsteinen, die er ihr geschenkt, reich geschmückt, ging sie ihm in dem Gemache mit Firischte entgegen. Wie sie der König alsobald erblickte, verwunderte er sich noch mehr als das erstemal, dieweil er die Geschmeide bei Gul gesehen hatte; und sich gegen Dschasimin wendend, fragte er, wer die jungen Leute wären. Antwortete ihm Dschasimin: ›O Gebieter, der ist mein Gefährte, ein Kaufmann, wie ich es bin, und sie ist sein Weib.« Dieweil der König mit solcher Antwort durchaus nicht zufrieden war, bat er die Jungfrau sehr herzlich, ihm die Geschmeide, die sie am Halse trüge, leihen zu wollen, er würde sie ihr in kürzester Zeit wieder zurückgeben, da er sie mit einigen seiner Geschmeide, die er im Gulistan hätte, vergleichen wollte, mit denen nämlich, wollte er sagen, die er früher der Jungfrau geschenkt hatte. Gul aber fand sich bereit, solches zu tun, und sagte darwider: ›Sintemal es mich deucht, o Herr, daß ich große Schande davontrage, wenn ich die Geschmeide in deiner Gegenwart vom Halse nehme, will ich hier in die Kammer treten und sie mir vom Halse nehmen und sie dir alsdann bringen, und du kannst nach deinem Wohlgefallen über sie und alles, was noch in unsrer Macht bleibt und was wir dir von ganzem Herzen anbieten, verfügen.‹ Ob der vernommenen Worte ward der König über die Maßen bestürzt, denn er hatte kurz vorher Guls Stimme in dem Gemach, allwo er sich mit ihr unterhalten, aufmerksam zugehört, und er sprach bei sich selbst: ›Welch größere Sicherheit kann ich durch die Geschmeide dieser haben? Habe ich sie nicht gesehen und reden hören? Aber besser ist es, daß ich von neuem dorthin zurückgehe, wo sie weilt, denn auf solche Weise werde ich die größte Sicherheit haben.‹ Dieserhalb zog er Dschasimin beiseite und sagte zu ihm, er wolle von neuem Geschäfte halber in sein Haus zurückkehren; und die Jungfrau, die in die Kammer gegangen war, um die Geschmeide abzulegen, ließ er wissen, sie solle sie ihm jetzt nicht bringen; und sie sollten ihn hier erwarten, da er unverzüglich zu ihnen zurückkehren würde. Und ohne ein Wort weiter zu verlieren, stürzte er wie ein Rasender fort und eilte in den Gulistan, was Dschasimin Gul ebenfalls auf dem gewohnten Wege zu tun hieß. Die aber legte die alten Gewänder an und befand sich, ehe der König noch eintraf, in ihrem Gemach. Als er vor ihr stand und sie in dem Gewande sah, in dem er sie verlassen hatte, fragte er sie, dieweil er ihre Geschmeide nicht am Halse sah, weshalb sie nicht mit ihnen geschmückt wäre. Auf solche Worte antwortete sie: ›O Gebieter, die Geschmeide, die du mir, dir sei Dank dafür, geschenkt hast, habe ich mir nicht eher zu tragen vorgenommen, als bis die Frist der vierzig Tage, die ich von dir erbat, verstrichen ist; ich halte sie inzwischen in diesem Kästchen verwahrt.‹ Und das Kästchen öffnend, wies sie sie ihm. ›Aber sage mir doch bitte, o Gebieter,‹ fuhr sie fort, ›warum du mich jetzt darnach fragst.‹ Worauf der König, dem beinahe aller Verdacht vergangen war und der die Jungfrau heiß liebte, ihr alles, so sich ereignet, der Reihe nach erzählte und ihr endlich versicherte, daß sie in jeder Beziehung, je mehr er sie ansähe, um so mehr dem Weibe des jungen Kaufmanns, der in Dschasimins Palast wohnte, gliche. Er beendigte sein Gespräch und sich vornehmend, sich durch ein Zeichen über alles zu vergewissern, nahm er sie bei der Hand und tat, als wollte er sie liebkosen, und drückte ihren rechten Arm so fest, daß er blau und schwarz wurde. Dann ging er von ihr und machte sich alsogleich nach Dschasimins Palast auf. Gul aber ward ganz bestürzt ob dieses Zeichens; und lange vor dem König auf dem dunklen Wege in den Palast zurückgekehrt, wies sie ihrem Gatten und Dschasimin ihren Arm und erzählte ihnen ganz schmerzerfüllt der Reihe nach alles, was der König gesagt hatte. Doch Dschasimin, der in mehr als einer Kunst groß war, sprach zu ihr: ›Zweifle nicht daran, o Herrin, daß ich den braunen Arm alsogleich wieder in seinen früheren Zustand bringen werde.‹ Und alsbald ging er in den Garten und suchte ein gewisses Kraut; sowie er den dunklen Fleck, den der König listigerweise der Jungfrau beigebracht hatte, mit diesem berühte, ward das Fleisch wieder schön und weich. Hierob war Gul über die Maßen froh, zog die andern Gewänder wieder an und schmückte sich mit den Geschmeiden und ging mit ihrem Gatten und Dschasimin in den Hof, um den König zu empfangen. Als der heiteren Antlitzes die Begrüßungen entgegengenommen hatte, wandte er sich an die Jungfrau und sprach: ›Ach bitte, o schönste Jungfrau, ehe wir uns hier zu Tische setzen, möchte ich mit Erlaubnis deines Gatten eine Gunst von dir empfangen, die darin besteht, mir den rechten Arm weisen zu wollen, um mich öffentlich von einem großen Argwohn zu befreien.‹ Solches wurde ihm unverzüglich von Gul zugestanden; und als er keinen Flecken sah, ward er gar froh und heiter und glaubte, daß sie seine Gul nicht wäre, und sagte ihr um dieser Güte willen vielen Dank. Und setzte sich bei Tische ihr gegenüber und dachte in seinem Herzen nach, wie er sie wohl zu rauben vermöchte. Als dann das Mahl zu Ende war, vergnügten sie sich eine gute Zeit über mit den schönsten Gesängen und mit Musik; und über mancherlei Dinge sich unterhaltend, sagte endlich der König, auf daß alles, was er zu tun vorhatte, nicht fehlginge, er habe zeit seines Lebens keinen glücklicheren Tag als diesen verlebt. Und gab ihnen dann zu verstehen, wie teuer und angenehm ihm ihre Freundschaft wäre; und wenn es ihnen recht wäre, würde er eine so schöne Gesellschaft gar oft wieder besuchen. Als nun Dschasimin diese Worte hörte und argwöhnte, in welcher Absicht jener sie gesprochen, antwortete er ihm also: ›Sehr angenehm wird uns das sein, o Gebieter, und wir werden es für eine große Ehre erachten, wenn du uns noch viele Male mit deiner königlichen Anwesenheit zu ehren würdigst, und wir bitten dich darum gar demütiglich.‹

Als ihnen der König solcher Worte wegen, so herzlich er es vermochte, gedankt hatte, nahm er sehr fröhlich von ihnen Abschied und kehrte in seinen Palast zurück. Und sobald nur die Helle des folgenden Tages hereinzubrechen begann, ging er, um die Jungfrau anzusehen, in seinen Garten, der vor dem Palaste der Jünglinge lag; und wenn er sie sah, begann er mit ihr zu liebäugeln. Und als er solches sieben Tage lang getrieben hatte, kam er auch mehrere Male, um mit den Jünglingen zu Mittag zu speisen, und versuchte auf jede Weise, die Jungfrau allein anzutreffen. Alldieweil aber Dschasimin den König über die Maßen zu verspotten gedachte, hatte er mit Firischte abgemacht, folgenden Tages in einem bestimmten Teil des Palastes Gul allein vom Könige antreffen zu lassen, die ihn in jeder Weise mit süßen Gesprächen unterhalten sollte. Solches wurde von der Jungfrau auf das beste ausgeführt; als folgenden Tages der König kam, um mit den Jünglingen zu speisen, fand er Gul allein in einem Teil des Palastes und ließ sie mit vielen

Worten erkennen, wie hitzig er sie liebte, und bat sie gar innig, sie möge ihm ihre Liebe zum Geschenk machen. Auf seine Bitten aber antwortete ihm Gul: ›O Gebieter, durch dein Betragen habe ich mich so heiß in dich verliebt, daß ich dir nichts mehr versagen kann. Aber solange ich meinen Gatten und Dschasimin, die hier sind, sehe, kann ich weder dein noch mein Verlangen erfüllen. Sintemal sie nun binnen wenigen Tagen mit ihren Kaufmannsschätzen aus dieser Stadt gehen werden, wollen wir warten, bis sie auf dem Wege sind; und dann können wir uns mit größerer Sicherheit für mein Leben und zu deiner Zufriedenheit hier erfreuen.‹ Diese Antwort war dem König gar wohlgefällig, und er küßte ihr die Hand und ging sehr froh und heiter von ihr. Als Gul ihrem Gatten und Dschasimin die ganze Geschichte erzählt hatte, machte ihnen die List, die die Jungfrau dem Könige gegenüber angewandt hatte, unbeschreibliche Freude. Dieweil sie aber den König so hitzig in sie verliebt wußten und auch einsahen, daß sie ihn bis zur Stunde genugsam gefoppt hatten, beschlossen sie, um einem Hinterhalt zu entgehen, den ihnen der Tyrann legen konnte, schleunigst aufzubrechen. Und es ging Dschasimin selbigen Abends in der Späte an den Hafen und fand da ein Christenschiff, das in der folgenden Nacht absegeln sollte, und schloß mit dem Schiffsherrn ab, und sie bereiteten alles vor, was sie für die Abreise benötigten. Folgenden Tages dann gingen sie zeitig vor den König und gaben vor, mit einem Teil ihres Kaufmannsschatzes eine Reise nach Indien machen zu wollen, und empfahlen ihm die Jungfrau gar herzlich an, der sie ihrer Aussage gemäß die Sorgfalt um ihren Palast allein überließen. Solches gefiel dem Könige außerordentlich gut; ausführlich versprach er ihnen, daß er um der großen Höfischkeit willen, die sie ihm bezeugt, die Jungfrau und den Palast genauso wie seine eignen Sachen bewachen lassen wollte. Deswegen sagten ihm die Jünglinge vielen Dank und nahmen Urlaub von ihm und gingen fort. Folgenden Tages nun in der Späte, als sie alles vorbereitet hatten, segelte das Schiff mit ihnen und Gul und Akil ab, und da sie ziemlich günstigen Wind hatten, waren sie in wenigen Stunden viele Meilen fern von dem Tyrannen. Der aber stand des Morgens mit dem frühesten auf, und als er vernommen hatte, daß das Schiff abgesegelt war, vermeinte er, sich der Jungfrau zu seiner Lust erfreuen zu können, und schritt nach ihrem Palast und trat in den Hof ein; dort auf niemanden stoßend, stieg er die Treppe hinan und kam in den Saal, den er, wie alle andern Gemächer, geplündert fand, und sah niemanden erscheinen; und wie er jetzt die Öffnung entdeckte, die Dschasimin gemacht hatte, und sie wie ein Verzweifelter betrat, gelangte er in das Gemach, das er Gul angewiesen. Er merkte nun auch den argen Spott, den die Jünglinge mit ihm getrieben hatten, und ward von einem so plötzlichen Kummer und von so übermäßiger Wut ergriffen, daß er nach zwei Tagen, ohne daß man eine Ursache wußte, elendiglich starb. Da er keinen andern Erben als die eingekerkerte Tochter hinterließ, beredeten sich die Wesire lange über den Nachfolger im Reiche und beschlossen endlich, die Tochter des toten Tyrannen aus dem Gefängnis zu holen und sie mit ihrem Vetter, des getöten Bruders Sohn, zu vermählen und ihn zum Nachfolger im Reiche zu machen. Diesen Beschluß führten sie alsobald aus und feierten feierlich die Hochzeit. Als dann nicht lange Zeit darnach der neue König von seiner Gemahlin vernahm, wie er um ihrer Gebete und um ihres abgelegten Gelübdes willen der Nachfolger in einem so großen Reiche geworden war und daß solches dank Guls Rat eingetreten, ließ er verkünden, die Jünglinge sollten alsogleich mit Gul und Akil zurückkehren, sintemal er ihnen der Größe der empfangenen Wohltat wegen eine ihrer würdige Belohnung zu geben willens wäre. Doch wie er vernahm, daß sie, obwohl sie Gewißheit über den Tod des Tyrannen und über jegliches Ereignis hatten, aus Furcht dennoch nicht hierher zurückzukommen wagten, schickte er einige Abgesandte an sie, mit denen sie sich, nun ihrer Lebens versichert, vor dem neuen Könige einstellten. Und Gul erzählte ihm die Geschichte von Anfang an, und es sagte dem höchsten Gotte unendlichen Dank und war auch willens, das Gelübde seiner Frau zu erfüllen, und bekannte sich mit ihr zusammen zum Christentum. Das gleiche taten auch seine Wesire des Wunders wegen, das sie gesehen, hatten; und es geschah, daß sich auch binnen kurzem alle Völker seiner Stadt und seines Landes taufen ließen. Und als der König aufs neue seine Hochzeit gemäß dem Brauch der christlichen Kirche gefeiert hatte, wünschte er auch daß Dschasimin, der Urheber seiner so hohen Würde, Akil, Guls sehr getreue Gefährtin, heiratete, und sagte ein feierliches und großes Fest an, zu dem aus fernen Ländern manch einer herkam. Am Ende desselben aber machte er Firischte und Dschasimin zu Besitzern eines großen Schatzes; und sie führten zusammen mit ihren Weibern ein christliches Leben, indem sie ohne Unterlaß zu Gott, dem Allmächtigen, um der empfangenen Guttat willen Gebete emporsandten.« – Behram-Gur hatte schon seine frühere Gesundheit wiedergefunden und befahl, als der sechste Geschichtenerzähler mit seiner Geschichte nun zu Ende gekommen war, seinem

Palastaufseher, daß folgenden Morgens, am Sonntage, sein ganzes Gefolge, mit goldenen Gewändern angetan, beizeiten nach dem siebenten Palast, der ebenfalls ganz mit goldenen Verzierungen geschmückt war, gehen sollte. Und es hörten die Vornehmen den Willen des Gebieters, und jedweder war bereit, ihm alsogleich nachzukommen. Auch hatte der Kaiser an diesem Tage große Verwunderung ob all der Ereignisse gezeigt, die dem grausamen und gottlosen Richterspruch zufolge, den der wilde Tyrann über Firischte verhängt hatte, eingetroffen waren. Wie dann die Helle des kommenden Morgens hereinzubrechen begann, stieg er zu Pferde, da er sich heute so gesund fühlte, daß er der Sänfte nicht mehr bedurfte, und kam zur dritten Stunde nach dem siebenten Palaste. Er stieg ab und ging der Jungfrau, die hier war, entgegen und nahm sie bei der Hand, unterhielt sich mit ihr eine gute Zeit über in lieblichen Gesprächen und erlabte sich an sehr köstlichen Speisen und befahl dann, daß der Geschichtenerzähler, der der letzte war, seine Geschichte beginnen sollte. Der nun stand nicht gar weit von dem kaiserlichen Herrn und hörte den Befehl und seinen Wunsch und gab seiner Geschichte, nachdem er ihm zuerst die schuldige Ehrerbietung erwiesen hatte, solchen Anfang:

»Die andern Geschichtenerzähler, o Herr, haben, glaube ich, alle in ihrer Geschichte Ereignisse erzählt, die andern begegnet sind, ich hingegen will dir nicht anderer Leute Begebenheiten, sondern mir selbst zugestoßene erzählen:

In meinem Vaterlande, das sich Kumis nennt, sind, ganz abgesehen von der Wissenschaft, in der die Menschen dort ihre Kinder zu unterweisen pflegen, die gar selten, die nicht gleichzeitig auch Musik treiben; weswegen es zutrifft, daß

sich daselbst gar viele finden lassen, die sich in dieser Kunst auszeichnen. Und ich bin eines Mannes Sohn, der, wennschon er in ärmlichen Verhältnissen lebte, gern sein sauer Verdientes daranwandte, um mich den andern Jünglingen meines Alters an Kenntnissen gleichzustellen, und mich in der Jugendzeit so unausgesetzt an das Studium der Musik trieb, daß ich bei weitem alle meine Gefährten in ihr überragte. Und als ich bemerkte, daß in meiner Vaterstadt das Lautenschlagen sehr geschätzt ward, verlegte ich mich ganz darauf; so kam es denn in kurzer Zeit, daß ich darin mit jedem Tage größeres Verdienst erlangte und binnen kurzem alle andern an Fertigkeit überragte. In solcher Kunst nun aus meiner Vaterstadt viele unterweisend und auch andere, die aus der Nachbarstadt zu mir kamen, um sie zu erlernen, pflegte ich mit ihr einen guten Unterhalt zu erwerben.
Es geschah nun in späteren Jahren, daß ein alter Kaufmann in unsere Stadt kam, der eine Jungfrau mit sich brachte, die so ausgezeichnet die Laute schlug, daß niemand auf der ganzen Welt gefunden werden konnte, der es ihr in dieser Kunst gleichtat. Als sich solches Gerücht in der Stadt verbreitete, kam es auch dem Gebieter zu Ohren, der die Musik gar sehr liebte; und er ließ den alten Kaufmann vor sich kommen; und durch dessen Worte von den Eigenschaften der Jungfrau wohl unterrichtet, bat er ihn gar herzlich, er solle sie vor sein Angesicht führen. Hierauf antwortete ihm der Kaufmann, er habe die Jungfrau ihrer seltenen Geschicklichkeiten wegen an Tochter Statt angenommen, und da sie willens wäre, stets keusch zu leben, lasse er sie in einem Gemach von vier Dienerinnen bedienen, sintemal sie nicht aus ihm herausgehen wolle, da sie hier in Gebeten und Tugenden den ganzen Tag zu verbringen beabsichtige. Und

bat ihn inständigst, wenn er ihre Kunst zu hören wünsche, möge es ihm gefallen, mit ihm in ihr Gemach zu kommen, auf daß er dort die seltene Kunst der Jungfrau zu seiner großen Zufriedenheit und zu seinem Wohlgefallen hören könne. Wie nun der Herr die Ursache vernommen hatte, beschloß er, da man die Jungfrau schwerlich aus dem Hause führen konnte, mit Anbruch der Nacht, nur von einem einzigen Großen begleitet, in das Haus des Kaufmanns zu gehen. Wie er dann dort war, trat er in das Gemach der Jungfrau ein und sah ihre Schönheit und Sittsamkeit und begann sie gar hitzig zu lieben; und er bat sie auch, sie möchte es zufrieden sein, ihn ihre Kunst vernehmen zu lassen. Dem Wunsche des Herrn entsprechend, nahm sie die Laute zur Hand und begann sie so süß zu schlagen, daß er, sich gegen den Kaufmann wendend, erklärte, er habe niemals einen in dieser Kunst vernommen, der an Vortrefflichkeit der Jungfrau im entferntesten gleichkäme. Und bat sie von neuem, sie möchte sich noch ein zweites Mal hören lassen, sie aber war ganz gehorsam und bereit und nahm die Laute zur Hand und schlug sie eine Zeitlang so süß, daß sich der Herr, ehe er von ihr ging, sehr hitzig um ihrer Kunst willen in sie verliebte und ihr ein gar kostbares Geschmeide schenkte; und nachdem er ihr und dem Kaufmann für die empfangene Gunst herzlich gedankt hatte, ging er in seinen Palast zurück. Als jetzt der Ruf von der großen Auszeichnung der Jungfrau in dieser Kunst durch die ganze Stadt ging, geschah es in kurzer Zeit, daß ich mit dem Verluste des Ansehens und des Rufes, in dem ich vorher gestanden hatte, auch die Schüler noch verlor. Jetzt nun über die Maßen betrübt, solch großen Nutzen verloren zu haben, den ich mit dieser Fertigkeit erworben hatte, ging ich eines Tages in das Haus des Kaufmanns; und nachdem ich ihn umarmt, ließ ich ihn um den großen Schaden wissen, den ich durch sein Kommen, zumal er die Jungfrau mit sich gebracht, erlitten hatte, und bat ihn, da ich um seinetwillen in einen so schmerzlichen Zustand versetzt sei, möge er es wenigstens zufrieden sein, mich ihre Kunst hören zu lassen. Er aber ging zu der Jungfrau und offenbarte ihr meinen Wunsch; und da ich schon in einem hohen Alter stand, ließ sie mich gern eintreten, um sie anzuhören. Und sobald ich mich in ihrer Gegenwart befand, sah ich ihre einzige Schönheit und begann zu glauben, wenn es um ihre Kunst auch so stünde, würde sie mich und jeden andern in ihr übertreffen. Um mich dessen zu vergewissern, bat ich sie gar herzlich, sie möchte die Laute zur Hand nehmen und damit einverstanden sein, mich ihre große Kunst hören zu lassen. Sie aber erhörte mich alsogleich und ließ mich eine so süße Weise vernehmen, daß mir gewiß ward, man könnte niemanden auf der ganzen Welt finden, der es ihr in dieser Kunst gleichtäte. Da nun flößte sie mir mit solcher Geschicklichkeit Zuneigung ein, und ich bat sie und auch den Kaufmann gar herzlich, sie möchten darein willigen, sintemal ich ja schon alt wäre, mich als Diener anzunehmen, dieweil ich der seltenen Kunst der Jungfrau wegen nicht verfehlen würde, ihnen treue und fleißige Dienste zu leisten. Man erhörte die Bitte, und ich wurde von dem Kaufmann zur Besorgung des jungfräulichen Gemaches bestimmt. Ich gab mir Mühe, mir beständig durch Pünktlichkeit im Dienste ihre Huld zu erwerben; und nach wenigen Tagen merkte ich, daß sie mich wie den eignen Vater liebte und verehrte. Wie ich nun durch die Süße solchen Dienstes für den empfangenen Schaden vollauf entschädigt wurde und ein ruhiges und glückliches Leben in dem Gemach der Jungfrau lebte, merkte ich, daß sie, sooft sie die Laute zu schlagen pflegte, gar schwere Seufzer ausstieß, und da ich glaubte, daß die Liebe solches verursachte, nahm ich mir eines Tages vor, sie darnach zu fragen. Und nach Verlauf dreier Monate bot sich mir die Gelegenheit; als sie sich mit mir über mancherlei Naturereignisse und den unglücklichen Zustand der Sterblichen unterhielt, sprach ich also zu ihr: ›Ach, o meine Herrin, laß es dich nicht verdrießen, mir die Ursache der vielen Seufzer zu offenbaren, die ich dich fortwährend ausstoßen höre, sintemal ich als alter und erfahrener Mann doch vielleicht irgendein Heilmittel für deinen Kummer finden könnte. Und wenn dir diese meine Frage, die die tiefe Verehrung, die ich deiner Tugend zolle, allein verursacht, zu keck zu sein scheint, bitte ich dich demütiglich um Verzeihung.‹ Als ich solche Worte ausgesprochen hatte, fing die Jungfrau ihretwegen zu weinen an und sprach zu mir: ›Dieweil du mir, o teuerster Vater, bei deinem Dienste durch sehr viele Zeichen zu erkennen gabest, daß du mich stets wie eine eigene Tochter innig liebhattest, und du mir in allen Dingen treue und fleißige Dienste leistetest, will ich dir augenblicklich die Ursache meiner Seufzer erzählen; da ich nun aber nicht will, daß sie irgendeinem andern offenbar wird, bitte ich dich gar herzlich, du wollest sie geheimhalten und nach deinem Können für mein großes Leiden ein Heilmittel suchen. Wisse also, daß ich im Alter von zehn Jahren, unter der Gewalt eines schlechten und elenden Oheims stehend – ehe ich noch aus den Windeln kam, waren mir Vater und Mutter gestorben –, von ihm an einen reichen Kaufmann verkauft wurde, dieweil ich mich viel mit Musik abgab und es niemand meines Alters gab, der mich in dieser Kunst überragte. Der nun führte mich fünf Jahre lang mit sich durch die verschiedenen Teile der Welt und ließ mich vor vielen Herren spielen und pflegte mit meiner Kunst ziemlich viel Geld zu verdienen. Nun ereignete es sich, als er mit seinem Kaufmannsgut in ein fernes Land in das Serail eines großmächtigen Fürsten kam und mich hier vor vielen seiner Großen spielen ließ, die ihn deswegen reich begabten, daß der Fürst von meiner Kunst vernahm und, da er die Musik über alles liebte, alsogleich meinen Herrn ersuchen ließ, mich vor sein Angesicht zu führen. Wie ich nun vor ihm stand, nahm ich die Laute in die Hand und merkte wohl, als ich sie schlug, daß der Fürst viel Gefallen an meiner Kunst fand. Darauf nahm ich Urlaub von ihm und kehrte, mit einem schönen Geschmeide beschenkt, mit meinem Herrn in unser Haus zurück.

Den aber ließ der Fürst selbigen Tages wissen, daß er ihm für meine Person jeden auch noch so hohen Preis zahlen wollte, wenn er mich ihm überließe. Da verkaufte er mich ihm; und nachdem er eine große Summe Geldes von ihm empfangen hatte, kehrte er reich in sein Vaterland zurück. Nun ließ mich der Fürst alsogleich mit reichen und kostbaren Gewändern bekleiden und verliebte sich in einer kurzen Spanne Zeit so heftig in mich, daß ich, obwohl ich seine Sklavin war, alles von ihm erlangen konnte. Da jedoch das Glück dem Sterblichen nicht allzulange hold und wohlgesinnt zu sein pflegt, so geschah es, als er mich eines Tages mit sich auf die Jagd nahm und einem Hirsch mit einem einzigen Pfeilschusse, den ich ihm zu tun vorgeschlagen hatte, einen Lauf mit dem Ohre zusammenheftete, daß er eines Wortes wegen, das ich unbesonnenerweise im Augenblick über den Schuß äußerte, in einen plötzlichen und heftigen Zorn geriet. Er glaubte nämlich, durch meine allzu offenherzigen Worte wäre seine Ehre beleidigt, und befahl seinen Dienern, sie sollten mich alsogleich entkleiden, mir die Hände auf den Rücken binden und mich in einen nicht sehr fernen Wald führen, allwo mich nächtens das wilde Getier auffressen könnte. Als dies von den Dienern ausgeführt und ich entblößt war und sie mich gebunden dem Belieben des Glückes überlassen hatten, ereignete es sich, als ich unglücklich und schmerzensreich um der Furcht vor dem Tode willen, der meiner auf jedem Wege wartete, zu wandern beschloß, daß ich auf der Karawanenstraße anlangte. Hier nun kam bei Sonnenuntergang eine große Schar Kaufleute vorüber, die der Herberge zuzogen; die aber hörten mein klägliches Wimmern, und unser Herr, der sich unter ihnen befand, ging meiner traurigen Stimme nach und stieß auf mich, und da er großes Mitleid mit mir hatte, nahm er mir die Bande ab und bekleidete mich mit seinen Gewändern und nahm mich mit sich in die Herberge, allwo er mich nach meinem Namen, nach meinem Beruf und meinem großen Mißgeschick fragte; er aber konnte nichts weiter von mir hören, als daß mein Beruf die Musik wäre. Da nun ließ er sich vom Wirt eine Laute geben und legte sie mir in die Hand, und als ich sie schlug und das Spiel mit Gesang begleitete, bereitete ihm das so große Freude, daß er mich an Tochter Statt annahm und mich überall mit hinführte und mir jeden Dienst, wie du siehst, leistete. Dieweil ich aber die glücklichen Umstände, in denen ich bei meinem Herrn lebte, nicht zu vergessen vermag und ich auch die Liebe zu ihm noch heiß in mir fühle, so kann ich mich nicht enthalten, jedesmal, wenn ich die Laute zur Hand nehme, die mich zu so hohen Ehren gebracht hat und meinem Gebieter soviel Freude zu machen pflegte, viele inbrünstige und schmerzensreiche Seufzer auszustoßen. Und ich bitte dich jetzo gar inniglich, da ich dir ihren Grund erzählt habe, du wollest mir, wenn du es vermagst, ein Heilmittel dafür suchen.‹ Als die Jungfrau solche Worte beendigt hatte, konnte ich mich aus Mitgefühl mit dem großen Unglück, das ihr zugestoßen war, der Tränen nicht enthalten und versprach ihr, mit all meiner Macht ein Heilmittel für ihren großen Schmerz suchen zu wollen. Und ich nahm mir vor, mittels der mir von ihr gegebenen Zeichen ihren Herrn zu suchen, um ihn wissen zu lassen: wiewohl er die Jungfrau zu einem so harten Tode verurteilt habe, brenne sie doch noch in heißer Liebe zu ihm. Ich beurlaubte mich von ihr und machte mich auf den Weg und kam nach Verlauf von acht Tagen in eine große und schöne Stadt, allwo verkündet ward, daß ein jeder, der in deiner Gegenwart eine schöne Geschichte erzählte, von dir mit vielen und reichen Geschenken begabt werden sollte; da beschloß ich denn, vor dich hinzutreten und dir ein keinem andern, sondern mir selbst zugestoßenes Ereignis zu offenbaren.« –

Und Behram-Gur vernahm solche Worte und sprach alsogleich bei sich selbst: ›Ach, das ist wahrlich meine Dilirama!‹ Und als er von dem Geschichtenerzähler erfahren hatte, wo und in wessen Macht sie sich befand, schickte er verschiedene Boten an ihren Herrn aus und ließ ihm in seinem Namen einen großen Schatz anbieten, falls er die Jungfrau vor sein Antlitz brächte, dieweil er sie gar gern hören möchte, da er sich an der Musik erfreue und der Ruf von ihrer großen Kunst bis zu seinen Ohren gekommen sei. Wie nun Behram-Gurs Boten zu dem Kaufmann gelangt waren, beschloß der – sintemal es ihm viel mehr um die Huld eines so großen Herrn zu tun war als um die großen Versprechungen, die man ihm in seinem Namen gemacht hatte –, in sein Land zu ziehen, und begab sich alsogleich mit der Jungfrau auf den Weg. Und als er ihr die Ursache ihrer Reise verkündigte, merkte sie, daß sich ihr alter Diener auf das beste seines gegebenen Versprechens entledigt hatte, indem er ihrem Herrn Nachrichten von ihr gegeben. Wie sie nun nicht lange Zeit danach in der Hauptstadt angekommen waren, ließen sie alsogleich Behram-Gur um ihre Ankunft wissen. Der aber kam, nur von einem einzigen Vornehmen begleitet, in das Haus, allwo der Kaufmann mit Dilirama wohnte, und sah sie und umarmte sie und konnte sich der Freudentränen nicht erwehren und wurde von einer unsäglichen Fröhlichkeit ergriffen. Und nachdem er dem Kaufmann die Grausamkeit erzählt, die er an Dilirama begangen, und ihn dann mit vielen Lasten Goldes begabt hatte, behielt er Dilirama bei sich; die aber wußte sich bei ihrem alten Diener in großer Schuld und bat ihren Herrn gar herzlich, dieweil sie durch dessen Veranlassung in ihren früheren Zustand zurückversetzt wäre, möchte er es bei seiner Liebe zufrieden sein, ihn mit einer ehrenvollen Belohnung zu belohnen, was sie gar leicht von Behram-Gur erlangte. Wie der nun ob des Wiederfindens von Dilirama hocherfreut seine frühere Gesundheit wiedererlangt hatte, rief er des Königs von Sarandib drei Söhne vor sich und sprach solcherart zu ihnen: »Dieweil ich wahrlich weiß, o ihr mit hohem und edlem Verstande begabten Jünglinge, daß keiner von den vielen Ärzten meines Reiches mir ein Heilmittel für meine schwere Krankheit zu geben vermochte, sondern ihr allein dank eurer scharfsinnigen Einsicht und dank eurem klugen Rat meine frühere Gesundheit wieder hergestellt habt, möchte ich gern wissen: wie habt ihr solches Mittel zur Rettung meines Lebens erfahren können?« Antwortete ihm der älteste: »O Herr, da ich einsah, daß du infolge der Schlaflosigkeit einer so schweren Krankheit verfallen warst, derentwegen jedweder an deinem Leben verzagte, und ich auch wußte, daß die meisten Krankheiten durch die entgegengesetzten Heilmittel verscheucht werden, sagte ich mir, daß deine Augen, solange du in dem Palaste wärest, keinen Schlaf finden würden und daß du, wenn du sieben Tage lang wenigstens die Gemächer wechseltest, deine frühere Gesundheit wiedererlangen könntest; daher riet ich dir, sieben Paläste erbauen zu lassen, in deren jedem du einen Tag verweilen solltest, und bildete mir ein, daß deine Augen vielleicht auf solche Weise besser Schlaf finden könnten.«

Sprach der zweite: »Und ich glaubte, da ich einsah, daß die Wurzel deines Übels Dilirama, die du so sehr liebtest, und ihr Tod durch das wilde Getier war: du würdest ihrer vergessen und so von deiner Krankheit befreit werden, wenn du dich einige Male mit andern Frauen unterhalten habest; so riet ich dir denn, in die sieben Paläste sieben schöne Jungfrauen hineinbringen zu lassen.« Als er nun also gesprochen hatte, fuhr der dritte fort: »Sintemal ich nicht glauben konnte, daß Dilirama von dem wilden Getier verschlungen war, da man im Walde kein Anzeichen ihres Todes gefunden hatte, so urteilte ich: wenn du in den verschiedenen Landesteilen verkündigen ließest, sieben Geschichtenerzähler würden von dir gesucht, die dir eine schöne Geschichte erzählen und dann reich in ihre Vaterstadt zurückgeschickt werden sollten, könntest du durch

irgendeinen unter ihnen Diliramas Aufenthalt und etwas über ihr Ergehen erfahren, und deshalb kam es mir in den Sinn, dich an sieben Geschichtenerzähler zu erinnern.«
Als nun Behram-Gur den drei Jünglingen für alles gedankt und ihnen bekannt hatte, daß er ihrem hohen und edlen Verdienste sein Leben verdankte, begabte er sie mit reichen Geschenken und schickte sie in ihr Land zurück. Die nun machten sich auf den Weg; und wie sie im Reiche ihres Vaters, der schon hoch in den Jahren war, ankamen, fanden sie ihn krank vor. Er aber empfing sie mit großer Freude und sah, daß sie wahrhaft vollkommen waren, da sie mit Klugheit mancherlei Sitten und Gebräuche fremder Völker erlernt hatten, und gab ihnen seinen Segen und verschied aus dieser Welt. Der älteste Sohn folgte ihm in der Herrschaft und herrschte lange in großer Klugheit und zu großer Zufriedenheit seiner Untertanen. Der zweite jedoch reiste in das Land der Königin, die Behram-Gur den Spiegel zurückgegeben hatte, auf daß der Prinz ihr gegenüber keine Versäumnis beginge; und er nahm sie seinem gegebenen Wort gemäß zum Weibe und wurde Herr ihres Landes. Nicht lange Zeit hernach erinnerte sich Behram-Gur, der eine junge Tochter hatte, der empfangenen Wohltat und ließ sein Kind dem dritten Bruder zum Weibe anbieten; der nun willigte ein und machte sich mit einer großen Schar auf den Weg nach dem Hoflager Behram-Gurs, allwo die Hochzeit prunkvoll gefeiert wurde; und nach dem Tode seines Schwiegervaters, der bald darauf eintrat, ward er Herr seines ganzen Reiches.

NACHWORT

Die unter dem Titel ›Tausendundein Tag‹ vereinigten Geschichten sollen eine Ergänzung zu der Insel-Ausgabe von ›Tausendundeiner Nacht‹ sein.

›Häzâr-jak Rúz‹ oder ›Tausendundein Tag‹ war eine Sammlung von Geschichten in persischer Sprache, die Pétis de la Croix aus Ispahan mitbrachte. Nach seiner Angabe war ein Derwisch mit Namen Mokles der Erzähler, der durch sein Wissen und seine Tugenden beim Volk und bei den Großen eine außerordentliche Verehrung genoß. Die Geschichtensammlung habe er als junger Mann geschrieben, und zwar habe er einfach eine Sammlung indischer Komödien, die den Titel ›Al faradsch ba'd aschschidda‹ oder ›Die Freude nach dem Kummer‹ führte, in persische Erzählungen verwandelt. Pétis de la Croix war mit ihm befreundet und erhielt das Manuskript 1675 von ihm geliehen mit der Erlaubnis, es abzuschreiben. Nach seiner Rückkehr nach Paris übersetzte Pétis de la Croix etwa den vierten Teil der Sammlung unter dem Titel ›Les mille et un jours‹, und da er durch seinen langen Aufenthalt im Orient die Herrschaft über seine Muttersprache einigermaßen verloren hatte, ließ er das fertige Werk durch Lesage überarbeiten. Lesage tat diese Arbeit so gründlich, daß, wie es in einer späteren Kritik heißt, beinahe ein neues Buch daraus entstand. Die französische Ausgabe erschien dann in den Jahren 1710 bis 1712.

Was nun die Angabe des Derwischs Mokles betrifft, so ist es nicht unwahrscheinlich, daß viele seiner Geschichten in Erzählung aufgelöste Dramen sind. Man merkt ihnen den dramatischen Aufbau an und sieht, daß sie wenigstens dankbare Szenen abgeben müßten. Sie wurden denn auch alsbald von den Dramatikern benutzt. Lesage selbst hat für das Théâtre de la foire eine Anzahl Stücke geschrieben, zu denen er die Stoffe ziemlich unverarbeitet aus den persischen Geschichten nahm, und desgleichen hat Gozzi hier eine Hauptquelle gefunden, indem er gleichfalls ohne besondere Skrupel die vorhandenen Erzählungen einfach in Akte und Szenen teilte und dialogisierte, unter Umständen auch, wie in den ›pitocchi fortunati‹, verschiedene Geschichten mechanisch zusammenbrachte. Seine Vermittlung hat es auch bewirkt, daß eins dieser Märchen, die Geschichte vom Prinzen Kalaf, durch Schillers ›Turandot‹ Heimatrecht auf der deutschen Bühne erworben hat. Bei alledem waren die alten indischen Dramen offenbar selbst aus ähnlichen Geschichten hervorgegangen: wie denn zuletzt der Motive bei genauerem Zusehen gar nicht so sehr viele sind, so daß eine große Geschichtensammlung den Eindruck eines Kaleidoskops machen kann, in welchem irgendein an sich wertloses Stückchen durch die Kunst der Spiegelung die wunderbarsten und verschiedenartigsten Sterne erzeugt. Wir wundern uns nicht, wenn wir viele der Märchenmotive aus den ›Tagen‹ schon in Europa auftauchen sehen, ehe noch Pétis unser Werk für Europa entdeckt hatte. Das beste Beispiel bietet die altitalienische Novellistik. Die Geschichte des Wesirs Ata al Mulk findet sich in veränderter Form wieder in einer Novelle des Masuccio von Salerno; diese wieder ist verwandt mit jener Erzählung des Luigi da Porto, der Shakespeare den Stoff zu ›Romeo und Julia‹ entnahm.

Oft genug aber können wir doch beobachten, wie erst unsere Sammlung die Vermittlerin orientalischen Guts nach dem Westen gewesen ist. Es steht beispielsweise die Geschichte von Malik und Schirin im Pantschatantra als achte Erzählung des ersten Buches ›Drei Weber in Vischnus Gestalt‹; es ist dasselbe Märchen, das uns bei Andersen unter dem Titel ›Der fliegende Koffer‹ begegnet.

Man ist schon früher auf den Gedanken gekommen, andere orientalische Erzählungen mit der Sammlung ›Tausendundein Tag‹ zu vereinigen, um ein Gegenstück zu ›Tausendundeiner Nacht‹ herzustellen, und so hat von der Hagen seine Ausgabe von ›Tausendundein Tag‹, die von 1824 bis 1830 erschien, auf elf Bände gebracht. Indessen sind in den Zusätzen doch oft recht schwache Geschichten enthalten, namentlich Häufungen von Abenteuern, Zufällen und Wundern, die auf die Länge abgeschmackt wirken, und andererseits ist auch nicht alles ausgenutzt, was an Sammlungen schöner Geschichten in europäische Sprachen treu oder frei übersetzt vorliegt. Deshalb wurde mit unserer Sammlung der Versuch gemacht, eine neue derartige Auswahl zu treffen; wir betonen jedoch, daß wir nicht von wissenschaftlichen Absichten ausgingen, sondern nur die schönsten Geschichten zusammenstellen wollten.

Zunächst den echten Geschichten aus ›Tausendundeinem Tag‹ kommen Geschichten aus dem türkischen (aus dem Arabischen übertragenen) Buch von den vierzig Wesiren, das gleichfalls zum Teil von Pétis de la Croix übersetzt ist; zu diesen alten Geschichten sind auch einige aus einer anderen Fassung der Sammlung hinzugefügt, die uns Behrnauer zugänglich gemacht hat. Es folgen Erzählungen aus den ›Nouveaux contes orientaux‹ des Grafen Caylus. Diese sind von dem Verfasser während seines Aufenthalts im Orient 1716 wahrscheinlich nach mündlichen Mitteilungen gesammelt und liegen von Anfang an nur in französischer Sprache vor. Man wird aber finden, daß der Graf Caylus sehr wenig vom Eigenen, das den Eindruck stören würde, dazugegeben haben kann; soweit er dichterisch an den Erzählungen mitarbeitete, hat er im wesentlichen nichts anderes getan als das, was ein orientalischer Autor, der eine Erzählung aufschreibt, auch getan hätte. Er hat sogar uralte volkstümliche Vorstellungen sehr gut erhalten, die sonst in den orientalischen Märchen meist fehlen oder umgedeutet sind, denn unsere Geschichten sind ja fast durchaus Kunstmärchen.

Die nächsten Geschichten stammen aus der prächtigen Sammlung von Cardonne ›Mélanges de littérature orientale‹, die 1770 zuerst erschien. Der Verfasser hat aus türkischen, arabischen und persischen Manuskripten jeder Art Geschichten, Schnurren, Einfälle und moralische Betrachtungen gesammelt und übersetzt. Das Buch wurde zu seiner Zeit sehr viel gelesen und ist mit großem Unrecht in Vergessenheit geraten.

Auf die Geschichten des Cardonne folgt ein Märchen aus der Fortsetzung der ›Tausendundein Nächte‹ von Chavis und Cazotte.

Ähnlich wie der Gelehrte Pétis de la Croix sich Lesage für seine Übersetzung zur Hilfe nahm, ließ der Dom Chavis seine Übersetzung von Geschichten aus den ›Tausendundein Nächten‹, die bei Galland fehlten, durch Cazotte bearbeiten, den geistlichen Verfasser des entzückenden ›Diable amoureux‹. Dom Denis Chavis, Priester der Congrégation de St. Bazile, war Araber von Geburt, und die Zusammenarbeit des gelehrten Priesters, der den Originaltext besser als alle Pariser Orientalisten verstand, mit dem glänzenden Stilisten Cazotte bewirkte einen durchschlagenden Erfolg ihrer ›Suite des 1001 nuits‹. Freilich veränderte Cazotte so viel,

daß man den orientalischen Ursprung der Geschichten bezweifelte, bis Caussin de Perceval das arabische Original auffand und nun eine treue Übersetzung veröffentlichte.
An die Märchen von Chavis und Cazotte reihen sich Geschichten, die ein Engländer namens William Bedloe 1795 übersetzte. Sie stammen aus einer nicht näher bezeichneten Handschrift, die ein Freund Bedloes aus Aleppo mitgebracht hatte; weitere kleinere Erzählungen schließlich entnehmen wir einem nun auch vergessenen Buch ›Rosenöl‹, Stuttgart 1813 (zwei Bändchen), in welchem J. von Hammer, ähnlich wie Cardonne in den ›Mélanges‹, aus einer Menge von alten arabischen, persischen und türkischen Handschriften interessante Stücke übersetzt hat. Die ganze Sammlung abschließend, findet sich zuletzt eine Reihe persischer Geschichten, die 1557 in Venedig veröffentlicht wurden, und zwar unter dem Titel: ›Peregrinaggio di tre giovani figluoli del re di Serendippo, per opera di M. Christofero Armeno, della Persiana nell' Italiana lingua trapportato‹. Der Armenier Christopherus also hat das Buch während eines Aufenthaltes in Venedig aus seiner Heimatsprache ins Lateinische übertragen. Ein Original ist wohl noch nicht aufgefunden worden. Die Sammlung wurde schnell beliebt und auch ins Deutsche übersetzt, ist aber nun seit langem nur noch den Gelehrten bekannt.
Die morgenländischen ›Tausendundein Tage‹ besaßen eine Rahmenerzählung, die der von ›Tausendundeiner Nacht‹ nachgebildet und ohne Eigenwert ist. Die Rahmenhandlung zwischen den einzelnen Tagen ist so schematisch ausgeführt, daß schon Pétis de la Croix diese äußerlichen und unselbständigen Intermezzi gestrichen hat. Die Ausweitung der Sammlung um nicht unmittelbar mit den ›Tausendundein

Tagen‹ in Verbindung stehenden Märchen und Geschichten des gleichen Stoffkreises machte es nun nötig, den Rahmen überhaupt fallenzulassen. Da uns überdies nur Bruchstücke aus dem persischen Original von ›Tausendundeinem Tag‹ vorliegen und durch die Zerstückelung auch die Rahmenhandlung betroffen wurde, kommt ihr für die Komposition des Ganzen ohnehin wenig Bedeutung zu.

Paul Ernst

INHALT DES ZWEITEN BANDES

Diese Erzählungen stammen aus dem Werke ›Nouveaux contes orientaux‹ von Caylus.

Diese Erzählungen stammen aus dem Werke ›Mélanges de littérature orientale‹ von Cardonne.

Diese Erzählung stammt aus dem Werke ›Suite des mille et une nuits‹ von Chavis und Cazotte.

Diese Erzählungen stammen aus dem Werke ›Miscellanies‹ von William Bedloe.

Diese Erzählungen stammen aus dem zweiten Band des Werkes ›Rosenöl‹ von J. von Hammer.

Diese Erzählungen stammen aus dem Werke ›Peregrinaggio di tre giovani figliuoli del re di Serendippo, per opera di M.Christofero Armeno, dalla Persiana nell' Italiana lingua trapportato‹, Venedig 1557.

Zu dieser Ausgabe

insel taschenbuch 1001
Erzählungen aus Tausendundein Tag

Der Text folgt dem revidierten Neudruck der Ausgabe von 1909: Erzählungen aus Tausendundein Tag. Vermehrt um andere morgenländische Geschichten. Aus dem Französischen, Englischen und Italienischen übersetzt von Paul Hansmann. Mit einem Nachwort herausgegeben von Paul Ernst. Zweiter Band. Insel Verlag, Frankfurt am Main 1963. Umschlagabbildung: Der Kaiser von Dekkan. Indische Miniatur, um 1600.

Anthologien, Märchen, Sagen

Aladin und die Wunderlampe
Aus dem Arabischen von Enno Littmann. Mit Illustrationen einer französischen Ausgabe von 1865/66. it 199

Ali Baba und die vierzig Räuber
und die Geschichten von den nächtlichen Abenteuern des Kalifen aus 1001 Nacht. Aus dem Arabischen von Enno Littmann. Mit Illustrationen einer französischen Ausgabe von 1865/66. it 163

Allgemeines deutsches Reimlexikon
Herausgegeben von Peregrinus Syntax. Mit einer Gebrauchsanleitung von Hans Magnus Enzensberger. Zwei Bände. it 674

Alt-Prager Geschichten
Gesammelt von Peter Demetz. Mit Illustrationen von Hugo Steiner-Prag. it 613

Hans Christian Andersen. Märchen
Mit Illustrationen von Vilhelm-Pedersen und Lorenz Frølich. Aus dem Dänischen von Eva-Maria Bluhm. Drei Bände in Kassette. it 133
– Märchen meines Lebens. Eine Skizze.
Mit Porträts des Dichters. it 356
– Glückspeter
Mit Scherenschnitten von Alfred Thon. it 643

Das Anekdotenbuch
Mit zeitgenössischen Illustrationen. Herausgegeben von Willi Pumin. it 708

Giovanni Battista Basile. Das Pentameron
Das Märchen aller Märchen. Deutsch von Felix Liebknecht. Herausgegeben von Walter Boelich. it 345

Micha Josef bin Gorion. Born Judas
Altjüdische Legenden und Volkserzählungen. Aus dem Hebräischen von Rahel bin Gorion. Auswahl und Nachwort von Emanuel bin Gorion. it 529

Elisabeth Borchers. Das Adventbuch
it 449

Anthologien, Märchen, Sagen

Elisabeth Borchers/Louise Brierley. Der König der Tiere und seine Freunde
it 622

Clemens Brentano. Gockel, Hinkel und Gackeleia
Nach der Frankfurter Erstausgabe von 1838. Mit den Initialen und Lithographien von Caspar Braun nach Entwürfen von Clemens Brentano. it 47
– Italienische Märchen. Mit einem Nachwort von Maria Dessauer. it 695

Das Buch der Liebe
Gedichte und Lieder, ausgewählt von Elisabeth Borchers. it 82

Chinesische Volkserzählungen. Ausgewählt und mit einem Nachwort versehen von Kuan Yu-Chien. Mit Illustrationen von I-Ching Cheng. it 522

Die großen Detektive
Detektivgeschichten mit Auguste Dupin, Sherlock Holmes und Pater Brown. Herausgegeben und mit einem Nachwort von Werner Berthel. Mit Illustrationen von George Hutchinson. it 101
– Die großen Detektive II
Nick Carter, Nat Pinkerton, Sherlock Holmes, Percy Stuart. Herausgegeben von Werner Berthel. it 368

Deutsche Heldensagen
Nacherzählt von Gretel und Wolfgang Hecht. it 345

Deutsche Sagen
Herausgegeben von den Brüdern Grimm. Mit Illustrationen von Otto Ubbelohde. it 481

Günter Eich/Edda Köchl. Der 29. Februar
Ein Märchen von Günter Eich mit Bildern von Edda Köchl. it 616

Die Eisenbahn
Gedichte. Prosa. Bilder. Herausgegeben von Wolfgang Minaty. it 676

Erotische Geschichten aus den 1001 Nächten
Aus dem arab. Urtext übertragen und herausgegeben von Felix Tauer. it 704

Anthologien, Märchen, Sagen

Die Erzählungen aus den Tausendundein Nächten
Einleitung von Hugo von Hofmannsthal. Vollständige deutsche Ausgabe in zwölf Bänden. Nach dem arabischen Urtext der Calcuttaer Ausgabe aus dem Jahre 1839. Übertragen von Enno Littmann. Mit farbigen Minaturen. In farbiger Schmuckkassette. it 224

Der Familienschatz
Mit Holzschnitten und Zeichnungen von Ludwig Richter. it 34

Gebete der Menschheit
Religiöse Zeugnisse aller Zeiten und Völker. Herausgegeben von Alfonso M. di Nola. Zusammenstellung und Einleitung der deutschen Ausgabe von Ernst Wilhelm Eschmann. it 238

Das Geburtstagsbuch für Kinder
Geschmückt mit Bildern von László Varvasovsky. Und mit Versen, Geschichten, Glückwünschen und Ermahnungen, ausgewählt von Elisabeth Borchers. it 664

Geschichten aus dem Mittelalter
Herausgegeben von Hermann Hesse. Aus dem Lateinischen übersetzt von Hermann Hesse und J. G. Th. Graesse. it 161

Geschichten der Liebe aus den 1001 Nächten
Aus dem arabischen Urtext übertragen von Enno Littmann. Mit acht farbigen Miniaturen. it 38

Geschichten vom Buch. Herausgegeben von Klaus Schöffling. Mit Illustrationen von Hugo Steiner-Prag. it 772

Gesta Romanorum. Das älteste Märchen- und Legendenbuch des christlichen Mittelalters
Herausgegeben und eingeleitet von Hermann Hesse. it 315

Jacob und Wilhelm Grimm. Deutsche Sagen
Mit Illustrationen von Otto Ubbelohde. Zwei Bände. it 481

Wilhelm Hauff. Märchen
Zwei Bände. Herausgegeben von Bernhard Zeller. Mit Illustrationen von Theodor Weber, Theodor Hosemann und Ludwig Burger.
it 216/217

Anthologien, Märchen, Sagen

Johann Peter Hebel. Kalendergeschichten. Ausgewählt und mit einem Nachwort versehen von Ernst Bloch. Mit 19 Holzschnitten von Ludwig Richter. it 17
– Das Schatzkästlein des rheinischen Hausfreundes. Herausgegeben und mit einem Nachwort versehen von Jan Knopf. it 719

Das Herbstbuch
Gedichte und Prosa. Herausgegeben von Hans Bender. it 657

Das kalte Herz. Texte der Romantik
Ausgewählt und interpretiert von Manfred Frank. it 330

Hermann Hesse. Der Zwerg
Ein Märchen. Mit Illustrationen von Rolf Köhler. it 636
– Kindheit des Zauberers
Ein autobiographisches Märchen. Handgeschrieben, illustriert und mit einer Nachbemerkung versehen von Peter Weiss. it 67
– Piktors Verwandlungen
Ein Liebesmärchen, vom Autor handgeschrieben und illustriert. Mit ausgewählten Gedichten. Nachwort von Volker Michels. it 122

E.T.A. Hoffmann. Meister Floh
Ein Märchen in sieben Abenteuern zweier Freunde. Mit Illustrationen. it 503

Die Insel. Monatsschrift mit Buchschmuck und Illustrationen
Herausgegeben von Otto Julius Bierbaum, Alfred Walter Heymel und Rudolf Alexander Schröder. Faksimile der von Oktober 1899 bis September 1902 erschienenen Zeitschrift. Mit einem Begleitband »Die ersten Jahre des Insel Verlags« von Klaus Schöffling. 12 Quartalsbände. it 578

Das Katzenbuch. Von Katzen und ihren Freunden
Geschichten, Gedichte, Bilder. Gesammelt von Hans Bender und Hans Georg Schwark. it 567

Kinder- und Hausmärchen, gesammelt durch die Brüder Grimm
Mit den Zeichnungen von Otto Ubbelohde und einem Vorwort von Ingeborg Weber-Kellermann. Drei Bände. it 112/113/114

Märchen der Romantik
Mit zeitgenössischen Illustrationen. Herausgegeben von Maria Dessauer. Zwei Bände. it 285

Anthologien, Märchen, Sagen

Märchen deutscher Dichter
Ausgewählt von Elisabeth Borchers. it 13

Der magische Spiegel. Märchen deutscher Dichter aus zwei Jahrhunderten
Herausgegeben von Paul Wolfgang Wührl. Bd. II. it 558

Mittelalter. Geschichten aus dem Mittelalter
Herausgegeben und übersetzt von Hermann Hesse. Mit Holzschnitten. it 161

Moritatenbuch
In Zusammenarbeit mit Mia Gmeiner-Stangier herausgegeben von Karl Riha. Mit zahlreichen Illustrationen. it 559

Johann Karl August Musäus. Rübezahl
Für die Jugend von Christian Morgenstern. Mit Illustrationen von Max Slevogt. it 73

Liebe Mutter
Eine Sammlung von Elisabeth Borchers. it 230

Die Nibelungen
In der Wiedergabe von Franz Keim. Mit den berühmten farbigen Jugenstilillustrationen von Carl Otto Czeschka. Mit ein Vor- und Nachwort von Helmut Brackert. Im Anhang die Nacherzählung »Die Nibelungen« von Gretel und Wolfgang Hecht. it 14

Das Papageienbuch Tuti-Nameh
Eine Sammlung orientalischer Erzählungen, übersetzt von Georg Rosen. it 424

Alexander Puschkin/Ivan Bilibin. Das Märchen vom Zaren Saltan und das Märchen vom goldenen Hahn
Mit Bildern von Ivan Bilibin. Nacherzählt von Elisabeth Borchers. it 2002

Römische Sagen
Geschichten und Geschichte aus der Frühzeit Roms. Nacherzählt von W. Fietz. it 466

Anthologien, Märchen, Sagen

Sagen der Juden
Aus dem Hebräischen von Rahel bin Gorion. Auswahl und Nachbemerkung von Emanuel bin Gorion. it 420

Wolfgang Schadewaldt. Sternsagen
Mit Illustrationen aus dem 18. Jahrhundert. it 234
– Homer, Ilias
Mit 12 Bildtafeln. it 153

Skaldensagas
Aus dem Altisländischen, eingeleitet und erläutert von Franz Seewald. it 576

Sternzeichen aus einem alten Schicksalsbuch
Mit 34 Miniaturen pro Zeichen. Herausgegeben und erläutert von Bernhard D. Haage. Mit einer Einleitung von Christiane von Wiese. Skorpion: it 601 · Schütze: it 602 · Steinbock: it 603 · Wassermann: it 604 · Fische: it 605 · Widder: it 606 · Stier: it 607 · Zwillinge: it 608 · Krebs: it 609 · Löwe: it 610 · Jungfrau: it 611 · Waage: it 612

Jerko V. Tognola/Adelki. Das Eselchen und der Wolf
Sechs Fabeln. Aus dem Italienischen von Martin Roda Becher. it 2001

Urgroßmutters Hausmittel
Aus dem Hausbuch der Frau Rath Schlosser. Herausgegeben von Alexander von Bernus und mit einem Nachwort von Elmar Mittler. it 561

László Varvasovsky. Die Bremer Stadtmusikanten
Ein Märchen der Brüder Grimm, illustriert und für ein Schattentheater eingerichtet. Mit einer Anleitung zum Selberbasteln. Vierfarbendruck. it 658

Lieber Vater
Eine Sammlung von Gottfried Honnefelder. it 231

Jan Wahl/Barton Byron. Vom kleinen klugen Enterich
Erzählt nach einem alten französischen Volksmärchen. Mit Bildern von Barton Byron. Aus dem Amerikanischen von Ingrid Westerhoff. it 593

Das Weihnachtsbuch für Kinder
Mit Geschichten, Versen und vielen Bildern. Ausgewählt von Elisabeth Borchers. it 156

Anthologien, Märchen, Sagen

Die Insel-Weihnachtskassette
Alle Insel-Weihnachtsbücher in einer illustrierten Geschenkkassette. it 46, it 156, it 157

Wie man lebt und denkt. Ein Lesebuch zum Denken
Herausgegeben von Horst Günther. Mit Kupferstichen von Giovanni Batista Bracelli. it 333

Das Winterbuch. Gedichte und Prosa
Herausgegeben von Hans Bender und Hans Georg Schwark. it 728

Bilderbücher, Cartoons, Kindergeschichten

Das Adreßbuch für Kinder
Mit Bildern und ausgewählten Geschichten, Gedichten und Rätseln von Monika Beisner. it 294

H. C. Artmann/Barbara Wehr. Christopher und Peregrin und was weiter geschah
Ein Bären-Roman in drei Kapiteln zu Bildern von George Martyn. it 488

Nicola Bayley. Siebenundsiebzig Tiere und ein Ochse
Bilder von Nicola Bayley. Geschichte von Elisabeth Borchers und Maria Dessauer. Vierfarbendruck. it 451
– Die Reise der beiden Tiger
Eine Geschichte von Richard Adams mit Bildern von Nicola Bayley. Übertragen von Elisabeth Borchers. Vierfarbendruck. it 493

Rebecca Berlinger/Wolfgang Hildesheimer. Was Waschbären alles machen
Bilder von Rebecca Berlinger mit einer Geschichte von Wolfgang Hildesheimer. Vierfarbendruck. it 415

Elisabeth Borchers/Wilhelm Schlote. Briefe für Sarah
Bilder von Wilhelm Schlote. Vierfarbendruck. it 568

Franz Brandenberg/Aliki. Alle Mann fertig?
Eine Geschichte von Franz Brandenberg mit Bildern von Aliki. it 646

Lewis Carroll. Alice im Wunderland
Mit 42 Illustrationen von John Tenniel. Übersetzt und mit einem Nachwort versehen von Christian Enzensberger. it 42
– Alice hinter den Spiegeln
Mit Illustrationen von John Tenniel. Übersetzt von Christian Enzensberger. it 97
– Briefe an kleine Mädchen
Aus dem Englischen übersetzt und herausgegeben von Klaus Reichert. Mit Fotografien des Autors. it 172

Alexandre Dumas. Geschichte eines Nußknackers
Mit Illustrationen von Bertall. Herausgegeben und bearbeitet von Josef Heinzelmann. it 291

Ein Fisch mit Namen Fasch
und andere Gedichte und Geschichten von Menschen und anderen Menschen. Von Elisabeth Borchers. it 222